U0745169

方卫平学术文存

第五卷

理论逻辑与文学空间

方卫平 著

山东教育出版社

图书在版编目（CIP）数据

理论逻辑与文学空间 / 方卫平著 . — 济南：山东教育出版社，2021.7
（方卫平学术文存；第五卷）
ISBN 978-7-5701-1770-3

Ⅰ.①理… Ⅱ.①方… Ⅲ.①儿童文学 – 文学研究
Ⅳ.① I058

中国版本图书馆 CIP 数据核字（2021）第 129663 号

方卫平学术文存 第五卷
理论逻辑与文学空间 方卫平 著
LILUN LUOJI YU WENXUE KONGJIAN

责任编辑：张瑾瑾 尚 京
责任校对：舒 心
美术编辑：蔡 璇
装帧设计：王承利 王耕雨

主管单位：山东出版传媒股份有限公司
出 版 人：刘东杰
出版发行：山东教育出版社
地址：济南市市中区二环南路 2066 号 4 区 1 号
邮编：250003
电话：(0531)82092660
网址：www.sjs.com.cn
印刷：山东临沂新华印刷物流集团有限责任公司
开本：710 mm × 1000 mm 1/16
印张：34.5
字数：431 千
版次：2021 年 7 月第 1 版
印次：2021 年 7 月第 1 次印刷
印数：1-1000
定价：288.00 元
（如印装质量有问题，请与印刷厂联系调换，电话：0539–2925659）

作者简介

方卫平，祖籍湖南省湘潭县，1961年8月出生于浙江省温州市；1977年考入宁波师范学院中文系读本科，1984年考入浙江师范大学中文系读研究生，毕业后留校工作至今。1988年任讲师，1994年由讲师晋升为教授。曾任浙江师范大学中文系副主任、儿童文化研究院院长、儿童文学研究所所长、儿童文学系主任等。

现为浙江师范大学二级教授、博士生导师，中国作家协会儿童文学委员会副主任，浙江省作家协会副主席，意大利马切拉塔大学《教育史与儿童文献》杂志国际学术委员，鲁东大学兼职教授。

主要从事儿童文学、儿童文化研究与评论，出版个人著作多种；在中国、美国、意大利、德国、日本、韩国、马来西亚发表论文和评论文章数百篇，论文曾被《新华文摘》、《中国社会科学文摘》、中国人民大学《复印报刊资料》等转载或摘介。

主编有“中国儿童文化研究年度报告”系列、“中国儿童文学大系”（增补卷10卷）、“当代西方儿童文学理论译丛”、“国际安徒生奖大奖书系”、“中国儿童文学名家论集”、“第六代儿童文学批评家论丛”；选评有“方卫平精选儿童文学读本”、“方卫平精选少年文学读本”、“中国儿童文学分级读本”；主编学术丛刊《中国儿童文化》，合作主编《新语文读本·小学卷》等。

1

2

1. 1986 年 2 月在杭州

2. 1993 年 4 月在杭州新新饭店

3. 1999 年 6 月于台北新店（桂文亚摄）

4. 2011 年 6 月 18 日，在红楼主持“思辨与品格——周晓先生儿童文学评论与编辑工作研讨会”

3

4

1

1. 2012 年 3 月 23 日，在瑞士卢塞恩

2. 2013 年 7 月 26 日在普林斯顿大学

3. 2013 年 10 月 16 日赴云南德钦县梅里雪山途中

2

3

1

2

3

1. 2014 年 3 月 26 日在意大利博洛尼亚童书展上

2. 2018 年 3 月 28 日在意大利威尼斯圣马可广场的一家咖啡馆。这里曾经是许多著名文学家、艺术家经常出没的地方

3. 2020 年 8 月 22 日于英国剑桥郡

目 录

通　论

童年：儿童文学理论的逻辑起点

一、寻找逻辑起点

每一理论体系的构筑都必须首先寻找和确立自己的理论出发点；这一出发点不仅提供了理论自身逻辑衍发的起始，而且也预示着理论展开过程中的运思方向和整体面貌。那么，作为一门相对独立的学科，儿童文学理论的逻辑起点是什么呢？首先应该肯定，它与普通文学理论的逻辑起点是不同的。如果我们重复儿童文学是文学，儿童文学是语言艺术，那么我们可能什么也没说。（当然这种强调在某些情况下是必要的。）如果我们意识到我们的研究对象是整个文学活动系统中一个相对独立的子系统，并在这个意义上认定儿童文学研究是不同于普通文学理论的一个专门学科的话（普通文学理论是构筑儿童文学理论的基础学科之一），那么我们就有理由将普通文学理论所要解决的问题用“悬挂法”存而不论，而应该寻找和确定自己的理论起点并由此展开思考。

基于这样的认识，我认为“童年”这一概念，是我们所有关于儿童文学的理论思考的出发点。主要理由如下两点。

1. 从儿童文学理论的系统化的方法（逻辑手段）来看，它运用的是历史与逻辑一致的方法，而“儿童观”（即童年观）的变更是导致儿童文学走向自觉的最直接而重要的历史契机，因而它也是儿童文学理论的运思契机。

我们知道，理论系统化的逻辑手段通常有两种，一种是公理化的方法，即选择一些最基本的理论命题作为公理，由此导出其他定理，使之系统化，就可以建立公理化的演绎系统。另一种是历史与逻辑相一致的方法，即按照对象发展的历史规律性来确定理论系统的逻辑顺序。这种逻辑顺序不过是对象发展的历史过程在理论上纯态的、概括的再现。

从历史与逻辑相一致的观点看，儿童文学从自在走向自觉的历史起点，也就应该是儿童文学理论展开的逻辑起点。换句话说，在科学上是最初的东西，在历史上也应该是最初的东西。恩格斯曾经指出：“历史从哪里开始，思想进程也应当从哪里开始，而思想进程的进一步发展不过是历史过程在抽象的、理论上前后一贯的形式上的反映；这种反映是经过修正的，然而是按照现实的历史过程本身的规律修正的。”[1]从中外儿童文学走向自觉的历史过程看，儿童观的变更无疑是促成这种自觉的直接历史动因。所以，我们关于儿童文学的理论思考，也应该从这里开始。

2. 从整个儿童文学活动系统看，它是成人作者与少年儿童读者之间的艺术对话和交流；在这里，成人与儿童、创作者与接受者之间的相遇、联系和融合，决定了这一活动与成人文学活动的根本差异。而导致这种差异的根本原因，是儿童的参与，或者说，全部儿童文学活动系统内部的特殊性，首先都是由儿童读者的特殊性决定的。

从时间上看，儿童文学活动作为一个过程，总是创作活动在前，文本居中，接受活动在后。但从整个传达、流动和接收的动态过程看，首先是儿童接受心理对创作心理的潜在制约，其次才谈得上创作者借助作品参与对接受者审美心理的塑造。因为在文学活动过程中，作者与读者的沟通和交流并非仅仅存在于读者对文本的接受阶段，而是在读者阅读作品之前就已经存在了。苏联文艺理论家梅拉赫认为，艺术家从最初的构思到创作的完成，始终不断地要在创作中同想象中的读者打交道，即作家在创作中都有自己的“接受模型”，并且都得依靠一定的“接受模型”来进行创作。“儿童文学”这一概念本身，说明它强烈地意识到自己的接收者是儿童。儿童文学作品要成为儿童读者的审美对象，就必须考虑到读者对象的审美心理，因为儿童文学作品作为以儿童为接受主体的审美客体，其价值的实现不能脱离儿童审美心理机制的作用。所以，未来小读者的影子必然会深刻地影响着儿童文学作家的创作过程。安徒生说：“我在纸上所写的，完全和口里所说的一样，甚至连音容笑貌都写了进去，仿佛我对面有一个小孩在听的一般。”[2] 读者“接受模型”的这种制导作用，要求儿童文学作家在创作中必须熟稔儿童心理；因此，儿童文学创作是一种自觉的导向目的的活动。在这里，“童年”观念的确立无疑是重要的。

于是，我们确定了我们理论思考的起点。

二、童年的意义

那么，童年的意义何在？它究竟意味着什么？

认识到童年具有自己独立的人格和独特的精神现象，这相对于无视儿童独立性的儿童观来说不啻一次伟大的历史进步。然而仔细检视一下，我们对童年意义的认识和理解还是很成问题的。通常，我们总是习惯于把童年看成是一种独立的、仅具有自身意义的生命现象，并且仅仅从不成熟的、幼稚的意义上去理解这一生命现象。因此，我们强调儿童的年龄特点，但这种特点的基本内涵便是天真、幼稚、不成熟。于是，童年生命意义的下限只是一张白纸，或者说是洛克所谓的“白板”，其上限便是趋向成熟的少年。这样，除了现实的童年存在外，我们很难再从中透视、发现到什么。

其实，无论从生理、心理、行为，还是从文化背景的意义上去考察，童年现象都远远不像普通人所想象得那么简单。即使是儿童的随意涂鸦、游戏，在具有现代科学眼光的人们看来，其中也向我们传递着某些极为隐秘而深刻的生命的和文化的内容、消息。据说，有一次爱因斯坦在同皮亚杰做了关于儿童游戏本质的谈话以后，不无感慨地说：“认识原子同认识儿童游戏相比，不过是儿戏。”[3]而儿童游戏，正是一种重要的童年现象。皮亚杰通过对个体认识的发生、发展过程的描述，揭示了认识主体如何反映客体的复杂机制，因而从微观个体的角度论证了人类宏观的认识发生、发展过程及其机制，为当代认识科学的发展做出了重大贡献。皮亚杰从儿童思维发展着手研究而又能上升到哲学认识论的高度，这在某种意义上也启示我们，不应把童年看作是一种孤立、封闭的人生现象，而应该从更广阔的背景和更深刻的意义上来认识和把握它，如此，则我们对童年的认识就有可能上升到一个新的理论层面。

第一，从生命传递和文化延续的角度看童年的初始状态，我们会发现，童年的初始状态不是“白板”一块，而是包含着丰富历史文化内容的生命现象。

黑格尔和列宁都曾经谈到过，研究个体智力的发生和发展情况，有可能帮助我们认识哲学史是怎样经过它的各个发展阶段而达到目前状况的。[4] 将人类学的成果与儿童学的研究成果放在一起就不难发现，儿童的思维和体质及其发展与原始人有许多惊人的相同或相似之处。根据现有研究资料看，这种相同或相似主要有这样几个方面。[5]

1. 主客体不分。这是人之初的自然现象。幼儿们总是自然地同动植物、星星、白云对话，你可以是我，我也可以是你，甚至你我不分。这些特点，不论对个体心理或集体心理的历史来说，都是思维处于较低级阶段的必然现象。

2. “自我中心”思想。这是与主客体不分状况密切联系的一种观念。皮亚杰认为，“自我中心”是七岁以前儿童的语言和思维的突出特点。这时儿童认为自己知道的别人也都知道，认为外界事物是围绕着自己并以他为中心的。就群体而言，如“地球中心说”，也可视为人类童年时代的“自我中心”思想的表现。

3. “泛灵论”。儿童的“泛灵论”与原始人的“万物有灵论”观念极为接近，即把自然现象和自然力量人格化。现代儿童的“泛灵论”，可以看作是对人类童年的一种回忆。

4. 思维的具体直观性或形象性。儿童的思维要借助于感知形象来进行，同样，原始先民的思维也具有具体性、直观性和形象性。

但是，现代儿童与原始人毕竟生活在两种有着巨大差异的不同的时空环境里，因此不能在两者之间简单地画上等号。其差异主要表现在：

1．生理基础不同。与原始人类相比，现代人的大脑在体积上虽然没有继续增大的趋势，但脑子的形状还在变化，内部结构日趋完善和精致，脑细胞的数目在增多，密度在增大，新的联络在发展。因此，现代儿童的思维器官——大脑的生理结构和功能，是原始人类无法与之相比的。

2．社会文化环境的不同。现代儿童与原始人类所处的社会发展阶段不同，他们可以从人类的文化积累中获得益处。恩格斯指出：现代科学和哲学“由于它承认了获得性的遗传，它便把经验的主体从个体扩大到类；每一个体都必须亲自去经验，这不再是必要的了；它的个体的经验，在某种程度上可以由它的历代祖先的经验的结果来代替”。[6] 由于人类的物化的智力是不断加速发展的，因而人类智力发展的总趋势也是加速度发展的，早期人类学者如摩尔根就在《古代社会》一书中专门讨论了这个问题。他说：“在蒙昧阶段，人们要从一无所有的环境里想出最简单的发明，或者要在几乎无可借助的情况下开动脑筋，这是极其困难的；在这样一种原始的生活条件下要发现任何可资利用的物质或自然力量也是极其困难的；因此，当时人类心智发展之迟缓自属不可避免的现象。”而“每一项准确的知识既经获得之后，就变成了进一步获取新知识的动力”，“就会成为继续向前推进的基础”，“一直推进到错综复杂的现代知识”。[7] 这种文化的积累和传承，必然会给现代儿童带来迥异于原始人类的文化面貌。

3. 原始人类还没有形成表示更高抽象的一般概念，现代儿童则不然，在他们那里逐渐出现了感性的具体思维与理性的抽象思维并存的现象，并且抽象思维的发展并不消灭形象思维，两者在现代儿童（乃至成人）那里完全可以并存。关于这一点，列维·布留尔曾经有过论述。他认为原始思维是以受互渗律支配的集体表象为基础的、神秘的、原逻辑的思维，同时又认为："在人类中间，不存在为铜墙铁壁所隔开的两种思维形式——一种是原逻辑的思维，另一种是逻辑思维。但是，在同一社会里，常常（也可能是始终）在同一意识中存在着不同的思维结构。"[8] 法国结构主义文化人类学家列维·斯特劳斯也在《野性的思维》一书中探讨了未开化人的具体性思维，并认为它与开化人的抽象性思维"二者能并存和以同样的方式相互渗透"，[9] 同时又各司其不同的文化职能。

通过以上比较可以看到，儿童不仅是新生的，在特定意义上也可以说儿童是最原始的；人类早期的经验在童年那里更容易流露和表现。同时，童年本身并不能解释自身心理内容的全部，新生儿的心理也绝不只是一张白纸，这张纸在婴儿出生前就已经被刻上了许多难以辨认的、由千百代人的心理活动凝结而成的遗传信息。马克思把这种现象称为"精神的隔代遗传"。从这样的角度来透视童年现象，我们才有可能认识到童年所蕴含的丰富的文化学、人类学的意义，才会把童年看成是一种具有历史纵深感的生命现象。

第二，从未来的发展的角度来考察童年状态，我们可以发现，童年状态并非只具有单纯的"现在时态"的意义，而是蕴含着无限的生长可能，并会对未来产生巨大的影响。

童年并不单纯是一个从幼稚到成熟的生长时期，它的意义并不伴随着生长发育的成熟而消失。奥地利心理学家阿德勒认为，儿童到五岁之时，他对环境的态度大致已经固定而且变成机械化，在其以后的岁月中多半循着同样的方向和模式进行。正因为如此，有人曾探寻过毕加索画中所含有的他早期童年画里那些半人半兽的形象来源，而我们也不难从安徒生的童话作品如《丑小鸭》《卖火柴的小女孩》中觉察到童年经验的影响和流露。诗人威廉·华滋华斯写道："孩子是成人的父亲。"这话我们不妨理解为成人世界是儿童世界延伸和发展的结果。皮亚杰指出："每一个成人，即使他是一个创造性的天才，还得要从儿童开端；史前时代如此，今天亦复如此。"[10]同时，人的认识结构（心理结构）的发展是整合的。每一整体结构渊源于前阶段的整体结构，把前阶段的整体结构整合为一个附属结构，作为本阶段的整体结构的准备，而这整体结构本身又继续向前发展，或早或迟地整合成为次一阶段的结构，正是在这个意义上，皮亚杰曾经认为，"儿童能部分地解释成人"，"儿童的每一发展阶段能部分地解释随后发生的各个阶段"。[11]童年的这种无限的发展可能及其对未来生活的影响，无疑将提醒人们重视发掘其潜在而巨大的、生命和文化的意蕴。

第三，童年的意义还应该从第三个角度即从作为现实的社会存在实体的角度加以考察。在整个社会生活中，儿童虽然不是主体部分，但他们也并不是与社会绝缘的，儿童身上同样载有丰富的社会学内容，而不同时代的儿童，也必然会以自己独特的方式反映着乃至参与着一定的社会生活。随着现代社会对儿童及儿童问题的日益重视，儿童也在更大程度上成为现代生活中不容忽视的一个组成部分，并且能够在一定程度上反映出一定社会生活的流动和变迁。比如在苏联，人们就已经认识到，今天少年儿童的生活观比以往任何时候都自由、开放，他们身上具有时代的新意以及这种新意的外部征兆。有的评论家形象地比喻说："他们像一张酸纸，能反映社会心理的变化和生活的更新。"[12]儿童与现代社会的这种密切联系，意味着我们不能脱离特定的社会现实背景来看待儿童，而应该充分认识到童年所可能具有的广泛而深刻的社会学内容。

因此，童年不只是幼稚的、不成熟的，它还联系、融合着历史的古老、现代的年轻和未来的无限可能。单纯中寄寓着无限，稚拙里透露出深刻，这或许便是童年所呈现和传递给我们的独特状态和意味？

三、童年观念及其所提供的理论生长点

对童年的认识、理解和把握构成一定的童年观念。关于童年的观念既是儿童文学理论的出发点，同时又蕴含和提供了儿童文学研究的潜在的和可能的理论生长点。换句话说，儿童文学理论可能的展开方向是以我们对童年这一现象的理解为基础的，一定的理解角度、方式和认识水平规定着理论思维的相应的深度和广度。这是因为，特定的童年观念总是要借助一定的儿童文学作品来传达的，而对童年现象的认识越全面，把握越深刻，则相应的创作就越可能拥有较可观的深度和厚度，当然，它所能提供的理论生长点就越多，理论所具有的活力也可能越强。（对于童年观念与儿童文学作品之间的复杂联系，笔者拟另文详述。）

关于这一点，执教于美国俄勒冈州波特兰市的波特兰州立大学的艾里克·A·基梅尔在《儿童文学理论初探》[13]一文中

为我们提供了一些例证。他认为：“一个社会、一个时代为它的儿童所生产的那种类型的文学，最好地标示出那个社会所理解的儿童究竟是什么样子。”这也可以说，对儿童的理解，规定着儿童文学的生产，当然也规定着儿童文学的理论研究。基梅尔探讨了儿童文学的四种基本倾向，并认为“这四种倾向反映了人们看待童年的四种方式”。这提示我们，对童年的不同理解，规定着理论的展开和创作的实践。我们不妨来看一看这四种基本倾向，它们是神话倾向、说教主义倾向、卢梭主义倾向和虚无主义倾向。

1. 神话倾向。如果一个社会给自己涂上一层神秘虚幻的色彩，那么这个社会对宇宙万物就有一种敬畏心理。这种心理的文学显现方式便是神话。神话倾向认为儿童文学也具有神话文学的种种特征，因为儿童思维与原始思维有相似之处。这种倾向为人们从人类学、神话学等角度研究儿童文学提供了可能。

2. 说教主义倾向。它拒不接受神话文学的观点，并认为这种观点是蒙昧主义，是胡说八道，说教主义倾向认为，人完全有能力去塑造他赖以生存的世界。这个世界有道德和物质两个侧面。强调世界道德这一个侧面，是宗教改革的一种衍生物。16 世纪德国神学家马丁·路德和法国神学家约翰·加尔文认为，人的基本天性是有罪的。如果听任不管，人就会堕落。上帝给道德高尚的人委以重任，要他们帮助误入歧途的兄弟去走正道、走直路，而帮助儿童走正道尤为重要，因为儿童最容易上当受骗，沦为撒旦攻击的目标。教育儿童的方法是利用儿童喜爱书籍和故事的天性进行夸奖和诱导。至于物质世界的一面，说教思想认为，推动世界前进的力量是知识，而不是精神。知识必须传给下一代。在说教世界里，作者与读者的关系是师生关系，把老师讲授的东西写成书，就产生了说教文学。它是儿童文学史上历史最长、势力最大的一种儿童文学倾向。这一倾向重视儿童文学的教育性，因而为从教育学角度探究儿童文学提供了依据。

3. 卢梭主义倾向。卢梭等启蒙时期的哲学家认为，人性是善的而不是恶的，这与宗教改革时期神学家们的观点刚好相反。卢梭认为，最善良的人是最没有受文明浸染过的人，是那些受政治和宗教影响最少的人。这些人就是野蛮人和儿童。儿童代表着人的潜力的最完美的形式。按《爱弥儿》中所提出的理论，真正的教育是让儿童去探索自己的天性、去探索自己周围的环境，应让他们自然而然地成长。与说教主义相反，卢梭主义认为让儿童愉快地生活是一件好事，愉快是儿童内在和谐的象征，让儿童感觉愉快比认识 ABC 更为重要。在这种童年观念的支配下，卢梭主义倾向认为凡是带给儿童愉悦的儿童文学都是好书。这一倾向的理论展开是以“娱乐”观念为轴心的。

4. 虚无主义倾向。这一倾向把焦点放在成人社会的邪恶上。社会由成人创造，而且受成人支配，这样的社会是完全使人失望的，因为它虚伪堕落了。倘使社会的前途还有什么希望的话，这样的希望只能到孩子们的身上去寻求。尽管它拒绝接受说教主义倾向的信仰，实际上却仍在教训儿童说，成人世界没有什么东西可以传授给他们。由于虚无主义倾向往往抱着消极、虚无的态度批判社会，因而其理论思考往往也带有较多的社会学意味。

上述四种关于儿童文学的观念，都是从特定的童年观念即从特定的对儿童的理解出发才得以生长和构建起来的。同样，在我国，五四时期周作人等人受西方人类学派和儿童本位论等学说的影响，认为儿童文学应以儿童为本位来构建其艺术系统；新中国成立以后“教育儿童的文学”的儿童文学观则强调儿童文学的教育功能。这些不同的儿童文学观都联系着相应的童年观念。在这个意义上可以说，有什么样的童年观，就会有什么样的儿童文学观念。

当代儿童文学创作已经进入了一个新的探索和调整时期。对于儿童文学研究来说，它也应该在整个当代科学背景下，结合儿童文学创作实践，不断寻找新的理论生长点，开拓新的研究思路和层面，从而重新确立自己的理论形态和学术个性。而对儿童文学理论的逻辑起点——童年的重新审视和深入把握，无疑将为儿童文学研究乃至整个创作实践带来一种新的思路和深度。青年作家班马在谈到儿童文学文体的未来可能性时表现了一种乐观的态度，“理由正是来自‘儿童文学’这一文体形态本身所含有的潜在因素——它的沟通神话的古老。它的通向科幻的年轻。它的泛神论的亲近自然。它的哲学气的寓言本色。它最善于谈生态圈。它正可涉及异化。它拿手的就是梦、幻、魔。它等于发生论——这些艺术因素如果有所融合而形成一种文体，难道不有点当代世界文学的最新气度？难道不有点艾特马托夫的‘星球意识’？难道不有点反人本主义文学的气息？”[14] 这种开放的、深刻的儿童文学观念，正是建筑在一种开放的、深刻的童年观念的基础之上的。

因此，一种新的童年观念也将有可能把我们的儿童文学研究带向一片更广阔的理论天地。

（原载 1990 年第 2 期《浙江师范大学学报》）

注释

[1] 中共中央马克思恩格斯列宁斯大林著作编译局编：《马克思恩格斯选集》，北京：人民出版社 1972 年版，第 2 卷第 122 页。

[2] 勃兰兑斯：《安徒生论》，《世界文学》1962 年第 11 期。

[3] 斯托洛维奇:《美学怎样研究自己的对象?》,《马克思主义文艺理论研究》编辑部编选《美学文艺学方法论》上册，北京：文化艺术出版社 1985 年版，第 179—180 页。

[4] 参见中共中央马克思恩格斯列宁斯大林著作编译局编译:《列宁全集》第 38 卷，北京:人民出版社 1986 年版，第 399 页。

[5] 参见张浩：《略论儿童思维与原始思维之同异》，《人文杂志》1986 年第 2 期。

[6] 中共中央马克思恩格斯列宁斯大林著作编译局编：《马克思恩格斯选集》，北京：人民出版社 1972 年版，第 3 卷第 564—565 页。

[7] 路易斯 · 亨利 · 摩尔根：《古代社会》上册，杨东莼、马雍、马巨译，北京：商务印书馆 1977 年版，第 33 页、第 34 页、第 37 页。

[8] 列维 · 布留尔:《原始思维 · 作者给俄文版的序》，丁由译，北京: 商务印书馆 1981 年版，第 3 页。

[9] 列维 · 斯特劳斯:《野性的思维》，李幼燕译，北京: 商务印书馆 1987 年版，第 249 页。

[10] 皮亚杰、英海尔德:《儿童心理学》，吴福元译，北京: 商务印书馆 1980 年版，第 2 页。

[11] 皮亚杰、英海尔德:《儿童心理学》，吴福元译，北京: 商务印书馆 1980 年版，第 5 页。

[12] 四川外语学院外国儿童文学研究所编：《外国儿童文学研究》第 1 辑。

[13] 四川外语学院外国儿童文学研究所编：《外国儿童文学研究》第 2 辑。

[14] 班马：《你们正悄悄地超越》，载金逸铭编《新潮儿童文学丛书 · 探索作品集》，南昌 : 江西少年儿童出版社 1989 年版。

当代儿童文学中的童年精神

我曾在《商业文化精神与当代童年形象塑造》一文中论及当代商业与开放的市场经济文化对于儿童文学艺术变革与出版兴盛的内外促进作用。很显然，这一持续演进的童书商业文化无疑极大地推进了当代儿童文学的创作与出版进程。今天，这一进程的复杂性也许是更值得我们警惕和思考的。应该看到，上述现实既促进了当代儿童文学创作的空前发展，同时，商业时代童书所特有的童年艺术问题，尤其是它内在的童年精神问题，也已日益尖锐地呈现在人们面前。我以为，该问题在一定程度上已经超出了传统儿童文学艺术理论的覆盖范围，而辨清和识别这一童年精神的方向，对于当代儿童文学的未来发展，已经成为一项迫切的艺术任务。

一　当代儿童文学中的童年主体意识

商业童书时代施加于儿童文学艺术发展的积极影响之一，是对童年主体意识的空前肯定与张扬。在开放的童书市场格局下，儿童文学作家从未像今天这样普遍地将书写和表现儿童自己真实的愿望、情感和思想等，作为其儿童文学写作的基本出发点。

这一现实带来了儿童文学作品中童年主体意识的明显加强。它鲜明地体现在以下三个方面。

第一，童年游戏和娱乐生活在儿童文学的书写题材中日益占据要位。在许多当代儿童文学作品中，纯粹的游戏和娱乐元素被堂而皇之地放到了儿童文学艺术表现的重要层面，与之相应的是，不论儿童读者还是成人读者，对于游戏和娱乐日渐成为当代儿童文学首要乃至唯一的表现目的，大多乐于表示赞赏和欢迎。这类写作空前突出了那原本被认为“不务正业”的“玩”的冲动作为童年天性和权利的合法地位。通过转向周作人曾强调过的“无意思之意思”的儿童文学艺术观念，它在一定程度上构成了对于过去很长时间里儿童文学重教育而轻娱乐的艺术传统的反拨。更重要的是，它所传递出的对于儿童主体身份和地位的充分认可与尊重，意味着当代儿童文学创作真正走向了一种“为儿童”的艺术。

第二，充满自我存在感和实践能力的儿童在儿童文学的主要形象谱系中日益得到凸显。如果说传统的儿童文学更多地强调将儿童培育成符合校园和社会规范的“好孩子”“乖孩子”，那么在今天，“淘气包”“坏小子”“搞笑鬼”“捣蛋鬼”“淘气大王”等调皮逾矩的顽童类形象则越来越受到儿童文学作家和读者的青睐，前者是努力使自己向成人的标准靠拢，后者则更多地张扬着儿童自我的存在感以及独立的生命意识。这些孩子都有着充沛的自主实践能力，它有时表现为强大的破坏力，有时则表现为同样强大的创造力，正是这创造力向人们昭示着那表面的破坏力的意义和价值。当然，当下儿童文学的主角并不尽是顽童，但从他们身上透出的鲜明的自我意识和积极的实践能力来看，他们无疑属于同一种童年精神谱系。

第三，成人与儿童之间的传统权力关系在儿童文学的角色关系格局中开始发生变化。在当代儿童文学中，过去主要由成人主宰的权力关系天平开始向着儿童一方增加砝码，很多时候，在与成人的生活博弈中，儿童非但不见逊色，甚至表现出比成人更胜一筹的能力。于是，这些儿童主人公们不再随便接受来自成人世界的控制，而是逐渐学会了把握自己的生活。通过对儿童权力意识和权力现实的强调，当代儿童文学表达的是儿童主体在现世生活中真实的权力诉求。

在当代儿童文学作品中得到书写和建构的上述童年主体意识，是儿童文学为当代童年文化建构做出的一项独特而重要的艺术贡献；但它同时也带来了当前儿童文学创作的一个独特、重大的艺术问题。

二　当代儿童文学写作中的“伪”童年本位

当代儿童文学对于儿童主体性的热情张扬，受到了来自儿童读者的同样热情的接纳。人们似乎感到，经历了一个多世纪的努力，儿童文学终于成为一种真正以童年为本位的文学。然而，正是在这一童年本位的艺术旗帜之下，我们看到了大量借童年本位的名义行“伪”童年本位之实的作品。这类作品的传播乃至畅销，不但在某种程度上误导了当前儿童文学的市场风气，也损害着当代儿童文学的审美精神，阻碍着当代儿童文学的艺术发展。更进一步，它还在不知不觉中对当代儿童读者施加着不易察觉的消极精神影响。

这一“伪”童年本位性的主要表现，是将儿童文学的童年主体意识等同于童年唯我意识，将儿童文学的儿童中心等同于儿童自我中心。

所谓“伪”童年本位的儿童文学作品，表面上格外突出对童年游戏和娱乐生活的表现，对童年存在感与实践力的肯定，以及对儿童相对于成人的生活权力的张扬，但所有这些却是在一种狭隘、油滑、自我中心的童年姿态中得到表达的，或者反过来说，所有这些共同塑造了一种狭隘、油滑、自我中心的童年姿态。比如，今天的一些儿童小说为了突出儿童主角的权力位置以及渲染故事的娱乐效果，竭力表现他们对成人的有意冷嘲热讽或嬉耍捉弄。在这里，尽管被戏弄的对象本身可能就有问题，但作为戏弄者的儿童一样也不可爱。如此表现“不可爱”的儿童相对于“不可爱”的成人的话语或行为优势，尽管的确在某种程度上突出了儿童本身的主体地位，但在审美精神的层面并没有实现任何提升。

类似的问题不仅见于本土儿童小说的创作。某种程度上，它也是商业童书全球化时代儿童文学共同面临的艺术问题。比如号称美国当代畅销童书的《小屁孩日记》，其中儿童主角的日记内容大多仅限于发生在主角与父母、教师、同胞、同学之间明里暗里的彼此捉弄、取笑、奚落或忽视。于是，圣诞节的礼物互赠，在“我”这里只意味着倒霉的失望：哥哥故意送我最讨厌的漫画；父母尽管在礼物上费了心思，却根本不合我意；叔叔和朋友的礼物更是令我失望透顶……我们看到，支撑整个故事的除了冷漠而浅薄的滑稽和搞笑，实在缺乏任何积极的童年精神内涵。

这当然绝不意味着当代儿童文学中的儿童主角只能回到正统的规矩方圆内。相反，一批优秀的当代儿童文学作品，正是以它们成功塑造的“越界”儿童形象对儿童文学的美学革新做出了重要的贡献。但有一点，无论其语言、行为和性格如何越过传统儿童观念的边界，这些孩子身上始终不曾失却童年的真诚、单纯与善良。在他们的摇摇晃晃、吊儿郎当的表面姿态之下，是对生活有想法、有责任感的热爱与思考。可以说，今天的许多“伪”童年本位的儿童文学写作所缺乏的，正是这种“对生活的有想法、有责任感的热爱与思考”。

三　从作为主体的儿童到作为理想主体的儿童

如前所述，当代儿童文学在其关于童年自身的欢乐、能力以及权力的书写中传递出了一种明确的儿童主体意识。这是当代儿童文学创作在童年观、童年精神表达上的重要进步。我们知道，哲学意义上的“主体”一词，强调的乃是人的相对于客体的主动认识和实践能力，而当代儿童文学创作中对于作为主体的儿童的重视及其文学表现，无疑正是对当代儿童自身认识能力、实践能力的一次充分的文学肯定和鼓励。在这里，儿童文学对于儿童认识能力的表现，即通过作品的描绘来呈现当代儿童看到的世界，来书写他们对于这个世界的体验、理解和愿望；对于儿童实践能力的表现，则是通过作品的叙述来呈现他们对于当代生活的参与和介入，来讲述他们以童年的方式和力量改变、塑造这个世界的故事和努力。这样的写作让我们看到，儿童既有着了解世界、参与生活的热切愿望，也有着认识世界、塑造生活的强大能力。通过在儿童文学作品中书写、表现这样的愿望和能力，能够促使人们更完整、深入地认识当代儿童的精神世界及其行动能力，也能够促使儿童在现实生活中进一步发挥和发展这一主体意识和主体能力。这无疑正是儿童文学理当承担的文化职责。

但是，塑造和表现这一作为主体的儿童，还远不是当代儿童文学艺术抱负的终点。对于儿童文学这一以儿童为接受对象的特殊文类来说，仅仅认识到儿童拥有自己独特、独立的认识能力和实践能力，还远远不够，它还有责任通过对这一认识和实践能力的最佳状态的思考、想象和书写，向它的儿童读者展示他们作为主体的自我发展与实现可能。这意味着，当代儿童文学所关注和致力于表现的儿童主体，一方面是对于现实生活中的儿童主体姿态的一种反映和表达，另一方面，也是对于未来生活中的儿童主体理想的一种想象和表现。因此，在儿童的游戏中，儿童文学还要写出这游戏内在的审美精神；在儿童的行动中，儿童文学还要写出这行动潜在的生命态度；在儿童的权力中，儿童文学也还要写出这权力真正的文化价值。而要做到这些，儿童文学对于儿童主体的思考和表现就必须超越狭隘的儿童自我中心和童年唯我意识。透过它，儿童所看见的不是任何孤立、自私、狭隘的主体，而是那站在开阔的生活、历史和文化大背景上的、不断走向丰富和深刻的主体。

在一个娱乐至上的商业童书时代，人们更需要清醒地看到，单纯的娱乐从来不是儿童文学的最高艺术追求。作为儿童世界的守护者、引领者，作为儿童成长的文学陪伴者，儿童文学写作者们还有责任通过作品为儿童读者提供有关他们自我发展的理想图景。这理想不只来自儿童自己的愿望，也来自成人作家以其丰富的生活经验和深入的人生思考所得出的关于童年可能性的洞见。我以为，对于当代儿童文学的艺术发展而言，后者正是它所缺乏和亟需的。

（原载 2015 年 6 月 1 日《光明日报》）

儿童文学不应“与童年为敌”

与成人阅读相比，儿童阅读总是受到更多外在因素的影响和约束。在世界儿童文学发展的历史进程中，一个常见的现象是，儿童文学的精神价值被不断具体化为某种思想意识或道德诫令，继而极大地影响到儿童文学文本的艺术面貌及其探索精神。在狭义道德生成的同时，儿童文学精神的高度被矮化乃至消泯了，而其艺术的施展空间也因此变得十分有限。

儿童文学精神的启蒙仍然没有完成

中国文学教化传统曾对儿童文学产生过不良影响。中国儿童文学的启蒙精神至今仍有待于人们重新去发现。在目前情况下，亟需向读者呈现一批优秀的儿童文学文本。

回顾20世纪初至今的中国儿童文学发展过程，其中的许多历史片断或许都可以为上述现象提供一种历史注脚。我个人认为，直到今天，这种关于儿童文学精神的启蒙，仍然远没有完成。在目前中国的儿童文学阅读现状下，向读者集中呈现一批真正称得上优秀的儿童文学文本，或许可以更有力地推进这样一种文学启蒙观念的普及。

近几年来，我把相当一部分精力集中在儿童文学选本的选评工作中。这种选评或许带有我个人审美趣味的痕迹，即强调一种开阔的人文情怀和精神高度。其中《中国儿童文学分级读本》包含了一个我个人多年来一直想从理论和实践上予以落实的思考，我把它称为“重新发现中国儿童文学”。通过这一重新发现的过程，我希望能摆脱长期以来在中国儿童文学史的书写与儿童文学选本的编写中延续下来的艺术判断标准，从一种更具世界性的儿童文学审美评判的视角出发，来尝试重新描画中国儿童文学的另一种面貌，重新清理出另一条中国儿童文学的审美发展脉络。

要为儿童心灵成长选取优质精神食粮

童年时期的精神滋养，对儿童成长特别重要。当前一些儿童文学作品中存在暴力、杀戮等情节，还有不少作品只把儿童设定为一个被否定的、需要教育的对象，由此带来了大量问题。

在漫长、大量的搜寻和品读过程中，那些传统的、深入一些作家艺术骨髓的儿童文学创作理念和文化习性对中国儿童文学发展的历史影响甚至伤害，仍然让我深感震惊。例如，许多作品，包括名家笔下的儿童文学作品中不时出现的暴力、杀戮、侵害等情节和元素，成为一些作品的基本叙事构成。又如，不少作品怀着教育儿童的动机和“自信”，总是把儿童设定为一个被质疑、被否定的对象，作品中所潜藏、体现的童年观，也总是表现出一种否定性的、而非建设性的价值判断和情感取向——“与童年为敌”，这甚至成为历史上许多原创儿童文学作品所呈现给我们的一种基本的文化姿态。我认为，在今天大量提供给儿童的公共阅读资源中，一种延续自传统儿童文学史观的对于儿童读物的价值判断取向，仍然占据着主导性的位置。今天我们的儿童阅读仍然明显受到一种功利而又狭隘的教育观的影响，它包括缺乏真诚的情感教育、缺乏温度的知识教育、缺乏反思的纪律教育、缺乏普世价值关怀的民族主义教育，等等。

直到今天，这些问题依然严重地存在于我们提供给孩子的大量阅读材料中，其中包括小学语文教材。就目前小学语文教材的儿童文学选文部分来看，从作品的选择到出于识字量、篇幅、内容等原因的文本改写，为了知识教育牺牲文学教育、为了道德教育牺牲精神培育的现象普遍存在。这些年来，小学语文教材几经修订，我们可以看到其中明显的进步，但上述问题依然十分突出。所以，在选评《中国儿童文学分级读本》的过程中，我有意将一部分被选入人教版小学语文读本，且符合我的选文标准的儿童文学作品原文放在读本对应分册的相近单元里，以便有助于读者比照和思考。

不要对孩子过早进行道德说教

儿童文学作品应当通过真切的心理情绪与生活体验，为儿童展现朴实而又珍贵的生命世界与视野足够高远的精神世界。这种生动鲜活的文学作品远比单纯的道德说教更具生命力。

最近，随着人们对于儿童道德关注的升温，关于《子弟规》《孝经》

等道德经典的儿童诵读倡导再度引发讨论。我个人十分乐于承认经典诵读的语言与文化传承意义，但我也始终认为，儿童精神的教化是一个只有在最普通、最日常的儿童生活语境里，才能真正得以有效实施的过程。它通过诉诸童年真切的心理情绪与生活体验，向儿童打开一个足够贴近他们，同时视野上也足够高远的精神的世界。在这方面，儿童文学有着众所周知的天然优势。但是，儿童文学对于儿童精神的教化与陶冶的真正实现，仍有赖于这一文类本身所达到的精神的高度，继而有赖于我们对“精神”的理解。

几乎所有人都知道，童年时期的营养对于我们的生命多么重要，但并不是所有人都知道，童年时期获得的养料，将决定一个生命成长的朝向，而这一点，或许比成长本身更为重要。我在自己长期以来的儿童文学阅读、品味、评点、判断的过程中，不断地体认到这一点：优秀的儿童文学作品给予我们的并无其他，只是一种素朴的精神情怀；它并不向我们的孩子过早地提出道德律令的要求，但它的确为孩子展开了这样一个朴实而又珍贵的人的生存命题，即每一个人都有可能和有责任让自己变得更好一些。

我也希望通过《中国儿童文学分级读本》，表达对中国儿童文学“变得更好一些”的期待和祝福。站在世界优秀儿童文学的视点上来观看中国儿童文学的历史风景，难免会有诸多马后炮式的不如意。也许可以说，这套选本所归拢的作品，让我们看到了中国儿童文学在其难以克服的时代局限下，一点一点努力和推进的节奏与面貌。

（原载 2011 年 3 月 31 日《中国教育报》）

从发生认识论看儿童文学的特殊性

瑞士心理学家、哲学家让·保尔·皮亚杰（1896—1980）在20世纪60年代初期创立了发生认识论学说。这一学说被国际学术界认为是对当代认识科学的重大贡献。近几年来，随着皮亚杰著作中译本的陆续出版，发生认识论和以皮亚杰为首的日内瓦心理学派关于儿童心理发展的实验及研究成果，也引起了我国学术界的普遍重视。我感到，皮亚杰的发生认识论学说，对于我们研究儿童文学和儿童审美活动，也是具有启示意义的。本文尝试运用发生认识论原理，结合皮亚杰关于儿童心理发展的学说，对儿童文学特殊性问题作一初步的探讨。

一

儿童文学特殊性是儿童文学理论的基本课题之一，历来众说纷纭。直到今天，这个儿童文学研究中的斯芬克斯之谜仍然在激发着人们思考的兴趣和勇气。目前，国内儿童文学理论界对这一问题比较具有代表性的看法，一般是提这样两点，即：1. 教育的方向性；2. 儿童的年龄特征。例如，五院校合编的《儿童文学概论》在《儿童文学的特殊性》一节中就明确地说，“教育的方向性和儿童的年龄特征”，是“儿童文学特殊性的两个基本因素”；“给儿童提供的文学作品，从内容到形式，时时要考虑到给孩子以什么教育，处处要照顾到儿童年龄特征，这就是儿童文学的特殊性”。这种观点在我国儿童文学理论界十分流行，并且占据着主导地位。

但是，流行的观点也不是完全不容怀疑的。我认为，时下对于儿童文学特殊性的看法，并未真正揭示出儿童文学的特有属性。这里，我们不妨先来看看所谓“教育的方向性”的说法。

事实上，“教育的方向性”并不表现为儿童文学不同于成人文学的、特有的属性。这里，似乎有必要明确一下我们应该在何种意义或层次上来探讨儿童文学特殊性的问题。我们知道，儿童文学是文学的一个部门，从更广阔的范围来考察，它属于社会上层建筑中的意识形态范畴。因此，在整个社会形态中，儿童文学具有意识形态的一般特性，不过这些特性属于历史唯物主义的研究领域；作为一种特殊的社会意识形态，儿童文学又具有与成人文学一致而又不同于意识形态其他部门如哲学、道德、宗教等的特性，但这些特性是一般文学理论的研究课题。在儿童文学理论研究中，探讨儿童文学的特殊性，就意味着要揭示出在文学这样一个规定系统中，儿童文学不同于成人文学的、决定自身合理存在的质的规定性。我认为，在这种意义上来探讨儿童文学的特殊性，才是儿童文学研究所要解决的课题。

文学作为精神产品，可以对人的精神世界产生影响，因而具有教育功能，这一点儿童文学与成人文学是一致的。所谓“教育的方向性”，只是在一定的社会历史条件下，人们对文学所提出的一种特殊的要求，这种要求的目的，是使文学的教育作用体现出更为鲜明和强烈的功利性。人们可以对一定历史时期的儿童文学提出这种要求，也可以对一定历史时期的成人文学提出这种要求。例如20世纪30年代苏联提出“社会主义现实主义创作方法”时，就要求社会主义现实主义文学“对现实进行艺术描写的真实性和历史具体性，必须与用社会主义精神从思想上改造和教育劳动人民的任务结合起来”。由此可见，“教育的方向性”并不是非儿童文学莫属的特性，不能成为儿童文学特殊性的一个“基本因素”。

二

儿童文学区别于成人文学的特殊性是由什么因素决定的？答曰：儿童特点。那么，儿童特点究竟又是什么呢？通常认为就是儿童年龄特征。所谓儿童年龄特征，是指在一定社会和教育条件下，儿童在不同年龄阶段中形成并表现出来的典型的心理特征。它无疑是决定儿童文学特点的一个极为重要的因素。但是，儿童对文学的特殊要求，并不只是由心理因素所决定的。皮亚杰发生认识论的认识结构学说启示我们，儿童特点就是儿童有别于成人的审美性的主体结构。

皮亚杰发生认识论从发生学的角度来研究个体认识活动的发生和发展过程，其核心是认识的结构和建构学说。什么是皮亚杰所说的认识结构呢？

传统的认识论学说认为，主体认识的发生是因为外界刺激引起人的反应，主体只是像一块白板，对客观现实做出反应，认识便是这种反应的结果。这一传统观点可以用公式表示：

S → R（即：刺激→反应）

它显然忽视了主体机制在认识活动中的作用。如果用这种观点来看待儿童与儿童文学，就势必会导致如下推论：儿童的文学欣赏活动只是一种主体对客体的反应过程，只要向儿童提供作品（而无需考虑儿童的接受机制和作品的特点），儿童就会产生一定的反应活动，此外关于儿童和儿童特点的一切理论，都不过是骗人的鬼话。这样的推论显然是极其荒谬的。皮亚杰则反对把认识活动看成是单向的主体对客体的反应活动。他提出了双向活动的看法，用公式来表示，即为：S ⇄ R。这一公式表明主体在客体的刺激面前并不是完全被动的。皮亚杰认为外界刺激的输入要通过主体机制的过滤作用。他说："一个刺激要引起某一特定反应，主体及其机体就必须有反应刺激的能力。"[1] 这种主体的能力或机制，就是认识结构。认识结构不是先天性的机制，它"既不是在客体中预先形成了的……也不是在必须不断地进行重新组织的主体中预先形成了的"[2]，而是在婴儿遗传结构的基础上，通过个体认识活动的展开而逐渐生成和发展的。

这里，我们将接触到认识结构的第一个基本概念——图式。（"认识结构"共涉及图式、同化、顺应、平衡四个基本概念，下文将陆续谈到。）既然认识活动是双向活动，是主客体之间的相互作用，那么，主体的积极的动作在认识活动中就起着不能忽视的作用。所谓图式，是指动作结构，它是主体认识客体的基础。婴儿最初的活动是一些遗传性的反射动作，如吮乳反射和手掌反射。这些本能动作，皮亚杰称之为"遗传性的图式"，是主体外在的物质动作结构。大约在一岁半至两岁期间，开始出现"信号性功能"，即儿童"具有应用一个'信号物'来代表某些事物的能力”。[3]这样，主体外在的物质动作结构，便逐渐以“信号物”（即符号，包括语言、心理表象和象征性的姿态等）的形式内化到大脑中，形成主体内在的精神动作结构，它已经不同于婴儿的“遗传性的图式”了。

为了说明图式的作用，可以把表示认识活动双向反馈特点的公式 S⇄R 改写为：

$$S \rightarrow (AT) \rightarrow R$$

在这个公式中，AT 代表刺激 S 被个体同化（A）于认识结构（T）之中。同化是指“刺激输入的过滤或改变”[4]，即通过“活动”这一中介条件，把外界刺激纳入主体原有的图式之中进行分解、组合、消化、吸收，把主体的图式赋予客体，从而使客体与主体的图式相一致。同化是“引起反应的根源”。可见，个体认识的发生，离不开个体认识结构的作用；只有个体图式的同化机能，才能使认识的发生成为现实。

不过，皮亚杰提出的“认识结构”（图式）的概念，是从考察个体认识发生机制的角度来考虑问题的，有其特定的含义。而儿童对于儿童文学作品的审美活动，一方面包含了认识因素，另一方面又不仅仅是认识活动，而是包含了多种主体结构功能展开的活动。因此，儿童审美活动中的个体机制应该是一种更为复杂的主体结构。对于儿童文学来说，只有适应儿童主体结构的同化机能，儿童文学的符号系统对于儿童才是有意义的，儿童文学的艺术信息才能通过艺术符号的运载，纳入儿童主体结构之中，成为对儿童有用的东西。反之，如果作品与儿童主体结构不具有同构性，超出了儿童主体结构的同化能力，那么，这些作品就不能被儿童主体结构所过滤，艺术符号不能起传达信息的作用，死信息不能变成活信息，这样的作品是不能进入儿童文学殿堂的。儿童主体结构在审美活动中的这种选择、组织作用，可以借用发生认识论的符号形式更明确地表示如下：

$$T+I \rightarrow AT+E$$

在这里，T 代表儿童的主体结构，I 是儿童文学的艺术信息，AT 是将 I 同化到 T 的结果，也即儿童主体结构对儿童文学艺术信息的接收和反映，E 是在审美活动的刺激情境内被排除在儿童主体结构之外的东西。

很显然，一切真正的儿童文学作品，总是适应儿童主体结构的同化机能的，而一切适应儿童主体结构同化机能的作品，也都可能通过各种方式进入儿童的审美视野。例如在儿童文学成为一种自觉的文学以前，我国古代儿童就从丰富多彩的民间口头文学和文人创作文学中汲取了宝贵的精神滋养。像古代杰出的长篇神话小说《西游记》，虽然从整体上看并不是现代意义上的儿童文学作品，但其中的许多章节，如“花果山”“大闹天宫”“三打白骨精”等，早已成为儿童们喜爱的故事。这些故事经过改编，事实上已经成为现代意义的儿童文学作品。但是，《西游记》中的有些内容，如刘全进瓜和凤仙郡天旱的故事以及作品中所流露的轮回报应、佛法无边和宿命论思想，则是不适合儿童主体结构的同化机能的。

上述分析表明，文学作为人的审美对象，其价值的实现不能脱离人的主体结构的作用。当代西方新兴的接受美学理论，就特别重视这样一个事实，即文学作品是为读者阅读而创作的，它的社会意义和美学价值，只有在阅读过程中才能表现出来。“儿童文学”这一概念，说明它强烈地意识到自己的接收者是儿童。马克思指出：“对象如何对他说来成为他的对象，这取决于对象的性质以及与其相适应的本质力量的性质；因为正是这种关系的规定性造成了一种特殊的、现实的肯定方式。”[5] 因此，儿童文学只有适应儿童主体结构，才能成为儿童的审美对象，获得独立的存在价值。

发生认识论并没有为我们提供主体结构的现成模式，但是，它却从个体认识生成的角度向我们显示了主体结构在儿童审美活动中的地位和作用。很显然，这种主体结构既不是发生认识论的认识结构，也不等于通常所说的儿童年龄特征，而是一个整体有机的复合体。我认为它大致包括这样三个层次：

A．伦理的层次；

B．知识的层次；

C．心理的层次。

这三个层次的有机配置和组合，构成了儿童的主体结构。高尔基曾经在《儿童文学主题论》一文中说：“有志于儿童文学的作家必须考虑到读者年龄的一切特点。违背这些特点，他的著作就会成为没有对象的，对儿童和大人都无用的东西。”我以为，这里所说的“读者年龄的一切特点”，应该是上述三个层次有机构成的儿童主体结构，而不仅仅是儿童心理的年龄特征。与成人比较起来，儿童不仅在心理过程（知、情、意）方面有自己的特点，而且在伦理观（如道德感）和知识水平方面也有自己的特点，因此，在谈论儿童文学特点时，只注意到儿童心理的年龄特征的影响是不够的，而必须综合考虑儿童主体结构各层次的共同影响。

例如，1983 年诺贝尔文学奖获得者、英国作家威廉·戈尔丁的长篇小说《蝇王》，如果单单从审美的心理因素考察，似乎可以看作是一部儿童文学作品。这部小说描述了一群流落孤岛的儿童的冒险故事。开始，孩子们还试图用文明社会的模式来规范荒岛生活，但在孤立无援的境况下，他们逐渐变得野蛮放荡，甚至互相残杀。小说通俗而惊险的故事，能迎合小读者的好奇心理，但它表达的却是作者对人性的思考，对人类前途的忧虑，这些是难以被儿童的主体结构所接受的。因此从整体上看，它并不是一部儿童文学作品。《蝇王》在英美等国拥有许多青少年读者，这不足为奇，因为少年读者也往往会对成人文学发生兴趣，他们不仅读《蝇王》，而且也会读莎士比亚，读狄更斯，读福克纳和海明威。

儿童主体结构在个别儿童身上，往往打上了个体的烙印。儿童的个性心理特征（能力、气质、性格）和个性倾向性（需要、动机、兴趣、理想、信念以及逐渐形成的世界观），都势必会渗透、融合、凝冻在每个儿童的主体结构中，形成儿童主体结构的独特性。但是，从总体上看，儿童主体结构具有普遍而稳定的共性，“它决定了儿童对儿童文学的一般的，同时又是独特的要求”。

综上所述，我认为儿童文学的第一个特点就是适应儿童主体结构的同化机能，换句话说，它是儿童化的文学，能够为儿童所接受和欣赏。

三

图式是个体认识外界、获得知识的机制，它一旦生成，也不会完全静止不变。如果皮亚杰仅仅提出关于认识图式的静态的“结构论”，那么他也就不会享有今天这样的世界性的声誉了。皮亚杰早年曾经追随过 1912 年在德国由 W · 韦特墨、K · 考夫卡和 W · 苛勒创始的格式塔派心理学理论。事实上，格式塔理论也是一种结构论。

他们提出过所谓“同形论”的原理。何谓同形论？苛勒说：“经验到的空间秩序在结构上总是和作为基础的大脑过程分布的机能秩序是同一的。”[6] 这也就是说，客体的物质结构同主体的认识结构之间有一种同构对应关系。但是，格式塔派所说的“结构”，乃是一种凝固的、不变的完形。皮亚杰学说的真正价值，就在于突破了格式塔派静止的、僵死的结构，进一步提出了动态的认识建构学说。

在皮亚杰看来，认识图式除了具有过滤或改变输入刺激的同化作用外，还有适应客体，改变原有图式的顺应作用。主体“内部图式的改变以适应现实”[7]，就叫作顺应。同化和顺应是图式适应环境的两种对立而又统一的机能。如前所述，只有通过图式的同化作用，主体才能够产生关于客体的知识，但是一定的图式只能同化那些与形成这一图式的刺激相同或相似的刺激，而随着实践活动的展开，主体生活的环境和接受的刺激也必然会随着发生变化和发展。由于图式本身的限制，刺激与图式之间的矛盾便尖锐起来，客体刺激中必然有许多因素不能被原有图式吸收、改变，同化就不能取得成功。这时，如果图式不根据客体的改变而加以调整，就不能适应外界环境，人的认识水平也会得不到提高。所以，图式的顺应作用是十分重要的。当原有图式不能同化客体时，主体就要通过图式的顺应作用来改变它，以适应认识的需要。同化只能从量上丰富和扩充主体图式，顺应却能引起图式的质的变化，使新的图式通过对原有图式的整合作用而得以建立。主体图式就是这样经历着一个不断由同化和顺应交替进行的构造过程，并不断地在构造中保持同化和顺应两种机能的平衡。皮亚杰把这个过程称为认识的建构，他认为，认识的获得，必须用一个将结构主义和建构主义紧密连接起来的理论来说明。的确，光看到认识的结构（图式）而看不到认识的建构（图式的不断更新），就无法全面解释个体认识的发生和发展过程——譬如格式塔派的心理学理论。

人们经常说，儿童的可塑性很大，这实际上也包含了儿童的主体结构有一个特别突出的建构过程的思想。儿童阶段，是人的一生中生活范围和生活内容迅速扩大的阶段。学前儿童会同布娃娃亲密地说着悄悄话，会沉醉到“摆家家”的模仿性游戏情境中。大约从三岁开始，儿童就“开始向自己或周围的人询问各种问题，其中最突出是‘为什么’问题”。[8] 在接触、了解、认识世界的过程中，儿童的主体结构通过同化和顺应两种机能，实现着把原有结构整合到新结构中的不断建构。从这种建构观点看，儿童文学要成为儿童的审美对象，就还应该考虑到不同建构的儿童主体结构的发展水平，因为儿童文学的接收对象是一个包括了从学龄前儿童到学龄中期儿童的复杂的集合群。这样，儿童文学就必然在各个方面呈现着阶段性的特点，这一特点就是儿童文学特殊性的第二个方面。

阶段性特点在儿童文学中的表现是十分明显的。例如，我们通常将儿童文学划分为幼儿文学、儿童文学（狭义）、少年文学三个部分，每一部分的作品都适应主体结构一定发展阶段的儿童的需要。以幼儿文学来说，它必须适应学前儿童的特殊要求。幼儿阶段尚未形成社会化的思想习惯，那些复杂的社会现象、抽象的概念，是不能被幼儿的主体结构所吸收的。幼儿认识事物、注重事物的外部联系，多从现象上把握事物的特征，所以幼儿文学主要应通过对现象世界的描绘来帮助他们认识事物的特点。例如童话《小蝌蚪找妈妈》，描述一群小蝌蚪找妈妈的有趣过程，帮助幼儿认识了“眼睛圆鼓鼓”的金鱼、

“肚皮雪雪白”的螃蟹、“四条腿”的乌龟、“大脑袋尖尾巴”的鲵鱼。最后，小蝌蚪终于找到了自己的青蛙妈妈：眼睛圆鼓鼓、肚皮雪雪白、长着四条腿。后来，小蝌蚪又渐渐变成了小青蛙。显然，这些描述不同于生物学讲义中对青蛙个体发育过程的阐述，而是适应幼儿主体结构同化和顺应机能的形象描绘。不过，如果是为学龄中期儿童创作的作品，那么这样的描绘显然就不合适了，因为它不适应学龄中期儿童主体结构的顺应机能，孩子们是不会满足的。

从儿童文学作品和报刊的编辑出版看，阶段性特点也很明显。如适应不同阶段小读者的需要，我们有《娃娃画报》《幼儿文学》《小朋友》《儿童文学》《文学少年》等儿童文学报刊，最近还创办了《婴儿画报》。在日本，儿童文学作品则按一年级、二年级、三年级……分别编辑出版。这种情况与成人文学编辑出版的方式是完全不同的。

从年龄跨度看，整个儿童阶段只有十几年时光，而成人的年龄的跨度比儿童要大得多，同时成人的主体结构也处于不断建构的过程中，但为什么儿童文学呈现着阶段性的特点，成人文学却不具备这一特点呢？这首先是因为儿童主体结构的建构活动十分活跃，经常处于变动和重新构造的状态中。比较起来，成人的主体结构则具有比较明显的质的稳定性。其次，儿童主体结构的建构过程呈现着同步性的特点，这种同步性表现为在儿童主体结构由低级向高级发展过程中，绝大多数儿童都有一个相同（不是同一）或相似的轨迹，因此处于一定建构阶段的儿童，就对文学提出了一致或相似的要求。而成人主体结构的建构过程就不一定具有这种同步性，因此成人文学也就不具有阶段性的特点。

总之，从发生认识论静态的结构观点看，儿童文学必须适应儿童主体结构的同化（接受）机能；从发生认识论动态的建构观点看，儿童文学必然具有阶段性的特点。我认为，这就是儿童文学特殊性的两个基本方面，正是这两个基本方面，规定了儿童文学的独特价值，也规定了儿童文学特殊性的两个延伸领域：前者规定了儿童文学在内容、形式和表现手法等方面与成人文学的具体差异——包括教育因素的差异；后者规定了不同阶段儿童文学作品之间在内容、形式和表现手法等方面的具体差异。这些具体差异，当然就不是本文所能够一一探讨的了。

（原载 1985 年《浙江师范大学学报》儿童文学研究专辑）

注 释

[1] 皮亚杰：《发生认识论原理》，王宪钿等译，北京：商务印书馆 1981 年版，第 60 页。

[2] 皮亚杰：《发生认识论原理》，王宪钿等译，北京：商务印书馆 1981 年版，第 15 页。

[3][4] 皮亚杰、英海尔德：《儿童心理学》，吴福元译，北京：商务印书馆 1980 年版，第 41 页。

[5] 马克思：《1844 年经济学—哲学手稿》，刘丕坤译，北京：人民出版社 1979 年版，第 79 页。

[6] 杜·舒尔茨：《现代心理学史》，陈立能等译，北京：人民教育出版社 1981 年版，第 308 页。

[7] 皮亚杰、英海尔德：《儿童心理学》，吴福元译，北京：商务印书馆 1980 年版，第 7 页。

[8] 见皮亚杰、英海尔德：《儿童心理学》，吴福元译，北京：文化教育出版社 1980 年版，第 82 页。

儿童文学本体观的倾斜及其重建

小 引

儿童文学在发展的同时伴随着一种强烈的困惑感。一些作品凸现了儿童文学作家自我的审美意识，因而带上了我们传统的儿童文学视觉所不习惯的色彩，这就难免让人感到不适应。尽管如此，新的观念仍在涌现，新的实践仍在继续。显然，新的观念不可能仅仅自恃其“新”就想引导儿童文学航船行驶无阻。但是，它也并非注定就是无能的。问题在于，这种观念应该契合儿童文学独特的本体构成形态，而不应该只是社会历史运动的产物。换句话说，任何现实而合理的儿童文学观念的出现，既是社会发展的历史逻辑使然，又必然体现了儿童文学自身的艺术发展要求。另一方面，新的实践和新的观念又可能对已有的儿童文学本体观形成冲击。事实也正是如此：当前的儿童文学创作实践已经向传统的单纯以少年儿童审美心理为参照的儿童文学本体观提出了怀疑。然而值得注意的是，在观念更新的旗帜下，如何在整个当代背景上调整和重建我们对儿童文学本体的了解和认识，却在不知不觉中被我们忽视了。当传统的儿童文学本体观指导我们去观察新的儿童文学实践时，它们之间的隔膜甚至抵牾就很自然地使我们产生了这样那样的困惑。因此，对儿童文学本体的重新思考和探索，就显得十分必要了。

上

在对儿童文学本体进行思考时，我们首先面临的问题是：儿童文学以何种方式存在着？

严格意义上的儿童文学指的是儿童文学作品——也称文本。文本“是艺术现实的、‘现有的存在’”[1]，它的独特的本体论地位使它成为文学研究的基本思想材料。但这里必须澄清的是这样两个问题：一，文学作品是不是绝对封闭的自足体？二，文学作品作为艺术本体究竟是物质形态的，还是观念形态的？

首先，文学作品作为客观的存在物具有自律性的特征，这也就是说，每一部文学作品都有着自己独立的本体存在方式，有着自己特殊的内部构造规律和组织系统。无论是李白的诗歌、莎士比亚的剧本，还是安徒生或张天翼的童话作品，都涵纳着一个独特的天地——通常被称作“文学世界”。但也正因为如此，人们很容易在指出作品自身的构成规律、强调文学作品的自律性特征的同时，又将它看成是一个绝对自足的实体而封闭、悬置起来。本世纪的英美新批评派就断言文学作品是一个独立自主的世界，认为只有文本才是批评的出发点和归宿，文学研究的对象只能是诗的“本体即诗的存在的现实”。[2]这就把文学作品与文学活动（创作活动与接受活动）的联系斩断了，把作品与作者和读者隔离了起来。

诚然，文学作品是独立的具有艺术生命活力的有机体，但这个有机体是创作过程的产物，它综合了现实美、社会审美意识和作家的艺术个性以及作为传达媒介的语言材料的审美特性，所以，它不可能是文学研究的唯一关注目标。同时，作品又是接受过程的现实性起点，在一定意义上可以说，文本是为接受者而存在的。文本研究不能同接受研究截然分开。事实上，新批评派的理论家们自己也主张在文本研究中，要把对文本的阐释与评价结合起来。而阐释与评价，不正是批评主体对文本的一种介入吗？英国学者戴维·罗比说得好："阐释与评价绝不是对文学作品的客观的陈述，而是文本与读者之间的相互作用的结果，因为批评家不可能不对他们所研究的文本施加自己的观点和偏爱。"[3]

其次，文学作品的存在离不开一定的物质媒介，最常见的情形是，用油墨把文字印在纸张上。但是，文学作品的这些物质性存在并非真正的文学本体，它只不过是文学活动中创作主体精神过程的推演和物化的结果，是文学审美过程的物质中介和信息载体。因此，文学作品作为人类精神活动的产品，它本质上是属于人的精神的，从而，文学本体的真正存在也只能是依附于特定物质媒介的观念形态的东西。关于艺术本体存在的观念性特征，我国古代道家的艺术理论中就有许多高明的论述，可以说，是道家首先透过实在的艺术品的物质形式，揭示出艺术本体的观念性，从而把人们的眼睛从艺术品的物质形态的外壳引向它的观念形态的本体。[4]我国古代文论中的"象外说""滋味说""意境说""神韵说"等，也都体现了人们对文艺本体的敏锐而机智的把握。

因此，一部《骑鹅旅行记》（作者塞尔玛·拉格洛孚）的真正的本体不是由白纸上的黑字所组成，而是由文字背后所隐藏、所叙述的男孩尼尔斯的奇异旅行所组成，由文字所描绘、所传达的瑞典的山川河流、城镇乡村、历史古迹、生活风俗所组成。巴金的童话《长生塔》，其艺术本体无疑也只能是那个象征性极强的皇帝逼迫人民为他建造长生塔的故事，而不是作品的物质载体。当然，文学作品观念性本体的呈现离不开物质媒介的承载，正如马克思说的："'精神'从一开始便很倒霉，注定要受物质的'纠缠'。"[5]但重要的是，物质性的作品承载着对象化了的人类精神和观念。从这个意义上说，文学作品的本体既是观念性的存在，又是沟通人类精神交流的桥梁——首先是沟通创作者和欣赏者之间的精神交流。

那么，过去人们又是如何理解和把握儿童文学本体的呢？

人们对儿童文学本体的认识是与儿童文学特殊的发生和自觉过程相联系的。如果说一般文学的发生是建立在人类精神需要的基础上的话，那么儿童文学的发生则还要多一道障碍和手续：儿童需要自己的文学，然而这种需要却必须由成人来发现并予以满足。可悲的是，无论东方还是西方，当古代文化早已取得辉煌灿烂的成就的时候，儿童的独特精神需求却始终得不到重视。古希腊斯巴达人的教育是把农业贵族子弟训练成为剥削者的武士的教育。因此，儿童和少年在大部分时间里从事军事体育练习，为了养成忍耐力，还必须习惯于各种艰难的遭遇，忍受饥渴、寒冷和痛楚。至于阅读和写字，希腊作家、历史学家普卢塔克曾经这样写道："儿童学习的只是最必需的东西，他们所学习的其余的东西只是追求一个目的：绝对服从、承受艰难困苦、打仗和征服别人。"[6]而在雅典的学校中，文艺教育虽然得到了重视，但也并不是出于对儿童、少年自身需要的认识，因此，学生接触的是《荷马史诗》以及古希腊诗人赫西奥德等的作品。直到文艺复兴时期，一些人文主义者才开始考虑儿童的特殊兴趣和要求。经过 17 世纪伟大的捷克教育家杨·夸美纽斯、18 世纪法国启蒙主义者让·卢梭等人的努力，伴随着儿童独立世界的被发现和儿童特殊精神需要的被肯定，儿童文学才从不自觉的自在状态逐渐进入到本体的自觉存在状态。中国的情形也大体如此，只是儿童文学自觉得更晚一些。在漫长的封建时代里，由于依附于封建文化意识的儿童观根本无视儿童的独立人格，所以莘莘孩童，除了偶有几册发蒙识字、传递封建伦理道德观念的读物如《三字经》《百家姓》《千字文》《幼学琼林》等外，“四书”“五经”照啃不误。直到19世纪后半叶，随着绵延数千年的我国封建社会专制保守的精神文化系统受到冲击和封建儿童观的逐渐解体，我国儿童文学才开始了走向自觉的历史进程。这一进程经由五四时期的“儿童文学运动”才得以基本完成。

也许是出于对扼杀儿童独立人格的旧儿童观的深恶痛绝，也许是由于历史在除旧布新进程中难以避免的矫枉过正，早期的拓荒者大力强调的是儿童世界的独立性、强调成人对儿童世界的尊重和顺应。例如卢梭就在《爱弥儿》中提出了他自己的系统的儿童教育观。他认为，教育应当遵循自然的法则，而“自然所希望的是儿童在变为成人前一直是儿童”。因此，真正的教育是让孩子们去探索自己的天性，去探索自己周围的环境。他们不应该被成人塑造成型，而是应该自然而然地成长、自然而然地成型。我国五四运动前后在西方资产阶级民主主义思想特别是在杜威的实用主义教育思想影响下所形成的“儿童中心主义”或“儿童本位教育”，也以顺应儿童的自然本能和兴趣为主要特征。杜威把儿童比作太阳，认为整个教育过程都应围绕着它转，这一思想虽然有很大偏颇性，但它毕竟是对无视儿童独立人格的封建儿童观的坚决反拨，因而在当时得到了广泛的传播和响应。

很自然地，先驱者们就以上述儿童观为基础构筑了最初的儿童文学本体观。这一儿童文学本体观的基本要点便是强调儿童文学本体构成的儿童本位性。我国五四时期形成的儿童学本体观便是如此。鲁迅早在1919年10月就指出：“孩子的世界，与成人截然不同；倘不先行理解，一味蛮做，便大碍于孩子的发达。所以一切设施，都应该以孩子为本位。”（《我们现在怎样做父亲》）郭沫若、郑振铎也发表过同样的见解，而周作人的儿童本位论的儿童文学观则更为系统、全面。此外，当时那些系统的儿童文学著作或教科书，如魏寿镛、周侯予著的《儿童文学概论》（商务印书馆1923年版）、朱鼎元著的《儿童文学概论》（中华书局1924年版）等也都持同样的观点。

从儿童文学本体观出发，在对儿童文学创作心理的把握上，则是强调成人作者对儿童接受心理的趋附和迎合。郭沫若认为：“儿童文学其重感情与想象二者，大抵与诗的性质相同；其所不同者特以儿童心理为主体，以儿童智力为标准而已。”“故就创作方面言，必熟悉儿童心理或赤子之心未失的人，如化身而为婴儿自由地表现其情感与想象。”（《儿童文学之管见》）周作人也认为创作儿童文学“非熟通儿童心理者不能试，非自具儿童心理者不能善”（《童话略论》），主张要“迎合儿童心理供给他们文艺作品”（《儿童剧》）。在这里，儿童心理不仅成了儿童文学活动的唯一出发点和归结点，而且被看成是儿童文学观念性本体的唯一构成物，或者说，它成了唯一制约、统摄儿童文学活动的力量。

上述儿童文学本体观的历史功绩在于——它第一次发现了儿童作为生命主体的独特的心理世界和精神需求；在人类发现自我、认识自我的道路上迈出了重要的一步。正是这种儿童主体意识的高扬，直接唤醒了儿童文学本体的自觉，宣告了儿童文学作为一个独立的文学门类的诞生。

但是“儿童本位论”的儿童文学观既然带着向旧观念挑战的历史使命，它就难免会被自身冲击传统时所形成的巨大惯性抛得过远。在“儿童本位论”的规定下，儿童文学的观念性本体构成被视为儿童心理、儿童观念的同义语。实际上，这种儿童文学本体观是倾斜的，它对儿童文学本体的理解及把握并不准确和完整。

当然，从儿童文学现象来考察，情况要复杂得多。例如自五四运动以来，我国儿童文学中不顾儿童特点、热衷于耳提面命的说教主义倾向一直时隐时现，阴魂不散。这种狭隘的实用主义文学观念不是将儿童视为独立的精神主体加以尊重和诱导，而是代之以一味的训诫和强行的灌输，把成人的意志用并不高明的文学包装强加给小读者。因此，这实际上是一种反文学的文学观念。尽管它常常跑出来作祟，但每一次都受到了人们的批评。相反，儿童化的文学观却因为它贴上了“儿童”的标签、高举“儿童情趣”的大旗而在儿童文学领域享有特殊的豁免权。虽然新中国成立前流行的“儿童本位论”在新中国成立后一度受到批评，但人们的着眼点往往只是它的政治学、社会学方面的局限，而这一理论在对儿童文学本体的认识和把握方面所表现出来的问题却一直未被正视。因此，当“童心说”“儿童情趣说”一再被我们强调的时候，我们的儿童文学本体观又在不知不觉中重蹈了“本位说”的覆辙。长期以来，由于我们总是习惯于单纯地从接受者的角度来思考和理解儿童文学，“儿童化”成了唯一的至高无上的文学取舍尺度。从儿童文学活动的全过程来考察，单纯儿童化的儿童文学本体观在下列几个环节中都给我们带来了困难。

先是创作环节。由于片面强调儿童文学本体构成的儿童化特征，作家的主体意识就成了创作活动的赘疣，就必须通过对儿童精神世界和儿童生活状态的心理模拟而置换掉，以便让创作者的整个心理空间由这种模拟来填充。这样，创作主体的艺术表现视角、情绪把握能力和意识涵盖面都受到了不应有的限制，创作者作为实践主体和精神主体所拥有的自由度被压缩、贬抑在最狭窄的界域里。于是，作家的艺术创造力萎缩了，创作主体在“儿童化”的羊肠小道上失落了。

次看儿童文学作品。作品是创作活动的物化产品，是创作主体的对象化凝结。既然创作者的主体意识被否定，自我投射遭阻隔，那么儿童文学作品也就在一定程度上成了比较单纯的儿童世界的负载者。一旦这样的作品充斥文坛，那么儿童文学便很难具有较高的审美品格和沉甸甸的艺术分量。

再看接受环节。片面强调对接受者的顺应并非对接受者的真正理解和尊重，恰恰相反，它带来的是接受主体性的削弱乃至丧失。这里的所谓“丧失”有两层含义。其一，儿童的接受过程同时也是主体自我意识的确证过程，是主体创造意识，尤其是审美创造意识的显示、实现过程。在此过程中，儿童文学也就起到了它对读者的精神发展的调节和塑造作用。但是，如果仅有对儿童世界的顺应，儿童的主体接受和审美再造机制就得不到刺激、诱导，就会使接受主体受到抑制，导致丧失。其二，“丧失”是指儿童文学不能满足儿童的审美需求，使得许多儿童文学读者转而把眼光投向成人文学领域，因而使儿童文学失去了自己当然的读者群。本来，儿童与成人在文学接受中的交叉选择现象并不是什么奇怪的事情。譬如，英国作家高尔斯华绥就曾经描述过自己和妻子、侄子、侄媳一行在旅途中兴致勃勃地读完奥地利作家萨尔登的童话《小鹿班贝》的情景和自己对作品的喜爱之情。而理查·亚当斯的《买舟而下》在英国出版时是供儿童阅读的，传入美国后不久却同时名列成人、青少年、儿童读物各畅销榜[7]。同样，儿童，尤其是少年也会用贪婪的目光在成人文学的书架上寻找读物。

那么，应该如何把握儿童文学的本体构成，以重建我们的健全的儿童文学本体观念呢？

下

如前所述，文本是文学现实的实体存在，同时，文本又不是封闭的自足体，文本的观念性本体是文学创作活动的直接产物，又必须通过文学接受活动得以传递。因此，文本自身只是文学本体的承载、传播者，要把握儿童文学的本体构成，就必须将文本置于儿童文学活动全过程中去加以考察。

儿童文学活动的参与者包括分据两端的作为创作者的成人（当然也有儿童自己创作儿童文学作品的特殊情况）和作为接受者的儿童（同样，在理论上也可以不考虑成人对儿童文学的接受）。这就决定了儿童文学活动的一个基本特征，即它是成人世界与儿童世界的艺术对话和交流。这一活动与成人文学活动有根本差异。

儿童的认识活动、心理过程与成人不同，但是过去人们却曾误以为两者之间没有质的区别，最多也只是量的不同，例如儿童的知识不如成人那么多，观察不如成人那么全面，儿童不过是缩小了的成人。这显然是有悖于事实的。瑞士哲学家、心理学家皮亚杰在大量的心理实验和深入研究的基础上提出，主体的认识是一个有着自我调节的转换系统的整体，因而具有结构的特征，儿童和成人的认识活动由于认识结构的整体性区别而表现出明显的质的不同。因此，儿童世界与成人世界是两种不同的心理建构阶段的产物。

但是，儿童世界与成人世界又不是截然对立的。成人世界是儿童世界延伸和发展的结果。同时，认识结构的发展是整合的。每一整体结构渊源于前阶段的整体结构，把前阶段的整体结构整合为一个附属结构，作为本阶段的整体结构的准备，而这整体结构本身又继续向前发展，或早或迟地整合成为次一阶段的结构。正是在这个意义上，皮亚杰曾经认为“儿童能部分地解释成人”，“儿童的每一发展阶段能部分地解释随后发生的各个阶段”。[8] 因此，儿童世界与成人世界之间固然有一堵心理高墙，但它并不是绝对不可逾越的。

从时间上看，儿童文学活动作为一个过程，总是创作活动在前，文本居中，接受活动在后。因此，就有人把创作和接受看成是互相切割、隔绝开来的毫无联系的部分。法国诗人、文艺批评家保尔·瓦勒里就认为，“制造者和消费者是根本分离的两种系统”[9]，“制造者与消费者的相互独立，互相不了解对方的思想和需要，这对一件作品的效果来说，几乎是至关重要的”。[10] 如果事实真像瓦勒里所说的那样，那文学活动的存在就令人难以设想了。实际上，如前文已经指出过的那样，儿童文学的本体存在是观念性的，儿童文学活动同时也是观念性的传达、流动和接收的动态过程。在这一过程中，作者与读者的沟通和交流并非仅仅存在于读者对文本的接受阶段，而是在读者阅读作品之前就已经存在了。苏联文艺理论家梅拉赫认为，艺术家从最初的构思到创作的完成，始终不断地要在创作中同想象中的读者打交道，即作家在创作中都有自己的“接受模型”，并且都得依靠一定的“接受模型”来进行创作。“儿童文学”这一概念本身，说明它强烈地意识到自己的接收者是儿童。儿童文学作品要成为儿童读者的审美对象，就必须考虑到读者对象的审美心理，因为儿童文学作品作为以儿童为接受主体的审美客体，其价值的实现不能脱离儿童审美心理机制的作用。所以，未来小读者的影子必然会深刻地影响着儿童文学作家的创作过程。安徒生说：“我在纸上所写的，完全和口里所说的一样，甚至连音容笑貌都写了进去，仿佛我对面有一个小孩在听一般。”[11] 读者“接受模型”的这种制导作用，要求儿童文学作家在创作中必须熟悉儿童生活，了解儿童心理。

但是，在儿童文学创作过程中，作家自身的世界并不是被儿童世界取代、置换，而是同它相碰撞、相融合。在这里，创作活动消融了创作主体与客体（即社会生活，包括儿童生活和心理状态等）之间的界限，使两者聚合为观念性的文学本体存在。因此，文学本体的构成既是一定创作客体的投射和反映，也需要作家主体的自我参与和传递，如皮亚杰在谈到人的活动必然是主体和客体同时参与时说的那样：“在每一个活动中，主体和客体都融合起来。当然，主体需要客体的信息，以认识自己的活动，但他仍然需要好些主观的成分。”[12] 儿童文学创作作为精神活动过程，没有创作主体的介入和参与，那将是令人难以想象的。毫无疑问，每个儿童文学作家都会把自我的烙印打在观察、构思、传达这整个创作过程中，由于生活经历、审美理想、艺术情致的不同，儿童文学作品也总是抹上了作家个性的光彩。例如，同样是反映20世纪二三十年代中国社会的现实，叶圣陶童话显得温厚、蕴藉、凝重，而张天翼童话则更多辛辣、诙谐和洒脱。此外，如冰心作品的亲切和典雅、严文井作品的热情而深沉、郭风作品的明净和淡远、任溶溶作品的幽默和俏皮等，无一不是作者个性参与的结果，是作家的主体世界与儿童世界碰撞的结果。

但是，不能把这种碰撞理解为一种机械的聚拢。儿童文学活动是复杂的系统过程。因此，我们既不能把儿童文学的本体构成理解为单纯的儿童世界或单纯的成人世界，也不能把它理解成儿童世界与成人世界的简单的线性叠加，而应把它看作是由这两个世界交流、融合而成的新的有机整体，即儿童文学独特的本体世界。周作人在评论安徒生童话时就说过，安徒生的“多数作品大抵属是于第三的世界的，这可以说是超过成人与儿童的世界，也可以说是融合成人与儿童的世界”。[13] 比如他的童话《梦神》所描绘的小哈尔马的梦境，既充满了孩子气，又自然地流露出成年人对孩子的一种期待。小哈尔马在梦中忽然听到放课本的抽屉里发出了一片哀号声，原来是他的练习本里的歪歪扭扭的字母倒下时发出的。这时他又听到练习范本对字母说：“要知道你们应该这样站着，像这样略微斜一点，轻松地一转。”哈尔马写的字母却说：“我们做不到呀；我们的身体不太好。”梦神老人奥列·路却埃就对字母说：“那么你们得吃点药才成。”字母们一听都叫起来，它们马上直直地站起来，叫人看着感到非常舒服。这个梦是有趣的。勃兰兑斯认为：“孩子就是这样做梦的，而诗人也就是这样把孩子的梦描绘给我们看。”这篇童话的精神是“独特的，永远是孩子式的，同时又不仅仅是孩子式的”。[14] 它在孩子式的梦境中表现出超越其上的机巧和智慧，这是成人才有的东西。在安徒生的其他一些作品如《卖火柴的小女孩》《丑小鸭》《拇指姑娘》《海的女儿》中，两个世界的融合都向我们显示了一种神奇的艺术魅力。

因此，虽然儿童文学活动总是发生在一定社会生活的大系统中，但是从它的内部系统来看，它的构成具有二维性特征，即它是成人世界与儿童世界的交流、融合。作家与儿童之间具体联系状态的随机性，决定了儿童文学本体构成的多样性。从作家这方面来看，不同儿童文学作家的不同艺术个性自然会给作品以迥异的影响，即使是同一作家，随着作家自身主体世界的变化，他们作品的艺术世界也会呈现不同的色泽和情调。叶圣陶开始为小读者创作童话时，是怀着一颗天真纯洁的童心的。在他早期的作品如《小白船》《燕子》《一粒种子》《芳儿的梦》中，他“还梦想着一个美丽的童话的人生，一个儿童的天真的国土”。[15]但是现实无情地粉碎了他的一个又一个梦想，使作家的艺术情致逐渐添加上沉重、悲哀的因素。结果，作家的童话世界也从优美而空灵的幻想世界回返到苦难而沉重的现实人生，冷峻的暴露和批判态度替代了对童心世界的天真的眷恋和赞颂。从读者方面看，少年儿童的生活状态和审美心理也会给一定的儿童文学本体造成影响。例如20世纪50年代，伴随着新时代降临的，是充满了自豪和激奋情感的社会心态；当时的少年儿童，也很自然地形成了真诚、乐观、向上的精神面貌和崇尚英雄、追求理想的审美趣味。这一切给儿童文学创作以深刻的影响，构成了当时儿童文学真诚、纯朴、乐观、活泼的精神主调和整体美学风貌。比较起来，今天的少年儿童更具有正视现实的自觉意识和独立思考的可贵能力，他们从生活本身学到的东西，远远超过了上几代同龄人，在幼稚、不成熟中渗入、融汇了比较复杂的社会现实感受，这就构成了当今少年儿童的基本心态。表现在审美上，则是他们有了更高的也更为复杂的审美要求。与这种审美心理形成一种暗合、对应关系的情形是，新时期儿童文学与50年代儿童文学比较，从总体上说大致经历了这样的转变：文学情绪从充溢着单纯的热情、天真、乐观转而为蕴含着内在的深沉、严峻和艰辛；从理想主义的热情颂歌，转而为现实主义的全景式的主体观照。这种转变，是新时期儿童文学发生的最重要的变化之一。

以上分析表明，儿童文学的本体构成既不是单纯的成人（创作主体）世界，也不是单纯的儿童（接受主体）世界，而是两者在儿童文学活动中实现的沟通和融合，是两者熔铸而成的新的艺术实体。

近几年来我国儿童文学正在新的创作实践中进行本体的重建。这种重建主要是在这样两个方面展开的：一、鉴于以往人们总是习惯于单纯地从接受者的角度来理解儿童文学，而忽视了从创作主体的角度对儿童文学加以思考，所以近年来儿童文学创作中作家自身的审美意识开始觉醒并不断增强，一些作品体现出作家自身的美学追求，如丁阿虎的《祭蛇》、程玮的《白色的塔》，有些作品中，创作主体与接受主体、表层世界与深层意味开始获得了某种程度的融合；二、以往儿童文学重视对低幼和童年儿童期审美心理的顺应，而比较忽视以中学生为主的少年期儿童的审美需求，近年来人们对儿童文学接受主体的年龄特点有了更深入的认识，幼儿文学、童年文学特别是少年文学的独立倾向得到加强。

但是正如本文引言中所述，人们在实践中也遇到了新的困惑。例如，某些体现了作家自身美学思考和追求的作品被认为是缺乏儿童特点而受到怀疑，一些为适应少年读者的审美需要而创作的作品也因为进行了新的艺术尝试而不被认可。所有这一切，都说明了以往倾斜的儿童文学本体观仍然在影响着儿童文学创作的发展。

因此，调整和更新我们的儿童文学本体观，建立健全的“作家世界—读者世界”相互融合的本体观，就不仅具有儿童文学理论建设上的意义，而且也具有重要的实践意义。在新的儿童文学本体观的指导下，我们将不只是从接受者的角度，而是同时也从创作者的角度来思考儿童文学。这样，我们儿童文学的整个创作思路就有可能拓得更宽一些。

（原载 1988 年第 6 期《儿童文学研究》）

注 释

[1] 莫·萨·卡冈：《美学和系统方法》，凌继尧译，北京：中国文联出版公司 1985 年版，第 74 页、第 75 页。

[2] 张隆溪：《作品本体的崇拜——论英美新批评》，《读书》1983 年第 7 期。

[3] 安·杰弗森等：《西方现代文学理论概述与比较》，陈昭全等译，长沙：湖南文艺出版社 1986 年版，第 91 页。

[4] 参见李壮鹰：《道家的艺术本体论剖析》，《学术月刊》1984 年第 2 期。

[5] 《马克思恩格斯全集》，北京：人民出版社 1960 年版第 3 卷第 34 页。

[6] 曹孚编：《外国教育史》，北京：人民教育出版社 1979 年版，第 8 页。

[7] 参见高锦雪：《儿童文学与儿童图书馆》，台北：台湾学艺出版社 1981 年版，第 19 页。

[8] 皮亚杰、英海尔德：《儿童心理学·序言》，吴福元译，北京：商务印书馆 1980 年版。

[9] 韦勒克：《西方四大批评家》，林骧华译，上海：复旦大学出版社 1983 年版，第 38 页。

[10] 韦勒克：《西方四大批评家》，林骧华译，上海：复旦大学出版社 1983 年版，第 39 页。

[11] 安徒生：《我作童话的来源和经过》，《小说月报》第 16 卷 8 期。

[12] 皮亚杰：《皮亚杰的学说》，见《皮亚杰学说及其发展》，陈孝祥等译，长沙：湖南教育出版社 1983 年版，第 16 页。

[13] 周作人致赵景深的信，原文载赵景深编：《童话评论》，上海：新文化书社 1934 年版。

[14] 勃兰克斯：《安徒生论》，《世界文学》1962 年 11 月号。

[15] 见郑尔康、盛巽昌编：《郑振铎和儿童文学》，上海：少年儿童出版社 1990 年版。

儿童文学：在创作者与接受者之间

儿童作为相对独立的文学接受群体，其主体性地位的确立是以儿童独立人格的被发现和被承认为前提条件的。从历史上看，当夸美纽斯、卢梭等人强调儿童身心发展和精神需求的特殊性的时候，他们同时也就在文学的王国里发现了一片尚未精耕细作的土地。这片土地的界碑上后来刻上了“儿童文学”几个大字，它的主权属于儿童。

在我国，从晚清到“五四”前后率先闯入儿童文学领域的先驱者们接受了近代西方资产阶级民主主义思想的影响。他们出于对数千年来无视儿童独立人格的封建儿童观的痛恨，出于拓荒者特有的激情和叛逆精神，毫不犹豫地打出了“儿童本位”的旗帜。他们认为“儿童文学就是用儿童本位组成的文学”“是由儿童的感官可以直诉于其精神堂奥的，拿来表示准依儿童心理所生之创造的想象与感情之艺术”，因而也是儿童“可以逍遥”的“适宜的花园”。这种儿童文学观的历史意义在于，它从接受者的角度肯定了儿童文学的独立存在价值，在我国儿童文学走向自觉的历史进程中起到了积极的推动作用。

在理论上，上述儿童文学观也包含了合理的内核。毫无疑问，儿童文学的当然接受者是少年儿童，儿童文学首先是为少年儿童而存在的。因此，未来的小读者的影子必然会深刻地影响着作家的创作活动，而作家也必然会以一定年龄阶段的小读者为自己作品的接受模型。可以说，整个儿童文学活动过程的特殊性，都是由这一过程的终端——儿童及儿童的接受特点所决定的。

但是，“本位说”的合理内核同时又裹带了一层不合理的外表，即当它把文学交给少年儿童时，却忘记了儿童文学同样是作家自身精神创造的结果。长期以来，由于我们总是习惯于单纯地从接受者的角度来理解儿童文学，因而忽视了从创作者方面对儿童文学加以思考。“儿童化”成了唯一的评判标准和取舍尺度，结果在很大程度上造成了儿童文学创作上和理论上的贫弱状态。当然，有时候我们也谈论创作主体，但强调的往往只是创作主体对接受者的顺应，譬如新中国成立以后几经沉浮的“童心说”就是如此。在“儿童化”的指引下，作家的天职便是顺应儿童的欣赏趣味，为了顺应儿童，作家就必须时时处处从儿童出发，于是，儿童文学的创作视野狭小了，意蕴肤浅了；胸中块垒，无以抒发，深沉博大，何敢奢求！在“儿童化”的羊肠小道上，创作主体失落了。事实证明，一旦“儿童化”成为束缚作家创作手脚的绳索，它就必然会走向自己的反面。这恐怕也是当前儿童文学创作难以摆脱低层次的限制、实现艺术上的超越的一个原因。

实际上，人们不可能单纯以儿童本位为依托来构建儿童文学的艺术系统。无论是从创作过程还是从欣赏过程来看，儿童文学都不可能仅仅是儿童本位的。从创作过程看，作家受“接受模型”的影响并不是一种消极被动的顺应，而是一种积极的创造性的精神活动过程。即使是在表现少年儿童的现实的内外生活时，作家也必然显示着自己独特的眼光、独特的感受和独特的理解，如皮亚杰所说的，“对于主体来说，客体只能是客体显示于主体的那个样子，而不是别的什么。”所以，在儿童文学创作过程中，创作主体同样显示着自身的力量。从接受过程看，少年儿童的审美趣味是独特的，同时又是变化发展的，需要进一步培养和提高。

儿童文学作家有责任也完全有可能用自己的作品促进少年儿童审美趣味的良性发展。这样，小读者的文学接受就不只是一种“逍遥”，而是通过自己的审美心理来接受作家的暗示和引导的审美活动了。总而言之，儿童文学是创作者与接受者两个世界之间碰撞、交流和融合的产物。

那么，儿童文学作品——文本又是如何负载起创作者与接受者这两个相互融合的世界的呢？应该看到，文本的艺术织体并不是平面的展开，而是多层面的立体构造物。一般说来，那些伟大的或优秀的儿童文学作家往往不但能够在作品中展现独特的、容易为小读者所接受的感知层，而且还善于使作品涵纳深刻隽永的意味层。意味层以感知层为依托而又超越之，感知层离不开意味层的统摄，又通过意味层而实现更悠远的审美指向。安徒生的童话天地就不只是一片迷人的感知世界，同时还灌注了创作主体自身的社会批判勇气、温厚的人道主义精神和笃诚的宗教情感意识。在这里，创作主体与接受主体、表层世界与深层意味是融会为一体的。周作人曾经认为，安徒生的“多数作品大抵是属于第三的世界的，这可以说是超过成人与儿童的世界，也可以说是融合成人与儿童的世界”。同样，我们在马克·吐温、司·奥台尔等人的儿童小说里，在罗大里、克斯特纳等人的童话作品中，也能够看到这种融合。或许可以说，正是这种融合，才使他们的作品摆脱了审美上的贫弱和“小家子气”，而进入了较高的审美境界。

当前儿童文学正在寻求创作上的突破。我想，如果我们不只是从接受者的角度，而是同时也从创作者的角度来思考现状，那么我们的创作思路就有可能拓得更宽一些。

（原载 1987 年 5 月 16 日《文艺报》）

儿童文学文本结构分析

通常人们总是把儿童文学文本的艺术织体理解为一种平面的构造，即一种以情节为主轴的横向展开。这种理解使我们重视了儿童文学作品的情节结构面，强调情节的新奇、生动和完整，但它同时也使我们陷入了难以超越情节结构面的限制而争取到比较宽阔的美学空间的困境。譬如长久以来，我们一直期待着出现能够与优秀的成人文学作品媲美、具有很高艺术品位的儿童文学作品，但这样的作品实在难得见到。我们明白儿童文学作品不能脱离少年儿童的实际审美能力，又误以为“儿童水平”与“艺术水平”是相互抵牾和排斥、难以统一的两极，于是便为两者只能择取其一而生出无限的烦恼。这种简单化的非此即彼的思维方式，与我们对儿童文学文本结构的平面理解有关——的确，一种平面的艺术织体是难以构筑并据有一种深厚广阔的美学空间的。

儿童文学作为语言艺术，要求我们在考察和研究时保持一种强烈的文体感觉，即应该重视语言在决定儿童文学本体存在方式方面的特殊作用。对儿童文学文本结构的分析，就是试图把对作品存在方式的理解，建立在对文学语言特征的把握的基础之上。

一

语言作为文学审美过程的物质中介和信息载体，它本身也是由符号（文字）和语义两者构成的统一体。语言的这一特征同时也就决定了儿童文学文本的艺术织体不是单薄的平面展开，而是多层面的立体构造。对于文本结构的各个层面，曾有不少人做过分析，如波兰现象学美学家茵格尔顿就曾经通过本体论的研究来探讨艺术作品的结构即存在模式。他认为文学作品可以看作是由四个异质的特殊层次所组成，这四个层次是：1. 声音层；2. 意义单位层；3. 被表现的客体层；4. 图式化方面层。[1]国内也有研究者将艺术品分为七个层次：1. 言；2. 象（言内之象）；3. 意（象内之意）；4. 言外之象（象外之象）；5. 象外之意；6. 道（意内之道）；7. 意外之道。[2]前者对文本各层面的分析尚难尽如人意，如被表现的客体层与图式化方面层似乎就不一定要加以区分。后者分析得较为细致，但也显得烦琐。那么，应该如何把握文本结构呢？桑塔耶那曾经认为："在一切表现中，我们可以区别出两项：第一项是实际呈现出的事物，一个字，一个形象，或一件富于表现力的东西；第二项是所暗示的事物，更深远的思想、感情，或被唤起的形象、被表现的东西。"[3]参照桑氏的说法，我以为可以把儿童文学文本的艺术织体分为感知层和意味层这两个基本的层次，其中感知层又可分为语音层、语象层两个层面。因此，儿童文学的文本实际上是由语音、语象、意味三大层面构成的艺术结构系统。

儿童文学文本结构的第一个层面是语音层。语音层负载着语象层和意味层，同时又"构成了作品审美效果不可分割的一个部分"[4]，具有相对独立的审美意义。这种审美意义并不是单个的物理性的声音实体所固有的，而是由作品本身固定的、典型的声音结构所造成的一种整体性的审美效应。一个“啊”字本身很难说表达了什么，只有将它放到具体文本的声音系列中去，它才可能表达出某种特定的情感，或赞美、或感叹、或痛苦、或绝望。我们不妨来分析一首山东传统儿歌《洗月亮》:

海水清，海水凉，
捧起海水洗月亮，
月亮不敢脱衣裳，
拉块云彩忙遮上。

羞羞羞，脏脏脏，
谁家洗澡穿衣裳？
羞得月亮低下头，
跳进海里乱晃荡。

当相互之间并无必然联系的一组语音以一定意义为关联构成特定的声音结构时，它们就获得了独特的审美效果，这种效果无疑来自声音的排列和相互作用所形成的节奏跌宕、抑扬起伏、韵律有致这些语音整体的结构效能。而韵母相同的“凉”“亮”“裳”“上”“荡”等文字的有规律的使用，既形成了规整、连通、谐和的效果，也构成了儿歌语音系统和诗节模式的骨架。很难想象脱离语音层的审美效果，这首儿歌还会是什么样子。

在不同的作品中，语音层的审美价值并不相等。以体裁而论，儿歌、儿童诗等作品更讲究音韵之美，语音层自然重要，而在许多小说和童话作品中，语音层的重要性就被削弱，变成了“透明的层面”（韦勒克、沃伦语），但作为文本结构中必不可少的层面，语音层仍然存在着。同时，有些小说、童话作品也十分重视语音层的审美意义。如老作家严文井就曾表示，他喜欢把童话当作诗歌来写。他的作品如《四季的风》《“下次开船”港》《小溪流的歌》等不仅有浓郁的诗情，而且有着诗一般讲究的节奏和韵律。如《“下次开船”港》写到老面人热情的笛声感染、教育了孩子们并唤醒了真正的黄莺的时候，作家写道：“许多黄莺都唱起来了。黄莺们就像在唱：温暖的季节来了，明亮的夏天来了！孩子们，你们就生长吧，跳跃吧，奔跑吧，飞翔吧！地上最好的东西是你们的，水里最好的东西是你们的，天上最好的东西是你们的，时间同你们在一起，未来同你们在一起……开始，开始！马上就开始，不等那个‘下次’！”这里，语音层的高亢音调、快速节奏及其对应、复现和嬗递，无疑更有效地传达了作家对充满生长活力的孩子们的热望之情。

从语音层的声音组合产生了儿童文学文本的形象系列层面即语象层。文学作品以语言（文字）为艺术媒介，而语言本身只是一种具有一定概括性的人工符号系统，它并不提供或呈现可以直接诉诸感官的艺术形象。当我们打开文本，看到的是语言的符号形象——文字。印成文字的“喜鹊办喜事，老鹰当总管，乌鸦当厨师，小雀做客人”这首云南纳西族儿歌，对于不识字的幼儿来说并没有意义，因为他们还不具备把文字与其指称对象联系起来的认读能力。但在这一组文字后面，却实实在在地隐含着一连串形象和热热闹闹的事件：一群飞禽聚到一起办喜事来啦！当我们向幼儿诵读这首儿歌时，文字的障碍便消失了，喜鹊、老鹰等就会通过幼儿尚不发达的再造想象机能飞到他们的眼前。同样，当我们读王尔德凄怆而美丽的《快乐王子》时，我们必然会在心际幻化出“满身贴着薄薄的纯金叶子，一双蓝宝石做成他的眼睛”的快乐王子的形象；我们会随着快乐王子和小燕子的目光看到那个城市的“一切丑恶和穷苦”。当我们读冰心脍炙人口的《寄小读者》时，我们就会循着作者赴美游学的行踪，跟着作者的描绘看到那仪态万千的自然风光，结识那些金发碧眼的异国少年。这便是文学语言特有的不同于科学思辨用语的语象造型功能，如德国美学家施莱尔马赫所说的：“思辨和诗尽管都使用语言，但两者的倾向是对立的：前者企图使语言靠近数学定理，后者却靠近形象。”[5]当然，文本的语象层并非直接由实体形象所构成，而是由接受主体的心理机制在一系列文字符号的刺激下幻化、再造而成。因此，文字、词组、句子的有序组合归根到底是为了展现作家的整体造型运思，营构出一个虚幻而又可感的相对自足的艺术世界。

意味层是儿童文学文本结构中最为内在的层次，它以语音层、语象层为依托，并融解和深藏于其中。苏珊·朗格就认为，一件艺术品“并不把欣赏者带往超出了它自身之外的意义中去，如果它们表现的意味离开了表现这种意味的感性的或诗的形式，这种意味就无法被我们掌握”[6]。作为潜在的可能审美空间，意味层有待欣赏者审美理解力的介入和参与。童话《小马过河》（彭文席作）的语象层展现的是一匹不会独立思考的小马在过河时遇到的困难，大水牛和小松鼠的不同答复使它感到困惑。这一巧妙的语象层构思中蕴含了“不仅要听别人的意见，还要自己动脑筋仔细想一想，然后再试一试”的生活教训。

而在罗大里的《洋葱头历险记》《假话国历险记》等作品中，幻想化了的语象层既透露着现实社会的沉重，又充溢着呼唤和追求正义、自由、平等、友善的热情和力量。然而文本结构中的这种深层意蕴又需要读者接受过程中的品味和悟解。很显然，一种深刻的可品味性有可能使儿童文学文本超越语音层、语象层的限制而争取到比较博大的美学空间，获得比较持久的艺术生命力。当然，意味层不只是一种纯粹的理性之光从作品的深层透射出来，而更是作品所具有的那种对应着主体整个内在心理的精神冲击力，比如安徒生的《海的女儿》、亚米契斯的《爱的教育》中那种情理相融，弥漫全篇的内在意蕴。它使你浸淫其中，在不知不觉中影响、塑造着你的心灵。同时，“意味层也有好些不同的等级、种类和秩序”。[7] 对于儿童文学来说，不满足于低等级的意味择取，而力求设置既能对应和穿透少年儿童的心灵，又能指向人类精神深处的意味层，显然会使一个广阔的审美世界豁然打开。

另一方面，就语音层、语象层而言，它们也需要得到意味层的统摄。诚然，语音层，尤其是语象层有着独立的审美意义，强调它们对读者的特殊吸引力显然是有道理的。我们甚至可以说，语象层的独特、鲜明、生动、有趣，是文本吸引读者的第一位的因素。你看，安徒生的名篇《皇帝的新装》中所呈现的人物和事件，描绘之奇妙简直无以复加，生动有趣不能不令人捧腹。但是尽管如此，如果仅有语象层的热闹，那作品呈现的充其量只能是一场闹剧。安徒生之所以伟大，就在于他的童话作品不仅创造了一个独特的语象系列层，而且更灌注了一种温暖深沉的人道主义精神和辛辣深刻的社会批判力量。在《皇帝的新装》中，那力透纸背的社会讽刺和批判意味，显然大大加强了作品内在的审美力度。因此可以说，意味层是儿童文学文本摆脱审美上的低品位，实现审美超越的重要因素。

二

语音层、语象层、意味层共同组成了具有纵向联系的文本构造模式。孤立地看，文本结构的每一层面都具有自身的存在意义和审美价值。但是另一方面，它们作为不同结构层而又隶属于整个文本结构系统，相互依存、彼此融合，共同构成文本的有机整体，而不是彼此分离、互不相干的东西。“如果它们不同时起着审美价值的功能，那么它们之间的紧密的相互作用就不会产生艺术作品，而只会产生一种构造。一个艺术作品，就审美意义来看，显示出一种特有的不可捉摸的魅力，这是其构成因素汇合起来产生的。作为审美客体的艺术作品是‘各种具有审美价值的属性’产生的‘复音和声’效果。”[8]除了批评家为了评论而进行条分缕析外，儿童文学文本自身应该是一个完整和谐、生气灌注的艺术整体。这种文本结构各层面的相互榫接和完美叠合，形成了作品整体化的综合审美效应。

三大层面的叠合构成了儿童文学文本的一般结构规则。然而在林林总总的儿童文学作品中，三大层面的组合形态又是千变万化的。这里体现了文本结构的一般构成法则与个别构成状态的统一，体现了儿童文学作品普遍审美规律与具体随机效应的统一。一首儿歌、一则寓言、一篇童话、一部小说，都拥有语音、语象、意味三大层面，但又都有各自特定的组合形态。文本结构的确定性在具体作品中表现出某种随机性，而具体作品的随机性展开又必然要受到文本结构确定性的制约。这种矛盾的对立统一既规定了儿童文学作品作为语言艺术的本体构成特征，又为儿童文学拓展了广阔的艺术创造天地。在文本的立体结构中，儿童文学作家可以通过对语音、语象层面的调遣、营构，吸引少年儿童读者，又可以将自身的主体精神投射、传递到文本的深层。因此，关键不在于儿童文学作家能否投射自我（生活感受、审美理想等），而在于他如何投射自我，即如何以文本为依托实现自我审美意识与少年儿童审美心理的本体融合。正是在这个意义上，我们可以说，儿童文学的最真实的艺术成就在于作家自我借以出现的方式。[9]例如，儿童文学作品并非天生就是只能表现和模拟“小猫叫、小狗跳”之类儿童生活和心理的原生状态，它同样可以拥有令人玩索不已的隽永深长的意味，一种很高的美学品格。当然，这种意味和美学品格有它自己的展现方式，而这种展现方式在具体创作过程中又必然要受制于创作主体的艺术理想和艺术才能。赵景深在20年代与周作人通信讨论童话时认为，王尔德童话大部分是“非小儿一样的文体”，因而虽注重思想，却未能“近于儿童”。“安徒生童话虽也很注重思想，只不过有些处太玄美，儿童多不能领略其妙，至于他表现思想的方法，还是顾及儿童方面，用事实去推阐的多。他只将事实写得极真切，并不用任何深奥的话。王尔德表现他的思想方法却不同，已是事实和深奥的话并用了。”[10]

安徒生与王尔德的主要区别就在于，安徒生童话文本的深层意味更多的是以契合少年儿童审美心理的感知层来传达的，而王尔德童话文本则未能将作者自我审美意识与少年儿童审美心理融合起来，显示了深层与表层的双重“玄美”。这种文本构筑方式的差别，与两位作家的创作动机有着内在的联系：安徒生在创作过程中设置了小读者这个接受模型；王尔德则并未想到要专为小读者写作。

三

作为客观艺术实体存在的儿童文学文本还不是现实的审美对象，而只是潜在的可能审美对象。法国美学家杜夫海纳曾在《审美经验现象学》一书中，把“艺术作品”与“审美对象”做了区别。他认为：艺术作品是作家的一种永久的结构的创造；经过审美过程中主体审美知觉的积极参与和介入，艺术品才超越它自己而成为审美对象。[11]这也就是说，艺术作品只有经过读者的读解和欣赏，才成为具有完整的意义构成的审美对象。审美对象不完全等同于艺术作品，但它也并不是读者随心所欲、自由自在的重制品，而必须接受艺术作品即文本的制约和牵引。因此，儿童文学文本既是作家个性参与和构造的结果，又是读者接受的可能的现实起点。

从接受过程看，儿童文学作品呈现给读者的并不是一份结构解剖图，因为对文本结构的认识乃是分析的结果，而对于审美心理来说：“作品正是作为具体的整体而存在的。”[12]同时，审美心理对作品的接受也不仅仅是一种平面的感知，而是调动整个审美心理因素（感知、情感、想象、理解等）参与其间的由儿童文学文本结构表层进入深层的复杂的审美过程。例如张天翼童话《大林和小林》的语象层展现的是一对孪生兄弟的奇特经历和不同生活道路，而意味层则揭示了当时中国社会最本质的矛盾关系，揭示了当时两个阶级的不同生活状态和历史命运。因此，读者对文本的接受就不能仅仅停留在对语象层的感知上，还必须通过理解和品味深入文本的意味层。如果把文本看成是平面的构造，我们就很难解释审美活动何以是一种诸种审美心理共同参与的过程。

把儿童文学文本看作是一种立体的构筑，重视文本感知层与意味层的立体构筑和完美叠合，这也许是当代儿童文学创作跃向更高艺术档次过程中所面临的最重要的实践课题之一。而所谓“儿童水平”与“艺术水平”相抵牾的疑难，所谓儿童文学作品的恒久的生命力，其秘密或许也正深藏在这里。因此，对儿童文学的文本结构进行理论分析，也就显得十分必要了。

（原载 1988 年第 2 期《浙江师范大学学报》）

注 释

[1] 参见李幼蒸：《罗曼 · 茵格尔顿的现象学美学》，《美学》第 2 期。

[2] 参见王至元：《“言不尽意”与含蓄新探》，《美学》第 4 期。

[3] 桑塔耶纳：《美感》，缪灵珠译，北京：中国社会科学出版社 1982 年版，第 132 页。

[4] 韦勒克、沃伦：《文学理论》，刘象愚、邢培明、陈圣生、李哲明译，北京：生活 · 读书 · 新知三联书店 1984 年版，第 166 页。

[5] 克罗齐：《作为表现的科学和一般语言学的美学的历史》，王天清译，北京：中国社会科学出版社 1984 年版，第 162 页。

[6] 苏珊 · 朗格：《艺术问题》，滕守尧等译，北京：中国社会科学出版社 1983 年版，第 128 页。

[7] 李泽厚：《艺术杂谈》，《文艺理论研究》1986 年第 3 期。

[8] 安娜－特丽莎 · 提敏尼加：《从哲学角度看罗曼 · 茵格尔顿的美学理论要旨》，载中国社会科学院哲学研究所美学研究室编《美学译文》第 3 辑，北京：中国社会科学出版社 1984 年版。

[9] 茵格尔顿认为，最真实的艺术成就在于形而上学性质借以出现的方式。参见同上文。

[10] 赵景深：《致周作人》，原文载赵景深编《童话评论》，上海：新文化书社 1934 年版。

[11] 参见朱狄：《当代西方美学》，北京：人民出版社 1984 年版，第 1 章第 8 节。

[12] 莫 · 萨 · 卡冈：《美学和系统方法》，凌继尧译，北京：中国文联出版公司 1985 年版，第 65 页。

论儿童审美心理建构对儿童文学文本构成形态的影响

儿童文学的观念形态的本体是成人世界（作者）与儿童世界（读者）的有机融合和统一，是作家审美意识与儿童审美心理双边交流、对话的产物，同时，它又以儿童文学文本的立体结构为依托。不过，这些分析还没有深入到对儿童文学活动系统中各构成要素的具体分析和把握。一旦对儿童文学的研究深入到这些具体要素之中，我们就会发现构成儿童文学本体的作家世界和读者世界是不同于一般文学活动系统中的作家世界和读者世界的，同时，它们也不是静止不变的，而是发展变化着的。

从作者的角度看，儿童文学作家与一般作家在创作心理和创作过程中无疑具有许多相同或相似之处。但是，儿童文学作家在创作中必然要以一定年龄阶段的少年儿童读者为自己的“接受模型”，其心理操作过程与思维模式是不同于成人文学创作的。因此，在儿童文学创作过程中，作家自身的审美心理及其在创作中的具体展开须以对少年儿童审美心理的深入了解和把握为必要条件。在这里，儿童文学作家自身心灵世界的充实丰盈与作家对儿童审美心理的透彻把握具有同样重要的意义：没有前者则不可能创造出优秀的文学作品，没有后者就不可能创造出优秀的儿童文学作品。这就是说，儿童文学作家的审美心理是在与儿童文学读者接受心理的交互作用中逐渐建构而成的。

从读者的角度看，儿童作为审美主体，必须具备相应的审美心理条件。皮亚杰的发生认识论学说认为，外界刺激的输入必须经过主体自身认识结构的分解、组合、吸收、消化。同样，在儿童的审美活动中，审美信息的输入也必然要经过儿童主体审美心理结构的选择和过滤。而儿童的审美心理既是一个结构，同时又是并非静止的、僵死的结构，而是一个处于不断建构过程之中的结构。因此，对儿童审美心理，我们也必须用一个将结构主义和建构主义紧密联系起来的理论来说明。

首先，儿童的审美心理是一个由感知、想象、情感、理解等诸种因素构成的复杂结构。从儿童的审美心理过程看，任何具体的文学接受过程总是以对特定的儿童文学作品的感知为起点，继之以相应水平和质量的想象展开、情感体验和理解的推进；读者只有首先感知《海的女儿》《爱的教育》《大林和小林》《小兵张嘎》这些作品所展现的语音层、语象层，然后才有可能进入审美的想象、情感、理解阶段。当然，由于文学接受中语言符号的刺激在时间上有一个不断延续的历时性过程，所以欣赏者也总是一边在感知，一边也就在想象、在体验、在理解。同时，构成其审美心理的感知、想象、情感、理解等诸要素也是同时共存、相互影响的复合体，其中每一要素的发展水平、深刻程度及其相互间的耦合、协同程度，直接决定着主体审美心理结构整体功能的大小，也即表现为特定主体审美能力的品质及其高下。

其次，儿童的审美心理不是天赋的东西，而是在特定社会文化环境中，伴随着审美活动的展开及其逐渐内化而生成的心理结构。这种心理结构不仅是主体审美活动内化的结果，而是其自身还有一个赓续不断的动态建构过程。因此，对儿童审美心理的了解必须与对它的发生和建构过程的了解结合起来。现实的整体不仅是结果，而是结果连同其产生过程。甚至理念也是一个有机的系统、一个全体。儿童的审美心理也是一个由诸种审美心理要素聚合、互协而成，并不断运动、变化、发展着的历时态结构，是一个过程的集合体。

儿童审美心理结构在由初级水平向较高水平发展的过程中，都会画出一条相同的轨迹。虽然同一年龄阶段儿童审美心理的建构速度和水平可能不尽相同，但是从整体上考察，大多数同龄儿童的审美心理发展具有同步性特点。因此，同一年龄阶段的儿童就有着相同或相似的审美心理特征，而不同年龄阶段的儿童之间则呈现出明显的审美心理差异。这种差异不仅决定了各个年龄阶段儿童读者的文学接受方式和水平互不相同，而且也直接给儿童文学的文本构成形态以影响。由于不同年龄阶段儿童的生活状态和审美心理各不相同，所以儿童文学的文本世界总是由作家世界与特定年龄阶段的儿童世界融合而成。

儿童审美心理发展的这种分阶段现象，也是当代艺术心理学感兴趣的研究课题之一，并由此形成了所谓“阶段性理论”。依据这种理论，个体的艺术知觉有一个由依次上升的若干阶段构成的发展过程，这些阶段之间有着一种内在的逻辑顺序，环环相扣，依次发展。那么，儿童审美心理的发展究竟要经过哪几个发展阶段呢？一般说来，儿童的每一次文学接受都可能是一次新的审美尝试，因此，儿童审美心理结构的同化机能（接受和吸收审美客体刺激以从量上丰富结构自身）和顺应机能（在同化审美客体刺激的基础上顺应客体以从质的方面改变、扩展结构）是两种伴随着审美过程而不断交互进行的活动，不易进行量化处理。不过，参照儿童心理学关于儿童心理发展的阶段性理论，我们仍然可以把整个儿童审美心理建构过程加以离散化，划分为幼儿、童年、少年三大建构阶段。由此看来，儿童审美心理结构与儿童文学文本构成之间并非一种单态同构关系，而是一种多态对应关系：儿童文学文本构成也应该更具体地划分为幼儿文学、童年文学、少年文学这几种不同形态，儿童文学不仅是一个有别于成人文学的独立文学门类，而且还是适应儿童审美心理不同建构阶段的多种文学构成形态的集合体，其中每一种形态都有自己特殊的文本构成规律。从动态的发展角度来看，由于要适应不同年龄阶段儿童审美心理的建构水平，所以幼儿文学、童年文学、少年文学在表现媒介、文本结构、审美品格等方面呈现出以下明显的递变趋势。

第一，从多样化的文本表现媒介走向以单一的语言为基本表现媒介。

文学与其他艺术的不同之处首先在于它的文本传达和构成媒介是语言，其独特的艺术魅力盖源于此。儿童文学是整个文学系统的一个部门，当然也离不开语言这个传达媒介。不过，由于儿童审美心理发展水平的差异，语言在不同阶段儿童文学作品中的地位也不尽相同。

语言是一套符号系统，并且联系着相应的表象系统。但是，无论表象抑或语言，都不是儿童与生俱来的东西，而是随着儿童活动的展开才逐渐出现、扩展和丰富起来的。低幼儿童开始具有表象能力，出现了“表象的思维”。但是这时期儿童依赖于表象的心理活动还只是处于萌芽阶段，表象积累也十分有限，一旦超出幼儿的表象库存范围，单纯的语言符号就不可能在他们的脑海里唤起相应的表象，而仅凭已有的表象积累，显然很难使幼儿的文学接受成为可能。因此，幼儿的文学接受总是要同对具体的直观形象的感知结合在一起的。幼儿审美感知的这一特点，决定了幼儿文学的文本传达媒介不能只局限于单一的语言系统，甚至往往也不以语言为主要传达媒介，而是还必须借助色彩鲜明、构图生动的画面来传达。例如低幼儿童文学刊物《娃娃画报》《小朋友》等，注意把形象的画面与简洁的文字有机地结合起来，以适应幼儿审美感知的特点，引发他们欣赏的兴趣，丰富他们的表象积累，使幼儿在语言能力尚不发达的情况下尽早地接受文学的熏陶。

幼儿文学文本传达媒介的综合性特征由于科学技术的发展而不断得到强化。近几十年来，除了印刷更趋精美的图文并茂的幼儿文学作品外，还出现了附有立体实物模型的读物、伴有音响的有声读物等。这些作品因为更适应幼儿的审美感知特点而很受欢迎。

随着儿童审美心理的发展，儿童文学的文本媒介也逐渐趋向以语言为主。童年期儿童文学作品的典型传达方式是，以语言文字为主，配以一定数量的插图。例如法国作家圣·埃克絮佩利的《小王子》、美国作家怀特的《夏洛的网》等作品中，插图已不具有与文字同等重要的地位，而成为文字的一种形象化的补充和延伸。到了少年文学作品中，我们仍能看到不少插图，但这时的插图已基本上与成人文学作品中的插图一样，在通常情况下并不是文学文本必不可少的传达媒介了。

第二，不同阶段儿童文学文本结构有一个从着重表层构建逐渐趋向重视表层、深层的立体构筑的过程。

儿童文学文本作为艺术整体，当然都包括有语音层、语象层、意味层这几个层面。但是，在不同的作品中，其诉诸感知的表层结构与诉诸心智的深层结构的地位和作用却不尽相同。一般说来，在低幼文学作品中，语音层、语象层的表层构筑更显得重要，而在童年文学，特别是少年文学作品中，则逐渐趋向表层、深层的立体构筑。这种不同阶段的文本结构特征是与儿童审美心理发展不同阶段的特点相关联的。从审美心理的构成要素看，幼儿已经具有独特的审美感知能力，而情感、想象、理解力则还处于较初级的发展阶段，因此，在幼儿文学的文本构造中，语音层的节奏、韵律，语象层的形象、生动就显得特别重要了。幼儿认识事物注重外部联系，多从现象上把握事物的特征，所以幼儿文学主要是通过对现象世界的描绘来帮助他们认识事物的特点。例如童话《小蝌蚪找妈妈》，描述一群小蝌蚪寻找妈妈的有趣过程，帮助幼儿认识了“眼睛圆鼓鼓”的金鱼、“肚皮雪雪白”的螃蟹、“四条腿”的乌龟、“大脑袋尖尾巴”的鲵鱼。最后，小蝌蚪终于找到了自己的青蛙妈妈：眼睛圆鼓鼓、肚皮雪雪白、长着四条腿。后来，小蝌蚪也渐渐变成了小青蛙。显然，这些描述不同于生物学讲义中对青蛙个体发育过程的描述，而是适应幼儿审美心理结构同化和顺应机能的形象描绘。至于意味层，在幼儿文学作品中往往是一种贴近幼儿生活经验的浅显道理，或者直接表现为包含在语音层、语象层之中的有益于幼儿身心发展的游乐性、趣味性因素，也就是所谓表现“无意味之意味”的作品。比如王汶的儿歌《阿宝的耳朵》用有趣的夸张手法写不爱清洁的阿宝耳朵沟里长出了青草，小牛见了笑眯眯地追着要吃，意在告诉小朋友要讲卫生。而王宜振的《小河的花》只有短短 6 句 18 字：“小河里，花儿多，只能看，不能捉。谁种的？风婆婆。”这首儿歌表现了一种富于情趣的、优美的想象，而这种想象，正是这首短小的儿歌的意味之所在。

童年文学由于童年期读者审美心理的发展，尤其是审美情感的日渐丰富和审美理解能力的日渐提高，其意味层的深度和辐射面都有了加强，而不似幼儿文学那样浅显和单一。比如张天翼的童话《大林和小林》，就通过两种生活道路的展示，表达了比较深刻的主题意味。少年文学处于童年文学向成人文学的过渡阶段，其表层、深层构筑所可能占据的美学空间更加广阔，特别是少年读者的独立思考和理解能力已达到一定水平，因此少年文学在拓宽、加强表层构筑的同时，还特别重视意味层的设置。例如法国作家图尼埃根据《鲁滨孙漂流记》为少年读者重新构思写作的《星期五或原始生活》，其表象层描述的仍然是鲁滨孙和星期五的孤岛生活。鲁滨孙按照文明社会的模式在岛上复制着一个小型的社会，他与星期五保持着主仆关系，但这一切并没有给他带来欢乐。而当鲁滨孙多年经营的事业毁于一旦之后，他不再是主人，并逐渐丧失了文明习性，学着星期五过起了原始生活。这时候，他们的生活反而比过去更加充满乐趣。因此，当流落孤岛 28 年之后终于出现返回文明社会的机会时，鲁滨孙却甘愿留在了岛上。显然，对于少年文学来说，不满足于低等级的意味择取，而力求设置既能对应和穿透少年儿童的心灵，又能指向人类精神深处的意味层，无疑会使一个广阔的审美世界豁然打开。

第三，从幼儿文学到童年文学、少年文学，文本的审美品格渐趋多样化。

不同阶段儿童文学作品在审美品格上也表现出不尽相同的特点。一般说来，幼儿文学作品具有更多纯真和稚拙的美，无论是摹声、摹状，还是想象、抒情，都表现出作家对低幼儿童天真烂漫、稚拙可爱的童心世界的敏锐感受和艺术再现能力。而童年文学、少年文学除了具有天真纯朴的美之外，还逐渐融入了更多的幽默滑稽的喜剧美、震撼人心的崇高美和悲剧美等。这种审美触角的多向伸展，是与少年儿童的审美心理建构水平相适应的。例如曹文轩的小说《第十一根红布条》中那个“让孩子们很不愉快、甚至感到可怕的老头儿”麻子爷爷，就在一种为人们所漠视的平凡的献身行为中表现出崇高的悲壮之美。巴西作家雷森德的小说《磨粉机》、哥伦比亚作家苏阿雷斯的小说《我和瓜迪安》，则描述了拉美少年儿童的悲剧性的生活命运。此外，童年期文学，尤其是少年文学在主题容量、艺术力度、形式技巧等方面也都有了发展。例如就主题容量而言，它们已经有可能把目光投向远远超出少年儿童自身生活范围的广大领域。据介绍，当代一些儿童文学创作局面较繁荣的国家就已经把这样一些人类共同关心的问题纳入自己的主题范围：保卫和平，反对战争，特别是反对核战争；人类生存环境的保护，大自然生态平衡的维持等。就艺术表现而言，荒诞、神秘、象征、幽默等也有了更大的自由表现的可能。总之，少年儿童审美心理的发展变化，必然会导致较高层次儿童文学作品审美品格的多样化。

上面的分析表明，对儿童文学的把握不仅应该看到它是由作家创作意识与读者接受意识相互融合的产物，而且还应该看到作家意识和不同审美心理建构阶段读者接受意识本身的特殊性，看到这些特殊性对儿童文学文本构成形态的不同影响。只有这样，我们对儿童文学的理解和把握才可能更贴近事实本身，我们对儿童文学艺术规律的认识才可能更为全面和深入。

（原载 1989 年第 2 期《儿童文学研究》）

经典·经典意识

一

英国文化评论家雷蒙德·威廉姆斯在他出版于1976年的《关键词》一书中，把“关键词”作为透视社会和文化变迁的独特视角。通过对130个关键词的梳理与分析，他勾勒了一幅18世纪后期至20世纪中叶欧洲社会与文化变迁的特殊历史画卷。据说这部别致的著作也因此成为欧美文化研究领域里的一部名作。如果现在要我效法威廉姆斯，给出一份能够提示或概括中外儿童文学发展基本眉目的历史菜单的话，那么“经典”将会是这份菜单上一个触目的关键词。

在威廉姆斯那里，所谓关键词应当具备两个要素，即词条的选择和意义的分析，“它们是在特定的活动及其阐释中具有意义和约束力的词汇；它们是在思想的特定形式中具有意义和指示性的词汇”（汪晖《关键词与文化变迁》）。在我看来，经典之所以能够成为文学史视域及其阐释中的令人触目的关键词，首先是因为被称为经典的那些作品在整个文学史进程中所占据的那种令人触目的历史位置。反顾整个儿童文学史，从历史的厚重帷幕后浮现出来的，首先不就是安徒生、卡洛尔、林格伦等人的童话或凡尔纳、马克·吐温等人的小说那样的经典之作吗？这是我将“经典”列为关键词时在词条选择方面的一个无需犹豫的理由。

其次，经典在文学史这一特定的历史形式和思想视域中，正是一个具有高度意义和巨大指示性的词语。在我看来，文学史乃至整个思想文化史上不同时期、不同国度、不同内容、不同流派、不同风格的经典之作，就其基本的思想文化品质和历史创造价值而言，都是一致的，或者说，不同版本的超拔之作，都可以被兼容于经典这样一个具有巨大指示性的词语之中。就儿童文学史来看，经典之作所串联和呈现出来的，正是儿童文学艺术美学发展的基本理路；它所蕴含和保存下来的，也正是儿童文学艺术哲学的基本奥秘。

二

《汉语大词典》中“经典”一词有三个义项：1. 旧指作为典范的儒家载籍。2. 指宗教典籍。3. 权威著作；具有权威性的。这是从语词的普通含义上所列出的解释范围。本文所说的经典含义接近第三条义项，但从本文的关注点看，这样的解释显然还是不够的。

美国曾有人对名著（经典）提出了六条标准。它们是：

第一，名著是读者最多的。它们不是一两年内最畅销的，而是经久不衰的，比如《飘》、莎士比亚作品或《堂吉诃德》。估计荷马的《伊利亚特》在3000年中至少有2500万个读者。因而一本好书不一定是它那个时代最走俏的，它需要时间来汇集最多的读者。

第二，名著是通俗的，不是学儒式的。它们不是专业作家写给专业人员的专业书，不是给教授看的，而是写给大众的。

第三，名著是不会因为时代替换而被遗忘的。它们永远不会随思想、原则、舆论的变迁而过时。

第四，名著言近旨远。它不会使你望而却步，你会一遍遍读，但其内涵却不能穷尽。它们能以不同理解层次去读。明显的例子是《格列佛游记》《鲁滨孙漂流记》和《奥德赛》，孩子们读他们感兴趣的故事，却体会不到成人所发现的美和意义。

第五，名著是富有启发性和教育性的。它们已对人类思想做出基本贡献。它们是具有影响力的。

第六，名著论及人类生活中长期悬而未决的问题。世上有使人类认识和思维困惑不已的许多谜。伟大的思想家老老实实承认这些谜的存在。只有这样才能巩固人的智慧而不被摧毁。[1]

在这些衡量名著的标准及其所举出的有限个案中，除了《飘》的出现无疑反映了美国人的独特立场和价值观外，其他虽然也还有可以讨论的地方，但从总体上看，这些说法与我心目中的经典作品的内涵已经十分接近。

名著、杰作、精品、经典……如果细加辨析，这些概念的内涵和外延肯定都会有所不同。但是，有一点也是可以肯定的，那就是，在所有这些概念中，“经典”一词的分量是最重的，位置是最神圣的。从中外儿童文学史的历史长河来看，经典正是那些处于艺术哲学顶端和艺术成就顶峰的作品。

经典提供的首先是一种具有整体文学史意义的独特而绝对的高度。经典总是以自己的方式洞悉或表达了历史、社会、人生、人性的基本奥秘或本相，表达了对于这些奥秘或本相的深刻的体认和独到的感悟；经典又总是以自己的方式构筑成文学史上一个永恒的美学神话，并向文学史释放着永不消失的艺术灵光。安徒生童话对于社会和人生真相的有力揭示，卡洛尔童话对荒诞艺术的绝妙实践，林格伦童话对儿童解放在哲学上和美学上的重要贡献，都是文学史上突出而典型的例子。由于这些作品在文学史上所达到的高度是重要而独特的，因此，它们在一些特定的方面是无法被逾越的。

经典还提供了一种文学史意义上的判断尺度。按照佛克马的说法，“关于某一批作家作品的知识属于文化阶层拥有的一般性知识，因而为批评家提供了一个参照系”，或者换个说法，经典就是“那些在讨论其他作家作品的文学批评中经常被提及的作家作品”。经典代表着文学史上最卓越的艺术成就和经验，它虽然无法被轻松地逾越，但却往往成为人们普遍心仪和乐于效仿的榜样。更多的时候，经典所提供的高度则被人们用来打造成一把衡量高下、评说成败的艺术标尺。人们会用经典构成和显示的标尺来看一看，某部作品与经典的距离究竟有多长多远。

经典最重要的外部存在特征就在于它在时间的严格选择和仲裁下获得了支持和肯定。当时间把曾经发生过的原生态的文学过程过滤为一种遗留态的第二历史的时候，经典的意义和价值才最终强劲而触目地凸显出来，经典也才由此而进入经典的位置。因此，对经典的认定需要得到一个相当长的历史时段的支撑和支持。缺乏了这样的支撑和支持，任何一项关于经典的命名和判定，都将被视为是一种轻浮的行为，也必将是无法生效的。

而在文学史的时光长廊中穿梭不息的，则是一代又一代的读者。很明显，正是一代又一代的读者的共同选择和自发拥戴，文学史才确立并突现出了经典的价值和地位，而经典也以自身的巨大意义充实了文学史的意义，并使文学史不断向后来的读者放射出夺目的光彩。因此，与佳作、精品等不同，经典的历史地位是稳定的、不可动摇的。虽然经典作为一种精神产品，也难以避免遭到某些特定的或局部的质疑或分析，但是在绝大多数情况下，对经典的施暴往往只能是无知和鲁莽引发的结果。

儿童文学史上的经典之作，不仅提示和构成了儿童文学发展的基本艺术线索，而且也为整个儿童文学提供了坚实而稳固的艺术基础。

三

经典之作所占据的傲视文学史的历史位置，使任何一个具体的文学创作者和接受者，都与它处于一种复杂的现实关系之中。

从作家的角度看，不是每一位作家都拥有成为一名经典作家的自信和梦想，但确有一部分作家会产生这样的自信和梦想。这并非一件不可告人的坏事。问题是，对于任何一个作家而言，由于其自然生命可以占有的时间长度相对有限，因此，经典作家的身份感和成就感只可能由他的艺术生命去领受和享用了。而梦想只能首先是梦想，而无法立时实现或验证，就像有人指出的那样，谁敢宣称自己已经写出“经典之作”，那上帝一定发笑；经典总与一个遥远的过去和未来相联系，经典作家往往不知道自己已被列人经典之列。[2]

同时，作家也是读者，他们在自己的精神成长和创作生命的展示过程中，总是会将目光投向经典，从经典中寻求精神滋养，或以经典的高度作为自身精神腾跃和艺术跳高的标杆。宣称对经典不屑一顾的人毕竟只能是极少数，而且，经典的地位绝不会因此而受到丝毫的影响。

但是，对经典的一味仰视却很难造就一个真正的经典作家。很显然，一个精神侏儒不可能为文学史的盛宴提供一份精神大餐；经典的高度要求经典的创作者也拥有相应的精神高度和艺术创造才能，否则，对经典的梦想就真的永远只能是一个梦想。以中国当代文学为例，缺乏独特精神高度的文学写作使人们对出现经典的可能性前景始终抱着怀疑的态度。吴炫先生最近在一篇文章中直率地认为，近来读到贾平凹先生的《我讨厌我自己》一文，觉得这是比看到当代诸多轰动的小说更有意义的事情。贾平凹承认包括自己在内的这一代作家没有自己的文学观，也没有造血的能力，只能惰性地依附于流行的观念，满足于作品的畅销、翻译和评奖，这就具有了一个经典作家应该具有的自省意识和眼光。这意味着，贾平凹看到了自己作品的问题，而这些问题，很多评论家却没有看出来。贾平凹不缺才华，不缺气魄，不缺沉着，也不缺韵味，但缺的就是穿越流行观念的勇气和能力。吴文认为，中国当代几乎很少有作家有自己独特的小说观，而充其量只能赞同昆德拉和博尔赫斯的小说观。而没有自己的文学观和小说观，一个作家便只能以题材、个性、风格、聪明区别于其他作家，而不可能在思想和世界观层面上区别于所有的作家。吴文指出，中国文学现代化运动对于这个问题的遮蔽，就是产生了大量的没有自己的文学观的作家。中国作家数量和质量的不成比例，由此也得以解释。[3] 很显然，经典作家的造就不是靠一个简单或神秘的文学和精神的配方就能调制出来的。对一个作家来说，对经典的恭敬姿态和精神上的独立姿态应该是可以同时保持，并行不悖的。

一般读者与经典的关系似乎既复杂又单纯。一方面，如果没有读者的相当广泛的接受和拥戴，便没有了经典的产生基础；另一方面，经典有时候又会显出一副矜持而严肃的架势，与大众读者保持某种距离——有一种关于“经典”的调侃说法是，经典就是那些人人认为应该阅读却又很少有人阅读的作品。事实上，绝大多数普通读者在一次又一次的文学阅读中相遇的并非经典类的作品，而是一般性的作品。这些作品中可能有精品佳作，但更多的则可能是平常的甚至是平庸的作品。尽管如此，对经典之作的阅读和接触在大众的文学阅读中仍然占有特殊的地位。在与经典的相遇过程中，读者会自觉或不自觉地接受文学经典的美学调教和文化熏陶。对于阅读个体而言，这是提升个人美学趣味和文化素养的一个重要而有效的途径；对于一代又一代的读者而言，这又是传承文化、推进文明的基本方式之一。

在儿童文学艺术领域，由于早期阅读对于精神发展的重要性，经典的确立和阅读显得尤为必要。经典之作不仅以其无与伦比的艺术魅力对孩子们产生着永远的吸引力，而且以其特殊的经典品质为早期的人格成长提供着丰美的文化滋养和精神影响。钱理群先生曾经深情地回忆过这种影响，并形象地喻之为打下了一个“精神的底子”。他说：“我回想起来，在我的青少年时代，对我影响最大，至今还成为我做人的基本信念的是一篇童话，就是安徒生的《海的女儿》。这篇童话所表现的对人的信念，对美好东西的信念，还有为了这个信念不惜献出一切的精神，都深深地影响了我，一直到今天还在影响我。这其中就包含着一种浪漫主义精神。我觉得这种影响对一个人非常重要，也是一个人‘精神的底子’。”[4] 可以说，经典不仅为每一个孩子的成长打下了宝贵的精神底子，也为整个人类提供了一个深厚的文化精神底子。

四

在20世纪中国儿童文学的艺术发展已经成为历史的今天，人们谈论经典的态度依然是谨慎小心的。这不仅是因为经典的确认还需要一个更长的历史时段的过滤和考验，而且也因为从更广阔的艺术时空背景上来观察和比较的话，可以说，20世纪中国儿童文学也的确给我们留下了许多的缺陷和遗憾。不过，根据“经典”这一关键词所提供的观察视角，我以为，至少在20世纪90年代，中国儿童文学界逐渐形成了一种隐隐约约、日渐鲜明浓厚的“经典意识”。

我在这里所说的“经典意识”，主要包含了下述两层含义：

一是对于经典及其意义、价值的自觉认识。

20世纪中国儿童文学的发展经历了曲折的历史过程。其中，五四时期、五六十年代、新时期是一般公认的三个重要时期。起始于70年代末的新时期儿童文学通过80年代开放性的艺术探索和积累，提升了自身文学追求的眼界和自信心。以此为背景，90年代的人们开始对儿童文学艺术经典的意义和价值有了更自觉、更深入的了解和认识。

二是对于经典性和经典品质的自觉实践和追求。

如前所述，经典的确认是需要时间的，但是经典所拥有和呈现的品性却是可以被感觉、被总结和被把握的；对经典品质的理解、吸收、消化，也可以成为追求艺术创造之经典性的智慧和动力。

而在90年代，我们已经开始感受到了这样一种自觉的艺术实践和追求。

在我的印象中，1990年秋天少年儿童出版社主办的“90上海儿童文学研讨会”上，已故任大霖先生发表的题为《呼唤杰作》的论文是一个重要的信号。这篇论文虽然没有使用“经典”这一概念，但文中同意这样一种说法，即“杰作不一定一出来就被人们称为杰作，是要经过长时间的考验流传才能确定为杰作的”。这一说法实际上与“经典”概念的含义已经十分接近。呼唤杰作，可以看成是90年代的儿童文学创作期盼艺术升华和超越的一种自然的心情流露。

对经典和经典作家充满激情的关注、重视、探询，由此在90年代的文学背景下徐徐展开。作家、学者班马对安徒生及其童话的功能和价值做出了独特的理解和阐述：“直悟安徒生，我要明确地表达——作为‘儿童文学’（而不是‘儿童读物’）最本体化的功能，就是以文字对儿童期提供有助于审美情感和文学美感发生与发展的阅读……安徒生童话的根本精神是传递了一种‘自然人’而非‘社会人’的情感，也体现出了一种‘审美’而非‘实利’的注意力。”[5]儿童文学专家韦苇则提出了“宝库文学”的说法。他认为，世界各国用几百年时间积累起来的宝库文学，在我们面前形成了一个庞大的参照体系：“参照就是把中外优秀儿童文学作品的示范功能充分发挥出来，从一个个卓越的范例中寻找、归纳出评价自己、评价他人作品的价值尺度。这种价值尺度既可以是抽象的，也可以是具体的。如果我们能够充分重视宝库文学的参照价值，那么超越自己、突破自己也就有了理想的标准。”[6]在另一处，韦苇先生还曾打过一个十分传神的比喻：“瞄准星星总比瞄准树梢打得高些。”作家、学者刘绪源则在他那部广受好评的专著《儿童文学的三大母题》（1995）中，以母题视角统摄并分析了一批儿童文学史上的经典作家和作品。这些现象告诉我们，“经典”在90年代中国儿童文学的理论思考和学术话语中，已经不折不扣地成了一个相当重要而活跃的关键词。

90年代最具代表性的作家们，也纷纷以各自的方式表达着他们对于儿童文学经典品性的思考。例如在某些私下场合中被一些同行善意地戏称为“金童玉女”的曹文轩、秦文君，例如在某个公开场合中一不留神被误称为“老作家”的中年作家梅子涵（我把这一误称看作是对作家艺术成就和资历的一次独特而别致的肯定），等等，都曾经或强烈或频繁地表达过自己关于儿童文学的创作理想或美学理念。曹文轩的艺术理想是“追随永恒”。他认为，感动今天的孩子们的，“应是道义的力量、情感的力量、智慧的力量和美的力量，而这一切是永在的”。[7] 秦文君这样描述了她理想中的儿童文学作品：“在我的心目中，真正的儿童文学精品应该在艺术上炉火纯青，毫无造作，带点浪漫，也就是说它从形式到内涵看来很单纯，没有触目的理念痕迹，然而它却可以是蕴含不朽意蕴的，甚至表达出全人类情感的。”[8] 梅子涵利用课堂、会议等各种场合，鼓吹走近经典。他的儿童文学观在对经典的参照和思考中变得朴素而明朗。梅子涵认为，好的儿童文学很有趣，有幽默感、想象力，有内在的美。有趣是儿童文学写作美学的、生命的需要。他举例分析说，《木偶奇遇记》其实写的是一个脱胎换骨的过程，但写出来很有趣，有幽默感。契诃夫的《凡卡》，内容写得很沉重，但不乏幽默感。他说美是一个很宽泛的概念，想象力也是一种美。[9] 由这些代表性观点的列举可以见出，当今最有出息、最优秀的儿童文学作家们都开始形成了自己独特的艺术认知和坚定的写作理念。这些理念不是来自千篇一律的教科书或他人的灌输，而是来自作家们对于经典作品艺术生命力的感悟，来自他们对自身创作实践的理性反思，来自他们对儿童文学美学未来的执着信念和本能追求。

经典意识的自发构筑和艺术超越意识的普遍实践至少意味着，今天的儿童文学作家把自己瞄准的艺术目标从树梢挪向了星星。

五

毋庸讳言，我们今天所处的时代正在逐渐丧失对于经典的尊崇和信奉，经典的神圣地位正经受着前所未有的怀疑和动摇。例如，20 世纪 80 年代末 90 年代初，在美国学术界发生的一场关于高等教育的论争中，传统的西方经典就遭到了一些激进的知识分子的攻击，诸如文学和当代文明这样的大学核心课程被指责为向学生灌输由“死去的白种欧洲男性”支配的“霸权”思想体系，传统经典著作遇到了各种力量的围攻。在我们的周围，日益发达的大众传媒在削弱乃至阻隔了经典与日常生活的联系之后，又将一部一部的经典改头换面、重新编码之后向公众进行着强势的倾销。从经典与日常生活的联系看，它们之间的传统关系几乎已经变得面目全非。由经典构筑而成的文化堡垒的守护者，在今天几乎只能由少数精英人士来充任了。

从这样的背景来看待中国儿童文学领域逐渐构筑起来的“经典意识”，我们会更加珍惜这种经典精神的存在。我相信，对经典的信赖和向往，将会为中国儿童文学在新世纪的发展提供一个可以信赖的前进坐标和美学参照，同时，它也将会把我们带向我们所向往的地方。

（原载 2000 年第 3 期《中国儿童文学》）

注 释

[1]《什么是世界名著？》，《文艺报》1997 年 6 月 7 日。

[2] 阎晶明：《精品，经典》，《读书》1997 年第 11 期。

[3] 参见吴炫：《敢于说自己不行的人》，《中华读书报》2000 年 4 月 5 日。

[4] 参见钱理群、王丽：《重新确立教育终极目标》，载王丽编《中国语文教育忧思录》，北京：教育科学出版社 1998 年版。

[5] 班马：《直悟安徒生》，《儿童文学家》1991 年第 3 期。

[6] 韦苇：《衡量儿童文学发展水准的尺度及其他》，《儿童文学研究》1996 年第 1 期。

[7] 曹文轩：《草房子》，南京：江苏少年儿童出版社 1997 年版，第 278 页。

[8] 秦文君：《我的儿童文学情结》，《文汇报》1996 年 5 月 30 日。

[9] 参见《在新世纪里请关注那些很小的小孩——访儿童文学作家梅子涵》，《中华读书报》2000 年 5 月 31 日。

从经典到新经典

一、从《新语文读本》的编选说起

几年前，我曾有机会参与《新语文读本》小学卷的编选工作。记得当时编委会的伙伴们提出的工作目标之一，是要将中外文学史和文化史上的一些经典性作品引入小学生的阅读视野。那是一段激情洋溢的日子。整整一年，我们沉醉在对中外经典性作品的阅读、拣选和编织的工作与快乐之中。而且很快，我们还提出了一个新的工作目标，那就是，《新语文读本》不仅要走近经典，而且要创造经典！

创造经典，这就是说，要通过我们的判断和选择，赏读和推荐，让一批优秀作品逐渐进入广大小读者的阅读视野，并逐渐接近或者最终能够进入经典作品的位置！

这当然是一个带有自我激励、自我提升的工作目标。事实上，在这一工作理想的召唤、凝聚和引领之下，《新语文读本》在选文的整体高度和选文的经典性方面的确取得了一些后来被读者充分肯定的工作结果。

“创造经典”这样一个工作目标，实际上已经隐含了这样一系列的问题——何谓经典？它具有何种特质？经典化是如何实现的？

二、经典与传统经典的当代命运

从语义学上看，根据韦氏大辞典的解释，classic 一词的含义主要是指：古希腊或古罗马的文学作品；历久弥坚的文学作品；也指这类作品的作者；权威性的来源；典型的或完美的榜样。从汉语看，何谓经典？刘勰的《文心雕龙 · 宗经》篇里说：“三极彝训，其书言经。经也者，恒久之至道，不刊之鸿论。”也就是说，记载那些恒久不变而又至高无上的道理和训导的各种典籍，即为“经典”。

由此我们可以知道，经典这个词是有着特定含义的。从内容上说，经典作品总是浓缩隐含着特定时代、特定民族、特定文化所形成的最基本、最具代表性的文化价值观和文化心智成果，代表着人类或民族文化发展的某些不可复制或不可替代的智慧和方向。同时，经典又是经过人类阅读和精神建构过程中的随机拣选和时间长河的无情淘汰，才逐渐浮出历史地表，最终固定在人类精神和文化发展的历史坐标上的。

于是，对于经典的某种尊崇和信赖，也就成了人类长久以来最基本的精神生活态度之一。

儿童文学作为人类文化的有机组成部分，也历史地形成了一大批影响过一代又一代儿童的精神发育和成长的经典名著。我曾经在《经典 · 经典意识》一文中认为，反顾整个儿童文学史，从历史的厚重帷幕后浮现出来的，首先不就是贝洛、安徒生、格林兄弟、卡洛尔、林格伦等人整理或创作的童话，还有凡尔纳、马克 · 吐温等人的小说那样的经典之作吗？正是这样一些作品，构成了一份值得儿童文学史骄傲和记忆的文学财富清单。提起它们，许多人就会有一种重新打开童年的心灵履历的难忘和激动。在他们的童年记忆中，甚至，在他们后来的阅读记忆中，这些作品都曾经那么深刻地参与并影响了他们的心灵建设，为他们的成长打下了宝贵的“精神的底子”（钱理群先生语）。

另一方面，我们也发现，经典的形成和确认毕竟与特定时代的价值取向、阅读趣味、文化权力关系等有着复杂的因果关系，因此，对经典的认定以及传统经典作品的命运并不是一成不变的。例如，安徒生童话在儿童文学史上无疑拥有最为尊贵的经典位置，但是从读者的阅读实际看，其阅读地位却未必是完全相应的。十余年前，我曾看到过一份在欧洲一些国家阅读调查的结果报告，其中谈到安徒生童话，它在读者的阅读选择中所占据的位置排列在第十几位，而并不是我们可能想象的那样，处于一个至高无上的地位。而一些更贴近当代儿童读者的、产生于较近时代的经典作品，则排在了相对靠前的位置。同样，我以为，如果以 20 世纪中国儿童文学史为范围，罗列我们自己的儿童文学经典作品的话，那么，叶圣陶的童话集《稻草人》、冰心的书信体散文集《寄小读者》等一定会是榜上有名的。但是，我也想说，这些在 20 世纪中国儿童文学的早期发展史上产生过重大影响、具有重要的文学地位的经典性作品，在今天对于小读者的阅读价值肯定不如当年了。换句话说，它们的意义更多是属于文学史的了。

造成传统经典的当代命运的原因是十分复杂的。例如阅读环境的变化。从整体上看，我们今天所处的时代正在逐渐丧失对于经典的尊崇和信奉，经典的神圣地位正经受着前所未有的怀疑和动摇。而日益发达的大众传媒在削弱阻隔了传统经典与日常生活的联系之后，又将一部一部的经典改头换面、加以颠覆和重新包装之后推向大众。于是在今天，传统意义上的正典尚未接触，许多小读者却已经被传统经典作品的颠覆版、搞笑版折腾得欢奔乱跳。另一方面，从某些被奉为经典或名篇的作品自身看，其中的一些作品也在时代的变迁中逐渐显示出其不合时宜的尴尬来。比如20世纪50年代的小说名篇《罗文应的故事》在告诉小读者要学会自觉和克制的同时，却也可能抑制了儿童正当的好奇心理。50年代的另一个童话名篇《一只想飞的猫》中的主角希望自己能够飞翔，却飞不起来，最后只得到了大家的嘲笑。正如朱自强在《中国儿童文学与现代化进程》一书中所评论的那样，“这个故事让我产生一个联想：也许因羡慕天空中自由飞翔的小鸟，第一个说出想飞上天空的人，也像‘想飞的猫’一样，受到了许多人辛辣的嘲讽吧。但是，在人们不仅上天，而且飞上月球的今天，当年嘲讽想飞上天空的人的人们，变成了被嘲讽的对象，他们当年对别人的嘲讽成了对自己的最大的讽刺。我想，《一只想飞的猫》中的那些嘲笑猫的，不敢越过现实半步的‘老实的鸭子’们的最终命运也是如此。”这两个例子也许都还算不上是经典作品，但至少都曾经是中国当代儿童文学领域广有影响的名篇。

三、儿童文学可以有新经典吗

一个编辑朋友问我：面对今天的儿童读者和阅读环境，我们可以为他们、为这个时代提供一些儿童文学的新经典吗?

显然，这是一个富有时代感和开放意识的发问。

“新经典”这一概念可以做两种理解。其一是指我们以今天的眼光，从中外儿童文学的历史积存中，去发掘、命名新的经典性作品，或者说，是给那些过去未能获得经典地位的作品以经典的位置。其二，“新经典”可能是指，在当下的儿童文学创作中，创作出具有经典品质并且能够进入经典位置的儿童文学新作来。当然，“新经典”也可以是上述两种理解和产生途径相结合的产物。

以我对“经典”的理解，我以为，经典一般来说是属于一个作家的艺术生命的，而不可能属于他的自然生命。如果一个作家自己宣布说，我的某部作品是经典之作，那肯定是要贻笑大方的。在我看来，如果没有时间的支撑和检验，经典之作的出现显然无从谈起。因此，所谓“新经典”的命名过程，我认为应该是对儿童文学史的一种重读的过程，一种基于当代眼光的发现过程。实际上，这一现象在文化史上是十分常见的。例如在中国文学史上，屈原的《离骚》最初并未被列入“经”的范畴，后世才逐渐取得了中国文学史上的经典位置。《红楼梦》的经典化过程大抵也是如此。在儿童文学史上，林格伦的童话起初也不见容于当时教育界与文学界的保守力量，随着西方社会价值观、教育观和文学观的逐步变化，林格伦的《长袜子皮皮》等童话才成了当代儿童文学宝库中公认的经典之作。前述《新语文读本》小学卷编委会所怀有的“创造经典”的工作理想，也正是在这个意义上提出来的。

从当今世界儿童文学和中国儿童文学的创作现实看，优秀的作家作品并不少见。例如凯斯特纳的小说和童话、达尔的数量庞大的长篇童话创作、图画书《爱心树》《我的爸爸焦尼》，还有我们在《新语文读本》小学卷中所收录的许多优秀的当代外国儿童文学短篇佳作，如《大海的尽头在哪里》《信》，中国作家郑春华的《大头儿子和小头爸爸》、曹文轩的《草房子》等。这些作品都在不同程度上具备了经典性作品的品质。随着时间的推移和汰洗，也许，未来儿童文学的经典之作就会从这样的作品中诞生。

（原载 2006 年 5 月 31 日《中华读书报》）

略论儿童文学的深度及其实现方式

在文学的诸多概念中，“深度”无疑是一个很有意义的词。这种意义不仅在于它提示和概括了文学作品的一种令人为难也令人玩味的存在方式，而且还在于深度这一概念在当代的文学活动中如此频繁地出现，以至于成为展现当代文学精神特征和文学智力水准的重要现象之一。有人认为，现代文学，尤其是当代文学中最富于艺术特色的作品往往也是最难懂的作品，西方尤其如此，中国也开始出现类似情形。（见《文学评论》1989 年第 2 期）有意思的是，儿童文学这个向来被认为是天真烂漫的文学门类，也表现出一种追求深度的艺术价值取向。暂且不论 20 世纪，尤其是近二三十年以来西方各国以及苏联等国儿童文学对于一种新的艺术深度的自觉或不自觉的追求和接近，就以当代中国儿童文学实践的现实发展而言，追求深度，也已成为近年来一个很引人瞩目和令人思索的现象。许许多多的探索、困惑、思考和议论都联系着深度这个概念。因此可以说，对深度概念的分析，是我们在把握当代儿童文学艺术现象时的一个比较合适而有效的切入角度。

作为一种文学状态，艺术深度既是一种意蕴的深度，也是一种文体的深度，更是两者结合所带来的一种综合的美学深度。通常，作品的深度总是在读者的接受心理过程中布下疑阵，形成阻碍，并因此给读者的阅读心理带来一种审美的刺激和挑战，一种富于诱惑力的暗示和导引。艺术深度把阅读变成了一种积极参与的过程，一种具有更大的审美启示性的精神过程——对于有出息的读者来说，情况大抵都是如此。

不过，当一批携带着某种艺术深度并带有明显实验意味的作品（譬如班马的表现出文化和人性的深度的作品，冰波的表现为一种感觉深度的作品）挤进当代儿童文学报刊的时候，它们同时也遇到了许多显然是值得认真对待的怀疑和批评，其中最主要的疑虑是：这么深，这么难懂，能行吗？艺术深度，成为当代儿童文学实践中一个众说纷纭的十分热门的话题。

关于那批探索性作品出现的文学背景和语境，这里限于篇幅无法展开分析，需要提出的一点是，这批作品的出现与一部分作家对于过去儿童文学作品由于强调了浅显易懂而在总体上缺乏艺术深度的状态感到不满意的认识有关，他们试图在新的文学背景下为儿童文学带来某种新的可能的艺术深度。

很显然，对于儿童文学来说，艺术深度不应被轻易地搁置或放逐，而应被看成是一种理所当然应当具有的文学境界。在这里，艺术深度无论对于作者、对于读者，还是对于文学自身的价值来说，都是一种有意义的文学现实。

于是，问题的重心便落到这样一个方面：儿童文学的深度应当通过什么样的方式使读者的接受成为可能？或者说，由于读者的制约，儿童文学深度的实现有什么样的特点？

我认为，对儿童文学深度的理解，是与我们对童年生命现象的理解密切关联的。在许多时候，人们常常习惯于把儿童看成是一种独立的、仅具有自身意义的生命现象，并且仅仅从不成熟的、幼稚的意义上去理解这一生命现象。我在一篇文章中曾提到：无论从生理、心理、行为，还是从文化背景的意义上去考察，童年现象都远远不像人们通常所想象的那么简单。即使是儿童的随意涂鸦、游戏，在具有现代科学眼光的人们看来，其中也向我们传递着某些极为隐秘而深刻的生命的和文化的内容、消息。（参见《童年：儿童文学理论的逻辑起点》。）因此，对童年现象的深度理解和表现，成为儿童文学实现自身深度的最独特的方式。例如，契诃夫的小说《凡卡》和《渴睡》（我这里把它们看成是儿童文学作品）的真正艺术魅力和深度在于：两个活生生的儿童在超出其生命承受力的沉重劳役挤压下仍然顽强地展示着其鲜活的童年生命景观，而作者对俄国社会童仆制度的痛恨和批判，也通过这种不露声色的方式获得了深刻的实现。又如台湾诗人林良的诗歌《蘑菇》：

蘑菇是
寂寞的小亭子。
只有雨天
青蛙才来躲雨。
晴天青蛙走了。
亭子里冷冷清清。

浅显朴实的语言，仿佛是一个孤独孩子的不经意的偶然发现和不假思索的喃喃自语，然而就在这清浅和无意之中，却传递出一种难以言表的人生体验和感悟，那么真率，又那么沉重，让我们沉思，让我们叹息，让我们感动。这种“于无足轻重的东西之中见出最高度的深刻意义”（黑格尔语）的艺术表现方式，正是许多优秀儿童文学作品所共同具有的特征。

是的，儿童文学的深度不是故作艰深，不是玩弄玄奥，而是在单纯中寄寓着无限，于稚拙里透露出深刻，在质朴平易中就悄悄地带出了真理，传递了那份深重、永恒的情感。这是儿童文学深度魅力的独特获取方式，也是成人文学所无法替代的。

当然，无论是在理论上还是在实践中，儿童文学艺术深度的实现方式都不可能是单一的，都不应该受到绝对的限定。这既是由艺术创造的个性化特征决定的，也与少年儿童读者接受心理的不断建构和多方面的艺术需求有关。例如在少年文学中，我们就必须承认其艺术深度实现的更为多样的可能。从这个角度来说，前几年那些探索性少年文学作品的意义是不可否认的。问题在于，作为一种尝试，这些作品在实现艺术深度的过程中，尚未进入一种良好的文体状态，因而与少年儿童文学的艺术本性之间还存在着一种隔膜的现象。另一方面，我们应当思考的是，为什么一些显然是极有深度的成人文学作品却被人们普遍认为是适合少年儿童读者的读物。例如，1983 年诺贝尔文学奖获得者戈尔丁的代表作《蝇王》，是一部含义深刻的寓言体小说。一群沦落孤岛的孩子从试图按文明的方式共同生存终至于迷恋暴力、自相残杀的过程，表达了作者对于人性的看法：人是一种堕落的生物，人受着原罪的制约，人的本性是有罪的，人的处境是危险的。不过，作者表达这一意蕴的方式和手段却为少年儿童文学做出了某种示范。戈尔丁在谈《蝇王》的创作时曾说："我决定采用小男孩流落到荒岛上这个常见的文学形式，但又把他们写成有血有肉的活人，而不是缺乏生气的剪纸人儿。"《蝇王》的艺术深度及其实现方式，难道不应该给我们一些启发吗？

总之，儿童文学应当追求深度，不过，应该是通过自己的方式，从而实现并拥有自己独特的艺术深度。

（原载《眼中有孩子心中有未来——’90 上海儿童文学研讨会论文集》，少年儿童出版社 1991 年 6 月出版；1991 年第 5 期《儿童文学研究》转载）

略谈儿童文学的民族性与现代性问题研究

与中外文学研究深厚悠久的历史积累相比较，儿童文学研究无论在中国，还是在欧美、日本等儿童文学较发达的国家，都是在 20 世纪才逐渐独立发展起来的一门学科。在中外儿童文学研究领域，儿童性、教育性、想象力、幻想性、游戏性、趣味性，等等，是人们十分关注、常常论及的理论课题。相形之下，关于儿童文学的民族性（nationality）、现代性（modernity）论题，则较少或几乎未被人们触及。例如，儿童文学的民族性、民族化问题，长期以来只有少数敏锐的研究者曾予以关注。法国学者保尔 · 阿扎尔在其名著《书 · 儿童 · 成人》（1932）中，曾设有《民族的特色》一章。他以《木偶奇遇记》《爱的教育》为例，分析了意大利儿童文学所表现出的快活的、煽情的特征。他认为法国儿童文学的特点是“论理的、机智的、社交的”，而用“宗教性、实际性和幽默”来概括英国儿童文学的特色。西方一些学者在对安徒生、格林、豪夫、卡洛尔等西方经典童话作家的研究中，也曾探讨过这些作家的作品中所显现出来的民族、民间文化内涵的美学特征。在我国，张锦贻、刘守华、汤锐等学者，曾初步触及了儿童文学的民族性、民族化这一研究课题。但是，从总体上看，中外儿童文学研究中对儿童文学民族性课题的探讨，仍然是相对零散的、单薄的。

与民族性问题相比，儿童文学的“现代性”问题作为一个纯粹的学术命题，尚未进入现有儿童文学的专业论述系统。换句话说，作为一种现代现象，儿童文学的现代艺术自觉还未引发出相应的知识学建构。

今天，对儿童文学的民族性与现代性问题的关注和思考，显然将有益于儿童文学知识体系的进一步深化和完善。我们知道，20 世纪中国儿童文学的艺术自觉和发展，既离不开我们民族、民间文化的滋养，又一直受到外国文化思潮和外国儿童文学的影响。五四时期，这种影响主要来自欧美各国。20 世纪 30 年代以后，尤其是 50 年代，苏联儿童文学的影响巨大而深广。近二十多年来，开放和交流的社会情势，日本、欧美诸国的儿童文化产品及儿童文学输入的影响随处可见。今天的少年儿童受众对外国的动画片、卡通读物和儿童文学作品常常趋之若鹜。而我们自己的儿童文学创作又常常缺乏自己的民族特色和艺术吸引力，一些作家（尤其是童话作家）满足于简单模仿、搬用外国作品的人物造型、语言、故事构思等，使原创作品带上了明显的翻译腔和“洋面孔”。在这样一种背景下，研究、总结 20 世纪中国儿童文学在接受外来影响和探索民族化文学之路的双重选择中所走过的历史道路、所积累的历史经验和教训，探索新世纪中国儿童文学走向世界的民族化道路，并且从理论上对儿童文学的民族性课题做出新的理论探索和阐述，无疑极具历史感和现实价值。

关于儿童文学现代性问题的研究，则为从整体上进一步透视儿童文学生存的时代特征，提升当代儿童文学研究的知识学建构水平提供了新的可能。现有儿童文学研究当然并非从未涉及“现代性”课题的学术领域，恰恰相反，当代儿童文学思考的许多领域正是与“现代性”命题的内在思想脉络息息相关的。例如，关于童年的当代特性的研究，关于当代儿童文学审美特征的研究等，都以不同的方式、从不同的层面涉及了儿童文学的“现代性”问题。尽管如此，儿童文学作为一种现代现象，从纯理论的角度提出“现代性”问题的研究，对于我们汉语知识界的儿童文学研究者来说仍然是极其必要的。

儿童文学的民族性与现代性问题都是极富张力和理论生长性的课题。就民族性、现代性的基本概念而论，其含义就十分丰富而复杂。刘小枫认为，现代性的内涵，包含了这样三个主题：精神取向上的主体性、社会运行原则上的合理性、知识模式上的独立性。[1] 刘小枫用了三个不同的术语来指称“现代现象”的形态层面与结构层面：“现代化题域：政治经济制度的转型；现代主义题域：知识和感受之理念体系的变调和重构；现代性题域：个性、群体心性结构及其文化制度之质态和形态变化。”[2] 同样，一旦当我们展开对于儿童文学“现代性”问题的思考时，我们就会发现，其理论内容和学术空间将是十分丰富广阔的。

我还想说的是，儿童文学的民族性与现代性问题是两个既不相同，又具有十分紧密的相关性的学术论题。比较起来，民族性问题更侧重联系着传统的维度，现代性问题更多指向现实的层面。另一方面，民族性也包含了一个传统与现代的变迁与转换的问题，而不同民族国家的现代性问题则可能包含着不同的历史具体性和不同的文化背景问题。因此可以说，儿童文学的民族性与现代性问题的设置本身，就为当代儿童文学研究的学术推进，提供了一个新的、别致的理论坐标。

（原载 2002 年第 4 期《益阳师专学报》）

注 释

[1] 张辉：《审美现代性批判》，北京：北京大学出版社 1999 年版。

[2] 刘小枫：《现代性社会理论》，上海：上海三联书店 1998 年版。

儿童文学在当代艺术文化中的位置

近些年来，儿童文学界似乎出现了一种矛盾的现象：一方面，人们普遍认为，新时期以来我国儿童文学无论在艺术内容和艺术形式的开拓、创新方面都取得了巨大的成就，获得了长足的发展；另一方面，人们对儿童文学现状又普遍有一种难以摆脱的跌进低谷的感觉——其表现之一是，新时期儿童文学好像不如20世纪五六十年代那样在少年儿童读者中受到广泛的欢迎并激起一阵又一阵的反响。这究竟是怎么一回事，应该如何看待这种似乎是矛盾的现象呢?

要回答这个问题，我认为必须把儿童文学放在当今社会文化和审美心理这个大环境中去加以考察。我们知道，文学活动作为一个流程，包括创作、出版、发行、接受等流通和实现环节，这些环节的主要构成要素是作家、作品和读者。一般说来，我们的儿童文学研究比较重视对这几个构成要素的研究。例如，对作家作品的评论、对少儿读者文学接受能力的研究等。这些无疑都是必要的、有价值的。但是另一方面，儿童文学活动毕竟是以整个社会文化历史的发展为大背景的，儿童文学研究中的许多问题如果不联系这个大背景，就难以解释清楚。同样，今天的少儿读者所处的艺术文化环境和审美环境也已经发生了许多新的变化。儿童文学研究如果不联系这些变化，而只是着眼于自身这个相对独立的活动系统，就可能陷入一种理论的困惑之中去。上面所提到的那个矛盾现象之所以难以得到解释，原因也正在这里。

我认为，只有联系整个当代社会、文化环境及其特征，我们才能更清楚地理解当代儿童文学事业的巨大发展及其所处的艺术文化位置，才能更好地解释诸如上面所提到的那样令人困惑的文学现象。

本文不打算解决什么理论问题，而只是试图利用有关材料对儿童文学（还有少儿读者）在当代艺术文化中的位置做出一种描述，以期引起读者对儿童文学研究中的这一个方面的问题及研究思路的兴趣和重视。谈到儿童文学在当代艺术文化中的位置，我们首先面临的问题是："文化"是什么？

最近几年，"文化"这个概念已经越来越多地为人们所运用。然而，"文化"又是一个难以清晰界定的概念。据说，迄今为止关于"文化"的较为权威的定义，已有上百种。本文无意于在这些定义之外再增加一种定义。不过我以为，"文化"既包括了人类各种内在的和外现的行为模式，也包括了人类所创造的各种精神的和物质的产品。在本文中，"文化"主要是指艺术文化——一种广义的艺术文化。按照罗伯特·威尔逊的说法，文化包容了艺术，广义地解释为包括小说、戏剧、诗歌、绘画、雕塑、舞蹈、音乐，以及诸如影视、收音机、期刊、报纸等大众传播媒介。[1]很显然，随着社会生活的发展，这些艺术文化的各个组成部分在社会文化总体构成中的位置和比重必然会不断地发生升降和变迁。当代美国著名的马克思主义学者弗·杰姆逊就认为，不同的社会历史阶段，"文化"的涵义、作用和地位各不相同。按照戴维·莱恩的讲法，19 世纪文化的式样是书籍，20 世纪的新型文化样式主要有电视、电影、唱片等。[2]我觉得，当我们考察儿童文学在当代艺术文化构成中的位置的时候，这些说法对我们是有启发的。

众所周知，从世界范围来看，儿童文学是在19世纪开始获得空前发展的。工业时代的印刷机使大规模地印制文学作品成为可能，文学在当时的文化消费结构中占据了一个重要的位置。在当时的欧洲，一家老少围坐在壁炉旁朗读狄更斯的小说或者格林的童话，是经常可以见到的情景。但是，进入20世纪后，这种充满温馨、高雅气息的场面却是越来越少了。现代科学技术的发展不断改变着已有的文化面貌和格局。1919年，荷兰业余广播电台开始广播；20年代广播电台大量出现，开始瓜分文学读者。到了二三十年代，电影业崛起，并以其视像的直观性和综合艺术的优势，把大批文学读者拉进了电影院。广播、电影事业的迅速发展，使艺术消费者对于文学相对单一的需求，转变为对多种艺术文化的多向需求。这同时也意味着，文学在人类文化生活和艺术消费结构中的显赫地位，开始受到了强烈的挑战和冲击。

但是，当电影艺术以它年轻的气势向文学的传统文化地位发起挑战的时候，它本身又与戏剧、文学等一起遇到了第二次世界大战以后迅猛发展起来的电视文化的巨大冲击。自1936年在伦敦的亚历山大宫首次开始了高分辨率（即405行）的电视播出以来，电视的影响日益渗透、遍及当代文化生活。据介绍，1939年4月，美国无线电公司首次成功地向纽约大都市地区的700来个拥有电视接收机的家庭转播了纽约万国博览会开幕式的场面。1940年，美国只有8000个家庭拥有电视机，现今已有8000万个家庭拥有电视机，五十年间增加了一万倍。目前，美国98%的家庭至少拥有一台电视机。以架数而言，1949年，美国已有100万台电视机在使用，1951年激增至1000万台，1959年增至5000万台，十年后增至8300万台。现在，美国到底有几亿台电视机在使用，已经很难统计了。[3] 电视艺术的包容性特征，使艺术和科学、艺术和知识、艺术和信息，在更广大的范围内和更深刻的程度上得以交汇、融合。显然，电视集新闻、文娱、教育、服务等社会功能为一身，已使它成为当今世界最重要的传播媒介，并在当代艺术文化的消费结构中占据了最重要的位置。

日本曾有人进行过“一个月不看电视”的试验，结果许多被试者在不看电视一周后即开始失眠，情绪急躁，家庭中口角增多，有的人在忍耐不住时，还会到酒吧或邻居家的电视机前去一解眼馋。据苏联学者列昂尼德·戈尔顿的估计，苏联市民每周用于各种文化消费的时间为 20 小时，其中看电视的时间就占了一半以上，达 12 小时，而阅读、看电影、看戏、参观博物馆、野游、体育等文化活动加起来，才总共只有 8 小时。

美国的家庭平均每天开电视机 7 小时，其中成人每天看电视 3 小时，儿童看电视的时间则更长。在所有电视事业比较发达的国家，看电视已经成为人们（包括少年儿童）自由支配的生活中的重要组成部分。而据美国传播学家威廉·施拉姆的调查，这是以减少其他文化娱乐时间为代价的。其中自然也包括文学阅读时间的减少。[4] 美国亚利桑那大学卢尼教授的调查报告指出，美国人一生中平均花十年时间在看电视上；美国儿童除睡觉时间外，平均每天花 64% 的时间看电视。在这样的文化环境中，儿童接触文学作品的时间和机会，显然是无法与电视诞生以前的时代相比拟的。

近些年来，录像业又开始在各国和各地区发展起来，不少电视观众开始把目光转移到家庭录像的观赏上。有资料表明，现今美国社会及家庭的电视、录像机配套使用者，至少超过 5000 万户，而日本电视、录像机配套观赏者，也至少占全日本家庭的60%以上。[5]与此相联系的是录像带租售生意的兴隆。例如，1987年，统一前的联邦德国大大小小的录像租售点有7800个；日本1987年录像租售收入为8770亿日元，1988年则增至1078亿日元。目前，日本一部影片的全国收入中，影院收入和录像收入各占45%，电视收入占10%。由此可见，录像已与广播、电影、电视、录音等现代视听传播工具一起，在今天的艺术文化消费中占据了极为重要的地位，形成了一场规模巨大的“视听革命”。正如美国电影协会出版的《美国电影》中指出的那样：“视听革命已通过有线电视系统的发展、付费电视频道、一系列令人眼花缭乱的盒式磁带录像机及其进入录像唱片市场而显示出来。”[6]

对于上述艺术文化及其消费结构的剧烈调整和变化，作家王蒙前些年曾经在访美归来后的一篇文章中写道：“科学技术的发展对文学可能也产生了强烈的影响，这在中国体会不到，在国外就非常明显。如电视的空前发达成了文学的劲敌。在国外，小说的销售量越来越少，至少在美国是这样。因为人们每天下班时都精疲力尽，哪里还有精力去读小说？欧美等国发达的电视事业把很多读者都抢了过去，不像我国目前有两百多种文学刊物。”（见《王蒙谈创作》）其实，就在王蒙说这番话的前后数年间，我国艺术文化及消费结构的调整、转换，也已经悄悄地、然而又是迅速而坚决地在进行之中了。例如，我国城乡居民电视机拥有量从20世纪70年代末期开始迅速增加，1980年为1000万台，1985年增加到3300万台，如今更猛增至1亿6000万台以上。电视剧的生产也是如此：1978年为8部（集），1984年为1300多部（集），目前，全国年产电视剧已达3000部（集）。伴随着电视文化的迅猛涨潮，录像片也从沿海向内地悄悄渗人，把电视机前的观众一批又一批地吸引过去，由此又形成了一个与电影、电视三足鼎立的新的文化消费场所。从20世纪80年代中期起，全国录像放映点大量出现，1986年约有3万个，1989年上升到5万多个。1988年，我国花费了4亿美元进口了近100万台录像机，到1989年底，据不完全统计，已有600万台录像机率先在“小康之家”落户。有人预测，90年代我国家电消费市场上，录像机热不会减弱，只会上升。[7]所以，录像机进入我国艺术文化和消费领域虽然还只是近些年的事情，但它实际上也已经参加到当今艺术文化和消费结构的调整过程中来了。

于是，以电影，特别是电视、录像为代表的影像文化，就以一种不可抗拒的力量，改变、重塑了整整一代人的艺术消费方式、趣味和习惯（当然，经济文化发展相对不发达的地区，情况又有所不同）。当今的少年儿童正沉湎于那个无所不包、更适合他们口味的“影子世界”。一些西方社会学家们统计，不少青少年流连于那个“影子世界”的时间，已经超过了课堂上课、读书、与家庭成员交往的时间。这被看成是一个社会问题。在中国，情况也同样如此。台湾女作家李昂在接受记者的采访时就认为：“这时代不是文学的时代，这时代是电影、电视的时代，甚至恐怕也不是电影的时代，恐怕是录像带的时代与电视的时代。”（《文学报》1988年4月14日）对于整个文学、包括儿童文学来说，这是一种无法抗拒、也无法回避的艺术文化现实，而儿童文学也只能在这一文化现实中来重新寻找和确定自己的文化位置。

应该肯定，影视事业的发展，为现今的少年儿童接受艺术熏陶、了解各种信息提供了前所未有的良好而便利的条件。美国未来学家阿尔温·托夫勒就认为，在群体化传播工具出现以前，第一次浪潮时期（指农业阶段）的孩子们生活在变化缓慢的村落中，只能通过很有限的客观事物形象来建立他自己对现实的认识模式和关于世界的形象，这种认识往往狭隘得十分可怜。而第二次浪潮时期（指工业阶段）成倍地增加了各种为个人绘制现实形象的渠道。孩子们再也不仅仅从自然界和人接受形象信息，还从报纸、各种杂志、无线电，稍后，还从电视获得信息。而已经掀起的第三次浪潮，又将剧烈地改变这种状况，"非群体化的传播工具"（如有线电视、录像机等）的普及将使人们不只是被电视设备所左右，而是也可以按自己的兴趣来操纵设备、选择节目（参见《第三次浪潮》）。这种情况在我国大陆也已经经常可以见到，并且迅速蔓延。很明显，人们常常说当今的少年儿童见多识广、思想活跃，这在相当程度上与现代影视传播工具的迅速普及是分不开的。

但是，当少年儿童在享受着影像文化的发展所带来的乐趣和好处的同时，他们在不知不觉中也失去了另一些东西。例如前文已经指出的，他们阅读书报的时间大为减少，而阅读文学作品的时间就更少了。当然，少年儿童文学阅读时间的减少并非仅仅是由于影视艺术的影响。最近《上海家庭报》载文披露了当今少年儿童图书馆空荡冷清的情况。以某市级少儿图书馆为例，去年平均每天的小读者只有五十余人次。作者分析原因认为主要有四个方面。首先是中、小学课程紧，课外作业多，学生自由支配的闲暇时间所剩无几；其次是各种大众娱乐形式的冲击，电视、游戏机、录像机、台球等吸引了众多少年儿童；再次，部分"望子成龙"心切的家长热衷于让孩子参加钢琴、外语、书画等各种夜校学习；第四，一些少儿读物本身的吸引力还不够大。这篇文章所分析的情况在许多地方都是有代表性的。今天，当许多中、小学生从繁重的学习任务中解脱出来时，他们选择的往往是更带有娱乐性的活动，而不是文学阅读。对这种情况，许多人表示了忧虑的心情。西方的一些社会学家就惊呼“人类进入了铅字日落西山的时代”；有人甚至发出了这样的预见“我预见了人们将不会读、不会写，而是过着动物一般生活的时候”。人们还预料“在大规模的交际中，形象最终排挤词句”，“从事记录的眼睛（形象）趋向于替代从事反射的眼睛（阅读）”。他们担心“失去传统形式书籍的世界”会成为“人类退化的世界”。[8] 据介绍，现在有不少美国儿童由于看电视的时间多于接受父母、老师的教育的时间，因而“只会说电视中的语言，不会进行正常的会话。他们发音不清，词语不准，说话颠三倒四，语无伦次，缺乏逻辑，甚至表达意思都有困难”。[9] 可见，即使是在影像文化迅速普及的今天，少年儿童的文学阅读仍然应当在他们的精神文化生活中占据一个应有的位置。

事实上，今天的少年儿童也并没有放弃对文学阅读的兴趣。根据几年前在武汉市中学生中进行的一项调查，在回答“以你喜欢的程度为序，为话剧、电视剧、电影、戏曲、文学、广播剧等文艺形式排队编号”这一问题时，文学受喜爱的程度仅次于电影而居第二位。（参见《当代文艺思潮》1985年第2期）

《中国图书评论》今年第1期刊登了五张关于大连市中学生读书情况的调查表，其中所反映的情况也是令人鼓舞的，绝大多数中学生是热爱读书的。在被调查的128人中，表示非常喜欢、喜欢和比较喜欢读书的中学生就占了95.88%。在进一步的调查中我们还可以发现，文学类图书特别受到中学生读者的欢迎。因此，我们有理由认为，即使在当代，文学也并没有失宠，它仍然是当代少年儿童精神文化生活的必要的消费品；广大少儿文学作家和出版家也完全有责任继续向他们提供更多更好的文学产品。

现在，我们可以回到本文开头所提到的那个似乎是令人困惑难解的问题上去了。我认为，近十余年来，我国儿童文学无论从创作、研究还是从出版等角度来看，都获得了很大的发展，这是显而易见的事实。对此，我们没有必要怀疑自己的艺术判断力。那么，何以人们又常常有儿童文学发展进入低谷的感觉呢？我以为，这正是因为人们在分析、判断我国儿童文学发展状况时，比较忽视了它所赖以存在的整个艺术文化背景，忽视了它与这种背景之间的复杂多变的联系，因而，也就不能比较清醒地认识儿童文学在当代艺术文化系统中所处的位置的微妙迁移和变化。以 20 世纪五六十年代儿童文学的艺术位置为参照来考察当今儿童文学的状况，当然难免会对现状产生一种“低谷感”。我想，要儿童文学回到五六十年代的状况去是不可能的了，正如台湾女作家李昂说的，人们不能要求小说回到三十年前没有电视的时代、回到大家都流行看小说的时光。

我们应该承认，随着文艺传播媒介和方式的发展，当代少年儿童的审美趣味呈现了普泛化的倾向，文学在他们的“精神食粮”构成中的比重已有所下降。很显然，儿童文学在当代少年儿童精神文化生活中所处位置的这种变化，是整个当代艺术文化系统不断丰富、调整和发展的必然结果，它意味着当代少年儿童的艺术文化生活已经从非此即彼的相对单一的选择向着多种多样的相对丰富的选择转化；

这绝不是儿童文学的悲剧，而是当代艺术文化逐渐发达的一个标志！

而对于我们来说，重要的是记住自己的责任，并且决不放弃与当代少年儿童进行文学对话的努力！

（原载 1991 年第 6 期《儿童文学研究》）

注 释

[1][2] 参见周建军：《国外通俗文化研究述略》，《文艺研究》1989 年第 6 期。

[3] 参见陆文岳：《美国电视的五十年历程》，《大众电视》1989 年第 9 期。

[4] 参见杨文虎：《文学：面临电视时代的挑战》，《文学评论》1986 年第 6 期。

[5] 参见《美国与日本影视录像业的价值取向》，《大众电影》1990 年第 11 期。

[6] 王明达：《现代视听传播工具会断送民间文学的前程吗？》，《民间文学论坛》1985 年第 1 期。

[7] 参见东之：《九十年代，录像的挑战》，《大众电视》1990 年第 6 期。

[8] 参见戚方：《影像文化与戏剧“危机”》，载《当代文艺思潮》1985 年第 4 期。

[9] 参见李中子：《美国电视对少儿的影响》，载《国际新闻世界》1982 年第 2 期。

简论儿童文学的美学特质

儿童文学的美学特质即儿童文学的基本审美品质或艺术品性。儿童文学与成人文学既然同是文学，它们的具体美学特质就具有某种相关性。换句话说，构成儿童文学美学特征的那些要素，在成人文学中常常也同时存在。那么，儿童文学在美学特质方面，又如何与成人文学相区别呢？

首先，儿童文学的美学特质是指那些相对于成人文学而言，在儿童文学中表现得更为普遍、更为集中、更为典型的艺术品性。这些艺术品性与儿童的生命内蕴和精神特征之间有着更为深刻和内在的联系，例如"纯真"。某些成人文学作品中有时也能表现出一种"纯真"的艺术品质，但是在儿童文学中，"纯真"却是一种普遍存在的、基本的美学品性。这是因为，儿童心灵、情感等所构成的儿童世界，本身就拥有"纯真"这一生命的原质，而儿童文学作家也常常愿意并喜欢以一种"纯真"的眼光来艺术地表达自己的审美理想。于是，"纯真"作为一种艺术品性，在儿童文学中便不是可有可无、时有时无、若有若无的了，而是成为体现自身艺术本性的一种基本的审美品格。

其次，儿童文学与成人文学的某些具体审美要素的构成具有共同性，但是，当这些要素以不同的途径和方式，以不同的意义和作用分别出现在儿童文学和成人文学作品中时，它们就可能获得一种体现各自艺术面貌的审美效果。由于儿童文学作品的创作必然要以儿童审美趣味为接受模型和美学依据，所以它所提取和运用的艺术要素总是或显或隐地体现了儿童审美趣味和阅读能力的特殊规范和要求，而这些要素的特殊组合方式和构成状态，也就形成并提供给儿童文学有别于成人文学的整体审美特点。因此，儿童文学的美学特质，其审美指向和效果，与成人文学是不一样的。

儿童文学的审美特质一直是人们十分重视的研究课题。郭沫若 1921 年在《儿童文学之管见》一文中就曾指出："儿童文学其重感情与想象二者，大抵与诗的性质相同……儿童文学的世界总带些神秘的色彩……有种不可思议的光……儿童文学当具有秋空霁月一样的澄明，然而决不像一张白纸。儿童文学当具有晶球宝玉一样的莹澈，然而决不像一片玻璃。"1928 年商务印书馆出版的张圣瑜的《儿童文学研究》一书，则从口传、自然、单纯、纯情、神奇、酣美、瞬变、能普化这八个方面较详尽地论述了儿童文学的艺术特质。例如该书在论述"单纯"时认为："儿童率情适性，吐口成文，简单纯朴，绝无做工。然其简单之文义，与艺术之手段，亦自有其价值。大抵童心所感，一经粗率发表，出之于口，便算毕事……故单纯为儿童文学之特质三。"这些论述，对于人们了解和认识儿童文学的美学特质，都是很有参考价值的。

我以为，儿童文学的美学特质，主要表现在纯真、稚拙、欢愉、变幻、质朴这几个方面。下面试分别简述之。

纯真。儿童尤其是幼儿正处于人生的黎明时期，生命的花朵刚刚开始绽放。在广袤而复杂的大千世界面前，儿童世界总是显得那么稚嫩、纯真和美好。这种儿童生命固有的品性，成为儿童文学作品纯真美的客观来源；而表现儿童生命、儿童世界的纯真之美，也就成了儿童文学作家自觉的创作追求。例如，美国作家阿德·洛贝尔的童话集《青蛙和蛤蟆是朋友》，讲述了性情开朗、外向的青蛙和性情忧郁、内向的蛤蟆之间纯洁、动人的友情故事。在其中的《寄给蛤蟆的信》一篇中，蛤蟆因为从未收到过来信而感到难过。青蛙得知后，立即回到家给蛤蟆写了一封信，并请蜗牛把信送到蛤蟆家，然后又去蛤蟆家一起等信。当信迟迟没有送来的时候，青蛙又忍不住提前将实情告诉了蛤蟆。直到第四天，行动迟缓的蜗牛终于把信送到了蛤蟆家。作品中洋溢着纯真的友爱之情，令人感到快乐和温暖。又如李其美的儿童生活故事《鸟树》，写几个幼儿园的小朋友把一只死了的小鸟埋进地里，还在上面插了一根葡萄枝条。在他们的想象中，“这棵树长大了，会开出很多很多的鸟花，鸟花又结成很多很多鸟果，鸟果熟了，裂开来就跳出了很多很多小鸟……”这种美好的愿望和想象当然是无法实现的，但它却是纯真晶莹的儿童心灵的自然展现，同时也构成了作品纯真之美的内在质素。

稚拙。稚拙与纯真一样，是儿童文学天然拥有的美学语汇和艺术特质。儿童文学总是表现出一种稚气而拙朴的艺术风格，这种风格与古典主义以来传统文艺精巧、别致的表现形态大异其趣，而与原始艺术及其美学风格十分相似或并无不同。对于儿童文学来说，稚拙就是它的一种艺术本能，一种美学天性，当然，也是一种富于魅力的美学特质和形态。

儿童文学的稚拙美既表现在内容上，也表现在形式上。从内容上看，儿童文学的稚拙美主要表现为儿童心理、儿童生活中的稚拙情态和形态。你看那雨后小妹妹咬着唇儿、提着裙儿轻轻地小心地跑，心里却希望自己也像哥哥一样摔那么痛快的一跤（冰心《雨后》）。你再读读那个卖火柴的小女孩的故事，一个男孩捡走了小女孩的一只大拖鞋，还说等他将来有了孩子的时候，他可以把它当作一个摇篮用（安徒生《卖火柴的小女孩》）。你听听那个失去父母照料而独立生活的女孩子皮皮是怎样学会生活的：“第一次我很礼貌地提醒我……如果我不听，我就口气严厉地再说一遍，如果我还不听，我就打我自己，你们明白了吧？”（林格伦《长袜子皮皮》）你再念念可怜的凡卡给乡下爷爷的信：“前几天老板拿鞋楦头打我的脑袋，打得我昏倒了，好容易才活过来。我的日子过得苦极了，比狗都不如……替我问候阿辽娜，问候独眼的叶果尔卡，问候马车夫；千万别把我的手风琴给别人。”（契诃夫《凡卡》）在这里，没有严谨的逻辑，没有深藏的城府，即使是面对着沉重艰难的生活境遇，也没有欲说还休的人生感叹，而全然是一派稚拙纯朴的童年生命气象，全然是一种最自然、最本真的生命意趣的飞扬。这种生命初始和成长阶段中的稚拙情态，是儿童文学稚拙美的主要内容。

稚拙美也表现在儿童文学的形式方面。从广义上说，儿童文学作品的文字、语言组合和叙述方式的变化可以产生一种稚拙感，其情节构成方式的变化也能带来一种形式感。例如张天翼的童话《大林和小林》中的叙述语言：“……后来乔乔的鼻子常常要掉下来，后来乔乔说话的时候一不小心，乔乔的鼻子就‘各笃’掉下来，乔乔上火车的时候，乔乔的鼻子就掉下来了……”在这里，鼻子掉下来的情态由于语言不断重复的叙述组合方式，产生了一种幼儿般稚拙的口语风格。

稚拙作为儿童文学的一种美学特质，构成的是大巧若拙、浑然天成的艺术景致，是儿童文学具有的一种很高的美学境界。

欢愉。高尔基说过“儿童文学是快乐”的文学。儿童最不喜欢枯燥的故事和乏味的叙述，他们需要有趣的东西。因此，儿童文学相对于成人文学来说，总是洋溢着更为浓郁的谐趣和欢愉之美。这种欢愉之美表现为以幽默、滑稽、可笑的形式来表现具有美感意义的内容。例如，在木子的童话《长腿七和短腿八》中，作者巧妙地运用夸张和变形手法，设置了长腿七和短腿八这样两个浑身透着喜剧味的人物形象，并通过这两个生理差异极大的人物形象的对比和互动，使故事的推进一直处于一种极不协调的滑稽状态中。作品还借鉴了传统儿歌中绕口令的艺术手段，大量运用叠字、叠词和重复运用某些字、词和句式，给读者的阅读过程造成了很强的趣味性。同时，作者在作品情节推进的巨大反差中，始终在寻求一种人物之间内在精神和情感上的沟通、协调和平衡感，这种沟通、协调和平衡感正是人性中最美丽、最值得珍视的东西。于是，读者在被作品的趣味性和作者的幽默感吸引的同时，会有一种真切的感动。

当然，欢愉美并不是时时都与深刻的思想内容结合在一起的。在儿童文学作品中，也应该允许存在着一些以趣味性表达和幽默氛围营造为目的的作品。例如，传统儿歌中的颠倒歌，就是一种以表现趣味性和幽默感为主的儿歌种类，它同样具有独特的审美欣赏价值。

在儿童文学作品中，作者还常常使用夸张、比喻、对比、移植、仿拟、反语、拈连、飞白、颠倒、交叉、谐音、双关、反复、错综、误会法、矛盾法、自嘲法、词义引申等手段，由语言、情节的不谐调构成喜剧性的矛盾冲突，制造趣味性和幽默效果，构成一种轻松、清新、隽永的欢愉之美。

变幻。儿童的生理和心理特点，决定了儿童是更好动的，更富于幻想和探究性的，因此，儿童文学总是更富于幻想，更多惊险色彩，更多神奇意味。而这一切，就构成了儿童文学作品迷人的变幻之美。瑞典作家林格伦的童话《长袜子皮皮》，通过主人公皮皮的言行，反映了现实生活中孩子们渴望自由、自主的愿望，展现了儿童的种种神奇的幻想和向往。作品中的皮皮力大无穷，全世界没有一个警察比得上她。只要她高兴，她可以举起一匹马。她用这身力气打败了一群欺负小娃娃的顽童，赶跑了强迫她进入“儿童之家”的警察，制伏了上门抢钱的强盗，打败了号称“无敌”的大力士，还教训了野蛮的公牛和嗜血成性的鲨鱼。皮皮的脑子里还会冒出些稀奇古怪又好笑的念头来……在英国作家特拉弗斯的童话《随风而来的玛丽·波平斯阿姨》中，保姆玛丽·波平斯阿姨神通广大，是孩子们的好朋友。她能在天花板上举行茶话会，让大家都头朝下行走；她能让气球带孩子们到天上漫游，边游边讲奇妙无比的故事。在我国作家郑渊洁的童话《皮皮鲁外传》中，皮皮鲁坐着“二踢脚”直上天空，还拨动控制地球转速大钟的指针，好让地球加快转动，结果地球上的一切都乱了套。在郑渊洁的《舒克和贝塔历险记》中，两只可爱的小老鼠当上了勇敢的飞行员和坦克兵。作者时而让空中的飞机和地面的坦克展开惊心动魄的大战，时而又让他们联合起来，通过无线电联络，共同行动，制伏猫王国的国王——一只移植了老虎胆和人工心脏的小白鼠。这些作品所塑造的滑稽有趣而又神奇怪诞的人物形象，所描述的上天入地、无拘无束的情节，不仅展示了一种自由、活泼的现代美学心态，而且充分满足了儿童读者喜欢幻想，追求新鲜、变化、刺激的审美心理和阅读趣味，充分展示了儿童文学的变幻之美。

质朴。儿童文学与原始文学、民间文学一样，都具有一种质朴的美。

“质”是指本质、本色；“朴”字原意指树皮，引申为未加工的木材，再引申为不加修饰的原始与天然状态。因此，质朴美就是本色的自然、淳朴之美。

儿童文学的质朴之美，来源于儿童生命、精神中所蕴涵的质朴品格和儿童文学创作者质朴的人格品质。在儿童文学作品中，质朴既表现为作品形式方面简洁、朴素的表达风格，也表现为作品心理内涵的素朴。这种质朴美绝不是形式的粗糙。质朴是一种美学品格，一种精神境界，而粗糙却是由于作者创作能力或态度方面的原因而给作品留下的缺憾。质朴也不是内容的简单和贫乏。质朴是用最简洁、自然的文学形式来表达最本真的生命意趣和形态，并且“于无足轻重的东西之中见出最高度的深刻意义”（黑格尔语）。因此，质朴拒绝雕琢、矫饰和华媚，并成为儿童文学天然拥有的美质。

对于儿童文学来说，质朴是一种本性之美，而在成人文学艺术领域，经典艺术登峰造极的精致风格导致了现代艺术家对儿童文学艺术质朴风格的重视和向往。赫伯特·里德在《今日之艺术》一书中指出：“现在的艺术，有一种想回到儿童们的情景的质朴与简单的企图。”他甚至认为：“我们从原始人（以及儿童）的最早的艺术表现中所得到的艺术之本质，较之于从文化最发达的时代的苦心经营出来的智慧艺术品中得到的更多。”这话虽然不无偏激，但它的确也提醒人们认识到这样一点：儿童艺术，还有我们为儿童所创作的儿童文学作品，具有独特的审美价值和品质。说它是独特的，也就意味着，它是成人文学所无法替代的。

（原载 2001 年第 3 期《中国儿童文学》）

恐怖美学及其艺术策略

美国人R．L．斯坦的《鸡皮疙瘩系列丛书》（接力出版社）、《幽灵街系列》（新蕾出版社），特别是英国人J．K．罗琳的《哈利·波特系列》（人民文学出版社）近乎疯狂的登陆，引发了各式各样的关注和议论。这些关注、议论在不断地制造着有趣或无趣、“有聊”或无聊的话题。我以为，话题的“泡沫化”是这个众生喧哗时代的一个值得警惕的现象。作为一种学术自省意识整理与清算的结果，同时也出于个人志趣和心性培养策略上的考量，一些年来，我一直与时尚话题保持着某种距离，以避免在缺乏必要学术理性制衡的状态下，一头栽入频频出现的可能的“话题陷阱”。

但是这一回，我的言说欲望却膨胀到不想控制的状态。我想说，上述系列作品在中文世界的出版，的确给我们制造了一个有意义的话题，这就是儿童文学艺术建构中的恐怖美学问题。

恐怖美学与儿童精神现象学

很久以来，我们的儿童文学创作对儿童精神现象的涉足和理解是十分有限的。想当然的成人化艺术专制的结果之一，便是在相当程度上使儿童文学成为一个具有教化功能的文学课堂，而无法同时也成为童年时代艺术游戏和精神狂欢的场所。最近20年来，情况逐渐发生了变化，其中一个最重要的变化，便是儿童文学的美学构筑，由平面与单一走向了立体与丰富。当然，某种缺失或贫乏仍然是存在的。几年前，一项在北京、上海、广州、郑州、成都五城市进行的儿童阅读状况的调查研究，让人们听到了来自儿童群体的率真的阅读渴求和阅读愿望的表达。许多儿童读者用这样一些词语来提示和描述他们所喜欢的图书："有想象力""恐怖""惊险""惊险科幻又有深刻意义""幽默""历险""娱乐""有趣""有神秘感"等。他们还发出了这样的吁请："请把书写得风趣些""请多出一些最恐怖、最惊险、最幽默的书""请多出一些带有幽默感或比较有哲理的书"。一位读者还建议说："多出一些以'你'来叙述的中、长篇自我惊险小说，就是说主人公是我自己……"

"恐怖""惊险""神秘"这样一些长期在儿童文学语汇中缺席或不时被拒斥的词语，借助儿童读者之口理直气壮地重返儿童文学的艺术语境。而"哈利·波特"系列、《鸡皮疙瘩系列丛书》《幽灵街系列》等系列作品的登陆，可能只是一种巧合，但恐怖美学话题的凸现，却的确与这一巧合所构筑的现实语境大有关联。

事实上，面对这样一个话题，置身于儿童文化语境中的人们几乎都会本能地求助于儿童世界与儿童文化特有的精神防御机制。几年前，当斯坦的《鸡皮疙瘩系列丛书》靠"惊吓儿童"而成为畅销作品的时候，在美国教育界、读书界就引发过不同意见之间的争论。两年前，当全球书界因为"哈利·波特"系列第四辑《哈利·波特和火焰杯》问世而新闻迭爆、掌声不绝的时候，《星期日泰晤士报》专栏作家因迪雅·奈特却发表了专题评论文章，反对这部"太恐怖"的作品与年幼的孩子们见面；在英国，在美国，一些学校也把该书列为禁书……

讨论具体作品的成败得失显然是必要的。但是，在恐怖作为一种基本的艺术构成元素日益融入儿童文学的艺术现实之中的今天，把对具体作品的讨论推展为一个关于儿童文学与恐怖美学构建问题的思考，也许会更有意义一些。

众所周知，儿童文学的美学构建与儿童精神世界的构建之间有着深刻的内在联系。虽然成人作家的艺术创造力同样是儿童文学美学构成的有机组成部分，但儿童文学美学构建的逻辑起点却是童年——童年世界的精神深度和广度，童年时代的心理原型和谱系，在很大程度上决定了儿童文学美学构建的基本方向和面貌。我曾经在一篇文章中说过，儿童文学理论的可能的展开方向是以我们对童年这一现象的理解为基础的，一定的理解角度、方向和认识水平，规定着理论思维的相应的深度和广度。[1]同样，我也想说，儿童文学的美学构建，也是与我们对童年精神现象的理解水平密切相关的。

在特定的意义上我们可以说，儿童不仅是新生的，也是最原始、最古老的；童年经验中保存着更多的人类早期的经验和记忆。因此，童年自身并不能解释自身心理内容的全部，新生儿的心理也绝不只是白纸一张，这张纸在婴儿出生前就已经被刻上了许多难以辨认的、由千百代人的心理活动凝结而成的遗传信息。这种现象可以说是一种“前生记忆”，也可称之为“精神的隔代遗传”。借用荣格的说法，我想说，童年的精神现象中保存着人类精神和心理的所有“原型”。

于是，儿童的精神世界就变得异常宽广、深厚起来。人类最原始、最基本的心理欲望和精神样式，在儿童的精神谱系中都得到了妥帖的保存、配置与整合。正如有研究者所指出的那样，儿童的大部分的精神是集体的，是类的。他的真正被自己清晰地意识到的生活是很少的，但这并不是说他不拥有精神生活。实际上，儿童的精神生活是非常丰富的，他在自己的游戏、梦想中可以上天入地、降魔伏妖，他的世界要比后来他长大成人以后所发现的那个客观宇宙更为广大。他的丰富的世界来源于他的历代祖先的世界，他的世界是历代祖先的世界的叠加。[2] 与此相呼应的是，儿童文学的美学构建也应该是丰富的、立体的：纯真、优美、荒诞、快乐、野蛮、神秘、惊险、恐怖……

有一个现象是颇耐人寻味的：在现代儿童的精神防御（保护）机制建立以前，传统（民间）文学已经自发而广泛地涉及了儿童心理和精神现象的许多方面。心理学家布鲁诺 · 贝特尔海姆在他的民间童话研究中就发现，民间童话故事几乎触及了儿童的全部幻想，囊括了儿童所有的情感体验，如《少年出门学害怕》中涉及了儿童的恐惧、焦虑等情绪，《灰姑娘》《白雪公主》等女儿与继母对立的故事模式中隐含着小女孩的恋父情结，《小红帽》中所触及的性（祖母与狼共寝）、吞并恐惧（狼吞食小红帽）、快乐原则（顺从狼的诱惑）与现实原则（拖延乐事以抵制自毁性诱惑）之间的冲突等情感体验。这说明，诸如惊险、神秘、恐怖这样的在今天可能被视为另类的儿童文学美学元素，事实上早就存在于儿童读者的历史视野之中了。因此，所谓另类美学元素，其实是儿童文学美学构建中早已具备或理应具备的美学元素，只不过由于人们的某种漠视或误判，它们才被看作为儿童文学美学的异类罢了。

对于神秘、恐怖、惊险等现象的好奇、恐惧与渴望，是人类最原始而基本的心理状态和情感体验之一，也是儿童心理现实中最深刻而普遍的精神现象之一。以写作侦探小说闻名的德国当红女作家——英格丽·诺尔认为："每个人心灵的地下室中，不是或多或少都存在一具死尸？"儿童读者其实也并不例外。因此，恐怖美学在儿童文学美学构成中的地位是毋庸置疑的。从功能上说，恐怖美学不仅能够满足儿童读者的原始欲望，拓展儿童文学对儿童精神世界的美学覆盖力，而且能够对儿童心理起到一种净化作用，按贝特尔海姆的说法就是："它可以帮助他们正视恐惧并克服这种来自心灵深处的恐惧。"

儿童文学的恐怖策略

现在，我们面临的已不是儿童文学需要不需要构建自己的恐怖美学，而是如何构建这一美学的问题了。换句话说，我们的问题已简化为这样：儿童文学应该如何建立自己的恐怖美学策略？

在本文前面提到的奈特的批评文章中，作者也并非一般地否定恐怖美学在儿童文学中的存在和运用，而是对《哈利·波特和火焰杯》一书中的过度恐怖现象提出批评。她说："我们都性喜在战栗和恐怖中获得愉悦。哈利·波特系列中许多令人佩服的地方之一，就是作者本人已认识到了这一点，而且在其他几本书里（指前三集——引者注），将这手笔运用得恰到好处：恐怖只出现在噩梦般的事情方面。这一次却随处可见。我发现，当我信手翻读到第32章时，那里竟然有赤裸裸的恐怖内容。有这样一个例子：'这家伙有着孩子般弯曲的体型，除此之外，哈利看不出任何与一个孩子相同的地方。它没有头发，身上全是鳞片，样子险恶、猥亵，肤色发黑泛红。它的两臂和双腿又细又弱，还有它的脸——没有任何一个有生命的孩子长着如此容貌——扁平，像蛇那样，眼睛闪射红光……’在随后的几年之内，（这本书）不能同我的孩子们见面，原因只有一个，那就是这本书太恐怖。”[3] 可见，奈特关心的，首先也是儿童文学的恐怖策略问题。

对于今天的儿童文学界来说，诸如“恐怖”“神秘”这样的美学特质，在实际的操作中仍有许多令人棘手和困惑的地方。一年多前，一位作家朋友在接受了一家出版社写作一部惊险少年小说的约稿之后，给我打来电话讨论创作上的一些问题。在交流了有关看法后我说，凭着感觉和有限的想象力，我们在某些特定类型的儿童文学创作中难免会有艺术上做不到位的时候，如果能研读一些国外的范本，对于我们自己的艺术创作肯定会大有帮助的。那位作家朋友感叹说，到哪儿去找这样的范本呢？

这里，我们不妨以斯坦的《鸡皮疙瘩系列丛书》及其作者的创作观念为例来讨论这个问题，因为这套丛书为我们了解国外儿童惊险恐怖类小说的创作现状，提供了一个具有示范性和说服力的样本。

现年59岁的斯坦是美国著名惊险小说作家，有“悬念大师”的美誉。《鸡皮疙瘩系列丛书》是他的成名作和代表作，据说目前已出版了137本。自1992年该丛书第一本面世，到1999年，它即以27种文字出版，全球销售近2.2亿册的显赫业绩，被吉尼斯世界大全评为历史上销售量最大的儿童系列图书，作者也被评为当年最受欢迎的儿童文学作家。

现已出版的《鸡皮疙瘩系列丛书》中译本共8册，收入了《死亡之屋》《远离地下室》《噩梦营之旅》《邻屋幽灵》《魔镜隐身记》《小心许愿》等16部作品。这些作品中的人物、环境、故事及隐藏于叙事之中的艺术玄机各不相同。作者以其丰富多变的叙事智慧，把一个个故事描绘得起伏跌宕，各有机巧和妙趣。《噩梦营之旅》充满扑朔迷离的悬念，直到结尾才令读者恍然大悟，其情节设计上的绵密与机趣令人叫绝。《死亡之屋》中，当阿曼达与乔西一家终于摆脱了梦魇一般的恐怖绝尘而去时，一个令人惊异的巨大悬念又笼罩在了读者的心头……一个个故事都是独立不同的，不变的是每个故事中都充满了引人入胜的悬念和恐怖的叙事效果。作者对儿童的精神世界有着相当的理解，他认为："和成年人一样，甚至更甚，儿童普遍喜欢历险、悬念、刺激和一定程度上的惊恐。与成年人不同的是，儿童更富想象力和幻想，而且他们的幻想世界往往与现实世界相互交错，互为补充。"因此，《鸡皮疙瘩系列丛书》所展示的是现实人物与现实场景中的神奇与惊险。精细的小说笔法消除了读者的陌生感，使读者在如临其境的阅读过程中与主人公一起沉醉于紧张恐怖的心理体验之中。

我读这套丛书时特别注意了它在艺术分寸上的把握状态。语言艺术的传达特性使读者避开了那种"具象的恐怖"，因此斯坦笔下尽管不时出现幽灵、鬼怪、恶魔等形象，但却并未驱使读者跌入恐怖的深渊。据浦漫汀教授在中译本序文中介绍，R. L. 斯坦曾特别形象地用"过山车游戏"的原理来比喻自己的创作，而这一创作定位也为在儿童读者中受欢迎的"安全惊险幻想小说"奠定了基础。过山车虽然让人感受到真真切切的刺激和恐怖，但人们都知道到头来总会有惊无险，安全着陆。正是这种"安全着陆"的经历，使"过山车"游戏花样翻新，让人们屡试不爽。因此，"安全惊险幻想"手法成了《鸡皮疙瘩系列丛书》把握小说恐怖美学的基本艺术策略，甚至构成了一种基本的艺术标杆和伦理底线。斯坦在创作中始终严格信守这样一条原则："绝不在自己的作品中涉及性、毒品、离婚、虐待儿童等现实生活中龌龊和令人沮丧的题材。"他认为，真正的恐怖是现实世界中存在的种种令人沮丧的社会痼疾，而它们恰恰是孩子们不该过早接触和经受的伤痛。我以为，虽然儿童文学的题材范围问题仍是一个值得讨论的话题，但斯坦的见解至少表明，儿童文学艺术分寸感的建立不仅有赖于作家的艺术智慧，更有赖于作家的艺术良知和关爱儿童的责任感。R. L. 斯坦的成功经验之一，也许正在于此。

恐怖美学的确立和成熟，为当代儿童文学美学建构的不断丰富和完善提供了新的可能。而儿童文学作家应该是这样一种人——他们是天生的警觉的美学守门人；他们通常都具有一种几乎"与生俱来"的判断力，细腻而敏锐，知道该把什么东西挡在儿童文学的美学大门之外。

最后，我还想说的是，恐怖美学的真正建立和超越，还有赖于我们在创作和理论上不断探索并解决这样一些问题，例如恐怖作品如何摆脱叙事手法相对单一的局面？如何在营造恐怖氛围的同时引入对人性、人生等命题的思考？显然，儿童文学恐怖美学的建构者不仅是美学大门的守门人，同时也应当是新的美学疆域的不懈的开拓者、创造者。

（原载 2002 年第 4 期《中国儿童文学》）

注释

[1] 参见方卫平:《童年: 儿童文学理论的逻辑起点》,《浙江师范大学学报》1990 年第 2 期。

[2] 参见刘晓东:《儿童精神哲学》, 南京:南京师范大学出版社 1999 年版。

[3]《哈利 · 波特太恐怖》, 《中华读书报》2000 年 8 月 23 日。

儿童文学研究的理论意义

儿童文学研究要提高自身的理论水平，这已成为当今儿童文学理论界的共识。但是，对于如何提高理论水平，对于如何进行儿童文学理论学科的整体性建设，人们的想法还是不尽一致的。例如，儿童文学研究的理论意义是什么，许多人就有不同的理解。

由于儿童读者在儿童文学创作和研究中始终是一个极为重要的制约因素，因此，长久以来人们已习惯于从读者的角度来判断儿童文学领域的一切现象了。“小读者是否喜欢”，这几乎已经成为儿童文学界的唯一价值取向，成为人们在思考儿童文学现象时的一种“集体无意识”。应该承认，读者在儿童文学活动中具有比成人文学更为重要的独特的意义，没有小读者的存在，就没有儿童文学。但是另一方面，如果对读者的意义做片面的、绝对排他的理解，那么，情况就有可能背离人们的初衷，至少对于儿童文学研究来说，它将导致我们对儿童文学理论意义理解的偏狭与肤浅，并进而妨碍儿童文学研究水平的整体性提高。

儿童文学研究作为一个独立的学科，其理论价值和意义是多方面的。从一般的意义上说，理论来源于实践，又可以返回去指导服务于实践，例如儿童文学理论可以指导儿童文学创作和小读者欣赏。这些当然是儿童文学研究的一个很重要的目的，也是儿童文学研究的一个重要的部分。但是，儿童文学理论除了服务于实践的应用价值外，还有一种理论自身的本体意义上的价值，它显示人类在一定历史条件下的智力水平和思维的全部创造力，展示理论自身的深邃、超拔的魅力。这就是为什么历代哲人对宇宙、对社会、对人生的终极意义的形而上的思考会具有那么吸引人的、令人深思、令人感动的力量。理论需要与实践的沟通，需要实证的、应用性的研究，理论又需要在理论自身的意义上存在，并为整个人类的科学提供认识成果。譬如儿童心理学研究。儿童心理看来似乎是最单纯的，但儿童心理学却做出了最深刻的学问，为人类心理学、认知科学、原始文化研究等提供了理论材料和认识成果，例如皮亚杰就从儿童心理和思维发展入手而又终于达到哲学认识论的高度。这是因为，皮亚杰并不把童年心理看成是一种绝对孤立的、仅具有自身意义的生命现象。的确，无论从生理、心理、行为还是从文化背景的意义上去考察，童年现象都远远不像许多人所想象得那么简单。即使是儿童的随意涂鸦、游戏，在具有现代科学眼光的人们看来，其中也向我们传递着某些极为隐秘而深刻的生命和文化的内容、消息。而儿童游戏，正是一种重要的童年现象。皮亚杰通过对儿童个体心理和认识发生、发展过程的描述，揭示了认识主体如何反映客体的复杂机制，因而从微观个体的角度论证了人类宏观的认识发生、发展过程及其机制，为当代认识科学的发展做出了重大贡献。美国学者马修斯对儿童的心理发展进行哲学分析，他的《哲学与幼童》一书因此显示了独特的理论意义。所有这些，都启示我们，不能把儿童文学理论的意义全部归结到研究儿童文学如何适应儿童需要这个单一的目标上。对于当代儿童文学研究来说，除了这个重要的、基本的目标外，还应追求一种超越以往儿童文学研究水准的更高的学术品位和更宏阔的理论境界。事实上，儿童文学研究的最高成果可以为整个文艺学、美学、心理学、教育学、哲学等学科提供思维成果和理论材料。儿童文学研究者应该有这样的学术胸怀和抱负。

以儿童文学自身的特点看，它也为儿童文学研究提供了深入把握和探寻的可能条件。正如儿童心理看似幼稚、单纯，却蕴含传递着某些最深刻而隐秘的人类生命的、文化的内容和消息一样，儿童文学也保留和反映了人类审美的最原始、最简单同时又是最基本、最内在，或许也是最深邃的艺术规范和审美内容。这里没有精巧的修饰，没有严谨的逻辑，没有深藏的城府，而全然是一派最本真、最自然的生命感觉和意趣，一种大巧若拙的文学形式意味。同时，在这质朴平白的文体中，却又往往传递出一种丰厚的意味。且看一首台湾儿童诗：

小弟弟我们来游戏
姐当老师你当学生

姐姐：小妹妹呢？
小妹太小了
她什么也不会做
我看，让她当校长好了

——詹冰《游戏》

几个孩子轻松活泼的游戏性对话，却带出了一个深刻的社会性的批判主题。而且，这种深刻的讽刺意味是在一种天真自然、毫不经意的描绘中产生的。它给你一份纯真和质朴，也带给你一种意会，一个微笑，一份沉思。这种“于无足轻重的东西之中见出最高度的深刻意义”（黑格尔语）的艺术表现方式，正显示了儿童文学文体独特的意味。事实上，儿童文学文体的潜在的艺术力量至今仍远远未被人们所认识。青年作家班马在谈儿童文学文体的未来可能性时表现了一种乐观的态度，其“理由正是来自‘儿童文学’这一文体形态本身所含有的潜在因素——它的沟通神话的古老。它的通向科幻的年轻。它的泛神论的亲近自然。它的哲学气的寓言本色。它就善于谈生态圈。它正可涉及异化。它拿手的就是梦、幻、魔。它等于发生论——这些艺术因素如果有所融合而形成一种文体，难道不有点当代世界文学的最新气度？”（班马《你们正悄悄超越》）很显然，在一种广阔的、深刻的理论背景上来把握和阐述儿童文学，对于当代儿童文笔研究来说是极为必要的，而儿童文学自身的文体特点及其潜在的艺术力量，使儿童文学研究不仅有必要，而且完全有可能做出更深刻的理论探索和发现。

如前所述，儿童文学理论的价值和意义是多方面的，因此，在儿童文学研究的深化进程中，我们应该具有一种整体和开放的建设眼光。无论是基础性、思辨性的理论，还是应用性、实证性的研究，都应是未来儿童文学理论发展所需要的，都是儿童文学理论系统建设的有机组成部分。提出这一点是十分必要的。事实上，目前儿童文学理论界至少在私下里还存在着两种心理障碍：一种是对儿童文学理论的开拓和探索性的建设感到隔膜，以至抱着冷漠的态度和排斥的心理；一种是对儿童文学的传统研究方法抱着不加具体分析的批评态度。显然，这与儿童文学理论的未来发展和系统建设的要求都是不相宜的。我认为，只有一种开放的、整体性的建设眼光，一种多方位、多层面的理论探索意识，才有可能推动我们的儿童文学理论研究的系统建设和全面发展。

当然，所谓整体眼光和多层面的建设绝不是一种肤浅而平庸的面面俱到，而是意味着允许和提倡不同的研究者根据自身的特点来确立自己的研究方向和研究重心，从而以自己的角度和方式来开拓、丰富儿童文学理论的研究内容。从宏观上说，个体研究者的理论探索总是受到自身条件的限制，因而带有某种片面和局限性，但是，这种局限性又往往表现出个体研究的某种独特性和深刻性，因此能够在人们实践和认识的某一个环节、层面或角度上实现突破，并通过这个环节、层面、角度的突破，带动认识的整体性进步，推进理论的系统发展。

从近年来儿童文学理论发展的实际情况看，往往也是从现实的文学探索实践中去寻找话题、获取灵感，从而在某些具体的理论环节上取得进展，并由此扩展自身的理论领域。这是因为，在作家的文学探索实践中，总是表现出一种强烈的个性色彩、往往从一个特定的方面为儿童文学的发展撕开一道口子，带来一种新鲜的经验和启示，并为人们的理论思维提供了现实的可能条件。我在一篇文章中曾经提到，近年来儿童文学理论界对于创作实践进程的关注和由此展开的种种富有个性的思考、讨论，“显示了人们对于营建新的理论工程的浓厚兴趣乃至某种眼光和胆识。这些联系着最近的文学发展所展开的讨论，不仅对已有的艺术规范提出了大胆的怀疑和新颖的界说，而且几乎是毫不犹豫地便搅乱、撑破了已有的儿童文学理论框架，而将思维触角探向了传统视野之外的理论盲区，为构造新的理论体系寻找着现实的思维基点，浇铸着新的理论构件。”[1] 毫无疑问，20 世纪 90 年代的儿童文学研究仍将在更开阔的理论背景上进行全方位的探索和建设。我们应当欢迎和容纳那些来自各个角度和方向的理论思考和探索，因为这样的探寻将会使 90 年代的儿童文学研究保持着生气和活力，也将带动和促进儿童文学事业的整体性的进步和发展。

（原载 1991 年第 6 期《文论月刊》）

注 释

[1] 方卫平：《少年小说：对新的艺术可能的探寻》，《文艺报》1988 年 7 月 16 日。

略谈开展儿童文学的创作心理研究

文学创作是一种极为复杂的精神劳动。过去，我们曾满足于“生活是一切文学艺术的唯一源泉”这一关于文艺来源的哲学终极答案，而从审美的心理层次上对文学创作具体过程及其规律的探求却不够深入。对于儿童文学的创作心理，20 世纪 50 年代中期，陈伯吹同志提出了他的著名的儿童文学作家和编辑要怀有一颗童心的主张，敏锐地触及了儿童文学的创作心理课题。然而这一见解未及展开，人们的思路尚待朗照，一场莫名其妙的粗暴挞伐便降临了。结果，我们对儿童文学创作心理及其规律的认识至今仍然可以说是混沌一片，我们的儿童文学还没有形成自己的创作心理的理论体系。

显然，生活绝不就等于文学，一切生活现象只有进入作家的心理领地，同作家的心灵拥抱，才有可能孕育出真正的文学作品。换句话说，作家创作的心理现象是生活现象到文学现象的中介和桥梁。因此，它理所当然地应该纳入文学研究的视野。事实上，自从上个世纪费希纳在他的《美学初步》的序言里提出美学研究要摒弃传统的“自上而下”的思辨方法，而采用“自下而上”的经验主义方法以来，重视立美心理和审美心理的研究，已经成了许多美学流派的共同特征。在文学艺术研究中，借助心理学的理论成果来研究作家和艺术家的创作心理，也日益成为人们很感兴趣的工作。美国美学家鲁道夫 · 阿恩海姆甚至认为，

不管艺术理论家自己是否承认，他们的研究自始至终都是在实

际应用着心理学。（参见《艺术与视知觉》）我认为，重视创作心理研究所带来的积极成果之一，便是人们对创作活动的心理奥秘和一般规律有了更为深入的了解和科学的认识。

毋庸讳言，儿童文学创作具有与成人文学创作共同的心理规律，但这只是事实的一个方面。另一方面，它们又有相异之处，而这正是特别值得儿童文学研究者进行理论探索和建树的领域。20 世纪 60 年代中期西方兴起的接受美学理论认为，作家所创作的作品只有经过读者的阅读和检验才成为作品，或者说，决定作品历史地位和价值的主要因素是读者的能动的接受意识，这个事实将促使作家更多地去考虑并预测作品可能产生的社会效果，即读者对作品可能会有的种种反应。这就启示我们，读者能够间接地影响文学作品的生产。儿童文学的接受群体是儿童。儿童的主体结构（包括伦理、知识、心理等构成要素），正处于从较低阶段向较高阶段不断发展的建构过程中，与作为儿童文学作者的成人的主体结构显然是属于两种不同发展阶段的结构。（当然也有儿童自己创作儿童文学作品的情况，但这属于小概率事件，可以暂且忽略不计。）从心理的动态因素来考察，儿童的心理发展与成人存在着巨大的“时间差”。当作家从事儿童文学创作时，这种“时间差”必然要通过心理时间的调整得到缩短，以使作家的创作心境逼近儿童的心灵。这是一种奇妙的不同于成人文学创作的心理转换与组合，正是通过这种转换和组合，作家的创作意识才能被儿童读者理解、接受、消化，儿童文学的价值才有可能得到超前性的肯定。

儿童文学创作心理的研究天地十分广阔，具体说来，它主要包括以下两个方面。

第一，研究儿童文学创作的特殊心理操作过程和思维模式。我们知道，文学创作过程包括感觉、知觉、直觉、注意、记忆、联想、想象、情感、思维等多种心理活动形式，它们错综交织、配置，构成创作的心理流程。儿童文学作家在创作中，需要对心理流程进行指向，需要对儿童主体结构与接受意识进行控制与调节，而这一心理操作过程与思维模式具有自己的独特性。

第二，研究儿童文学作家的心理个性和创作个性。心理个性又包括个性心理特征，如气质、性格、能力等；个性倾向性，如需要、动机、兴趣、信念等。创作过程实际上可以说是作家以心理个性为心理基础的创作个性的展开过程，涂抹着浓厚的作家的个性色彩。因此，研究与具体创作过程密切相关的作家的心理个性和创作个性，是十分必要的。

深入研究儿童文学的创作心理，是力图对儿童文学作家的主体结构和功能有一个科学的认识，并更好地帮助作家向创作的自由王国挺进。

（原载 1986 年总第 23 期《儿童文学研究》）

幼儿文学：可能的艺术空间

——当代外国幼儿文学给我们的启示

从爱因斯坦的感叹说起

20世纪最伟大的科学巨人爱因斯坦有一次与儿童心理学大师让·皮亚杰做了一次关于儿童游戏本质的谈话。在听完了皮亚杰关于儿童游戏研究的有关发现的介绍后，爱因斯坦深为其中所包含的那些隐秘而深刻的生命内容和文化信息所震撼，他不无感慨地说：“看来，认识原子同认识儿童游戏相比，不过是儿戏！”

这则轶事提醒人们，无论从生理、心理、行为还是文化背景的意义上去考察，童年现象都远远不像许多人所想象得那么简单。皮亚杰通过对儿童个体心理和认识的发生、发展过程的描述，揭示了认识主体如何反映客体的复杂机制，因而从微观个体认识发生的角度论证了人类认识的发生、发展过程及其机制，为当代认识科学的发展做出了重大贡献。这段20世纪儿童心理学和哲学研究中的佳话，对于我们今天思考幼儿文学创作及其美学问题，同样是充满着启示意义的。

对于幼儿文学的重视和误解，在今天我们大众的文学生活中是一个同样触目的事实。一方面，对早期教育的重视，把幼儿文学推到了当代幼儿教育和幼儿精神生活的一个重要位置上，幼儿文学也成了亲子阅读的最重要的文学选材；另一方面，对幼儿文学认识上的误解，又使整个幼儿文学在创作、出版和推广方面存在着许多误区和尴尬。例如，把幼儿文学看成是单纯的语言教育或品德教育的工具，或者，把它看成是糊弄孩子的文学“小儿科”，尽管有用，但终究不成什么气候……

幼儿文学可能的艺术空间在哪里？笔者近年来因教学和研究工作的需要，接触到了一些国外优秀的幼儿文学作品和相关资料，深感幼儿文学同样充满了一种独特、深刻、丰富的哲学和美学气质，同样是一种生动而又高级的文学样式。

幼儿文学的哲学向度

今天，把“儿童”与“哲学”两个概念组合起来，已经不是一件令人感到突兀的事情了。至少在专业领域，“儿童哲学”已经成为一个被认可的学科领域（分支）。1974 年 9 月，美国纽约哥伦比亚大学哲学教授李普曼博士转往蒙克雷尔州立学院，建立了儿童哲学的总部及基地——儿童哲学发展中心（IAPC）。此后，儿童哲学作为一门学科的制度建设逐渐成形。李普曼教授也因此被视为“儿童哲学之父”。在一些国家和地区，儿童哲学正以独特的学科形象，从专业领域逐渐进入公众视界。

美国学者马修斯的《哲学与幼童》一书，对幼儿的心理及其特征进行了哲学分析，提出了许多深邃而又有趣的见解。这位在大学课堂上讲授哲学的教授在该书序言中坦陈：“我是在担心怎样教好大学生的哲学导论课时，开始对幼童的哲学思想发生兴趣的。许多学生似乎对运用哲学是与生俱来的这一观点有抵触。为了解除他们的怀疑，我无意中想出了一种方法，向他们证明，就是他们中许多人在孩提时代就已经在运用哲学了。”[1]的确，幼儿的精神世界和日常生活中总是发生和充斥着各种具有哲学意味的内容和事件，而优秀的幼儿文学作品也常常会以坚定而又巧妙的方式，捕捉并呈现出这样一种气质，一种属于哲学的气质。正如马修斯所说的那样，对幼童的哲学思维最具敏感性的是谁呢？“回答可能使人惊讶，是作家——至少是有些作家——他们是写儿童故事的，在他们看来，几乎是仅有的重要的成人，认识到许许多多儿童是对哲学问题自然而然感兴趣的人。”[2]他分析了《大熊，不对了》等作品中的哲学内容，认为《大熊，不对了》中的哲学论题，“至少包括四个：梦与怀疑，存在与不存在，现象与实质，认知的基础”。当然，马修斯也承认，他“无意倡言《大熊，不对了》是一篇哲学论文，甚至是化了装的哲学论文。它不是一本哲学著作，是儿童故事。不过它的风格，我们称之谓‘哲学的想入非非’，包括了提出问题，嘲讽，以及对学生十分熟悉的一些基本的认识论和形而上学的问题”。[3]

在看似天真简单的故事中隐藏着深邃的意义，是幼儿文学最基本的艺术智慧之一，也是当代外国优秀的幼儿文学作品留给我的最深刻的印象之一。

名列美国《出版人周刊》评出的“2000 年度最佳儿童图书”之列的《亨利徒步旅行记》（*Henry Hikes to Fitchburg*）是一本取材于美国思想家亨科 · 梭罗的《瓦尔登湖》的图画故事书。作品中的主人公小熊亨利和他的伙伴相约去 30 英里外的菲茨堡。两只小熊旅行的方式却完全不同。亨利一大早就徒步启程，一路上赏鲜花，摘野果，采草莓，掏鸟窝，充分领略生活的美妙和乐趣。而另一只小熊却努力挣钱：搬木箱，锄杂草……终于赚到了一张车票钱。他乘坐火车抵达了目的地。尽管他比亨利早一刻钟到达，但亨利却兴奋地说："我采到了草莓。"作品借助简洁有趣的故事和完美的图文配合，呈现了两种不同的生活方式和人生态度。《出版人周刊》在有关的评论中认为，该书"以最简练的文字和最奇妙的图画，表达了梭罗的哲学信念"。

苏联作家安德烈·乌萨丘夫的《大海的尽头在哪里？》也是这样一篇作品。一只蚂蚁和一头大象来到了海边，他们对大海的另一端充满了好奇，但看不见大海尽头的现实令他们十分伤心。这时，一条金枪鱼游到了岸边。他不解地问他们为什么哭。

"大海的尽头看不见。"蚂蚁和大象回答道。

"怎么？"金枪鱼感到奇怪，"这难道不就是大海的尽头吗？我认为大海在这里正好到头了！"

"对呀！"蚂蚁兴高采烈地叫道，"乌啦，大象！我们见到大海的尽头了！"

"乌啦！"大象高兴地欢呼起来，并开始从棕榈树上下来。但他突然顺便思考了一下，问道："那么大海的开头又在哪里呢？"

作品在充满童趣的故事中，发出了具有某种终极关怀意味的追问。而关于大海的尽头与开头的追问与转换，更隐含着一种关于追问与思考的智巧与吊诡，对于幼儿读者来说，能否领略和接受这种隐藏意义也许并不绝对重要，但是对于幼儿文学来说，具备这样一种气质却是绝对重要的。

哲学为幼儿文学提供了一种大气的精神格局和深挚的艺术

情怀。德国作家雅诺什编绘的图画书《噢，美丽的巴拿马》，就是把一个简单的关于找寻的故事，上升成为一个关于理想、关于家园的富有深度的故事。小熊和小虎是好朋友，他们有一个舒适而美丽的家。但是有一天，小熊发现了一个箱子，箱子上写着“巴拿马”，于是巴拿马便成了他们的理想王国。他们踏上了前往巴拿马的途程。一路上，他们历经艰辛，最后在乌鸦的帮助下找到了巴拿马——原来，这个最美丽的地方，就是他们自己的家园。对于家园的思考使故事获得了一种思想的支撑，情节的铺展中同时就营造了一种十分大气的精神格局。

山姆·麦克布雷尼和安妮塔·婕朗联袂创作的图画书《猜猜我有多爱你》是一部表达传统“爱”的母题的作品，人物塑造、故事讲述单纯而富于奇巧。每个人可能都会有这样的体验：当你很爱很爱一个人的时候，你会想把这种感觉描述出来，但是，就像作品中的小兔子和大兔子发现到的，爱，不是一件容易衡量的东西。作品在天真而丰富的想象与游戏中，传达了别致动人的爱的情怀。

《十二只小狗的命运》也是一篇表达独特的生命关怀的佳作。姆林先生家的母狗，生了十二只小狗。姆林先生忙不过来，要把小狗送掉。不过，他一定要替每一只小狗都找到一个好的主人。第二天一早，他把十二只小狗统统装进一只大布袋里，背进城里去了。从早到晚，抱走小狗的有农民、魔术师、盲人、消防队员、女警察、杂货店老板、驯狗人、猎人等，他们分别要把小狗训练成牧犬、马戏演员、导盲犬、消防犬、警犬、杂货店小卫士、赛犬、猎犬等，它们的命运似乎都不错。那么，最后一只小狗的命运又会怎么样呢？

天色渐渐暗下来了，路上行人开始稀少起来。这时，姆林先生的布口袋里还剩下一只小狗。姆林先生叹了一口气，说："可怜的小家伙，看来你是没人要了。"

正在这个时候，有一个小男孩经过这里，一眼看见了小狗，十分高兴："先生，把这只小狗给我吧！"

姆林先生问："你要小狗做什么？"

孩子说："我要和它一起吃，一起睡，做它的好朋友！"

"啊，"姆林先生舒了一口气，说，"我看，这只小狗才是最最幸运的呢！"说完，他把小狗交到孩子手上，把空布袋搭在肩上，哼着小曲儿，满意地回家去了。

当所有的大人都以实用、功利的态度安排小狗们的命运的时候，唯有那个最后出现的孩子保留了一种天真、平等、关爱的生命态度。作品的深刻之处在于，成人们的态度也未必不是正当而合理的，但只有那个孩子的一番话，才使我们猛然想起，对于一只小狗的关爱和尊重，其实也应该是我们对待生命的一种基本态度。可是，成人社会的价值系统已经缺失这样一种价值态度了。作者把希望寄托在了孩子的身上。

在国外的幼儿文学作品中，类似这样大气而又动人的作品并不少见，例如《世界为谁存在》《失落的一角》《爱心树》《卡罗尔和她的小猫》《獾的礼物》《莎莎奇遇记》等。这些作品的故事都十分浅显有趣，但它们讨论或涉及的议题却绝不粗陋：关于人与自然、关于缺陷与满足、关于奉献与索取、关于同情与和谐、关于死亡与怀念……而且，这些作品采取的往往是一种富于哲学气质的思考与讲述方式。

从一定意义上可以说，幼儿文学的粗陋首先常常是由于思想的粗陋造成的。从这个角度来说，国外优秀的幼儿文学作品是可以给我们以启示和借鉴的。

幼儿文学的美学可能

正如幼儿心理看似幼稚、单纯，却蕴涵和传递着某些深刻而隐秘的关于人类生命的、文化的内容和信息一样，幼儿文学也保留和反映了深邃的艺术审美规范。这里往往没有精巧的修饰，没有严谨的逻辑，没有深藏的城府，而全然是一派最本真、最自然的生命感觉和意趣，一种大巧若拙的文学形式意味。请看加拿大诗人丹尼斯·李的诗作《进城怎么走法》：

进城怎么走法？
左脚提起，
右脚放下，
右脚提起，
左脚放下，
进城就是这么走法。

一个简单的设问，一个出人意料而又尽在情理之中的回答。这首小诗极为典型地显示了幼儿文学的美学智慧：平实中充满趣味，单纯里韵味无穷。

英国图画书作家大卫·麦基在欧洲素有“当代寓言大师”的美称，他擅长创作幽默有趣的故事和图画，让小读者在快乐的情境中体验人生。其最著名的作品当属“大象艾玛”系列，这套作品迄今已被译成二十多种文字，流传于世界各地。他的《冬冬，等一下》也是一部广受欢迎、令人玩味的图画书佳作。这部作品的文字部分是这样的：

冬冬说："嗨，爸！"

爸爸说："冬冬，等一下，我现在没空。"

冬冬说："嗨，妈！"

妈妈说："冬冬，等一下，我现在没空。"

冬冬说："妈，院子里有一只怪兽要吃我。"

妈妈说："冬冬，等一下，我现在没空。"

冬冬走到花园。他对怪兽说："嗨，怪兽！"

怪兽把冬冬吃到肚子里去。然后，怪兽走进屋里。

"啊呜！"它在冬冬妈妈的背后，大吼了一声。

妈妈说："冬冬，等一下，我现在没空。"

怪兽张开大口咬了冬冬的爸爸。

爸爸说："冬冬，等一下，我现在没空。"

"吃晚餐喽！"冬冬的妈妈说。她把晚餐放在电视机前。

怪兽吃了晚餐。看了电视。读了一本冬冬的漫画书。

还摔坏了一件冬冬的玩具。

冬冬的妈妈大喊："去睡觉，你的牛奶已经拿上去了。"

怪兽走上楼去……怪兽说："喂，我是怪兽耶。"

妈妈说："冬冬，我现在没空，赶快去睡觉。"

也许，这是一本更适宜于大人们欣赏和玩味的图画书作品。但是据介绍，大卫·麦基的这部名作不仅获得了成人读者的普遍好评和共鸣，也深受幼儿读者的喜爱。作品中的小男孩渴望家人的关心，渴望与父母交流，却始终未能如愿，最后被一只怪兽吃到了肚子里去。怪兽走进了小男孩的家里……小男孩的父母照顾孩子（怪兽）的起居，似乎给了孩子应有的关爱，但内心的漠视竟未能让他们发现活跃在家里的其实已经是怪兽。这让怪兽也感到不可思议。作品对“成人的关爱缺失、关爱迷误”这一主题的揭示是令人惊心动魄的。

同样让人感到惊讶的则是这部作品的艺术构思，作品中一方面是孩子的渴望与被漠视的现实情境的揭示，另一方面则是怪兽的出场与存在的虚构情境的展现。两种情境直接衔接，融为一体，显示了幼儿文学中常见的融现实和幻想于一体的美学形态特征。怪兽的出现本身就是一起巨大的异常事件，而父母对此异常事件的异常无视，更是凸现了成人对于儿童存在与儿童需求的极端漠视。从这个意义上说，艺术表现上的独特，构成了一种独特的美学表现力量。

日本作家五味太郎编绘的图画书《鳄鱼怕怕牙医怕怕》以绝妙的构思，展示了极高的美学素养。鳄鱼牙疼，去看牙医。他犹如一个幼儿，对医生充满惧怕。而以常人面目出现的牙医对这样一个特殊的病人，内心同样满是恐惧。作品中除了生动的绘画外，文字部分全是鳄鱼与牙医的心理活动，例如：

鳄鱼：我真的不想看到他……

但是我非看不可。

牙医：我真的不想看到他，

但是我非看不可。

鳄鱼：我一定得去吗？

牙医：我一定得去吗？

鳄鱼：我好害怕。

牙医：我好害怕。

鳄鱼：我一定要勇敢。

牙医：我一定要勇敢。

鳄鱼：我做好最坏的打算了。

牙医：我做好最坏的打算了。

鳄鱼：这是一件多么可怕的事。

牙医：这是一件多么可怕的事。

鳄鱼：不用太久……

牙医：不用太久……

鳄鱼：多谢您啦！明年再见。

牙医：多谢您啦！明年再见。

鳄鱼：我明年真的不想再见到他……

牙医：我明年真的不想再见到他……

鳄鱼：所以我一定不要忘记刷牙。

牙医：所以你一定不要忘记刷牙。

以完全一致的心理活动来刻画人物，展开情节，既展示了两个不同角色此时此地的真实心情，又造成了故事讲述结构上朴拙而又奇巧的美学效果。据有关资料介绍，五味太郎在图画书的创作中，总是把主要时间和精力投入作品的构思之中，他会用半年甚至一年的时间来构思一个作品。因此，他的作品如《鳄鱼怕怕牙医怕怕》《鲸鱼》等，在构思和美学形态上，总是具有一种别出心裁的独创性和出人意料的审美效果。

幼儿文学拥有一种单纯的美学。这种单纯同样绝不是简单和粗陋，而是一种具有独创性和很高艺术智慧的美学。杰出的幼儿文学作品大抵都展示出了这样的智慧和美学特征。

一点感想

重新认识和发掘幼儿文学的美学可能和潜力，是当代优秀的幼儿文学作品所给予我们的一个启示。我以为，除了多样的外观、精美的印制等外在因素之外，不断提升幼儿文学创作的思想和美学内涵，不断拓展幼儿文学的艺术空间，应该是我国幼儿文学创作一个重要的努力方向。只有不断创作出思想、艺术俱佳的作品，我们才有可能彻底消除那些对于幼儿文学的歧视，才有可能真正地拥有读者和我们这个时代，并且最终拥有幼儿文学真正的艺术生命力。

（原载 2004 年第 6 期《浙江师范大学学报》）

[1] 马修斯：《哲学与幼童》，陈国容译，北京：生活 · 读书 · 新知三联书店 1989 年版，第 1 页。

[2][3] 马修斯：《哲学与幼童》，陈国容译，北京：生活 · 读书 · 新知三联书店 1989 年版，第 67 页。

论幼儿文学的特性

第一节　幼儿文学的认知性

认知性是幼儿文学最为重要的特征之一，也是它有别于其他文学门类的特征之一。幼儿文学首先不是纯粹审美的文学，而是一种“教”的文学。幼儿文学有必要通过为幼儿提供适合他们阅读的图像和文字读物，帮助他们更方便地进入到与世界最初的交流中。

一、幼儿的认知活动

在心理学上，认知的概念指的是“那些使头脑中产生认识的内部处理过程及结果”。对幼儿来说，除了满足基本的物质生存需要之外，认识周围的世界，并逐渐掌握参与这个世界的行为能力，是他的生活所面临的首要任务。

新出生的婴儿身上携带有来自人类集体以及家族的某些特殊的遗传基因，这些基因像一些有待唤醒的种子，亟需在社会文化的环境下逐渐“孵化”。在此之前，幼儿对自己刚刚来到的这个世界的认识完全是零，他的心智也处于相对空白的状态。因此，英国哲学家约翰·洛克将儿童的心灵比喻成一块“白板”，“白板”上将写下些什么，完全有待后天的教育。这一比喻突显了儿童身心的可塑性质，更突显了教育对于儿童发展的重大意义。

对大部分个体来说，0－6 岁的幼儿期是一个关键的教育时期，在这个时期里，年幼的孩子将从零开始，逐渐获得对周围的事物、语言、概念等的基本认知，这一认知学习的程度和框架模式，将在很大程度上影响孩子接下去的成长发育过程。与此同时，这一时期的孩子具有十分积极、强大的吸收能力，他对于周围的一切都充满好奇，而这种强烈的好奇心有助于促使他在接收到各类认知讯息时，能够迅速将其同化入自己正在建立的知识结构中。

幼儿期认知教育的实施需要充分考虑这一时期幼儿认知活动的特征。虽然不同年龄的幼儿在认知发展程度上有所差异，但总体说来，在日常生活中，幼儿的认知活动通常会表现出以下特点：

1．以形象思维为主，抽象逻辑思维的能力较低

幼儿比较易于认识具有直观性的真实物体、图像等，但尚未更多地发展起对事物或概念的抽象逻辑认识与推演能力。因此，年龄越小的幼儿，在认识和理解外物时，越需要依赖具体形象的支持；随着年龄的增长，幼儿能够发展出一些简单的概念演绎和逻辑推理的能力，比如简单的因果关系推理，但其前提是这些活动是在他们所熟悉的具体日常生活的情境下进行的，也就是说，他们的抽象认知活动，仍然离不开生活具象的支撑。“通常认为成年人更依赖语义（意义的）表征，而儿童更依赖于知觉表征”，年幼儿童则尤其如此。

由于幼儿的注意力都十分有限，在认知活动中，具体形象的材料（如模型、图片）等也可以帮助吸引和集中他们的注意，从而方便认知活动的展开。

2. 认知活动以自我为中心，很多时候表现出一种泛灵思维的特征

幼儿对外物的认知表现出一种特殊的自我中心特征，即幼儿倾向于将自己的思维、感觉和意图添加到所有其他生物或没有生命的物体上，从而形成了我们所说的泛灵思维现象。比如，一个三岁的孩子，当他看到一把小椅子摔倒的时候，有可能会在扶起椅子的同时，为它揉一揉"痛处"。这个动作的发生除了有模仿成人世界的因素外，主要是因为孩子从自我感受出发，认为椅子摔倒时也会"痛"。同样，当一位父亲问四岁的孩子"小河为什么流动"时，孩子的回答是："因为它是有生命的，它想这样做"，这也是同一个道理。

出于这个原因，幼儿具有一种倾向于接受奇幻思维的认知特征，他们通常十分乐于接受这样一种解释事物的诗性方式：

> 太阳出来了，云层不见了，因为太阳对云感到很生气，所以把云赶跑了。
>
> 太阳和月亮玩躲猫猫的游戏。太阳一出来，月亮就躲起来了。月亮出来的时候，太阳又躲起来了。

幼儿会很快学着把这样的解释方式推衍到各种生活现象的认知中。

3. 以单一的线性理解和记忆为主，尚未建立对复杂事件的认知把握能力

一位美国认知心理学家在谈及儿童认知特点时，举了这样一个关于儿童记忆和语言使用的例子：

> 假设你去问一个6岁的孩子，让她告诉你去动物园的经历，她也许会这样说："我想想。首先，我们上了一辆

大车，接下来我们就看见了大象，嗯，大的北极熊，嗯，猴子，嗯，接着我拿着冰淇淋蛋卷，嗯，回家了。

大部分幼儿对于事件的理解和记忆都停留在简单的线性模式上，这也对幼儿的语言结构产生了基础性的决定作用。略显复杂的事件或语言的语法在最初进入幼儿的认知结构时，通常会构成一定的障碍。

幼儿认知活动的上述特点决定了幼儿认知教育方式的特殊性。在这样的情况下，从幼儿接受特征出发创作的幼儿文学，自然而然地成为幼儿期认知教育的一个重要途径。

二、幼儿文学的认知特征

与读者年龄段相对较高的儿童文学和少年文学相比，幼儿文学与认知教育之间有着难以割断的密切“瓜葛”，因为严格说来，幼儿的文学接受活动本身就无可避免地会同时成为一个对幼儿实施认知教育的过程。而且很显然，在幼儿认知教育方面，幼儿文学有着其他形式的材料所无法替代的优势。

首先，幼儿文学通常是以幼儿易于接受的图像或者形象的语言来组织一个篇幅短小的韵文或散文作品。通过运用奇妙的语言声韵规律，幼儿文学作品能够将特定的认知对象转化为一则新奇有趣、易记易诵的儿歌，或者一个简单扼要而引人入胜的故事，它可以使幼儿在不知不觉的游戏快乐中形成知识，达到认知目的。与此同时，任何幼儿文学作品都为幼儿提供了一个潜移默化的语言认知学习的语境。

其次，幼儿文学善于用贴近幼儿理解能力的形象化的方式，来解释或者呈现某个特定的知识对象，比如事物的名称、概念、性质等。它能够帮助幼儿在具象思维的语境中获得认识，并学会接受和识别抽象的概念与符号，从而逐渐发展出抽象思维的能力。幼儿文学常用的童话手法十分符合幼儿思维中的某种泛灵倾向，因而易于让幼儿读者感到亲近和便于理解。从幼儿文学的创作事实来看，大量看上去难以用幼儿可以理解的语言直接解释清楚的知识，都曾在幼儿文学作品中得到生动的说明和传达。

再次，幼儿文学的中心之一是故事，很多时候，它是通过对于一个简单、连贯、合适、生动的叙事过程的表现，来为幼儿读者提供关于世界和生活的各种认识的。它向幼儿期的孩子反复展示，一个事件是如何在一种语言的组织下，得到比较完整和有秩序的呈现的。这样，在孩子们自己没有意识到的情况下，故事已经在他们心中种下了“逻辑结构的种子”（姜尼·罗大里）。与此同时，它也为幼儿读者准备了丰富的角色扮演的可能。在皮亚杰的儿童心理研究中，采用游戏方式的“角色扮演”行为在2-6岁幼儿认知发展过程中具有重要意义，而幼儿文学的故事则为这样一种扮演提供了比普通游戏更富于想象力、更为丰富多彩的素材，也提供了比游戏更广泛的认知内容。“从孩提时候开始，故事伴随着我们成长，故事让我们认识世界、分辨美与丑、善与恶，了解对和错的道德抉择”。同时，由于这种扮演是在符号的层面上展开的，它将有助于在无形中提升儿童对符号活动的认知和掌控能力。

对年幼的孩子来说，各种题材、类型的幼儿文学作品提供了包括语言与符号、名称与概念、情绪与行为方式等多个层面的认知内容。

1. 语言与符号认知

早在幼儿开始说话之前，成人朗诵儿歌所发出的富于音乐感的声音，以及他们朗读故事时所采用的抑扬顿挫的语调，对孩子来说就是一种潜在的语言能力培训。从幼儿开始学习语言起，除了日常生活中出现的词汇和句子之外，大量由成人朗读或讲述给孩子的幼儿文学作品，成为他们早期语言发展阶段的自然模仿对象。这种阅读帮助孩子储存下一个愈益扩充的词汇和句式的“心理词典”，并在反复的语言听说训练过程中，不断地激活大脑皮层的语言知觉脉冲，使幼儿对语言的理解广度、深度和敏感度不断得到相应的提升。应该说，任何幼儿文学作品都是一种语言认知的材料，它们为幼儿提供了丰富的语言素材。

2. 名称与概念认知

幼儿文学的一大任务，是向幼儿读者传递关于事物名称和生活中一些基本概念的认知。许多从民间童谣流传下来的儿歌，就包含了对于大量日常生活中事物名目的吟唱，其中包括日月星辰、风雨雷电等自然现象，也包括关于各种动植物以及人间节气等的基本知识。在创作儿歌中，这种围绕着特定事物的赋写而设计的吟唱，仍然是十分常见的手法。

与此同时，幼儿文学作品也常常用来向孩子传授关于一些基础性的抽象概念的认知，比如数字、色彩、空间（方向）、时间等。以美国儿童文学作家、插画家李欧·李奥尼的图画书《小蓝和小黄》为例。这本图画书讲述小蓝和小黄两个好朋友一起玩耍，而这两个好朋友其实是蓝色和黄色的两个色块。因为玩得太要好了，两个朋友互相染上了彼此的颜色，变成了绿色，以至于爸爸妈妈都不认识他们了。在这本图画书的故事里，就同时包含了对于颜色的概念以及不同色彩之间变化关系的认知。

3．情绪和行为认知

如前所述，幼儿文学的故事能够为幼儿提供特殊的角色扮演的场所。在这样的角色扮演体验中，幼儿可以获得对于他所曾经经历过或者将会经历的情绪和行为的认知提升，比如对于日常生活中的一些自我情绪、行为方式的认知。由英国作家希亚文 · 奥拉姆编文、日本插画家喜多村惠绘图的图画书《生气的亚瑟》，就是一部表现儿童生活中愤怒情绪的作品。作家用夸张而又幽默的手法来表现男孩亚瑟的愤怒。亚瑟因为看不成电视而感到委屈、生气，他的愤怒化作乌云雷电、冰雹狂风，甚至引发了一场“宇宙大爆炸”，但是最后，当亚瑟一个人“坐在火星的碎片上”时，却怎么也想不起来自己生气的原因了。书中亚瑟“生气”的情绪或许令许多孩子都感同身受，但与此同时，故事各处充斥的幽默感和结尾那个故作轻描淡写的提醒，也会让孩子们意识到这份情绪的滑稽之处，从而领悟到如何适当地处理它。

幼儿与我们这个世界相处的时间还不长，这里发生的许多在我们看来司空见惯的事情，对他来说却有可能意味着陌生的不安、紧张或慌乱。在某种程度上，幼儿是孤独的，他迫切地需要通过故事知道，在这个世界上，不仅仅是他一个人，还有许许多多和他一样的孩子，面临着与他相似的生活情境，体验着与他相同的情绪感受。而通过观察和认识这些故事里的孩子处理这些问题的方式，能够帮助现实中的幼儿获得对于合适的行为方式的积极认知。

三、幼儿文学的认知性与文学性

一般说来，任何文学作品都具有一种广义上的认知功能，但幼儿文学是其中唯一一个明确将认知的需要看得与文学的考虑一样重要、有时甚至更为重要的门类。这一现象本身有着客观层面的原因。从幼儿文学的读者对象来说，年幼的孩子有必要通过各种幼儿文学作品，来学习认识这个对他们来说完全陌生的世界。因此，尤其是在面向0-3岁幼儿读者的大量幼儿文学书籍中，对于一种特定的认知目的的考虑，往往成为这些作品最基本的一个创作动因。

从幼儿文学自身形态来看，由于受到题材、形式、语言、精神表现等层面的多重制约，幼儿文学的一般文学性追求也要受到很大的限制。在某种程度上，它甚至是一种还来不及与多少文学规则打交道的文学门类。比如，成人文学甚至少年文学中常用的语言陌生化的写作手法，在幼儿文学中就完全行不通。

但这并不意味着，幼儿文字仅仅是一种承担认知功能的权宜性的文学样式。我们必须承认，很多时候，一个幼儿文学文本的全部作用就是向幼儿传递某种生活的知识，比如许多一般的字母书、概念书等。但我们也应当看到，历史上，总有一批幼儿文学作品在这样的认知传递过程中，也以其独特的审美形式，展示和建构着幼儿文学自己的特殊美学。这些作品不仅仅是一些承载着知识的、适合儿童理解的简单语言结构体，还同时成为一个具备文学所特有的富于奇思的叙事创意，精致、别致的语言设计以及微妙、准确的情感传达的阅读对象。这种在许多方面完全有别于成人文学甚至狭义儿童文学、少年文学的美学特质，在一定程度上也指向着幼儿文学作为一个文类的特殊美学。

因此，在幼儿文学的创作、接受、鉴赏和选择过程中，有必要正确认识并处理好幼儿文学的认知性与文学性的关系。作为幼儿文学作家，除了熟悉幼儿的身心特征、生活内容、情感方式之外，还需要把握幼儿期广泛而又特殊的认知需求，从而在幼儿文学的创作中将认知内容自然而然地融会到作品之中，以借由作品达到促进幼儿精神成长的目的。这也是幼儿文学作家特有的一个任务。但同时，单一认知层面的考虑并不足以促成优秀的幼儿文学创作，就像一首声韵整齐的教育儿歌并不一定是一首成功的儿歌作品；相反，作家需要凭借自己对一种既符合幼儿接受特征、又富于文学性的语言声韵组织、情味表现方式的理解和把握，来呈现上述教育内容。

比如瑞士童书插画家莫妮克·弗利克斯的八本小老鼠无字书系列，分别以“字母”“数字”“房子”“飞机”“大风”“小船”“颜色”“反正”为题，借用以小老鼠为主角的浅显生动、充满创意的图画故事，来向幼儿教授基本的字母和数字知识、自然知识、幼儿生活中常见或者感兴趣的物件，以及颜色、空间等一般生活概念。这些图画书在明确的教育目的基础上完成了十分卓越的幼儿文学故事的创造，从而能够使幼儿在趣味的阅读中同时获得生活的知识，在知识的吸收中同时得到审美的熏陶。

作为幼儿文学的成人读者，尤其是父母和幼儿园教师，在为幼儿挑选阅读材料时，也应当对幼儿文学的认知性和文学性特征及其关系有一个合理的认识。一方面，作为幼儿教育的主要参与者，父母和教师应该对幼儿期的认知需求有一个比较全面的了解，在为幼儿选择幼儿文学作品时，除了“有趣”“好玩”“幼儿喜欢”等被普遍认同的一些选择标准之外，还应从幼儿认知教育的通盘考虑出发，有意识地使其读物能够覆盖到各个不同方面的认知教育内容。另一方面，在考虑幼儿现实教育需要的同时，作为其阅读选择代理人的成人读者也应该具备从数量庞大、色彩纷繁的幼儿读物中选取出那部分真正体现了幼儿文学艺术魅力的作品的能力。

目前，我们能够选择的一些比较优秀的认知类幼儿文学作品，大多还是从国外译介进来的，比如前面提到的莫妮克的无字书系列、来自法国的“第一次发现”系列科普图画书、艾瑞·卡尔的认知图画书作品，以及苏联教育家苏霍姆林斯基和奥谢耶娃的教育故事等。相比之下，近年国内幼儿文学作品在对于单一教育意图限制的突破以及作品文学性的提升方面大有进步，但在将这种文学性的追求与有意识的认知目的相结合方面，则还没有出现太多引人注目的文本。

第二节　幼儿文学的韵律性

幼儿文学对韵律有着特殊的敏感，这种敏感不仅表现在幼儿文学文本的语音搭配上，也表现在其故事语法的处理上。幼儿文学作品的接受大多是通过由成人朗读或讲述给幼儿听的方法来实现的，它既是一种文学欣赏，也是一种阅读兴趣和能力的培养。

一、幼儿与韵律

幼儿是伴随着对韵律的天然感觉而出生的。婴儿还在胎儿时期就感受到母亲有节奏的心跳；婴儿期出于本能的吮吸行为，也是一个具有节奏感的动作。实验发现，如果对哭闹的新生儿播放与母亲心跳频率相近的声音，会使他们安静下来。婴儿也很享受像摇篮那样有节奏的摇晃运动。早期儿童发展研究发现，具有听觉能力的婴儿对于周围环境中节奏分明的声音，更容易表现出注意。这种幼儿期的节奏感包含着原始和天然的审美成分。美国发展心理学家 H · 加登纳在《艺术与人的发展》一书中写道："在制作领域，一个一岁的幼儿有时能获得规则的节奏或制作出非常原始的绘画，虽然那也许只是胡乱的练习而不能算作品，然而开始作画的笔触都是有节奏的；它使我们感到，与生俱来的熟练行为的运动成分从一开始便构成了原始的审美活动。"

幼儿的这种天然的韵律感，或许与我们所知道的所有生命、甚至我们周围的一切环境所表现出来的内在韵律感有着深刻的联系。四季轮转、昼夜更替、草木枯荣、候鸟迁移，这个世界上的所有事物似乎都有着属于自己的某种节奏规律，而我们人类正是生活在这样一张巨大而又无形的节律场之中。这意味着，幼儿期对于韵律的特殊敏感，很有可能是长久以来人类集体无意识中留存下来的节律原型的表现。这使得幼儿期的韵律感觉也具有了深厚的人类精神的底蕴。

幼儿期的韵律敏感也与幼儿对秩序的敏感有关。有规律的声音或语言的节奏代表了一种可以预期和把握的秩序感，这种秩序感可以带给幼儿安全和愉悦的舒适感。因此，幼儿会不厌其烦地重复某些动作，以此来建立和巩固一种广义上的节奏规律。二、三岁的幼儿特别喜欢这样的游戏：

一个孩子爬到一张桌子下面，桌子上盖着垂到地面的桌布。小伙伴们看着他爬进去之后就走出房间，然后再回来掀起桌布。当他们发现桌子底下的同伴时，就会高兴得大声叫嚷。这个游戏一遍又一遍地重复着。他们依次说："现在，我来藏。"然后爬到那张桌子底下。

重复意味着节奏规律性的叠加和强化，这是幼儿对于韵律的需要的其中一种表现。同样，在生活中，我们也不断地碰到这样的情形：一个幼儿在听完一则短小的故事之后，不断地要求成人反复地重新讲述这个故事，并为自己可以开始参与其中一些动作或情节的预测而感到无比开怀。

所有这些都意味着，幼儿期是一个从身体到心理都富于韵律敏感的发育时期，同时，通过各种方式迎合、肯定幼儿对韵律的需求，并巩固这种韵律感，对幼儿身心的健康发展，具有特殊的积极意义。

二、幼儿文学的韵律特征

幼儿文学是一种十分重视显在的语言韵律感的文学样式，而这种重视与幼儿的韵律敏感有着必然的关联。在所有语言类作品中，富于韵律感的歌谣、故事等作品能够迅速赢得幼儿的好感，并促进幼儿对这些语言对象的记忆。"押韵的文字对孩子的影响可以追溯到出生之前。在一项研究中，妇女在怀孕的最后3个月反复诵读苏斯博士的《戴高帽的猫》，结果婴儿出生52小时后，可以从其他未押韵的书中分辨出苏斯博士的韵文书。”

幼儿文学的韵律特征主要表现在两个方面：

1．声音的韵律

幼儿文学的韵律性首先体现在语音方面。对于幼儿期的阅读来说，韵文类幼儿文学作品占据着十分重要的位置，这其中既包括传统童谣、儿歌和短小简单的儿童诗，也包括采用韵文体手法的故事、童话等。

儿歌是以语音上的韵律为第一审美要素的幼儿文学作品，其韵律特征体现在语言的各个方面，其中既包括韵脚、双声、叠韵、连锁等语音上的韵律效果，也包括对偶、排比、回环、重复等结构上的韵律效果。传统童谣中的绕口令、连锁调、问答歌等，大多同时综合了上述多种韵律手法，其抑扬顿挫、节奏分明、琅琅上口的音韵特点，使得幼儿早在理解这些歌谣的意义之前，就已经记住了它的语言。研究证明，韵文作品的听诵对幼儿语言能力的发展具有显在的促进作用。

考虑到幼儿对富于韵律感的语言的敏感和喜爱，许多散文体的幼儿故事也常常将韵文手法融入其中，它成为幼儿文学创作的一个特色。让我们来读一读下面的这篇小童话：

小花瓣

张秋生

在碧绿的草地上，开着一朵花。

一朵金灿灿的小花，像是一张美丽的小脸蛋。

小花有10片花瓣，她们紧紧地挨在一起，手拉手，肩靠肩，围成一个小圆圈。

风姐姐吹过这里，她说："小花瓣，小花瓣，让我看一看，哪瓣最好看。"

10片小花瓣都摇晃着小脑袋说："我们是平平常常的小花瓣，谁也不好看。"

风姐姐笑着说："奇怪真奇怪，10片并不好看的小花瓣，围成了一张美丽的小脸蛋。"

在碧绿的草地上，开着一朵花。听了风姐姐的话，10片花瓣笑得多么甜……

尽管这则小童话并没有采用韵文体的形式，但它在许多地方使用了含有"an"韵的字，它们有的放在句子的末尾，比如"蛋""肩""圈""看""甜"，有的则嵌在句子中间，比如"灿""脸""片""圆"，从而带来了声韵上谐和的节律感。与此同时，这些字也与作品中含有"a""ai""ao""ang"等韵的字——像"花""她""拉""开""挨""在""袋""怪""草""小""靠""好""笑""脑""像""张""让""晃""常"等——构成了声韵上的隐约呼应。这些声韵上相关的字词在如此短小的故事篇幅内的高密度集合，给这则散文体的童话带来了一种齐整而又错落有致的韵律感。为幼儿朗读这样一些富于声韵感的故事，特别能够激发起他们的听觉敏感，从而使他们更易于记住和复述故事的内容。

2．结构的韵律

幼儿文学的结构韵律体现在大量散文体幼儿文学作品中。

我们来看下面这则小童话：

甜甜的手掌

冰 波

住在北边的小黑熊，用大手掌把大苹果捏碎，揉呀揉呀。小黑熊说："我要让手掌变得甜甜的，有股苹果味。"

住在南边的小棕熊，用大手掌把草莓捏碎，揉呀揉呀。他说："我要让手掌变得甜甜的，有股草莓味。"

有了甜甜的手掌，两只小熊去冬眠。

小黑熊住进了一个大树洞里。

一会儿，小棕熊也住进了大树洞里。

两只小熊头碰着头，躺下来。

你看看我，我看看你，两只小熊都在想："是苹果味的好呢，还是草莓味的好？"

小黑熊说："我的苹果味给你尝尝。"

小棕熊说："我的草莓味给你尝尝。"

舔着甜甜的手掌，两只小熊都睡着了。

这则童话中关于小黑熊和小棕熊的叙述采用的是相同的句式，只有少量一些词语的替换，它们在故事里的轮流出现，造成了故事结构上的一种韵律感。它使短短的故事就像一支回旋的曲子，沿着幼儿可以把握和理解的节奏，有规律地向前推进。这样节奏分明的故事结构有利于帮助幼儿读者顺利进入故事的情境，也有利于其听读注意力的集中。

在另一些幼儿文学作品中，三段式的回环结构是经常被用到的手法。比如下面这则童话：

大海那边

[日本]冈本良雄 著

季颖 译

早晨，大海对面的天空呈现出美丽的玫瑰色。静静的海滩上，三只早起的小螃蟹，挥动着大钳子在做体操。

一，二，咔嚓，咔嚓，三，四，咔嚓，咔嚓，五，六，七，八……就像是听从指挥一样。随着小螃蟹钳子的挥舞，玫瑰色的天空，渐渐变成了金色。

"瞧！瞧！"小螃蟹停止了做操。这时候，海面上突然冒出了一个又大又圆的太阳。这里，那里，到处都像撒下金色的粉末一样。

"啊，海那边是太阳的故乡。"一只小螃蟹说。

中午，三只小螃蟹在热得发烫的沙滩上比赛吹泡泡。噗噜噗噜，噗噜噗噜。这时候，一只白轮船鸣着汽笛，飞快地朝海对面开去。

"那条船是去美国的。"另一只小螃蟹说，"所以，海那边是美国。"

到了夜晚，三只小螃蟹在漆黑一片的海滩上散步。这时候，海对面的天空忽然一下子变亮了。小螃蟹们觉得波浪上仿佛架起了一座银光闪闪的桥，从海那边一直通到海滩上。噢，月亮升起来了。

这时候，第三只小螃蟹说："海那边是月亮的故乡。"

真的，大海那边到底是什么呢？

显然，这则带有知识性和哲理性的幼儿童话在结构上很清楚地分为三个部分：随着时间从“早晨”到“中午”再到“夜晚”的三次时间变化，大海边的景色在发生变化，关于“大海那边是什么”的问题也有了三个不同的答案。童话的三个结构部分存在着故事内容、语言表达方面的不同之处，但又有着基本相同的故事语法和许多形式相近的句子。这样，在每一次故事的推进中，它一方面为幼儿提供了新的阅读挑战，另一方面又保持着十分整严的结构韵律。绝大多数幼儿可以十分顺利地发现和把握这一规律，从而顺利地理解故事。

对于幼儿文学作品来说，语音和结构的韵律性几乎是无处不在的。这种韵律性能够使幼儿读者愉快、方便地进入到作品的听读过程中。此外，它的韵律感也有助于增强幼儿读者对于身边世界的一种稳定的秩序体验。

三、幼儿文字的阅读桥梁功能

幼儿文学是“听”的文学，它最早总是由成人“读”给幼儿听的。然而随着幼儿年龄的增长和语言能力的增加，幼儿有必要逐步经历从“听大人读”到“自己读”的过渡，由此发展起独立阅读的能力。在这个过程中，幼儿文学也可以成为幼儿从“听”向“读”的阅读能力拓展的桥梁。

事实上，儿童对于语言阅读的兴趣在很早就开始露出端倪。许多父母注意到，他们年幼的孩子对一路上各种大招牌上的文字表现出极大的兴趣。他们会不知疲倦地要求父母把这些文字念给他们听。由于语言本身代表了一种把握世界的方式，对幼儿来说，能够指认出那些出现在日常生活中的文字符号，也就意味着获得了对于世界的又一种新的把握能力。因此，幼儿期所表现出的对于数字和语言符号的兴趣以及吸收记忆的能力，是幼儿天然的学习本能的一种表现。

但是，如果在这一时期，人们开始迫不及待地向幼儿灌输关于这些语言文字的辨认和书写知识，那么效果通常会适得其反。面对印制在各种材料（包括书籍）上的文字符号，“如果我们匆忙地给孩子们讲解这些印刷体，就可能扼杀他们的兴趣和热切的观察”，同样，“过早地强求他们通过阅读书本来识字，也会产生一种消极的影响”。相反地，我们应该尽力保护幼儿对语言文字所怀有的那份鲜活丰沛的好奇心和学习的兴趣。在这样的情况下，幼儿文学作品中所呈现的那些富于韵律感的迷人的语言现象，便成为激发幼儿的语言兴趣、促进幼儿独立阅读的最佳途径之一。

如果我们能够在为孩子读书的过程中，让他们也一起坐在图书面前，看着大人一边翻页，一边将书上的文字逐一念出，那么它会令幼儿对语言和文字的“魔力”产生深刻的印象，并在幼儿心里激发起对于掌握文字阅读和语言运用的某种奇妙的内在愿望。在这样的内在情感驱动下，幼儿将开始关注他们所听到的声音与他们所看到的文字符号之间的特殊关联，并尝试把握住两者之间的这种联系。这个时候，幼儿独立阅读的欲望就已经开始萌芽了。

因此，对于幼儿文学图书的合理使用，可以成为促进幼儿从“听”向“读”的语言能力拓展的一个重要途径。在奥地利作家涅斯特林格为低幼儿童读者所写的“弗朗兹系列”儿童故事中，有这么一则幽默的故事：还没开始学习识字的男孩弗朗兹，为了在他的小女朋友佳碧面前保住面子，决心要向她展示自己识字的本领。他让保姆把读故事的声音录下来，对照着图书一遍遍地播放，居然记住了整整三本幼儿图书的内容，并能够指着上面的文字，一个一个地读下来。这个虚构的故事反映了幼儿在内心愿望的驱动下所具有的真实而又强大的语言潜能，也暗示了幼儿文学读物在幼儿语言学习过程中所可能发挥的重要作用。这些图书富于韵律性的语音和结构，最有助于激发幼儿对语言的天然兴趣。对我们来说，有意识地利用这些富于韵律性的幼儿文学作品来促进幼儿从“听”向“读”的语言能力的发展，也是幼儿文学听读应当致力于完成的一项任务。

第三节　幼儿文学的游戏性

幼儿文字的游戏性是指幼儿文学从内容、语言、体式到内在精神，都体现了一种与幼儿生活密切相关的游戏特性。幼儿文学的艺术始终与游戏特有的快乐、自由的愉悦联系在一起，从某种意义上说，幼儿文学就是一种特殊的幼儿游戏。

一、幼儿与游戏

“游戏，几乎就是童年的象征。” 对幼儿来说，生活就是游戏，而他们的游戏也就是生活。游戏是幼儿的一种本能需要。这一需要在幼儿生命起始之初，就已经铭刻在了他的精神之中，它可能是包括人类在内的许多地球生物体遗传编码的一部分。我们看到，许多动物会在幼年期都表现出某种游戏的本能，而我们人类直至成年期仍然对游戏保持着内在的狂热需求，尽管这些游戏在形式上截然有别于儿童游戏。游戏对幼儿来说不是一种剩余精力的简单耗费，而是包含了学习、创造和娱乐层面的多重意义。

1．游戏是一种学习

就像小猫小狗通过游戏来学习未来的生存技能一样，儿童也通过游戏模仿和学习成人世界的规则。我们看到儿童在过家家等游戏中进行外在世界的各种角色扮演，并在这一实践性的扮演中温习和巩固他们对于外在世界的各种认知。因此，早在两千多年前，古希腊哲学家柏拉图就这样说："我的朋友，请不要强迫孩子们学习，要用做游戏的方法。"高尔基也说过，"游戏是儿童们认识世界的方法，也是他们认识世界的工具"。苏联教育家马卡连柯认为儿童游戏"具有与成人的活动、工作和服务同样重要的意义。儿童在游戏中怎么样，当他长大的时候，他在工作中也多半如此"。

幼儿早期游戏所指向的往往是一种认知性学习。3 岁前幼儿一般是从观察他人游戏开始，逐步进入到独自游戏阶段。这一时期，他们自己的游戏通常需要一些具体的游戏物（玩具）。他们用自己的方式仔细地察看游戏对象，动用触觉、听觉、视觉甚至味觉来认识和熟悉它们，以"假装"的方式为它们安排想象性的扮演。在这样的过程中，幼儿需要充分调动起自己的感知觉以及观察、注意等基本的认知能力。我们经常看到幼儿捧着一个简单的新玩具，仔细观察和琢磨着它的模样，重复着它的功能，完全沉浸在自己的游戏世界中。这一时期，即便在游戏时有其他幼儿参与，他们所关注的也是具体的游戏物，而不是身边的玩伴。

随着幼儿年龄的增长，其游戏也由认知性学习向着社会性学习的功能方向拓展。大约在4岁左右的孩子身上开始出现合作游戏。几个孩子为了某个游戏目的组织起来，并共同遵守一定的游戏规则，展开活动。在这样的过程中，人际关系逐渐变得重要起来。幼儿需要学习如何与他人分工和合作，才能顺利适应和完成游戏活动的目标。因此，这类游戏对于促进幼儿的社会性学习具有十分积极的意义。

2．游戏是一种创造

游戏的过程对游戏中的幼儿来说，是一个与想象力有关的创造的过程。在游戏中，他们的世界脱离了现实物质世界的束缚，而进入到了一种近似于梦想的国度。一根竹枝可以成为一匹骏马的象征，一把椅子可以成为一辆车子的象征，一个用小石子垒起的简陋的石包，完全可以被想象成一座金碧辉煌的宫殿。与成人相比，年幼的孩子有着在现实和创造的幻想之间随意进出的能力，因此，现实生活中的许多普普通通的物事，在他们看来，可以瞬间幻化为游戏中真实的幻想事物。通过这样的方式，幼儿能够在日常生活的普通语境下，为自己创造出一出又一出奇妙的场景。所以弗洛伊德说："每一个正在做游戏的儿童的行为，看上去都像是一个正在展开想象的诗人，你看，他们不是在重新安排自己周围的世界，使它以一种自己更喜欢的新的面貌呈现出来吗？"

与此同时，游戏中的幼儿也能够借助于想象，为自己创造出各种各样的角色位置：强大的国王、美丽的公主、能干的指挥员、了不起的火车司机，以及各种各样的动物。在这样的角色扮演中，幼儿需要充分发挥想象力，为自己设想各种不同的生活情境，以及与这些情境相应的行动规则。因此，每一次游戏都是一次故事的创造，在这个过程中，幼儿所动用的丰富的想象能力和特别的想象逻辑，既展示了幼儿独特的创造力，同时也发展着这一创造力。

3．游戏是一种娱乐

就像成人通过运动、比赛等各种游戏来为生活增添乐趣一样，游戏对幼儿来说也是生活快乐的一个重要源泉。游戏中的幼儿总是愉快的，这种令人满足的快感有助于强化幼儿潜意识中对世界和生命的积极态度，也有益于幼儿身心的健康发展。幼儿时期始终伴随着愉悦的满足感度过的孩子，长大后对于周围世界和他人有着更为正面的认识倾向，对于生活和学习中遇到的困难也更能表现出乐观的应对态度和解决问题的能力。有一种观点甚至认为，如果个体童年时期未能充分体验游戏的快乐，那么即便在他成年之后，他也一定需要一个时期，通过游戏来重新弥补童年时代缺失的快乐。

在幼儿的成长发育过程中，游戏和对游戏的寻求几乎是无处不在的。幼儿文学也是幼儿体验游戏的其中一个特殊的场所。

二、幼儿文学的游戏特征

一般说来，我们对于一本幼儿图书的期待通常是，它首先必须是“好玩”的，因为只有这样，它才能够吸引幼儿读者的注意，也才有可能被幼儿所顺利接受。这里所说的“好玩”，就包含了对于幼儿文学游戏特征的一种朴素的认识。

对幼儿文学来说，幼儿文学作品提供给他们的，首先也是一个游戏，这个游戏是由语言作为最基本的承载物的，其游戏内容主要也在语言的层面上展开。在此基础上，它同样可以被转化为普通的幼儿游戏。

幼儿文学的游戏性表现在幼儿文学文本的各个层次。

1．形式的游戏性

幼儿文学所格外重视的语音上的韵律感，本身就指向着某种游戏的特性。对幼儿来说，他们总是在理解一首儿歌的意义之前，先爱上它所带来的声音游戏。这些结构工整、排列有序、高低顿挫、抑扬谐和的歌谣，在形式上包含了很大的语言游戏的成分。

幼儿文学作品在形式上的游戏特征，还表现在它所具有的多种文本呈现形式上。比如幼儿所喜欢的立体书，是在书页翻开时利用事先设计好的折纸效果，将故事场景立体地呈现在幼儿面前。这样的设计使平面的书页中容纳了立体的景象，从而能够给阅读过程带来一种变魔术般的游戏效果。另有一些幼儿文学图书会在书中设计特殊的视觉游戏，比如通过画面的设计剪裁，使得前一页上出现过的一种事物，透过后一页的布景来看，又变成了另外的事物。此外还有揭开每一页画面上的小纸片就能发现一些小秘密的图书、会发出不同动物叫声的动物知识图画书等。这些图书都将游戏的元素添加到了传统的图画和文字故事中，从而进一步增添了阅读的游戏性。

2．内容的游戏性

幼儿文学离不开故事的编织，而故事在某种程度上就意味着游戏。即便是在短小的童谣中，除了音韵上的语言游戏之外，也往往包含了一个含有游戏内容的小情节。比如下面的这首儿歌：

捉迷藏

［中国台湾］林芳萍

捉迷藏，
哪里藏？
绿草丛里藏一藏。
伸出头，
望一望，
头上一只绿螳螂。

这首儿歌所吟唱的内容，本身就是一个有趣的幼儿捉迷藏游戏。

与此同时，幼儿文学作品也常常通过一种离奇、夸张的想象，来刻意制造情节的游戏性。比如苏斯博士的韵文体童话《戴帽子的猫》，在语言游戏之外，也包含了一个富于游戏趣味的故事。故事中，在一只戴帽子的猫的帽子下，我们看到了另一只戴帽子的猫；就在这只猫的帽子里，又有另一只戴帽子的猫……这样一次次下去，几乎没完没了。随着帽子变得越来越小，从里面出来的猫也一只比一只小。这个故事并不传达什么特别的生活知识或内涵，而就是一个滑稽、好笑的游戏，但这个游戏给一代又一代的孩子带来了难忘的快乐。

日本儿童文学作家、插画家宫西达也的图画书《好饿的小蛇》提供了另一种夸张的故事游戏。好饿的小蛇吃下什么，它的身体就会变成那个形状。于是我们看到了小蛇的身体先后呈现出圆圆的苹果、弯弯的香蕉、三角形的饭团、串状的葡萄、带刺的菠萝等形状，当小蛇最后吞下一棵结满红苹果的树时，它的身体也完全变成了苹果树的形状。图画书的整个故事就是一次奇想的游戏，尽管在现实生活中，小蛇并不真的把这些东西当作食物，但这并不妨碍游戏过程的展开。在阅读实践中，幼儿们对这样的故事游戏表现出了超乎寻常的兴趣和热情。这正如意大利儿童文学作家姜尼·罗大里（又译作乔安尼·罗达立）说的，“故事其实就是玩具的延伸，也是发展与愉快的种子”。

3．操作的游戏性

最早的幼儿文学是伴随着游戏而诞生的，它本身就是游戏的一个部分。在传统歌谣中，至今仍然保存着大量幼儿游戏歌谣，这些歌谣是各个游戏活动中不可或缺的“唱词”。比如“又会哭，又会笑 / 三只黄狗来抬轿 / 一抬抬到城隍庙 / 城隍菩萨看见哈哈笑”，是大人与婴儿之间做逗笑游戏时念诵的歌谣；“扯扯拉拉 / 抱个娃娃 / 抱抱喂喂 / 上床睡睡”是幼儿过家家游戏的歌谣；“炒蚕豆 / 炒豌豆 / 骨碌骨碌翻跟头”则是配合一种手拉手的动作游戏所唱的歌谣。此外还有配合跳绳、踢毽子等游戏所吟唱的歌谣。比如下面的这首游戏儿歌：

一个毽踢八踢，
马兰开花二十一。
二五六，二五七，
二八，二九，三十一，
三五六，三五七，

三八，三九，四十一，

四五六，四五七，

四八，四九，五十一，

五五六，五五七，

五八，五九，六十一，

六五六，六五七，

六八，六九，七十一，

七五六，七五七，

七八，七九，八十一，

八五六，八五七，

八八，八九，九十一，

九五六，九五七，

九八，九九，一百一。

这是一首配合踢毽子游戏时吟唱的数数歌，它具有双重功能，一是作为一个完整的游戏环节从开始到结束的标志，二是增加游戏的趣味性。

除了口头吟唱的童谣之外，书籍形式的幼儿文学作品也可以成为孩子游戏的对象。比如专为幼儿设计的一些洗澡书，其题材往往与水有关，甚至在外形上也被设计成某种游水动物的形象。同时，书的材质是防水的，可以漂浮在澡盆里。这样，幼儿便可以一边洗澡，一边在水里操演书中的故事。

此外，许多幼儿故事都可以很容易地改编成幼儿游戏的脚本，从而为幼儿提供更多的游戏素材。

三、幼儿文学的游戏精神

幼儿文学在形式、内容、操作等层面所具有的游戏元素，以及从这些元素中所体现出来的与游戏有关的深层内蕴，就是幼儿文学的游戏精神。

它首先意味着一种天然的童年游戏趣味。游戏是童年自由和创造力的代名词，而幼儿文学也秉承了这样一份与游戏有关的自由和创造精神。它以极简的语言文字符号，来为幼儿打开一片无比宽广的想象的天地，这正像幼儿以极简的素材，来为自己创设一个无比丰富的游戏的情境那样。对幼儿来说，进入幼儿文学所提供的这个世界，就是进入一个广阔的精神游戏的世界。这个世界丰富多彩而又趣味盎然，而且，这是一种从幼儿精神世界中自然而然流露出来的游戏的童趣，而不是复杂的文学雕琢的产物。正因为这样，优秀的幼儿文学作品在形式和内容层面的游戏性追求，始终保持着对于一份清新、素朴的低幼童年情趣的自觉追寻。

其次，它意味着一种充沛的童年生命能量。就像童年游戏是童年旺盛的生命力的自然外化一样，幼儿文学试图使自己成为这份童年生命力的另一种保存和展示的渠道。幼儿文学作品中的许多童年主角，不论他们是人、拟人化的动物或是被赋予生命的其他事物，总是在不停歇地把童年的生命能量发散到文本的各个角落。这些作品中的童年生命尽管看上去并不强大，却总能以游戏的幽默和快乐来化解现实生活的烦恼。因此，那些富于游戏精神的幼儿文学作品，大多十分强调故事动作的推进，突显行动的意义，并通过这些行动来表现童年生命对于世界的主动参与与把握。显然，在充满生命自信和热情的奔突与冲撞中，童年将不断地犯错，但也从不惧怕接受错误的洗礼。这使得很多时候，连这些勇敢的犯错行为也成了童年生命力的一个象征。

再次，它意味着一种严肃的童年内在精神。乍看之下，我们或许很难将“严肃”这样的词与印象中轻松的游戏联系在一起。然而，如果我们细想一下，便会意识到在人类漫长的文明进程中，游戏从来不是一个轻描淡写的词汇，它包含了对于规则、意义等范畴的庄严态度。正如荷兰历史学家赫伊津哈所说，“游戏‘只是一种假装’的意识，无论怎样都不妨碍它拓展极端的严肃性，它带有一种专注，一种陷入痴迷的献身……游戏可以求助于严肃性而严肃性也求助于游戏。” 幼儿在游戏中也常常表现出对于这样一种严肃的游戏精神的认可：在进入游戏时，他必须信守游戏的规则；在游戏过程中，他必须服从游戏的逻辑。游戏中的幼儿沉浸在自己想象的世界里，俨然把维护其规则和逻辑视为自己应尽的义务。这正是游戏庄重感的另一面，它所体现的是对于生命、生活和世界的某种自觉而又真诚的责任感。幼儿文学作品尽可以取用一切轻松愉悦的游戏手法，但也必须在精神深处保持对于童年生命的这样一份庄严感的尊重。

因此，对于幼儿文学的游戏精神，我们不能仅仅从简单的“好玩”或者说“娱乐”的角度来理解。尽管娱乐性的确是游戏的其中一个重要因素，但它还不足以诠释游戏精神的全部。如果缺乏对于童年游戏所包含的内在生命精神的真正理解和尊重，幼儿文学作品中对于游戏式的热闹、好笑等效果的追求，永远不能赋予它真正意义上的游戏精神，从而也就无法使它成为一种高级的审美游戏。

第四节 幼儿文学的综合性

从客观的物质载体的角度来看，今天，幼儿文学文本的主要呈现方式仍然是传统的印刷书籍形态。但幼儿文学自身的特性决定了它不仅仅是一种普通的文学文本，而是一个综合了文学、音乐、美术、舞蹈、游戏、表演等多种艺术呈现方式的特殊的文学门类。正是在这个意义上，我们认为幼儿文学具有综合性的特征。

一、幼儿文学的综合性溯源

幼儿文学的综合性，是指幼儿文学在多种艺术门类之间的跨越以及对这些艺术形态的综合性呈现。

幼儿文学的这种综合性，在一定程度上与原始艺术的特征有关。本书第一章曾经谈到幼儿文学与原始艺术的某种特殊渊源，而原始艺术恰好体现了人类艺术在其发生期所具有的典型的综合性特性。在社会分工尚未细化的原始社会，并不存在艺术的特殊概念，也就是说，艺术不是一个与现实生活相区分的独立的精神领域，而是生活必不可少的一个构成部分；与此同时，艺术创造本身也未及分化出各种不同的门类，相反，诗歌、音乐、绘画、舞蹈、表演等，在原始艺术中是彼此融为一体的。在古老的仪式中，歌者即是舞者，歌词即是诗，歌舞中往往含有情节性的表演。

比如，在美国南部的一些印第安部落中，至今仍然延续着一种被称为“熊舞”的古老仪式传统。该仪式起始于名为“熊的召唤”的环节，在这个过程中，仪式头人向部落听众讲述伟大的熊的故事，此后，仪式的歌咏者与击鼓者来到圣火圈内，用古老的歌谣向听众转述与熊有关的其他故事。紧接着，头人将把“熊”带到圣火圈内，一边舞蹈，一边为“熊”清洗身体，以此象征转走病灾，从而使“熊”免受疾病之苦。整个仪式包括了我们今天所说的文学、音乐、舞蹈、戏剧表演等艺术样式。在另一些原始部落狩猎前的仪式中，仪式表演者还会通过在岩壁上绘下猎物被射中的画面，来预示狩猎的成功，这其中就又包含了绘画的元素。

因此，艺术的最早发生即是综合性的。对原始部落的人们来说，这种综合性的艺术创造并不是有意为之的结果，而是人类原始生命力的某种不能扼制的自然流露，它意在调动起人的全部身体感觉和运动器官，来表现一种强烈的内心情绪。

处于生命起点处的幼儿对于艺术的体验也具有这样一种综合性的特征。对幼儿来说，儿歌的吟诵与乐曲的奏唱有着相近的声音效果，他们也常常以身体的自然舞动，来表现对于这些有节奏的乐声的反应。在学习文字的书写之前，幼儿先学会了用有节奏的比画涂鸦，来表现内心的某种想法或情绪。所有这些与艺术有关的声音、音乐、画面等，对幼儿来说都不是技巧的问题，而是一种生命感觉的表达和体验。正是在这个意义上，我们常常将儿童称为天生的艺术家。

出于上述综合性的艺术体验本能，在面对一个艺术对象时，幼儿从来不懂得如何把它当作一个有距离的审美对象，而是以全部的身心动作投入到对这一对象的感受和把握中。因此，大量幼儿文学作品也致力于从综合艺术的角度，来顺应和开发幼儿的上述艺术潜能。

二、幼儿文学的综合性特征

幼儿文学的综合性，表现在幼儿文学的文字文本与绘画、音乐、舞蹈、舞台表演等艺术样式的结合上。

1. 文学与绘画

在幼儿文学中，文学与绘画的结合是最为常见的艺术呈现形态。由于幼儿对直观形象的画面往往表现出比文字更大的兴趣，因此，许多幼儿文学作品常常通过搭配各式风格的插图，来吸引幼儿读者的注意。这就是早期幼儿图画书的源起。这一时期的幼儿文学图书，其插图部分是幼儿可以凭视觉直接欣赏的，文字部分则需要成人转换成声音，才能被幼儿所理解。因此，这时的幼儿文学接受不但包括了文学与绘画两种艺术形态的结合，也包括了视觉与听觉两种感官的双重运作。

随着幼儿文学的艺术发展，图画书中原本大多用作文字解释的画面，也逐渐吸收了文学的叙事特征，从而发展出了特殊的叙事能力。许多插图不但能够给予抽象的文字符号以直观的画面呈现，还能够帮助文字补充讲述故事。还有一些无字图画书甚至完全摆脱了文字，而只让连续的图画来讲述故事。比如英国儿童文学作家、插画家雷蒙·布力格的《雪人》，全书没有一个文字，只是以一格格的画面来表现一个小男孩清晨起床、出门、堆雪人的过程，夜晚降临后雪人复活，与男孩一起玩了一个晚上的情景，以及第二天小男孩起床后发现雪人已经融化的故事。尽管我们在书中找不到一个文字，但这并不意味着文学已经完全被画面取代了，而是说，文学的特征被转化到了画面中，从而使原本静止的画面具有了线性流动的时间，并组织出一个完整的故事。这是幼儿文学作品中文学与绘画结合的一种特殊的方式。

2. 文学与音乐

广义上来说，富于韵律性的幼儿文学作品对幼儿来说，本身就是一种带有音乐性的体验对象。尤其是其中一部分韵文体的作品，它们有规律的节奏变化、谐和的语音韵律以及悦耳的声调组合，能够唤起幼儿心灵中天然的音乐感觉。我们会发现，听读或诵读儿歌的幼儿常常像置身音乐的环境中一样，随着语言的节奏表现出自然的身体动作配合。

幼儿文学与音乐的结合由来已久。许多知名的中外童谣，都是与它们的乐曲一起被人们长久地记住的，比如英文童谣中的《一闪一闪亮晶晶》《伦敦桥要垮了》《玛丽有只小羊羔》等。

很多时候，人们也常常将字母、数字以及幼儿生活知识等编成童谣的形式，配以乐曲，以方便幼儿记诵。

与此同时，许多幼儿歌曲的歌词本身往往就是一首儿歌或者儿童诗。这些歌词讲究整齐的格式、节奏和韵脚，即便没有曲谱的配合，读起来也朗朗上口。

音乐使幼儿不由自主地想要手舞足蹈，因此，在幼儿文学作品中，文学与音乐的结合常常也伴随着自然的舞蹈运动。由于幼儿期大肌肉的发展往往先于小肌肉的发展，与幼儿歌谣配合的舞蹈动作也大多以拍手、踢脚、身体的摇晃等大动作为主。比如一些幼儿拍手歌，就将儿歌、音乐与拍手、跺脚等舞蹈动作结合在了一起。

3. **文学与表演**

幼儿文学与幼儿表演直接结合的产物，首先是幼儿戏剧，它将幼儿生活故事或童话故事转化成舞台表演的内容，并常常由幼儿参与表演。这样的表演也是一种幼儿游戏。“戏剧游戏是最具价值的一种儿童游戏”。通过这样的表演，幼儿可以以想象的方式完成现实生活中无法实现的事实，从而满足内心的某些角色扮演需求，并且通过表演更好地记住和复述一个完整的故事。这些既有助于幼儿认知能力的提升，同时也有助于其社会性发展。

除了专为幼儿表演撰写的戏剧作品之外，许多幼儿文学作品也可以很容易地转化为游戏性的表演，它们为表演性的幼儿戏剧游戏提供了上乘的素材。

以幼儿戏剧或幼儿故事为蓝本的表演可以是由幼儿亲自进行身体扮演的，比如将《三只小猪》的故事改编成表演剧，可以让不同的孩子分别扮演狼和三只小猪的角色，同时也可以采用手指戏、木偶戏、皮影戏等方式。后者是需要一定的手指精细动作和协调能力才能完成的表演游戏，它既富于新奇的趣味，也有助于促进幼儿手部小肌肉的发展。

由于在表演中，幼儿不可能对着剧本或故事念诵，因此，他或者必须记住整个故事，或者需要为自己所扮演的角色设想出合理的语言、动作反应。这就使得表演本身为幼儿提供了一个自由发挥想象的机会，同时也为原来的幼儿文学文本提供了一个读者参与再创造的机会。

当幼儿文学作品进入表演游戏的层面时，它所指向的艺术样式往往不仅仅是文学和舞台表演，而是同时包含了音乐、舞蹈的艺术形式，从而发展成为幼儿歌舞剧。融文学、音乐、舞蹈、表演等于一体的幼儿歌舞剧，最为集中地展示了幼儿文学的综合性特征。

三、综合性与文本中心

幼儿文学所表现出的综合性，并不仅仅是指幼儿文学文本可以被改编成绘画、音乐、舞蹈、戏剧演出等多种艺术形态，而是意味着幼儿文学就存在于文学、音乐、绘画、舞蹈等多种艺术样式的交织形态中。在这里，文学文本不但可以完成向音乐、绘画等形态的转化，更重要的是，音乐、绘画、表演就是幼儿文学文本形态或隐或显的一个部分。这是幼儿文学有别于其他文学样式的一个重要特征。

幼儿文学的这种综合性让我们看到，幼儿文学不仅仅是一种阅读的文学，同时也是一种操作的文学，不仅仅是用来欣赏的，同时也是用来实践的。它与幼儿的学习、生活、游戏有着密不可分的关联，它所训练的不仅是精神的能力，也包括身体肌肉的能力。它能够让一个孩子的所有内外感官和运动机能，都在文本的这一操作实践中得到相应的发展。我们或许可以说，没有一种文学像幼儿文学这样，会对个体的发育和成长产生如此广泛的影响。

幼儿文学的综合性也让我们看到了幼儿文学文本的多重使用方法。仅仅被阅读并不是一个幼儿文学文本的最终命运，它还可以被转化成各种各样的活动，并且要求自身介入这些活动。比如，一则儿歌可以配上表演的动作进行朗诵，也可以方便地衍生出一首轻快的幼儿歌曲、一支简单的集体舞蹈；一个动听的幼儿故事，可以变成音乐剧、歌舞剧，可以为幼儿的游戏扮演提供精彩的素材，还可以在游戏中成为幼儿改编和再想象的对象……这一点也提醒我们，不要把幼儿文学的阅读静止化、孤立化，而要让它融入幼儿丰富的活动世界之中。和幼儿文学的创作一样，一个幼儿文学文本的使用也应该是发散的、多样的、富于创意的。

在充分认识到幼儿文学综合性的同时，我们也应当看到，尽管幼儿文学指向的是一种综合的艺术，但其最根本的基础，仍然是那个属于文学的文本。不论一个幼儿文学文本以何种艺术形态呈现，其艺术质量的高低，仍然是由作为其根基的那个文学文本所决定的。我们很难想象一个文学性低劣的幼儿文学作品，能够在音乐、画面或者动作表演的诠释中实现多么高的艺术质量。相反地，幼儿文学作品在其综合层面的成功，倒要在很大程度上依赖于其文本的文学质量。

关于这一点的认识提醒我们，尽管幼儿文学是一种综合艺术，但是对于幼儿文学作品的艺术经营，其重心仍然应该放在作品的文学文本，也就是文学性的打磨上。它要求我们认真思考“什么是好的幼儿文学作品”这样的问题，并把这一思考落实到幼儿文学写作、鉴赏和教育的实践中。

小 结

幼儿文学的特性是由其主要读者对象幼儿的身心发展特征决定的，它主要表现在四个方面，亦即认知性、韵律性、游戏性和综合性。这四个方面构成了幼儿文学有别于较高年龄段儿童文学作品的基本特征。幼儿文学的特征体现了这一文类在艺术上的开放性，在这里，幼儿文学的语言文本始终与幼儿生活的实际以及一种操作性的实践运用紧密联系在一起。对幼儿来说，幼儿文学所提供的不是一个暂时离开现实生活的精神栖息角落，而就是生活本身。

（本文系方卫平主编《幼儿文学教程》第二章，高等教育出版社 2012 年 7 月出版）

当代话语和当代体系

——一个时代的理论和批评应该担负的职责

一种意识，两个关键词

我以为，中国当代儿童文学理论界应以一种高度的自觉意识，努力构建儿童文学理论批评的当代话语和当代体系。

这一意识里有两个关键词：一是“当代”，二是“中国”。前者强调时间性、历史性，后者强调空间性、地域性。如果说很长一个时期以来，这两个关键词始终是当代儿童文学理论批评建设所面对的双重要求，那么，在新世纪至今中国儿童文学发展的现实语境下，在新的儿童文学现象不断向理论批评提出新要求的状况下，这一双重要求的意识，也应得到新的审视和思考。

近一二十年间，中国儿童文学的发展现实，也许超出所有人的预期和想象。只需想一想新世纪以来，儿童文学如何从传统出版相对低迷的情势中逆势而上，持续攀升，在一二十年间成为整个图书市场炙手可热的宠儿，便足以令人感受到现实本身的莫测与神奇。今天，这一现实无疑构成了人们谈论新世纪以来儿童文学发展进程的最基本的背景，而它自身也被敲上了“当代”和“中国”的鲜明烙印。

当代儿童文学的发展愈是演进，我们愈是感到，不论来自域外的资源提供了多么重要和巨大的参照，中国儿童文学注定要在自身特殊的政治、经济和文化语境中探寻它的发展路径。正是这种独一无二的当下性和本土性，向儿童文学理论提出了新的诠释力和有效性的要求。仅以作为现代儿童文学思想起点的童年观为例。中国当代儿童文学无疑继承了整个20世纪东西方现代童年观的重要精神遗产，但与此同时，它在今天所面对的中国当代童年的分化程度，以及童年现实的复杂状况，又都是空前的。对于当代儿童文学来说，它该以何种方式解开当代童年生活的文化密码，又以何种方式与中国童年的现状、命运和未来之间相互影响、彼此塑造，正是一个充满难度和潜力的新的理论课题。再如，也许是受到域外儿童文学艺术的影响，中国当代儿童文学逐渐培植起了一种对于现代儿童文学艺术发展至为重要的中产阶层美学。然而，这个过程中，我们也在不断发现这一西式“中产阶级”美学与真实的中国童年体验之间的某些裂缝，以及它所导致的当代儿童文学艺术表现的一些潜在问题。如何重新思考、塑造中国儿童文学的典型美学，同样是一个极具“中国”性和“当代”性的理论话题。总体上看，在儿童文学的文化观念、艺术创造、阅读推广、教学实践等各个领域，对于一种切合中国当代儿童文学发展特殊性的批评话语和理论体系的需求，既普遍，又迫切。相比之下，当前的理论和批评本身，则还未能跟上这一现实要求的步伐。

三类话语资源的吸收与借鉴

一种贴近当代和本土状况、契合当代和本土需求的儿童文学理论批评，不是简单的理论演绎或莽撞的实践概括的产物。针对新兴、复杂的文学现象，理论的解释力和批评的判断力，必然有赖于它自身的积累和见识。

因此，中国儿童文学理论批评话语的当代建设，应当重视三类话语资源的借鉴。

一是历史资源。中国儿童文学理论批评的历史话语资源对于其当代建设的价值，不但体现在一切历史相对于当下的某种共通的借鉴和提示意义上，也体现在透过这一历史话语资源的清理与追究，我们有可能发现与当代儿童文学理论批评的发展困境和趋向密切相关的文化根源。与西方现代儿童文学的状况有所不同，现代意义上的中国儿童文学理论建构，是以某种早慧的形态与现代儿童文学几乎同时诞生。在这个过程中，它兴起的初衷、关切的问题、批评的聚焦、理论的命运等，对于我们今天思考中国儿童文学理论批评的价值、意义，探问当代儿童文学理论批评的困境、问题，仍然深具启发。

我一向持有这样的观点：一部中国儿童文学理论批评史给我们留下了巨大的思想和文化遗产，针对这份遗产的当代整理和接收的工作，还远没有彻底完成。甚至，从现代儿童文学的诞生到今天，一个多世纪过去了，关于儿童文学的艺术规律，关于儿童文学的实践活动，在某些方面，我们并没有比前人走得更远。历史留给我们的资源，还有着巨大的探讨和反刍空间。对于当代儿童文学理论批评的进一步建构和发展而言，更充分地清理、收纳、消化这一历史资源，应是不可或缺的一桩工作。

二是域外资源。我在《中国儿童文学理论批评史》一书中曾经谈到，中国现代儿童文学理论批评在很大程度上起步于面朝域外资源的学习和借用，直至今天，儿童文学界仍然保持着这一姿态。当代西方儿童文学理论批评的发展，让我们看到理论和批评如何将儿童文学由一个最初仅在儿童阅读服务领域得到关注的边缘存在逐渐提升至一般文学研究对象的行列，以及一批新锐、前沿、开阔、深厚的理论批评著作的问世如何逐步开掘出儿童文学自身的广度和深度。在一个开放的文学和文化交流时代，这一域外资源尤其吸引着国内青年一代儿童文学研究者的关注，它的更丰富的理论面貌，也在这一进程中得到新的认识和揭示。近些年来，我在应约为长江少年儿童出版社编选年度中国儿童文学论文集的工作中，对这一现象尤有感触。

不过我也认为，针对域外资源的借鉴，第一，应以了解和吸收本土资源的学术养分为基础；第二，同样要学会识长辨短，去伪存真。尽管当代欧美儿童文学理论批评的确展示了强大的创造力，其中不乏重要的经验，但也要避免机械照搬的拿来主义，更要警惕理论武器的滥用、误用。了解域外资源，是为拓展眼界，增长识见，从中汲取有助于当下儿童文学理论与批评建设的借鉴。面对这一资源，我们自己的视点，应该落在更高更远的地方。

三是普遍的文学与文化资源。这些年来，我在《新世纪儿童文学的文化问题》《儿童文学作家的思想与文化视野建构》等文章里、在不少会议上，反复谈到儿童文学作家要不囿于儿童文学的小圈子，要在更大的文学和文化视点上思考儿童文学的艺术问题。这一点对于理论批评来说，同样重要。很多时候，令儿童文学界感到迷茫、胶着的一些当下问题，若从普遍文学和文化的大视野来看，常能获得重要的启迪。例如，近年儿童文学界关注的儿童文学应该表现什么样的“童年现实”的问题，一旦我们意识到，它其实也是人类文学史上关于文学可以和应该“写什么”的久远争论在当代儿童文学界的投影，那些已有的思想成果，就会成为我们从一个相对成熟、深透、完善的角度讨论、思考、解开这一艺术问题的重要理论支持。当然，普遍文学和文化的问题，不能简单地移植为儿童文学及其文化的问题，但它们所揭示的文学和文化的经验、教训等，应该成为我们思考儿童文学问题的基本起点。

关于儿童文学的一切特殊问题的思考，都离不开一种文学和文化的普遍视野的参照。从后者出发，能够有效地帮助儿童文学理论和批评摆脱它常易陷入的某种狭隘境地，既有助于现实问题的剖析，也有助于理论批评的推进。

两大理论体系的设想

对于当代儿童文学理论的发展而言，是否有必要、也有可能建立一套相对系统、完善的当代儿童文学理论体系？对于“体系”这样的用词，我一向抱有警觉，因为它太容易给丰富、细密、多样、复杂的文学观念、现象等带来不当的限制和武断的裁决。但在文学艺术发展的特定阶段，体系也有它不可替代的意义。建立在系统、全盘的现象考察、分析基础上的理论概括、总结、洞察和前瞻，对于我们摆脱身在局中的片面迷思，探向现象背后的深层问题，也有独到的意义和价值。同时，一个相对科学、系统、富于解释效力的理论体系的确立，对于作为一个学科的儿童文学研究来说，更是一种意义重大的支撑。

当代儿童文学界应当有意识地规划、启动两大基本理论体系的建设。

一是基础理论的体系。这是指围绕着儿童文学的观念、文体、艺术、文化及其他基本理论问题建立起来的理论体系。这一体系在当代儿童文学研究史上有其一贯的传统。新时期以来一直在陆续出版的一大批教材和教程性质的基础理论著作，上承现当代儿童文学的基础理论传统，同时也结合当代语境和状况，对这一传统做出必要、恰当的补充、完善。不过，这些著作的教材性质在客观上限定了其理论展开的广度和深度；同时，许多新兴、特殊、重要的当下文学现象带出的理论话题和理论思考，也难以在其简明的体系构架中得到充分体现。事实上，发生在当代儿童文学现场的大量新兴文学现实，以及这些现实带给传统理论的冲击和要求，它们所对应的理论话题，需要大量专题研究的介入和支撑。这一体系的建设，总体上应有一种统筹意识，如何有效深化既有的理论课题，如何准确开辟新的理论场域，如何使它足以构成一个对当下中国儿童文学的历史和现实具有充分覆盖力、诠释力的话语体系等等。

二是应用理论的体系。相比于基础理论，当代儿童文学的应用研究远未跟上其应用实践的现实，这或许是因为相比于欧美社会源远流长的儿童阅读服务体系和传统，中国儿童文学的应用实践原本就远落后于艺术创作的实践。近年来，国内儿童图书馆服务网络的快速建立和发展，儿童文学阅读推广实践的迅速铺展和加快成熟，以及学校、社会对于儿童文学教学实践的关注和重视，既让人们看到了儿童文学的应用实践带给整个社会的巨大文明福利，也进一步揭示了针对这一实践的理论需求与理论现状之间的巨大差距。与基础理论相比，中国儿童文学的应用实践更直接地受到它所处社会、文化、体制等特殊条件的影响和塑形。

针对这一现实，儿童文学理论界亟需思考、规划、启动建立在科学调查与研究基础上的专业探讨和理论建设工作。这一理论体系的科学规划，以及基于理论成果的有效批评实践，将有助于我们在儿童文学的应用实践中辨清乱象，克服盲目，也将为当代儿童文学理论批评的发展带来重要的新成果。

还应当说明的是，上述观念、话语和体系的建设，终点并非理论和批评本身，而始终是当代儿童文学和童年生活中展开着的无比丰富、生动的现实。面对这一现实，理论和批评的最高意义往往也并不体现在为其指明出路、规划蓝图的能力上——对于文学而言，这样居高临下的指示和规划，很可能是空洞乃至危险的——而在于运用理论和批评特有的观察力、概括力、判断力、洞见力，随时为行走在其中的我们提供尽可能准确、必要的方位参考。在文学的阔大深林里，理论和批评扮演的是地图和指南针的角色。前路的景象始终有待未知的探索，但辨清身在其中的基本方位，总能帮助我们不致迷失在毫无方向的杂沓错步中。对于中国儿童文学而言，它正在经历的或许是当代儿童文学史上前所未有的艺术和文化变革的时代。从这空前激烈的革新和变迁里，寻找和确认其中“不变”的文学经纬和文化坐标，是一个时代有所追求的理论和批评应该担负起的职责。

（原载 2018 年 7 月 18 日《文艺报》）

分 论

亲爱的世界

——谈儿歌与日常生活的艺术联系

一

许多年来，传统儿歌一直是我钟情的一个儿童文学门类。

儿歌作为一种传统的语言艺术样式，与童话一样，最初都是从传统生活和民间文化的原野中孕育发展起来的。我曾在为一位年轻朋友的童话集所写的序文中写过这样一段话：“带着民间纯朴的天性和丰饶的情感，操着民间天然的语汇和温婉的语调，古老的童话进入了一代又一代读者的日常生活和精神记忆之中”。[1]

古老的儿歌显然也是如此。近年来，在《新语文读本》小学卷、《最佳儿童文学读本》幼儿卷和小学卷、《中国儿童文学分级读本》等选本的选评工作中，我集中阅读了大量传统儿歌，深为传统儿歌天然的意趣和韵律感所折服。同时，我也强烈地意识到，如何承继古老儿歌的艺术和审美传统，创造既能保存传统儿歌的文化天性和美学神韵，又能表现现代生活、反映这一文体样式发展时代特征的新儿歌，应该是当代儿歌创作者的一种使命和责任。

二

在我的阅读经验里，那些历经岁月淘洗的传统儿歌作品所呈现出的，常常是一种简洁到令人赞叹的完美，或者反过来说，是一种完美到令人赞叹的简洁。在我看来，这些越过了千百年间的历史和人事变化，而仍以一种看上去如此轻巧的方式流存世间的短小歌谣，蕴涵了日常生活本身的某种简单、朴素而又生趣盎然的美学生命和智慧。随着时间的推移，这样一份关乎生命的智慧持续沉淀在传统儿歌的内容和形式深处，并日益焕发着一种艺术上的魔力。

更重要的是，在传统儿歌明快简朴的叙说和歌吟之中，还蕴藏了一个亲切而丰饶的生活世界。在这里，人的生命保持着它与世界之间最初的审美关联。在一个机械技术对于日常生命的控制不断趋于加强的现代社会，这样一份贴近世界的生命和艺术感觉，对于我们每个人来说，尤其是对于童年的成长而言，无疑具有特殊的文化和审美价值。

这种关联感突出表现为人与自然万物之间生动的审美交往关系。传统儿歌诞生于传统文化的沃土之中，它的吟唱也体现了人的生命与自然万物之间活泼的交互关系。这种交互感一方面典型地表现在那些以自然节气为咏唱题材的儿歌作品中，另一方面则蕴含于另一些以自然事物为表现对象的歌谣里。像《北方九九歌》《过年》《正月正》这样的古老谣曲，记录了特定的自然节气与相应的人类活动之间的直接关联，它们在传递一种生活实用知识的同时，也传承了同一个民族或地域的人们所共享的一些重要的自然和文化记忆。而像《一对燕子住房梁》这样的歌谣，则是通过燕子的筑巢、繁殖、生长、南迁等自然现象，来间接传递人间生活的各种节令消息，与前者相比，实用的目的在此退到了远远的背景上，被凸显出来的是人与一切自然生命彼此相看、同生共存的一份亲切的世界感觉。

以上两种手法各有侧重，但都有一个共同的特点：在这里，主宰着人间活动的不是任何冰冷的机械时间，而是另一种与我们的日常生活保持着丰富而诗意的关联的自然时间。这里的时间是一个广义的范畴，意指无时无刻不渗透在我们日常生活之中的那份生命绵延感。只需稍加留意，我们就会发现，传统儿歌的歌咏中不存在任何抽象的四季、月份、气候、天象等概念，所有这些总是与我们最具体的生活体验、记忆紧贴在一起。

比如下面这首题为《看云彩》的儿歌作品：

云往东，
下满坑。
云往南，
下满潭。
云往西，
披蓑衣。
云往北，
干研墨。

这首歌谣中，对于自然天象的观察始终与“坑”“潭”“蓑衣”“干研墨”等最形而下的生活意象和生活语言如影随形。在这里，歌行朴素的吟唱无关任何“陌生化”的文学策略，而是抒写着人类生活与自然物象之间最为直接的呼应关系。在这样的感应关系中，自然世界的任何一种时间都意味着与人类生存息息相关的生动对象。

同样，下面这首《桃树和梨树》，其吟唱的内容虽然并不直接与自然的时令或天象相关，却以另一种或许更为深刻的方式体现了那流动在我们身体之内的自然时间的迹象：

这山望见那山高，
望见那山一棵桃。
你怎知道它是桃？
叶子尖尖树不高。

这山望见那山低，
望见那山一棵梨。
你怎知道它是梨？
叶子团团树又低。

生长在山中的“桃”和“梨”是自然时间的广义具象，而我们对于“桃”和“梨”的关注，则又融入了人类生活时间的具象。在这两种时间的完好结合中，一个充满审美感和有机感的世界诞生了。所以，与其说这首儿歌所传授的是一种初步的自然现象知识，不如说它传递着一种与自然相一体的日常生活感觉。显然，在现实的境况下，“尖尖”和“团团”都不足以成为我们区分桃树和梨树的充分凭据；但当我们的目光随着歌谣的吟唱，在这山那山和桃树梨树之间婉转承递、自由相嬉时，一种自然质朴而又欢快充盈的生命感觉，随之进入了我们的心灵。对孩子来说，这毫无疑问是比简单的知识传授丰富和意味深长得多的一种灵魂的陶养。

因此，传统儿歌所关切的那个自然世界从来不是一个孤立于生活的审美意象，相反地，它始终与日常生活本身保持着密切的沟通。某种程度上，我们可以说，这些儿歌作品中的自然即是生活本身，而生活也呈现为自然的一部分。也就是说，在这些歌谣中，自然与生活是一体的。这使得传统儿歌作品对于自然的吟咏在根本上有别于狭义的浪漫主义艺术在处理自然题材时的某种多愁善感。我们不妨来看下面这首问答歌：

什么鱼过河夸大口？
鲶鱼过河夸大口。
什么鱼过河一支枪？
长鱼过河一支枪。
什么鱼过河两把剑？
虾子过河两把剑。
什么鱼过河八枝桨？
螃蟹过河八枝桨。

你瞧，这首传统问答歌所吟咏的是水中最常见的鱼类，描写的是它们最显著的特征，使用的则是生活中最通俗的譬喻，其语言绝难用精巧、细致这样的词汇来形容，而是透着民间生活特有的粗放感。但正是从这样一种粗犷的美学感觉中，读者感受到了某种属于民间生活的健康而率真的自然气息。这也正是为什么在传统歌谣中，我们始终难以把自然和生活的世界有效地区分开来。这种自然与生活之间的紧密相衔传递着这样一个逐渐被现代人淡忘的简朴的生存道理：对于人类来说，没有一种远离生活的自然，也没有任何远离自然的生活；一个完整的世界，不能离弃这两者中的任何一方。

这样一种“自然”的生活感觉不但联结着人与自然世界的交往，也指向着人与人之间的某种积极的交互关系。传统儿歌作品对于这种关系的呈现集中表现在一部分与童年游戏有关的歌谣中。我们都知道传统童谣与儿童游戏之间的密切关联。像《排排坐》《摇摇船》《打新麦》这样的歌谣，本身即是儿童游戏的一部分，其吟唱过程最初也配合着儿童的肢体游戏交流。而在另一些并不指涉特定的童年游戏项目、却同样富于游戏情味的歌谣中，这种活泼的交往感觉同样得到了显在的强化。比如下面这首别具生趣的歌谣：

从前有座山，
山上有座庙，
庙里有口缸，
缸里有个盆儿，
盆里有个碗儿，
碗里有个勺儿，
勺里有块肉，
我吃了，
你馋了，
这个故事讲完了。

这则儿歌所吟唱的，其实是一种古老的民间叙事游戏，它的目的不在于讲述一个完整的故事，而是以故事的表象来制造一种游戏的圈套。五言歌行的铺排推进将听众不知不觉地同化人相应的叙事节奏之中，而就在读者开始适应了它的叙事规律，并对个中情节的后续充满期待之时，歌谣忽然变换了叙述的节奏，同时也以一种逗趣的方式切断了原本建立起来的意义链条——它原来并非故事，而是叙述人与受述人之间的一场躲猫猫式的叙事游戏。随着游戏谜底的揭晓，叙述人与受述人也在彼此的合作中分享了游戏的快意。

在我看来，这个幽默的语言游戏包含了一种生动的“我”与“你”的审美交往关系。我想我们一定不会反对，童年的游戏离不开这样一种“我”与“我”之外的另一个“你”之间面对面的交流感，而这种感觉，恰恰是今天的许多童年游戏所格外欠缺的。这一缺失本身是一个复杂的童年文化现象和命题，而要在当代童年的游戏生活中恢复这样一种生动、直接的交流感觉，也不是朝夕之间的事情。就传统游戏儿歌的阅读而言，生活在电子媒介时代的孩子恐怕再不能像过去那样，把这样的游戏仍然作为日常生活的内容来实践和体验。然而，通过吟诵这些游戏性的歌谣，通过在想象的内模仿中唤起这样一种与自然、与他人、与整个世界的丰富的交往感觉，是不是也可能是对于不断损耗中的当代童年审美生命感觉的一种补偿?

在这个意义上，我们可以说，传统儿歌为今天的孩子提供了在想象中进入一个自然而又清新的审美生活世界的独特场所。这个世界以诗意的方式保留着无数逝去的岁月里叠积下来的人间生活的痕迹，但其古朴的日常歌咏中又保持着一份最新鲜的生命感受和一种最亲切的世界感觉。对于越来越容易被限制在狭小而虚拟的生活领域的当代儿童来说，在他们的生活中恢复这样一种古老而珍贵的世界感觉，是童年成长中的一件意义重大的事情。我相信，这也正是传统儿歌作为一种儿童文学文体在当代儿童的阅读生活中所具有的无可替代的审美价值。

三

对于当代儿歌创作来说，作家们必然都面临着一个共同的文学课题，即如何在尊重和把握儿歌文学特性的前提下，在创作中注入当代生活的气息和元素。

我以为，把当代生活内容引入儿歌创作并不难，难的是如何把当代生活元素与儿歌古老的、天籁般的文学特性融为一体。在这方面，许多当代儿歌作者都曾进行过尝试。不过，与那些趣味纯粹、浑然天成的传统儿歌作品比较起来，我个人觉得，一些在内容上试图与当代生活和世界建立紧密联系的当代创作儿歌，在儿歌艺术的纯粹性和水准方面，可能就要稍逊一筹了。

例如，一位在儿歌创作上颇有成就的当代儿童文学作家，曾写下过一些表现当代生活内容的儿歌作品，如《罂粟花》："罂粟花，红艳艳，/ 美女蛇，怪好看。/ 制成鸦片海洛因，/ 世上头号大坏蛋，/ 永远别和它见面。"又如《何首乌》："何首乌，何首乌，/ 白发老翁头转乌。/ 中华医学就是好，/ 你说玄乎不玄乎！"很显然，作者的创作意图值得肯定，但在儿歌的文学呈现方面，这些作品多少就显得勉强了。这说明，把当代生活元素纳入儿歌创作，创造出富有时代感的儿歌精品，对于我们来说，都还需要做出不断的探索和努力。

（原载 2012 年第 3 期《中国儿童文学》）

注 释

[1] 方卫平：《月亮生病了 · 序》，转引自鲁冰《月亮生病了》，北京：人民文学出版社 2005 年版，第 1 页。

论童话及其当代价值

在今天这样一个后现代主义话语曾经或正在盛行、泛滥的时代，我们会格外深切地意识到童话作为一种文学体裁，一种文化载体，一种精神样式的宝贵和重要。是的，当社会发展是以人的高尚感、神圣感、想象力等的损失和被放弃为代价，以令人难以释怀的悠久规范和价值观的被颠覆、被解构为结果的时候，当我们看到今天的孩子或被沉重的书包压迫得透不过气来，或被感官化、平面化、碎片化的文化消费导入莫名其妙的精神亢奋状态的时候，一个执着的渴望和信念便会涌现在我们的心头：挽留童话！

童话何以值得挽留，或者说，在当代，童话的价值在哪里呢？

在我看来，对童话价值的把握或探讨应该有两个基本的视角或支撑点。一是童话的历史发生机制，它酝酿、隐含或是提供了童话艺术的原初品质和价值；二是童话的现实生成逻辑，它提醒或告诉我们童话价值生成的当代背景和内涵。前者提供的是童话悠远的、原始的、相对稳定的历史品性和价值特征，后者展示的是童话当下的、相对活跃的现实精神和价值状态。

在有关童话艺术特质及其发生的历史考察和理论索解过程中，人们曾陆续提出过“神话渣滓说”“神话分支说”“包容说”等种种说法。尽管这些论点的具体解说不一，但它们都不约而同地把童话的源头追溯得很远很远。在西语中，Fairy tale 直译的意思是神仙故事，指的是那些描写了神仙精灵，或并非专写神仙精灵的、带有奇异色彩和神奇事件的故事。产生这类故事的可能的精神背景或文化土壤的确可以隐隐约约地追溯到十分久远和独特的远古时代，那个原始智慧光芒闪烁的神话时代。早在 18 世纪上半叶，意大利人维柯就在他那部在文化史上占有重要地位的杰著《新科学》中重点探讨了原始的诗性智慧问题。他认为“原始人没有推理的能力，却浑身是强旺的感觉和生动的想象力”。他们按照自己的观念，认为使自己感到惊奇的事物各有一种实体存在，正像儿童们把无生命的东西拿在手里跟它们游戏交谈，仿佛它们就是活人。维柯说，最初的哲人都是些神学诗人，他们凭借着诗性智慧创造了最初的神话故事。同时，人类的思维又是发展的，“人最初只有感受而无知觉，接着用一种惊恐不安的心灵去知觉，最后才用清晰的理智去思索”。

随着理性时代的降临，神话时代的文化水土发生了不可逆转的历史流失，然而，神话时代所创造和保持的诗意的世界也日益显示了其不可替代的精神的、文化的、美学的价值。在西方，神话所代表和保存的诗性智慧和原始文明，成为近代人们渴望回归的精神故园。不是吗？当近代文明刚刚取得它最初的成功的时候，卢梭就明确指出其危害性，主张人们离开社会，返回自然浑朴的原始生活。几乎与此同时，德国狂飙运动的精神领袖赫尔德也对启蒙时期流行唯理文化进行了顽强的反抗。卡西尔认为，赫尔德所要反抗的，乃是这一文化背景后的暴君式专断，因为这种文明为使“理性”取得胜利，必须把人类所有其他精神能力加以奴役和压抑。直面这种“理性的暴虐”，赫尔德提出：回到人类文明历程中日益远离的乐园。他认为，原始诗歌（神话）正为我们保留了这一乐园的依稀记忆。而技术和理论时代的逼临和统治，引起的是近现代人们更加深重的精神恐慌感。神话和诗意被放逐，人成为精神上无家可归的浪子，流落异乡。正如尼采说的："想起这种惶惶不可终日的科学精神所引起的直接后果，便会立刻想到神话是被它摧毁的了；由于神话的毁灭，诗被逐出她自然的理想故土，变成无家可归。"（《悲剧的诞生》）

无家的失落与返乡的渴望构成了近现代人们精神生活的双重变奏。德国浪漫派美学家施勒格尔、谢林都提出了创造"新神话"的构想。进入本世纪，包括哲学、心理学、人类学、文艺学等学科在内的诸多学科对神话所表现出的普遍的关注和兴趣，其实也正是非神话时代人们对于人自身的精神状态与精神本身充满关注和兴趣的表现——虽然神话作为人类早期文明的代表物，已不可能在它原始的意义上被再造了。

在我看来，不管童话与神话的关系如何，童话在特定意义上可以被看作一种新的"神话"：它以自身特有的童年精神气质拯救并保存了人类进入理性时代后逐渐失去的童年时代的纯真、欢乐、浪漫和遐想。从贝洛童话到格林童话，到安徒生童话，童话迅速地使自己从民间自发的文学存在成为自觉地贴近儿童读者的儿童文学艺术家族中的一支旺族。我想说，这个过程的意义是多方面的——它不仅意味着近现代意义上的儿童文学在西方的逐渐自觉和形成，意味着童话这一古老而又全新的文学样式成了童年生命特性的理解者、解放者，成了童年生命内涵的艺术表达者、承载者，而且，它还意味着童话业已成为神话时代消失之后人类诗意渴望的某种新的实现渠道和表现方式，成为人的精神解救之所，心灵憧憬之邦，它与诗歌一起成为近现代人们漂泊的灵魂的栖居方式和安置场所。

童话从原初自发的民间的口头文化形态推进到近代自觉的、经典的印刷文化形态，其儿童文化史的意义和价值是显而易见的。例如，童话作为不同民族的文化传递方式之一，对历代儿童的精神成长发生过深刻的影响；童话作为一种独特而绚丽的文学样式，成为儿童文学大厦的重要艺术支柱。另一方面，童话对整个人类自身的精神意义和价值，却一直较少为人们所谈论。事实上，从具体作家的创作动机看，他们接近童话、整理童话、创作童话，并不一定都是为了儿童读者。贝洛整理、改写《鹅妈妈故事集》，便是在法国文学界那场著名的“古今之争”后开始的。他认定了民间童话可以用来表现自己的不同政见、理想和愿望，民间童话“精妙的寓意”和“独具的生活特色”将能够实现他返璞归真的美学愿望。安徒生也曾明确表示：“我写的童话不只是写给孩子们看的，也是写给老头子们和中年人看的。”由此看来，童话不仅天然地贴近着儿童世界，它同时也是为成人预备的一份高尚有趣的礼物。我想说，童话正是以其质朴的想象力和纯真的诗性品格，制造了后神话时代人类精神生活中一个独特、别致的艺术家园和阅读奇观。

童话是古老的、独特的，也是现实的、发展着的。回溯历史，我们看到，童话在其绵延不绝的历史发展和现实生成过程中，进行了不断的艺术添加和美学扩散，也就是说，童话不时随着社会生活和人类心灵的发展而进行着自身的艺术调整和丰富，童话的原初美学气质和艺术价值逐渐散逸和泛化，它变得丰富多彩。如果说古老的童话曾经提供了一整套经典的、稳定的叙事话语和价值体系的话，那么，当代童话则可以说是进入了一个“众语喧哗”的时代，一个建构更为多元的艺术价值系统的时代。以近 20 年中国大陆的童话创作为例——

从读者对象上说，传统的童话艺术形态已变成了低幼童话、童年童话、少年童话并存的格局；从篇幅上看，长篇、中篇、短篇、微型童话创作齐头并进；从题材和风格看，热闹的、抒情的，凝重的、轻松的、哲理的、幽默的、犀利的、温婉的……各领风骚；从童话的艺术功能上说，益智、导思、染情、添趣……各有千秋。而各种被冠以“探索型童话”的作品，更是以一种对传统经典童话的游离和叛逆的姿态，频施“怪招”，令人感到面目全非。

的确，近20年以来，中国大陆的童话从叙事层面到意味层面都可以说是发生了大面积的、全方位的变化。这种变化的内在动力来自人们对童话及其依存背景的新的理解。事实上，童话的文化精神和美学样态归根结底是人的存在方式及人们对自身存在方式的理解的现实投射和艺术转化的结果——正如神话反映的是神话时代人们的生存状态和思维方式一样。这里不妨以热闹派童话为例。一位热闹派童话作家曾经对热闹派童话的独特风格有过这样的概括：“这些作品是从儿童现实生活出发的；运用瞳孔极度放大似的视点，夸张怪异；追求一种洋溢着流动美的运动感，快节奏、大幅度地转换场景，以使长于接受不断运动信息的儿童读者，在令人眼花缭乱的类似电影运动镜头的强刺激下，获得审美快感；采用幽默、讽刺漫画、喜剧甚至闹剧的表现形态，寓庄于谐，使儿童读者在笑的氛围中有所领悟，受到感染熏陶。”[1] 热闹派童话当然不是天外来物，它同样具有自己的可以分辨的历史线索和美学先驱。对中国大陆这一代的童话作家来说，张天翼童话就是一个不难指认的出自本土的艺术样板。但是我还想说，在张天翼的前前后后，他所能遇见的创作同道和艺术知音实在是太少了。这种情况直到所谓“热闹派”

童话出现之后才开始得到改变。由此我们可以这样认为，具有类似热闹派童话风格或特色的作品，至少在20世纪80年代以前显然未能构成中国大陆童话创作的主流艺术风格之一，而一进入80年代，中国大陆童话至少从现象上看已经被搅和得“千姿百态”“面目全非”了。

80年代以前的中国大陆童话创作在一个很长的时期内保持了相对收敛、单一的艺术姿态，这不是偶然的。20世纪的中国社会文化现实，以及重视“教化”功能的文学观念，从总体上决定并塑造了80年代之前中国儿童文学的主导美学品格：强调儿童文学对现实的关怀与服务，强调儿童文学的艺术教化功能。公正地说，作为一种历史选择、运作、发展的必然结果，这种强调现实性、教育性的文学观念及其存在是无可厚非的。问题是，当这种偏狭的文学心态和美学观念被无限度地扩张和放大，并处于“唯我独尊”的霸权话语地位的时候，当社会审美思潮发展在客观上要求儿童文学的美学观念趋向开放和多元的时候，上述偏狭的美学观念就显得很不合时宜了。例如，几十年来占据主导地位的教育童话作为一种文体类型当然是有其存在理由的，但是，几十年间教育童话一统天下的结果，是造成了童话创作中凝固、单一的创作模式。这也就是80年代初期中国童话创作的最基本的艺术现实。

因此，80年代热闹派童话的崛起，其实质便是这一代童话作家普遍意识到，童话提供的不仅是一个具有教化功能的艺术课堂，它同时也应该成为一个童年时代艺术游戏和精神狂欢的场所。这种童话价值观和功能观的产生，直接促成了当代中国大陆童话创作史上一系列相关而持续的艺术嬗变和美学革新事件的发生。以郑渊洁、周锐、彭懿、葛冰、武玉桂、朱效文、庄大伟、朱奎、任哥舒、周基亭、郑允钦、戴臻、绍禹等一批作家为代表或加盟者的热闹派童话创作群体，信奉快乐主义的童话创作原则。他们毫不犹豫地挣脱了传统童话相对沉闷、单一的艺术规范，开创并构成了以大胆的想象、夸张、变形为外部表现特征，以弘扬游戏精神和解放当代儿童心灵为内在艺术旨趣的童话创作流派。

从总体上看，热闹派童话的出现，至少在这样一些方面为中国大陆当代童话提供了新的美学内容：

一是它们以极其丰富的想象力，开拓了中国大陆当代童话的艺术想象空间。如郑渊洁、周锐、彭懿、葛冰等作家的一大批“天花乱坠”，变幻莫测的童话，讲述了一个个怪诞而又“顺理成章”的故事。与传统童话相对拘谨的艺术思维模式相比较，这类“异想天开”型的作品显然更容易受到当代孩子们的喜爱和欢迎。

二是伴随着艺术想象力的解放，它们最大程度地张扬了儿童文学的游戏精神。热闹派童话作品中的许多人物、故事、情节、环境等，都经过了大幅度的变形和夸张，犹如漫画和闹剧，给人以强烈的新奇感、怪诞感和滑稽感。同时，人物的大幅度运动、情节的大开大合、情感的大起大落，更增添了童话的热闹气氛。这种上天入地、无拘无束的叙事策略和情节运动，展示了一种自由、活泼的现代美学心态。我以为，它们应该能够吻合并在不同程度上满足当代儿童读者的游戏欲望和追求新鲜、刺激的审美心理。

三是在审美心理方面确立了“释放”（宣泄）的功能观。传统童话相对而言重道德教化而轻心理疏导，因而缺乏对童话之于儿童心理的审美宣泄功能的认识。儿童社会学、儿童心理学研究表明，处于现代快节奏的竞争社会的儿童，实际上也处于各种各样的心理压力和重负之中，他们同样有程度不同的心理压力和焦虑。因此，儿童读者实际上常常需要借助文学阅读来排遣心中的烦恼和焦虑，释放郁积的情感。对此，热闹派童话作家们有着充分的艺术敏感。他们的作品往往通过神奇、夸张、诙谐的故事讲述，最直率地道出了当代孩子们的困惑、委屈、苦恼和不平，最充分地表达了孩子们的智慧、愿望、幻想和欢乐。我相信，当代少年儿童在现实生活中无法实现的愿望，往往可以在阅读类似童话时得到满足和补偿；他们在生活中郁积的情感，也可以由此得到疏导和释放。

热闹派童话构成了近20年来“众语喧哗”的中国大陆童话创作中一种响亮的声音。当然，它也只是诸多事实中的一个例子，一种现象。除此之外，中国大陆当代许多重要的童话作家都以自己的方式发出了各自富有个性的艺术喧哗，其中突出者如孙幼军、张秋生、冰波、宗璞、班马、金逸铭、褚志祥、顾乡、吴梦起、鲁克等，而一批年轻的童话作家如葛竞、张弘、汤素兰、孙迎、杨红樱等也纷纷崭露头角。但是，我这里想说的是，与传统童话比较而言，当代童话不仅在审美形态和风格上趋于丰富和开放，而且更重要的是，在当代生活大潮的冲击之下，在当代主流审美文化的包围之中，童话这一古老的文学样式，日益显示出其重要而独特的精神的、文化的、艺术的价值。

首先，童话以其深沉而又执着的文化情致，维护着对于精神、对于价值的关怀和顾念。

在西方，迦达默尔曾经感叹：“当今的时代是一个乌托邦精神已经死亡的时代。过去的乌托邦一个个失去了它们神秘的光环，而新的、能鼓舞和激励人们为之奋斗的乌托邦再也不会产生。

这正是我们这个世界的悲剧。”[2]在后现代文化语境中，人们不再对精神、价值、终极关怀、真理、美善之类的超越性价值发生兴趣，而是在琐屑的环境中沉醉于形而下的卑微愉悦之中。在东方，当代中国大陆的经济生活、文化生活，当代人们的精神世界、情感世界，等等，也都已经或正在发生着一系列重要的变化。这些变化作为社会发展进程中的一个个阶段或环节，其历史进步性是不容怀疑的。但是另一方面，伴随着这些变化而来的不同程度上的感觉迟钝、价值失范、情感迷乱、心态浮躁等精神现象，也令人不能不对此保持一种警惕的姿态。面对那些散乱无序或漫不经心的精神流失，特别是当今天少年儿童的精神世界也遭受这种现象的影响时，我们自然会想到童话。童话当然并不具有拯救这个世界的义务和力量，但我们相信那些高尚、认真、执着的童话写作，却有可能为挽留、保存、延续我们这个世界的那些深刻、高贵、永恒的精神和价值规范提供某些助益。事实上，童话正在努力这样去做。

其次，童话以其独特而又飘逸的美学气质，天然地承担起了对于诗意和幻想品质的激活和守望的职责。

技术和物质文明发展的加速，导致了物欲的失范和实利主义的盛行，人们被当下充满浮躁和困惑的生活挤压得狼狈不堪。在这样一个时代，那些细腻的感觉、蓬勃的想象、青春的激情、诗意的感动……似乎正从我们的生命存在中渐渐隐退。而科技与文艺的联姻在宣布了这个时代文明进步的同时，也在某种程度上虐杀了纯真而富有质朴灵性的艺术诗意和想象力——文化工业时代的艺术创造往往添加了世界的“物性”特征而丧失了人类自身的“灵性”特征。于是，我们又想到了童话。这种古老的文体最天然地保存着人类文化的诗性智慧和艺术幻想力。如果我们期望这个时代还能保存一点美好的诗意和浪漫的想象的话，我们便没有理由不亲近童话。

最后，在当代审美文化环境中，童话以其力求完美、纯正的文学叙事，为当代少儿读者提供了一片纯文学的绿洲。

当代审美文化创造了一个迥异于传统的经典审美文化的全新的审美形态。正如有的研究者所指出的那样："当代审美文化没有造就出小说、诗歌、散文的盛世，但它造就出了电影、电视、广告、流行音乐、摇滚的天地。"[3] 对于今天的少儿读者来说，他们的文化消费在很大程度上集中在电视、录像、影碟、流行音乐、卡通漫画等类型上。最近，一份关于青少年与媒体关系的研究报告中谈到，当代青少年所接触的媒体已达 15 种之多，书籍、报刊等印刷文化占绝对统治地位的情形已成为历史。但是，当代儿童文学在传播和接受领域里的被迫撤退，并未同时表现为童话的全面撤退。相反，童话作品（包括传统童话和中外童话名著）不断被加印、再版、改编的消息屡屡传来。我以为，在当代审美文化情境中，少年儿童的审美生活也显示了某些感官化、平面化、零散化的迹象，而童话的文学叙事则以其独特的经典气息，为今天的少儿读者保留、提供了一幅纯净、绚丽的艺术图景。

我相信，在一个即将到来的新的世纪里，童话仍将一如既往地承担起传达人类精神追求和诗意渴望的艺术天职，童话仍将以其永恒的诗性的光芒和幻想的魅力温暖、滋润着绵延的人生。

（原载 1998 年第 3 期《文艺评论》）

注 释

[1] 参见彭懿：《“火山”爆发之后的思索》，《儿童文学选刊》1986 年第 5 期。

[2]《迦达默尔论后现代主义》，《世界文学》1991 年第 2 期。

[3] 潘知常：《反美学》，上海：学林出版社 1995 年版，第 2 页。

童话的立体结构与创新

读了《笔谈会》刊载的两期《现代童话创作漫谈》后，思路总是难以从一种争辩的气氛里摆脱出来。不过，机会难得，我终于还是克制了争辩的欲望，而想在这里径直谈谈我对童话艺术的某些理解。

的确，所谓“儿童水平”与“艺术水平”的相互抵牾，以及“孩子喜欢的，未必是好作品”等说法，常常使我们对童话本身感到茫然失措。我以为，这种困惑的产生，与我们习惯于在艺术本体论上把童话理解为一种平面的构造物有很大的关系。显然，这种理解很容易使我们在思考童话时犯非此即彼的简单化的毛病。譬如，人们把“儿童水平”与“艺术水平”看成是相互排斥的两极，于是便为两者只能择取其一而生出无限烦恼。事实上，童话的艺术织体不是单薄的平面展开，而是一个多层面的立体构造。对童话本体结构的详尽分析，当然不是这篇短文所能承担的。在这里，我只想做一些简单的说明。

我以为可以把童话的艺术织体粗略地分为“感知层”和“意味层”两个基本层次。其中感知层又包括“语音层”和“再现客体层”两个层面。语音层（不仅仅指声音，还包括音韵、节奏等）在低幼童话中显然占有突出的位置，具有独立的美学意义。在供较高年龄层次读者，尤其是少年读者欣赏的童话中，语音层则逐渐变为一个“透明的层面”（韦勒克、沃伦语），其独立的美学意义相对下降。再现客体层指童话作品中具体呈现、描绘的形象、事体及其背景。语音层和再现客体层共同构成童话的感知层，它们主要诉诸欣赏者的感知觉。意味层当然并不独立于感知层之外，它溶解、深藏于感知层中，同时又不同于实际呈现的感知层。作为潜在的可能审美空间，意味层有待欣赏者审美理解力的介入和参与。毫无疑问，一种深刻的意味有可能使童话超越感知层的限制而争取到比较博大的美学空间。

把童话本体看成是一种立体的构造，就可以使我们摆脱简单化的线性思维方式。从少年儿童的审美心理看，他们的审美直觉相对来说往往更加发达，因此，强调童话感知层对读者的特殊吸引力显然是有道理的。我们甚至可以说，感知层的独特、鲜明、生动、有趣，是童话吸引读者的第一位的因素。你看，安徒生的名篇《皇帝的新装》中所呈现的人物和事件，描绘之奇妙简直无以复加，生动有趣不能不令人捧腹。然而尽管如此，如果仅有表层的闹猛，那作品呈现的充其量只能是一场闹剧，虽然也可能是一场有趣的闹剧。安徒生之所以伟大，就在于他的童话不仅创造了一个独特的感知世界，而且更灌注了一种温暖深沉的人道主义精神和辛辣深刻的社会批判力量。在《皇帝的新装》中，那力透纸背的社会讽刺和批判意味，显然大大加强了作品内在的力度。我以为，这种感知层与意味层的立体构筑和完美叠合，也许是当代童话创作跃向更高艺术档次过程中所面临的最重要的实践课题之一。而所谓“儿童水平”与“艺术水平”相抵牾的疑难，所谓童话艺术的恒久的生命力，其秘密或许也正深藏在这里。

孙幼军先生希望“让童话和孩子间少些隔阂”。这我十分赞同。不过他又说“用童话大抒个人之情，讲某些孩子一时还不懂的哲理，而不管孩子懂不懂，爱不爱看，就近乎把童话当成自己手中的工具了”。

我以为，不能一般地认为童话不能“大抒个人之情，讲某些孩子一时还不懂的哲理”。安徒生童话就融入了作家本人的际遇感怀，不少篇章更散逸着深邃的哲理意味。问题在于，童话作品中的这种深层的情感和哲理意味，应该通过少年儿童读者乐于接受的感知层来传达，它对读者的影响是潜移默化的渗透，而不是脱离感知层的强行灌输。总之，仅仅照顾儿童的接受水平，强调感知层的吸引力，还是远远不够的；童话作为一种艺术结构系统，完全可以涵纳更加丰富深刻的意蕴。如此，则童话作品不仅能够吸引少年儿童读者，也将禁得起他们日后的检验和品味。

近几年来童话创作的发展，主要表现在伴随着想象力的一定程度的解放而带来的童话感知层的重新安排和构造上。热闹派童话在这一点上表现得尤为突出。这对于改变以往童话作品感知层往往比较单调、沉闷、乏味的状况，是有积极意义的。但是另一方面，感知层如果得不到意味层的统摄，那也只能是一种肤浅的开拓。我以为，这也是影响当前童话创作水准进一步提高的症结之一。

使人感到欣慰的是，一些近年来富于探索精神的童话作者不仅对童话创新表现出高度的自信和勇气，而且也保持了清醒的内省意识。他们认识到，“一种哲理意味有可能越来越成为现代童话的气质”，因此，他们已经开始“考虑如何让自己的作品尽可能地留下一片思索的空地，寻求与哲理的交点”。（当然，意味层包含的不仅仅是哲理。）这种自信心与内省意识的融合，或许正是推动童话进一步创新的一个契机。

（原载 1987 年第 1 期《儿童文学选刊》）

少儿历险小说的历史与特质

大约20年前，在少年小说的创作、出版、评论界，人们普遍习惯和采用的分类方法，是把少年小说分为“校园小说”“动物小说”“新人小说”“问题小说”等。这种分类方法及其所采用的类型用语，主要是根据作品的题材、主题等的不同来进行归类的，它与少年小说自身内在的艺术品性和审美质地之间的关涉性并不直接和明显。后来，又有了“探索小说”的说法。“探索小说”所涵盖的作品范围及其所指涉的文本特征含义都比较宽泛——可以是文本符号的所指层面（侧重于内容）的探索，也可以是文本符号能指层面（侧重于形式）的探索。这种现象在一定程度上表明，当时的少年小说创作、出版和研究，对于少年小说自身艺术特性的梳理和把握，都还处于一个眉目不甚清晰的探索阶段。

20世纪90年代中后期以来，“幻想小说”“幽默小说”“推理小说”“历险小说”等说法，在我国少年小说创作、出版、评论界，成了更为普遍和流行的分类用语。一些出版社还纷纷以此为选题角度，策划、组织并陆续推出了一套套艺术特征和风格色彩十分鲜明的原创性少儿文学丛书。很显然，这种分类方式与早先的分类方式相比，它对作品的艺术品性的指涉性和提示性都大大增强了。在这些类型用语的强有力的理论抓握和美学暗示之下，一批批具有独特艺术品性的小说被召唤、聚拢在相应的丛书之中，呈现在读者的面前。

湖北少年儿童出版社策划、组织的“当代少年历险小说丛书”，就是这些丛书中很有特色的一种。

从文学史的角度看，历险小说当然不是少儿文学的一个新品种。“历险”作为一种特殊的文学构成元素，事实上一直是中外文学发展史中一个重要的叙事原型。其最初的叙事胚胎在神话时代就已开始孕育了。此后，由“历险”串联起来的中外文学名著可以开列出一份很长的清单。

例如，位居我国古代四大文学名著之列的明代长篇神魔小说《西游记》，同时亦堪称一部杰出的历险小说。小说描述了唐僧、孙悟空、猪八戒、沙和尚师徒四人去西天取经一路上降妖伏魔的故事。沿途他们经历了九九八十一难，最后到达西天灵山，求得真经。小说中那些围绕着险山恶水、妖洞魔窟所展开的情节描绘，为作品平添了巨大而丰富的险势险趣。在西方，文学对历险的表现同样有着久远的历史，古希腊神话里那些具有人格特点的超人，就大多是一些勇敢的冒险家和强悍的征服者。这些超人传说（如关于赫拉克勒斯的，关于猎取金羊毛的，关于特洛伊战争的，等等）都有一个共同之处，即其主题都与表现冒险、掠夺和征服有关。自哥伦布发现美洲后，更是出现了许多反映伟大历险经历的作品，如迪亚斯·德尔·卡斯蒂洛的描述征服墨西哥的故事，卡莫恩斯的描写环球航行的葡萄牙史诗，哈克路特对英国人海上冒险活动的记述，奥利阿琉斯对丹麦－日耳曼人远征波斯的描写，等等。直到1719年，英国作家笛福的著名历险小说《鲁滨逊漂流记》面世。这部名著被认为是历险小说中荒岛小说（Desert island fiction）这一分支类型的发端之作。

荒岛小说是指把远离人世的荒岛作为环境来展开故事、描绘人物的一类作品。“荒岛”这一规定情境有着特殊的叙事魅力。它处于“真实”世界之外，是人们理想中未被外人涉足和文明“污染”的蛮荒之地。对人们的“幽古”心理及冒险和探索本能来说，它提供了一个十分合适的释放途径和空间。继笛福的名著之后，在很长的一段时间里，欧洲出现了一股荒岛小说热。而《鲁滨逊漂流记》不仅吸引了一代代的少年儿童读者，同时也影响了儿童文学中荒岛小说的发展。19世纪英国作家斯蒂文森的《金银岛》（1883）就是这类小说的代表之作。20世纪中叶，威廉·戈尔丁的《蝇王》描述了一群流落孤岛的儿童的历险故事。这部作品的故事描述和意义呈现已不同于以往的同类小说，但它的出现证明了荒岛小说余脉未断，甚至仍在花样翻新。

历险小说的指涉范围当然包括了荒岛小说，它泛指以描绘主人公在异常情境中经历各种现实的或虚构的险情危局为主的少儿小说作品。这些作品中的主人公（个体或群体）常常身处绝境而终于安然脱险，作品悬念迭设、危情惊心动魄，最终，经历了险境的磨难和洗礼，主人公实现了人生的启悟和成长。

因此，历险小说的艺术构成主要包含了这样三个层面：一是题材层面，它总是讲述一个主人公的绝境历险故事；二是叙事层面，它总是以层层设置悬念、保持故事的情节张力为基本叙事策略的；三是隐含或由故事所暗示的主题层面，如借助故事表达出一个“启悟”主题（“启悟”是西方“成长小说”的重要主题，它表现主人公从混沌未知的状态，经历一个寻找、探险的艰难过程，而达到再生的人生经验）。

在历险小说艺术构成的上述三个层面中，最直接吸引读者的艺术因素无疑来自第二个层面，即叙事层面。可以说，历险小说正是以其紧张的情节推进和巨大的叙事张力，吸引并倾倒读者——其中自然也包括那些充满了好奇心、探求心、充满了历险渴望和英雄崇拜心理的少年儿童读者。

可是，与西方儿童文学中历险小说创作历来发达的情况相比照，中国当代儿童文学在这方面的艺术自觉相对显得迟缓。可能是由于文化传统、社会环境、教育和美学观念等方面因素的制约，在相当长的一个时期里，历险小说创作在中国当代儿童文学中表现得并不活跃。早在20世纪50年代，《中国少年报》发表过一个短篇作品《捉野兔》。其中有一个细节写的是小主人公雪天里攀着井绳下井捞起了野兔。作品发表后，引来了一些批评意见。批评者认为：一，冬天下雪很冷，孩子们到雪地玩可能冻坏，不宜提倡；二，下井去捞兔子有危险，这种冒险不值得。这件事情所提供的丰富的时代信息是耐人寻味的。到了20世纪80年代，一家颇有眼光的出版社出版过一本《少年探险小说集》，受当时少年探险小说创作历史面貌的影响，那部集子中所收的部分作品，并不具备探险小说的基本艺术特质。

从这样的背景来看，湖北少儿社推出的"当代少年历险小说丛书"（以下简称"历险丛书"），其价值就显得有些不同寻常了。

首先，就我个人有限的阅读视野而言，这是我读到的中国当代第一套原创性中长篇少年历险小说丛书。这套丛书以其对儿童文学中"历险"这一传统叙事范式的关注和运用，汇入到了世纪之交中国儿童文学回归自身艺术身份和天性的美学潮流之中。它们与其他一些同样具有独特艺术主张和出版定位的原创性儿童文学丛书一起，构成了这个时代儿童文学艺术眉目日渐清晰的主导性美学风貌。

其次，当我怀着期待的心情读完这套"历险丛书"以后，我想说，在历险小说艺术品质的把握和创造上，丛书作者们都取得了初步的也是宝贵的成功。

丛书的几位作者都是目前我国儿童文学界活跃的和比较活跃的中青年作家，拥有各自的艺术经验和写作实力。看得出，他们创作这套丛书的态度是严谨认真的。从整套丛书看，作家们对“历险小说”艺术特性的理解、把握是比较透彻、到位的，丛书因此呈现出少年历险小说的典型形态——以少年主人公的有意冒险或无意历险为情节线索，以特殊的地理环境为人物历险空间，展开跌宕起伏、险象环生的故事讲述；展示少年主人公机智、勇敢、坚韧、顽强的生命智慧和精神品质；“寻宝”母题时隐时现，惊险之中又融入了推理，探案等要素……

例如，小说的环境是独特而寥廓的：孤岛、海洋、沙漠、高原……奇异的空间选择和背景设置，不仅带动了故事讲述的奇异展开，也营造了历险小说奇异的叙事氛围。故事是扣人心弦、悬念不断的。《幽灵岛》描述了中学生马林暑假里依约去青螺岛投师学棋的故事。可是预想中的拜师学棋、缔结忘年交等情景并未出现，发生的却都是稀奇古怪、大出意料的事情。《南洋狂蜂》讲的是少年林杰被蒙上了一艘偷渡船并遭遇海难后的历险故事，在描述主人公跟无情的大海和阴险残忍的“蛇头”等人的双重抗争与周旋之中，作品制造了引人入胜的叙事效果……

不过，更值得我们注意的，是这套“历险丛书”在艺术上的某些新意。例如，《荒漠孤旅》中的主人公在面临生死关头时，仍坚持着保护野生动物的执着立场，尽可能避免对野生动物的伤害。这一巧妙的情节安排不仅进一步造成了作品故事叙述上的紧张感，而且为历险小说注入了凝重而深厚的主题内涵。此外，《荒漠孤旅》中叙述视角的变换和多种叙事手段的采用、《木雕面具》中民族文化和民俗知识的有机穿插、《幽灵岛》中娓娓道来的自如流畅的语势、《南洋狂蜂》结尾处的悬念设置等，都是这套“历险丛书”中可圈可点的艺术亮点。

每一个孩子的心灵深处，都存在着对于神秘现象的好奇心，对于不平凡事物的渴望，对于不寻常经历的向往。正是由于这种心理的驱使，他们在文学阅读上表现出了自己更为鲜明而固执的选择倾向。少年历险小说就是他们最倾心和迷恋的阅读选择之一。虽然用一种苛求的艺术眼光来要求的话，这套“当代少年历险小说丛书”也还存在着某些不足之处，但是，我相信，有机会看到这套丛书的少年朋友们，你们的目光和心情，将会被它们所吸引。

（原载 2007 年第 4 期《中国少儿出版》）

确立少儿散文的评论意识和理论话语

用“散文时代”来概括近年来文学发展的基本文体热点所在，可能是十分贴切的。散文在相当程度上已经成为这个时代的阅读宠儿，与此相适应的是当代散文评论的活跃。从现代名家散文到余秋雨散文，到新生代散文，从散文的艺术特征到散文的当代走势，“散文”已成为当代评论话语中使用频率最高的词汇之一。

少儿散文也将迎来一展自己艺术身份和魅力的时代吗？少儿散文评论也将随之趋于活跃吗？

从儿童文学史上看，虽然我们几乎在中国现代儿童文学的自觉期便拥有了像冰心这样重要的少儿散文大家，但是应该说，散文在其后的历史发展进程中始终未能成为一种重要的文体。

因此，相对于少年小说、童话、童诗等文体的研究和评论来说，少儿散文研究和评论的相对滞后是显而易见的。

另一方面，事实上，我们已经看到了一些卓有成就的少儿散文作家，例如郭风、乔传藻、桂文亚、吴然、韦伶、徐鲁、班马等（仅就个人视野而言）。问题是，评论界较少关注他们的创作，尤其是很少从少儿散文作为一种独特文体存在的角度来关注散文、研讨散文。

如果有人问我：散文现在怎么样？我将无从回答。因为，我心中缺乏一幅完整的散文艺术图景。

在这样一个时候，此次“散文之旅”在当代少儿文学艺术格局中郑重提出了对于少儿散文的重大关注，可以说是意味深长的。

少儿散文研究和评论意识的确定已是势所必然，因为：1. 少儿散文创作和阅读的未来可能和空间正在扩大；2. 少儿散文的艺术建构与发展需要评论界的介入和参与；3. 少儿散文研究与评论需要确定自身的理论话语、自觉的评论意识和相应的学术规范。

下面略作说明。

首先，少儿散文已经开始出现一批具有突出艺术实力和相当审美品位的作家，散文正以"散文"的方式展示其无所不在的魅力，"散文化"艺术倾向正日益广泛地出现于其他儿童文学文体之中，散文已经成为当代一种深具潜能的儿童文学文体。这一切为理论的介入提供了必要的前提。

其次，少儿散文创作的历史和现实表明，它更多地属于作家的个体艺术行为，从整个儿童文学界看，其生存方式表现出一种不自觉的状态。少儿散文的艺术自觉和未来发展有赖于评论界的关注和支持：来自少儿文学评论界的相关描述和理性思考，将整理和透视少儿散文的艺术状况，促成少儿散文艺术自觉时代的到来，促成少儿散文在当代儿童文学艺术格局中获得应有的艺术位置。

再次，少儿散文的研究和评论，必然要求人们更多地关注少儿散文自身的文体特征和精神内涵，关注其独特的文体美学定位，诸如少儿散文的自传性、心灵化状态，少儿散文叙事的强化与弱化，散文的篇章结构、语体风格，少儿散文的情趣、理趣与文趣，少儿散文文体的守成与开放，少儿散文与人文等，都将可能给我们提供一些新的思考维度，提供新一轮的理论创造可能。

或许，少儿散文的艺术（理论）自觉不只是一种可能。我们所要做的，就是把握、驾驭这种可能。

（原载《这一路我们说散文》，台北亚太经网股份有限公司 1996 年 8 月出版）

故事性与口语化

熟悉儿童文学界情况的人们都会发现，在20世纪80年代以来我国儿童文学的发展进程中，童话、小说一直扮演着最活跃的文学角色。它们彼此呼应，相互促进，为新时期儿童文学的发展立下了汗马功劳。比较起来，儿童故事似乎只能算是一个不起眼的文学配角。造成这种状况的原因主要是，一方面，整个儿童文学界对儿童故事创作不够重视，有关的评论、研讨十分薄弱，各种儿童文学评奖更是没有故事的份儿；另一方面，不少作者也误以为故事的文学品位比不上小说、童话、诗歌等样式，对儿童故事创作的艰巨性认识不足。应该说，这是我们的一个不小的疏忽。

事实上，故事是极受少年儿童读者喜爱的一种儿童文学样式。据介绍，专门发表儿童故事作品的报刊，其发行量在儿童文学报刊中都是名列前茅的。如《故事大王》月刊近年来的发行量一直雄踞全国少儿文学刊物榜首，目前的发行量为一百三十余万份。而笔者在各地中小学的调查中也发现，中小学生阅读《故事大王》《故事会》《上海故事》等刊物的人数明显超过阅读其他文学刊物的人数。这并不奇怪，因为喜爱故事几乎是少儿读者的阅读天性；他们喜欢那些带有故事性的叙事类文学作品，更喜欢以讲故事见长的故事作品。因此，充分利用儿童故事这一体裁的艺术优势，努力为广大少年儿童读者提供更多更好的故事作品，应当是儿童文学界面临的一项重要的工作。

为了推动、繁荣儿童故事创作，浙江少年儿童出版社、少年儿童故事报社于1991年发起全国性的新故事、新童话征文大赛，半年内共收到全国各地的参赛作品1500余件。不久前，我有幸担任了这次征文的评委工作，集中阅读了不少应征的故事作品。我感到，儿童故事这一文学样式的艺术潜力还有待进一步的发掘，儿童故事创作是大有可为的。

这次征文比赛包括故事、童话两类作品，突出一个“新”字。从故事类作品看，它们绝大多数都取材于当代少年儿童的现实生活，从学校、家庭、社会等各个不同的角度，展现了当代少年儿童的生活和思想感情，具有比较鲜明的时代特点和新生活的气息。同时，我也觉得，不少应征作品存在着一个普遍的问题，即主题健康积极，而故事这一文学样式本身的艺术个性却不够鲜明，因此影响了作品的艺术吸引力。我想，是否可以这样说，儿童故事的故事性不强、故事味不浓，是影响当前儿童故事作品质量的一个基本的艺术症结。

与童话、小说、儿童诗等其他儿童文学样式比较，儿童故事的艺术个性和艺术优势，就在于它具有浓郁的故事味儿。虽然童话、小说、诗歌（叙事诗）等往往也需要讲究故事性，例如“童话故事”就是特指那些运用童话表现手法而故事性又较强的两栖类作品。但是，故事性并不是构成童话、小说、诗歌等文学样式基本特性的首要的、必不可少的因素。而对于作为一种独立的儿童文学样式的“故事”来说，故事性却是构成其体裁个性和生存魅力的一个必不可少的、基本的艺术条件和因素。缺乏故事性，或故事性不强的故事，都不可能成为优秀的故事作品，甚至不能算是真正的故事。

所谓故事性，就是指故事作品特别注重情节的构成和展开。没有曲折生动、环环相扣的故事情节，就不可能有峰回路转、引人入胜的故事效果，而少年儿童读者的审美趣味和接受水平，也决定了儿童故事作品在艺术上更应讲究情节构思的生动性及曲折性和情节展开的相对的完整性。从这一基本要求来看，现在不少儿童故事作品还存在着一定的差距。

例如，有一则题为《改名》的故事，说的是班里的同学一下子兴起了改名热。建平改成剑平，丽霞改成丽侠。刘阿大的名字最土气，因此压力最大。他回家问大人自己名字的由来，于是故事主要就在他与爸爸和爷爷的简短的问答之间展开。名字是爷爷取的，爸爸解释道："爷爷辛苦一辈子，没什么报答他。他喜欢这名字，我和你妈妈都很高兴。"故事接着说："听到这里，阿大心里咯噔一下，不问了。是啊，长辈养育我花了许多心血，一个莫名其妙的'热'，不值得违拗他们的小小心愿。"应该说，这个故事的取材是不错的，处理得好，有可能是一则既有趣，又能令人回味的好作品。可惜作者在情节构思上没有根据故事的特点下更大的功夫，把一个不错的材料用500来字就简单地交代完了，而最后的感叹也因此显得比较勉强。

还有一篇《橄榄菜》，叙述"我"在自由市场临时代替妈妈摆摊卖菜时，把卷心菜当成橄榄菜高价卖给了一位顾客"阿姨"，而后又渐渐感到羞愧、内疚。在作品中，这个从心安理得卖高价菜到逐渐感到不安、内疚的转变过程主要是借助人物自身的内心活动来展现的，而缺乏外在的由情节展开而形成的推动力。于是，作品就显得沉闷、平淡了。作为小说、作为散文，这种写法或许有可能构成一篇不错的作品，但作为故事作品，缺乏情节框架的支撑，缺乏悬念、铺垫、渲染、巧合、幽默等手法的运用——一句话，缺乏故事之所以成为故事的那些要素，就不可能成为一篇好的故事作品。

强化儿童故事的故事性特征，是提高儿童故事创作的一个重要艺术课题。

与故事性不强相联系的另一个艺术问题是，在叙述语体方面，不少作者对儿童故事叙述语言的口语化特征认识不足，因而作品的叙述越来越书面化，缺乏故事语言应有的生动、活泼、个性化的口语叙述特征。

故事最初是在民间文化土壤中以口耳相传的形式得以传播和流传的。故事从口头转移到书面，并不意味着故事从此就只是一种供人们阅读的文学品种，就其艺术生存的基本形态而言，真正的故事作品首先应该是能够讲述的口头文学，而叙述语言的口语化特征，也就构成了儿童故事作为一种文学样式的一个基本的艺术风貌。从这次儿童故事征文来看，不少作者还不够重视故事语言个性的锻造和锤炼，因此一些作品的叙述语言往往像小说语言、散文语言，甚至像诗的语言，却不太像故事语言。例如，有一篇《河上的花》，开头是这样两小节：

> 一条清澈的小河，一条泊在岸边的渡船。
>
> 我立在船头，一身蓝制服倒映在水里，阳光一照，河水也变了颜色，像有谁在这里倾下一汪蓝晶晶的墨水，惹得调皮的鱼儿摇着尾巴在水里打转转，久久不肯离去。

作者试图把故事写得美一些，这个愿望无可厚非。但是由于作者没有把故事语言的美建立在其独特的生动活泼、富于口语特征的基础之上，因而这种诗意的叙述给人带来的是类似阅读小说、散文般的感受，这在一定程度上也削弱了作品的故事性特征。

当然，故事性绝不是束缚儿童故事创作的一道紧箍咒，儿童故事创作同样应该鼓励各种艺术探索和尝试。但是，从目前儿童故事创作的基本状况看，从情节构思、叙述语体等方面强化儿童故事自身的艺术个性和特征，应该是我们儿童故事创作中首先必须重视的一个问题。

（原载 1993 年第 3 期《儿童文学研究》）

没有一座桥能像一本书

——关于“桥梁书”

新蕾出版社以“桥梁书”的名义推出了一套十部原创童书，分别出自金波、孙幼军、冰波、常星儿、王一梅、龚房芳、张李等十位新老儿童文学作家的手笔。这些原创童书，都有一个别致的书名，比如《乌丢丢》《书里没有的故事》，比如《蓝鲸的眼睛》《唱着歌走到的地方》……它们包含了从陆地到海洋、从东方到西方、从传统到现代、从生活到幻想世界的多重空间、时间和生命体验的叠合与交错。这令我很自然地联想起关于书籍与桥的某种隐喻关联。

或许，对童年来说，“桥”的意象甚为贴切地传达了童书尤其是儿童文学书籍对于童年个体成长的特殊意义。这个古老而又朴素的日常生活意象是一种通道的象征，它使我们得以越过阻隔的水流，去领略更远处的风景。在儿童的生活中，一本书正像一座桥那样，可以把稚嫩的、还没有受过多少经验浇灌的生命带往一个更为遥远、丰饶的世界。走过这些由故事和文字搭成的“桥”，童年的眼睛和心灵都会变得不一样起来。

当然，“桥梁书”一词还有其特殊的所指。近年来，该名称被视为一个特殊的童书门类在童书阅读、出版界得到频频征引，然而，对于这一由英语世界经我国台湾地区辗转进入大陆语境的童书标签，我们至今仍然缺乏一个具有足够原始材料支撑的理解。在英语语境中，Bridging Book 的说法既鲜见于专业的童书研究论说，也没有一个明确的定义范围。从该词被使用的情况来看，Bridging Book 往往是一种比喻性的说法，用来指称在儿童初级阅读能力发展过程中具有“桥梁”性中介作用的图书。例如，知名的阅读教学项目“剑桥阅读”中所包含的“桥梁书”子项目，其范围即涵盖了为处于不同年龄段儿童的不同阅读发展需求所设计的各类阅读材料，而并不是一个单一的童书门类。通过与西方相对成熟的童书分级制度的结合，这些专为特定年龄段的儿童设计或评估而产生的“桥梁书”具有了一定的技术操作依据。在上述“剑桥阅读”项目出版的“桥梁书”系列中，除了循序渐进、有针对性的阅读材料外，还有专门设计的教师指导手册，用于为教学者提供儿童阅读技巧训练的活动设计、儿童阅读评估指导等方面的建议。

近年来，我国大陆出版界借用“桥梁书”概念推出的童书系列不时可见，例如浙江少年儿童出版社的推出的“桥梁书开心读——方素珍系列”，海燕出版社出版的“我爱阅读”桥梁书系列。显然，中国童书出版界在借用“桥梁书”的分类时，仅仅关注到了其阅读中介的功能开发，而并未能同时吸收其阅读训练层面的可操作性内容。从新蕾社的这套读物来看，情况也是如此。收入这一系列的十部儿童文学作品并不存在阅读年龄段上的规约或建议，其作品篇幅和阅读难度也不尽相同。当然，这并不妨碍它们成为一套引人入胜的文学读物。事实上，由于摆脱了英文“桥梁书”在认知目标方面的技术性限制，这些作品中的一些故事反而获得了更为洒脱的文学自由，显示出更为纯粹的文学气质。作为“桥梁书”，我想它们的“桥梁”意义并不在于将儿童的阅读能力提升到某个特定的层次上，而是通过一些漂亮的、耐人寻味的儿童文学作品，来培养儿童的阅读兴趣，并借此促进儿童普遍的阅读发展。这也正是目前中文语境下“桥梁书”一词的根本性质所在——它并不构成一个阅读分类上的科学概念，而恰恰是对于当前许多儿童文学读物的一个形象的称谓。

事实上，没有一座桥能像一本书那样，将我们带往如此不同寻常的地方，正如19世纪美国女诗人艾米莉·狄金森的诗句所言，“没有一艘船能像一本书／把我们带向远方”。儿童文学作品的阅读是一个远远越出认知层面的体验过程，它带给孩子的不仅仅是世界的某个“远处”，也是他们自己心灵中的某个“远方”。我相信，这些以“桥梁书”的名义出现的童书，将会证明它们拥有比一座桥的譬喻更为悠远、绵长的意义。

（原载2011年6月24日《文汇读书周报》）

现状与未来：关于国内外图画书研究的一种观察与思考

众所周知，儿童图画书业已成为当代儿童文学创作、出版、阅读推广的一个十分显赫的门类。与此相伴随，图画书研究也日益凸显着自身的学术意义和价值。因此，在今天，梳理并思考国内外图画书研究的现况，显然是极为必要的。

一　国外图画书研究概况

英国插画家兼插图艺术研究者马丁·萨利斯伯瑞与儿童文学研究者莫拉格·斯塔利斯在其合著的《儿童图画书：视觉叙事的艺术》（2012）一书中认为，尽管人类艺术史上图画叙事的传统十分悠久，但真正意义上的图画书（也就是用图画来讲故事的图书）的诞生仅仅有130年历史。与此相应地，现代图画书理论研究的启动和推进更是十分当代的事情。在图画书艺术和研究均相对较发达的欧美、日本等地，图画书研究的成果主要可分为四类：一是概念研究；二是艺术研究；三是历史研究；四是实践与应用研究。

基础理论研究是关于图画书的文体概念、基本特质等基础理论问题的研究，这一研究的基本目的是厘清图画书作为一种独立文体的基本概念，包括它的内涵与外延，它与传统插图读物之间的关联与区别，它有别于其他儿童文学文体的基本特质。

这方面取得的一个较为重要的理论共识，是对于图画书独特的图文话语特性的认识。这种话语的方式不再是过去插图对文字的简单点缀，而是文字与图画间以丰富多样的方式合奏互补，共同承担叙事表意的文学任务。这无疑也是现代图画书最鲜明的文体标签。日本图画书编辑、研究者松居直在《我的图画书论》（该书在日本初版于 1981 年，中译本于 1997 年由湖南少年儿童出版社出版；2009 年上海人民美术出版社再版此书，内容有所增改，更集中于图画书理论本身，系选译自松居直的《图画书是什么》（1973）、《走进图画书的森林》（1995）、《我的图画书论》（1981）三本著作）等著作中，以散论的形式提出并解释了一个重要的观点，即图画书的核心艺术不是“文 + 图”，而是“文 × 图”，也就是其图文合作实现了远胜一般插图读物的艺术表达效果。这一图式的对比简洁而生动地道出了现代图画书有别于传统插图读物的重要艺术特征。相近的观点在加拿大儿童文学研究者佩里 · 诺德曼的《说说图画：儿童图画书的叙事艺术》一书中，得到了十分专业化、系统化和有深度的分析。诺德曼在书中这样谈到图画书的特殊性：“图画书独特的特质是它使用不同形式的表达方式，传达不同各类的资讯，由各个元素组合，形成完全不一样的东西。”这里所说的“使用不同形式的表达方式”，[1] 即是指图画与文字这两种诉诸不同感官及理解程序和方式的媒介；而“形成完全不一样的东西”，则指出了图画书融合文、图话语时完成的意义创造。几乎所有图画书研究者都认可图画书的这种独特文图话语为其最根本的文体特性。

艺术研究是关于图画书艺术特征、手法等的研究，也是当代国外图画书理论研究的重点。这类研究大多与具体的图画书作品分析相结合。佩里·诺德曼的《说说图画：儿童图画书的叙事艺术》一书是这些年欧美图画书研究领域取得的一项厚重理论成果。在这本著作中，诺德曼对图画书最独特的画面语言及文图关系做了许多新颖、独到、深刻的解释，他的许多解释，同时也是对现代图画书艺术理论的重要发明与建构。可以这样说，该书的出版，将英语图画书研究真正推向了理论的高地。而珍·杜南的《观赏图画书中的图画》（1992，繁体中译本于2006年由台湾雄狮图书股份有限公司出版）等著作，则以更为通俗的方式，从图画艺术及美学的角度解读图画书中的插图蕴含的丰富语言和意义。对于图画书而言，这两类艺术研究的方法和成果各有其特殊的价值，前者以艺术理论特有的形而上的思想力量，树立着图画书在儿童文学及至整个人类文学中的独特艺术地位；后者则以更具体的艺术和作品分析，为更普遍的图画书阅读者、教学者等提供了必要的艺术指南。

历史研究是梳理图画书发展史的研究。这类研究又有两个路径。一是关于西方童书插图史的研究，其对象涵盖了童书插图的整个历史，但重点仍然落在现代图画书的发展进程上。比如邓肯·麦科克代尔等所编《插图童书》（2009）一书，即是以代表插画家及插画作品为主要线索梳理而成的插图童书发展简史，其中图画书部分占据了主要的篇幅。另一类是明确以现代图画书为研究对象的成果。比如前文提到的《说说图画儿童图画书的叙事艺术》一书，即是对于现代意义上的儿童图画书发展史的扼要梳理。

实践研究是关于图画书创作与出版实践、阅读与教学应用的研究。与前三类研究相比，这类研究成果的理论性相对较弱，实践性和应用性则十分突出。前者如乌利·舒利瓦茨的《图画书的创作与插图》（1985）、莫丽·邦的《图画·话图》（1991，繁体中译本于2003年由台北财团法人毛毛虫儿童哲学基金会出版）、马丁·萨利斯伯瑞所著《剑桥艺术学院童书插图完全教程》（2004，简体中译本于2011年由接力出版社出版）、苔丝狄蒙娜·麦克卡农等所著《儿童图书的创作与插图百科全书》（2004，中译本译名为《童书创作实用指南》，接力出版社2011年出版）、斯蒂夫·卫瑟罗与莱斯利·布林·卫瑟罗合著《儿童图画书的插图》（2009）等，其作者往往身兼图画书创作者的身份。后者如鲁思·卡尔罕与雷蒙·科图的《运用图画书开展个性写作教学》（2008）、乔安娜·齐姆尼的《运用图画书开展阅读策略教学》（2008）、山本直美的《让绘本滋养孩子的头脑和心灵》（2011，简体中译本于2016年由宁波出版社出版）等，作者多为与图画书阅读或教学第一现场有着亲密接触的教师、阅读推广人等。

总的说来，当前国外图画书研究话题丰富，探讨深入，其中艺术研究和实践研究尤其发达。今天，这些成果正在对国内图画书的创作、研究产生显在而深远的影响。

二　国内图画书研究概况

中国图画书研究与原创图画书的兴起、发展一样，受到来自域外同行的鲜明影响和推助。首先出现的是带有图画书文体和艺术启蒙性质的理论性探讨。早在初版于2001年的《中国儿童文学五人谈》（梅子涵、方卫平、朱自强、彭懿、曹文轩）一书中，即专辟了“关于图画书”的专题，并且是作为文体话题的首章、全书话题的第二。从五位作者的对谈中，我们可以感受到来自发达国家优秀图画书艺术熏染的强烈气息。该章所谈内容涉及图画书的观念、读者对象、基本特征、原创图画书的发展、图画书阅读推广等话题，就当时国内图画书业尚未真正起步的现实来看，其中一些话题的思考其实已经相当深入。

2006 年，参与对谈的作者之一彭懿出版了《图画书：阅读与经典》一书，这本书的设想最初在《中国儿童文学五人谈》中就曾透露，出版后成为中国当代图画书阅读与研究的重要启蒙读物。该书的编写充分考虑了入门读者的需求，将图画书基础理论的阐说与国外经典作家、作品的介绍相结合，并以通俗、生动的方式讲解、呈现相关知识，书后又有实用的资料索引。对于近十余年国内许多图画书读者而言，这本著作扮演了重要的理论启蒙角色。

随着图画书概念、艺术观及阅读活动的逐渐普及，一批主要来自图画书专业研究者和阅读推广者的著作陆续出版，将国内图画书研究进一步推向深处。这些研究主要包含三方面内容。一是具有理论建构性质的图画书文体概念和艺术理论的探究；二是具有阅读指导性质的图画书作品解读与艺术分析的开展；三是针对原创图画书的理论思考；四是围绕图画书教学应用课题的研究。在不少研究者的思考中，这些关注面大多交集在一起，充分反映出图画书理论发展草创期的基本面貌。

总体上看，近年国内图画书研究取得的一些重要的理论进展，主要体现在以下三个方面。

一是关于图画书核心艺术特征的探讨与研究。所谓图画书的核心艺术特征，即表明图画书有别于其他一切儿童文学文体、也最能体现图画书独特艺术价值的艺术特征。在这一点上，近年的研究一方面让人们看到了图画书丰富多样、不断开拓的艺术面貌和创作手法；另一方面，在丰富的作品现实下，关于图画书作为一种文图合作艺术的审美独特性的认识，也在不断得到凸显和深化。尤其是在图画书插图语言与文图关系的研究上，国内的前沿成果已经能够反映世界图画书艺术发展的前沿动态。朱自强的《亲近图画书》（2011）、方卫平的《享受图画书》（2012）、陈晖的《图画书的讲读艺术》（2010）等著作，均在基础理论和艺术分析的板块就图画书独特的画面及文图合作艺术展开了理论的论说和艺术的分析。这类研究为图画书文体理论、艺术理论的普及与建构做了重要的奠基工作。

二是关于原创图画书艺术发展的探讨与研究。可以说，这些年来，国外图画书艺术及其理论所引起的诸多关注和讨论，无时不与人们对于原创图画书发展的关切联系在一起。这一关切参与推动着原创图画书自身的艺术发展与理论建构。相关研究话题和成果涵盖了关于原创图画书的出版传统、发展现状、创作进步、艺术缺失等话题。《亲近图画书》《享受图画书》等书均有专章专节谈论原创图画书的发展。方卫平、保冬妮主编的《图画书的中国想像》（2008），收录了关于原创图画书当代发展的一些初步思考，话题涉及原创图画书的当代发展进程、发展现状、本土美学、艺术问题及作家作品的分析与思考。

三是关于图画书文本赏析及阅读与教学应用的研究。这类研究同样体现了较鲜明的本土特色。一方面，针对日益的图画书阅读启蒙需求，梅子涵的《童年书：图画书的儿童文学》（2011）、陈晖的《图画书的讲读艺术》、彭懿的《图画书应该这样读》（2012）等著作提供了关于图画书阅读的文本赏析和实用指南。另一方面，一些应用研究也开始思考图画书在小学语文教学实践中的运用。张贵平的《从图画书到大部头——小学语文阅读教学策略》（2013）、吴建荔主编的《图画书的教学实践与应用》（2014）等著作，为图画书阅读指导和教学应用实践的展开，提供了必要的参照和指引。

国内图画书研究既扮演了引领原创图画书文体与艺术启蒙的角色，同时也受到当代原创图画书创作、出版和阅读大潮的推动，不少研究成果既吸收、转化着域外理论的丰富资源，也与原创图画书的本土发展需求保持着同步的呼应。

三　关于图画书研究的未来拓展

图画书在中国的阅读、创作、出版和推广等正处于蓬勃发展阶段，可以预见，有关图画书理论与实践的各类研究也将引起越来越多人们的关注。这些研究和探讨既是当代儿童文学步入“图画书时代”后应运而生的产物，其基本目的也是为了推动图画书艺术的发展。就目前国内图画书的研究格局与状况来看，未来研究中，以下三方面研究话题值得予以特别的关注。

一是图画书基础理论的深度发掘与建构。

近年的图画书研究在基础理论方面取得了奠基性的成果，但从文学和艺术理论的角度看，在图画书的话题上，我们尚未建立起一种成熟文体应有的完整、深透的基础理论解释体系。应该看到，基础理论研究貌似与当前图画书的创作和实践需求相距甚远，也不能直接提供关于图画书写作或阅读的实用对策，但正是这样的理论探讨，往往包含了能够决定图画书创作艺术及阅读实践高下的重要理论认识基础。

例如，关于图画书文体独特的画图艺术及其所揭示的人类读图能力问题，与西方同行相比，我们的研究还停留在相对浅层和感性的认识中。诺德曼在《话图：儿童图画书的叙事艺术》一书中曾详细分析了“读图”及“读图能力”的问题。他认为，观看图画书中的图画并不像许多人想象的那样，是一个不需要经过符号解码的、缺乏深度的简单直观过程（这一观点是不赞成儿童阅读过多图画读物的传统偏见的源头）。在图画书中，“读图画”与“读文字”一样，需要掌握一套特殊的解码体系，在阅读中也需要读者的全力专注和投入。他在书中援引哲学、心理学、文学、艺术学等领域的丰富知识详述了该解码体系的构成与内容。这类理论研究的价值远不仅仅在于替图画书的艺术“正名”，它还为图画书可能的艺术高度和深度提供了认识论的深厚基础与支撑。

二是图画书艺术研究话题的开拓与深化。

艺术研究是图画书研究的核心，这个核心可以衍生出丰富的艺术话题。贝蒂娜·昆梅林-麦保尔所编《图画书：表现与叙述》一书显示，欧美图画书研究涉及的艺术话题包括图画书的互文性与跨图隐喻研究、图画书作家的影响研究、跨界图画书研究、成人图画书研究、无字图画书叙事研究、图画书的角色生态研究等。这其中既有相对宏观的大话题的考察与探讨，也有精剖细析的子话题的发明与深入，后者体现了艺术研究和思考走向成熟必然要经历的细化与深化进程。

当然，尽管艺术研究的话题可以无所不包，但艺术性的解读永远是艺术研究的中心。对于图画书的艺术来说，这个中心就是图文合作叙事的艺术。如果缺乏对于图画书图文语言体系的深透了解，我们既难以创作出充分体现和发挥图画书独特艺术能力的作品，面对优秀的图画书作品，我们也难以对它们展开充分接近其艺术性的读解。正是在这个意义上，理解图画书的图文作为一种文学语言及儿童文学语言的特殊性，关系着图画书的创作与欣赏能够抵达什么样的艺术层级。

三是原创图画书艺术源流及发展趋向的梳理与思考。

原创图画书是近年图画书研究和讨论的热点话题之一。我们看到，原创图画书一方面接收着来自国外优秀图画书艺术的启蒙和教引，另一方面也在渴切地寻找和确认属于自己的艺术源流，并期望从这一源流中获得更多“原创”的灵感。与此相应地，今天许多关心原创图画书事业的人们既关注着图画书的世界艺术，也关注着图画书的中国美学，并期望从两者的融合中建构原创图画书自己的艺术塔楼。于是，一系列话题随之而来：从现代图画书的概念看，原创图画书有自己的历史吗？如果有，它起于何时，以何种形态得到呈现，又将为我们提供哪些珍贵的艺术资源？它与世界范围内现代图画书艺术发展的关系如何？在原创图画书的未来艺术版图中，它可以把我们带往何处，我们又将把它带向何处？这里面涉及中国图画书自身艺术史的梳理和建构问题，对于原创图画书的艺术未来而言，这种艺术身份的建构和思考不可或缺。

四是图画书应用实践的推广。

目前国内图画书的应用研究点基本落在阅读和教学两个方面，而在世界范围来看，除了以图画书促进儿童识读能力、情感发育、写作技能等应用功能与实践的探讨，相关研究话题还包括以图画书促进儿童数学学习、科学学习、文学知识习得、心理治愈等更广泛的学习与治疗功能，并出版了大量研究成果，如约德 · 贝科的《图画书与社会教育：自闭症儿童的游戏、情感与交往》（2001）、林恩 · 科伦巴等所著《图画书的力量：数学、科学与社会研究教学》（2009）、朱迪 · 哈彻曼等所著《运用图画书开展数学教学》（1999）、苏珊 · 范 · 泽尔等所著《运用图画书教授文学要素》（2009）等。显然，国内图画书研究在这类实践话题的探索方面还大有可为。

（原载《图画书的秘密：中国原创图画书论坛文集》，中国少年儿童新闻出版总社 2016 年 12 月出版）

注 释

[1] 佩里 · 诺德曼：《说说图画：儿童图画书的叙事艺术》，陈中美译，贵阳：贵州人民出版社 2018 年版。

理论与批评

早慧的年代

——20世纪中国儿童文学理论体系建设回眸之一

中国儿童文学理论研究作为一门相对独立的学科，其严格意义上的发展历史至今仍然是十分短暂的。令人吃惊的是，当这门学科刚刚“从漫长的和多变的史前阶段中浮现出来”[1]的时候，它就表现出了一种罕见的对于体系建设的自觉和热情。今天，对体系的解析可以说为我们提供了认识中国儿童文学研究世纪发展的一个有意义的视角；同时，对于正在叩响新世纪之门的中国儿童文学理论界来说，关注“体系”，似乎也应是一个富有前瞻意味的学术行为。

毫无疑问，对于儿童文学研究来说，体系的构建不仅是合理的，而且是必然的。因为系统化的研究成果必然需要一种相对系统的理论结构形态来加以概括、总结和再现，而这种相对系统化了的理论形态也将有利于理论成果的传播和利用。同时，理论建设的系统化程度也在一定意义上反映了一门学科的发展状况和该学科的成熟水平。因此，五四时期儿童文学理论的系统化建设是中国儿童文学走向独立、自觉的建设时代的一个必然的学科发展趋向——尽管今天我们已经很清楚，构建体系并不是理论研究的终极目标，而且体系一旦形成就将面临来自流动的文学现实方面的挑战。

在我看来，任何一种儿童文学理论体系的构成，都必然会具有这样一些特征：

一是概念、范畴、命题等思想部件构成具有整体性、系统性的特点。

我们知道，任何一种儿童文学理论体系，都必定试图在自己确立的学术起点和立场上对本学科研究对象做出相对完整的描述和阐释。因此，思想部件的相对的系统性，可以说是儿童文学理论体系所呈现的最重要的学术形态特征。

二是思想逻辑的内在统一性。

解释对象的立场和手段是多种多样的，而对于任何一种可以被称之为理论体系的思想结构系统来说，保持其理论思维规则和逻辑手段的内在统一性，都是理论系统搭建过程中应当恪守的学术准则。换句话说，体系是有机的构成，而不是无序的堆砌。否则，体系自身的周密性、相融性、平衡性都将遭到毁坏。因此，思维逻辑的内在统一性，可以视为儿童文学理论体系所具有的最重要的内部构成规则。

三是解释效力的有效性与有限性的辩证统一。

一个具备某种程度的科学性的、合理的儿童文学理论体系，总是同时具备了对特定的儿童文学现象世界或事实系统的描述、说明、阐释能力，即具有特定的解释效力。人们无法设想一个合理的却又是毫无解释效力的理论体系的存在。另一方面，一个特定的理论系统，其解释效力在时间上、空间上总是或多或少地受到各种各样的限制，在对对象的解释范围、解释角度、解释层面、解释环节等方面，也常常会刻意地或无奈地预设一些盲区。这种现象与其说是理论体系自身软弱无能的表现，毋宁说是体系构建者的一种明智和清醒的选择更恰当些。因此，解释效力的有效性和有限性的辩证统一，可以说是儿童文学理论体系的最根本的功能性特征。

四是生存形态的历史变异性。

上述特征同时决定了儿童文学理论体系必然具有一种生存发展上的历史变异性特征。从理论体系的生存欲望上讲，任何一个合理的现实的体系，总是希望扩展和延长自身的解释效力。但是，现实是不断流动发展的，学术也在被不断创造和更新。于是，变异势所难免。这种变异性主要表现为：第一，既有体系不断调整或丰富着自身的解释系统，扩展着自己的解释效力；第二，新的体系不断质疑、冲击乃至取代既有体系，并且周而复始。因此，不断挑战和被挑战，不断调整或被取代，就成了任何一个儿童文学理论体系所必然面对的生存课题和历史命运。

而我们对 20 世纪中国儿童文学理论体系建设的历史回眸，也因此成为可能。

我在《中国儿童文学理论批评史》一书中曾经这样写道："在人类精神漫游的旅行图上，儿童文学及其理论批评是一个久久未被标出的文学方位。就中国的儿童文学批评而言，它的真正的、自觉的、独立的、广泛的展开，还是进入 20 世纪以后的事情。"[2] 作为这一历史性自觉和转变的具体的事件标志是：1913 年至 1914 年周作人连续发表了《童话研究》《童话略论》《儿歌之研究》《古童话释义》

等重要论文；1923 年商务印书馆出版了魏寿镛、周侯予合著的中国第一部系统的《儿童文学概论》。这两起跨越 10 年的理论事件不仅提示了中国儿童文学理论研究走向自觉的具体历史时期，而且意味着具有近代科学特征的儿童文学理论形态在中国的形成。[3]

虽然，最初的儿童文学思考者并非出现于这个时期，但是最初的自觉的儿童文学理论体系的构建者，却无疑是在这个时期出现的。可以说，现代儿童文学理论体系的最初搭建，几乎是紧随着现代儿童文学学术思考的出现而出现的。我这里主要指的是这样一批儿童文学理论书籍的联翩出版：魏寿镛、周侯予合著的《儿童文学概论》(1923，商务印书馆)、朱鼎元的《儿童文学概论》(1924，中华书局)、张圣瑜的《儿童文学研究》(1928，商务印书馆)、赵侣青与徐迴千合著的《儿童文学研究》(1933，中华书局)、王人路的《儿童读物的研究》(1933，中华书局)、葛承训的《新儿童文学》(1934，儿童书局)、吕伯攸的《儿童文学概论》(1934，大华书局)、钱耕莘的《儿童文学》(1934，世界书局)等。这些书籍的出版与那些最早的单篇现代儿童文学研究论文的发表在时间距离上并不遥远，这意味着，现代儿童文学研究者的学术步伐刚刚迈开，体系构建者的身影就迅速地跟踪而至了。

这里应当说明的是，理论体系的学术形态和呈现方式通常可分为两种，即“显体系”和“隐体系”。显体系通常以专著的形态呈现，易于辨识和把握；隐体系在外在形态上不具备明显的体系形式，而是一种隐含、散布于有关篇章和思想表达过程中的理论断片、枝叶等的总和，是一种潜在的体系构成。对隐体系的辨识和把握，有赖于研究者的细心发掘、整合和谨慎描述与重构。本文所关注和研究的，主要是中国儿童文学理论的显体系构建。

我们知道，“五四”以前的中国儿童文学研究基本上处于一种零星的状态，而且有关的议论常常是作为某个特定的政治问题、社会问题、教育问题的附属部分而被带出来的。按照美国科学史哲学家库恩的说法，当一门科学知识处于零散的不系统的形态的时候，它还只是处于前科学阶段，一旦形成了系统的理论形态，它就进入了常规科学阶段。随着五四时期儿童文学研究的日趋活跃和理论积累的逐渐丰富，结合儿童文学教学的需要，很快出现了初具体系意识的儿童文学理论著作，这意味着儿童文学研究进入了常规科学阶段。现代中国儿童文学理论的显体系构筑，就是以前述一系列系统化的儿童文学理论著作的出版，勾勒出自己最初的学术雏形和历史面目来的。在这里，我们试以几部具有代表性的理论著作为例，对此略作提示和分析。

最早出版的魏寿镛、周侯予合著的《儿童文学概论》，其目录如下：

第一章　什么叫作儿童文学

第二章　儿童有没有文学的需要

第三章　儿童文学的要素

第四章　儿童文学的来源

第五章　儿童文学的分类

第六章　儿童文学的教学法

附录一　课本形式

附录二　文学教学实况

张圣瑜所著《儿童文学研究》目次如下：

第一章　儿童文学之界说

第二章　儿童文学之起源

第三章　儿童文学之特质

第四章　儿童文学与人生

第五章　儿童文学与现代

第六章　儿童文学与改造

第七章　儿童文学与教育

第八章　儿童文学之体制

第九章　儿童文学之教材

第十章　儿童文学制作法

第十一章　儿童文学教学法

附录　儿童文学教科实况调查

从这些目录，我们大致可以看出现代早期儿童文学理论体系构建的基本学术面貌和思想格局。很显然，这是一些带有鲜明的时代趣味和现实关怀的理论表述系统。大体说来，它们除了具有作为思想系统或理论体系所应具有的一般特征外，还具有这样一些突出的历史特征：

其一是学术资源的多样性。

一门学科的建立，必然需要有雄厚的理论积累作为它所赖以依托的学术基础，否则，理论基础的松软将会导致学科大厦的摇摆甚至崩塌。儿童文学理论是一门相对独立的文学研究门类，但就其学科构成基础而言，它又是跨学科的，例如它离不开文学审美特征的探究，它同教育学有着天然的血缘联系，它的读者对象又是以儿童为主，它与社会学、伦理学、原始文化研究等比邻而居……因此，儿童文学研究必然应以一种开放的学术姿态来进行本学科的理论体系建设。五四时期中西文化碰撞、交流的人文背景恰好为现代儿童文学理论学科的系统建设提供了坚实的理论依托。人们不仅从中国传统学术文化积累中去寻求儿童文学研究的思想资源，而且更从西方近代人类学、心理学、教育学、文艺学等许多学科那里吸取了丰富的理论滋养。可以说，现代儿童文学理论研究及其体系建设虽然是在中国社会的现实土壤中成长起来的，但它所依靠和吸收的学术资源却无疑是极为丰富多样的。例如，对中外文艺学思想资源的依赖和利用。魏寿镛、周侯予所著《儿童文学概论》在说明什么是儿童文学时，就认为，“要晓得儿童文学是什么，必先研究文学(literature)是什么”。作者在辨析什么是文学时所引用的中西批评家、作家的观点近二十家，如孔子及其弟子、章太炎、英国批评家亚诺尔特、法国批评家佛尼，以及赫胥黎、爱默生等。朱鼎元所著《儿童文学概论》共九个部分，其中第一、第二部分的标题分别为《文学的涵义》《文学的起源》，更是表现出了对于普通文艺学理论的明显的依靠和利用。此外，关于西方人类学派理论、儿童中心主义教育观等对现代儿童文学理论建设的影响，我曾在别处有过论述，此处不再赘言。[4]

中西方多学科学术资源的广泛利用，不仅在很大程度上培育、塑造了现代中国儿童文学理论体系构建者们最初的学术感觉和理论趣味，而且在相当大的程度上也决定了现代儿童文学理论体系构筑的基本学术空间及有关范畴、命题等的理论依附点和思想样式。从总体上看，由于受五四时期中国现代社会宏大生活主题和主流学术话语的影响，现代儿童文学理论体系在许多学术问题上都给予了儿童文学以一系列现代的命名和阐释。从这个意义上可以说，中国现代儿童文学理论体系的构建，表现出一种令人惊讶的早熟性质。

其二是服务于教学的实践性。

“五四”之后儿童文学理论建设的展开，在相当程度上是得益于教育界对儿童文学的重视——从20年代到30年代，情况都是如此。当时的小学国语课和幼儿师范、普通师范文科专业已普遍把儿童文学作品作为一种基本教材；教授儿童文学，学习儿童文学，讲演儿童文学，研究儿童文学，成为教育界一时之风尚，甚至在大学也第一次开设了童话课。因此，当时的许多儿童文学理论成果是结合儿童文学教学的需要而取得的，尤其是那些具有体系构建意识的理论著作，有不少都是供教师或师范生研习儿童文学用的，因而带有浓厚的教学色彩。例如，前面已经提到的张圣瑜的《儿童文学研究》，就是作者1925年、1926年在江苏省立第一师范学校任教时所编的教材。作者在书中“例言”中所陈述的编写意图和全书的编写体例，都充分体现了为教学服务的实用功能。特别是该书最后三章《儿童文学之教材》《儿童文学制作法》《儿童文学教学法》及附录《儿童文学教科实况调查》，都紧密联系儿童文学教学实践展开论述，具有很强的应用性和可操作性。又如赵侣青、徐迥千合著的《儿童文学研究》，则比上述张著更突出儿童文学的教学研究。全书分十个部分，其中第三部分论述“儿童文学在初等教育段应占怎样的地位”；第六至第九部分分别论述“怎样指导儿童阅读儿童文学”“怎样指导儿童创作儿童文学”“儿童文学与注音符号的关系怎样”“儿童文学与常识科的关系怎样”。这些研究和论述同样带有很强的实用性和可操作性。如作者在第八部分“儿童文学与注音符号的关系怎样”中认为，“于儿童文学汉字之旁，附注注音符号，则凡识得注音符号者，可由注音符号的媒介，而获得内容物之欣赏”。作者从四个方面具体论述了儿童文学与注音符号的关系，并就国语教学中如何注意注音符号的拼注或运用，提出了十点意见。读着这些意见，我们几乎已经忘记了它是在谈论儿童文学，如果说这是在谈论小学国语教学中如何重视和推行注音字母的使用问题，那似乎更恰当些——然而，也正是这种重视儿童文学理论与教学相结合，重视儿童文学教学操作方法探讨的理论风气，显示了由于学校重视儿童文学而形成的对于当时儿童文学研究及体系建设的促进作用。

服务于教学的实践性特征，突出地表明了这样一种理论建设意识，即关怀本土、关注现实的学术研究意识。在这种意识的驱动下，现代儿童文学理论体系建设在二三十年代获得了一种持续而稳固的现实动力。

其三是学术范畴、命题等的有效性。

虽然现代不少系统性的儿童文学学术著作以应用于教学实践为目的，有时候我们会觉得它们的应用价值要超过其学术价值，但是仔细发掘研究之后，我们会发现，现代儿童文学理论体系中其实已经包含了极具创造性或极具解释效力的诸多范畴和命题。例如，张圣瑜《儿童文学研究》一书就从口传、自然、单纯、纯情、神奇、酣美、能普化这七个方面较详尽地论述了儿童文学的艺术特质，颇富创意。这一时期，人们也已较多地接触到诸如游戏性、趣味性等理论命题。如张圣瑜认为："儿童之游戏，儿童之本能也，元始艺术之冲动也……Herbert Spencer(1820—1903) 于少年及动物之游戏中，见得于艺术家最显著之精力余裕之消费者不少，然后知游戏与艺术，确为同一自表之努力状态，而游戏实后于生事，且为艺术冲动之发端也。儿童文学，亦惟凭此元始之艺术冲动——游戏——形成于外矣。"[5] 陈伯吹的《儿童故事研究》一书则在第一章《儿童故事的价值》中专门谈到"儿童故事满足儿童游戏的精神"这一功能："儿童故事是呈现人类经验的组织方式，去扶助心的生机，给予人类生活的价值的游戏。因为游戏精神的助力这样大，所以儿童故事能够帮助儿童向着快乐、活动、合作、判断、成功等工作之路进展。”[6] 看来“游戏精神”这一在今天看来也让人觉得十分新颖的命题实际上早也是“昔已有之”了。此外，吕伯攸的《儿童文学概论》等书中，对游戏性、趣味性等问题也有详尽的论述。

一定的理论系统总是与一定的现实系统相对应的。在这一对应关系中，理论系统所包含的范畴、命题的准确性、覆盖力如何，都直接影响到特定的理论系统对于特定的现实系统的解释效力。在这方面，现代早期儿童文学理论体系构建者们的学术表现是相当出色的。因为他们不仅在儿童文学理论系统化建设的路途上迈出了坚实的第一步，而且，他们所创立的现代儿童文学理论系统已经蕴涵了相当丰富的学术灵感、创意和相当生动的思想活力。

其四是学术体系不断丰满的累进性。

生存形态的不断变异，是理论体系的特性之一。这种变异可能是正面的累进性的，也可能是负面的衰亡性的。20 世纪二三十年代中国儿童文学理论系统的构建历程无疑属于前一种情况，即在当时特定的历史时段中，儿童文学理论体系在不断的变异中逐渐得到了拓展和丰富。例如，张圣瑜《儿童文学研究》一书的前八章为理论阐述部分。从本文前面所抄引的该书目录可以看出，张著对儿童文学的论述范围已大大超出了魏寿镛、周侯予合著的第一部《儿童文学概论》和朱鼎元所著的《儿童文学概论》的论述系统。在一些具体的观点和命题阐述方面，情况也十分相似。如在对儿童特点的认识上，“五四”初期受人类学观点的影响，人们较多强调儿童特点与原始人特点的相似性乃至一致性，因而相对忽视了儿童所具有的区别于原始文化背景的现代文化特征。二十年代中期以后，尽管不少研究论著仍接受了人类学的观点，但人们已逐渐开始摆脱机械、片面的“复演说”的影响，而认识到现代儿童与原始人类的社会文化差异。例如汪懋祖在为张圣瑜的《儿童文学研究》一书所撰写的“序一”中就指出：“儿童与原人之想象，虽多相似；而其环境既已不同，故意识之发展亦异。例如原人见不可解之自然现象，目为神怪，虔拜所以求福佑。儿童决无此观念，是原人富于宗教性，儿童则全乎为艺术性。可证复演学说，未尝圆满。”汪懋祖提出，要根据现代观念和教育等的需要来确立儿童文学的选材标准。葛承训在其《新儿童文学》一书中也认为：“婴儿呱呱坠地以后，即生活在现代文明的社会里；被外界的有意和无意的刺激所造成的一个儿童，决不能迷信复演说者所想象的一个儿童了。”总之，这一时期在过去矫枉过正、强调儿童的绝对独立性的基础上，对儿童的认识又逐渐开始拥有了一种较为辩证的审视眼光，也就是说，人们能够从儿童与成人，儿童与现代社会，儿童成长的自律与他律等因素的相互联系中去认识儿童读者及其文学接受的特点。这就使这一时期的儿童观较前一时期的某些儿童观显得较为科学和辩证，也使得这一时期儿童文学的整个理论体系显得较为合理和完善。

中国现代儿童文学理论建设的上述进展和成果，不仅标志着具有近代科学特征的儿童文学理论体系的初步形成，标志着儿童文学研究作为一门常规科学的出现，而且对推动儿童文学创作，服务教学实践，积累、传播儿童文学理论知识等，都起到了积极的促进作用。同时，从儿童文学理论批评发展史的角度看，它们也与那些零散的理论篇章一起为20世纪中国儿童文学理论研究的整体发展，提供了一个相当高的历史起点，奠定了一个十分体面的学术基础。

面对一个初步确立了自身独立的学科形态特征和学科地位的理论系统，人们似乎有理由期待它的进一步生长，有理由要求它在已有的历史起点和学术基础上进一步完善自身的学科体系建设。然而，学术的成长并不能完全以学术自身的气候和积累为充分条件，理论的命运从根本上说是由一定的整体社会状况和历史条件所决定的。30年代中期以后，燃烧的战火迫使人们把一切文化建设工作纳入战争的轨道；儿童文学及其理论体系建设也不例外，它在接受战争的规定和安排的同时，同样要主动地、积极地服从整个民族利益的需要和安排。于是，中国儿童文学进入了一个新的理论时代，一个伴随着硝烟思考的时代。

战争的现实使人们无暇对理论作系统的营构，它所要求于理论的是贴近现实的呐喊和思考。从1937年到1949年间，除了零散的篇章之外，中国儿童文学理论批评史上只留了一部儿童文学研究著作，这就是1948年中华书局出版的由吕伯攸、仇重等九位作者合作编著的《儿童读物研究》一书。这是一本以文体为专题线索，系统论述儿童文学基本理论的研究著作。其中对小说类、游记类、连环画类等读物的论述，在一定程度上弥补了过去对这些类型读物的研究相对不足的缺陷。

但是，儿童文学理论的系统建设进程终究是被大大地打了一个折扣。后来发生的一切正如我们所熟知的那样，这一进程的真正被接续，是到了20世纪80年代以后的事情。

我当然也知道，中国现代儿童文学理论系统的早期表述，自然也会有其无法避免的历史局限和不足。例如，某些理论命题阐释上的粗糙或幼稚，某些著作在理论体系的构建上还缺乏必要的匀称感等，都是不难挑出的毛病。但是我以为，相对于它所处的历史阶段而言，相对于后来几十年间的衰退状况而言，20 世纪二三十年代中国儿童文学理论体系化建设所呈现的历史景观和所获得的历史积累是足以令后人感到惊叹的。我想说，对于中国儿童文学理论体系的建设进程而言，那的确是一个早慧的年代。

（原载 1999 年第 3 期《儿童文学研究》）

注 释

[1] 托马斯 · S · 库恩：《必要的张力》，纪树立、范岱年、罗慧生等译，福州：福建人民出版社 1981 年版，第 103 页。

[2] 参见方卫平：《中国儿童文学理论批评史》，南京：江苏少年儿童出版社 1993 年版，第 1 页。

[3] 参见方卫平：《中国儿童文学理论批评史》，南京：江苏少年儿童出版社 1993 年版，第 141 页。

[4] 参见方卫平：《中国儿童文学理论批评史》，南京：江苏少年儿童出版社 1993 年版，第 143—196 页。

[5] 张圣瑜：《儿童文学研究》，北京：商务印书馆 1928 年版，第 12 页。

[6] 陈伯吹：《儿童故事研究》，北京：北新书局 1932 年版，第 7 页。

回归正途

——20 世纪中国儿童文学理论体系建设回眸之二

1982 年初，踏着一场南方少见的纷飞大雪，我到了浙江东北部的一所小镇中学里任教。这年 5 月间，因为一些似乎是偶然的原因，我开始从对文艺学、美学、哲学等学科的迷恋和沉醉中，稍稍匀出一些注意力，探头探脑地打量起儿童文学研究这门在我当时的视野和感觉中还十分陌生的学科来。

显然是一种巧合——也是在这一年的 5 月份，1949 年以后的中国当代儿童文学理论界（不含台湾地区）同时出版了自己最早的两部相对系统的儿童文学理论书籍：一本是湖南少年儿童出版社出版的蒋风所编写的《儿童文学概论》（以下简称“蒋本”）；另一本是五所院校的八位教师——浦漫汀、张美妮、梅沙、汪毓馥、陈道林、张中义、张光昌、蒋风合编，浦漫汀统稿，由四川少年儿童出版社出版的《儿童文学概论》，俗称“五院校本”。

那年夏秋之交，经过一种并非刻意的搜寻，我在当时算得上是宁波市最大的一家书店——东门口新华书店一楼一个角落的书架上，先后邂逅了这两本刚刚出版的《儿童文学概论》。在那个时候，在一个并不具有任何儿童文学学术氛围的城市里，会连续出现这样美妙的巧遇，回想起来真令人有恍如隔世之感了。记得在那家书店里，我还陆续买到过少年儿童出版社以丛刊形式恢复出版的《儿童文学研究》等一些书籍。

这些专业图书（还有一位大学同窗慷慨赠予的书籍），成了我摸索着走上儿童文学途程时最初的知识来源和专业上的学术装备。

我很快就发现，我先后购买的不仅仅只是两本《儿童文学概论》，而且，我也因此邂逅了中国当代儿童文学理论系统建设进程中的一起具有某种标志性意义的出版事件——正如今天人们所了解的那样，这两本同年同月以一种系统的言说面貌出现的书籍，是 1949 年后首次出版的此类儿童文学理论著作。对此，两本《儿童文学概论》的“后记”中也都或显或隐、不约而同地提到了这一点。

关于这两本《儿童文学概论》的出版意义和分量，我们当然只有在联系 20 世纪整个相应的理论进程并以此作为分析背景时，才能掂量得出来。我在拙著《中国儿童文学理论批评史》中，曾有过这样一段概括：“五四”前后中国儿童文学理论批评曾经走过了一段光荣的理论自觉历程，并且完成了我们民族思想史上的一次重要的理论展开；五四时期的理论成果经过二三十年代的努力又得到了新的巩固。然而，在其后的历史发展进程中，尽管也有过批评、讨论不断的表面热闹的情况，但从学科发展的角度来看，其真正的进展是极为有限的。虽然后来的理论批评家们常常以一个传统理论的批判者的面目出现，但如果剔除了其中的社会学、政治学等方面的因素之外，这种批判在学术层面上的建设意义就十分可疑了。相反，历史已经告诉人们，数十年间的理论风雨不仅没有在真正的学科建设的意义上推进儿童文学理论批评事业的发展，却在相当程度上造成了这一事业在学术上的水土流失。[1] 同样，从儿童文学理论系统建设的角度看，如果说“五四”以后中国儿童文学学术界曾经拥有过一个相对早慧的年代的话[2]，那么，1949 年以后的人们在这个方面的表现就显得相当犹豫和迟疑了；在超过整整30年的漫长历史阶段中，人们几乎可以说是无所作为的。个中原因十分复杂，例如，历史积累和学术线索的无奈中断，现实文化环境和学术环境的阴影笼罩，还有专业学术队伍的未能成形，等等，都可能是十分重要的原因。我们还记得，从50年代到80年代，本土最重要且最具影响力的儿童文学理论著作有陈伯吹的《儿童文学简论》(1959)、贺宜的《散论儿童文学》(1960)、鲁兵的《教育儿童的文学》(1962)等几种。它们的作者无一例外都是有影响的儿童文学作家。他们以自己的经验和热情参与了当时的儿童文学理论思考，但是很显然，儿童文学知识的系统化工作和理论的系统建设的职责并非他们的天职。另一方面，当时儿童文学研究队伍的专业化程度以及社会对儿童文学知识系统的需求程度，都尚未造成一种自然的研究契机和历史推动力。于是，中国当代儿童文学理论体系建设进程中出现了一个相当长久的历史时段的空白，就是不可避免的了。

从这样的背景来看待1982年5月出版的那两本《儿童文学概论》，其填补中国当代儿童文学理论体系建设及相关学术研究的空白的意义和价值是显而易见的。事实上，两本书的面世在当时就引起了普遍的关注并收获了许多的好评。有关书评甚至未加细究就把它们看成是整个中国儿童文学研究史上的首创之作。的确，历史的隔断对于这门学科的不长的发展历程来说，已经显得太久了。因此，对于当代儿童文学理论界而言，出现这样的历史遗忘或知识缺乏，或许就是一件情理之中的事情了。

同时，两本《儿童文学概论》不仅具有填补空白的历史意义，其缓解当时人们了解儿童文学知识饥渴的现实作用也是实实在在的。在那样一个群情激昂、观念渐变的文学时代，儿童文学界也逐渐从失魂落魄中清醒过来。在展开新的观念思考和艺术想象的时候，首先补充、整理一下人们在历史和理论方面的常识，显然是十分必要的。而像我这样一个一头闯进这个领域里东张西望、跃跃欲试的新手，更是通过这两本书，触及了当代儿童文学理论的最初的概述系统和知识框架。几乎就是以此为资本，我冒冒失失、跌跌撞撞地一脚踏进了儿童文学的思想领域。

因此，今天面对着这两本《儿童文学概论》，我心底泛起的首先是一种真诚的感激心情，在那个时候，它们的确成了我必须倚靠的儿童文学知识靠山。其中“五院校本”中篇幅颇大的关于中外儿童文学发展的历史叙述，更是让我初步了解了儿童文学史上的一些重要名字和重要作品。（据说“蒋本”中原先也有历史叙述板块，后在出版社要求之下删去了。）

但是——请原谅我不得不用了这个“但是”——当我们今天站在历史的角度，站在儿童文学理论学科系统建设的角度来思考问题时，“问题”就变得十分醒目了。

其一，两本《儿童文学概论》对儿童文学知识系统的概括显露了一种比例失衡和单薄的缺陷。“蒋本”以近五分之四的篇幅来介绍儿童文学各种体裁的知识，另外设有“儿童文学的基本概念”“儿童文学的意义和作用”“儿童文学的创作和批评”三章。“五院校本”共分四编：第一编为“儿童文学的基本理论”，第二编为“儿童文学的基本体裁”，第三编为“中国儿童文学”，第四编为“外国儿童文学”。其中第一编“儿童文学的基本理论”包括“儿童文学的基本含义及其意义”、“儿童文学的特殊性”两章，篇幅约占全书的二十分之一弱。由此可见，两本“儿童文学概论”的论述系统在理论覆盖力方面是有限的，许多基本的理论问题未及整合、纳入这一系统。

其二，如果我们拿这两本《儿童文学概论》与20世纪二三十年代出版的那些系统的儿童文学理论著作比较一下，会发现它们基本上没有提出新的、具有真正学术价值的理论命题，就整体的知识系统而言，其理论形态的构筑方面呈现出一种学术退化趋势。

其三，两本《儿童文学概论》在借用普通心理学、普通文艺学等方面的知识时，尚缺乏更有机的融合和转化。如“蒋本”第八章中谈及儿童文学的创作方法时，列出了现实主义、浪漫主义、现实主义和浪漫主义相结合三种创作方法，并在论述儿童文学批评的标准时认为，“儿童文学批评和其他文学的批评一样，也应该有真、善、美三个方面的标准”。显然，这里的基本论述思路，是与当时普通文艺学的流行思路一致的。

坦率地说，我在这里指出两本《儿童文学概论》的某些缺陷，并非只是简单地责备这两部《儿童文学概论》的作者没有做得更好。我想说的主要意思在另一处曾有过这样的表述：“这两部概论在理论系统构筑上的单薄和学术上呈现的贫血状态，在一定程度上反映了此前几十年间儿童文学理论批评学科建设和内在学术品位上的滑坡趋向。这当然不是哪几位作者的过失，甚至也不是一代研究者的过失，而是一种更大的文化遗憾，一种历史的遗憾。”[3]

应该说明的是，两本《儿童文学概论》的作者对于书中的某些不足，在当时就借助“后记”做过谨慎而谦逊的说明。“蒋本”的“后记”中写道：“现在名为‘概论’，其实‘概’而不全，‘论’得也很肤浅。”“五院校本”的“后记”则对该书体例作了这样的说明：“……考虑到国内系统的儿童文学专著的暂时匮乏，也希望对广大儿童文学工作者和爱好者有所帮助。因而，在内容上本书又不完全局限于‘概论’的范围……本书前两编以论为主，后两编侧重于史的叙述和作家作品分析。”联系到两部《儿童文学概论》写作和面世时的具体学术环境和社会需求状态，我们会对两书的写作者更多地给予一份应有的历史理解。

上面的分析说明，1949 年以后中国儿童文学理论学科在体系建设方面所显露出的犹豫和迟疑状态，并非出自一种学科发展策略方面的自觉考虑和选择，而实在是一种无奈的社会历史方面的逼迫和学术文化方面的供给不良所导致的必然结果。从当代儿童文学学科体系建设的角度看，80 年代中期以后出现的一系列现象显然是意味深长的。

在这里，我想首先再一次指出的是[4]，当代儿童文学理论批评进程如果不单单是指一个外在的自然时序上的批评演变过程的话，那么，这个过程还只是刚刚开始。按照我的理解，真正的当代儿童文学理论批评不仅仅应该是发生在当代时空环境中的批评现实，同时也应该是具有当代精神和当代科学特征的一种理论现实。所谓当代精神和当代科学特征主要是指：

1. 具有当代的科学背景和知识结构；

2. 在当代文学艺术实践的基础上建立新的理论概念、命题和学科范式；

3. 掌握当代科学思维方式和研究方法。

从这个意义上说，在 80 年代以前的 30 年间，尽管历史已经进入当代，但由于国门的紧闭，由于极“左”思潮的泛滥，儿童文学理论批评的当代进程并未真正地展开。很显然，五四时期中国现代儿童文学理论学科的自觉及其早慧型的系统建设，除了历史的、社会的、文化的诸种原因之外，还在一定程度上是因为借助了近现代西方科学文化思潮的一臂之力。而当代儿童文学理论学科也只有将自身的学术基础建立在当代科学文化思潮的基础之上，才有可能真正进入学科建设的当代进程。

当然，导致从80年代中期到目前为止，中国当代儿童文学理论体系建设发生变化的原因是十分复杂的，其中最主要的大致有如下三个方面。

首先，80年代中期前后，中国当代文学研究与整个人文社会科学领域一样，迎来了一个自“五四”以后最兴盛的新的“西学”涌入的时代。随着西方现代、当代科学理论特别是现代和当代的儿童心理学、教育学、文艺学、人类学、美学、文化学、社会学、传播学、哲学等学科研究成果和知识的传播，中国当代儿童文学理论体系系统建设所依托的知识谱系、研究方法和科学背景发生了较大规模的变动和切换。这些新的背景知识和研究方法的广泛影响和渗透，必然会对此后的儿童文学研究走势及其学科建设面貌产生深刻的影响。

其次，80年代中期前后，也正是中国当代儿童文学的艺术实践和美学呈现方式发生剧烈变动的时期。对于那时的儿童文学来说，“太阳确实每天都是新的。新的观念，新的作者，一不留神就会撞到你的眼皮子底下。一个个题材禁区、观念禁区的突破，一个个新的文学手法、技巧的尝试和运用，儿童文学界跟整个当代文学界一样，被‘创新’这根魔棒指挥得团团打转，热闹非凡”。[5]与此相联系的是，既有的理论观念不断遭到质疑、修正和否定，各种新的可能的观念则不断地被提出、探讨并且大面积地扩张和被认同。这一切意味着，儿童文学理论学科的研究对象和学术构件本身都已经开始发生变化，这些变化必然会形成对于既有理论体系的冲击，并发出对于新的理论体系的现实召唤。关于这一点，我曾在 1985 年 9 月撰写并于次年发表的一篇文章中做过这样的描述："……文学实践绝不会因为理论的权威性而改变自己生动活泼的性格，恰恰相反，文学现象总是以其瞬息万变的面貌不断向试图'以不变应万变'的凝固的理论模式发出挑战。人们发现，就在当代儿童文学理论为自己的结构框架终于形成而庆幸的时候，它与活跃的儿童文学现象之间的断层也同时形成了。儿童文学理论的新的常规科学刚一建立，新的科学危机就跟踪而至，人们甚至得不到喘息的机会！"[6]

再次，80 年代初期和中期，一批年轻的儿童文学理论研究者开始陆续进入儿童文学研究领域。这些人大多是 1977 年恢复高校招生考试以后培养的文学学士、硕士（至 90 年代后期，其中又有了博士学位获得者），受过比较正规的基本理论和文学研究方面的训练。更重要的是，他们对中国儿童文学研究的历史和未来建设"有一种大把握上的共识"（班马语），尽管各人的具体研究路数并不完全一样。换句话说，这批中青年学者所构成的研究群体在当时无疑拥有一种共同或近似的研究理念或范式。范式理论是美国科学哲学家和科学史家 T · S · 库恩提出的。所谓范式，库恩认为就是某一科学家集团在某一学科中所共同具有的心理信念。这种共同信念规定着该集团共同的基本理论和方法，为他们提供掌握世界的共同理论框架，并为该学科规定了共同的发展趋向。范式是一门学科发展到科学和成熟时期的标志。毫无疑问，在 80 年代以来相当长的一个时期里，当代中青年学者是形成了一种相通的研究理念和学术心态的。这种理念和心态的核心内容是，力求摆脱对传统儿童文学理论体系的依附，在一个较新的理论起点上尝试以特定的论题为范围来重建儿童文学的理论命题系统和话语表达系统，从而改变数十年来中国儿童文学理论研究中概念贫乏、话题陈旧、思想平庸、表述粗陋的沉滞局面。正是这种理念和心态的支撑与推动，使他们的工作具有了属于自身的某些特征，并为当代儿童文学学科系统建设的推进，做出了一份独特的贡献。

讨论中青年一代学人在儿童文学理论体系建设方面所做的工作，可能会招致这样一种疑问：对老一辈学者的学术工作怎么看？

可以相信的是，中老年一代学者和中青年一代学人在基本的文化抱负和职业目标方面是相通甚至相同的。在 90 年代以来出版的十多种《儿童文学教程》《儿童文学原理》等较系统的儿童文学理论书籍中，其中较有影响者，如浦漫汀主编并与张美妮、梅沙合著的《儿童文学教程》（山东文艺出版社出版），较有特色者，如蒋风主编的《儿童文学教程》（希望出版社出版），都是在老一代学者的主持下编写的。但是另一方面我也认为，就 80 年代中期以来，在儿童文学学术领域里攻城略地并试图对既有儿童文学理论体系作较大幅度的突破和调整等方面的表现而言，中青年学人的工作显然表现得更独特和突出一些。比较起来，中青年学人在总体上较容易摆脱历史的束缚，较少学术守成心态。因此在这里，我想主要对中青年学人的学术工作做一简要的梳理和分析。

事实上，中青年一代学人的学术工作往往是从对于他们最初所接触到的那些儿童文学观念及其解释效力的不满开始的。在进入这个领域以后的相当长的一段时间里，他们中的大部分人的工作动力并不一定来自诸如要建立一个新的儿童文学理论体系这样的信念。但是，特定常规理论体系的松动和变异总是从某些侧面、局部和特殊理论断片那里开始的。当一系列既定的理论概念、范畴被重新诠释，一些新的理论概念、范畴被提出和应用的时候，当一系列看似天经地义的理论命题被颠覆和解构，而一些新的理论命题被肯定和传播的时候，中国儿童文学理论学科格局的整体性调正和变动就是毫无疑义的了。关于新的概念和命题的提出及其意义，我在别处已有所论述，[7] 由于本文篇幅的限制，此处暂且从略。

有一点是很明显的：任何一门学科都有一系列属于自己的基本问题，即贯穿于一个学科的全部历史并且推动着学科发展的那些问题。基本问题在海德格尔看来根本就是不可能解决的，研究者只是不断地深化他们对整个理论的领悟。这是学术进步的辩证法。[8] 同样，中国儿童文学理论界的这一代学人对儿童文学的一些“基本问题”也表现出了相当的兴趣和敏感。由于儿童文学理论学科发展的特殊性，这些“基本问题”既包括了本学科发展史上频频出现的那些问题，例如儿童文学的本质、儿童读者的特征等，也包括了以往较少被谈论而实际上却十分重大的一些问题，例如审美、视角、母题、游戏性等。这些基本问题被这一代学人揉捏、融合到各自的论述语境和思维焦点之中，成为推进当代儿童文学学科系统建设的最基本的内驱力。

耐人寻味的是，这一代学人在工作中采取了一种也许是更富有智慧和建设性的研究策略，即他们并不热衷于建构那种笼而统之、面面俱到（当然只能是相对的）的“显体系”，而是更注重通过一些基本话题或对象的择取，力求在自己所设定的论题范围内进行较为系统的理论探索和体系构筑。大体说来，这种探索和构筑是在这样几个论述领域展开的：

一是个性化的观念体系构筑。

与通常那种试图面面俱到的体系构筑方式不同，这种体系构筑方式虽然也呈现出一种综合性的形态特征，但它往往会坚定地回避那些常识性的论述，回避论者并无言说欲望的一切论题，而仅仅展开那些作者热衷并且有独到见解的论题系统。同时，它所涉及的话题依然是丰富而密集的，从而构筑成一个十分个性化的观念论述系统。这方面的典型之作首推班马的《中国儿童文学理论批评与构想》（湖北少年儿童出版社出版）。该书共有四章：第一章，走出自我封闭的儿童文学观念；第二章，儿童反儿童化；第三章，传递；第四章，现代儿童文学艺术的美学意味。该书显示了作者对于中国儿童文学理论批评的传统论述空间和惯常思路的诸多重要突破，构筑了一个极富个性化色彩的观念体系和批评框架。

二是专题性的理论体系构筑。

这种体系构筑的特点在于，论者首先选择一定的研究专题，设定该专题为基本论述领域，力求使该专题的研究精密深入，同时又具有相当的系统性，所以，这一体系构筑方式所依托的基本话题虽然有较严格的设定，但其内在的思想展开空间仍然是开阔和通透的。这方面的有关著作相对较多，如刘绪源的《儿童文学的三大母题》（少年儿童出版社出版）、班马的《前艺术思想》（福建少年儿童出版社出版）、朱自强的《儿童文学的本质》（少年儿童出版社出版）、彭懿的《西方现代幻想文学论》（少年儿童出版社出版）、王泉根的《儿童文学的审美指令》（湖北少年儿童出版社出版）、孙建江的《童话艺术空间论》（湖北少年儿童出版社出版）、梅子涵的《儿童小说叙事式论》（湖北少年儿童出版社出版）等。其中不乏极富开拓性或颇见学术功力的力作。

三是史论结合型的理论体系构筑。

这种体系构筑的特征在于，在儿童文学史和儿童文学基本理论的交叉地带展开理论思想的体系构筑。因此，它既不同于一般文学史研究著作侧重于文学发展历史的铺陈，也不像一般基本理论著作那样仅把史实作为印证、分析时的材料，而是通过对文学史的整体把握来提炼、分析、阐述某些基本理论命题，或借助某些基本的理论视角来整体把握、解读或长或短的一段文学发展历史。例如汤锐的《现代儿童文学本体论》（江苏少年儿童出版社出版）、孙建江的《二十世纪中国儿童文学导论》（江苏少年儿童出版社出版）、吴其南的《转型期少儿文学思潮史》（少年儿童出版社出版）等，都是这方面的代表性著作。

四是分支学科领域的理论体系构筑。

儿童文学学科实际上又包含着诸多的分支学科，如因读者对象不同，儿童文学又可划分为幼儿文学、童年文学、少年文学等不同构成板块，于是就出现了幼儿文学研究、童年文学研究、少年文学研究等分支学科领域；在儿童文学与相邻学科之间的边缘地带，又可催生出儿童文学哲学、儿童文学美学、儿童文学传播学、比较儿童文学等分支学科。这些分支学科的理论体系构筑，也形成了儿童文学理论体系构筑的一些特定的论述区域。90 年代以来人们在这些方面也取得了不少收获，如汤锐的《比较儿童文学初探》（湖北少年儿童出版社）是比较儿童文学研究体系建设中的重要收获。作为一部尝试构筑中西比较儿童文学学科体系的理论专著，该书不是对中西儿童文学发展的枝节和局部的比较研究，而是以历史为经线，以理论为纬线，构织了一个史论结合的中西比较儿童文学研究的独特体系。而黄云生的《人之初文学解析》

则是幼儿文学理论系统的一次新的拓展和建设。

近十余年来，中国儿童文学理论学科的系统建设已经取得并将继续取得它应有的学术推展和突进。当然，从整体上看，投身这项学术建设的人们还面临着各种难题和困境——在学科研究的各个方面，学术的原创力还明显不足；研究的角度、课题、方法等仍不够丰富；许多分支学科的研究有待更全面、更精细的拓展与深入；当代儿童文学创作、传播、接受等许多方面的实践性课题也都需要理论界做出更鲜明有力的分析和解释——也许，只有这些研究的不断累积和深化，当代儿童文学理论体系的全面建设才有可能进一步前进；也许，理论体系的建设也如同海德格尔所说的"基本问题"是不可能解决的一样，始终将面对着不断的危机和挑战……无论如何，已有的学科建设积累将是人们继续出发的一个坚实的起点。

我们已经在不知不觉中一起滑落在了世纪之交的褶皱里。回顾20世纪中国儿童文学理论体系建设的曲折历程，人们既可以为二三十年代那个早慧的理论建设年代发出一声惊叹，也应该为走近新世纪的当代儿童文学理论体系建设进程感到一种鼓舞。毕竟，在经历了数十年的低迷和"出走"状态之后，中国儿童文学理论研究及其系统建设又开始回归到一种学术的正途之上，而且，它渐渐有力的思想脚步，仿佛正在惊醒一个新的世纪。

我想，对于触手可及的一个新的世纪，人们应当会有更多的遐想。

（原载 1999 年第 4 期《儿童文学研究》）

注 释

[1] 方卫平:《中国儿童文学理论批评史》,南京: 江苏少年儿童出版社1993年版,第405页。

[2] 方卫平:《早慧的年代——20世纪中国儿童文学理论体系建设回眸之一》,《儿童文学研究》1999年第3期。

[3][4] 方卫平:《中国儿童文学理论批评史》,南京:江苏少年儿童出版社1993年版,第406页。

[5] 方卫平:《一份刊物和一个文学时代》,《儿童文学选刊》1999年第2期。

[6] 方卫平:《我国儿童文学研究现状的初步考察》,《文艺评论》1986年第6期。

[7] 方卫平:《中国儿童文学理论批评史》,南京:江苏少年儿童出版社1993年版,第407页-411页。

[8] 参见汪丁丁:《"学术中心"何处寻?》,《读书》1997年第7期。

我国儿童文学研究现状的初步考察

一

对儿童文学研究现状的议论和抱怨早已不是什么私下里的秘密了。可是，当我们试图对我国儿童文学研究现状进行一番考察以便更准确地理解和把握它们的时候，我们面临的困难是显而易见的：贴近现象本身使我们难以取得一个宏观的视野，考察结果的可靠性预先就被打上了问号。然而尽管如此，对历史的透视将为准确地理解和把握现实提供某种可能性。我们十分明白，任何事物都处于不断的变化过程中，现实不过是这一动态过程因果链中的一环，它诉说着过去，也昭示着未来。于是在我们看来，现实并不应当成为阻止我们把视线投向历史的屏障，至少在主观上，我们对现实的考察应该力求保持一种历史的纵深感。

那么，当“诗言志说”唱出了中国古典文论的第一个音符以后，当一千四百多年前刘勰书写出光照千秋的巨著《文心雕龙》的时候，人们可曾对儿童文学发表过什么高明的见解？如果带着这样的疑问去翻阅四大卷的《中国历代文论选》，或者上、下两册的《中国美学史资料选编》，我们将会感到失望：不必说取精用宏的巨制，即便是零星的只言片语，也难以寻觅。李卓吾的“童心说”令我们感到眼熟耳热，却并非直接论述儿童文学。李氏说得很明白：“夫童心者，真心也。”他是针对当时华而不实、虚假失真的创作倾向乃发此说的。

当然，在浩如烟海的古代文论中，我们也能够发现关于童谣起源的“荧惑星”（即金星）之说，也能够找到类似吕得胜的《小儿语序》那样的文字，但这些东西或流于荒诞谬误，或失之粗浅简陋，远远未能构成一种完整系统的儿童文学理论形态。

毫无疑问，任何理论形态的形成都不能离开现实为之提供的客观材料，换句话说，一旦某种现实要求和呼唤人们从理论上予以概括和说明时，理论的诞生就具备了客观的现实前提。而在我国古代，儿童文学理论却从未获得过这种前提。这首先是因为封建时代囿于封建专制主义精神桎梏的冰冷严酷的“儿童观”扼杀了儿童的独立人格，于是，儿童文学在儿童精神生活中应有的位置被取消了。我们并不否认，古代不幸的儿童曾经通过各种渠道获得过补偿性的儿童文学的滋养。但是仅此而已，儿童文学并没有成为一种自觉的文学。皮之不存，毛将焉附？作品不旺，遑论研究！结果，我们在古代儿童文学理论的沙滩上，终于难以拾到美丽耀眼的贝壳。

19 世纪后半叶，绵延数千年的我国封建社会专制保守的精神文化系统受到猛烈冲击，中国文化意识的封建根基开始松动，依附于这种封建文化意识的无视儿童独立人格的儿童观逐渐解体。显然，儿童观的变更在促成我国儿童文学走向自觉的历史进程中的巨大作用是难以估量的。一代文人学士为儿童文学奔走呼吁，创作身体力行：梁启超、黄遵宪、吴趼人、周桂笙、曾志忞、林纾、李叔同、沈心工等人，都曾为儿童文学事业立下了草创之功。在倡导和创作儿童文学作品的同时，理论思维的羽翼展开了。被认为是最早从事近代儿童文学理论建设的梁启超以及徐念慈等人，为近代儿童文学理论建设贡献了第一批砖瓦。梁启超在《饮冰室诗话》《译印政治小说序》等著述中，谈论儿童诗歌、儿童小说、儿童戏剧（当时称为“学校剧”）等体裁的教育功能、艺术特征等问题，并且热情评介有关作品。徐念慈则在《余之小说观》的“小说今后之改良”方案中提出：“今谓今后著译家，所当留意，宜专出一种小说，足备学生之观摩。其形式，则华而近朴，冠以木刻套印之花面，面积较寻常者稍小。其体裁，则若笔记或短篇小说。或记一事，或兼数事。其文字，则用浅近之官话，倘有难字，则加音释。全体不逾万字，辅之以木刻之图画。其旨趣，则取积极的，毋取消极的，以足鼓舞儿童之兴趣，启发儿童之智识，培养儿童之德性为主。其价值，则极廉，数不逾角。如是则足辅教育之不及……”这里不仅明确倡导要为“高等小学以下”的学生“专出一种小说”，而且还具体论述了这种小说在形式、体裁、文字、插图、旨趣、价格等方面的特殊要求。从史的角度看，这些论述无疑是具有重要历史价值的。

但是，晚清有关儿童文学的论述仍然属于理论形态的准备阶段。美国著名科学史家库恩曾经在科学史研究的基础上，提出了科学发展的科学革命模式，以反对累进式的科学发展模式。在他看来，科学理论是按照“前科学——常规科学——科学危机——科学革命——新的常规科学”这样的模式不断发展的。当一门知识尚处于众说纷纭而未形成系统理论的准备阶段时，它还只是处于前科学阶段。一旦构成了系统的理论，它就进入了常规科学阶段。如果借用库恩的说法，那么可以说儿童文学理论在晚清仍然处于前科学阶段。毋庸讳言，晚清的儿童文学研究并未形成多么气势磅礴的宏大音响，它们只是像沉沉黑夜中的一声呐喊。当然，也正是作为一声呐喊，19世纪的先声在20世纪得到了有力的回响。

我们看到，一踏进20世纪的门槛，儿童文学就加快了它走向自觉的历史进程。正如许多人都承认的那样，真正现代意义上的儿童文学作品在我国是“五四”前后才大量涌现的。伴随着这一进程，儿童文学理论也在时代的襁褓中迅速成长起来。周作人、鲁迅、茅盾、郑振铎、赵景深、顾均正、严既澄等人在儿童文学理论园地奋力开拓，功勋卓著，他们的有关著述几乎涉及了儿童文学理论研究的各个方面。举凡儿童文学的地位、教育作用和社会功能、儿童文学的特征和艺术规律、儿童文学的作家论、体裁论、儿童文学的批评和阅读指导、儿童文学的传统遗产等，都进入了现代儿童文学研究的视野。大批儿童文学理论著述问世。据笔者根据有关资料统计，“五四”以后出版的现代儿童文学理论专著和论文集有三十余种，其中光是以《儿童文学概论》为书名的专著不下五种，单篇的论文就更多了。这些著述已经形成比较完整系统的理论框架。以最早出现的魏寿镛、周侯于编著的《儿童文学概论》（商务印书馆1923年初版，1924年二版，1930年三版）为例，该书凡六章，标题分别是：“一、什么叫做儿童文学”；“二、儿童有没有文学的需要”；“三、儿童文学的要素”；“四、儿童文学的来源”；“五、儿童文学的分类”；“六、儿童文学的教学法”（据第三版）。尽管该书论述简略，但人们不难从这些标题中发现作者构筑初具规模的儿童文学理论体系的意图。因此我们可以说，中国现代儿童文学理论已经进入了常规科学阶段。

如果再深究一步，我们就会发现我国现代儿童文学理论实际上存在着两种树状模式：一种是以儿童本位心理为主干的树状理论模式，其理论枝桠都生长在儿童本位心理这一主干上，我们姑且称之为单茎形树状理论模式；一种是以儿童心理和儿童教育为主干的树状理论模式，其理论枝丫都生长在儿童心理和儿童教育这两大主干上，我们姑且称之为双茎形树状理论模式。这两种理论模式都包含着合理的因素，但前者由于忽视了儿童心理和儿童文学的社会性因素而暴露了致命的缺陷，另一方面，它仍然以其具有合理性的理论内核给后者以有力的支持和补充。

二

纵观历史能够使我们获得一个考察现实的参照系，当然特别重要的还是对现实本身的观察。

新中国成立初期，沐浴着共和国早晨的阳光，新时代儿童文学的幼苗迅速成长。现代儿童文学理论模式已经不适应文学实践的发展要求，建设我国儿童文学理论新体系的要求历史地摆到了人们面前。这也许可以说是儿童文学理论的第一次科学危机。

结果，我们又逐渐有了当代儿童文学的树状理论模式。这里用了“逐渐”一词，是因为这一模式的基本构架早在 50 年代就已经奠定，而直到 80 年代初才以“概论”的形式得以最后完成。这一树状理论模式的两大主干是强调儿童文学的共产主义教育方向性和儿童年龄特征对儿童文学的特殊要求。我们隐约感觉到，它与现代双茎形树状理论模式似乎存在着某种联系。

但是实际上，与其说我国当代儿童文学的理论模式是纵向继承现代儿童文学模式的产物，还不如说它是横向移植苏联儿童文学理论体系的结果更恰当些（现代儿童文学理论当然也受到过苏联的一些影响，这里暂且不论）。50年代，我们曾经翻译、出版了大量苏联儿童文学理论书籍和论文，其中专著和论文集就不下十五种。特别是50年代前期我国出版的儿童文学理论专著和集子，几乎都是从苏联翻译的。如伊林的《论儿童的科学读物》（中国青年出版社1953年版）、《苏联儿童文学论文集》第一集（中国青年出版社1954年版）、格列奇什尼科娃的《苏联儿童文学》（中国青年出版社1956年版）、密德魏杰娃的《高尔基论儿童文学》（中国青年出版社1956年版）等，都是当时很有分量和影响的儿童文学理论书籍。因此，正像成人文学理论曾经全盘接受了苏联文学理论体系一样，我国儿童文学理论也几乎是从苏联的模子里浇铸出来的。例如作为我国儿童文学理论两大主干的"共产主义教育方向性说"和"儿童年龄特征说"，便是照搬了苏联的理论。特·考尔聂奇克在《论儿童文学的特殊性》一文中就说过："儿童文学的特殊性是在于它具有教育的方向性，在于照顾少年读者的年龄特点，照顾少年儿童心理机能的特殊性，在于要求用艺术的方法根据马列主义关于青年共产主义教育的目的和内容的学说来培育（丰富）并指导青年一代。"事实上，这些论述几十年来一直是我们的不容置疑的理论信条，规定着当代儿童文学的基本观念和理论框架。

然而文学实践决不会因为理论的权威性而改变自己生动活泼的性格，恰恰相反，文学现象总是以其瞬息万变的面貌不断向试图"以不变应万变"的凝固的理论模式发出挑战。人们发现，就在当代儿童文学理论为自己的结构框架终于形成而庆幸的时候，它与活跃的儿童文学现象之间的断层也同时形成了。儿童文学理论的新的常规科学刚一建立，新的科学危机就跟踪而至，人们甚至得不到喘息的机会！

的确，儿童文学正要求理论做出机敏的反应和深刻的思辨，然而理论却未能报以有效的感应。理论自身的凝聚力维护着现有的体系，使人们难以冲出它的规范；当理论与现实之间形成错位时，人们便陷入"理论痛苦"的磨难之中。当代有责任心的儿童文学理论工作者正在承受着这种痛苦的折磨。那么，摆在人们面前的，究竟是怎样一种现实？且让我们抛弃"说忧先报喜"的常见程序，直接面对当前我国儿童文学研究中存在的问题。

1. 畸形的研究格局

儿童文学研究理应由儿童文学基本理论、儿童文学史、儿童文学评论三部分组成。研究儿童文学史，开展儿童文学评论，对于建立儿童文学理论体系是必不可少的重要环节，而科学的儿童文学理论，又能够为史的研究、评论的展开提供正确的理论指导。正如韦勒克、沃伦说的那样："文学理论如果不植根于具体文学作品的研究是不可能的。文学的准则、范畴和技巧都不能'凭空'产生。可是，反过来说，没有一套课题、一系列概念、一些可资参考的论点和一些抽象的概括，文学批评和文学史的编写也是无法进行的。"因此，这三个部分应该互相促进、协调发展，以构成正常合理的研究格局。

然而我国儿童文学研究的实际状况却并非如此。多年以来，我们对儿童文学基本理论的研究很不重视，研究力量极为薄弱。有的研究者以反对学院式研究为理由，轻视甚至蔑视基本理论建设，满足于随感而发、零敲碎打，致使我们儿童文学研究的理论感极为贫弱，缺乏应有的思辨色彩；而作为儿童文学研究另一分支的儿童文学史，更是没有很好地得到系统的研究，其标志之一便是我们至今仍然没有一部自己编写的儿童文学史——无论是中国的，还是外国的，不管是通史，或是断代史。结果，儿童文学史上的一些基本课题至今仍是悬案。例如，中国古代究竟有没有儿童文学？如果有，又有哪些遗产？由于没有开展深入细致的研究工作，缺乏一部（更不必说多部）有史有识、史论结合的儿童文学史专著，人们对此一直缺乏明晰的认识，这就影响了我们对我国儿童文学历史及其发展规律的科学认识。另一方面，儿童文学评论工作似乎稍为景气，但实际上也存在着内部比例失调的问题。例如，正像有些研究者指出的那样，我们十分缺乏胸襟开阔、立意不凡而又扎扎实实的着眼于宏观研究的评论文章，而书评式的、就事论事的评论文字却唾手可得，随处可见。这种畸形的研究格局，使儿童文学研究的三大组成部分难以彼此支持、和谐发展。与成人文学研究相对平衡的研究格局比较起来，儿童文学研究就更显出它的不协调了。

2. 缺乏独特的理论发现和研究个性

人们经常对儿童文学研究缺乏独特的理论发现和研究个性表示不满，认为儿童文学理论不过是成人文学理论的不算高明的“翻版”。这种抱怨听起来十分刺耳，却多少表现了正视事实的勇气。的确，我们的儿童文学研究缺乏自己的理论发现和建树，又很少有自己的理论用语，我们的研究个性也终于消失在成人文学理论的神圣的折光中了。

所以会如此，一个重要的原因是我们没有开辟出自己的研究天地。例如，儿童文学的创作心理应该是我们驰骋的研究天地。从心理的动态因素来看，儿童文学的接受者——儿童的心理结构正处于从较低阶段向较高阶段不断发展的过程中，与成人的心理结构存在着巨大的“时间差”。当作为儿童文学作家的成人（当然也有儿童自己创作儿童文学作品的情况，但这属于极小概率，可以忽略不计）进入创作过程时，这种时间差必然要通过心理时间的调整得到缩短，以使作家的创作心境逼近儿童的心灵。这是一种奇妙的、不同于成人文学创作的心理转换与组合，也正是需要我们加以研究的现象。但是，我们却从过去的成人文学理论那里搬来了“思想 + 生活 + 技巧”的呆板公式，除了再发一些诸如“要熟悉儿童心理”（这当然不错）之类的议论外，我们竟没有进行更多一些的理论探索！留下了一片理论研究的处女地，同时也失去了理论发现的机会，失去了自己的研究个性。

3. 静止、凝固的理论模式

缺乏自己的理论发现，缺乏创造和发展，结果，我国当代的儿童文学理论模式一直处于静止的凝固的状态。回顾历史我们发现，当代儿童文学理论的总体构架和基本观念存在着 20 世纪 50 年代到 80 年代的“一贯制”，它甚至没有比现代儿童文学理论向前迈出应该迈出的步伐。我们不妨仍以魏寿镛、周侯于编著的《儿童文学概论》为例来说明这一点。该书在第二章谈儿童对文学的需要时，曾列表如下：

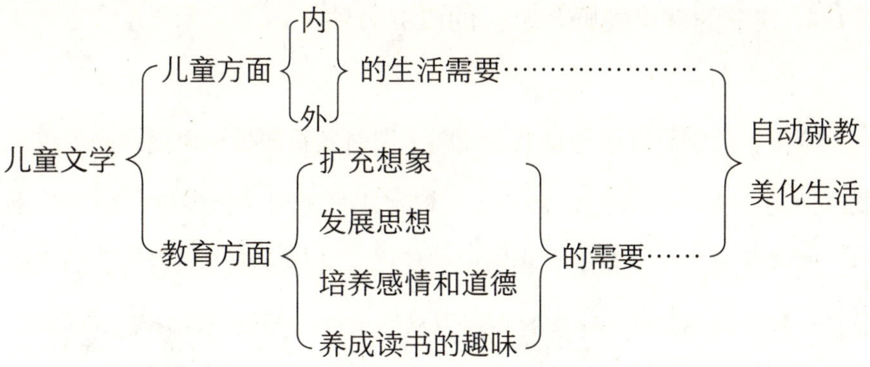

除剔去了“自动就教”的说法（这一剔除的合理性令人怀疑），明确提出“共产主义教育作用”以外，我们对这个问题就几乎没有什么理论发展了——无论从深度还是广度来说都是如此。

理论模式的稳定性本身也许并不是一桩坏事。问题在于，这种稳定性应该是随着现实的不断流动，通过变异和发展，从平衡到不平衡，再到建立新的平衡来获得的，而决不能借助保守、盲从的意识或得过且过的心理来维护。当代儿童文学理论模式的“稳定性”便是如此：它对儿童文学现象的感应极为迟钝粗糙，既缺乏对现实的跟踪和评断，更缺乏对未来的想象和预言，如前所述，评论往往只是运用既有理论模式和陈旧观念的就事论事。理论一旦与创作实践脱节，不能回答创作中提出的问题，不能给创作以切实有效的指导，它本身就只能是一堆毫无生气、毫无益处的僵死教条。

更为严重的是，静止、凝固的理论模式给人们的思维带来了巨大的惰性。很显然，传统的理论模式已经在我们的大脑中形成了一种思维定式。这种思维定式几乎与变异绝缘，带有强烈的保守性。

4. 狭窄的理论视野与单一的研究方法

今天，科学研究已经越来越倾向于把对象看成是一个复杂的系统。爱因斯坦心爱的简单性思想在整个科学体系中的突出地位已经日趋下降。这正如著名学者普里高津指出的那样：“科学今天所经历着的变化导致一种全新的局面。科学的兴趣正从简单性向着复杂性转变。”同时，不同学科之间的彼此渗透和科学成果的相互利用也已成为科学研究中司空见惯的现象，固守一隅的单打一的方式越来越同时代的要求相扞格，在文学研究领域，人们也逐渐认识到文学是一个复杂的系统，因而力求开拓理论视野，丰富研究方法。苏联美学家莫·萨·卡冈就认为：“不管怎样，现在已经可以完全确切地断言，艺术活动是复杂的多层次的系统，因此对它的研究不仅允许、而且无可争议地要求一系列科学的努力。”然而我们的儿童文学研究领域，人们似乎是不屑（或者是无暇？无力？）顾及井外发生的一切，理论视野十分狭窄。我们很少从诸如心理学、美学、社会学、伦理学、教育学这样的学科中去汲取新鲜的理论滋养，更不曾向其他自然科学伸过手，而宁愿盯着眼前的那一小块天地自我陶醉、厮守度日。殊不知这更加剧了儿童文学理论的“贫血症”。研究方法的单一化也是如此。特别是当整个当代文学研究领域掀起更新思维方法和研究方法的巨大浪潮的时候，儿童文学研究领域仍如一个“平静的港湾”的现状，就更加令人触目惊心和不能忍受了。

凝固的理论模式使我们形成了保守的思维定式；狭窄的理论视野与单一的研究方法则使我们更习惯于封闭型思维，而不善于进行扩散型思维。于是，我们的思维触角难以向广阔的思维空间延伸，而终年在以既定观念为半径所划定的理论圆周内蠕动。

5. 缺乏国际的学术交流

20 世纪 50 年代，由于建立新的儿童文学理论模式的迫切需要，我们翻译了许多苏联儿童文学理论书籍。虽然苏联模式在今天看来带有许多消极因素，但它曾对我国儿童文学理论的建设起过积极的作用，这种历史作用是不能否定的。另一方面，与 50 年代相比，今天我们对外国当代儿童文学理论的译介工作反而不那么重视了。在这一点上不能不说历史呈现了某种倒退的趋势。一个明显的事实是，从 1978 年秋第一次全国少年儿童读物出版工作座谈会召开到现在，我们只翻译出版了一部当代外国儿童文学书籍，即日本的上笙一郎所著的《儿童文学引论》（四川少儿出版社 1983 年版）。另外还出过一部《俄苏作家论儿童文学》（河南少儿出版社 1983 年版）。这与 50 年代的翻译盛况是一鲜明的对比。实际上，当前国家安定团结的政治生活空气和文化界日趋活跃的气氛，为我们开展国际的儿童文学研究学术交流创造了十分有利的客观条件，而我们却没能很好地开展这项工作。这与同一时期成人文学理论界积极译介外国文学理论著作的活跃景象，也形成了鲜明的对照。

总之，三十多年"一贯制"并不是我国儿童文学研究的幸事。当代儿童文学理论并不是一个"睡美人"，"而是一觉醒来之后，发现自己已变成一个深中魔法之毒，步履蹒跚、老态龙钟、口齿不便的李柏·凡·恩格尔了"。

三

造成我国当代儿童文学研究落后状态的原因是多方面的，而以下几点无疑又是最主要的原因。

首先是历史的原因。正如上文已经指出的那样，我国儿童文学直至“五四”前后才成为一种自觉的文学，儿童文学理论研究的起步也特别晚，真正的研究工作是“五四”前后随着现代儿童文学的崛起才逐渐展开的。因此，我国儿童文学研究的底子薄、基础差。新中国成立以后，又长期受到“左”的思潮的影响，每当成人文学理论领域舞起“左”的大棒时，儿童文学研究领域也总是难于幸免。同时，儿童文学研究领域还有自己的“左”的“小灶”，对“童心论”的挞伐就是一例。多年的折腾，使本来就不那么兴旺的儿童文学研究事业更加气息奄奄了。

其次是社会的原因。我们的儿童文学研究事业尚未得到整个社会的充分重视和支持，要办成一件事往往十分困难。我们既缺乏自己的阵地，又难于得到成人文学报刊的支持。我们现在很少有在全国有影响的或知名的成人文学作家、理论家关注儿童文学理论建设。而在现代儿童文学史上，鲁迅、郭沫若、茅盾、郑振铎、叶圣陶、周作人乃至胡适等著名文学家都曾关注过儿童文学研究，并为之做出贡献。同样在苏联，由于以高尔基为代表的一大批优秀作家热心儿童文学创作和理论建设，极大地提高了儿童文学创作和研究事业的社会地位，所以苏联儿童文学理论队伍人才济济，事业兴旺。反观我们的现状，不能不令人心寒。

最后一个重要的原因，是我国儿童文学研究队伍自身建设中存在的问题。我们这支队伍人数少，力量单薄，其中不少研究者还是以创作为主，兼及理论研究的。这些研究者多年来不求闻达，在儿童文学研究园地默默耕耘，辛勤劳作，为当代儿童文学研究事业做出了自己的贡献。但是必须承认，我们这支人数稀少的队伍还存在着自身理论素养差、知识结构单一和知识老化的致命弱点，这是我们难以在力所能及的范围内卓有成效地开展研究工作的最主要的原因。而在当今知识激增、观念不断更新的时代，如果我们不加紧自身素质的培养和提高，不加快知识的更新和知识结构的调整，那么我们儿童文学理论的研究意识就会日益拉大与整个当代文学意识之间的距离。

当代文学研究领域气象万千的局面加剧了儿童文学研究的危机感。结束这场危机以开创儿童文学研究的新局面，是我国儿童文学理论界面临的艰巨而又富于时代光彩的任务。为了推动我国儿童文学研究尽快赶上整个发展中的当代意识，儿童文学理论的发展不应表现为累进性的演变，而应该是一场革命性的演变。批判传统、更新观念是这场演变的“显性性状”，而继承传统则是它的“隐性性状”。创造是艰难的，但我们将十分乐观。“面包会有的，牛奶也会有的”，我国儿童文学研究事业的前程是远大的。

（原载 1986 年第 6 期《文艺评论》）

商业浪潮冲击下的文化绿洲

当今世界各地人们之间日益便捷、频繁的联系和交流，已经把我们生存的这个星球变成了一个“地球村”。人们可以看到，生活在不同国家、地区和不同文化环境中的地球村村民们面临着许多共同或相似的问题。在儿童文学领域，随着近些年来亚洲各国和各地区同行之间交流的不断增加，我们发现至少在东亚和东南亚各国和地区，人们相继面临着一个共同的文化难题的困扰，这就是伴随着市场经济的活跃或逐步确立，以及经济的高速增长而来的商业主义价值观和话语权对儿童文学纯艺术价值观和话语权的挑战与冲击。

早在一百六十多年前，德国哲学家黑格尔就发表了关于一切艺术在近代已趋于终结的观点。但是，人们对艺术（包括文学）的生存状况和发展前景产生真正的、普遍的忧虑，这还是最近几十年里出现的事情。在中国文坛，有关“后文学时代”“文学的死亡”“艺术的终结”的议论正在成为近年来一个引人注目的话题。而在儿童文学界，人们也开始感叹生存的困顿和时世的艰难。耐人寻味的是，这种感叹是与一种似乎是十分矛盾的现象联系在一起的，即，一方面，我们目睹了中国儿童文学在20世纪80年代以来所取得的毋庸置疑的、多方位的巨大发展；另一方面，我们也不得不面对着儿童文学的市场生存空间日益逼仄这样一种现实。就我自己来说，自从80年代初期进入儿童文学研究领域学步以来，我的理论热情一直深受儿童文学艺术突进态势的煽动和鼓舞。

但是，进入 90 年代，我的思维则更多地受到了上述现象的困扰。三四年前，我在参加中国国家教委专项科研基金资助项目“当代青少年美育问题研究”的有关工作时，曾在各地学校调查了少年儿童的文学阅读现状，惊讶地发现被调查的少儿读者对中国当代少年儿童文学作品普遍感到十分陌生和隔膜。造成这种情况的原因是十分复杂的，但是，其中最普遍而核心的问题，则无疑是伴随着文化工业的扩张和商业话语的流行席卷而来的当代商业主义浪潮对儿童文学领域的全面冲击。

90 年代儿童文学所面临的上述问题，在很大程度上向我们提示了当代文化语境和时代状况的种种特征。对此，许多儿童文学界人士都做过描述和分析。在这里，我想简要报告一下近十几年来中国儿童文学界新生代研究者的学术动向。

1994 年 4 月，我在杭州参加一个儿童文学笔会期间，曾与一位友人有过一次彻夜长谈。我们在交换了彼此对 80 年代以来中国儿童文学艺术发展轨迹及现状的看法后，达成了一个共同的意见，即认为在 90 年代，中国儿童文学理论研究将继 80 年代儿童文学创作的发展之后而趋于活跃。差不多在同一个时候，另一位友人在他的文章中也认为，在学术不景气的年头，近年来儿童文学研究领域却出现了一种“小阳春”。的确，在重建人文精神的呼声日益高涨的 90 年代，中国儿童文学研究界的几代学人却在商业浪潮的冲击下，从容地营建着一片文化的绿洲。

对于 90 年代中国儿童文学研究的发展动态，我们可以从许多不同的角度和层面进行描述和分析，例如，新的学科意识的逐步形成，新的学术成果的不断问世，等等。其中这样一个现象是引人注目的，这就是一代具有新的知识结构、理论视野和学术抱负的儿童文学理论工作者在当代中国学术界的崛起。这是中国儿童文学理论事业在经过几十年的曲折发展历程之后，由改革、开放的新时代塑造的儿童文学研究的学术新生代，是世纪更替之际中国儿童文学理论界承前启后的一代。

从整体上看，这一代儿童文学研究者的学术工作呈现出以下特点：

一是学术视野的开放性。

与不断走向开放的当代中国社会一样，近十几年来也是20世纪中国学术界、文化界继五四时期之后又一个活跃、开放的时代。这一代研究者是幸运的，他们的修炼和成长正好处于这样一个时代。这使他们有可能以一种积极的、开放的学术眼光和姿态去关注、汲取传统和当代、本土和异域所提供的多方面的文化成果和理论滋养。随着现代、当代科学理论，特别是现代、当代儿童心理学、教育学、文艺学、美学、人类学、宗教学、文化学、哲学等学科研究成果和知识在儿童文学理论界的渗透和传播，中国当代儿童文学研究开始发生某些重要的理论观念、尺度、方法等方面的变革和转换。这种变革和转换在新生代儿童文学研究者的理论著述中得到了比较集中的展示和体现。很显然，这与他们力图使自己的理论视野向整个当代学术文化思潮和成果开放的学术姿态是分不开的。

二是学术思维的创造性。

新生代儿童文学研究者对自己的学术前辈怀着充分的理解和尊重，然而他们所拥有的知识积累和这一代人的理论使命感，又促使他们在自己的学术工作中不断寻求新的理论超越。因此，他们的理论思考往往表现出对传统理论观念的突破，或是倾向于对中外儿童文学的历史和现实做出新的理论概括和体认。这方面的突出实例有《中国儿童文学理论批评与构想》《比较儿童文学初探》《儿童文学的三大母题》等理论著作。

三是学术成果的系统性。

在20世纪80年代以前的大约四五十年间，由于特定历史境况的制约，中国儿童文学研究虽也时断时续地一直延续着，但在整体上它基本上是处于一种零敲碎打、维持局面的状态，很少出现系统的、像样的理论成果。进入80年代，随着中国社会生活的日趋正常和学术文化氛围的良性建构，新生代儿童文学理论工作者开始有可能使他们的研究工作朝着深入、全面的方面推进。在此基础上，他们陆续推出了一批具有较大理论涵盖力和系统性的学术成果。这方面的突出实例包括《中国童话史》《中国儿童文学现象研究》《二十世纪中国儿童文学导论》等著作。可以预期，随着时间的推移，这方面的成果还将不断增加。

中国新生代儿童文学理论工作者的成长和崛起，其原因是多方面的。除了改革开放时代提供了良好的整体人文土壤和文化气候条件之外，从儿童文学界内部来看，也是因为得益于多种因素的相互配合和推动。例如80年代中国儿童文学创作的发展，在客观上刺激、带动了对理论批评的需求；一些资深的前辈批评家对年轻一代理论工作者的成长给予了很大的关注和扶植；一些深具文化眼光的出版家对儿童文学理论著述的出版给予了关键性的支持和帮助……

当然，还应该提到这一代人自身的文化抱负和素质。首先，他们与他们的学术前辈一样，怀有推进中国儿童文学理论研究事业和儿童文化事业的庄严的文化使命感和敬业精神。其次，毋庸讳言，儿童文学研究作为一门学科，它仍然处于当代学术和文化殿堂的边缘位置，儿童文学研究者也不得不扮演着远离学术文化中心的“边缘人”

的角色。但是另一方面，这种远离中心的“边缘人”的角色反而使这一代研究者避开了当代文坛和学界司空见惯的喧嚣和浮躁，使他们培养了一种专一、冷静、注重实效和建设的学术品格。再次，作为一个整体，新生代理论工作者表现出一种学术上相互切磋、事业上相互扶持的良好团队风貌，这使他们的学术力量不仅没有发生内耗和流失现象，反而得到了有力的凝聚。

90 年代儿童文学理论研究所呈现的沉稳上升态势，构成了当代中国儿童文学发展的一个独特景观，也为商业大潮冲击下的中国儿童文学营造了一片迷人的文化绿洲。很显然，新生代研究者做出了他们的努力，但是人们也不应忘记，这片绿洲的营造也离不开几代儿童文学研究者的共同努力，离不开整个儿童文学创作界、出版界的支持。处于世纪之交的中国儿童文学研究仍然面临许多新的课题。例如，如何在新的起点上进一步推进儿童文学理论学科的当代建设，如何在中国社会发展的转型时期对当下的儿童文学现实表现出更多的理论关怀，如何使我们的研究成果在当代文化生活中获得更大的现实效应，如何在国际文化交流增多的今天更好地确立儿童文学研究的国际视野……所有这一切，都还有待于当代儿童文学研究者们做出持续的努力。

（本文 1995 年 11 月应组委会之邀在上海第三届亚洲儿童文学大会上宣读）

近年儿童文学研究观感

大约在十年前的这个时候，我写下了那篇题为《我国儿童文学研究现状的初步考察》的文章。我在文章中谈到了当时儿童文学研究中存在的一些问题，例如理论视野的狭窄，研究方法的单一，学术个性的缺乏，等等。十年光阴荏苒，弹指一瞬间，儿童文学研究却应该说已经发生了许多实实在在的变化。这种变化局外人士往往不很清楚，所以在谈到儿童文学研究时，他们几乎总是习惯性地、想当然地发表意见，轻轻一两句话就把儿童文学理论界的艰苦努力和理论推进给否定掉了。事实上，与当代儿童文学研究原有的基础相比，今天儿童文学研究的学术根基已经在很大程度上得到了加强。这一点，每一个亲身经历了十几年来儿童文学理论批评发展历程的人们都一定能够清楚地了解，并应该具有充分的自信。

就我个人而言，近年来在儿童文学研究所展示的诸多学术推进中，引起我关注的现象之一是儿童文学研究视角和理论话题的日渐丰富。三年前，我在为《儿童文学导报》写的《编者告白》中说过，儿童文学理论和批评的角度也应该是多种多样的，单一的社会学视角或单一的心理学视角显然都无法包打天下。“不断追寻实践的步子，不断寻求新的理论范畴和话题，应是理论研究的基本学术姿态之一——对当代儿童文学研究来说更是如此。”我想，这几句话不仅表达了一种学术信念和理想，实际上也是对近年儿童文学研究走势的某种概括和提示。

是的，我们的理论话题正在摆脱贫乏单一的状态，而变得有点丰富、有点新鲜、有点趣味了。审美、视角、空间、神秘、母题、叙事式、游戏性……这些至少是熔铸了新的思考的理论概念开始频繁地出现于我们的理性思维中。中国当代儿童文学研究因此而显示出某种深层思维品质的转换和整体思维空间的拓展。

值得注意的是，在中外儿童文学理论界的直接对话和交流还相对缺乏的今天，上述理论走势却与当代国外儿童文学研究趋向形成了某种暗合和呼应关系。根据我们十分有限的了解，可以发现当代国外儿童文学研究也呈现出一种走向开放和多元的理论态势。例如，1991 年在巴黎召开的由国际儿童文学学会主办的第 10 届国际儿童文学学术会议，其主题就是：现代文学和现代文化理论在儿童文学中的应用。在这一主题之下，会议的讨论围绕着下列子题展开：

1. 读者：阅读过程理论、心理批评、现象学等；

2. 文化：美学、翻译、女权运动、政治、社会学、民族的陈规等；

3. 主题：交织关系、符号学、结构主义等。

从这些讨论题目可以看出，国外儿童文学研究的总体思路是开放的，与整个当代文学研究的关系也是十分密切的、相通的。又如，近二十年来，美国等国的高等院校中几乎每年都出现大批以儿童文学、儿童阅读为研究对象的博士论文。这些博士论文所涉及的研究内容有作家与作品、儿童文学发展、出版史、图画书与语文学习、读物心理疗效、儿童戏剧与剧场活动、种族歧视、性别歧视、男女（父母）在读物中角色的演变、得奖作品评估、儿童文学与成人文学的比较、读物选择与儿童的反应、大众传播媒介与读物、性与死亡问题、同性恋、原稿校订研究等。

这里不妨列出一些美国高校博士论文的题目以便略见一斑：《儿童文学里黑人人物的描绘》《新传奇故事的秘思：就傅莱氏文学理论评析儿童科学小说》《性别角色定型化的图画书对三岁和四岁小孩游戏行为的影响》《牺牲的孩子：文学主题的现象逻辑学研究》《幽默儿童文学与发散思考》《先前知识和阅读者的兴趣对四到六年级学生阅读理解的影响》《少年阅读取向和阅读兴趣的测度和诊断：工具的发展和测试》《儿童文学里的读者挑选和评论家的挑选》《当代写实儿童文学里的死亡概念》《成人运用儿童书籍：沟通中的读写能力》《当代儿童文学中主要价值的价值论分析》《法国旧故事诗中的空间结构和幽默》《阅读、电视与电脑：儿童媒体使用的类型与学业成就》《儿童及青少年文学中的酒精消耗》《当代写实主义小说之内容分析》《高度幻想：儿童文学的原型分析》《儿童文学中的世界未来形象》……

这些顺手拈出的题目，在一定程度上也可以反映出当代国外儿童文学理论思维触角左突右冲、无孔不入的局面。同时，我们也会发现，这些研究的学术出发点和学科定位并非恪守纯文学理论的立场，而是在多维文化视野的透视中来显示儿童文学作为一种文化产品的更为丰富的意蕴和功能。很显然，这种研究意识是以一种大文化视野为学术背景才得以形成的。

我们的儿童文学研究当然应以我们自己的社会历史和文化现实为背景和依托。如前所述，若干年来我们的理论思路和话题都大大丰富了。不过，在我国，儿童文学研究基本上是由一支相对专业化的文学研究队伍承担的：在高等院校，这支队伍主要分布于中文系。因此，我们儿童文学研究的学科定位基本上是纯文学的。而在国外高校，有关儿童文学及儿童阅读的研究得到了来自哲学、教育学、图书馆学等许多专业的研究者的关注。在这一点上，显示了中西人文科学内部交融、互渗的情形、程度的不同。

临近世纪更替的时节，回顾20世纪中国儿童文学研究所走过的风雨历程，令人感慨万千。我们当继续努力，为新世纪儿童文学研究和儿童文化的发达，积蓄更多的力量。

（原载1997年第2期《儿童文学研究》）

论一个可能的儿童文学学派

一

“学派”作为学术累积和创造的力量和载体之一，在学术史上一直有着重要的存在意义和价值。今天，在当代中国儿童文学研究领域，“学派”这一话题的提出，似乎还显得十分奢侈，但是我以为，对于学派的探讨和思考，不仅可以是对一种已经存在的学术事实和现象的判断和分析，也可以是对一个可能的学术存在和前景的描述和想象。在中国当代学术界，人们对于建立比较文学研究中的中国学派的呼唤和思考，当代文学研究中一些西南学者对于巴蜀学派的谈论和期盼，就是学派思考中对于可能性的一种追问和探询。“浙江师大——一个可能的儿童文学学派”这一论题，也正是因此而设定、展开的。

我们知道，学派是学术发展史上在一定科学研究领域由特定的科学家们形成的学术共同体，其成员通常都有着相通的科学理念、思想志趣、学术立场、研究范式、解释体系，还有相互呼应和配合的研究成果。同时，许多学派也有着自己公认的学术核心人物或意见领袖，学派成员之间常常具有一种师承或同事关系，而一个学派所具有的独特的思想观点、独创的研究方法等，也往往会成为学术史上重要的创新成果。事实上，任何一个被同时代或后来者公认、被学术史命名的“学派”，都必然是学术发展和理论创新链条中一个不可忽视的历史环节，一座无法绕开的学术峰峦。

从这样的意义和标准来看，当代中国儿童文学研究领域当然还没有形成真正意义上的学术流派。但是在这里，人们也许会问，学术研究，尤其是人文社会科学研究，本来就是一个极富个性色彩、主要依赖个体思想创造性的精神劳作领域，为什么一个学者群体，就非要信仰、遵守共通的研究范式和解释体系呢?

这涉及了“学派”这一学者现象与学术机制在学术发展进程和学术史上的作用和意义问题。

一般说来，影响学术进步的因素是多种多样的，如学术传统、社会需要、制度保障等，但是，“真正的理论创新，只有在科学家的研究活动中才能够实现。而能够规范、引导、促进科学家研究活动的，并同时又符合和体现科学研究本身规律的，就是作为科学家内在的活动形式的科学研究学派”。[1]而“学派的核心思想必须是对传统理论的重大突破，或者是对一个全新领域的开拓。它给人们提供了一幅新的视野图景，使人们具有通过进一步工作而获得成功的巨大希望，因此，才能够吸引众多的优秀人才在这一领域持续不断地进行探索。由此可见，原始创新性思想的提出是科学学派形成的关键。不但如此，为了使其研究纲领贯彻始终并发展壮大，学派成员需要不断地开拓前进，探索创新”。[2]所以，学派并不只是一群学者自然组合的结果，就其本质而言，学派是一个具有整体性理论原创力的学术群体，正是这种原创力，正是一个学派特有的研究范式和解释体系，才为人们带来了新的世界图景，为学术史提供了新的解释成果。从这个意义上说，对学术史而言，个体学者的研究成果自然常常可以做出增量方面的贡献，但一个科学学派的出现，对于学术史的演进将肯定是一种质的推动和进步。

与许多人文社会科学学科相比较，从整体上看，中国当代儿童文学研究的学术积淀和理论创新度都是极为有限的。进入21世纪，当代儿童文学研究学科也面临着进一步提升和创新的重大发展主题。身处这样的时代和学术语境，浙江师大儿童文学学者群有必要思考自身在中国当代儿童文学理论发展史上的学术责任和作用。我以为，朝着一个可能的学派方向，做出自觉的努力和培育，或许应该是未来浙江师大儿童文学学者群可以选择的学科发展策略之一。

当我在这里提出把浙江师大儿童文学学科看作是一个可能的儿童文学学派的时候，该学科近30年来的学术沉淀和学科积累，无疑成了关于这一议题和思考的最有力的事实基础和历史支撑。

二

1978年10月，国家出版局、教育部、文化部、共青团中央、全国妇联、全国文联、全国科协在江西庐山联合召开了“全国少年儿童读物出版工作座谈会”。会后，国家出版局等七家单位联合向国务院提交了《关于加强少年儿童读物出版工作的报告》。一些年以后，人们发现，庐山会议和会后的《报告》对于“文革”结束以后中国当代少儿读物出版行业和儿童文学领域的影响，是重大而深远的。

一次会议、一个报告，在特定的历史时刻决定了一个门类、一个行业的兴衰和发展，这在很大程度上显示了当代中国政治文化制度的特色和力量。时为浙江师范学院（1985 年 2 月更名为浙江师范大学）中文系教师的蒋风先生参加了庐山会议。对于当时地处浙江中西部小城金华市北郊的浙江师范学院来说，一位普通儿童文学教师的外出开会，并没有引起太多人的关心和注意，不过，会后所发生的一切，却在某种程度上决定了儿童文学学科在浙江师范学院的生存机遇和学科命运。

庐山会议之后，蒋风向当时浙江师院的领导汇报了有关情况，获得了赞同和支持。1979 年，浙江师院中文系恢复儿童文学选修课，成立了儿童文学研究室，并开始招收儿童文学方向硕士研究生……一所高校与儿童文学的学术情缘，就这样开始了。

其实，早在五六十年代，蒋风就发表过一些儿童文学研究论著，但是对于浙江师范大学的儿童文学学科建设来说，1979 年所发生的一切，仍然是意味深长和至关重要的：在“文革”结束以后，浙江师大在全国高校中第一个恢复儿童文学选修课、成立了第一家儿童文学研究机构、招收了第一名儿童文学硕士研究生。这一切，意味着在新时期中国高校儿童文学学科建设史上，浙江师大取得了毋庸置疑的先发优势和开创性地位。

学科建设的重要任务之一是学术队伍建设。在蒋风的努力和学校的支持下，从 1980 年开始，一批优秀的研究人才开始从校内外向儿童文学学科聚集。至 80 年中后期，该学科先后汇聚了韦苇、黄云生、吴其南、周晓波、楼飞甫、方卫平、章轲等中青年研究者。他们在儿童文学研究的各个领域开拓耕耘、镇守把关，逐渐修炼、磨合，形成了一个既有研究分工，又有学术合作的儿童文学研究群体。到了 21 世纪初，在新一代学术带头人的努力和学校一如既往的大力支持下，浙江师大儿童文学学科又陆续加入了钱淑英、郑欢欢、张嘉骅、彭懿等中青年学者。

而不断推出儿童文学研究成果，就成了他们向儿童文学理论界展示耕耘和开创精神的基本方式。1982 年，蒋风出版了中国当代第一部由个人编著的系统的《儿童文学概论》；1986 年，韦苇出版了当代第一部《外国儿童文学史概述》；1987 年，蒋风主编的当代第一部《中国现代儿童文学史》出版；1991 年，蒋风主编的当代第一部《中国当代儿童文学史》出版；1993 年，方卫平所著当代第一部《中国儿童文学理论批评史》出版；在国别儿童文学史研究方面，1994 年，韦苇出版了第一部《俄罗斯儿童文学论谭》；1996 年，吴其南出版了第一部《德国儿童文学纵横》；1999 年，方卫平出版了第一部《法国儿童文学导论》；2004 年，在倡导素质教育的大背景下，周晓波主编的第一部《当代儿童文学与素质教育研究》出版；2006 年，在图画书创作出版崛起的时候，彭懿的当代第一部图画书研究专著《图画书：阅读与经典》出版。此外，黄云生的《人之初文学解析》（1997）、彭懿的《西方幻想文学论》（1997）、吴其南的《童话的诗学》（2001）等，在幼儿文学、幻想文学、童话美学等研究领域，也是具有代表性的研究成果。

与此同时，浙江师大儿童文学学科在儿童文学研究人才培养、课程体系建设、学术平台搭建、图书资料建设、对外学术交流等方面，都取得了令人瞩目的业绩。近年来，该学科创建了中国高校第一个儿童文学系（2003），创办了中国高校第一份综合性的儿童文化研究丛刊《中国儿童文化》（2004），成立了中国高校第一个国际儿童文学馆和台湾儿童读物资料中心（2007），建立了第一个中国儿童文化研究网（2007），使浙江师大的儿童文学学科建设在整体上保持了良好的推进态势。

在中国当代的学术制度安排中，儿童文学学科通常都被勉强地归置于“中国语言文学”这一一级学科之下的二级学科“中国现当代文学”名下。许多年来，这一安排既为儿童文学学科在主流学术制度设计中争取到了最基本的生存权利和发展空间，在事实上也维系了当代儿童文学学科在各项学术指标和制度建设方面的最基本的学术体面。另一方面，从儿童文学研究的内部知识构成和学科组合上看，它同样包括了儿童文学基本理论、中外儿童文学史、比较儿童文学等分支领域。很显然，将这样一个具有独立研究对象、独特学科构成和较长的独立研究历史的学科简单地搁置于“中国现当代文学”这一二级学科名下，无疑是一种相当野蛮的、毫无理性的学术霸权行为（参见笔者《在体制的边缘生长》）。在这一不合理的制度设计影响下，儿童文学作为一门三级学科，无法在当今中国高校的学科建设进程中，成为一个有效的学科生长点，因此，它被绝大多数的大学包括师范院校所遗忘或搁置了。如果说，儿童文学学科被一般性大学所忽视还是可以被理解和接受的话，那么，它被许多师范类大学或学院所漠视，就令人匪夷所思了。实际上，在许多发达国家的大学体制中，儿童文学在许多综合性院校的语言文学系、教育学系、图书馆学系等，都得到了很好的行政上和学术上的安排。这一现象，无疑是值得我们重视并深思的。

但是，回顾中国当代儿童文学学科发展历程的时候，人们发现，儿童文学这一处于学术体制边缘的弱势学科，在被一南一北两个村子夹于其间的浙江师范大学，却得到了一种难得的学术尊重、呵护和培育。坦率地说，由于种种原因，儿童文学学科在浙江师大的生长，自然也并不是时时充满温情和阳光的，但是，它最终在浙江师范大学这片校园里，获得了中国所有高校中最好的大学文化土壤和体制保障——我相信，每一位浙江师大儿童文学学科成员，对这一切都充满了知遇之感。

在中国，儿童文学与一所大学的历史与学术情缘，在小城金华北郊这片宽阔起伏的红土地上被演绎成了一段小小的学科建设的佳话。事实上，在中国当代儿童文学理论界，“浙江师大现象”若干年来就已经是一个引起人们兴趣和关注的话题了。

三

由于近代以来大学制度及其建设的不断完善和提升，大学在人类知识生产和科学发展进程中的地位、作用日益明显。大学不仅是传道授业、培养人才的基本场所，同时也是学术人才密集、知识创新活动频繁的重要平台。很自然的，大学校园也成为召集学术共同体、滋养培育学术流派的最为重要的社会文化空间之一。例如，20 世纪上半叶形成并活跃于清华园的“清华学派”，20 世纪 60 年代出现于当时联邦德国康斯坦茨大学的“康斯坦茨学派”，20 世纪 70 年代出现于美国耶鲁大学的“耶鲁学派”，等等，首先都是缘于其成员汇聚在同一座校园里。对于浙江师大来说，在同一座校园里，先后汇聚了如此之多的儿童文学研究者，这种情景，为全国高校所仅见。

在长期的共事和学术研究活动中，浙江师范大学的儿童文学研究者们在自觉与不自觉之间，表现出了许多相同或相似的学术心性和研究特点。我以为，这些特点主要表现在以下几个方面。

其一，注重学术研究的基础性。

中国儿童文学研究的现代自觉完成于“五四”前后。以周作人、赵景深等为代表的第一代儿童文学研究者，在近代西方人类学派、儿童中心主义等学说的影响下，为现代中国儿童文学研究奠定了第一块学术基石。其后，由于战争、政治和文化方面的诸多原因，中国现当代儿童文学发生了严重的学术水土流失状况。到了20世纪五六十年代，以作家身份参与儿童文学研究的陈伯吹、贺宜、鲁兵等人的坚守，续写了儿童文学研究一段特殊的历史。同时，经验型的文学思考，也使儿童文学研究所获得的基础理论支持越来越薄弱。到了70年代末、80年代初，当代的儿童文学研究者所面对和接收的学术家底和历史遗产是十分贫乏而有限的。

幸运的是，改革开放时代为重新起步的儿童文学研究提供了十分难得的学术环境和理论资源。聚集在浙师大校园里的儿童文学研究者们不仅感应到了现实的学术召唤，而且从现实的学术环境中不断汲取相应的理论营养，这种汲取为他们的研究工作带来了某些新的理论视野和话语方式，并为他们的学术思考提供了较为坚实的理论支持。黄云生的《人之初文学解析》、吴其南的《童话的诗学》、方卫平的《儿童文学接受之维》（1995）等著作，就是在广泛汲取哲学、美学、人类学、文艺学、心理学、神话学等多种学科养分的基础上在幼儿文学、童话学、儿童文学接受理论等论域所做的基础性理论工作。这些著作不仅显示了浙江师大儿童文学研究群体的学术能力，也在一定程度上代表了当代中国儿童文学研究相关论域的学术水平。

其二，注重理论研究的系统性。

中国当代儿童文学研究由于其学科积累的不足，在很长一段历史时期中，其话语形态一直呈现为一种经验型的、散乱的方式，而系统的理论成果形态则长期未能出现。诚然，思想的深广度、理论价值的高下，与思想、理论的呈现方式之间并无必然的内在联系，零散的、片言只语式的思想呈现未必没有价值，貌似系统的鸿篇巨制未必就是真正有价值的理论成果。然而，对于儿童文学研究来说，其思想成果的零散和无序，却真实地反映了其学科整体理论建设上的滞后和贫弱。从这一背景上来看，浙江师大儿童文学学者群长期以来对儿童文学研究的体系化追求，不仅是这一学术共同体学术志趣和理想的体现，而且也是中国当代儿童文学学科理论建设整体上的需要。在儿童文学基本理论、中外儿童文学史、当代儿童文学思潮等研究领域，前述《儿童文学概论》《中国现代儿童文学史》《中国当代儿童文学史》《中国儿童文学理论批评史》《转型期少儿文学思潮史》等著作的出版，都是相关领域具有填补空白性质的系统化的著作。这些著作的陆续出版，无疑都以自己的方式参与了当代儿童文学研究整体学科格局和理论面貌的历史建构过程。

其三，注重儿童文学研究的当代性。

重视基础理论研究及其系统化呈现，使浙江师大儿童文学学科的研究成果在整个当代中国儿童文学研究领域，显示出了独特的学院派学术风貌。一般说来，在人们的印象中，学院派的理论风格厚重、扎实，研究理路正统、规矩，但它也往往会有囿于学院的知识价值观，追求为学问而学问的学术局限。就文学研究而言，学院派的研究路数，通常易将研究者导入文学思维的概念演绎和逻辑游戏之中，而与文学日常生活的鲜活性、当下性保持某种矜持的距离感。

在这方面，浙江师大的儿童文学学者群也许可以被看作是一个比较成功的例外。他们在从事儿童文学基础理论、儿童文学史等的学科构建的同时，也以极大的热情关注着当代儿童文学艺术实践的种种发展和变化，思考着当代儿童文学现实生活中所提出的诸多课题。例如蒋风的论文《从口水吐向安徒生到哈利·波特热——新世纪中国儿童文学的点滴思考》(2002)、吴其南的著作《守望明天——当代少儿文学作家作品研究》(2006)、周晓波的著作《当代儿童文学面面观》(1999)、方卫平的著作《儿童文学的当代思考》(1995)等，就显示了两代学人对于当下儿童文学生存、演进现实的体察和思考；韦苇编著的《精典伴读：点亮心灯》(2006)一书则在优秀儿童文学作品与当代读者之间架起了一座桥梁；方卫平参与主编的《新语文读本》(小学卷，2002)是将儿童文学与当代小学生课外阅读联系起来的一次成功的实践；彭懿的《图画书：阅读与经典》则是紧随中国当代图画书出版、阅读热潮出现的一部重要著作。

一座校园，几代学者，因为儿童文学，他们已经共同坚守了近30个春秋。也许，今天我们可以想一想，我们这个学术团队的未来路径，应该如何规划和铺展。

四

关于浙江师大儿童文学学科及其研究群体的未来发展路径，我们显然可以从不同的方向、维度去引发联想和思考。这里，我们的思考当然是从“学派”这一角度展开的。

如前所述，谈论浙江师大儿童文学学派，我是从可能的学术存在及其前景的角度来作为起点的。从“学派”一词严格的内涵来看，就其现实性而言，浙江师大儿童文学学者群还不构成一个真正意义上的学派。

首先，这个群体是相对松散的。虽然他们同处一座校园，有着共同的研究对象，并显示出某些相通的学术志趣和研究特点，但是，他们各自具体的研究课题、领域又不尽相同。蒋风先生作为学科的创建者，陆续出版过许多具有拓荒意义的著作，包括他主编的中国现、当代儿童文学史、儿童文学原理、儿童文学辞典等方面的著作；韦苇的研究领域主要集中在外国儿童文学方向，并成为这一研究领域具有代表性的学者；黄云生专长幼儿文学研究，他在该领域的整体研究成果处于当代幼儿文学研究的前沿水平；周晓波在当代儿童文学思潮，尤其是少年小说、童话等研究领域取得了许多成果；而彭懿则在外国幻想小说、图画书等研究领域独树一帜。可以说，浙江师大儿童文学学者群对于当代儿童文学研究及其学科建设的参与和建构，是全方位的，同时，这也反映了儿童文学学科建设的客观需要。但是，从“学派”的角度看，这一学术群体的具体研究对象、个性、成果等，又是互有交叉和区别的。换句话说，他们的组合并不具有学派所要求的紧密性、统一性。

其次，研究对象、学术个性、理论成果之间的交叉和区别，还只是表面上的松散，更为重要的是，浙江师大儿童文学学者群并没有像一个学派所要求的那样，具有共同信仰和遵守的学术立场、研究方法、理论观点，或者说，作为一个学术共同体，他们还没有自觉地设计出并形成自己的研究范式和解释体系。虽然与20世纪五六十年代传承下来的传统儿童文学理论系统相比，浙江师大儿童文学学者群取得了不少具有开创意义的学术成果，其部分学者在学术视野、理念、方法等方面也实现了不断的拓展和更新，但是，由于这些拓展和更新基本上都是单个学者的个体行为，而且在视野、方法等方面主要是借用或移植了其他学科的成果，因此，它并没有对整个学者群产生具有质的意义的影响力，更没有上升为一个学术共同体共同信仰、遵守的研究范式和解释体系。

我以为，从学派培育的角度看，我们应该把握和处理好下列两组关系和矛盾。

一是理论上的借鉴与创新之间的关系。

儿童文学研究作为一门后发学科，迄今并没有真正属于自身的原创性的理论学说和研究方法体系。从当代西方儿童文学研究看，它最具活力和代表性的理论进展，主要也是从结构主义、符号学、神话批评、精神分析、女性主义、接受美学、文化研究等学说去寻求理论借鉴和支持的，例如澳大利亚学者约翰·史蒂芬斯（John Stephens）、加拿大学者佩里·诺德曼（Perry Nodelman）、瑞典学者尼古拉耶娃（Maria Nikolajeva）、英国学者彼得·亨特（Peter Hunt）、美国学者杰克·齐普斯（Jack Zipes）、芭芭拉·沃尔（Barbara Wall）等的研究，大体都是如此。因此我认为，作为一个可能的儿童文学学派，其研究范式和解释体系的原创性主要应该是以传统和现有儿童文学的理论形态和研究模式为参照的，它并不排斥向相邻学科如哲学、美学、文艺学、语言学、心理学、教育学、文化学、人类学等学科去借鉴、整合相应的学术资源和研究方法，也就是说，儿童文学理论研究的整体创新与相应的学术吸取、借鉴是相辅相成的，重要的是，当代儿童文学研究者，应该在吸收、借鉴、消化过程中，逐渐锻造、形成自己的整体研究视界、范式和方法，例如儿童文学研究的精神分析视角、接受美学视角、文化研究视角、文学教育学视角等。今天，在中国儿童文学界，还没有任何一个学术集体，无论它们是紧密型的还是松散型的，能以自己坚定、鲜明、独特的思想立场、研究方法、学术成果，为中国儿童文学学科的整体性发展和提升，做出具有理论上的开创性、建设性意义的贡献，这种贡献不仅是学术进步的增量意义上的，更应该是质的意义上的。

因此，如何通过借鉴，实现儿童文学理论研究上的创新，或者说，如何通过创新，使通常意义上的借鉴获得儿童文学学术史上的进步意义，这无论如何都是任何一个儿童文学学派必须完成的学术使命。

二是学术团队中个体与群体之间的关系。

一个现实的儿童文学学派，必然是一个由在研究方向、主题、方法上具有一定共同倾向的研究个体组成的学术集体。如果个体之间各自为政，互无联系，当然无以构成一个学派。如果简单地强调个体之间在研究上高度同一，以此来构成学派所谓的向心力、凝聚力，显然也不符合学派形成、发展的自然规律。事实上，浙江师大儿童文学学派的培育和建构可能，除了它的传统积淀和现实条件外，也跟现有研究集体的学派意识、个体研究志趣、风格、个性与学派建设的集体意志力之间的相互尊重、磨合、调适有关。一个学派的形成，既可以是研究集体主观上共同努力培育的结果，更应该是他们基于共同学术信仰和研究范式在科学活动中自发形成的一种呼应和联合。也许，当浙江师大的儿童文学研究集体在充分保持每个个体的学术天性和风格的同时，也有意识地倡导和强化了他们作为一个群体的研究立场和学术风格的时候，他们将有可能以自己的集体性的学术意志和立场，以自己相互配合的理论成果，更好地融入当代儿童文学研究的学术发展进程之中，甚至可以更好地参与到世界性儿童文学的学术对话之中去。

2006 年夏末秋初，浙江师范大学儿童文学学科作为新成立的浙江师大儿童文化研究院的核心学科，搬入了坐落于浙师大西部老校区的红楼。绿树掩映中的红楼古朴典雅，对于浙江师大儿童文学学科的学者们来说，一个新的学术梦想又开始在这里孕育和生长。也许，把一个潜在和可能的儿童文学学派培育成为一个现实的存在，就是这个梦想中的重要内容之一。我想，对于一个可能的儿童文学学派的想象和探讨，事实上也是在期待着能够寻求一个方向，设定一个目标，实践一个过程，而所有的可能性，不都是在梦想和实践中最终获得它的现实性的吗！

2007 年 12 月 20 日于红楼

（本文系“浙江师范大学儿童文化研究院红楼书系”第 1 辑总序，少年儿童出版社 2007 年 12 月版，另载 2008 年第 1 期《中国儿童文学》）

注 释

[1] 郭贵春：《学派建设与社会科学的理论创新》，《中国高等教育》2006 年第 10 期。

[2] 吴致远：《科学学派的本质特征析说》，《科学管理研究》2003 年第 5 期。

批评的挣扎

在我的印象中，批评在今天的处境是尴尬而狼狈的。一方面，它已不再像 20 世纪 80 年代以来一个较长时期里所表现出来的那样，成为一个时代的文学弄潮儿——它似乎已不再拥有那样一种率真的品格和干练的身手。另一方面，批评在许多场合又会适时地登台亮相，为创作、为出版、为评奖的各种需求，诉说着绵绵不绝的甜言蜜语和文学情话——这种时候，它充任的角色不是一个被人冷落的文学弃妇，而是花枝招展、讨人喜欢的文学广告模特。我的意思是说，儿童文学批评挣扎在这个时代的边缘，挣扎在儿童文学变迁的时代潮流之中。在某种程度上，可以说，批评在一个很短的时期里正在沦落为这个时代儿童文学话语场中的一种“话语点缀”，而不是像一些人所想象的那样，它拥有这个时代儿童文学的“话语霸权”。

从更大的文学范围看，批评的挣扎早已显露出了它悲哀的姿势。几年前就已有人指出，90 年代的文学批评已经开始呈现瓦解状态。如今的文学批评几乎不再与现实中的文学作品构成一种“人本”和“文本”的对话关系，它更带有这个商品经济时代的本质特征——批评已经成为“炒作”行为。作为一种软性广告词，它的一切内容和艺术的分析，都染上了镀金的色彩，而批评者也已成为文学商战中的“掮客”。

今天的儿童文学批评，就其自身的状态而言，以下问题是显而易见的：

一是批评资源的相对匮乏。

批评资源包括内在的学术思想资源和外在的由批评者、批评园地、编辑等组成的行业资源。这里放下内在的学术思想资源暂且不说。儿童文学批评的行业资源本来就不丰富，近些年来，这些资源又显露出新的衰减趋势。这主要表现在，批评者阵营的相对弱小和可以提升批评的作业水准乃至整个批评行业学术水准的学术园地的萎缩。

不能不承认，老一辈批评家在完成了自己的批评使命后，正在以各种方式陆续从批评的前沿退出。本来阵容就不很强大的中年一代批评家中的许多人，在 90 年代将精力投入到了更具有学科基础建设意义的学术专著的撰写之中，因而造成了他们在批评方面的“不在场”状态。新生代批评群体尽管已经显露出某些独特的批评智慧，但他们的身手显然还需要更多的展示机会。令人遗憾的是，由于专业学术园地的萎缩，这样的机会不得不主要从报纸上去寻找了。而报纸限于其功能定位，它所能够提供的学术空间是相对有限的。

二是现实的批评环境缺乏动力和活力。

首先是批评动力的某种程度的丧失。

经历了一个较长时期的艺术探索和观念交锋之后，今天的人们也许还会面临着这样那样的分歧，但是，在一些基本的观念建立方面，问题似乎已经大体解决。人为地制造观念纷争和冲突，已经无法引起人们的兴趣和关注了。这一方面说明，今天的儿童文学界比之以往已经显得较为成熟。另一方面，它也使儿童文学批评界失去了一种内在的紧张感。事实上，理论批评发展的动力之一，即来自研究者之间的相互追问和批评冲动。丧失了这种追问和冲动，也就丧失了理论批评的一个巨大的动力。

其次，今天的批评在功能选择上走入了某种片面的误区。

在我看来，批评的功能指向有表层和深层之别。从表层功能看，批评的工作主要表现为对一定的文学现象做出描述，对一定的作家、作品进行罗列分类。也就是说，它是一种对于现象的关注和梳理，是一种侧重于量的把握和呈现。

从深层功能看，批评则是一种透过现象和思潮的对于特定作家，尤其是特定时代美学经验和美学理性的梳理和分析，直至抵达艺术哲学的层面。它是一种对于规律的追寻和思考，是一种侧重于质的探究和分析。

但是在今天，人们似乎已不太愿意关注批评是否能够抵达艺术哲学（美学理性）的层面，而更关心的是批评的表扬功能、宣传功能以及可能是虚假的传播功能。在这样的心理期待和环境引导下，批评活力的丧失就是难以避免的了。

三是批评智慧和批评勇气的缺乏。

若干年以来的儿童文学理论批评不是没有显示过批评的灵感和智慧，若干年以来的儿童文学理论批评也不是没有显示过批评的勇气和尖锐。在有些理论著作如班马的《中国儿童文学理论批评与构想》、汤锐的《现代儿童文学本体论》中，学术的灵感和思想的创意还表现得相当突出；在许多次的短兵相接和学术争鸣中，批评的胆量和勇气也曾表现得令人难以忘怀。可是今天，面对许许多多新的、具体的文学现实时，批评的智慧和勇气却显得格外缺乏。这种缺乏当然与上述现实文学环境的引导有关，但更主要的是与批评者自身品格、动机等的懦弱、功利、苍白有关。

对于一个认真的批评者来说，即使他不能做到像勃兰兑斯那样深刻洞悉19世纪的欧洲文学，或者像巴赫金那样对拉伯雷的创作做出一种独创性的阐释，他也应当努力学习他们那样的批评智慧，效仿他们那样的批评勇气。否则，这个时代的儿童文学批评不管怎样百般挣扎，也终究是无法摆脱尴尬和狼狈的处境与命运的。

批评通常是在诚实、自由、真理和价值的名义下进行的，但是，对于真正的批评行为而言，比名义更具权威感的是批评的品格、智慧、勇气和创意。如何面对和改善今天的批评现实，我暂时还无法给出一个什么答案。但是，换个角度看，也许我已经给出了一个答案。

（原载2000年第3期《中国儿童文学》）

抵抗庸俗文化，批评可以做什么

批评对庸俗文学与庸俗文化的抵制，不能误解为批评对俗文学和俗文化的抵制。我们不应把文学的批评观局限于过去观念中某种清高、孤傲的纯文学（或精英文学）批判。实际上，真正的批评所坚持的有效标准不是由某种固定的文学形态决定的，而是由人决定的。批评从不远离世俗。当文学或文化观对人的俗世生活、感官、体验等合理存在造成过多压抑时，批评所要做的恰是通过对健康的通俗和流行文化的肯定，来恢复人的肉身与世俗快感的合理地位。但反过来，当流行文学和文化中过于流溢的感官物欲对人的自我实现造成限制和压抑时，批评要做的就是坚守文学和文化的精英精神立场与价值高度，以此批判、揭示流行文学与文化的问题。

因此，一个时代文学批评的任务是由这个时代人的真正需要决定的。如果说在四五十年前，儿童文学批评的要务之一是从倍受压抑的儿童文学身体内恢复世俗生活欲望和体验的位置，那么今天，当大量儿童读物开始过多受到感官欲望的支配甚至走向不同程度的庸俗化时，儿童文学批评要做的就是倡导高级文化精神，抵抗庸俗化。

儿童文学的庸俗化问题，也是我们所处时代文化的庸俗化问题的一个侧面。某种程度上，我们现在极需警惕一种社会问题的演进，它是英国小说家奥尔德斯·赫胥黎笔下的“美丽新世界”现象，也是美国传媒文化学者尼尔·波兹曼笔下的“娱乐至死”现象。

这两种现象指向的社会问题是同一个——即过于放纵的感官欲望对于人和文化发展的限制；它们表达的担忧也是同一个——用波兹曼的话说，即担心“我们的文化成为充满感官刺激、欲望和无规则游戏的庸俗文化”。“奥威尔担心我们憎恨的东西会毁掉我们，而赫胥黎担心的是，我们将毁于我们热爱的东西”，这指当前几乎支配、主宰一切的娱乐至上主义。

对于有意以庸俗内容吸引儿童读者的读物，不言而喻，大家都知道要批判；但很多时候，儿童文学作家对于某些庸俗化的现实可能缺乏判断。对这些庸俗化内容的揭示，恰是当前批评的价值所在。比如，一位作家的作品中有这样的情节：报社记者前来班级调查。在以下三种选择中，每人只能选一样：聪明、漂亮、有钱。校长和班主任强调，“这个钩可以反映出你们的思想品质，反映出你们有没有高尚的情操，反映出你们是不是有理想、有抱负”……结果，全班同学几乎都选了“聪明”，只有小主人公选了“有钱”。故事挺有喜剧感，也借小主人公实话实说的“单纯”，不点明地批评了其他同学的世故和言不由衷。故事可能让我们联想到《皇帝的新装》，但两者实际上完全不同。《皇帝的新装》中的孩子说出的不但是真话，而且是真理。但这个故事里，那些言不由衷的同学固然过早地被世俗的虚伪所同化；但主角选择“有钱”，尽管说出了“真话”，却并不代表“真理”，这类没有价值的真话，恰恰反映出背后庸俗文化的影子，而作家对此显然未有察觉。

（本文系作者2015年7月10日在“全国儿童文学创作出版座谈会”上的大会专题发言初稿，原载2015年7月15日《文艺报》）

幼儿文学的理论自觉

——评《幼儿文学ABC》

在儿童文学理论界，人们现在已经开始习惯于用“幼儿文学”“童年文学”“少年文学”这些更具体的概念来谈论许多具体的理论问题了。随着论题的展开和深入，儿童文学研究的理论格局也发生了某些重要的变化。例如，幼儿文学理论研究的独立展开便是其中的变化之一。

因此，当我读到郑光中编著的《幼儿文学ABC》(四川少年儿童出版社出版)一书时，我便很自然地认为这是近年来人们在幼儿文学研究领域种种思考、探索的一个初步总结的结果，也是幼儿文学理论系统建设的一次有益的尝试。如果从幼儿文学研究的历史过程看，或许还可以说，这本《幼儿文学ABC》标志着幼儿文学在理论上的自觉。

毫无疑问，幼儿文学的理论自觉必须以幼儿文学创作的自觉为前提，而幼儿文学创作的自觉又要求人们首先对幼儿独特的审美心理和精神需求有深入的了解和认识。我们知道，儿童文学在中国是在“五四”前后伴随着现代儿童观的确立才开始走向自觉的。值得注意的是，当时就已经有人意识到适应不同年龄阶段儿童读者需要的文学作品具有不同的艺术特征。周作人1920年10月在北京孔德学校以“儿童的文学”为题发表的一次讲演中，就专门论述了幼儿前期(相当于通常所说的幼儿期)、幼儿后期(相当于童年期)、少年期儿童文学的不同文体及其特点。在同时代其他一些人的著述中，我们也不时可以读到类似的见解。

但是，由于现代儿童文学在整体上并未明显地分化为几种归属不同年龄层次读者需要的文学形态，因而人们的有关论述还不能说是一种自觉的理论行为。我在拙文《少年文学的自觉及其审美实验功能》（载 1987 年 12 月 26 日《文艺报》）中曾经提到，那时的人们往往更习惯于通过与成人文学的比较来认识和把握儿童文学的特征，而其内部各阶段的差异就显得不那么突出了。对当时的人们来说，重要的是儿童文学与成人文学有什么不同（由此才能确定儿童文学的独立存在价值），而不是儿童文学系统内部各部分有什么不同。表现在理论思维方面，则是人们更多地强调了儿童文学相对于成人文学的本位性特点，而不是儿童文学自身的阶段性特点。在新中国成立以后相当长的一段时间里，这种情况同样没有引起人们的真正的注意。

不过，当幼儿文学从整个儿童文学中分化并独立崛起的时候，它对理论思维的要求也就同时提了出来。从世界范围看，19 世纪就已有作家（如俄国文豪列夫 · 托尔斯泰的幼儿故事）和出版家关注过幼儿文学并取得了某些成功，但当时的幼儿文学毕竟还只是一种萌芽状态的东西。而在 20 世纪的后半叶，欧美有些国家已把幼儿文学作为整个儿童文学的重点来强调，它已经兴盛到了可以相对独立的地步。在我国，幼儿文学的繁荣是最近这些年的事情。随着《婴儿画报》《娃娃画报》《小朋友》《中国儿童》《幼儿文学》等报刊和各类幼儿文学读物的大量出版发行，幼儿文学已经成为整个儿童文学领域最兴盛的部分之一。如果从赢得读者的角度来看的话，幼儿文学无疑比少年文学要幸运得多。而在理论界，尽管人们对少年文学倾注了更多的探索热情，但幼儿文学的理论自觉也已经是不可逆转的趋向了。正是在这种意义上，我愿意把这本《幼儿文学 ABC》看成是幼儿文学理论自觉的一个标志。

这种理论自觉意味着研究者不再把幼儿文学看作是与普通儿童文学之间只存在量的差异的文学种类，而是开始把它当成具有特殊审美构成和艺术规定的文学实体来加以探讨。很显然，这些探讨不仅要涉及幼儿文学领域的所有基本课题，而且还需要以相对完整的理论系统的构筑为目标。我感到，《幼儿文学 ABC》一书在这方面已做了有益的尝试。在基本理论部分，书中论述了幼儿文学的基本概念、读者的特殊性、内容构成、美学特征、社会功能等问题；在体裁论部分，则对幼儿诗歌、幼儿故事、幼儿童话、幼儿戏剧等各类幼儿文学艺术样式的基本特征和艺术规律分别做了细致的论述。尽管这个体系还需要进一步地充实和完善，但编著者在幼儿文学理论系统化建设方面所做的自觉努力无疑是值得称道的。

当然，本书并不是一本以构筑理论体系为主要目标的书籍。据编著者郑光中先生介绍，他是根据中师教学大纲的要求，结合自己近年来的教学实践编写出这本《幼儿文学 ABC》的。其实，理论研究与教学实践的密切结合，这也正是儿童文学研究的良好传统之一。我国最早的一批儿童文学理论专著，如魏寿镛、周侯予的《儿童文学概论》（商务印书馆 1923 年版）、朱鼎元的《儿童文学概论》（中华书局 1924 年版）等，都是在中等师范学校的讲义的基础上整理而成的。因此，对于这本《幼儿文学 ABC》来说，理论探索与教学实践的有机结合，也就构成了它的最主要的一个特色。书中在介绍幼儿文学理论知识的同时，还结合教学实际，引证简析幼儿园和小学现行教材中的文学作品，并在每一节内容之后都附以或富有启发性，或富有趣味性的思考练习题，这就为幼儿文学的教学实践提供了一个可资借鉴的教学体系，因而本书出版后受到许多中等（幼儿）师范学校师生的欢迎和好评，就是很自然的事情了。

就论述过程中的具体观点而言，作者不仅善于融合、吸收近年来儿童文学领域的最新研究成果，而且还提出了一些独到的理论见解。例如在谈到传统儿歌的艺术形式时，便指出通常人们把所谓的“游戏歌”作为一种特殊艺术“形式”来对待，这是把儿歌的艺术形式与儿歌的作用混为一谈了。书中认为，像“摇篮曲”“数数歌”“拗口令”“颠倒歌”和“谜语”等，都具有游戏的功能；而人们常说的游戏歌，在艺术“形式”上与一般的儿歌并无二致。这一观点纠正了人们对儿歌艺术形式的某些误解，对于人们更全面地了解和把握儿歌的游戏性特点，也是会有启发和帮助的。

理论的自觉与理论的成熟当然还不是一回事。作为幼儿文学理论系统建设的一次尝试，《幼儿文学 ABC》在有些方面还存在着幼稚或不完善之处是不足为奇的。譬如，尽管编著者做了相当的努力，但从总体上看，本书所构筑的幼儿文学理论体系尚未摆脱一般儿童文学理论框架的束缚，还存在着一定程度的对普通儿童文学理论的依附现象。当然，如何寻找自己的理论研究的起点和逻辑展开环节，以确立独特的理论个性和面貌，这在整个儿童文学理论界都是尚未真正解决的问题。在我看来，无论是幼儿文学理论，还是整个儿童文学理论，从研究对象自身的特性中去寻找自己独特的理论课题，都是自身走向成熟过程中不可忽视的一环。换句话说，理论的成熟和不可替代性正表现在理论自身的独特性上。对于幼儿文学来说，它的稚拙美，它的游戏性，它的艺术媒介的综合性特征，它的特殊的读者接受方式，等等，似乎都是理论研究应予重点注意的方面。但在本书中还只是或偶有涉及，或展开不够，或完全避而不谈。提出这样的问题也许是过于苛求了，因为本书毕竟主要是供广大幼儿文学爱好者阅读的入门书。但是作为读书之后的感想，我仍然愿意提出来供编著者参考。

总之，我很高兴读到这样一本有意义的幼儿文学理论书籍。我想，对于幼儿文学研究来说，理论的自觉正是走向理论的成熟的真正起点。

（原载 1989 年 9 月 16 日《文艺报》）

读曹文轩的《论“成长小说”》

曹文轩教授是一位有着独特的审美趣味和艺术创造力的作家，同时也是一位有着丰富学养和深邃思辨力的学者。从他的整个文学活动来看，对儿童文学的理性思考（尤其是这些思考的文字呈现）只是占了其中一个不算大的份额，但是他的许多观点，却因为常常能够抵达许多同行的思考所未能抵达的理性层面或思想盲点，而在近二十年来的大陆儿童文学界产生了广泛和持久的影响。例如他关于“儿童文学作家是未来民族性格的塑造者”的观点，他对于儿童文学的忧郁情调、浪漫主义、艺术美感、永恒品质等的思考，都是回荡在今天中国大陆儿童文学思想天空上的一种独特而响亮的声音。

近年来，在曹文轩的儿童文学阐释系统中又出现了一个新的关键词——成长小说。《论“成长小说”》可以说是他的儿童文学观察、思考的一次新的学术思想结晶。

在我看来，这篇论文仍然显示了曹先生儿童文学学术写作的一些基本特征：松弛而机敏的感性触碰，深刻而华美的理性展开，源于经验和观察，直达理性的想象巅峰。

曹先生的思考，是从对以往儿童文学概念的适用性的质疑和分析开始的。他认为，以前的儿童文学概念，实际上来自为低幼和小学中高年级的孩子们所写的文学，换一种说法就是：它只适用于低幼文学和小学中高年级文学。虽然这一概念及其定义仍有其合理性，但是，曹先生指出，以这旧有的儿童文学概念来统辖一个相对于成人文学的一大文学门类，显然已经非常不适合了。“按旧有的儿童文学概念来书写初中以上、成人世界以下的这一广阔的生活领域，形同一双大脚必须穿上一双童鞋走路，只能感到步履维艰，只能被一种紧缩的痛苦所纠缠，并不无滑稽。”论文由此推出了论述主旨：我们现在将这一“两不管”（成人文学不管、儿童文学想管又无力管）的写作命名为“成长小说”。（因小说是“成长文学”的主体，我们也可以“成长小说”来命名。）曹先生把这一观察和思考的过程及其结果，表述为“一个重要概念的生成”。

关于成长小说与传统儿童文学的关系，论者认为：旧有的儿童文学要么将自己变为一个开放性的体系，将成长小说看成自己的一支、自己的骨肉；要么就是承认它的存在，将它看成一个与自己相并列的又一独立的文学门类。

由此可见，曹先生把“成长小说”看成与旧有的儿童文学相并列的一个独立的文学门类。

论文接着讨论了“成长小说”的合法性、“成长”的特征、“成长小说”命名的意义等问题。这些论述既是机智而明晰的，同时也毫无疑问地显示了作者学术思考的深度和广度。

《论“成长小说”》一文所展开的思考是以近二十年来大陆儿童文学的创作和理论发展为现实背景的，也就是说，这是一篇有着很强的现实针对性和理论建设性意义的论文。曹先生言他人所未言，融雄辩、绵密、华美于一体的学术思维与表达个性，是我长期以来十分喜欢和激赏的。阅读本文，我又一次得到了赏读美文、收获思想、启迪思考的愉悦。

如果从相互切磋的角度看，我想，《论“成长小说”》一文在下述两个方面也许还存在着可以进一步推敲和讨论的地方。

其一，关于“成长小说”与儿童文学、少年文学（少年小说）之间的关系问题。

曹先生在《中国儿童文学五人谈》一书中曾谈道：“少年小说是一个年龄的概念，成长小说是一个内容性质的概念。但这两者之间有着比较密切的关系……如果将成长小说比喻为羊毛，那么，少年小说就是羊，羊毛出在羊身上，但羊不等于羊毛。也就是说，不等于少年小说都是成长小说。成长小说有它自己的特征。一句话，得有成长这个性质。但我以为，少年小说应将成长的性质看成自己的基本性质——好的少年小说，有深度的少年小说，好像都应将成长看成是自己的基本命题。从这个意义上讲，将少年小说与成长小说混为一谈，也没有多大问题。”[1]

曹先生在论述“成长小说”概念的生成原因和背景时，谈到了旧的儿童文学概念对20年前那批大陆儿童文学写作“新手”们的束缚及其彼此抵触冲突的状况。的确，为了解决这种矛盾，近十几年来，人们已普遍习惯于用少年文学这一概念去指称那些传统的儿童文学概念所无法清晰表达的，属于“初中以上、成人世界以下”的这一部分文学创作了。我以为，少年文学与儿童文学（狭义）作为并列概念，既相互衔接，又互不兼容，彼此对称，关系均衡。它们与幼儿文学一起，可以构成规范的概念系列。而“成长小说”作为一种文学类型，其内涵、外延与儿童文学似无法构成这样的对称、均衡的关系。因此我认为，将“成长小说”与少年文学（少年小说）“混为一谈”，恐怕会带来理论阐述过程中的含义交叉等不方便的状况。例如，在曹先生此文中，他所谈到的被指责为“成人化”的那些写作，我认为，其结果是导致了少年文学的自觉，换句话说，它们并不直接构成“成长小说”走向活跃的文学背景。在我看来，“成长小说”之被关注，正反映了少年小说创作不断发展和深化的艺术走向。

从论述逻辑上看，我觉得，在确认少年文学概念是对传统儿童文学概念的补充和丰富的基础上，再来讨论作为少年文学组成部分（甚至是主体部分）的“成长小说”，也许会使论述的对象把握、疆域控制等更为准确、清晰。

其二，关于“成长小说”与国外“成长小说”概念的衔接和统一问题。

曹先生是在中国大陆近二十年来的儿童文学发展语境中来论述“成长小说”之种种的。因此，其论述背景和运思展开过程，具有鲜明的本土性质。而我们知道，“成长小说”也是国外文学界一个常见的文学类型和常用术语。通常，它是一个按作品内容区分出的文学类型。顾名思义，被划入这一类型的作品的内容都在不同意义上与成长有关。只要作品主要写主人公的精神历程，写主人公在社会等各种因素作用下精神世界发生向作家肯定的价值目标的转化，往往都可称为“成长小说”。由于童年、少年、青年是人的身心，尤其是精神变化发展最大的时期，所以多数“成长小说”都以人的这一时期的生活为主要表现对象。据吴其南教授在《德国儿童文学纵横》一书中介绍，“成长小说”（在一些研究者那里又称教育小说、发展小说）被认为是德国文学中一个特有的类型。属于这一类型的作品在德国文学中可以举出一个长长的系列，如《痴儿西木传》（格里美豪森著）、《威廉·迈斯特的学习时代》（歌德著）、《饥饿牧师》（拉贝著）、《绿衣亨利》（凯勒著）、《青春觉醒》（魏德金德著）、《德米安》（黑塞著）等。它们一般都不是少年儿童文学，其题材不限于少儿生活，作品的意蕴和艺术表现很多地方超出了少年儿童的接受能力。当然，比之一般的成人文学作品，“成长小说”与少儿文学毕竟更为接近，有些部分还与少儿文学重叠在一起，所以，它们也常常会实际地进入少年儿童的阅读视野。因此，至少在德国，“成长小说”是一种具有特定含义的文学类型，它与少儿读者的阅读有关，但不属于少儿文学。

我们当然可以对“成长小说”做出自己的界定和探索，不过，在日趋全球化的今天，面对一个在国外具有特定含义并具有悠久发展历史的文学类型概念，我们在使用它时，考虑一下它在本土之外的国际文学语境中的含义，可能是必要的。

我的建议是：我们或者在儿童文学（广义）的范畴中来谈论“成长小说”，这时候，它是少年文学的一个部分；或者就让它游离于儿童文学而趋近于成人文学，成为对一种特殊的文学类型的命名，就像它在德国的文学定位那样。而曹先生作为当今大陆“成长小说”创作的主要理论阐释者，我盼望读到的是他的更为坚定的选择和论述。

注释

[1] 梅子涵、方卫平、朱自强、彭懿、曹文轩：《中国儿童文学五人谈》，天津：新蕾出版社 2001 年版，第 145 页。

在阅读与诠释之间

七八年前，张子樟先生发表了他那篇关于李潼长篇小说《少年噶玛兰》的万言长文。在海峡两岸少儿文学界，一匹理论“黑马”由此闯入。

这些年来，张子樟教授在少儿文学理论界频频亮相，在阅读与诠释之间，其学术言论以开阔的视野和独到的识见，为两岸同行所瞩目。今天，“黑马”已经不“黑”，人们从他陆续发表的大量文字和先后结集出版的少儿文学评论集《阅读与诠释之间》《阅读的喜悦》等作品中，逐渐领略了这位实力派少儿文学评论家的学术造诣和理论风采。最近，我有机会读到了张教授结集出版的第三本少儿文学研究论文集《少年小说大家读》（天卫文化图书有限公司 1999 年 8 月版），深为他在少儿文学研究领域的最新学术表现而感到惊喜。

《少年小说大家读》这个书名，肯定会使一般的读者都产生一种可以亲近和进入的感觉。事实上，这本书收入的是作者近三年来在少年小说研究方面发表的八篇极富学术性的理论和评论文章，其中每篇文章的篇幅几乎都在一万字以上。可以说，该书不仅是张子樟先生迄今为止最为厚重的一部少儿文学研究论著，而且也是目前台湾少年小说研究领域最具代表性的论著之一。

这本书在学术上的一个明显特点，我以为是，它把对少年小说艺术生存的历史与现实的强烈关注，与对少年小说理论专题的深度探讨，结合得颇为妥帖完美。据子樟先生自述，他是在大量阅读中外少年小说作品的基础上展开理论思考的。这一点，我们在阅读这本书时会强烈地感觉到。当作者谈论某个学术话题时，中外各种少年小说文本常常被作者信手拈来，细加分析，并且总是被安置在一个相当准确到位的论述位置上。如果不熟悉中外少年小说的艺术作品和生存现实，要做到这一点显然是不可能的。

另一方面，作者的研究显然又没有陷入无数作品所构成的汪洋大海之中。在我看来，他的论文选题别致，重点突出，论述严密，达到了相当的学术水准。特别是他的这些文章在论述角度的选择和讨论重点的确定上，显示了深厚的专业造诣，给我留下了十分深刻的印象。例如《启蒙与成长》一文，将“启蒙与成长”定位于“少年小说的永恒主题”这样一个重要的艺术位置上加以分析；《作者、文本与读者》一文，从少年小说的角度探讨了青少年读者的阅读行为问题；《典型的塑造》一文研究了少年小说中的人物塑造问题；《平行或交叉》《未知死，焉知生》两文，则分别论及少年小说中的父子关系和死亡叙述。虽然这些论述角度或理论话题在海峡两岸并非完全无人涉及，但是，从总体上说，张子樟先生的这些研究在理论空间的开拓和某些理论深度的发掘方面，都做出了令人赞赏的工作。

《少年小说大家读》一书的八篇论文各有研究旨趣和讨论重点，同时又彼此参照，相互响应，构成了一个独特而富有个性的少年小说论述系统。全书由关于少年小说的永恒主题的论述切入，陆续触及青少年的阅读行为、人物角色的塑造、父子关系的分类、生死问题的影响、台湾重要作家李潼作品的分析、英国问题少年小说《嗑药》的研究，最后论及台湾少年小说的未来。阅读这部著作，我们不仅能够接触到一些梳理清晰、思想密集的理论观点，同时也能引发自身对于少年小说的历史、现实与未来的有益思考。

本书的另一个明显特点是，作者的理论视野相当开阔。早在《阅读与诠释之间》一书的“自序”中，作者就曾十分自谦地说过：“由于我的兴趣广泛，小说是最爱，文学理论研读最多，但社会学、传播学、心理学与哲学亦略有涉猎，因此撰写评论文字时，除了文学理论外，还常常不知不觉把对其他学科所知的一些粗浅知识融入文中，内容颇为复杂。”在《少年小说大家读》一书中，作者除了主要借助中外当代文学理论来解析作品，评说有关文学现象外，还常常吸收哲学、美学、教育学、心理学、社会学、传播学等多种学科的学术养分，融入作者的学术思考和阐释之中。作者坚信：“现当代的儿童文学作品已成为许多学科的共同产物，唯有从各个角度来省察，才能做到全方位的观照，也才能显示儿童文学主体的真正价值。”（见该书“代序”。）这一看法我十分认同，并且在自己的文章中也一直坚持。

《少年小说大家读》的第三个特点，是作者不仅仅满足于跟专业的少儿文学研究者进行前沿性的理论对话，而且试图与广大的少儿文学爱好者进行平易而亲切的学术性沟通。为了便于一般读者的阅读，作者在每篇论文之后，针对该文的内容和重点，都附上了一篇《导读笔记》。这些短文笔调活泼，文思紧凑，主要是表达作者撰写该文时的反思积淀与感情抒发，以及对未来读者的期许，引导读者由此及彼，进入更广阔的阅读空间。作者的这种将学术成果融入时代、融入读者的做法，与关起门来的学术贵族作风，显然是完全不同的。因此，在我看来，《少年小说大家读》既具有学术论著严谨规范、厚重深邃的特性，又表现出一种亲切平易的“平民化”学术作风。

就个人的阅读感受而言，我稍稍感到不满足的是，该书在广泛借鉴相邻学科，尤其是当代西方有关学科的成果时，有时候还难免令人有“隔”的感觉。例如，从《作者、文本与读者》一文，我们可以看出，作者对当代西方解释学、接受美学等理论是相当熟悉的。虽然作者在借用这些理论论述青少年的文学阅读时，也尽力指出了青少年读者的某些特征，不过，我感觉这些论述还并不是都十分到位的。换句话说，理论“借用”之后的理论“转化”工作，还有一定的努力余地。笔者本人也写过一本名为《儿童文学接受之维》的小书，也遇到过同样的难题和困窘，深知这种“转化”工作的艰难和缥缈。提出这点不很成熟的看法，愿向子樟教授请教，并一起探讨。

（原载 2000 年 3 月 26 日《民生报》）

评论《电脑多媒体时代中童话创作的延展与变貌》

周惠玲小姐的论文《电脑多媒体时代中童话创作的延展与变貌》(以下简称《延展与变貌》)涉及了电脑多媒体时代中的童话创作及其文本展示形态、特征这样一个极富时代感的理论话题。就我个人而言，这是我第一次读到的两岸儿童文学研究者对该论题进行了十分专业和相对集中的论述与探讨的文章。我感到，这样的话题的展示，为我们这次会议营造了浓郁的时代氛围。我以学习的心情进入论文的话题和思路，感到了一种获取知识、引发思考的精神上的愉悦。

《延展与变貌》一文分为三个部分。

第一部分，论述电脑多媒体作为童话创作载体的重要性。作者以其扎实的专业知识为我们勾勒和描述了电脑多媒体的发展及其对当代童话创作的渗透、影响这一时代趋势。作者认为："从媒体形式而言，电脑集合了众多媒体特性于一身，包括影像(包括动画)、声音、文字、互动等，因此它能够提供比相对单一的印刷品、影片或音乐更完整的创作空间。甚至，因为电脑兼又具有互动的特性，它所可能表达的形式和空间，理论上应比起前二者总加起来还要多。"所以，电脑的媒体优势是显而易见的。另一方面，作者也指出，对于使用者而言，电脑多媒体既能提供他们所熟悉的阅听形式，又同时要求他们使用需要深度理解与抽象思考的文字符号，因此，电脑多媒体"是结合印刷媒体与电子媒体的中介者"。

第二部分，论述电脑多媒体形式中童话创作的艺术特性。

电脑多媒体成为童话创作的新兴载体，导致了当代童话文本呈现方式和艺术特性上的变化。论文把这些特性归纳为以下数项：

1. 互动性与非线性；

2. 阅听读者的参与程度高，甚至由读者居主导地位；

3. 超文联结形式所产生的阅读游戏性；

4. 虚拟的多重空间；

5. 多种结尾、颠覆式思考与回馈。

第三部分，探讨近年来台湾童话创作与电脑多媒体特性的呼应。

在这一部分，作者以第二部分所陈述的电脑多媒体中童话创作的诸种特性为检视工具，论述了近年来台湾的印刷媒体中童话创作与电脑多媒体童话特性的相互呼应和沟通之处。在这里，作者对近年来台湾童话创作的某些艺术走向上的提示和分析是十分有趣的。

在结语部分作者指出，目前电脑多媒体在童话创作的艺术表现手法上尚未得到完全的展示；同时，作者也指出，目前印刷媒体上的童话和以多媒体创作的童话所表现出的共通性，乃是时代氛围影响的结果。我以为，这样的看法避免了对两者之间关系的简单的、机械的因果解释，是可以接受的。

《延展与变貌》一文所提供的现实动态、信息和稳妥的分析、持论，都让我感到既开眼界又颇多共鸣。这是我要感谢作者的。

人类精神文化发展从其基本传播形式而言，经过了口头文化、印刷文化传播阶段，如今已迎来电子文化的传播时代。在这样一个时代，传统儿童文学生存面貌的发展和变化可以说是一种历史的必然。不过，我也认为，电子媒体中的儿童文学文本形态已不是本来意义上的文学作品了，我个人更倾向于把它看成是类似于动画片、童话故事片那样的独立于文学文本之外的一种新的艺术门类，是一种与传统平面印刷形态的儿童文学文本既有联系又有不同的新的文化传递形式。也许，电子媒体是我们这个时代更具有时代魅力和技术潜力的一种文化载体和传播形式，但是，印刷媒体同样是独特的和不可替代的。两者的携手合作，将是我们共同的期盼。

（原载《'98海峡两岸童话研讨会论文特刊（二）》，台北市立图书馆1998年5月出版）

青春的出场

一

11年前，当我完成《中国儿童文学理论批评史》一书的写作时，我不曾意识到，那段工作留下的不仅是一本书稿，而且也设定了我此后学术研究的几个主要的兴奋点和观察视角之一。比如，我对20世纪几代中国儿童文学思考者的生存背景、研究范式、代际联系、思想贡献，对许多重要的学术研究个体等，都充满了好奇和探究的兴趣。我手头正在进行的《台湾儿童文学批评史》（暂名）一书，大体上也是这一兴趣的一种延续和扩展。

当然，年轻一代的思考者，也是我格外关注的。若干年前，我就想写一篇文章，题目也已拟就：《论潜在的批评群体》。我想来勾勒一下一个实质上已经存在的潜在的批评群体的现状和未来。我所指的“潜在的批评群体”，主要就是指近十年来陆续进入这一领域的年轻学人——基本上是有研究生学历的，相对集中又有所分布的这样一个批评群落。我想描述并讨论一下，这个批评群落大致是怎样分布的，他们的长处和不足在哪里。

这篇文字之所以搁浅，一个主要的原因是，我所收集的批评文本还不够丰富。我相信，时间会为这一群体的成长提供可能。

二

近二十年来，儿童文学界逐渐聚敛起属于自身的学术资本和财富。尽管这一积累和聚敛过程本身充满了各种困扰和挫折，但是，儿童文学研究作为一个独立学科的面貌，却变得日益清晰并富有某种诱惑力了。是的，儿童文学是一门特殊的学科，至少在现行大学的主流学术体制中，她未能取得自己应有的学科地位。但是，她仍然以自己特殊的学科命运和人文魅力，吸引着一批批气质、禀赋、趣味独特的青年学子满怀激情地把他们自己的名字写入儿童文学事业的花名册。制度文化上的某种缺陷，未能泯灭、阻止一批批年轻人的理想和选择——我们不能不为儿童文学学科在这个时代所体现出的学术生长力而感到快慰。

每一代学术薪火的传承者们由于各自所生存的学术文化环境的不同，通常都会表现出一些特定的群体特征，不同学术思想背景中成长起来的学术同辈们通常也会自发地倾向于组成不同的学术共同体。这一共同体既是现实的，也是想象的。对于20世纪90年代以后陆续进入儿童文学思想领域的年轻人来说，在影响他们学术思考和成长的诸多外部因素中，有两个方面是特别重要的。一是大学儿童文学研究生培养体制的进一步建立。这一制度的当代雏形出现于1979年。从20世纪80年代到90年代，不断有大学成为这一培养制度的实践者。如今，在中国大陆，一年之中以儿童文学研究论文获得学位的毕业研究生，其数量就可能超过整个80年代儿童文学毕业研究生的总数。人才培养制度的建立与发展，其意义将是深刻的、久远的，而不仅仅只是意味着培养规模和数量上的扩张。二是网络讨论空间的初步建立。对于儿童文学研究来说，网络论坛的出现在中国还只有几年的历史。虽然目前网络论坛的参与者们相对固定，其与传统媒体的沟通还有待加强，学术规范似也有待思考，但网络儿童文学论坛作为一个新的公共空间，其自由率真的讨论姿态，较少受传统话语束缚的讨论锋芒，在某种程度上也塑造了90年代出现的这一学术共同体的话语形象。值得一提的是，活跃于网络讨论空间的，许多是儿童文学的创作者。很显然，网络论坛这一空间不仅聚集了一批背景广泛的对话者和交锋者，而且，出没于其间的公开的或匿名的人们，事实上也已结成了一个特殊的话语同盟。

因此，不要说与更早的学术前辈们相比，即使与80年代进入这一领域的学人们相比较，如今较年轻的一代人也已经呈现出了某些新的群体特征——鲜明而又闪烁不定。这些年轻人，也许可以被看成是“五四”以来中国儿童文学理论批评界出现的第六代批评家。

三

由于任何一种名字的罗列都可能是挂一漏万的，所以我本不打算在这里罗列出这一代儿童文学思考者的名单来。但是，我很快就放弃了这个念头。我仍然要在这里罗列出若干名字。对于我来说，这份名单在我近年的理论阅读中曾给我留下过比较深刻的印象，他们包括徐妍、陈恩黎、郁雨君、萧萍、李学斌、杨佃青、张洁、王宜清、王泉、赵静、李红叶、王林、平静、钱淑英、梁燕、王晶、胡丽娜、赵霞、徐丹、李利芳、王仁芳、王永洪等（这里不包括一些专写书评的评论者）。事实上，他们中间一些人的名字已经给儿童文学界的人们留下了深刻的印象；一些人的名字已经变得亮丽而重要，另外有一些名字无疑也将会变得亮丽而重要起来。

我打算以一套理论丛书的出版为样本，从某些侧面来分析并交流我对儿童文学研究的一些看法。

1990 年至 1995 年间，湖北少年儿童出版社陆续出版了一套由陈深主编的《儿童文学新论丛书》。这套由七册著作构成的丛书，是近 20 年来第一套比较全面地展示中青年学者儿童文学思考面貌的理论丛书。回想起来，那真是一个令人雀跃的儿童文学思想生动而又活泼的时代。一系列理论观念的重新洗牌，为当时的中青年学人提供了一试身手的机会和舞台。因此在我看来，《儿童文学新论丛书》的出版意义是多方面的，它不仅提供了一个新的儿童文学思想的展示平台，而且直接提携了一代学人的成长；同时，在世纪之交的儿童文学学术图景中，这一出版事件本身也成了一个十分抢眼的文学地标。

不久前，湖北少年儿童出版社重拾传统，推出了由当年《儿童文学新论丛书》的作者之一的梅子涵教授主编的新版《儿童文学新论丛书》。这套丛书共四册，即唐兵的《儿童文学中的女性主义声音》、杨鹏的《卡通叙事学》、谢芳群的《文字和图画中的叙事者》、唐池子的《第四度空间的细节》。从某种程度上可以说，这套丛书第一次以一定的理论构架和规模，勾勒出了第六代学人的学术面貌——尽管这一代学人中的许多人的名字还未出现在这份作者的名单之中。

1993 年诺贝尔经济学奖得主道格拉斯 · 诺斯曾经针对经济学研究的学科特征，提出过一个有趣而传神的概念：路径依赖。

这一概念主要是指制度改革过程中历史条件及习惯因素产生的影响。诺斯认为，如果一个国家不知道自己过去从何而来，不知道自己面临的现实制约、传统影响以及文化惯性，就不知道未来的发展方向。借用诺斯的概念，我们发现，每一代儿童文学学人所进行的观念变革和理论创新活动，同样离不开“路径依赖”，即它们都是特定传统和特定文化条件下的理论活动。第五代学人身处特定的历史变革期，在他们的理论活动中，历史清算与观念重建是同时进行的。其次，这些清算和重建常常是大面积的。对此，我们从《中国儿童文学理论批评与构想》《比较儿童文学细探》《儿童文学的审美指令》等书名中也约略可以窥见。因此我认为，第五代人是在跟历史对手的“搏斗”中成长起来的，有一股历史的动感把这批人推了出来。

但第六代人的“路径依赖”就有所不同。他们是由研究生培养体制和文化转型期网络公共空间所催生的一代，当然，还要加上他们的灵性和专业热情。而第五代人的工作结果，也已开始成为他们工作的环境构成条件。换句话说，第六代人的工作从一开始就无须面对特别严峻的理论清算任务，第五代人的理论工作成为他们首先遭遇的言说体系之一。对此，他们既要面对，又要学会回避。这需要一些能力，也需要一点智慧。

第六代学人显然很清楚这一点。他们没有踩着第五代学人的足迹前行，而是着重从话题、论域的开辟和细部、专题研究的深入两个方面来寻找自己的论述空间。大体说来，唐兵、杨鹏的著作分别从女性主义和卡通叙事学这两个特定论域切入，谢群芳和唐池子则分别从叙事者和细节这两个特定论题着手。这些著作给我的印象是，他们都在试图延展儿童文学理论思考的知觉空间。

唐兵的《儿童文学中的女性主义声音》，如书名所提示的那样，是一部以女性主义的立场和方法讨论中国儿童文学历史、现实及相关理论话题的著作。在当代儿童文学研究界，曾有不少论者切入过这一话题，但唐兵这本书，显然是第一部系统讨论这一话题的理论著作。全书分为四篇，分别论及女性与儿童文学书写的历史关系、儿童文学中的女性形象链及其历史与文化内涵、儿童文学中的女性角色在群体中的位置、女性作家的写作特征。在我的印象中，以往某些女性儿童文学创作的研究，仅仅是一种研究对象的设定，而不是严格的学术立场和批评方法的自觉选择。唐兵这部著作，对当代西方女性主义（女权主义）文学批评的思想、方法有着比较透彻的理解和吸收，同时又能结合儿童文学研究的特殊性来进行相应的话语运用和构建。所以，与它作为同一论域的首部著作相比，我更看重的是它对儿童文学研究的女性主义立场与方法的自觉清理与运用。因为，对于儿童文学的学科建设和研究方法的丰富与更新来说，唐兵的努力显然是有意义的。

杨鹏在《卡通叙事学》开篇交代这部著作的写作背景和构想时说，这是一本运用结构主义和叙事学理论来探讨卡通故事创作的研究论著。“在国内，它是第一部。”的确，当卡通读物、影视作品和相关产品构成一种铺天盖地的文化现象时，中国儿童文学界对这样的著作的期盼是不言而喻的。作者收集了数千张动画片光盘和数千本卡通书，并充分利用互联网的有关信息。以此为基础，作者借鉴西方叙事学理论所展示的卡通叙事学的理论构架，的确突破了传统儿童文艺学的论述空间，书中关于卡通故事的恒定结构、作品的叙事语法、情节的组织原则等方面的论述，或解人疑惑，或助人思考。对于中国儿童文学界来说，这是一部适时而又十分必要的理论著作。

谢芳群和唐池子分别是梅子涵教授门下在读的博士生和硕士生。谢芳群站在你面前时，话肯定不多，但你能感受到她的聪慧和彬彬有礼。唐池子是我的湖南老乡，说话略带乡音，言谈中常常流露出情不自禁的对于儿童文学专业的迷恋和陶醉感。谢芳群的《文字和图画中的叙事者》从文与图两个角度来展开讨论，显示了作者对儿童文学文本特性的准确理解。书中关于儿童文学中图画叙事功能的论述，显然是在系统阅读基础上认真梳理和归纳的结果。论者从补充和完善故事、文字图、开拓第二空间、传达不可言传的意味、连环画功能等五个方面展开图画叙事功能的论述，从整体上给人以别开生面的感觉。唐池子的《第四度空间的细节》借用描述超越现实的幻想世界的“第四度空间”这一物理学术语来描述儿童文学的艺术特质，颇有形象和令人会意之处。作者将“细节”这一文学叙事单位予以理论放大和剖析，讨论了细节作为文学细胞在儿童文学中存在的必要性、细节的美学标尺、细节的创作技术等问题。阅读这两部著作，我有一种被带回儿童文学艺术现场、抓住儿童文学的美学环节紧紧不放、追问不舍的感受和体验。

事实上，上述四部著作的选题角度都是颇可玩味的。它们在论述视角的锁定上十分果断。对于理论思考来说，角度的设定既意味着运思方向的设定，同时也宣布了论述盲区的方位或其他的论述向度的放弃。例如，在卡通艺术研究中，卡通造型的艺术问题（如它与视觉和知觉的关系、它的风格化问题），卡通作品的娱乐性与艺术性之关系，等等，显然都是有研究价值的。而在《卡通叙事学》一书中，作者把论述焦点放在了卡通的叙事研究、故事研究上，放在了对日本、美国的商业卡通的研究上。

与第五代相比，第六代学术群体似乎更倾向于选择一些精致的论题，这既与两代学人所处的具体学术语境有关——第五代学人的成长背景和工作语境决定了他们更具有历史感和整体的建构意识，第六代学人则更愿意直接面对当下的艺术现实和文化现实，进行更具针对性和现实感的理论建构——同时也与两代人所面临的阶段性工作目标和相互位置有关。打个不一定恰当的比方：如果说第五代学人更多是在儿童文学学科建设的土壤里拓荒的话，那么，第六代学人则更倾心于在这片土壤上精耕细作。

与历史上每一代学术的接力者一样，在第六代学人的著作中，这样那样的局限仍然是不可避免的。从这几本著作看，它们无疑都表现出了程度不同的创意、灵感和相当生动的思想活力与呈现面貌，但是，我也认为，与大量实证性的罗列相比，理性的逻辑分析和学理性的阐述则相对显得较弱——这即便是一种写作策略上的有意识的安排，显然也可能被看成是某种论述上的逃避。其次，我们会不时看到一些来自成人文学和艺术的事例，但论者未能自觉地将这些事例与儿童文学的事例进行一些必要的对照和比较。在我看来，儿童文学与成人文学在许多艺术现象和规律上，既有大量的“同质性”，又表现出相当惊人的“异质性”；或者说，两者之间在某些部分是可以通约的，在另一些部分则是不可通约的。站在儿童文学研究的立场上，我们的工作不仅是在清理儿童“文学”的种种观念和问题，更要清理和阐明的是属于“儿童”文学的一系列观念和问题。

四

代际存在是社会生活的一个重要形式。玛格丽特·米德的著作曾经告诉我们，代际之间的鸿沟是一种客观的存在，代际之间的相互学习是一种历史的必然。从这个角度上说，我把第六代学人的集体性著述，看作是儿童文学知识领域中一次美好而动人的青春的出场。每一代人都拥有过自己生命的青春，青春的涌动构成了学术传承的内在精神脉络之一。显然，今天儿童文学研究的历史场景由于又一批年轻人的登场而得到了新的加固和支撑，而一个新的世纪也恰好刚刚出发。是的，青春又一次上路，与新世纪相伴。我也相信，儿童文学学科建设的最佳状态，同样正是这样一种“在路上”的状态。

（原载《中国儿童文学》2003 年第 3 期）

一份青春时代的学术记录

——“第六代儿童文学批评家论丛”序

一

2000 年深秋，我在天津远洋宾馆进行的“中国儿童文学五人谈”的有关对话中曾经谈到，大概两三年前，我就曾想写一篇文章，题目也已拟就：《论潜在的批评群体》。我想来梳理或者勾勒一下一个实际上已经存在的潜在批评群体的现状和未来。我所指的“潜在的批评群体”，主要就是指 90 年代以来陆续进入这一领域的年轻学人——基本上是有研究生学历的，相对集中又有所分布的这样一个批评群落。我想描述并讨论一下，这个批评群落大致是怎样分布的，他们的长处和不足在哪里[1]。

这篇文字后来搁浅了。一个主要的原因是，我所收集的批评文本还不够丰富。我相信，时间会为这一群体的成长提供可能。

近三十年来，儿童文学界逐渐聚敛起属于自身的学术资本和财富。虽然这一积累和聚敛过程本身充满了各种困扰和挫折，但是，儿童文学研究作为一门独立学科的面貌，却变得日益清晰并富有某种诱惑力了。是的，儿童文学是一门特殊的学科，至少在现行大学的主流学术体制中，她未能取得自己应有的学科地位。但是，她仍然以自己特殊的学科命运和人文魅力，吸引着一批批气质、禀赋、趣味独特的青年学子满怀激情地把他们自己的名字写入儿童文学事业的花名册。制度文化上的某种缺陷，未能泯灭、阻止一批批年轻人的理想和选择——我们不能不为儿童文学学科在这个时代所体现出的学术生长力而感到快慰。

每一代学术薪火的传承者们由于各自所生存的学术文化环境的不同，通常都会表现出一些特定的群体特征，不同学术思想背景中成长起来的学术同辈们通常也会自发地倾向于组成不同的学术共同体。这一共同体既是现实的，也是想象的。对于 20 世纪 90 年代以后陆续进入儿童文学思想领域的年轻人来说，在影响他们学术思考和成长的诸多外部因素中，有两个方面是特别重要的。一是大学儿童文学研究生培养体制的进一步建立。这一制度的当代雏形出现于 1979 年。从 20 世纪 80 年代到 90 年代，不断有大学成为这一培养制度的实践者。如今，在中国大陆，一年之中以儿童文学研究论文获得学位的毕业研究生，其数量就可能超过整个 80 年代儿童文学毕业研究生的总数。人才培养制度的建立与发展，其意义将是深刻的、久远的，而不仅仅只是意味着培养规模和数量上的扩张。二是网络讨论空间的初步建立。对于儿童文学研究来说，网络论坛的出现在中国还只有几年的历史。虽然目前网络论坛的参与者们相对固定，其与传统媒体的沟通还有待加强，学术规范似也有待思考，但网络儿童文学论坛作为一个新的公共空间，其自由率真的讨论姿态，较少受传统话语束缚的讨论锋芒，在某种程度上也塑造了 90 年代出现的这一学术共同体的话语形象。值得一提的是，活跃于网络讨论空间的，许多是儿童文学的创作者。很显然，网络论坛这一空间不仅聚集了一批背景广泛的对话者和交锋者，而且，出没于其间的公开的或匿名的人们，事实上也已结成了一个特殊的话语同盟。

因此，不要说与更早的学术前辈们相比，即使与 80 年代进入这一领域的学人们相比较，如今较年轻的一代人也已经呈现出了某些新的群体特征——鲜明而又闪烁不定。这些年轻人，就是本文所谓的清末民初以来中国儿童文学理论批评界出现的第六代批评家。[2]

二

现代意义上的自觉的中国儿童文学研究已经走过了差不多一百年的风雨历程。一百年来，一代又一代的文人学士，怀着庄严的文化使命感，走向了儿童文学的思想天地。正是他们持续不懈的努力，写下了中国现代和当代学术文化史上一段动人心魄、艰难曲折而又十分珍贵的儿童文学批评的发展历史。

孙毓修、周作人、鲁迅、茅盾、郑振铎、赵景深以及魏寿镛、周侯予、朱鼎元、严既澄、张梓生、褚东郊等，是现代中国儿童文学理论批评者的第一批代表。正是他们的垦拓和耕耘，为中国儿童文学理论批评的现代篇章，写下了厚重的第一页。

吕伯攸、陈伯吹、贺宜、金近、鲁兵为代表的第二代儿童文学批评家，其批评活动始于 20 世纪三四十年代，部分人物又继续活跃于五六十年代乃至 70 和 80 年代。他们是 20 世纪中国儿童文学理论批评史上占有特殊位置的一代。

第三代批评家们在 20 世纪五六十年代尚是批评界初出茅庐

的新人，然而到了70和80年代，他们却是十分重要的一代。其代表性人物有束沛德（舒霈）、蒋风、陈子君等。

第四代批评家的年龄构成较为复杂，其中部分批评家的文学活动始于20世纪50年代，但他们大体上都是在70年代末、80年代初陆续进入儿童文学批评领域，并且一开始就以较为成熟的批评家的姿态出现在儿童文学论坛。其代表性人物有浦漫汀、周晓、樊发稼等。

第五代批评家，则是这样一些人：改革开放之初，他们大多还是在高等学校攻读学士、硕士学位的大学生、研究生，到了20世纪90年代，他们逐渐成长为儿童文学研究领域的中坚力量。他们是在一种相对活跃、开放的学术环境中成长起来的。他们理解自己的前辈，然而他们所拥有的知识积累和这一代人的理论使命感，又促使他们在自己的学术工作中不断努力寻求新的理论超越。其代表性人物主要有吴其南、王泉根、班马、刘绪源、孙建江、朱自强、汤锐等。

第六代批评家，在我的理解和判断中，是对世纪之交陆续涌现和成长起来的更为年轻一代儿童文学理论批评工作者的命名和统称。

这一套“第六代儿童文学批评家论丛”（第一辑），就是试图为这一代儿童文学思考者中的一部分代表，留下他们理论和学术探索的一个记录，一份记忆。

三

论丛第一辑收入了陈恩黎、李学斌、杨佃青、张国龙、钱淑英、赵霞六位青年研究者的个人论文集，他们都是 90 年代中后期以来陆续毕业于浙江师范大学、上海师范大学、北京师范大学儿童文学方向的博士和硕士。我希望，这套丛书能以一定的理论批评展示，勾勒出第六代学人的学术面貌——尽管这一代学人中的许多人的名字暂时还未出现在这份作者的名单之中。

1993 年诺贝尔经济学奖得主道格拉斯 · 诺斯曾经针对经济学研究的学科特征，提出过一个有趣而传神的概念：路径依赖。这一概念主要是指制度改革过程中历史条件及习惯因素产生的影响。诺斯认为，如果一个国家不知道自己的过去从何而来，不知道自己面临的现实制约、传统影响以及文化惯性，就不知道未来的发展方向。[3] 借用诺斯的概念，我们发现，每一代儿童文学学人所进行的观念变革和理论创新活动，同样离不开“路径依赖”，即它们都是特定传统和特定文化条件下的理论活动。第五代批评家身处特定的历史变革期，在他们的理论活动中，历史清算与观念重建是同时进行的。其次，这些清算和重建常常是大面积的。对此，我们从他们撰著出版的《中国儿童文学理论批评与构想》《比较儿童文学初探》《童话艺术空间论》《儿童文学的审美指令》《儿童文学本质论》等书名中也约略可以窥见。因此我认为，第五代批评家是在跟历史对手的“搏斗”中成长起来的，有一股历史的动感把这批人推了出来。

但第六代批评家的“路径依赖”就有所不同。他们是由研究生培养体制和文化转型期网络公共空间所催生的一代，当然，还要加上他们的灵性和专业热情。而第五代批评家的工作结果，也已开始成为他们工作的环境构成条件。换句话说，第六代人的工作从一开始就无须面对特别严峻的理论清算任务，第五代人的理论工作成为他们首先遭遇的言说体系之一。对此，他们既要面对，又要学会回避。这需要一些能力，也需要一点智慧。

第六代学人显然很清楚这一点。从论丛第一辑所收入的六本集子看，他们并没有简单地踩着第五代学人的足迹前行，而是着重从话题、论域的开辟和细部、专题研究的深入两个方面来寻找自己的论述空间，从而形成了初步的，同时也是颇有各自特色的学术论域和批评个性。例如，陈恩黎《虚构与真实》中的学术文字往往能将灵动的文学悟性和严谨的学理性融为一体，在批评的深刻厚实和犀利活泼方面，同时显示了较高的学术造诣；李学斌《童年审美与文本趣味》中的批评文字则相对较为机敏迅捷，紧贴当下的儿童文学现实，同时也不乏理论方面的某种升华；杨佃青曾以“大嘴鸭”等网名活跃于网络批评领域，其《从“高”向“低”攀登》中的批评文字更多显示了网络批评率真、尖锐、很少顾忌的风格；张国龙《审美视域中的成长书写》在成长小说研究上的用心与深入，钱淑英《追寻童话的意义》在童话与魔幻文学、魔幻叙事研究上的勤勉与独到，赵霞《童年的秘密与书写》在童年及其秘密研究上的坚持与见解，都令人印象深刻。应该说，这套论丛所归拢和呈现的批评文字，在一定程度上显示了第六代儿童文学学人对于当代儿童文学学术建设的初步贡献。

与历史上每一代学术的接力者一样，在第六代学人的批评文字中，这样那样的局限同样是不可避免的。用心的读者不难发现，论丛中的长论与短章，其学术水准并不齐整，从更高的要求来看，我们对第六代儿童文学批评家的学术积累、理论建构力、批评眼光和锐气等，都肯定会有更多的想象和期待。我相信，对于第六代儿童文学批评家们而言，这套论丛既是他们青春时代学术起步阶段的一份记录和小结，同时更应该是他们不断前行的一次检验和一个推动。

（原载“第六代儿童文学批评家论丛”，安徽少年儿童出版社 2010 年 1 月版）

注 释

[1] 参见梅子涵、方卫平、朱自强、彭懿、曹文轩：《中国儿童文学五人谈》，天津：新蕾出版社 2001 年版，第 255 页。

[2] 1993 年，我曾写过一篇报道性文字《中国儿童文学理论界：新生代崛起》，登在浙江师范大学儿童文学研究所主办的《儿童文学导报》（内部交流）1993 年 10 月总第 2 期上。在这篇文章中，我把 20 世纪中国儿童文学理论批评的参与者们划分为五代。

[3] 参见何清涟：《经济学理论与“屠龙术”》，见《经济学与人类关怀》，广州：广东教育出版社 1998 年版，第 179 页。

《台湾儿童文学理论馆》总序

许多年前，我在一部有关儿童文学理论发展历史著作的“后记”里，曾这样提到过自己在书中留下的遗憾：“由于手头资料极为有限，本书未能评述台湾、香港儿童文学理论的历史进程”。20世纪90年代初，由于可以想见的原因，两岸儿童文学学术交流尚处在酝酿、启动阶段，留下那样的遗憾，大抵也可算是正常的情况。

很快，这种交流的到来及其热络度、频密度，大大超出了我曾经有过的预期和想象。自1996年开始，我先后应台湾的中国海峡两岸儿童文学研究会、联合报系文化基金会、台东大学、陆委会中华发展基金会等单位的邀请，多次赴台出席学术会议、做短期研究、给研究生上课，或因学校派出，做校际或学科间的交流。其间四下寻访、收集台湾儿童文学理论批评史料，逐渐积累了丰富的相关专业书刊。

特别令我难忘的是，1998年3月、1999年6月至7月间，在桂文亚女士的牵线联络下，我两次应联合报系文化基金会邀请，赴台做台湾儿童文学理论批评发展的短期项目研究。在许多台湾同行朋友的帮助下，我陆续收集了许多相关资料，包括一些珍贵的史料。记得在台东大学，林文宝教授向我敞开他在学校研究室和家里书库的大门（1999年6月的台东之行，我就住在离林先生家不远、他专门用来藏书的一座共有三层楼的书库里），让我几乎完整地接触了台湾儿童文学理论发展的历史资料；在《国语日报》社大楼，总编辑蒋竹君女士听了我的课题介绍，立即慷慨向我赠送了《国语日报》“儿童文学周刊”自 1972 年 4 月 2 日创办以来的全部 1 至 10 辑合订本；学者、出版人邱各容先生陆续赠送了由他主持的富春文化事业股份有限公司出版的一批重要学术著作；作家谢武彰先生专门把他珍藏的一度已经脱销的朱介凡著《中国儿歌》带给了我；诗人林武宪先生也是研究者和理论资料的热心收藏者，特别把他富余的一套共 2 辑的《儿童读物研究》送给我——这是 1965 年、1966 年由《小学生杂志》《小学生画刊》为纪念该刊创刊 14、15 周年而出版的纪念特刊，收入了当时许多著名作家、学者的百余篇长短儿童文学论述文章（第 2 辑为“童话研究”专辑）……

对于我来说，有关台湾儿童文学理论批评资料的收集、阅读，已经持续了二十余年，其间也产生了一些思考和心得，甚至有过写一本相关著作的计划。但是由于一些原因，这一写作计划一直未能实施。

我们知道，20 多年来，海峡两岸儿童文学界交流日益频繁，两岸儿童文学理论同行也建立了密切、持久的学术交流和互动关系。但是，迄今为止，台湾儿童文学理论研究的独特成果，一直未能在大陆得到系统的介绍、呈现和研究。福建少年儿童出版社以其独特的文化和地缘关系，多年来致力于两岸儿童文学交流和台湾儿童文学读物的出版，硕果累累，其与台湾儿童文学理论界也有着广泛、深入的交流和联系；经过深入的调研和准备，该社拟推出《台湾儿童文学理论馆》共 10 册。2012 年春，该社向我发出了主编这套丛书的邀约，使我未能完成上述写作计划的遗憾，多少得到了某种程度的弥补。

理论批评作为一定时代、社会人们文学心灵和智慧的组成部分，总是会以自己的方式，参与、展示、建构着特定时代的文学生活与美学世界——儿童文学的历史发展同样如此。当代台湾儿童文学在其半个多世纪的发展历程中，也一直表现出了对于儿童文学理论批评的不同程度的自觉和关注——

1960 年 7 月，台中师范学校改制为师范专科学校（1987 年 7 月九所师专一次改制为师范学院），“始有‘儿童文学’一科”（林文宝语）；

20 世纪 60 年代中期，前述两本小学生杂志纪念专辑的出版，“是台湾儿童文学界相关人士对儿童读物及童话议题的首次文集，开风气之先，足见五、六零年代关心儿童文学现状与发展的大有人在，而且不乏往后在台湾儿童文学创作与儿童文学理论研究大放异彩者”（邱各容语）；

1972 年，《国语日报》“儿童文学周刊”创办。

此后，儿童文学学会（1984 年成立）、大陆儿童文学研究会（1989 年成立，1992 年扩大为“中国海峡两岸儿童文学研究会”）等社团陆续成立；

各种学术研讨会（如静宜大学文学院主办了 8 届“儿童文学与儿童语言学术研讨会，原台东师院、现台东大学主办的各类儿童文学研讨会）、研习营（如慈恩儿童文学研习营）陆续举办与推进；

《儿童文学学会会刊》（1985 年创办）、《儿童文学家》（1991 年创办）、《儿童文学学刊》（1998 年创办）等批评与学术交流园地先后面世；

1997 年，台东师院儿童文学研究所的成立，更是台湾儿童文学研究在教育和学术体制建设方面的一次重要提升。

上述未必完整的若干时间节点和事件，构成了台湾儿童文学批评和学术发展的重要背景和历史动力。在几代儿童文学学者、作家的持续耕耘、努力下，台湾儿童文学界逐渐积累起了比较丰富的理论批评资源和成果。

这套《台湾儿童文学理论馆》收入了台湾老一辈著名儿童文学作家林良先生的名著《浅语的艺术》等两部个人文集。作为一位创作体验浩瀚深刻、童心文心璀璨灵秀的作家，林良把他在儿童文学写作、阅读、思考过程中迸发、闪现的思想灵光、真知灼见，以亲切温暖、娓娓道来的文字，分享、传递给读者，常常令我们在不知不觉中，领受儿童文学写作、阅读的真谛和美好。他关于儿童文学作为一种“浅语的艺术”的条分缕析，无疑已成为台湾儿童文学界最具灵感、智慧的文学论述之一。

丛书还收入了林文宝教授的《儿童文学故事体写作论》、张子樟教授的《启蒙与成长》、张嘉骅博士的《儿童文学的童年想象》、黄怀庆硕士的《儿童文学与暴力的三个侧面检视》四部专著或论文集。我以为，这四部著作产生的年代稍有不同，但在一定程度上可以代表目前台湾儿童文学界老中青三代学者的研究面貌。四部著作的研究论题、方法、体例、行文风格等各有特点，其中林文宝、张子樟教授的著作均曾出版或发表过，张嘉骅、黄怀庆的著作分别是作者的博士学位论文和硕士学位论文，收入本丛书之前均未公开出版过。这样的书目选择和安排，只是想在本丛书设定的篇幅和框架内，尽可能多样地呈现台湾儿童文学研究的概貌。

本丛书原计划收入十部具有代表性的台湾儿童文学学术专著。但是，我在阅读、搜寻丛书选目和思考框架的过程中发现，如果忽略数十年来台湾儿童文学研究在大量报刊、文集中发表的单篇论文、评论文章，我们对台湾儿童文学理论批评发展的了解和认识将留下一个很大的缺憾。固然，那些代表性的学术专著和个人文集的重要性，我们无论如何强调都是有道理的，可是，我也逐渐发现并深深感到，那些四下散落、论题发散、理趣、风格不一的单篇文章，为我们保存、提供了另外一些也许更为多样、细腻的历史过程和思想信息。收入这些论文，可以进一步扩大整套书系的学术覆盖面和作者的广泛性。从总体上看，这些论文的写作时间跨度长，论题观点和研究方法等代表了半个多世纪以来台湾儿童文学研究不同的时代风貌和理论发展脉络。尤其是近十余年来，台湾儿童文学理论界在文化研究、童玩游艺、童书文化消费、儿童文学网站、后现代童话、儿童文学与语文教学等话题方面所做的研究和思考，向我们呈现和提供了较为丰富、独特和新颖的学术话题和理论研究动向。于是，我把丛书的整体构架做了调整，整套丛书由六部个人文集、专著和四册论文合集组成。虽然这样的调整耗费了数倍于原计划的时间和精力，而且，也使我们和出版社一起面临着更复杂、艰巨的著作权使用授权工作，但是我认为，这一切，对于这套丛书更好地反映当代台湾儿童文学研究的学术状况，对于更好地向我们大陆儿童文学界呈现台湾同行的理论成果，都是十分值得的。

这套《台湾儿童文学理论馆》能够编就，我要感谢多年来在我收集、研究有关资料、课题过程中给我以巨大帮助的人们。台湾儿童文学界的学者、作家、出版家林文宝、桂文亚、蒋竹君、张子樟、林焕彰、马景贤、许建崑、陈正治、洪文琼、邱各容、杜明城、陈卫平、谢武彰、林武宪、洪文珍、陈木城、刘凤芯、张嘉骅、管家琪、柯倩华、游珮芸、蓝剑虹等前辈、友人，还有已故作家李潼先生，或为我多次赴台交流牵线搭桥、悉心筹划，或慷慨赠送珍贵资料，提供相关线索，或不辞辛劳为我答疑解惑，与我切磋探讨。在丛书框架、选目大体确定后，林文宝教授、张子樟教授、张嘉骅博士分别就选目等提出了宝贵意见，也给予了温暖的鼓励。借此机会，我要对多年来台湾儿童文学界诸位前辈、友人所传递的热情和友善，所给予的支持和帮助，表达我最深切的思念、谢意和祝福！

丛书部分书目确定过程中，我也征询了大陆儿童文学研究界一些同行的意见；福建少年儿童出版社此次筹划出版这一套台湾儿童文学理论丛书，本人应邀参与，与有荣焉，特此一并衷心致谢。

2015 年 10 月 7 日于丽泽湖畔

（原载方卫平主编“台湾儿童文学理论馆”，福建少年儿童出版社 2017 年 1 月起陆续出版）

“思想猫”的步履：十年携手，十年砥砺

记得是 2005 年，桂文亚女士来浙江师范大学儿童文学研究所做客讲学，跟我谈起由她个人出资设立一个面向浙师大同学们的儿童文学研究奖项的想法。我们都很为这个设想感到鼓舞。文亚老师当即留下一笔款项，作为该奖的启动经费。随后，我们在邮件和电话往来中仔细商定了奖项的各个细节。文亚老师没有用自己的名字给这个奖项命名，而是根据我的建议，选择了“思想猫”这个她在生活和作品中都十分钟爱的意象，作为奖项的名称。我想，她也是希望借这个奖项，在年青一代儿童文学学子中倡导一种独立、沉静而又充满活泼灵光的思想的精神。

2007 年 5 月，首届“思想猫”儿童文学研究优秀成果奖完成评奖。文亚老师从台北飞赴金华，为获奖的十位同学颁奖。此后，每年 5 月的“思想猫”奖颁奖季，对于浙师大儿童文学及相关专业的师生们来说，都成了一个热烈、温暖的节日。至 2016 年，“思想猫”奖历经十届，先后有 78 人次，共 61 位本科和研究生同学获得该奖。历届参奖和获奖的儿童文学研究论文，其研究对象、话题、方法等呈现出颇为丰富、多元的面貌。一些文章或许不无稚气，但却洋溢着年青的热情和真诚的探求精神。我想，文亚老师和我们设立“思想猫”奖的初衷，也正是为了鼓励这样一种充满朝气的学习和研究精神。

我们红楼有一个大陆地区唯一的台湾儿童读物资料中心，也是在文亚老师的鼎力促成和推动下得以建立的。中心图书资料的组织、寄赠

工作从 1998 年就开始了。2007 年，资料中心正式挂牌，文亚老师兼任中心主任。在她的关心和持续努力下，馆藏资料日渐丰富。为了更充分地发挥这些台湾儿童读物资料的作用，也为了促进大陆学子对台湾儿童文学的研究关注，自第六届“思想猫”奖起，文亚老师与我商定，将参奖论文的研究范围锁定在台湾儿童文学研究方向。此后，历届获奖的研究成果，也经心思细腻的文亚老师推荐安排，有的发表在了《国语日报》《儿童文学家》等台湾报刊上。另有许多论文，则发表在了大陆的学术期刊上。“思想猫”奖以这样一种特殊的方式，成为两岸儿童文学研究交流的一脉支流。

认识文亚的许多朋友都知道，她是多么细致、体贴的一位完美主义者。十年间，她每年都会从台北飞来，为获奖的同学们颁奖，并送上她签名的童书或摄影作品。我相信，对这些获奖同学们来说，经由努力赢得这份荣誉，也成了他们学生生涯中难以忘怀的回忆、纪念和鼓励。印象至深是每年五月将至时，我们总会收到文亚老师预先寄来的一两个大箱子，箱里齐齐整整排放着她精心挑选、准备送给获奖同学的各种精美礼物和签名赠书，还有一份同样整齐的目录。即便如此，每次我们去机场或车站接她时，仍会看到她的超级行李箱。有同事戏称她的箱子是魔法匣，里面满盛着各式各样的礼物和惊喜。而每届颁奖会后，作为浙师大儿童文化研究院的客座教授，她精心准备的专题讲座，也成为我们师生们热切期待的一场儿童文学的思想盛宴。

这么多年的“思想猫”奖颁奖活动，文亚老师一次也没落下。我有时跟她说，太辛苦了，下次也可以不用亲自来啦。她说，只要我还走得动，我就来，我能来，说明我身体好，你应该替我高兴啊。我还能说什么呢。这么多年，文亚女士的优雅、从容、体贴、温暖，早已迷住了这里的孩子们和老师们。2009 年 12 月底，我们邀请她来金华过六十周岁生日，她欣然应允。那是一次多么难忘的聚首。记得庆生晚会上，同学们准备了一个个充满深情而又欢快无比的节目，文亚老师则给同学们派发年末红包，真如家人分岁，其乐融融。这份情谊在我们每个人心里的分量，远远超越了一个奖项本身。

十年之期，“思想猫”奖落下帷幕，但我们对儿童文学的热爱不会落幕，我们对于文亚老师传递而来的一种“思想猫”式的思考精神和人生姿态的向往，也不会落幕。

十年携手，十年砥砺。我要衷心感谢亲爱的桂老师。您十年的守护、激励和亲如家人般的陪伴，是我们儿童文学学科发展和师生们人生历程中遇见的一次美丽的馈赠和缘分。

感谢一届又一届同学们的参与和分享。如今许多同学已星散四方，但曾经的“思想猫”奖，是深深刻入我们青春的一枚共同的印记。

感谢一届又一届评审老师们的支持与付出。你们深厚的专业素养和清明的学术襟怀，同样成为“思想猫”奖十年历史上灿烂的篇章。

感谢出版这本十年“思想猫”获奖文集的福建少年儿童出版社，感谢你们为这场温暖而美好的盛事，划上一个圆满的叹号！

2016 年 3 月 25 日于丽泽湖畔

（本文系方卫平主编《思想猫的步履》一书的序文，福建少年儿童出版社 2016 年 5 月出版。题目为收入本书时所加）

西方学术资源与当代中国儿童文学理论建设

从近现代学科建设的意义上来考察，中国儿童文学理论批评学科已经走过了将近一个世纪的学术跋涉和知识积累历程。回顾历史，我们会发现，外来学术文化资源，尤其是西方学术文化资源的输入和传播，构成了近百年来中国儿童文学理论批评学科建设的基本知识背景和主要学术源头之一，影响着儿童文学理论批评作为一种知识活动的现实走向。

清末民初，中国现代儿童文学学术建设最早的参与者们，在西方哲学、人类学、教育学、心理学、文艺学、社会学、文化学等学科知识的熏陶和装备之下，以“儿童本位”为核心观念，以令人惊诧的学科跨度，完成了中国现代儿童文学知识体系最初的言说和构建。20 世纪 50 年代，苏联儿童文学理论体系的移植和影响，在满足了一个时代的儿童文学理论渴望和需求的同时，也把中国儿童文学理论批评改造成了相对单一的意识形态话语，并且随着历史的演进日益显露出其学理上的贫弱与尴尬。在 20 世纪 70 年代末、80 年代初中期以来的中国儿童文学理论批评进程中，人们继续延续着这种集体学习的激情和渴望。从某种意义上说，20 世纪中国儿童文学的理论批评和建设，就其基本的学术依托而言，是人们不断借鉴外来学术资源、不断集体学习的结果。

最近 30 年来的中国当代儿童文学理论建设，在借鉴外来理论资源方面，走过了一条特殊的学术路径。起初，在新时期文学发展和文艺思潮变革的大背景下，人们对西方文艺学乃至整个当代西方人文学科都产生了朴素的热情和学步的冲动。神话原型批评、接受美学、精神分析理论、英美新批评、现象学、结构主义、后现代主义、女性文学批评，还有发生认识论、格式塔理论、系统论等周边学科的理论学说，都成了新时期儿童文学研究者，尤其是中青年儿童文学研究者们所热衷的学习内容和知识领域。尽管这些学习和吸收所带来的理论转化和建设成果十分有限，而且其后也遭到了某些保守人士的抨击，但这一吸收和借鉴，对于那一时期儿童文学研究者们的知识更新和拓展，对于那一时期儿童文学的理论转型和建构，无疑都发挥了积极的促进作用。

而若干年来，我们对国外儿童文学理论资源的直接关注、吸收和借鉴，也构成了一份虽然有限却也持续不断的出版清单。能够列人这份清单的译介著作主要有周忠和编译的《俄苏作家论儿童文学》（1983——中译本出版年份，下同）、上笙一郎的《儿童文学引论》（1983）、安徒生的《我的一生》（1983）、布鲁诺 · 贝特尔海姆的《永恒的魅力——童话世界与童心世界》（1991）和《长满书的大树》（1993）、鸟越信的《世界名著中的小主人公》（1993）、穆拉维约娃的《寻找神灯——安徒生传》（1993）、麦克斯 · 吕蒂的《童话的魅力》（1995）、约翰 · 迪米留斯等主编的《丹麦安徒生研究论文选》（1999）、松居直的《我的图画书论》（1999）、维蕾娜 · 卡斯特的《成功：解读童话》（2003）、杰拉 · 莱普曼的《架起儿童图书的桥梁》（2005）、奥兰斯汀的《百变小红帽：一则童话三百年的演变》（2006）、松居直的《幸福的种子：亲子共读图画书》（2007）、艾莉森 · 卢里的《永远的男孩女孩：从灰姑娘到哈里 · 波特》（2008）、王逢振主编的《外国科幻论文精选》（2008）等。毋庸讳言，在最近 20 多年来的中国儿童文学理论建设进程中，这些著作都或多或少地参与、影响了（或将要影响）我们在儿童文学相关论域的理论思维和学术建设进程，同时，从学术文化交流的角度看，它们的出版也在相当程度上反映了人们借以了解世界的愿望和努力。

或许，今天我们对外国儿童文学的学术译介工作已经抵达了一个新的历史阶段，这就是：根据中国当代儿童文学理论建设的现实需要和学术走向，对当代外国儿童文学理论研究成果进行更加自觉、更加系统，同时希望也是更加有效的译介和引进阶段。这套共计四册的“当代西方儿童文学和儿童文化理论译丛”第一辑的出版，就是在此背景下，各位译者、出版社和主编等各方共同努力的成果。

收入这套译丛的四部儿童文学理论著作，是我们从20世纪90年代以来出版的欧美儿童文学理论著作中精心挑选出来的。它们是加拿大学者佩里·诺德曼、梅维丝·雷默的《儿童文学的乐趣》（陈中美译）和英国学者彼得·亨特选编的《理解儿童文学》（周惠玲等译），美国学者杰克·齐普斯的《作为神话的童话/作为童话的神话》（赵霞译），美国学者蒂姆·莫里斯的《你只能年轻两回——儿童文学与电影》（张浩月译）。

《儿童文学的乐趣》是一部论题组合新颖、开放，论述方式严谨而又不失个性的概论性著作。该书涉及对儿童文学概念和范畴的理解、儿童文学教学活动、儿童文学阅读与接受、童年概念、儿童文学与市场、儿童文学与意识形态、儿童文学基本文类及其特征等内容，并提供了将各种当代文学理论应用于儿童文学研究的示例与可能。该书主要作者佩里·诺德曼是当代北美儿童文学理论界具有代表性的学者之一，20世纪80年代以来，他的研究和批评文章频繁地出现在各种重要的英语儿童文学学术刊物上，并以其广泛深入的话题探讨和活泼诙谐的论述风格始终吸引着评论界的关注。《儿童文学的乐趣》一书是他最广为人知的一部著作，它较为综合地反映了诺德曼本人的儿童文学研究和批评理路。他在书中所提出的对于儿童文学文类特征的再认识，对于“儿童文学的乐趣”及其实现途径的思考，以及对于如何将当代文学批评的理论资源运用于儿童文学批评的尝试，对当代英语儿童文学教学和批评产生了广泛的影响。《儿童文学的乐趣》第一、二版分别出版于 1992 和 1996 年，纳入本次译丛的系诺德曼与同事梅维丝 · 雷默合作修订的第三版。与前两个版本相比，第三版在内容上有了更大的扩充，结构体例上也有了新的改进。除了将儿童文学各种文体更为全面地纳入其中外，关于西方文学理论资源的借鉴部分也显得更为独立和系统，同时，20 世纪末和 21 世纪初以来儿童文学领域出现的一些学术话题也得到了新的探讨。该书已经成为目前北美地区高校儿童文学专业的主要教材。

《理解儿童文学》一书是编者彼得 · 亨特从《儿童文学国际指南百科》（*International Companion Encyclopedia of Children' s Literature*）中精心选摘的 14 篇论文，它们在一定程度上代表了当代西方儿童文学研究的基本面貌。这些论文主要涉及儿童文学传统概念（如儿童文学、童年等）的理解以及新历史主义批评、意识形态批评、语言学与文体学批评、读者反应批评、女性主义批评、互文性批评、精神分析批评、文献学批评、元小说理论等在儿童文学领域的应用等。彼得 · 亨特是英国知名的儿童文学学者，也是《儿童文学国际指南百科》的主编。这一组从该《儿童文学国际指南百科》第一部分“理论与批评方法”中摘取的学术论文，其作者都是英语儿童文学研究相关领域具有一定代表性的学者，它们从一个多维的研究角度展示了当代儿童文学研究在理论上的拓展可能，也在很大程度上反映了当代西方儿童文学研究的最新进展。它们在运用、借鉴不同批评方法进行儿童文学理论阐发的同时，也显示了这种借鉴和运用所可能具有的理论上的创造性。

《作为神话的童话 / 作为童话的神话》是西方当代童话研究的代表著作之一。作者杰克 · 齐普斯以童话的古今发展与演变为基本背景，从五组个案出发，细致解读了童话中所蕴藏的“神话”因素。他指出，许多经典童话在今天已经成为代表着永恒真理的神话。但恰恰是在这些仿佛来自久远年代的“真理”中，积淀着特定时代的意识形态内容。当代童话阅读与创作不应仅仅成为对于这些古旧的意识形态内容的全盘接受，而应当致力于发现和揭示出那潜藏在真理假象之下的“神话”内涵。本书最后，齐普斯在测绘当代美国童话可能的发展方向的同时，也提出了在当代童话创作中打破童话“神话化”的樊笼，挣脱传统的、旧有的、神话式的意识形态束缚，以求发挥童话的社会批判功能的期望。本书作者齐普斯是当代西方童话研究界最重要的学者之一，他从文化批评的角度切入童话及其当代形式研究的一系列成果，在西方儿童文学界产生了深远的影响，其研究对象涉及文学、电影、电视等多种文本形式。有人甚至断言，自齐普斯以后，人们再也不能无动于衷地欣赏迪士尼对于经典童话的各种改编了。这本《作为神话的童话 / 作为童话的神话》是齐普斯一个阶段的童话研究论文集，但个中许多论点基本上代表了作者本人童话研究的主要立场和观点。本书中，齐普斯的分析和论述同时结合了历史的厚重感与当下的现场感，他对于古典和现代童话的“神话”内涵的提取过程展示了理论分析本身的魅力。

《你只能年轻两回——儿童文学与电影》一书则站在儿童文化的大背景上，从具体的儿童文学和儿童电影出发，论述了成人、儿童、风俗、社会力量之间的关系，并揭示了当前电影中的儿童成人化和成人儿童化倾向。此外，本书还用相当的篇幅论述了儿童图画书的相关品质等问题。作者的论述涉及从纸质图画书到电影屏幕、从传统的经典文本到当代流行文本的广阔论域，并结合自己的教学和养育经验，探讨了历史上和当下的儿童文化所传达出的矛盾讯息。他指出，童书与儿童电影同时也是特定的时代焦虑与成人欲望的写照；而许多儿童文学和文化经典在呈现种族主义、男权主义与暴力的同时，其自身也总是与权力的运行紧密相连。在本书中，作者所拷问的并非儿童应当得到什么的问题，而是成人给了儿童什么。通过揭示我们的文化是如何通过视觉媒介看待儿童并与之对话的，本书提出了儿童文学与儿童电影中呈现的世界观所存在的种种问题。莫里斯的论述很容易让我们联想起另一部曾在20世纪80年代中后期一度引起争论的《以彼得·潘为例，或论儿童小说的不可能性》（*Jacqueline Rose. The Case of Peter Pan, or The Impossibility of Children's Fiction*, 1984）。如果说莫里斯的论述在一定程度上承接了罗丝在《以彼得·潘为例，或论儿童小说的不可能性》一书中所揭示的儿童文学的成人话语权问题，那么通过将图画书、电影等儿童文化领域的新媒介纳入其论述范围，他的这部著作不但拓展了罗丝的理论，也大大加强了其当代意义。

在当代西方儿童文学研究领域，这些著作都是具有代表性的理论成果。首先，它们反映了近20年来西方儿童文学学术界（主要是英语儿童文学世界）在研究领域方面视野的开拓。应该说，从20世纪70年代至今，越来越多的西方儿童文学研究者将研究目光投向了与儿童文学相关的儿童文化领域，致力于寻求和探讨儿童文学与童年文化之间的复杂关联；而这种探求构成了对于传统儿童文学研究话题的重要丰富与拓展。这一研究视野的开拓在本辑丛书中得到了十分鲜明的反映。例如，《儿童文学的乐趣》一书除了探究儿童文学及其阅读活动的方方面面之外，还探讨了诸如玩具、电视和电影是如何影响体验和理解文学的方式等话题，其主要作者佩里·诺德曼本人也是对于儿童文化始终保持学术敏感的一位研究者。早在1982年，他就为美国《儿童文学学会季刊》（*Children's Literature Association Quarterly*）编辑了题为《为儿童的商业文化：童书的一种语境》（*Commercial Culture for Children: A Context for Children's Books*）的专栏，其中收入了包括大众市场与儿童玩具、当代少年电影趣味趋势、儿童电视观看等话题在内的九篇论文。其后，儿童文化，尤其是儿童通俗文化也一直是诺德曼关注的焦点之一。同样，《作为神话的童话 / 作为童话的神话》一书将传统童话和现代童话纳入到广阔的人类社会文明史和意识形态背景上加以分析；而作者齐普斯从来不把童话的呈现仅仅限定在纸本意义上，他的许多研究都是以当代童话电影、卡通等为对象展开的学术探讨。《作为神话的童话 / 作为童话的神话》一书就专辟一章，就迪士尼动画的"神话"性进行了"祛魅"分析；而在其他各章的论述中，齐普斯的分析也时常跳出印刷文本的限制，将童话的现代呈现媒介也同时纳入论述范围。《你只能年轻两回：儿童文学与电影》一书则将儿童文学、儿童电影等的研究置于错综复杂的儿童与成人的"文化—权力"关系中加以探讨，同时也显示了鲜明的美国文化色彩和意识。

其次，这些著作反映了西方当代儿童文学研究方法不断更新、丰富的学术面貌。《儿童文学的乐趣》是一部教科书形式的理论作品，但正如作者自己所说的，在本书中，“我们运用了当代各种相关领域的研究和理论。比如，我们在艺术和感知理论的语境中检视图画书，在民俗学的语境中检视童话，在传播理论的语境中检视电视和电影,同时也在当前认知发展与教学法研究的语境中,探讨儿童的回应”；“关于对文学本身的看法，我们运用了当前许多理论的研究方法，包括女性主义和性别理论、符号学和解构主义，以及心理分析理论，并对这些理论做了介绍”。杰克 · 齐普斯拥有比较文学的研究背景，同时也曾在大学执教文化批评研究的课程，他的童话研究涉及哲学、神话学、文艺学、心理学、精神分析学、社会学、文化理论等多学科的背景知识和研究方法。而他在《作为神话的童话 / 作为童话的神话》一书中所展示的，已经远不仅仅是对于相关学科理论知识的一般借用，而是站在学术的高度，就相关理论进行批判性的检视和反思，继而做出具有创造性的运用与整合。《理解儿童文学》作为一部反映多种学科、多种方法研究儿童文学成果的学术文集，更是集中反映了当代西方儿童文学研究多元化的视角和丰富多彩的研究方法。

再次，这些著作也呈现了欧美儿童文学研究者各具特色的研究个性和风格。佩里 · 诺德曼的理论文字向来不按常理出牌，他看待问题的独特视角和理论论述的自由风格总是给人以清新的阅读印象。他与梅维丝 · 雷默的这部著作尤其显示了其思想和方法论方面纵横恣肆、挥洒自如的理论风格。作者十分重视在给定的话题和思考情境之中，为读者提供充分的独立思考和理论想象的空间；而他们对于特定儿童文学命题所提出的富有新意的理论思考和见解，也常常能够给读者以另辟蹊径的启迪。蒂姆 · 莫里斯的著作则以随笔一般的自由笔调，带领读者在充满美国文化元素和色彩的思想原野里驰骋和思考。而《作为神话的童话 / 作为童话的神话》《理解儿童文学》两部著作，或紧扣文本，广征博引，点面结合，收放自如，或由博返约，管中窥豹，严谨智慧而又妙趣横生。阅读这样的学术著作，我们在感受思想碰撞的同时，也会领略到儿童文学研究所可能具有的丰富个性和风采。而从四部著作所呈现的不同的问题发现与观点阐释方式中，我们也能够从一个侧面欣赏到西方儿童文学与儿童文化研究日益丰富的批评面貌。

不久以前，我在《在体制的边缘生长——论世纪之交的中国儿童文学理论批评》一文中曾经写到，研究方法的更新和丰富，是 20 世纪 80 年代中期前后中国当代文学研究领域一道独特的学术风景；儿童文学研究在 20 世纪 80 年代中期的方法论热潮中，也曾经历了一场小小的学术练兵和波澜不惊的理论哗变。进入 20 世纪 90 年代以后，整个当代学术界对西方学术文化思潮的译介、研究、借用比起 80 年代有过之无不及，但是，那种赶时髦的、急功近利的研究心态无疑已经逐渐被一种较为成熟、内敛的学术吸收和消化态度所取代，学术引进过程中初级阶段常见的那种还未真正掌握就生硬、急切地搬用新名词、套用新方法的“生吞活剥症”已经有了很大的好转。今天，中国当代儿童文学研究知识体系的创新和构建，仍然面临着一个如何继承已有的学术传统和知识积累，以本土儿童文学的创作和传播现实为依据，结合当代儿童文化生活实际不断推进的过程和任务。在这一过程中，如何面对和处理来自西方的儿童文学学术资源，同样是中国当代儿童文学理论界必须面对的任务和挑战。

我们知道，尽管“全球化”已经成为这个时代的普遍话语，但是，西方的思想和文论反映的毕竟主要是西方的思维、传统和文化，正如李欧梵先生所说，“西方文论所代表的就是一种西方的传统”，而“任何传统都有一个复杂的系谱”；除了回溯系谱之外，“还应该把文学理论放在它原来得以产生的文化环境来看，这就是理论背后的‘政治’和‘历史’”。（《批评的系谱》，《当代作家评论》2005 年第 5 期）因此，在了解、吸收乃至借鉴西方儿童文学学术资源的同时，我们应该也要时刻关注、思考中国当代儿童文学全部活生生的生活现实。我相信，今天中国儿童文学研究的学术提升和知识增长，同样离不开对于传统学术路径的依赖，对于现实文学生活的关怀，以及对于外来思想资源的学习和借鉴。

这套译丛的出版得到了各位著者、译者和少年儿童出版社的大力支持，译丛的最终面世，凝聚着许多专家、朋友们的热情、智慧和心血。在此，我们谨对他们致以最深切的谢意。

2008 年 12 月 22 日于红楼

（本文系“浙江师范大学儿童文化研究院红楼书系”第 2 辑总序，少年儿童出版社 2008 年 12 月版，另载 2009 年 3 月 21 日《文艺报》、2009 年春季号《中国儿童文学》理论评论专刊）

儿童文学接受之维

第一章　导论：走向接受之维

一　20 世纪：读者的复活

M.H. 亚勃拉姆斯在他的《镜与灯》一书中，曾经设计了一个著名的关于艺术活动系统构成四要素及其相互关系的三角图形：

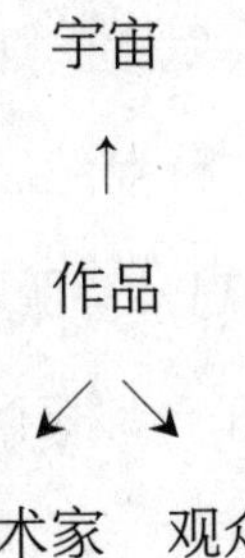

通过这个图表，亚勃拉姆斯发现所有的西方艺术理论都展示出可以辨别出来的一个定向，亦即趋向这四个要素的其中之一，因此可以顺理成章地将其分为四类，其中三类企图分别通过与宇宙、观众或艺术家的关系来解释一件艺术作品，而第四类则只孤立地考

虑作品本身。亚勃拉姆斯把这四种理论分别称为模仿论、实用论、表现论和客观论。有意思的是，当我们借用这个图表及其解释去考察 19 世纪中期以来西方文学批评理论的发展流程时，我们就会发现，其中蕴涵着一个由“作者中心论”向“作品中心论”“读者中心论”渐次转移和推进的逻辑过程。

按照英国学者特里·伊格尔顿的说法，“文学”(literature) 一词的现代意义只有到了 19 世纪才真正开始流行。在此之前，例如在 18 世纪的英国，“文学”是指社会上有价值的写作的总和：哲学、历史、杂文、书信以及诗歌等。因此，我们就把考察的目光先投向 19 世纪的西方文学批评理论。当时在实证主义哲学影响下，文学理论强调的是时代（宇宙）和作者的因素对文学作品的制约作用。实证主义的系统理论最早见于法国哲学家孔德于 1830 年至 1842 年间发表的著作《实证哲学教程》之中。这一哲学旨在把自然科学的方法和原理扩展到“艺术”学科中来。实证主义哲学家所关注的多半是可感知的事实而不是观念，是这些事实是如何发生的而不是为什么会发生。凡是不完全建立在感性证据之上的知识全都被斥为捕风捉影。19 世纪后半叶，这种实证主义成为一种主要思潮，对欧洲人的一般思想，特别是对文学研究产生了极大影响。法国学者丹纳于 1863 年发表了一部美国文学史。在“引言”一章中他以实证主义的最极端的形式对文学考证中的实证主义含义做了概括。丹纳认为，必须把文学文本看作是个人的心理表现，而个人又是他所处的那个环境和时代的表现。人的所有成就都可以参照这些原因得到解释。丹纳把它们概括为他那著名的三项公式，即“种族、环境、时代”。丹纳的主张在 19 世纪末 20 世纪初的欧洲和美国盛极一时。这种实证主义的考证式文学研究几乎完全局限于作品的事实性原因或起源上：作家的生平、有案可查的作家意图、他的直接的社会和文化环境以及他的素材，等。可以说，这是一种以作者 (writer) 为中心的文学批评理论。

进入 20 世纪，上述以实证论为基本研究形式的文学理论首先遇到了来自俄国形式主义者们的挑战和冲击。在形式主义批评者看来，那种以考证为主的文学研究由于注重传记、历史等的作用而显然削弱了文学本身在文学研究中的地位和重要性，实证论文学研究几乎已成为哲学、历史、心理学、美学、人种学、社会学等的松散的聚合体。因此，他们试图通过自己的理论活动证明文学研究的独立存在是正当的。形式主义者给文学所下的定义是一种找差异或对立的定义：文学的本质不是别的，而是它与其他事物的差异。而这种差异论的工作概念就是“陌生化”。他们认为，文学研究的任务是要分析实用语言与文学语言（主要是诗歌语言）相互对立之中的差异，唯有专注于差异因素才能保持它独特的研究对象。很显然，俄国形式主义者的理论旨趣在于文学语言形式的特异性、超常性，也就是说，他们把文学研究的重心从作者转移到了作品本身。

在此之后相继崛起并流行一时的英美新批评、结构主义等文学批评流派，也都注重对文学本身的研究；都坚持把文学与其他类型的写作区别开来，并且在理论上确定文学的特性；各自都以结构观念和相互联系观念为核心界定文学特性，并且把文学文本视为独立于作家与历史背景的研究对象，强调对文本形式本身分析的重要性。从 20 世纪上半叶到 20 世纪中叶，这些立足于作品本体的批评理论在西方文坛占据了显赫的位置。

20 世纪 60 年代中期，文学研究立足点的另一次重要的迁移发生了。这就是出现于德国的以姚斯和伊瑟尔为代表人物的康斯坦茨学派。这一学派不同于实证主义研究将作品的意义归结到作者或外部社会历史背景那里的所谓文学外部研究，也不同于立足于“自足”的文本的所谓文学内部研究，而是把研究重心放在文学的接受研究、读者研究、影响研究之上，并对文学“作品”的观念，对读者在文学活动中的地位、作用等提出了独特的理论阐述，因而被称为“接受美学”或“接受理论”。伊格尔顿说，接受理论“并不专门研究过去的作品”，而是“考察读者在文学中的作用，因此是相当新奇的发展”。[1] 这一理论认为文学作品是文本与读者相互作用而生成的，并强调读者的能动作用、阅读的创造性，强调接受的主体性，从而确立了以读者为中心的批评理论，推出了文学研究的一种新方式。可以说，接受研究的开展和接受美学的确立，使当代文学研究终于完成了对“读者—接受”这一长期被冷落的文学维度的进军和垦拓，也使整个当代文学的理论观念和研究格局发生了深刻的变革。

当然，如果深入进行考察的话，我们就会意识到，尽管对“读者—接受”之维的集中的、系统的，甚至是极端的关注、研究和理论阐述是由接受美学来承担的，但是在此之前或与此同时，许多属于不同的学术流派或怀有不同的文学信念的作家、理论家们，都曾经以各自的理论敏感性和觉察力对读者及其接受活动表达过许多热情和不容忽视的理论见解。例如，现象学美学的代表人物之一的罗曼·英加登就曾经在他的《对文学的艺术作品的认识》(1931)一书中分析了文学作品的存在方式及其结构。他认为，文学的艺术作品有四个层次：语词声音层次，或语音层次；意群层次，或语义层次；由事态、句子的意向性关联物投射的客体层次；以及这些客体借以呈现于作品中的图式化外观层次。同时，英加登又指出，艺术作品本身并不是审美对象，它包含许多潜在要素和不定点，而接受者通过阅读过程中的想象可以填补那些不定点，仿佛再现客体就像实在客体那样是确实存在的和充分确定的。英加登把这个过程称为读者对文本的“具体化”或“重建”。于是，他就把读者也纳入到文学活动的创造性过程之中去了。这种对接受主体在审美阅读活动中再创造作用的突出强调，直接启发了后来作为接受美学重要代表人物之一的伊瑟尔。

法国著名存在主义哲学家让-保罗·萨特1948年写了《文学是什么？》一书。萨特在这本书中也认为，对作品的接受是作品本身的组成部分；每一篇文学文本在写作时，作者都意识到潜在的读者，而每一篇文本也都包含着写作对象的形象，并在文本的每一个姿态中暗示着它所期待的接受者。用萨特自己的话来说就是：“……文学对象是一头奇怪的陀螺，它只存在于运动之中。为了使这个辩证关系能够出现，就需要有一个人们称之为阅读的具体行为，而且这个辩证关系延续的时间相应于阅读延续的时间。除此之外，只剩下白纸上的黑字。”[2]这就是说，文学的本质存在于读者的阅读过程中，阅读构成了文学本体的一个根本方面。

我们还可以从法国波尔多文学社会学学派的代表人物罗贝尔·埃斯卡皮的著作中找到同样的论述。埃斯卡皮认为：“凡文学事实都必须有作家、书籍和读者，或者说得更普通些，总有创作者、作品和大众这三个方面。”[3]而在整个文学社会化过程中，广大读者的作用是不容忽视的，作品只有获得了广大读者的理解才能获得生命。

此外，我们也不难从其他许许多多的诗人、作家和理论家那里读到类似的见解。法国象征派诗人瓦莱里曾经这样说过：“我的诗歌中的意义是读者赋予的。”法朗士则说：“我敢于肯定，我们对于《依里昂纪》和《神曲》中的每一行诗的理解，不会和原先赋予它的意义是一样的。生命意味着变化，我们的思想用笔记述下来，在我们身后获得的生命是从属于这一规律的：它们只有不断变化，成为与原先产生于我们心灵之中，而后问世时不相类似的东西。为我们后代所赞赏的东西，对我们来说将完全是陌生的东西。”[4] 而英国文学理论家伊格尔顿也这样说：“所有文学作品都是由阅读它们的社会‘再创作’的（只是无意识地），事实上，没有一部作品在阅读时不是被‘再创作’的；没有一部作品和当时对它的评价，能够简单地、不走样地传给新的读者群。”[5] 所有这些都提醒我们：在 20 世纪的文学观念中，对“读者—接受”之维的高度重视即使还不能说是一种理论共识的话，至少也算得上是一种普遍流行和广为认可的理论信念了。

耐人寻味的是，像俄国形式主义、英美新批评等恪守文学文本自足体的批评理论，虽然摆出一副“清高”的姿态，对文学活动中的“读者—接受”之维不屑一顾，但在其具体的理论展开和分析过程中还是无法“免俗”，无法与读者的接受反应过程彻底摆脱干系。例如什克洛夫斯基在谈到艺术的目的和手段时说：“艺术存在的目的，在于使人恢复对生命的感受；它的存在，在于使人感知事物，在于使石头显示出石头的质感。艺术的目的，在于让人感知这些事物，而不在于认知这些事物。艺术的手法使对象变得‘陌生’，使形式受到阻碍，增加感知的难度和长度，因为感知在艺术中本身就是目的，因而必须延长；艺术是体验对象的艺术手法的一种方式，对象本身则并不重要。”[6] 可见，艺术存在的目的并不是自足自律的，而是为了唤起人（读者）对生命和事物的新的感受，是一种功能性的存在物，而“陌生化”不过是实现这一目的及功能的一种具体手段和策略而已。在这里，什克洛夫斯基不知不觉地违背了形式主义恪守文本批评的理论信念和承诺，而“误入”文本之外的读者反应和接受领地。

同样，英美新批评派也未能回避“读者—接受”之维而实现他们的立足于纯文本的本体论批评的幻想。兰色姆在1941年出版的《新批评》一书中，就指责瑞恰慈、艾略特、温特斯和燕卜荪等新批评家流于“感受式批评”，并认为把判断作品的标准放在读者心理之中，而不在作品的结构中，必然使分析作品变成徒劳，从而导致所谓“批评的毁灭”。但是，令兰色姆“伤心”的是，当他本人进行具体的理论分析时，他也几乎无法回避接受在文学活动中所起的作用。例如，兰色姆认为暗喻具有明喻所不可能有的“奇迹性”，并承认这种“奇迹性”产生的条件是“如果我们所言当真，或相信所言”，“当我们用突然的、惊人的方法把两个完全不同的东西放在一起时……最重要的东西是意识努力把这两者结合起来。正因为缺乏清晰陈述的中间环节，我们解读时必须放进关系，这就是诗歌力量的主要来源”。兰色姆的这一说法几乎是几十年后结构主义的阅读反应模式论的提前的表述！[7]

相形之下，深受当代语言学的各种方法启发的结构主义文学理论家们尽管也强调对文学语言形式的探讨，但在对待文本与接受的关系问题上，态度无疑要坦率和明智得多。他们重视文学阅读中的“程式”(convention)问题，并认为如果要按一定的程式解读文学作品，那么读者就必须具有一定的“能力”。因此，结构主义者对接受的研究倾注了很大热情，并从中发展出一整套读者反应模式理论。

来自上述各个角度、各种旗帜下的自觉或不自觉的理论思考，汇聚成20世纪文学研究中一股巨大的学术浪潮，这就是对于文学活动中的“读者—接受”之维的空前的理论热情和深入研究。这股学术浪潮由于接受美学的崛起而被推向了极致。毫无疑问，它所带来的不是作者、文本的被淹没，而是一片读者的沙滩。

读者复活了！

二　历史一瞥

20世纪涌向接受之维的理论潮流无疑给了我们很大的启示和信心。不过，当我们的思维触角开始向儿童文学的接受之维延伸的时候，我们有必要回顾一下中国儿童文学史上那些围绕接受问题所留下的理论成果。不言而喻，这种回顾将为我们今天的接受研究，寻找和确定一个恰当的思维方位和理论起点。

众所周知，近代中国儿童文学的自觉是以儿童生理和精神特点的被发现和被承认为基本条件的。从儿童文学活动系统来看，这种发现和承认也就意味着对儿童读者自身的文学阅读心理和接受特征的发现和承认。由于当时社会历史条件的需要，这种发现和承认主要是通过两条具体思路来实现的：一是通过对无视儿童身心特点的传统读物的批评来清理各种否认儿童接受个性的旧观念；二是通过倡导新的儿童文学创作来更新人们对儿童接受能力及特征的认识。这来自一正一反两个方向的思考，初步确立了走向自觉时期的中国儿童文学界的接受观念。

对传统儿童读物的批评，往往也隐含着对儿童接受问题的思考。例如早在1902年出版的《杭州白话报》曾发表过一篇署名黄海锋郎的题为《论今日最重要的两种教育》的文章，其中谈“儿童教育”的一节在历数当时“训蒙的弊处”时说：“儿童只有记忆力，没有推理力。现在儿童初学，就叫他读‘四书五经’。那‘四书五经’是圣贤的大义微言，就是胡子一把的老先生，也不能够明白这个道理，何况那乳臭未干的儿童。所以儿童入塾读书，终日高声朗诵，却不晓得书中的意思，积久生倦，趣味毫无，反阻止了儿童好学的心思，埋没了儿童活泼的天籁。”在黄海锋郎看来，儿童不具备抽象的理解力（推理力），而阐说圣贤微言大义的“四书五经”只能抑制了儿童的阅读欲望。周作人1920年10月在北京孔德学校所做的题为《儿童的文学》的演讲中也指出：“以前的人对于儿童多不能正当理解，不是将他当作缩小的成人，拿‘圣经贤传’尽量地灌下去，便将他看作不完全的小人，说小孩懂得什么，一笔抹杀，不去理他。近来才知道儿童在生理、心理上，虽然和大人有点不同，但他仍是完全的个人，有他自己的内外两面的生活。”对传统儿童观和儿童读物的批评，实际上同时也就是对旧的儿童接受观念的清理和批评，这显然会有助于人们在新的认识基点上建立起对儿童文学活动系统的观点体系。

另一方面，对新的儿童文学创作的倡导，也要求人们对儿童读者的文学接受问题有一个合乎时代发展需要的认识，因为从逻辑上说，只有确立了合理的有关儿童的文学接受的观念，人们才可能有效地为儿童创作和提供适合他们阅读需要的文学作品。在这方面，晚清以降的数十年间，曾有许多文人巨擘发表过不少有价值的见解。这些见解在总体上有两个明显的相互关联的特点：第一，它们大多是从近代西方输入的儿童观、教育观以及其他科学成果那里获得理论启迪和支持的，因而不乏鲜明的时代感；第二，它们往往还停留在一般儿童学、人类学等学科的理论层面上，相对说来还缺乏同具体的文学接受活动的理论联系和转换，更缺乏那种结合具体活动而进行的带有实证意味的接受研究。

然而，这类研究无疑也在悄悄地、自觉或不自觉地进行之中。例如，中国第一部《儿童文学概论》（作者魏寿镛、周侯予，商务印书馆1923年初版）在论证儿童对文学的需要时，除了从儿童学、人类学、教育学等角度加以论述外，还举出了具体的阅读事实来加以证明：

> 再有一个很明显的证据，可以证明儿童需要文学，便是小学图书馆的阅书统计。我们校里——江苏第三师范附属小学——有一个小图书馆，儿童可以自由看书。里面书籍，分成小说、杂志、常识、文艺、卫生、格言、英文、游记、图书、游戏、国耻、实业、丛书、乡土、童子军、纪念、参考、查考几类。这是习惯沿下来的，不可为训。每周结算图书统计，小说总在百分之六十以上，文艺占百分之二十左右，游记丛书游戏各占百分之四左右，旁的不过百分之一二，或是不到。至于格言、实业、卫生三种，自从今年秋季开学以来，竟没有一个人看，这明明是儿童需要文学的证据。

通过对儿童实际阅读书目的分类统计来证明儿童对文学阅读的需要和偏爱，这种论证方式对于擅长于感悟式、印象式批评的中国学界来说，无疑是一种需要加强的、有益的理论手段和素养——虽然我们知道，接受研究并不等于简单的实证材料的堆积。

随着儿童文学研究的逐渐展开，接受研究的系统性、实证性等都有了很大的加强。20 世纪 30 年代前期陆续出版的徐锡龄编的《儿童阅读兴趣的研究》(上海民智书局 1931 年出版)、严国柱和朱绍曾编著的《儿童阅读书报指导法》(上海大东书局 1933 年出版)、林斯德所著《儿童读物选择法》(湖北黄冈大问书斋 1935 年发行)等书，围绕儿童阅读兴趣、阅读指导等问题，或大量调查研究，或系统、集中探讨，为人们提供了不少有价值的理论材料和见解。像《儿童阅读兴趣的研究》一书就是在向广州地区的公立学校和私立学校发出 16000 多份调查表，回收 5400 多份的基础上，经过甄别，一共汇总统计了 3027 份有效表格，然后撰写而成的一部有关儿童阅读兴趣的调查和研究性著作。《儿童阅读书报指导法》则是比较系统地探讨儿童阅读兴趣及其与阅读指导之关系等问题的理论书籍。全书共分七章，目录如下："第一章、儿童心理上的特质及其在教育上的地位""第二章、儿童与书报的关系""第三章、儿童阅读的环境""第四章、儿童兴趣于阅读上的利用""第五章、儿童阅读兴趣发展过程中的读物""第六章、怎样指导儿童阅书""第七章、怎样指导儿童阅报"。不难看出，作者对论题的研究已初具一种系统感。

应该说明的是，上述研究及成果的取得是以当时的教育观念和教育需要为背景的，换句话说，它们主要的还不是从文学的角度、审美的立场去看待、审视儿童的文学接受现象，而是基于教育的立场去研究儿童阅读的动机、功能及对阅读的指导等问题。例如徐锡龄在《儿童阅读兴趣的研究》一书的第一章《引言》中，开篇即说："儿童阅读情况怎样，乃是一件常被忽视而实则深值得注意的事项。依据专家研究结果，阅读的影响不特深及于学校中各科修业成绩，并且远及于成人的各项职业的公民的文化的活动。我们记着离校后智识增进的最重要来源是阅读，我们便感到阅读影响的重大。现代社会组织日趋繁杂，书报数目日增，阅读的需要亦日渐加多。我们对于儿童的阅读情况，便不能不详细注意。”而严国柱、朱绍曾所著《儿童阅读书报指导法》一书本身即是蒋息岑主编的《儿童教育丛书》中的一种。因此，侧重儿童教育的阅读研究虽然与儿童文学的接受研究有着极为密切的联系，但前者毕竟不能等于或代替后者。从这个意义上说，独立的儿童文学接受研究在当时的理论意识和学术气候条件下还不可能得到真正的展开，尽管朝向这一方向的理论思考或许从来就没有中断过。

理论在等待着适宜的历史机遇。

三　面向当代理论现实的思考

当代儿童文学研究走过了一段艰难的路程，关于儿童文学的接受研究自然也不可能有稍好一些的命运。考察当代儿童文学理论中涉及接受研究的部分，我们发现它大体上具有以下几方面的特征。

首先，从研究的具体内容看，主要是把文学接受问题归结为儿童文学创作如何顾及儿童的接受能力、作品如何让儿童读者乐于接受等这一类课题上。20 世纪 50 年代倡导“童心说”的陈伯吹坚信：“一个有成就的作家，能够和儿童站在一起，善于从儿童的角度出发，以儿童的耳朵去听，以儿童的眼睛去看，特别以儿童的心灵去体会，就必然会写出儿童所看得懂、喜欢看的作品来。”（陈伯吹《谈儿童文学创作的几个问题》）贺宜则激烈地批评了那些不是设身处地为“孩子”着想的“成人化”的作品：“这样写，孩子愿看不愿看？能懂不能懂？有用没有用？只是热衷于在作品中表现自己，卖弄才情；有时是长篇累牍的心理描写，絮絮不休的对话，使得孩子昏昏欲睡；有时是正襟危坐、道貌岸然地在作品中大谈其道理，使得孩子们望而却步，而他却自炫为‘严肃’；有时又是热心过分，把一些不必要对孩子谈的东西，例如男女恋爱问题，讲给孩子听……一句话，这些都是脱离了儿童实际（他们的生活、年龄、生理、心理、理解水平、接受能力和阅读兴趣）。”（贺宜《儿童文学创作的一个关键问题——儿童化》）在这里，围绕接受的有关思考是以儿童读者阅读本身的顺利实现为理论目标的。

其次，从研究所涉及的理论层面看，仍停留在对儿童心理学、教育学等理论的一般性的、浅层次的输入和搬用水平上，也就是说，儿童文学接受活动作为一种特定的审美活动类型，其构成要素、审美机制、发展特征等，并未获得真正的、深刻的揭示。例如一般地输入诸如儿童知识、经验、注意力、记忆、想象、情感等方面的阶段性特征，而没有把这一切置入、转化为一种文学接受过程中的心理现象来加以观照和把握，这种满足于对一般儿童心理学理论的浮光掠影式的了解和生硬套用的做法，显然不可能获得真正有个性的、有说服力和有价值的理论成果。同时，由于种种主客观条件的限制，在一个相当长的时期里，当代儿童文学研究所依赖和借助的基本上还是传统儿童心理学、教育学理论，而缺乏对当代已经大大发展、丰富了的儿童心理学、教育学的新的理论观念的借鉴。因此，除了有机械搬用之嫌外，当代儿童文学研究，包括仍处于零散状态的接受研究，还难免给人以一种理论的陈旧感。

再次，从具体的理论操作方法看，人们对儿童文学接受活动的研究和了解在很大程度上还处于一种经验型的水平上，即凭自己的主观经验、想象和愿望去推断接受活动的状况和作品对读者的影响，而不是从实际的接受情况出发来导出相应的理论分析。当然，接受活动作为接受主体对作品的反应过程，作为接受主体的一种情感活动和心理过程，它本身带有很大的个体性、内隐性特征。在西方，人们也曾为此而苦恼："由于受到行为主义研究传统的巨大影响，经验主义的方法论过多地强调可直接观察到的认识、行为迹象。这样，人们在研究情感过程和作品的效果时会遇到很大的困难。至今，人们对文学效果的研究在许多方面还局限在经验主义的方法论之中，因为人们不是研究接受者本身，而只是研究对接受者'起作用'的文学。"[8] 本来以强调研究可直接观察到的外在行为迹象为信念的经验主义方法论，在研究文学的接受活动时却不得不退缩到"作品"自身，这不能不说是一个残酷的事实。但是，这种脱离接受实际的"接受研究"所得出的结论究竟有几分可靠着实是令人怀疑的。事实上，当代儿童文学研究中那些更多来自人们想当然的、似是而非的关于儿童文学读者特征和接受状况的描述和判断，并不能为我们的理论分析和把握提供可靠的现实依据。毋庸讳言，对当代儿童文学读者的文学接受和艺术生活现状的缺乏了解，使我们的理论分析和判断常常不免显得有些自作多情和一厢情愿。例如，当一部印数只有一二千册的新作问世，而评论者却不惜用"不胫而走""广受欢迎"这样的字眼去评价和恭维它时，是不是显得很有点滑稽和好笑呢？虽然在实际的文化环境中，一部作品的发行量并不是必然地与它的艺术质量或品位成正比，但是缺乏文学读者的阅读和接受，毕竟是一种令人尴尬和遗憾的事实。因此，当代少年儿童读者到底在读些什么？他们的接受趣味和选择倾向究竟怎样？诸如此类的问题显然不是凭借经验主义方法所能回答的，而首先应该是一个需要做认真的实地考察的现实问题。

最后，当代儿童文学接受研究在理论视角、成果形式等方面都还处于相对零散、随意的状态，作为儿童文学研究的一个独立切入视角和理论分支的接受学研究还没有得到自觉重视和系统展开。应该看到，儿童文学理论研究的系统、深化，是与其各个分支领域研究的展开、深化分不开的，两者之间存在着互相补充、互相推动的理论联系：一方面，理论的系统研究构成分支研究的背景和参照系，为分支研究在某些具体环节上的深入提供可能的坐标和启示；另一方面，分支研究的深入又可以推动整个理论体系的深化和发展。就儿童文学的接受研究而言，由于"儿童—接受"之维在决定整个儿童文学活动系统的特殊结构和功能方面占有重要的位置，因此可以想见，关于儿童文学接受学的研究在整个儿童文学研究系统中也应该居于一个突出的位置。站在"读者—接受"之维来观照、透视、剖析儿童文学活动系统，将为儿童文学研究带来一些新的理论内容和价值。对此，我深信不疑。

这里应该提及的是，对于接受之维的思考已经在近年来的儿童文学研究中显示出了若干新的理论动向。例如，关于儿童心理视角的"儿童反儿童化"命题的提出，关于儿童读者对于空间的心理需求的研究，关于近年来少年儿童文学中的隐含读者的研究，等等，都为我们儿童文学界带来了新颖的理论成果和启示。可以预见，随着人们对当代解释学、传播学、接受美学等理论了解的增多和加深，儿童文学的接受研究也必然会进入一个自觉的、系统化的学术进程。

那么，站在当代的学术基准上来思考儿童文学接受之维，我们应该如何测定自己的理论方位？应该如何确定我们的研究策略呢？我以为，下述几个方面是必须考虑的。

1. 关于儿童文学接受研究的理论个性与学科定位问题。

如前所述，20 世纪文学研究中对“读者—接受”之维的重视形成了一股汹涌的理论浪潮。据不完全统计，从 50 年代到 80 年代，西方有关这一课题的研究专著、论文达四百余种。在这个过程中，诸如现象学批评、英美新批评、结构主义、精神分析学批评、文学社会学、解构主义、接受美学等，都曾经自觉或不自觉地为文学的“读者—接受”理论添砖加瓦，推波助澜。然而应该看到，同样是关注接受问题，上面这些批评流派的哲学基础、思想来源等却是不尽相同乃至针锋相对的。就以接受美学来说，其代表人物姚斯、伊瑟尔的理论研究渊源、侧重点、具体思想等都有很大不同。从理论渊源看，姚斯主要受当代哲学阐释学创立者 H．G. 伽达默尔及其代表作《真理与方法》的影响；伊瑟尔的直接理论来源则是波兰著名现象学美学家罗曼 · 英加登的美学思想。除了以现象学、阐释学为哲学基础和方法论依据的接受美学之外，精神分析学理论主要是从心理学角度涉及文学接受理论，而埃斯卡皮则在他的文学社会学研究中触及文学的接受和消费问题，如此等等，路子并不一致。因此从整体上看，西方文学理论中的接受研究处于多学科的交叉地带和多重视角的审视中，具有一种边缘性质。

于是，儿童文学的接受研究也就面临着一个学科定位和确定自身理论个性的问题。

毫无疑问，儿童文学的接受活动的主客体构成及其相互关系十分复杂，对它的内在结构和建构过程系统的研究不是某一个学科所能完成的，而必须由一个有机的学科群的携手努力才有可能展开。这正如美学家莫·萨·卡冈说的那样："不管怎样，现在已经可以完全确切地断言，艺术活动是复杂的多层次的系统，因此对它的研究不仅允许，而且无可争议地要求一系列科学的努力。"[9] 与儿童文学接受结构对应的学科群落中至少包括了儿童发展心理学、文学人类学、文学阐释学、文学符号学、结构主义、艺术教育学、文学价值学、文学社会学、艺术文化学等一系列学科。它们从不同的理论视角、环节、层面切入儿童文学接受领域，又相互支持、补充，构成相对完整、系统的儿童文学接受学研究的学科体系。

然而值得注意的是，在多学科的理论夹攻中，儿童文学的接受研究必须确立自身的理论个性和研究意识。一方面，单纯的阐释学、单纯的心理学或单纯的社会学研究路子，都无法完整、真实地描述、说明和解释儿童文学的接受问题，例如简单地搬用阐释学的接受理论，结果很可能是一种生硬、牵强的比附，而对了解儿童文学接受本身并无丝毫帮助；另一方面，在多学科的吸收、消化、融合过程中，儿童文学接受研究也不应丧失了自身的理论个性。这首先是因为，儿童文学活动系统中的接受现象是以自己独特的方式和意义呈现出来的，其中充满了有别于成人文学接受活动的新的因素、关系和变量。所以，儿童文学接受研究也必须寻找和建立自己独特的理论概念、范畴、命题、方法和逻辑系统，并从自己的理论创造和发现中去获得和确立自己的理论形态和生存价值。

2. 关于儿童文学接受研究的操作对象问题。

儿童文学接受研究的理论个性首先是由它的研究对象的特殊性所决定的，对此人们可能不会有异议。但是，对于如何认识、把握儿童文学研究的操作对象，人们的看法及在具体研究过程中的表现却是不尽相同的。按照接受美学和西方读者反应批评理论的说法，人们在研究中所使用的“读者”概念在不同情况下实际上往往有不同的所指：它有时候是指实际的接受活动中的“真实读者”，有时候是指作者在文本叙述中所虚设、暗示和要求的“隐含读者”，有时候又是批评家在文本批评过程中所悬拟、设计的“超级读者”（或称“理想读者”）。这几种“读者”概念是有很大区别的，如隐含读者实际上是文本的一种功能而不是真正手里拿着书的读者，超级读者则是对文本的理解达到完美的程度并对文本中每一个细微变化都能欣赏的人，他往往由批评家本人来扮演。由此看来，谨慎地认识、把握儿童文学的“读者”概念，对儿童文学接受研究的理论操作来说并不是无关宏旨的枝节问题。从以往儿童文学研究中的有关情况来看，虽然人们主观上试图区分和把握儿童文学接受对象的复杂性，如区分不同年龄阶段读者的不同接受特点，但是由于人们往往只比较注意年龄这一变量的关系，而较少考虑到更多的变量（如智力、性别、文化等）所带来的接受差异，所以在具体讨论过程中往往陷入以偏概全、似是而非的理论窘境。同时，由于对生动具体的儿童读者的接受活动缺乏广泛、深入的考察和了解，对现实的文学阅读流动缺乏敏锐、细致的调查和分析，所以我们往往以自己贫乏的理论想象力和僵硬的艺术感受力来代替少年儿童的实际文学接受状况，而真实发生的阅读事实则被无情地搁置在一边。面对干瘪了的接受“事实”，理论又如何能够鲜活起来！

面向丰富、生动的接受实际，面向流动、变化中的阅读事实，这是当代儿童文学接受研究中应有的操作意识。

3. 关于接受研究中读者与作者、作品之间的关系问题。

"接受研究"这一说法容易使人产生一种误解，即以为它只研究"读者—接受"之维而不考虑作者、作品等环节。事实并非如此。拿接受美学来说，它就不是仅仅研究读者因素，而是联系作者、作品来探讨读者的阅读活动。伊瑟尔在其代表作《阅读活动：审美响应理论》（中译本以《审美过程研究》为书名的正标题）中谈到读者对文本（一译"本文"）的领会时，就十分强调文本与读者之间的相互影响。他认为："阅读不是一种直接的'主观化'，因为它不是单向过程，而我们所要做的就是找到一种手段，把阅读过程作为本文和读者之间存在的一种能动的相互作用来描述。我们可以以下列事实作为出发点，即本文的语言信号和结构在激发读者不断发展的理解活动过程中，已经把它们的功能发挥到了极点。"[10] 由此可见，伊瑟尔是把阅读过程中读者的理解活动与文本的结构功能结合起来加以研究的。其实，文学系统作为一个由作者、文本、读者三个环节交互作用构成的动态流程，其各个环节之间存在着密切的艺术联系，试图将其中任何一个环节孤立起来研究的努力都是不可能成功的。这也就是"文本中心论"在实际的理论操作中不能实现其恪守文本批评诺言的原因所在。同样，封闭孤立的"读者中心论"也是注定要将自己导入理论的死胡同里去的。

事实上，儿童文学接受研究是以"读者—接受"之维为切入口和立足点来透视、分析、把握整个儿童文学活动系统的。如果说一般儿童文学研究在总体上对儿童文学流程的观照是取一种"散点透视”的方法的话，那么接受学研究则是取一种立足于接受者立场的“焦点透视”的方法。于是，我们的研究仍将由接受入手而兼及文本和作者，由此不仅能深化我们对儿童文学接受之维的认识，而且也将有助于我们更好地把握儿童文学活动系统流程中作者、文本、读者诸环节之间动态的艺术联系。

4. 关于儿童文学接受研究的理论意义和目的问题。

由于儿童读者在儿童文学活动系统中始终是一个极为重要的制约因素，因此长期以来人们已经习惯于从读者的角度来判断儿童文学领域的一切现象了。“小读者是否喜欢”，这几乎已经成为儿童文学界的唯一价值取向，成为人们在思考儿童文学现象时的一种“集体无意识”。应该承认，读者在儿童文学活动中具有比在成人文学活动中更为突出的独特的意义，没有小读者的存在，就没有儿童文学。但是另一方面，如果对读者的意义做片面的、绝对排他的理解，那么，情况就有可能背离人们的初衷，至少对于儿童文学研究（包括接受研究）来说，它将导致我们对儿童文学理论意义理解的偏狭和肤浅，并进而妨碍儿童文学研究水平的整体性提高。

对此，我在《儿童文学研究的理论意义》[11]一文中曾表述过这样的看法：儿童文学研究作为一个独立的学科，其理论价值和意义是多方面的。从一般的意义上说，理论来源于实践，又可以返回去指导、服务于实践，例如儿童文学理论可以指导儿童文学创作和小读者欣赏。这些当然是儿童文学研究的一个很重要的目的，也是儿童文学研究的一个重要的部分。但是，儿童文学理论除了服务于实践的应用价值外，还有一种理论自身的本体意义上的价值，它显示了人类在一定历史条件下的智力水平和思维的全部创造力，展示了理论自身的深邃、超拔的魅力。因此，我们不能把儿童文学理论的意义全部归结到研究儿童文学如何适应儿童需要这个单一的目标上。对于当代儿童文学研究来说，除了这个重要的、基本的目标外，还应追求一种超越以往儿童文学研究水准的更高的学术品位和更宏阔的理论境界。事实上，儿童文学研究的最高成果可以为整个文艺学、美学、心理学、教育学、哲学等学科提供思维成果和理论材料。儿童文学研究者应该有这样的学术胸怀和抱负。

同样，我以为儿童文学的接受研究也不能单纯以儿童读者自身的喜好为唯一价值取向，从而将自己的研究课题局限在诸如“儿童是否喜欢”“如何让儿童喜欢”这类课题上，尽管这些课题本身在儿童文学接受研究中无疑应居于一个重要的位置。儿童文学接受研究应努力站在与诸如美学、美育学、发展心理学、原始文化研究等同等的学术台阶上进行真正的理论交流和对话，从而不仅吸收和融合他人的成果，而且也“输出”和启示他人的思想。或许，对于我们来说，这在目前还只能是一种“痴人说梦”式的理论幻想，但是，对于那样一种宏阔的理论境界，我们虽不能至，而心向往之。

至少，历史在它曲折的进程中已经为我们制造和提供了现实的理论机遇，并且呼唤和催促我们的理论脚步迈向儿童文学的接受之维。

注 释

[1] 特里·伊格尔顿:《文学原理引论》，刘峰译，北京：文化艺术出版社1987年版，第91页。

[2] 柳鸣九编选：《萨特研究》，北京：中国社会科学出版社 1981 年版，第 4 页。

[3] 罗贝尔 · 埃斯卡皮:《文学社会学》，于沛译，杭州：浙江人民出版社 1987 年版，第 1 页。

[4] 王春元:《文学原理——作品论》，北京：社会科学文献出版社 1989 年版，第 95—96 页。

[5] 特里 · 伊格尔顿:《文学原理引论》，刘峰译，北京：文化艺术出版社 1987 年版，第 15 页。

[6] 朱立元：《接受美学》，上海：上海人民出版社 1989 年版，第 380 页。

[7] 参见赵毅衡：《新批评——一种独特的形式文论》，北京：中国社会科学出版社 1986 年版，第 95—96 页。

[8] 拉尔夫 · 朗格纳：《文学心理学——理论 · 方法 · 成果》，周建明译，郑州：黄河文艺出版社 1990 年版，第 141 页。

[9] 莫 · 萨 · 卡冈：《美学和系统方法》，凌继尧译，北京：中国文联出版公司 1985 年版，第 72 页。

[10] W. 伊瑟尔：《审美过程研究》，霍桂恒、李宝彦译，北京：中国人民大学出版社 1988 年版，第 144 页。

[11] 方卫平：《儿童文学研究的理论意义》，《文论月刊》1991 年第 6 期。

第二章　创作与接受之间的对话

一　儿童读者与成人读者

在此，我们首先要考察这样一个事实：儿童读者与成人读者在儿童文学接受中的同时存在。

从文学王国中为儿童文学标出一块相对独立的艺术疆域，这是近代和现代社会发展为人类精神生活带来的一大进步。从此儿童文学与成人文学比邻而居，并且以满足儿童的精神需求作为自己雄辩的生存理由。而在人们的文学观念中，同时也形成了下列读者与文本之间的对位关系：

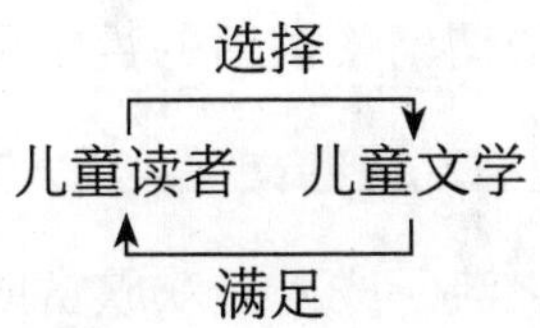

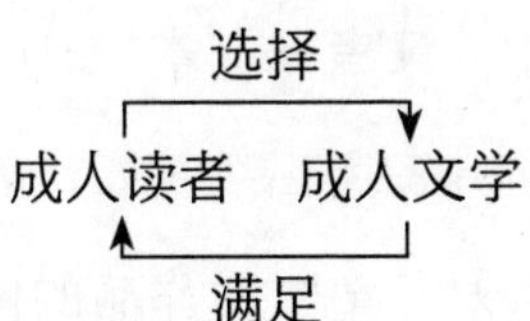

这一文学安排的必要性和合理性在理论上显然是毋庸置疑的。我们可以把这种“儿童读者选择儿童文学，儿童文学满足儿童读者需求；成人读者选择成人文学，成人文学满足成人读者需求”的相互并列的文学“选择—满足”位置及其现实形态称为“到位的接受”

或“接受的到位”。

很显然，这种到位的接受是一种普遍存在的、基本的文学事实，它从“读者—接受”的视角划定了儿童文学与成人文学两大文学系统。

但是，这一文学安排和格局并不能完全反映和涵盖实际文学接受中的随机性和复杂性特征。也就是说，各种各样的“越轨”行为随时都可能发生。从儿童文学的角度来看，事实是：它不仅被儿童所接受，常常也被成人所阅读。儿童文学领域闯入了来自成人世界的不速之客，我们把这种情况称为“错位的接受”（另一种“错位”是儿童读者越入成人领域，这将在后文论及）。

提出这一事实首先是因为它长久以来不被人们认识和重视，成了儿童文学研究中的一个理论死角。在一些研究者的观念中，儿童文学不可能被成人所欣赏，而只能是儿童的文学。如收入赵景深所编《童话评论》(1924) 一书中的戴渭清《童话的哲学观》一文即认为：“……成人有成人的文学，儿童有儿童的文学。成人文学，是成人真情之流；儿童文学，是儿童真情之流。成人喜欢欣赏成人的文学，不喜欢欣赏儿童的文学；儿童喜欢欣赏儿童的文学，不喜欢欣赏成人的文学。”在这里，两大文学系统中“读者—文本”一一对位，泾渭分明。这一看法在近年来仍被一些研究者所沿袭，如认为“少年儿童读者作为儿童文学作品的唯一对象，对儿童文学作品的价值和地位起着直接的、决定性的影响”。[1] 我以为，无视儿童文学作品被成人读者所阅读这一事实是不应该的，对儿童文学来说，成人的阅读和接受同样是一个有意义的事实。

作家宗璞在一篇题为《也是成年人的知己》的文章中写道：“童

话是每个童年的好伴侣。近年来更体会到，真正好的童话，也是成年人的知己。”的确，我们可以看到许多成人如痴如醉，为儿童文学作品而倾倒的阅读事实。英国作家格雷厄姆的童话《柳林风声》据说是作家在为他儿子讲故事的过程中写成的，作品出版后却同时受到了大读者的欢迎。曾经连任四届美国总统的西奥多·罗斯福在读完作品后写信告诉作者，他把《柳林风声》从头至尾一口气读了三遍。而英国作家高尔斯华绥在为奥地利作家费里克斯·萨尔登的童话《班贝》（中译名《小鹿班贝》）所撰写的前言中称这部作品“是一本有趣的书”，“就其感觉的细腻和本质的真实来说，我还没有见过任何一本描写动物的故事能同它比美”；“这是一部小小的杰作”。高尔斯华绥还特别描述了自己一家四位成人被《班贝》所吸引的阅读情景：

> 我是在巴黎到加来的路上，在过海峡之前读它的，我读的是校样。我读完一张，就递给我的妻子；她读完后，递给我的侄媳；侄媳读完后，又递给我的侄子。就这样，我们四个人静静地、专心致志地读了三个小时。凡是读过校样、尝过渡越海峡滋味的人都知道，能禁得住这样考验的作品是不多的，而《班贝》则是其中之一……

我们还可以举出一个典型的例子，就是柯罗连科。这位俄国作家在遭受被流放的厄运的时候，从流放地给自己的家人的信中所痴恋不忘的也是儿童文学：“我请求你们尽可能给我邮些儿童读物，原有的、新出的都给我邮来……有些是前一时期已经出版了的，我能叫得上书名的书；普希金的《渔夫和金鱼的故事》《库兹马·奥斯托洛普和长工巴尔达的故事》（这是被沙皇检察官篡改过的版本，后恢复为《神父和他的长工巴尔达的故事》），以及其他的他的童话作品（第三个版本）；莱蒙托夫的《沙皇伊凡·华西里耶维奇、勇敢的禁卫兵和年轻商人卡拉什尼可夫的故事》；还有，叶尔肖夫的《神驼马》；再还有如《说天道地》之类等广为流传的书……请你们给我买了寄来，越快越好。”这种痴恋，或许正是日后柯罗连科走向儿童文学创作的一种重要的驱动力。

类似的例子可以不断地列举下去。然而在这里，我们应该探问一下：成人读者何以会对儿童文学如此倾心相许？

细细推究读者方面的原因，成人对儿童文学的接近似也不能一概而论。如果大略地分析一下，其中最主要的是如下两类情况：

一类是出于“身份”或“职业”的需要走向儿童文学。在家庭中，家长的身份；在学校里，教师的职业需要；在儿童文学的社会化生产过程中，编辑、评论家的职业位置——如此等等，都会必然地把成人与儿童文学联系在一起。在这类情况下，成人读者所扮演的往往不是一个单纯的文学体验者，而首先是一个出于身份和职业需要的“检察官”或“法官”的角色。他们带着这种“角色”的职业眼光对作品加以估量和仲裁。一般说来，在文学活动中所发生的这种“错位的接受”是由成人与儿童在文学活动以外的社会关系所决定的，也就是说，这种“接受的错位”倒是由成人与儿童在社会系统中的某种“角色的对位”所造成的。

另一类情况是成人读者在阅读天性上、在文学心灵的深处与儿童、儿童文学有一种沟通、默契和认同感。在这类阅读中，成人摆脱了文学以外的种种功利目的和戒备心理，而进入到一种与儿童文学纯净的艺术交流和对话之中——他们在这里重温了久已失落的童年的梦幻，唤醒那潜埋着的童年生命感觉，仿佛又寻回了那随生命的消逝而变得十分遥远了的精神家园。这种独特的艺术体验，反过来又强化了部分成人读者对儿童文学的强烈的艺术回归感和认同感。以至于有人撰文希望儿童文学作家专为成人读者写一些儿童文学作品，并呼吁要保护“成人童话”，“祈愿不要把它视为混迹于童话门类的‘异己分子’！”这位署名“赵三钱”的大读者在文章中写道：“由于自己的偏爱，我常常叹惋，近年来，我们的‘成人童话’委实太少（质量又暂且勿论）。故而我完全赞同关于童话路子应更宽些、各种风格的童话都应受到鼓舞的意见。深望儿童文学作家们能写一点（毕竟也应当是一点）有特色、有分量的成人童话，满足‘老顽童’们的需求——归根结蒂，对于儿童，也是功德无量的事。”[2]

你看，成人读者非但喜欢儿童文学，而且还要恳求儿童文学作家们为他们创作“一点”“有特色、有分量的成人童话”！这种成人的阅读期待，事实上对儿童文学的艺术存在有着深刻的影响。作家程玮就曾表达过在创作中由于面对成人和儿童的不同期待和评判尺度而导致的两难困境：我“为自己的偏爱或评论家的评论所惶惑。有些自己偏爱的，或为评论家称好的作品，小读者却并不喜欢；而有些小读者喜欢的作品，却得不到评论家的青睐。儿童文学创作似乎出现一种分流：一种是儿童喜欢的儿童文学作品，一种是搞儿童文学的人喜欢的儿童文学作品。它们有时是一致的，而在很多时候是不一致的”。[3] 程玮在这里所说的“成人读者”主要是指儿童文学作家、评论家，即所谓“搞儿童文学的人”。这部分成人读者比起其他成人读者来当然对儿童文学艺术领域会有更大的影响，他们的艺术态度不仅直接影响着儿童文学创作，而且往往也能对儿童读者的阅读带来比较广泛的影响。

是的，那些依恋儿童文学的成人读者对童年无疑有更强烈的认同感，而当成人作为读者进入儿童文学接受领域时，努力拥有一种童年的艺术感觉、葆有一颗清纯的童心无疑也是必要的。然而问题在于，成人所怀有的“童心”还可能是童年时代心灵感觉的机械、原样的复归吗？

美国学者马修斯在他的《哲学与幼童》一书中对儿童的思维发展进行哲学分析时指出：“受过教养的天真无瑕和原始人的天真无知不一样。至少由于这样的理由，儿童的诗歌和成人的诗歌是不同的；至少也由于这个理由，哲学之于儿童和哲学之于成人也不可能是完全相同的。”[4]而我也想说，至少也由于这个理由，成人的童心与儿童的童心也不可能是完全相同的。成人的“童心”中渗透、融合了往往是成年人才有的理性、知识和对于人世沧桑的经验、感悟。这些成人“经验”的存在，使成人读者对儿童文学的接受成为一种超越童年后的童年反顾。这种“反顾”不是童年生命状态的机械复归和模拟，而是以成人的睿智、通达来重新建构、体味童年的生命状态，是以成人的艺术阅历和审美眼光来重新打量、探询那可能的来自艺术源头的信息和痕迹。我以为，在文学接受以及其他艺术审美领域，主体自然年龄的增长对于其审美经验来说既意味着某种失落和退化，更可能意味着某种丰富和深化。在个体对儿童文学的接受历程中，这种随着艺术阅历和人生阅历的不断丰富而产生的主体体验不断深化的现象几乎是每一个成年读者都曾遇到过的。在前面提到的宗璞的文章中，作者就谈到了成人对于安徒生童话作品的特殊体悟：

（童年的文学）记忆随着年龄增长，回想起来，更增加了魅力。也随着年龄的增长，若重读《丑小鸭》和《海的女儿》这些作品，会有记忆以外的完全新鲜的感受，会进入新的境界，领略新的意义。

很少孩子会注意到关于海的女儿怎样获得灵魂的描写，虽然安徒生还特别提出遇见好孩子可以帮助她快些得到人的灵魂；成年人则会在这灵魂问题上感到震撼，为之泪下。这种作品如同放在高处的珍品，幼年时也可见其瑰丽，却只能在人生的阶梯上登到一定的高度，才能打开那蕴藏奥秘的门。

每一个成人都曾经是一个儿童，每一个成人读者也都可能曾经是一个儿童读者。从这个意义上说，成人的儿童文学接受是童年阅读经验在新的精神里程上的接续、感应和延伸。对于特定接受主体来说，这是一种极为动人的、深刻的精神联系和交流，它展示着一切优秀儿童文学文本的恒久的、永不衰退的艺术魅力，也展示着人自身的精神空间不断扩展、不断丰富的历程。而儿童文学接受领域，不正是因为有了成人读者的介入，才变得更加丰厚、更有意味的吗？而反过来，那些对于儿童读者和成人读者有着双重的巨大艺术征服力的儿童文学作品，不也正是那些历来被人们不断品味、激赏的儿童文学精品吗？

我们永远应该郑重声明：儿童文学首先是为儿童读者创造的一个独特的艺术空间，同时我们也不必否认，儿童文学也是为成人读者预备的一份高尚的礼物。成人自然并不总是聪明的，他们中间也有混沌未开或趣味低下之辈。即使是聪明的成人，他也未必一定能与儿童文学的艺术天性产生沟通和感应，他也许可能会根据自身的禀赋或需要来理解儿童文学作品，而与真正的艺术趣味和精神却并不怎么相通，就像维纳在他的名著《控制论》《人有人的用处》中喜欢引用《爱丽丝漫游奇境记》中主人公的奇遇故事来同有规律的客观世界作对照一样，而天主教神学家们则把《木偶奇遇记》中小木偶的再生（指遇仙女得救一节）同耶稣基督的复活相提并论——虽然按接受美学理论来说，这样的理解和比附完全是必然的、无可非议的。称职的成人读者，能够借助自己与儿童文学艺术天性的默契感应，借助自己相对丰富和成熟的艺术感知能力来与儿童文学作品进行精神的对话和交流。这种对话和交流对于加强儿童文学的艺术自觉性，对于提升儿童文学的艺术品位，对于丰富儿童文学的艺术接受可能，无疑都是一种有益的、必要的艺术保障。

话已至此，我们是否可以说，成人读者进入儿童文学接受领域，实则是一种值得欢迎的接受错位呢？

我想是的。

二　创作的预设

如果说，对儿童文学的接受是读者以文本为媒介进行的一种艺术交流活动的话，那么在整个文学活动中，这种艺术交流活动并不是从读者阅读文本时才开始的，而是在作者进入创作过程时就已经开始了——这就是作者在创作活动中对读者的心理预设。

对此，文学接受理论专家梅拉赫曾提出过“接受模型”的概念。他认为，创作者与接受者的关系不只是从读者接受作品时才开始，而是贯穿于整个艺术活动动态过程的始终。艺术家从最初的酝酿和构思到写作、修改、完成作品，始终要同想象中的读者打交道，每个作家的心中都有意无意地悬拟、预设了自己作品的“接受模型”，并且在不同程度上依赖着这种“接受模型”。因此，“接受模型”对创作起着或显或隐的制约、引导作用，也就是说特定读者的接受期待通过作家的心理预设成为创作过程的有机环节，于是，创作过程就不是作者自身的因素所能全部解释的了。这是人们从接受视角反观创作过程时所获得的新的理论启示。

西方接受美学由于是以发现和确立读者在文学过程中的地位和作用为基本理论目标的，所以一般说来较少对创作过程进行专门探究。然而接受过程与创作过程在客观上的密切联系，使得接受美学的理论家们在研究读者时常常会顺理成章地涉及或过渡到作者及其创作过程。例如，伊瑟尔提出了“隐含的读者”(the implied reader)的概念，即作者通过作品的艺术部署所暗示的可能出现的读者。按照伊瑟尔自己的说法，隐含的读者“体现了一部文学作品发挥其效果所必不可少的所有那些部署——这些部署不是外在的经验现实设定的，而是由本文自身设定的。理所当然，作为一种概念，‘隐含的读者’的本质牢固地存在于本文的结构之中；它是一种结构，绝不能把它和任何真实读者等同起来”。[5]由此可见，所谓“隐含的读者”，是作者通过对文本构造的创造性安排而实现的一种对未来读者的预设和召唤，是创作过程的产物。

从儿童文学创作过程来看，这种对未来读者或“接受模型”的预设就显得更有必要了。这种预设的具体对象有时候可以是宽泛的，包括了成人和儿童。如安徒生就曾表示：“我写的童话不只是写给小孩子们看的，也是写给老头子和中年人看的。”马克·吐温在提到他那两部关于汤姆·索亚和哈克贝利·费恩的历险记时，有时说是“供成人阅读”的，有时候又称之为“儿童读物”。而英国作家克·斯·刘易斯在谈到自己写童话的动机时竟说：“我写这些童话原想只给自己看看……谁都不给我写我所喜欢的书，那么我便自个动笔来写。”

我国女作家宗璞在谈到自己重新提笔写童话后的创作思考时也说，这时的写作“不再只想到孩子，童话不仅表现孩子的无拘无束的幻想，也应表现成年人对人生的体验，为成年人爱读”。看来，前面谈到的成人读者对儿童文学的倾心和接受，就不仅仅是成人读者内心自发的阅读要求和接受取向，而且在一定程度上也是作者借助作品预设、召唤的结果。

自然，在儿童文学创作领域，儿童读者应当是扮演“接受模型”的无可争议的主角，而成人读者的存在至多只能是配角或“客串”性的。但深究起来，作为主角的儿童读者实际上也是一个身份特征看似明确，实则十分模糊、复杂的“接受群体”，其中充满了种种变量和差异。因此，儿童文学作家往往必须深入分析、识别和确认自己的接受对象。俄国作家阿克萨可夫在动笔写作《孙子巴格罗夫的童年》时曾写信给屠格涅夫：“我正在给孩子写本书，可不是给幼童，而是给十二岁左右的孩子。”这是从年龄变量的角度确认未来读者的身份。古印度的寓言童话故事集《五卷书》据传是为宫廷孩子阅读而采编的。这是从社会阶层、社会背景的角度来考虑读者。美国作家、《奥茨国的魔术师》（中译作《绿野仙踪》）的作者鲍姆曾用笔名为男孩子写过 6 本书，给女孩子写过 24 本书。这是从性别的角度来区别读者的接受差别。诸如此类的差异在儿童这一“接受群体”身上相互交织，形成儿童读者接受内部的全部复杂性。于是，儿童读者作为一种特殊而又复杂的阅读接受群体，对儿童文学作家的创作产生了深刻、复杂的影响和制约。概括说来，这种影响、制约作用主要表现在以下几个方面。

1. 儿童读者强烈的阅读期待和欲望常常会转化为作家创作的一种强大的内驱力。据说《爱丽丝漫游奇境记》就是作者刘易斯 · 卡洛尔在小读者的请求下写作出版的。终生未娶的卡洛尔对儿童怀有特别的爱心，这种爱心激发起他为孩子们讲述有趣的故事的兴致。他有一位名叫爱丽丝·哈特·李德尔的小朋友。聪明可爱的爱丽丝想听故事时就毫无顾忌地闯进卡洛尔的房间。有一次卡洛尔讲了一个美妙奇幻的故事，小爱丽丝听了一遍还不能尽兴，就请求卡洛尔把故事写出来。于是卡洛尔就以爱丽丝为原型和主人公的名字，熬夜写成了《爱丽丝地下历险记》，以后又扩写为《爱丽丝漫游奇境记》。这部应一位小姑娘的请求而写的作品后来成为儿童文学史上的名作。再如格雷厄姆的《柳林风声》也是如此。作家的儿子阿拉斯泰尔因为怕每天晚上听不到父亲讲柳林河畔经常出现的四种动物的故事，竟然拒绝外出度暑假。于是作者答应以通信的方式继续给儿子讲故事。他在1907年夏天给儿子的那些信，成了次年出版的《柳林风声》的基本材料。这些应十分具体明确的读者的阅读期待和请求而写成作品的例子当然是一种典型的、极端的情况。一般说来，作家在创作过程中不一定都有十分具体的接受个体来作为自己预设的读者，但儿童文学读者的现实存在无疑就是一种召唤、一种力量，鼓舞、推动着作家的儿童文学创作活动。

2.儿童读者作为"接受模型"引导乃至在某种程度上规定着作家创作中的审美追求和艺术价值取向。说到底，"接受模型"意味着一套特定的审美能力、态度和规范；作家预设的"接受模型"，也就是作家自身对一定儿童读者的审美能力、态度、规范的认识和了解。它以客观的真实读者为依据，又融合了作家的选择和再造因素，是作家想象中的一种人格化了的文学接受姿态。作为创作的制约因素，它并不是束缚作家的锁链，而是指引作家艺术探索和创造方向的审美路标。有了这个路标，儿童文学创作才有可能成为一种寻找自身艺术特性、审美形态和价值的自觉的精神活动，才有可能避开儿童文学艺术海洋中那些非艺术的暗礁。当拉格洛孚应瑞典教育部的要求准备写一部学校地理教育读物的时候，她显然面临着触礁的危险。然而所幸的是，拉格洛孚对自己的“接受模型”有着深刻的了解。在《尼尔斯奇游记》中，她把一个生动、奇妙的童话故事交给了小读者，而这一切的前提，是她必须把瑞典的自然、社会、历史知识传授给小读者。为了真实和准确，女作家甚至跋山涉水，实地考察飞鸟的路线。拉格洛孚的成功，在于她没有陷入一种单纯的知识价值取向，而是在写作中响应、整合了小读者的审美期待。相反，如果作家的“接受模型”是游移不定、模糊不清的，那么对于儿童文学创作来说，这并不是一个无关紧要的问题。冰心在《我是怎样被推进儿童文学作家队伍里去的》一文中回忆《寄小读者》的创作情况时曾写道：“那是在 1923 年我赴美留学之前，答应我的弟弟们和他们的小朋友们，我会和他们常常通信。当时的《晨报·副刊》正开辟《儿童世界》一栏，编辑先生要我把给孩子们写的信，在《儿童世界》内发表，我答应了。《寄小读者》虽然写了二十多篇，但是后来因为离孩子们渐渐远了，写信的对象模糊了，变成了自己抒情的东西，此后也没有继续下去。”冰心先生说这番话的原因部分是出于老作家的自谦，同时也的确说出了一个多少使人感到遗憾的事实。

3. 儿童读者作为接受群体，其整体接受特征、内部的接受差异及其历史演变等，都会对儿童文学创作构成宏观上的调节和制约作用。也就是说，儿童文学创作在整体上不仅受到一定社会历史条件、文化背景、审美传统等因素的影响，而且也受到一定时代文化环境中儿童接受群体的各种特殊的阅读期待的影响。例如，我国当代少年儿童由于所处的社会文化和艺术文化环境的变化，其审美趣味和接受期待也发生了某些深刻的变化。这种变化要求作家必须在一些方面调整创作中对“接受模型”的传统预设，并根据变化了的读者接受视界探索当代儿童文学的新的接受可能。因此可以说，当代少儿文学的探索姿态，在一定程度上正是当代少年儿童读者新的阅读姿态投射、影响的结果。

儿童文学作家的创作预设，体现了儿童读者接受特点对创作活动的深刻影响，而“创作—接受”之间的相互对话、相互作用的独特性，便构成了儿童文学审美过程特殊性的基本内容。当然，作家的创作预设有时候是具体而明确的，有时则相对宽泛一些，甚至可以包括成人读者；有时候是自觉设置的，有时候则不那么自觉，甚至是下意识的；有时候是稳定的，有时候又是不断变换的。因此，情况相当复杂。同时，创作的预设只是作家主观上的一种对话愿望、一种审美召唤，与儿童读者现实的文学接受姿态之间并不存在着一一对应的必然关系。因为一旦进入接受领域，儿童读者的个体阅读动机及其审美能力的能动性和局限性，都有可能令作家预设的、潜在的对话可能在具体接受的现实转化过程中大打折扣，甚至全盘落空。

读者不是僵死的“靶子”，作者难以百发百中。创作是“活”的，创作和接受共同构成了文学的“活”动。

三　儿童接受动机初探

儿童文学作家的创作预设是以作家对作品未来读者接受姿态及其阅读潜能的特定理解和认识为基础的，其中当然也包括了作家对读者接受动机的想象、猜测和认识。接受动机是推动儿童读者进入文学接受情境的心理动力，也是作家在创作中确立自己的文学“话语方式”的基本依据之一。

按照波林的说法，“动机问题旨在确定一切生命机体活动的推动力和诱发力”。[6]由于人的动机在其心理过程中不是绝对独立的现象，因而动机心理学研究的实际内容是十分丰富的。正如查普林和克拉威尔所说的，当“我们审查动机心理学的范围时，可以明显看出这一领域既广阔而又复杂”，它至少包括了这样一些内容：1. 研究如何改变同饥、渴、性等有关联的生理状态的问题；2. 情绪状态与动机的关系；3. 习惯有时作为动机的条件和催化剂也可以进入动机研究领域；4. 心向、态度和价值等复杂的认知过程一部分也是由动机因素合成的；5. 刺激因素和其他环境影响作用于动机过程，也理所当然地包括在理论与实验两方面的动机研究范围内。[7]同样，对儿童读者阅读动机的探寻，也将涉及儿童生理、心理、文化范型等各个层面的动力机制问题。这些内容构成了儿童阅读心理学研究的重要部分。在这里，我们准备先从发生学的角度对儿童文学接受动机问题作一初步的探究。

从字面的意义上说，儿童接受动机的“发生”可做三种理解。其一是指阅读作为童年生命机体活动形式的本原性的动力生成，即严格意义上的个体阅读动机的发生过程。它探究儿童的生物机能是如何转化为一种精神的能量和动力，从而产生对文学阅读永恒性的需求的。其二是指儿童阅读动机的当下性发生，即儿童对文学的永恒性的需求动机在某种具体的文学规定情境中的随机性的发生。这种随机的动机发生往往表现出一种偶然性、个别性、当下性的特点，然而它与儿童阅读的永恒动机却有着深刻的联系。其三，儿童接受动机的宏观的历史文化生成。儿童阅读动机作为一种内隐的“生理—精神”动力，无疑还将受到来自特定历史和文化方面的力量的影响和牵制。一种历史氛围和文化力量可以唤醒、推动儿童的潜在的阅读需求，可以规定、塑造某种特定的“动机—需求”模式，同时它也可能扼制、抹杀这种动机，甚至从根本上拒绝承认这种动机的存在。以上三方面的内容是相互联系的，而第一方面内容即儿童接受动机的本原性生成无疑应该是发生学研究的最基本的、核心的内容。

从发生学的角度看，动机的生成是与生命体的生存方式和生存需要相联系的，因此，“通常作为动机理论基点的需要是所谓的生理驱力”。[8] 苏珊·朗格在《艺术问题》一书中谈到生命的形式时曾指出，一切有生命的事物都是有机体，它们所具有的基本特征也就是有机体内有机活动的特征——不断地进行消耗和不断地补充营养。这种生物学层面上的本能性需求特征是人与动物所共有的。心理学家默里曾经区分了有机体的两种不同的需要：内脏性需要和心因性需要。前者是第一级的由机体内部组织引起的需要，它反映有机体的普遍的生物需要；后者是第二级的由内脏性需要导出的一种需要，它与任何特定的器官活动过程和生理满足没有直接联系，如成就需要、交往需要以及自主、支配需要等。[9] 根据默里的说法，我们可以知道内脏性需要是人与动物所共有的，而心因性需要则基本上是人类所特有的较高层次的需要。虽然根据研究证明，在动物界中，黑猩猩也有“利他、友好、爱等一类行为（也许根据普通的观察，狗应该包括在内）”，[10]但是，“在人那里比在其他动物那里更强烈的需要，是对信息、对理解、对美的需要（或者是对于对称、秩序、完美的需要等）”，而且，这种需要“在人身上是向高峰发展，而不是趋向废退。人是所有动物中最富有科学、哲学、神学，以及艺术精神的”。[11]高层次的心因性需要，是人的需要与纯动物性需要的基本区别。马斯洛通过“临床—人格学”基础上的研究发现，在某些人身上，确有真正的基本审美需要。丑会使他们致病，身临美的事物会使他们痊愈。他们积极地热望着，只有美才能满足他们的热望。马斯洛进一步指出：“这种现象几乎在所有健康儿童身上都有体现。这种冲动的一些证据发现于所有文化、所有时期，甚至可追溯到洞穴人时代。”[12]可以说，对文学艺术、对美的需求已经成为人类的一种文化本能。这种文化本能在人的实践活动中逐渐生成、巩固下来，并通过种系的文化遗传和个体传递方式而代代延续。因此，在个体儿童身上，生命的初始状态即表现出明显的艺术审美需求倾向，同时也蕴涵着无限的文化造型的潜能。这种审美倾向属于儿童的一种高层次的精神需要，同时它又与儿童的生理能量和身体运动方式有着密切的联系。换句话说，儿童的艺术需求，包括文学阅读需求，既是心因性的，又深深地植根于儿童的“生理—运动”机能之中。

上述对儿童阅读动机的发生学的探讨告诉我们，儿童的“生理—心理”机能需要在与外界的“物质—精神”有机融合的文化环境的能量交换过程中达到身心的平衡和发展。因此，交流便成为儿童身心发展的本能要求。美国发展心理学家H·加登纳就认为，交流是人类的一种本能需要，儿童一出生便有着强烈的交流要求，而文学艺术又是人类普遍而又重要的交流手段，所以儿童与文学艺术的缠结便是一种自然的过程，这一过程有利于儿童大脑和整个身心的发育与成长。马斯洛认为："了解和理解的需要在幼年晚期和童年期就表现出来，并且可能比成年期更强烈。不仅如此，无论怎样解释，这似乎是成熟的自然产物而不是学习的结果。孩子不必要人教他去好奇，但是却可能被收容教养机关教导不要去好奇……"[13]然而，从文学接受角度看，儿童会带着他们对世界的不可遏制的强烈好奇心和理解的愿望而接近、进入文学世界——这是一种永恒的审美动力和接受冲动。

不过，从个体儿童阅读动机的发生来看，其阅读冲动还只是一种可能性，一种审美潜能。在这种可能性向其现实性的转化过程中，个体儿童阅读动机的具体心理内涵往往要受到来自多种自然因素和文化通道的限制和规定，而且往往被打上了个体的心理印记。例如，儿童的智能障碍、文化生存环境的状况、个性心理特征等，都会直接或间接地影响个体儿童阅读动机的形成和具体心理内容。那些智能方面有缺陷的儿童，其阅读动机的产生往往较同龄的智能健全儿童要迟缓，对阅读的需要程度较弱，主动性也较差。同时，即使同样是智能健全甚至智力超常的所谓天才儿童，其具体的文学阅读动机往往也因人而异。美国学者加勒格尔在其《天才儿童的发现和教育》一书中以四个天才儿童读者赛尔达、克伦晓、乔、萨姆为例，分析了他们对文学的不同兴趣和动机。其中，赛尔达和克伦晓很喜欢文学课，每天都盼望上这方面的课。乔也表示，与数学和自然科学这样的课相比，他更喜欢语言艺术课。只有萨姆对语言艺术不感兴趣，他宁愿学习数学而不愿参加语言艺术活动。再深入一步研究发现，赛尔达和克伦晓都对文学表现出极为积极的态度，但他们的动机大不一样。赛尔达喜欢语法和语言学的结构性，并迷恋于揭示文学和诗歌中所隐藏着的体系和规则。因为她掌握的词汇多，语言技能非常好，所以她既学得好，又不费力。相反，克伦晓喜欢文学是因为它给他以施展想象力和创造力的机会。他特别喜欢写小故事和诗歌，并感到这时的学习不再是被动的了，他能有效地表达自己的思想。而乔喜欢文学则是出于另外一种极为不同的动机：在这一领域内，没有像在学习自然科学和数学时所感到的那种压力（每天要交作业）。也就是说，促使乔喜欢文学的原因是这一领域中较小的学习压力。另外，萨姆由于其文化背景和家庭背景不同，所以他对其他学生喜欢文学学习感到迷惑不解，而他自己也并未从这种学习中得到乐趣。[14]

在这些例子中，文学阅读动机与学习动机、学习能力有着密切的联系。在另外一些情况下，阅读动机还可能受到教师、家长以及其他成人的态度的影响。作家让-保尔·萨特曾经在他的自传中谈到自己童年时代阅读古典作品的情况。因为家人过分欣赏他的早熟，他就以阅读古典作品来取悦于家里人。有一次，他躺在床上装病。当他听到门外的脚步声时，他就连忙爬起来，拿了一本17世纪法国戏剧家柯奈的作品来读。他说：“我听到背后有人窃窃私语：‘不过，这是由于他喜欢柯奈。’事实上，我并不喜欢他。”[15] 瞧，隐伏于儿童阅读行为背后的具体阅读动机会有多大的差异！或许这正如托玛斯·芒罗所说的那样：“不同的暂时心境、兴趣、态度、形势、身体和心理条件，它们都影响艺术的欣赏和生产……一个孩子对艺术的行为和他所表现出来的偏爱，随着情况的不同而很有区别，有时他是一个人，有时他是和其他孩子在一起，有时他又是在老师和父母的面前。”[16] 因此，儿童阅读冲动潜能向儿童阅读动机的现实转化、实现的过程，也就是儿童的一般文学阅读需要在具体的文学审美环境中随机展开并不断趋向多样化的过程；儿童的文学阅读动机的多样化，是产生儿童文学艺术形态和审美方式多样化的背景条件之一。

尽管如此，寻找一个有趣的、自由的文学幻想世界，仍然是推动儿童进入文学阅读位置的最基本的心理动力。对于大多数儿童读者来说，成人心目中的那种纯艺术的文学交流与他们的天性还不相宜，而知识学习的规范性和压力感使得他们的心理和情感能量得不到自由的转移和宣泄，于是，随意的文学阅读成了一个合适的转移通道和宣泄方式。在儿童身上，自由的文学阅读与规范化的知识学习是并行不悖又互融互补的两种精神交流和造型方式。承认和尊重儿童文学阅读的相对自主性，正是诱发儿童阅读动机、推动儿童读者进入相应阅读位置的必要条件。反之，如果试图把儿童的一切课外文学阅读都纳入到严整、规范的学校教育轨道中去，则可能抑制儿童的阅读欲望。日本作家前川康男曾经引述过一位母亲对他说的话:“小孩看书,光觉得有趣这还不够吗?在学校,老师总是叫孩子写读后感想，他实在不耐烦了。老师叫他写感想文章，他就不看书了……”对此，前川康男写道：

> 我一听到这位母亲的讲话，好像鞭子打在我身上似的，我恍然大悟。孩子不爱看书，其原因之一却在于叫孩子看书的我们一方，就在我们的身边。爱写作文的孩子主动去写读后感想是有一定意义的，但我小时候一次也没写过读后感想文。读后只是说一声“真有趣”，或是叹一口气而已。

如果逼着孩子读后立刻要写感想文，那么这个老师就要扼杀孩子读书的乐趣。读后的感受，是能以“多好啊……”这一句话足够表现的。[17]

是的，当儿童合上一本文学书籍时，他能高兴地说一句：“真有趣！”或是由衷地感叹道：“多好啊……”我相信，在这个瞬间，他们精神深处便已经蓄积了更强大的文学阅读动力。

四 对话姿态

尽管前面的论述已经表明，在儿童文学活动中，创作者对成人读者的兼顾以及成人读者的现实存在，都使我们不能不考虑这种特殊的对话关系的加入，但是归根到底，儿童文学活动是以建立“作者—儿童读者”的对话伙伴关系为基本目标的。当然，文学对话并不等同于日常对话。其中一个重要的区别是，前者的对话双方在时空上是分离的，是一种间接的对话；而后者通常则是一种面对面的、直接的交换与应答关系。因此，对作者与读者是否能构成对话关系，人们有不同看法。解释学代表人物之一的保罗·利科尔就说：“对话是问与答的交换，在作者与读者之间不存在这种交换，作者并不向读者做出反应。作者在写作的时候，读者是不存在的；而读者在阅读的时候，作者是不存在的。”[18]但是，在我们看来，文学接受过程中读者与作者的分离并不意味着对话的消失和中断；借助文本媒介，文学交际和对话获得了自己的独特的方式和通道。正如有研究者所指出的那样，写作和阅读的最高和最后的功能意义乃是构成交互鸣和的对话关系。[19]不过，我这里想指出的是，在上述对话关系的建立过程中，由于作者和读者双方都有着复杂的创作意向和接受情境、动力，因而其具体的对话姿态往往有着很大的不同。

从创作者的角度看，尽管创作要受到潜在读者的制约和影响，但作家自我的艺术个性和文学设计，也同样要在作品中打上特有的印记。在“读者”和“自我”两个坐标轴之间的游移、变动和选择，便构成了作家的不同的对话姿态，或是渴求与读者对话，或是听从于自我艺术设计的驱遣，而等待读者在接受中的屈服。日本儿童文学理论家上笙一郎曾指出过日本儿童文学中存在着两种截然不同的流派，他分别称之为“艺术的儿童文学”和“大众的儿童文学”。前者固执地追求“艺术性”，也许正因为它的文学性太强的缘故，“艺术的儿童文学”使孩子们感到索然寡味；而后者虽然大胆地摄取趣味性，所表现出的文学水平也令孩子们捏着一把汗，却变成了艺术性不强的“大众的儿童文学”。上笙一郎认为，分别源于小川未明和押川春浪这两位作家的两种儿童文学，从明治到大正，从大正到昭和前期，又从昭和前期到第二次世界大战后的今天，都互不理会，只顾各自发展。他进一步指出，“艺术的儿童文学”的修道般的创作意向完全是出于一种突出自我表现的特性，这些作家十年如一日、不厌其烦地描述自己对童年时代的回忆和对故乡山河的怀念。于是，“这些描写儿童或童年时代的作品，即使是为成年人而作，按可以转化为儿童文学的法则，都有可能成为儿童文学”。而且“艺术的儿童文学”的作家们认为，自己创作童话的动机是儿童文学中独一无二的。显然，这是儿童文学作家所表现的一种“唯我”的对话姿态。耐人寻味的是，在相当长的时间里，这一直是日本儿童文学作家正统的对话姿态。上笙一郎写道："说得过分一点，研究家们的视野里只有小川未明派的艺术的儿童文学，而置源于押川春浪的大众的儿童文学于不顾，唯有把它作为仇敌来加以弹劾。"另一方面，为满足孩子们而出场的"大众的儿童文学"是打着趣味性第一的旗帜的。这是一种积极寻求交流的对话姿态。在现代社会中，这种对话姿态除了艺术见解上与"艺术的儿童文学"颇多抵牾之外，还与一定的商业文化背景有着密切的联系。正如上笙一郎在谈到"大众的儿童文学"的创作动机时所说的那样，它是出于"通俗文化的要求"这一外来的要求，而"通俗文化理所当然地向作者提出了与其对读者的'儿童'，不如对'资本'更有益的内容要求。只要坚持在这个舞台上工作，就不可能拒绝这一要求"。[20] 这种文学对话和商业上的需要，无疑会促使作家在创作中力求使文本的对话渠道保持顺畅。童话作家郑渊洁曾经说："每当我到小学去参加活动，看到孩子们规规矩矩地坐在那里，脸上挂着呆板的笑容，我感到悲哀。我觉得他们是一群八九岁的老头老太太。"他这样表白自己的创作姿态："我希望我的童话能使孩子们快活，能驱除他们身上的老气。还希望他们有个性，有幽默感，想象力丰富。"（1987年1月24日《文艺报》）以郑渊洁为唯一撰稿人的童话月刊《童话大王》发行量达一百余万份，这至少说明作者的对话姿态在争取读者方面和商业方面的成功。

从读者角度来看，在理论上，我们承认儿童从天性上说是接近文学的，儿童有着接受文学的永恒的冲动。但在现实的接受情境中，众多的随机变量促使儿童的具体阅读姿态发生了种种变异。其中最基本的是主动的、积极的阅读姿态和被动的、消极的阅读姿态这两种类型。以课堂阅读情境为例，这是一种由教师指导、控制的阅读情境，不同于儿童课外的、自由的文学阅读情境。一位小学教师在一篇论述情境教学的论文中认为，现行的小学语文课本可以说是充满童趣的，因此是孩子们普遍爱读的。他们每每拿到新书便迫不及待地一篇接一篇地想一口气读完，便是很好的说明。很显然，这里表现的是一种主动的、积极的阅读姿态。“按理说，儿童是喜欢上语文课的。而我们在不少课堂上看到的，却是另一番景象：老师分析不断，提问不止；学生被动应付，乏味厌倦。‘注入式’正以‘发胖式的分析’向学生进行大剂量的灌输，把学生当成了容器……最后，连孩子学习语文的兴趣也被分析殆尽。”[21] 这就是说，不同的阅读情境（当然也包括不同的阅读材料）可以改变读者的接受姿态，或由主动、积极的姿态向被动、消极的姿态转化，或由被动、消极的姿态向主动、积极的姿态转化。从文学接受环节来看，一种良好的、充分的、建设性的文学对话关系的建立，其表征就是读者能以一种主动的、积极的接受姿态参与同文本之间的文学对话过程。

将儿童在文学接受情境中的对话姿态划分为主动的、积极的和被动的、消极的两种基本姿态，这是以文学对话过程中儿童读者与文学文本乃至作者之间的相互关系以及儿童读者外显的阅读行为为依据的。其实，儿童的文学对话姿态还可以进一步从读者自身的阅读价值取向等内隐的对话态度上去区分。例如，同是主动的、积极的阅读姿态，读者内隐的阅读价值取向和对话目的却可能迥然不同。有研究表明，当代少年（中学生）读者的阅读价值取向是多种多样的，其中主要有以下六种表现形式：

⑴ 经济型：以读者升学，谋求好职业，学习实用技术等利禄性为目标。

⑵ 社会型：以追求博学多才，激励自我成才，立志改造落后现实的理想性为目标。

⑶ 审美型：以欣赏艺术特点和宣泄内心情感，了解处世哲理，修炼自身品德等修养性为目标。

⑷ 权力型：用来满足自尊需要，以期在日常生活和社会活动中超越、领导他人及读书做官等功业性为目标。

⑸ 交谊型：以效仿行为、炫耀自我、追求友情等捧场性为目标。

⑹ 消遣型：以调节课堂学习等造成的紧张与厌倦情绪，填补精神空虚等调剂性为目标。[22]

毫无疑问，这种内隐的价值取向或对话姿态，显示了儿童作为接受主体在与文本的交流、对话活动过程中的能动作用。如果说作者通过文本发出了对于文学对话的一种邀请和呼唤的话，那么，儿童如何应答，他将取何种姿态加入文学对话过程，这就首先需由儿童读者的主体能力或条件来决定了。

于是，我们的理论视点便转向并集中于儿童文学的接受主体。

注 释

[1] 薛才康：《儿童文学研究运用接受美学理论的思考》，载《儿童文学评论》第 2 辑，重庆：重庆出版社 1988 年版，第 22 页。

[2] 见赵三钱：《略说“成人童话”——一个被忽略的地带》，《文艺报》1990 年 9 月 29 日。

[3] 程玮：《我梦中的书……》，见《中日儿童文学学术讨论会材料汇编》，大阪国际儿童文学馆 1991 年发行。

[4] 马修斯：《哲学与幼童》，陈国容译，北京：生活 · 读书 · 新知三联书店 1989 年版，

第 112 页。

[5] W. 伊瑟尔:《审美过程研究》,霍桂恒、李宝彦译,北京: 中国人民大学出版社 1988 年版,第 45—46 页。

[6] 哥尔德斯坦:《从机体角度探讨动机问题》,转引自林方主编《人的潜能和价值》,北京:华夏出版社 1987 年版,第 149 页。

[7] 参见查普林、克拉威尔:《心理学的体系和理论》(下册),林方译,北京:商务印书馆 1984 年版,第 12 章。

[8] 马斯洛:《动机与人格》,许金声等译,北京:华夏出版社 1987 年版,第 40 页。

[9] 教育大辞典编纂委员会编:《教育大辞典》第 5 卷,上海:上海教育出版社 1990 年版,第 326 页。

[10] **[11]** 马斯洛:《动机与人格》,许金声等译,北京:华夏出版社 1987 年版,第 106 页。

[12] 马斯洛:《动机与人格》,许金声等译,北京:华夏出版社 1987 年版,第 59 页。

[13] 马斯洛:《动机与人格》,许金声等译,北京:华夏出版社 1987 年版,第 57 页。

[14] 詹姆斯·约翰·加勒格尔:《天才儿童的发现和教育》,杨宏飞译,哈尔滨:黑龙江教育出版社 1990 年版,第 239—240 页。

[15] 卡尔逊:《青少年读书指南》,杨仁敬译,南京:江苏人民出版社 1990 年版,第 38 页。

[16] 托玛斯·芒罗:《艺术心理学:过去、现在及未来》,载中国社会科学院哲学研究所美学研究室编《美学译文》第 3 辑,北京:中国社会科学出版社 1984 年版,第 167—207 页。

[17] 前川康男:《大人在爱着孩子吗?》,见《中日儿童文学学术讨论会材料汇编》,大阪国际儿童文学馆 1991 年发行。

[18] 参见保罗·利科尔:《解释学与人文科学》,陶远华、袁耀东等译,石家庄:河北人民出版社 1987 年版。

[19] 参见阮忆:《对话:写作和阅读的意义》,《浙江学刊》1991 年第 6 期。

[20] 参见上笙一郎:《关于两种儿童文学——艺术的儿童文学与大众的儿童文学》,《外国儿童文学研究》第 2 辑。

[21] 李吉林:《情境教学:学得生动活泼的有效途径》,《教育研究》1991 年第 11 期。

[22] 参见杨锦平、傅安球:《影响中学生阅读的非智力因素研究》,《心理发展与教育》1991 年第 2 期。

第三章　文学能力及其结构

一　有准备的读者

当儿童读者以一定的接受姿态进入文学对话领域时，他是否仅仅扮演着一个来者不拒的文学信息接收者的角色？或者说，儿童读者是否可以拥有某种接受的能动性？

从哲学认识论角度看，传统的认识论学说认为，主体认识的发生是因为外界刺激引起人的反应，主体只是像一块白板，对客体刺激做出反应，认识便是这种反应的结果。这一传统观点可以用公式表示为：

S → R(即：刺激→反应)

它显然忽视了主体机制在认识活动中的作用，如果用这种观点来看待儿童的文学接受活动，就势必导致如下结论：儿童的文学接受活动只是一种主体对客体的反应过程，只要向儿童提供文学刺激（而无须考虑儿童的接受机制和文本的特点），儿童就会产生一定的反应活动。这样的推论显然是有问题的。因为照此说法，就会以为儿童与成人是以同样的方式接受文学刺激的，而事实则是：儿童是以自己独特的方式接受文学信息的。罗贝尔·埃斯卡皮在其《文学社会学》一书中，曾列举过斯威夫特的《格列佛游记》和笛福的《鲁滨逊漂流记》在流传过程中发生意义迁移的例子。在我看来，这个例子正好说明了儿童读者自身的接受对作品的独特选择和再造作用：

《格列佛游记》原是一部十分辛辣的讽刺小说，其哲理的悲愤简直能把让－保罗·萨特列入儿童丛书的乐天派作家。《鲁滨逊漂流记》是一篇颂扬新兴殖民主义的说教。(有时无聊之极。)可是，这两部书现在的命运如何呢？它们怎么会享有经久不衰的盛誉？竟会加入到儿童文学的圈子之中！它们成了最受孩子们欢迎的新年礼物。笛福会感到自己被捉弄了，斯威夫特将为此大发雷霆。但是，他们俩都会在这种空前盛况面前瞠目结舌。这跟他们原来的意图完全风马牛不相及。我们的年轻读者们在这两部小说里主要寻找那些脍炙人口，或是充满异国情调的冒险故事……

尽管《格列佛游记》和《鲁滨逊漂流记》的作者各有自己的用心，而文本也寄寓了作者的创作用心，然而，儿童读者却通过自己的眼光和接受视野对这两部文本做出了独特的选择和理解。这就是说，读者在接受过程中不是不设防的，读者是有准备的。

这一观点在瑞士心理学家、哲学家皮亚杰的发生认识论那里可以找到有力的理论支持和说明。[1] 皮亚杰反对把认识活动看成是单向的主体对客体的反应活动。他提出了双向活动的看法，用公式来表示，即为：S⇄R。这一公式表明主体在客体的刺激面前并不是完全被动的。皮亚杰认为外界刺激的输入要通过主体机制的过滤作用。他说："一个刺激要引起某一特定反应，主体及其机体就必须有反应刺激的能力。"[2] 这种主体的能力或机制，就是认识结构（或称"图式"）。为了说明图式的作用，可以把表示认识活动双向反馈特点的公式 S⇄R 改写为：

$$S \rightarrow (AT) \rightarrow R$$

在这个公式中，AT 代表刺激 S 被个体同化(A)于认识结构(T)

之中。同化是指“刺激输入的过滤或改变”，即通过“活动”这一中介条件，把外界刺激纳入主体原有图式之中进行分解、组合、消化、吸收，把主体的图式赋予客体，从而使客体与主体的图式相一致。同化是“引起反应的根源”。可见，个体认识的发生，离不开个体认识结构的作用；只有个体图式的同化机能，才能使认识的发生成为现实。

不过，皮亚杰提出的“认识结构”（图式）的概念，是从考察个体认识发生机制的角度来考虑问题的，有其特定的含义。而儿童对于文学作品的接受活动，一方面包含了认识因素，另一方面又不仅仅是认识活动，而是包含了多种主体结构功能展开的活动。因此，儿童的文学审美接受活动中的个体机制应该是一种独特的审美主体的能力结构。在美学史上，曾有不少美学家对主体的这种审美能力进行过探索和论述。夏夫兹博里提出了“内在感官说”，即人拥有所谓的“内在眼睛”，拥有能够欣赏美的最高尚的“心”和“理性”。哈寄生也认为，耳、目之类的外在感官，只能接受简单的观念，也只能接受较微弱的快感，但内在感官却可以认识美、整齐、和谐，可以接受“复杂的观念所伴随的快感远较强大”。哈寄生把这种审美能力称作“独立的感官”。他说：“把这种较高级的接受观念的能力叫作一种‘感官’是恰当的，因为它和其他感官在这一点上相类似：所得到的快感并不起于对有关对象的原则、原因或效用的知识，而是立刻就在我们心中唤起美的观念。”此后还有休谟的“心理特殊构造说”以及康德、黑格尔等人对主体审美能动性的论述。凡此种种，虽然他们对审美能力还缺乏客观的辩证的认识，但从重视主体审美能动性的角度看，这些论述比起“白板说”来无疑要高出一筹。

就在皮亚杰探索、创立他的发生认识论学说的前后，20世纪解释学、文艺学理论围绕主体对作为客体的文本的解释、接受能力的研究取得了许多令人注目的成果。现代解释学理论的重要代表人物海德格尔认为，理解总是要受解释者的“前有”“前见”和“前悟”，或理解的“前结构”所制约和引导的。所谓“前有”即“预先有的文化惯习”，“前见”指“预先有的概念系统”，“前悟”是对对象“预先已有的假定”，而“前结构”则是这三者所组成的结构。按照他的说法，所要理解的事物必须被我们的某种独特的方法获取，必须能够以某种方式被看到和瞥见，而且还必须能够以某种方式被设想和掌握。总之，理解的前结构是解释的条件，舍此，解释便是不可能的。此后，现代解释学的另一重要代表人物伽达默尔强调解释的历史性，认为本文结构无法独自站立于历史之中，它总是和读者，和解释界联系在一起的。[3] 到了接受美学那里，姚斯把解释学的“前结构”概念又发展、改造成读者阅读的“期待视野”，这就把主体能力从“前结构”所泛指的一般认识活动推进到了具体的文学阅读活动之中，从而引出了对文学接受活动中的主体能力问题的探究。但是，正如皮亚杰的“认识结构”概念不能简单地直接用来解决主体的文学接受能力和机制问题一样，“期待视野”在姚斯那里主要是指作为读者文学阅读的前结构而存在的文学经验和生活经验的累积。当我们试图探讨儿童的文学接受机制的时候，“期待视野”这一概念的内涵显然是不够用的。在我看来，儿童的文学接受机制是一种更为复杂的主体能力。在儿童的文学接受活动中，文学文本的刺激只有适应儿童主体能力机制的同化机能，其符号系统对于儿童才会产生意义，文本传达的艺术信息才能通过艺术符号的运载，纳入儿童的主体结构之中，成为对儿童有用的东西。反之，如果文学文本与儿童主体能力结构不具有同构性，超出了儿童主体结构的同化能力，那么，文本信息就不能为儿童主体结构所过滤，艺术符号就不能起传达信息的作用，死信息也不能变成活信息，这样的文学文本是无法进入儿童的接受视野的。在这里，我把儿童读者的这种主体结构或文学接受机制称为儿童的“文学能力”。借用发生认识论的符号形式，我们可以把儿童主体的“文学能力”在文学接受活动中的能动作用更明确地表示如下：

$$T+I \rightarrow AT+E$$

在这里，T 代表儿童的文学能力；I 是儿童文学的艺术信息；AT 是将 I 同化到 T 的结果，也即儿童的文学能力对儿童文学艺术信息的接收和反映；E 是在文学接受活动的刺激情境中被排除在儿童的文学能力和接受视野之外的东西。

很显然，接受是读者的一种有准备的、能动的活动，而一定的文学客体之所以能够成为儿童的文学接受对象，正是因为它作为对象反映了主体文学能力的本质力量，并与其构成了特殊的审美关系。马克思指出：“对象如何对他说来成为他的对象，这取决于对象的性质以及与其相适应的本质力量的性质，因为正是这种关系的规定性造成了一种特殊的、现实的肯定方式……我的对象只能是我的本质力量之一的确证，它只能像我的本质力量作为一种主体能力而自为地存在着那样对我说来存在着，因为对我说来，任何一个对象的意义（它只是对那个与它相适应的感觉说来才有意义）都以我的感觉所能感知的程度为限。”[4] 儿童的文学能力作为审美主体的本质力量，其构成方式及功能深度，决定了儿童感知文学文本的特殊方式和深度。无论是儿童对安徒生童话的迷恋和酷爱，还是他们对《格列佛游记》《鲁滨逊漂流记》《西游记》一类作品的独特选择和理解，都从接受角度展示了儿童读者文学能力的特殊结构方式和功能深度，展示了文学接受活动过程中主体与客体间的本质联系。儿童读者在接受过程中所具有的这种对于文学客体的选择和规定能力，就是儿童主体的一种本质力量，是一种能够感知文学之美的文学能力。

二　文学能力与智力结构

儿童的文学能力是儿童作为文学接受者的主体性的体现，它是一种对于文学客体的特定的审美接受乃至再造能力。儿童的一般的主体能力或本质力量并不就是文学的审美能力，文学能力是儿童在对文学的特定感知和接受过程中逐渐内化、建构而成的一种特殊的主体智能，它与儿童的一般智力既有着密切的相关性，又不完全是一回事情。

我们不妨先来检视一下有关儿童智力的有关理论。虽然智力是一个很古老的、被最谨慎地研究过的心理学概念，但学者们仍在重要的定义性的问题上存在着分歧。例如，智力是一种单一的特性或能力呢，还是几种个别技能的集合？具体来说，智力可以被定义为一种很一般的能力，即学会众多智慧技能的能力；可视为中等程度的一般能力的集合，如“言语技能”或“数的技能”；也可以被定义为许多特殊才能，如“数的记忆能力”和“用许多办法解决字谜（anagram）问题的能力”。大多数欧美研究智力的心理学家偏爱用单一术语（如智力），总括一个儿童有效地加工信息、迅速地回忆知识和准确地解决问题的能力，而不管所包含的信息和专门问题是什么。他们认为智力是一个跨越许多认知领域的一般能力。由于这种定义上的分歧，所以智力究竟是贯穿于许多认知领域和情境的一般特性，还是一些必须分开加以解释和研究的特殊认知能力，心理学家已争辩多年。不过，近年来，随着智力研究的深入，用单一的智商分数去描述儿童能力的做法，已经受到了挑战。[5]

例如，智力的多维结构的最早倡议者之一，美国心理学家吉尔福德在考察了人们多种测验的成绩后，提出了智力的三维结构模式理论：智力因素由三个变项构成，犹如由长、宽、高三个维度构成的一个立方体。每个变项又由有关的要素组成。第一个变项是操作，包括认识、记忆、发散思维、聚合思维、评价五要素；第二个变项是内容，包括图形、符号、语义和行为四要素；第三个变项是产品，包括单元、门类、关系、系统、转换、含蓄六个要素。由每一个变项中任一项目结合起来，共计可得 4 × 5 × 6=120 种结合，每一种结合表示一种智力。因此，智力是由 120 种能力构成的综合体（见图）。

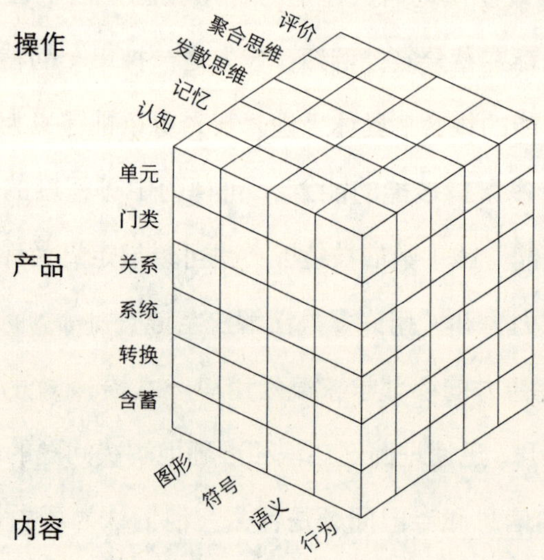

近年来，国内儿童文学理论界开始重视借鉴皮亚杰建立在儿童心理发展研究基础上的发生认识论学说，并对他的儿童认知心理发展阶段的具体学说表现出很大的兴趣。的确，皮亚杰对我们的理论启迪是巨大的，他的丰硕的研究成果构成了一个值得珍视的理论宝库。不过，皮亚杰的理论毕竟不是关于儿童智能发展的全面研究的产物，因而对我们虽有重要的启迪和参考价值，却并不能为我们解决儿童能力发展领域的全部问题，其中包括文学能力的发展问题。正如H·加登纳指出的："皮亚杰的许多明显的阶段与序列都是特殊活动构架的制造物，年幼的个体具备着许多皮亚杰所错误地断定为不可能具备的能力。"因此，"尽管皮亚杰描画了一幅关于发展的杰出的图画，但它仅仅是一种类型的发展而已。皮亚杰的发展范例所集中说明的他所称谓的理性日程，在非西方情境与前文化情境里便显得不那么重要了。实际上，它即便是在西方也只适用于少数个体。在皮亚杰对某些思维形式的整体强调中忽视了达到其他能力形式——艺术家、律师、运动员或政治领袖的能力形式——的步骤"。[6] 当然，我们不能指责皮亚杰没有为我们解决一切问题，那样只能证明我们自己的可笑与无能。皮亚杰从一个方面创立了发生认识论学说，这就足以使他不朽了，何况他的基本思想及方法对我们来说充满了启示性。

的确，在有关儿童心理发展的大量研究中，人们也逐渐发现，那种认为儿童的"心理—智能"发展存在着单一的、普遍相同的发展阶段的看法是不可靠的。加登纳在为其《艺术与人的发展》一书中译本所写的序文中曾专门谈道："我曾（像大多数其他'认识—发展'心理学家一样）相信普遍的阶段的看法，并认为皮亚杰已经发现了囊括所有各个领域的主要阶段。然而许多研究者们，包括泽罗研究所的同事们现已在关于不同符号系统，像语言、音乐、绘画、手势；以及不同材料，像计算机、电视、乐器、电影等的发展式样方面获得了更加精细的观点。这种研究向我们证实了，特定符号系统和特定媒介是十分重要的。实际上，它们的重要性导致人们对那种认为广泛的发展阶段在各种符号系统与知识领域中起同等作用的看法持根本的怀疑态度。”文学能力与儿童智能系统中的逻辑——数学智能、空间智能、人格智能乃至音乐智能等都有着不同的智能构造和功能。它与儿童的语言智能有着特殊的联系，因为文学符号系统是以语言为媒介的，然而文学能力也不是简单地等于语言智力，就像文学语言不同于一般的语言符号系统一样。文学能力在个体智力整体结构中既与其他一般智力发展有着密切的联系，又是相对自律的。具体一点说，文学能力是在一般智力基础上发展起来的，但一般智力的发展却并不一定意味着相应的文学能力的发展。例如，我们在前面所引证过的四个十岁天才儿童的例子，他们虽然都是“名副其实的‘智力天才’，但其他特征大相径庭”。赛尔达、克伦晓和乔都对文学表现出很大的兴趣，尽管他们的具体接受动机和能力发展水平并不完全一致，而萨姆的数学智能却并没有促使他发展起同样水平的文学智能。原因很简单，文学能力是相对自律的，需要相应的条件，需要通过训练和积累才能培育起来。

学习心理学研究中有所谓学习迁移（the transfer of learning）理论，即学习某一种知识、技能或习惯而能影响另一种知识、技能或习惯。从迁移的效果和方向看，有三种具体类型：正迁移（positive transfer），亦称“助长性迁移”，即一种学习对另一种学习有促进作用，掌握一种知识技能有助于另一种知识技能的掌握；负迁移（negative transfer），亦称“控制性迁移”，即一种学习对另一种学习有阻碍作用；零迁移（zero transfer），指先行学习与后继学习两者之间没有任何影响，迁移量等于零。从儿童各种智力的发展及其相互影响来看，它们之间显然也存在着复杂的智力迁移现象。有些智能的发展能对文学能力的发展产生助长性的正迁移，像言语智能、形象思维能力等。这些智能与文学能力有很大的相关性，它们经过一定的转换和组合，本身就可以成为文学能力的有机构成部分。再如数学智能，通常可能与文学能力的发展构成零迁移关系，但在部分儿童那里，数学智力的发展却有可能抑制言语智能乃至文学能力的发展，产生所谓负迁移现象。前面提到的四个天才学生中的萨姆就是一个例子。他经常感到数学对他来说是一门激动人心和趣味盎然的学科，并且特别喜欢他已有的关于几何学、空间和三维透视画法等方面的知识。他也喜欢这样的事实，即数学的许多内容是非语言性的，因此，能使他在不暴露语言方面的弱点的情况下进行学习。他的数学成绩一贯比其他学科好，而语言艺术课和文学欣赏对他来说则成为一种负担。于是萨姆数学能力的发展便成了他文学能力发展的阻碍，形成一种智力的负迁移现象。

不过，从总体上看，儿童智力结构的完善和发展与儿童文学能力的发展应该是呈正相关趋势的，也就是说，在大多数个体儿童那里，综合智能水平的发展程度与文学能力的发展程度是成正比的，这意味着儿童文学能力的发展在一定程度上有赖于儿童综合智力水平和整体素养的发展。当然，同样重要的是，综合智力水平和整体素养的发展绝不能代替文学能力的发展状况，因为正如前面已经指出的那样，儿童的文学能力有着相对自律的结构和功能。

三　文学能力的三个层面

从儿童的整个智力结构来看，文学能力只不过是其构成群落中的一支，但若从文学能力自身来考察，它就同样是一种需要调动、组织起儿童身心各种因素，共同发挥特定功能的主体机制或内在结构。因此，文学能力与儿童读者作为主体的“生理—精神”现象有着多层次的、密切的网络联系，而且，文学能力就是在这种多层次的网络联系中形成了自己的结构模式——它包括了三个层面：生理的“感觉—运动”层面、心理的“意识—符号”层面、文化的“文化—审美经验”层面。

1. 生理层面

文学能力是通过文学文本来认识、把握世界和自身的一种特殊的主体精神机能形式，属于人的高级感知能力之一。近几十年来，随着诸如生物化学、遗传学、神经心理学等学科研究方面所取得的特别进展，人们越来越相信有关人类智能现象的理论可以在生物科学的领域里得到令人信服的描述和解释。另一方面，生物学家也对从生物学层面上研究人类的认识形式及其机能问题产生了浓厚的兴趣。皮亚杰在他晚年所著的《生物学与认识》一书开篇即指出，当代最著名的生物学家们意识到，“认识问题，包括数学这类较高级的人类认识形式，已不再可能是生物学范围之外的事情。生物学为了自身的目的，必须从纯粹的器官方面对认识做出某些解释，这些方面包括种系发生和个体发生，它们主要是生物学家的研究领域”。皮亚杰撰写《生物学与认识》一书，目的就是要“根据当代生物学来讨论智力和一般意义上的认识（特殊意义上的‘逻辑—数学’认识）问题”。[7] 同样，儿童的文学感知能力也是以儿童生理器官的感觉、运动机能为生物条件和基础的。无视这种生物条件和基础，儿童的文学能力的存在就将是无法想象的。

现代生物学研究认为，遗传基础是个体发育的根据；不同类型的生物含有不同的遗传基础，含有不同的遗传性，它们大体上决定了个体发育的方向。[8] 因此，任何一个正常的儿童都可以通过遗传基因获得人种和人种特有的“系谱”和“密码”。不过，生物遗传与人类智能传递之间的关系，人们至今还知之甚少。据介绍，遗传学在解释简单生物体的简单性向方面取得了极大的进展，可是关于更复杂的人类能力，如解等式的能力、欣赏或创作乐曲的能力、掌握语言的能力，当然也包括文学接受能力等问题，人们在遗传成分及其显性表现方面的知识却依然是少得可怜。这是因为，首先，我们不可能在实验室里对这些能力做实验性研究；其次，任何复杂的性向都并非只与一种或一小组基因相联系，它反映了许多个基因，其中大量的基因都会成为多型的（使许多不同能力在一系列环境里得以实现）[9]。所以，基因型遗传材料（由各个亲体的遗传贡献所确定的生物体的构成）在文学能力传递过程中的具体机制，仍是一个有待打开的“黑箱”。

但是，在基因型基础上结合表现遗传型材料（对给定环境中所表现出来的生物体的可观察得到的特点）来考虑儿童文学能力的“获得性遗传”的话，我们将会摆脱面对“黑箱”时的窘境。文学能力作为主体的审美感知力，是在儿童的本能性的“感觉—运动”结构基础上发生的，这就是儿童文学能力的生物学基础。

文学审美能力与人的一切水平的认识一样，从发生学上看，都与主体的动作有关，这仍然是发生认识论给予我们的启示。按照这一学说，一切认识，包括知觉认识，都包含着融于先行结构的同化过程，都可以纳入与动作相关的转换系统。文学能力的最初图式、觉能，不是源于诸如语言等符号系统，而是存在于儿童的生理“感觉—运动”层面中。换句话说，在儿童成长过程中获得的以静观为主要表征的文学审美能力是由儿童的外在动作活动结构逐渐内化、变形而逐渐形成、丰富起来的。

同时，儿童早期发展中的“感觉—运动”意识不仅能够催发其文学接受（审美）意识的萌芽，而且也将作为文学能力结构的一个层面而保留在未来的接受活动之中。加登纳认为，“婴儿在与自己身体或外在对象接触时最初的‘态式—向式’情境，为后来与艺术对象之间的关系提供了基本的范例”；而且，“婴儿最初对声音和光亮开始注意的那种知觉过程与艺术家进行风格识别的能力，这两者之间有着各种亲缘关系”。[10]从文学阅读来看，婴幼儿也是从身体和动作经验中建立起各种基本的“感觉—运动”规则，并以此为基础发展各种经验，最终形成相应的文学能力结构。这一能力结构仍然保留着“身体—动作”意识和功能。例如，幼儿文学除了美术因素占有特别重要的位置外，还具有明显的游戏功能，即让儿童的身体也加入到文学接受过程中来。即使是那种以静坐的方式听故事或独处时的阅读，儿童的“身体—动作”机能和意识也无时不作为文学能力的有机层面而介入接受活动。正如加登纳所说的：“一个听音乐和听故事的儿童，他是用自己的身体在听的。他也许入迷地、倾心地在听；他也许摇晃着身体，或行进着，保持节拍地在听；或者，这两种心态交替着出现。但不管是哪种情况，他对这种艺术对象的反应都是一种身体的反应，这种反应也许弥漫着身体感觉。”[11] 日本作家西田良子在谈到儿童的阅读态度时也认为，那种“采取进入到作品中的人物的内部，将身体与其合为一体，即采取不仅以大脑而且也以身体的感觉去接受作者的传达这一阅读态度也是可以允许的”。[12] 事实上，前面的分析已经表明，这种阅读态度不仅是可以允许的，而且是必然的、合理的。

当然，所谓“进入到作品中的人物的内部”并不能从字面上来理解，而是指儿童在接受活动中伴随阅读过程而产生的器官感觉和动作意识。这种审美感知现象在19世纪末曾被美学家谷鲁斯和浮龙·李用“内模仿”理论加以解释。他们强调审美过程中的器官感觉，如对石柱产生的上腾运动感觉，观看花瓶时产生的上提与下压的内部感觉。谷鲁斯认为，观赏者的这种运动感觉包含了“动作和姿势的感觉（特别是平衡的感觉），轻微的筋肉兴奋以及视觉器官和呼吸器官的运动”。（朱光潜《西方美学史》）因此，儿童的审美阅读感受也是以生理上的感觉和快感为基础的，而生理层面的感受力，也就成为儿童读者文学能力的基础层面。

2. 心理层面

当我们谈到儿童读者文学能力的生理层面的时候，我们还应该看到儿童的生理机能组织所具有的心理功能。也就是说，在儿童的活动中，心理经验必然会伴随着生理过程一同发挥作用。例如儿童的观察活动，A. F. 查尔默斯认为："观察者在观看物体或景色时看到的东西，他们体验的主观经验，不仅决定于他们视网膜的映像，而且也依赖于观察者的经验、知识、期望和观察者一致的内心状态。"[13]借助心理学的研究成果，查尔默斯举了一个小孩看"图谜"的例子：要在一棵树的图画里发现树叶中间画着的一个人脸。起初，儿童未曾看到人脸，看到的只是与该棵树一致的树干、树枝和树叶。但是一旦发现了人脸后，一度曾被看作树叶的一部分，就被看作一个人脸。而这个"图谜'得到解决以前和以后都是同样的一个物理客体，前后在观察者视网膜上的映像也始终是一致的。由此可见，对于儿童来说，"看"并不仅仅是靠他的视网膜、视神经和视皮层的生理机能来完成的，而必然是与其心理经验一起协同完成的。对一幅图画的观察是如此，对于诸如一首诗歌、一篇童话、一则故事、一部小说这样的具有一定形式构成的文学文本的欣赏和接受，就更是如此。儿童的文学能力不仅需要生理机能作为基础和背景，更需要心理层面的一种心灵的力量。夏夫兹博里曾经谈到，原野、鲜花、嫩草是美的，然而幼鹿和小山羊之所以感到快乐，以及我们在吃着草的羊群中所看到的一片欢乐之情，却并不是因为那些自然景色的美引起的，它们所喜欢的并不是形式的，而是形式后面的东西，是美味可口的食物吸引了它们，是饥饿的欲望刺激了它们。所以，动物只具有"它们自己的那部分（动物性的）感官，就不能认识美和欣赏美，当然人也不能用这同样的感官……去体会或欣赏美：他要欣赏的……所有的美，都要通过一种更高尚的途径，借助于最高尚的东西，这就是他的心灵和他的理性"。[14]夏特尔也曾论证说，审美感受性的发展依赖于这样一种能力，即保持与对象的距离而同时又撇开对身体需要的满足而获得对该对象的兴趣。[15] 这是一种心灵的、精神的能力。拥有丰富的心灵，拥有自己的心理意识，这便是人类与动物的一个根本的区别。马克思曾指出："动物和它的生命活动是直接同一的。动物不把自己同自己的生命区别开来……人则使自己的生命活动本身变成自己意识和意志的对象。他的生命活动是有意识的。"[16] 因此，人既是一个自然的生物实体，又是一个具有心理意识的存在（这种存在联系着人的社会性）。有人认为，从动力学角度看，人可视为一个具有能量的复合体。这种能量可称为本体能量。本体能量包括人的生理能量和心理能量。生理能量储存于人的肌肉、骨骼、腺体和神经组织内，与人的生理需要相联系，是婴儿生来就有的；而心理能量则是人特有的储存于人的心理或意识之中的一种由情感激活的内驱力，它与人的较为高级的需要相联系。（参见《大众心理学》1990 年第 2 期所载《人的思索》）儿童的文学接受需要，无疑也联系着这种心理需要。事实上，文学能力的心理层面的重要性，常常使人们把儿童的文学能力与儿童阅读的心理能力等同起来。尽管这种认识不全面，但确实也说明了心理层面在儿童审美活动，包括文学接受过程中的重要性。

儿童的文学能力的心理层面，其构成内容是丰富多样的。儿童的心理过程（知、情、意）、个性心理特征（气质、性格等）和个性倾向性（需要、动机、兴趣、理想、信念以及逐渐形成的世界观），都势必会逐渐渗透、融合、凝冻在每个儿童的文学能力结构中，形成其文学能力结构的独特性。

3. 文化层面

儿童文学作为一种特定文化背景的产物，其中蕴涵着丰富的社会文化学内容。而作为儿童文学接受主体的少年儿童，其文学能力结构中也同样存在着一个“文化—审美经验”的层面。如果说，生理能量、心理能量构成了儿童的文学能力的动力学机制的话，那么，“文化—审美经验”层面则规定着儿童文学接受中的具体“文化—审美”内容及其动力指向。抽象的心理过程是不可思议的，儿童的心理空间其实也就是一种特定的文化空间，它受制于外在的文化空间，而这种文化空间也就同时规定了儿童读者文学能力发展的可能的空间。齐尔兹说：“没有了文化，人便是个怪物。他有某种有用的直觉，少量可以辨别的情感，但无智能。”[17] 我则想说，如果没有了文化，也就不可能有儿童的文学能力。说到底，文学的审美符码是由一定的文化符码决定的，对于文学符码的审美接受和解读，当然必定要求主体具有相应的“文化—审美经验”的累积。

构成儿童读者文学能力的三个层面作为一个整体的结构是缺一不可的。在个体儿童读者身上，文学能力结构是作为一个有机构成的整体而存在的。其中生理机能的状况和水平决定着儿童读者文学能力发展的普遍的、共同的发展水平和阶段，“文化—审美经验”则规定着文学能力的具体实现的内容和发展方向，而心理层面则是介于两者之间的连接、转换层面，它起源于生理层面的冲动（这种冲动在儿童身上常常是以一种文化本能的方式发挥作用），并以生理层面为依托，沿着特定的“文化—审美”轨道而不断建构、发展，形成儿童读者文学审美能力的基本心理框架。

文学能力构成的这种复杂性，如果我们不能以一种整体的、有机的眼光来看待和把握它们的话，那么就容易陷入一种“单因决定论”的理论泥淖中去。在西方，关于儿童发展特征的决定因素的观点，就有生物发生论、社会发生论和心理发生论等不同流派。生物发生论根据个体发育只是按照生物发生的“重演规律”重复种系的主要阶段的观点，强调儿童发展的生物根源。美国心理学家A·格泽尔就曾经详细描述了少年儿童每一年龄的生物学成熟、兴趣和行为的特点。与此不同，德国心理学家K·勒温从社会发生论的观点，竭力根据社会结构社会化的方式，儿童与其他人的相互关系，来阐明个性生活世界的扩大、交际范围的扩大是儿童发展和年龄转折的重要原因。而主张心理发生论的心理学家虽然不否定上述两种理论，但他们把心理过程的发展变化放在首位，认为儿童各个阶段的特征是由其心理发展特征所决定的。这些理论从各自的角度来看无疑都有着无可争辩的合理性。不过在我看来，儿童文学能力的构成，是儿童心理在由生物因素和文化因素的交互作用所形成的“一块建设性的中间地带”中逐渐实现的。一方面，生理机能对心理机能和“社会—审美”经验水平产生了限制。给不满周岁的儿童欣赏诗歌或散文，显然是徒劳的。反过来，文化结构（包括审美规则）又总是无孔不入地渗透到早期的生理、心理发展过程中去。因此，纯粹的生物自律论或心理自律论至少在以下两个方面会难以自圆其说。首先，按照加登纳的说法，自律理论仿佛认为原始的发展曾受到生物体内在因素的调节，而实际上，“文化（及其释义的机制）从一开始便是存在着的”。[18]例如，儿童的身体动作从出生时的本能动作开始就逐渐受到一定文化规则的塑造。简金斯曾这样谈到自己跟巴厘人学习舞蹈时的感受：“我是个很笨的学生，几乎还不如一般的巴厘儿童反应灵活，他们在未学舞蹈之前就知道那些身体运动了，因为他们自幼就见到过无数次舞蹈表演。”[19] 很显然，在巴厘儿童身上，生理动作能力与心理、文化经验是一个整体，他的身体智能，也就是他的心理发展水平和文化智能的产物和显现。这种生理、心理、文化（审美）发展内容的相互渗透融合，能够沿着不同的发展路线形成儿童主体的各种能力，其中当然包括了他们的文学能力。

四 “语言—符号”能力的重要性

构成儿童之文学能力的三个层面是一个有机的整体。然而深入一步探究我们便会发现，儿童的各种能力归根到底都是由生理、心理、文化三大层面构成的。因此，区别各种能力的关键并不在于其构成层面，而是各层面构成中各种要素之间的组合、配置及其相互关系。由于各种智能在具体运算活动或操作过程中所涉及的媒介和规则不同，于是，从主体方面来说，其相应的内部能力构成关系也有差异。按照加登纳的多种智能的观念，人具有语言、音乐、逻辑—数学、空间、身体动觉、人格等多种相对自律的智力方面的能力。每个人（儿童）这几种智能的发展并不平衡，常常是一个或几个侧面的发展较为突出。例如，有的儿童身体动觉智能经过一定训练，能够得到超常的发展。我国5岁的杂技小演员何佳在法国举行的国际杂技大赛中获得最高奖——总统特别奖。她4岁开始练功，不到一年就取得了这么大的成绩，这除了小何佳有着惊人的毅力和良好的心理素质以外，也与她身体动觉的超常发展是有密切联系的。维也纳古典乐派作曲家莫扎特幼年即被人称为“神童”。他3

岁时已能用钢琴弹奏简单的和弦，4 岁时能弹小步舞曲和简单的小曲，5 岁就开始作曲。幼年的莫扎特的耳朵，辨别音的高低的能力很强，一个全音的八分之一的音程，他都能辨别。从 6 岁开始，他就不断地赴各地演奏旅行了。一位伟大的音乐家在童年时代就表现出惊人的音乐智能，这些都是个体智能沿着某一特定方向超常发展的典型的例子。

而文学能力，显然与儿童的语言智力有着特殊的内在联系。文学能力的发展与语言能力的发展呈密切的正相关联系。因为正如人们所熟知的那样，文学是一种语言（言语）的艺术，文学创作和文学接受都是以语言为媒介进行的。对于儿童来说，其文学能力是以其语言能力为轴心展开、建构起来的。英国美学家瓦伦汀在他的《实验审美心理学》一书中用具体实证材料证实了文学接受中语言能力的特殊重要性："在一个旨在测试对优秀诗歌（与优秀散文）的欣赏实验中，快感与综合理解力的相关系数达 0.63 之高；而在绘画的欣赏中，其与理解力的相关系数仅为 0.31；在音乐欣赏中则只有 0.22。在另一个仅仅涉及诗歌欣赏的调查中，综合理解力与欣赏的相关系数最先仅仅达到 0.35。我们知道，这一指数是偏低的。但如果只考虑特定的语言测试所得到的分数，则这一相关系数便上升到 0.63。这就说明，在诗歌欣赏中，除了综合理解能力之外，还包括特定的语言能力。"[20] 法国作家萨特幼年时代表现出强烈的语言操作兴趣和智能。他在 5 岁时便能以其语言的流畅而使听众入了迷。从那以后，他便开始写作，很快便能完成一本书的写作。他从写作中，从语言的自我表达中发现了自己突出的能力。萨特在自传中曾回忆道：

"我通过写作而存在……我的笔快速地奔跑着，常常手腕都疼痛起来。我把写满了的笔记本丢到地板上，最后又把这些写成的东西忘记了，它们在记忆中消逝了……我为写作而写作。我至今毫不后悔。如果当时有人读我的书，那我便会努力使他们快乐（就像他早先的口头表演一样），我便会又成为一个奇才了。由于是私下的，所以我写的是真话（——九岁时）。”[21] 如今在美国哈佛大学攻读比较文学博士研究生的田晓菲曾经是国内知名的小诗人。她幼年时代即表现出超常的语言阅读智能：4岁时就可以凭借《新华字典》看书看报，7岁时看完了《红楼梦》《西游记》《三国演义》等一批古典文学名著。除了阅读，田晓菲也写现代诗乃至“律诗”，8岁开始发表诗作，出版了《绿叶上的小诗》《快乐的小屋》《爱之歌》等诗集以及日记选、散文选等书。13岁时，田晓菲考入北京大学“少年班”，攻读英美语言文学专业。当然，无论是童年的萨特还是幼年的田晓菲，都是属于语言智能和文学能力超常的儿童。但可以肯定的是，他们超常的文学能力正是以超常的语言智能的发展为特定前提条件的。

对于绝大多数语言智能并不超常的儿童来说，其“语言—符号”的正常习得和正常操作无疑也是其文学能力得以形成和发展的基础条件。卡西尔在谈到“语言—符号”能力在个体生活发展中的重要性时曾说：“随着对言语的符号系统有了最初的理解，儿童生活中一个真正的革命就发生了……这样的变化虽然很不引人注意，但在每个正常儿童的生活中都是可以看到的。”[22] 加登纳也认为：“符号与符号系统的运用，是儿童早期的主要发展事件，是一个对艺术过程的演进来说十分关键的事件……一旦开始在符号这个层面上进行作用之后，幼儿世界便产生了一次革命。”[23] “语言—符号”能力的发展为儿童开拓了通向文学世界的道路——这是一个用语符来构筑，也要用主体相应的语符能力来感知和破译的艺术世界。

关于个体的“语言—符号”能力问题，科学界有着不同的理论假说。其中最著名，而且至今仍有着重大影响的是维果斯基的内部语言假说和乔姆斯基的深层结构假说。当代科学特别是计算机科学、认知心理学、心理语言学、神经语言学的研究成果表明，在主体身上确实存在着语符编译机制。这种语符编译能力是人在长期进化过程中通过遗传而获得，并为人类所特有。当然，在对高级灵长目动物例如黑猩猩的研究中，人们发现黑猩猩也具有比我们所能想象的要强得多的符号运用能力。但是要成为像人类一样的语言的轻松、自然的实践者，要能够流畅地表达自己的欲望、情感、记忆和方法，这是它们命中所办不到的——就像现在这种状况一样。一个人类幼儿，若在同样的环境之下便很乐意掌握语言，而黑猩猩却不干。[24] 可以说，每一个正常的儿童都能够在正常的生长环境中发展正常的语符编译能力，从而成为一名可能的文学接受者。

语符编译能力与儿童文学能力的三个层面都有着密切的联系。首先，神经语言学的研究成果表明，大脑前部、大脑皮层后区即情感特异区分别按纵组合关系和横组合关系编译语言代码。大脑前额部能主动地发出信息，促使主体表达思想，实现从思想到语言的转换。言语前区保持着语言的结构性组合功能，使主体能主动地构造语句。丧失这种语言能力的人多表现为机械地重复别人的语言或者表现为语言缺乏连贯性、结构性。语言的编译过程与大脑的不同部位、不同结构发生联系这一事实并不意味着复杂的语言编译过程仅限于大脑的某个确定部位。这个过程包含着复杂的心理和生理过程，必须依赖于大脑各个部位、各个方面的相互配合才能完成。[25] 其次，儿童的语言能力还与儿童的整个心理发展状况有着密切的联系。第三，儿童的一般语符编译能力还必须通过“文化—审美经验”层面的塑造转化为一种特殊的对文学语码及其审美风格的感受力和理解力，因为说到底，文学接受能力就是对特定文化语境中的文学语码及其风格特征的感受力。

由此可见，儿童的文学能力是以其语符编译能力为主轴，以其生理、心理、文化层面的有机融合为具体机制的。它的结构方式可用如下图式表示：

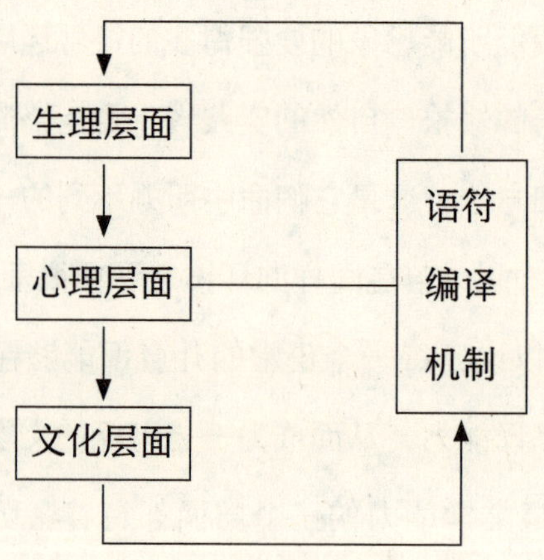

总之，构成儿童读者文学能力的各层面以及语言能力是一个同时并存、相互制约的复合体，其中每一要素的发展水平、深刻程度及其相互间的耦合、协同程度，决定着读者文学接受能力结构的整体功能，也即表现为特定儿童读者接受能力的高下。

注释

[1] 参见方卫平：《从发生认识论看儿童文学的特殊性》，《浙江师范大学学报》1985年儿童文学研究专辑。

[2] 皮亚杰：《发生认识论原理》，王宪钿等译，北京：商务印书馆1981年版，第60页。

[3] 参见胡木贵、郑雪辉：《接受学导论》，沈阳：辽宁教育出版社1989年版，第二章。

[4] 马克思：《1844年经济学哲学手稿》，刘丕坤译，北京：人民出版社1979年版，第79页。

[5] 参见P.H．墨森：《儿童发展和个性》，缪小春译，上海：上海教育出版社1990年版，第8章。

[6] H·加登纳：《智能的结构》，兰金仁译，北京：光明日报出版社1990年版，第370页、第21页。

[7] 参见皮亚杰：《生物学与认识·前言》，尚新建等译，北京：生活·读书·新知三联书店1989年版。

[8] 参见方宗熙：《普通遗传学》，北京：科学出版社1984年版，第15页。

[9] 参见H·加登纳：《智能的结构》，北京：光明日报出版社1990年版，第3章。

[10]H·加登纳：《艺术与人的发展》，北京：光明日报出版社1988年版，第142页、第81页。

[11] H·加登纳：《艺术与人的发展》，北京：光明日报出版社1988年版，第199页。

[12] 西田良子：《回顾日中儿童文学研讨会》，见《中日儿童文学学术讨论会材料汇编》，大阪国际儿童文学馆1991年发行。

[13] 查尔默斯：《科学究竟是什么》，查汝强、江枫等译，北京：商务印书馆1982年版，第35页。

[14] 夏夫兹博里：《道德家》，转引自恩斯特·卡西尔《人论》，甘阳译，上海：上海译文出版社1985年版，第206—207页。

[15] 转E·夏特尔：《变形》，转引自H·加登纳：《艺术与人的发展》，兰金仁译，北京：光明日报出版社1988年版，第88页。

[16]《马克思恩格斯全集》第42卷，中共中央马克思恩格斯列宁斯大林著作编译局编译，北京：人民出版社1979年版，第96页。

[17] 齐尔兹：《文化的释义》，转引自H·加登纳：《智能的结构》，兰金仁译，北京：光明日报出版社1990年版，第373页。

[18] 参见H·加登纳：《智能的结构》第3章，北京：光明日报出版社1990年版，第374页。

[19] 参见H · 加登纳:《智能的结构》第3章，北京：光明日报出版社1990年版，第262页。

[20] 瓦伦汀：《实验审美心理学》，潘智彪译，海口：三环出版社1989年版，第373页。

[21] 萨特：《文字：J.P. 萨特自传》，转引自H · 加登纳：《智能的结构》，兰金仁译，北京：光明日报出版社1990年版，第92页。

[22] 恩斯特 · 卡西尔：《人论》，甘阳译，上海：上海译文出版社1985年版，第168页。

[23] H · 加登纳：《艺术与人的发展》，北京：光明日报出版社1988年版，第165页。

[24] 参见H · 加登纳:《艺术与人的发展》，兰金仁译，北京：光明日报出版社1988年版，第111页。

[25] 参见王晓升：《思维活动中的语言编译机制》，《中国人民大学学报》1990年第4期。

第四章　文学能力的动态建构

一　结构主义与建构主义

文学能力是个体儿童感受和欣赏文学文本的主体机制，它具有自己的静力学结构模式。但是，文学能力又绝不是静止和固定不变的，特别是在儿童文学的接受研究中，建构主义的理论观念必不可少。

在这一点上，皮亚杰的发生认识论仍然是富有启示性的。如果皮亚杰仅仅提出关于认识图式的静态的“结构论”，那么他也就不会享有今天这样的声誉了。皮亚杰早年曾追随过 1912 年在德国由韦特墨、考夫卡和苛勒等人创始的格式塔派心理学理论。事实上，格式塔理论也是一种结构论。他们提出过所谓“同形论”的原理。何谓同形论？苛勒说：“经验到的空间秩序在结构上总是和作为基础的大脑过程分布的机能秩序是同一的。”[1] 这也就是说，客体的物质结构同主体的认识结构之间有一种同构对应关系。但是，格式塔派所说的“结构”，乃是一种凝固的、不变的完型。皮亚杰学说的真正价值，就在于突破了格式塔派静止的、僵死的结构，进一步提出了动态的认识建构学说。在皮亚杰看来，主体的认识图式是一个不断由同化和顺应交替进行的构造过程，并不断地在构造中保持同化和顺应两种机能的平衡。皮亚杰把这个过程称为认识的建构。他认为，认识的获得，必须用一个将结构主义和建构主义紧密连接起来的理论来说明。的确，光看到认识的静态结构（图式）而看不到认识的动态建构（图式的不断更新），就无法全面解释个体认识的发生和发展过程——譬如格式塔派的心理学理论。

在儿童文学接受研究中，对儿童的文学能力的共时性的静态研究无疑是必要的，因为任何一种发展学的理论都应当有其变化的组织和静态结构方面的说明才行。但是，静态的结构研究应该被整合到儿童文学能力的整个系统发展过程的历时性动态模式中去，因为不可能存在着一种绝对固定的、静止的能力结构。文学能力的构成实际上只能是一个动态的过程，儿童的文学能力是其构成要素不断相互作用、转化、融合、发展的结果。静态的结构分析只有成为描述儿童读者文学能力和接受过程在前后的发生学联系中的不同方式和形态的服务手段时，才会是有意义的。皮亚杰指出："结构首先是，并且主要是一束转换关系。"[2]因此，对儿童的文学能力和接受过程的研究，也应依据发生学的原理，将对象的静态结构研究与动态建构研究结合起来。

因此，我们更应探问的是，儿童的生理能量、心理能量是如何转化、发展为一种带有文化意味的文学审美能力的。

二　生理机制的发展与生理能量的作用

正如我们前文已经提示的那样，儿童的文学能力的发生和建构过程，是以儿童"生理—动作"机能的发展为其生物学动力的。其中主要包括了儿童大脑机能和动作能力的发育和成熟。

首先是儿童大脑生理机能的发展。神经生物学研究证实，神经系统最初便产生了大量的神经元纤维，而神经元整体又为特定目标逐渐形成大量的突触联结。对于人类的婴儿来说，突触的密度在出生后头几个月增加得很快，1 岁至 2 岁时便达到了顶点（一般是成人平均密度的 50%），在 2 岁至 16 岁期间衰减下去，然后便保持相对稳定，直至 72 岁。一些科学家曾经推测过，幼儿所能迅速学会东西的能力（比如在语言方面），可能正说明他运用了那一时期所大量出现的突触。[3]

儿童大脑神经系统的发展，与儿童“感觉—动作”能力的发展形成了互动关系。正如我们已经指出过的那样，从发生学上看，儿童的文学能力与儿童动作能力的发展有着密切的联系。当然，如果仅仅从生物的感觉、动作层面来考察，高等动物也具有相当的动作思维能力。当代日本心理学家仓石精一指出：“从广义说，思维是对‘问题情境’做出解决办法所经历的过程的总称；从狭义说，是指运用语言来表达观念所形成新的构成的过程。”他进一步认为：“这种广义的思维，不仅存在于人类，而且也存在于高等动物。例如，动物寻找曲折的弯路，使用觅食工具的棍棒，制作类似工具的一种有意识的动作，等等，这些与人类的高等思维作用在本质上是非常相似的。这种有意识的动作对问题所做的解决，叫作动作思维，而不同于语言思维……幼儿的思维，几乎完全属于这种思维。”[4] 在生存环境面前，动物无疑也能够在“感觉—运动”范围内对刺激做出相应的反应。神经生理学家们发现，人的主体意识是同新皮层的额叶的功能联系在一起的。由于这些部位是最后（可能仅在大约 20 万年前到 25 万年前）形成的，因而，正如人们所知，意识可能仅为少数作为人类祖先的物种所体验，而在最后这 3 万年内则为现代人所拥有。对此，美国学者拉兹洛指出：“这并不意味着其他物种（事实上是处在第三状态的所有系统）就没有对它们同环境的关系的内部描述。缺少一个发达的新皮层仅仅意味着它们不可能像人类那样在抽象层次上分析这些描述。”[5] 那些不那么复杂的机体系统事实上都能在生物、动作层次上具有对环境的感受性（或应激性），都有对内外环境的含混的感受和反应。而且，就某些纯生物（生理）能力而言，许多物种甚至远远超过了人类。蝙蝠能发出声音然后又追踪其回声而飞行，这就超过了人的知觉。狗在200码以外听到哨声便能找到其声源，能通过气体追踪个体的人。大马哈鱼能在产卵的时候回到它的出生地，这显然是因为它能记住那里水的气味。有些电鱼非常敏感，附近的人梳头时发出的静电都足以使它们受惊。这些在纯生物水平上发生的“感知—运动”现象如果我们也仅仅从生物水平上去认识它，那么它对于人和动物来说或许并没有什么本质的差别。然而，人之所以区别于所有其他动物，就在于人的发展绝不可能停留在纯生物的水平上，而必然要沿着自己的轨道向更高的水平发展。

这里应该指出的是，即使是在生物、生理意义上，人也有着自己高于动物发展可能的决定性因素。例如，虽然人的某些感知能力和动作能力不如动物，但人的感知、动作能力的发展却是与大脑生理机制和功能结构的完善同步进行的。正如恩格斯所说的：“脑髓的发展也完全是和所有感觉器官的完善化同时进行的。鹰比人看得远得多，但是人的眼睛识别东西却远胜于鹰。狗比人具有更敏锐的嗅觉，但是它不能辨别在人看来是各种东西的特定标志的气味的百分之一。至于触觉（猿类刚刚有一点儿最粗糙的萌芽），只是由于劳动才随着人手本身的形成而形成。”[6]可见，人的实践活动推动了人的大脑和感觉器官等的全面、协调的发展，也使人的整体生物结构和功能远远超出动物的发展水平。美国学者坎特认为：“只有当动物在其进化过程中已达到某种复杂的发展阶段时，才有可能产生文化行为。”达到这一复杂的发展阶段的，在我们这个星球上当然只有人类这种高级动物，而其他动物则“被一系列包括生物因素在内的条件所限制”。总之，“较复杂的动物比起较简单的动物来，之所以能完成一些更精巧的行为，就是因为前者具有比较高级的生物结构”。[7]

更重要的是，在人类的幼童身上，源于生物机能的“感知—动作”结构中具有一种超越纯生物需要的倾向，它使儿童活动的意义大大地扩展了。鹰眼比人看得远，但鹰眼只是因为觅食的需要才大大地发展了其视觉能力，而人却能从自己的身体动作和感官活动中发现自己，确证自己的存在和价值。黑格尔曾经说过，人除了通过所认识的方式获得对自己的意识，形成对于自己的观念之外，还可以“通过实践的活动来达到为自己（认识自己），因为人有一种冲动，要在直接呈现于他面前的外在事物之中实现他自己，而且就在这实践过程中认识他自己”。为此，黑格尔举了一个小孩投石击水从中发现他自己活动的结果的著名例子：

儿童的最早的冲动就有要以这种实践活动去改变外在事物的意味。例如一个小男孩把石头抛在河水里，以惊奇的神色去看水中所现的圆圈，觉得这是一个作品，在这作品中他看出他自己活动的结果。这种需要贯穿在各种各样的现象里，一直到艺术作品里那种样式的在外在事物中进行自我创造（或创造自己）。[8]

儿童从自己随意的动作（实践）行为中发现了自身改变客体

的能力，就是说，他已经从动作中发现了超出动作之外的意义。这种生理的“感觉—动作”过程，无疑是儿童审美意识，包括文学能力孕育、发展的原初动力。英国理论家阿诺·理德也曾以儿童跺脚为例说明了同样的道理：“一个小孩因为生气而跺脚，但也许过了一会儿他对自己的跺脚行为发生了兴趣并欣赏起来，他静观这种活动，发现它是一种能加以欣赏的表现，并因而重复这种动作，也许还带着某种修改来重复这种动作。他的表现因表现本身的原因而趋向于更高的标准。这第一次的跺脚是本能的，而第二次跺脚就有着审美表现的萌芽。为了快乐而跳跃的本能可以被有意地重复，也许还带有某种修改，较后就变成了一种审美活动的基础，例如变成舞蹈的基础。”[9]

总之，儿童生理的“感觉—动作”层面，为儿童的审美能力和行为的发生、发展提供了生物学动力。而儿童的各种审美能力和行为的具体发展路线，则是与儿童心理机能的发展密切相关的。

三　心理机制与语言能力的发展

按照前述多种智能及其构成的独特性的观点，儿童的文学能力的建构是以其语言能力的习得和发展为基本心理基础的。因此，儿童语言能力的习得和发展问题，是我们思考儿童读者文学能力发展的心理机制及其独特发展道路时所应特别关注的一个焦点。

语言是一个高度复杂的符号系统，人们甚至认为，在现有的符号系统中，还没有哪一种系统有人类语言那么复杂。[10]然而，正常儿童在语言学习方面却表现出惊人的能力。从最初的电报句到能表达较为复杂的思想，说出措辞和结构都和成人的句子很相像的话来，其间不过经历了大约30个月的短暂时期。当然，儿童的语言能力并不是孤立地发展的，而是与儿童的整个身心发展互为关联的。在语言产生之前，儿童无疑已经具备了相应的感觉能力（听觉和发声）、记忆能力和分析能力等，并且能够把这些能力综合、组织成为一种有效的语言习得机制。

研究表明，新生儿已能从环境的各种声音中辨出语音，并对它做出不同的反应，婴儿的身体运动与成人语言模式之间存在着同步关系。这一现象在发展心理学研究中被称为“语言舞”(language dance)。研究者发现，不到1个月的婴儿在听到成人说话时，其头、脚趾、手和胳膊运动的停顿和言语的停顿是同步的。生活在英语环境里的婴儿不仅在听英语时会出现这种同步运动，而且在听汉语时也会出现同步运动，但不与其他有节奏的声音同步。这表明婴儿很小就具有敏感的语言知觉，且可能与先天的遗传机制有关。[11] 随着婴儿“感觉—运动”智能的发展，婴儿逐渐认识了客体、时空与因果关系，直至向表象过渡，从而为语言的产生奠定心理基础。

以身体运动形式出现的“语言舞”毕竟还不是真正的语言能力，但它却预示着儿童“语言—符号”能力发展的巨大潜能。而语言能力的早期开发，也将为儿童的文学启蒙开辟道路。有一位年轻母亲曾经在孩子出生不久就给予大量的语言刺激。在后来的发展过程中，这位母亲发现，孩子在0岁时期所接受的独特的“语感经验”，至少为孩子今后两年的语言发展——语言的规模和模式奠定了相当的基础，留下了相当的“印刻”，这“印刻”促使孩子至少在今后的两年中乐于识字、乐于读书、乐于听故事和乐于支配语言。这位小男孩1岁多识字，两岁开始阅读，3岁时读书已成自然，4岁时已读过大小400多本图书了。[12]

当然，儿童读者文学能力的发展还有赖于其心理机能的整体发展。美国心理学家J. S. 布鲁纳认为，儿童有三种由低级到高级的心理图式:

(1) 动作表达方式 (the enactive representation)

(2) 图像表达方式 (the iconic representation)

(3) 符号表达方式 (the symbolic representation)

动作表达方式是通过一定的动作反应再现事物的一种心理图式，即在儿童的肌肉、身体运动中获得再现。图像表达方式是对事物通过有选择的知觉，通过时间、空间和定性结构的知觉转化为图像（表象）进行的概括。符号表达方式是用设计的特征或符号系统再现事物，它具有间接性和任意性。儿童心理图式的发展就是以上列次序的依次出现为具体内容的。后一种心理图式的发展有赖于前一种心理图式的推动，而在心理图式发展的高级阶段中，其低级图式仍然会起着作用。这一“动作—图像—符号”的发展过程，便是儿童的生理能量和规则向其心理能量和规则转化的过程，而“心理—符号”能量规则的获得，也就为儿童进入文学接受领域提供了心理前提。正如加登纳说的，在艺术活动领域里，人的行为、知觉和感受是指向符号的，指向那种浸染着有参照意义的因素，指向那些代表其情感、经验、观念、知识、对象和欲望的因素，是指向那种向他体现出重要特征与特质的因素的。“这一能力向他的活动赋予了巨大的力量，因为人已不再局限于直接呈现的因素或与此时此地相关联的行为和感受了。他的每一个经验，或者他所想得到的每一种经验，都进入到交流的可能性这一领域之中。只有符号的运用者，才能离开他直接经验的世界，而到他的想象中去建立起新的世界，或者通过‘释读’别人的符号而去发现这种世界。”[13]也就是说，符号能力将儿童从现实的“感觉—运动”世界带入了心理的精神空间。因此，在符号里，儿童开始面临着一种无限可能性的领域，他从这个领域中汲取养料，便能继续制造出独特的对象，在这些对象中体现他自己的情感，并成为各种形式的艺术的实践者或观察者。[14]

在语言领域，儿童能力的发展表现在语言、语法、语义、语用技能等方面。[15]在一般情况下，儿童口语的发展先于书面语。我们从幼儿出生后最初几个月的咿呀学语中便能看到口语的发源。婴儿的咿呀语为婴儿提供了练习各类语言的机会，锻炼了他们的发音器官。大约1岁左右，幼儿已能对“妈妈”“饼干”“狗狗”之类的字做恰当的应对，因为他已能进行恰当的语言识别，已能把这些声音外壳与世界中知觉到的对象联系起来，已能把它们与那些对象所可能连带的独特的行为或感觉相联系起来。从结合两个字（词）的能力到用复杂句子说话的能力，再到那种形成“为什么”的问句的能力，最后能够说出被动句子结构来（约4岁至5岁），儿童在语言方面存在着一个迅速的进化过程。加登纳认为，四五岁儿童的语言技能超过了任何计算机语言程序，以至最熟练的语言学家也未能找出解释儿童言谈形式（及其含义）的规则来。[16]近年来，我国心理学界也在以往的研究基础上对儿童的语言发展进行了大量的、系统的研究。在跨“六五”“七五”规划的国家重点科研项目“中国儿童青少年心理发展特点与教育”（朱智贤教授主持）中，有一个“中国3—6岁儿童语言发展特点与教育”的分课题。该分课题研究是由中央教育科学研究所幼儿教育研究室和十省、市协作进行的。对于中国3—6岁儿童的言语发展过程，该研究在大量调查、实验的基础上，做出了如下的概括和报告：

3岁：能基本发出声母和韵母的音素，但不够准确；约掌握1700个词汇，其中绝大多数为名词，动词和形容词次之，虚词很少；基本脱离双词句时期，句子含词量以4—6个占多数；具备言语交往的基本能力；能复述内容简单的故事，讲述人物较少、情节简单的图片；讲述图片之前一般不观察，不思索，而是边讲、边看、边想；讲述的内容非常简单，语言不连贯，多重复，无层次；句子以单句占绝大多数，复句不但数量少，而且句型简单、刻板、原始。

4岁：发音准确性显著提高；词汇量迅速增长，约掌握2500个词汇，其中以名词、动词增长最快，形容词次之，虚词增加很少；句子含词量以5—7个占多数；对言语交往有极明显的主动性和积极性，日常用词量和句量高于学前期其他年龄；讲述事物或图片时，词量和句量明显增加，词汇质量仍然很低；讲述时，内容简单，语言不连贯，层次不清楚；讲述以单句为主，复句量有所增加，但句型简单。

5岁：发音基本正确；词汇量增长幅度不如4岁，约掌握词汇3000个，形容词增长明显，虚词增长不多；句子含词量多为7—10个；日常言语交往主动性低于4岁儿童；讲述时，内容比较丰富，用词比较多样，层次比较清楚，想象比较丰富；讲述以单句为主，但复句明显增多，句型比较多样。

6岁：词汇量增长幅度小于5岁，约掌握词汇3500个，形容词、副词、量词明显增加，词汇质量明显提高，对代词、助词的运用比较恰当；

句子含词量多为7—10个，讲述事物或图片时，含句量明显增加，内容明显丰富和有情节，语言比较连贯，层次比较清楚；复句量增长幅度小于5岁。

上述概括显示，3—6岁儿童的言语发展，经历了发音日趋正确，词汇日益增加，词汇质量由低到高，句子含词量由少到多，句型由简单、单一到复杂、多样，讲述内容由简单、表面到丰富、有情节，语言由不连贯到比较连贯，层次由多重复、无层次到有条理的过程。[17] 伴随着这一过程，儿童的感知、想象、情感、理解等文学接受心理要素逐渐得到发展，对语言作为文学文本表达手段的媒介功能的感受能力也开始获得发展。按照系统间的交互作用的理论，儿童的感知、想象、情感、理解等心理因素与语言能力的发展是相互促进的。例如，语符能力的发展为儿童拓宽了感知和想象空间，情感可以由语符刺激调动和激发起来。"随着幼儿能够理解文字的游戏，能够从看画、听故事、听音乐等活动中获得情感之后，语言便日益与情感系统结合起来了。这些媒介的形式因素和语义因素——声音的安排以及'金发人'和'彼得与狼'的故事情节——都能影响他。"[18] 于是，我们可以说，儿童获得了文学欣赏的初步的能力，这种能力是随着儿童整个语符经验和心理能力的发展而不断建构的。有研究者曾经考察了儿童理解寓言和比喻词的情况，发现理解能力的发展对儿童接受作品有着很大的影响。寓言和比喻词这类文学形式具有从具体到抽象、从特殊到一般的转意性质。理解寓言和比喻词，说明儿童能透过作品的表象掌握其内在联系。研究者用了关于思想方法和关于道德品质方面的两套寓言和12个比喻词，对8—14岁的儿童进行了测验。结果表明：儿童理解寓言和比喻词，是从完全停留在故事具体情节和对词的表面理解，发展到能够摆脱具体情节指明隐意。这种发展在小学中、高年级之间最为显著。如“一针见血”，小学中年级学生多理解成“戳一针就看见血”，而高年级则多能理解成“说的话很厉害，一句话就有了效果”。[19] 由此可见，语符能力和心理机能的发展，从接受主体内部为儿童的文学能力建构提供了具体的心理条件和可能。

四　文化造型

儿童读者文学能力的建构不仅是一种以其生理机能为依托的心理构造过程，而且还必然要沿着一条文化的通道来完成和实现。换句话说，儿童的文学能力的建构过程中始终要受到来自文化方面的因素的深刻影响和规范，这就是儿童读者文学能力的文化造型过程。它具体表现为隐性的文化制约和显性的文化造型两个方面。

首先，所谓隐性的文化制约，是指在生理、潜意识等层面，儿童的文学能力要受到文化因素的先天性的潜在的规范和塑造。从生命传递和文化延续的角度来考察童年的初始状态，我们会发现，童年的初始状态并非如洛克所说的那样是一块“白板”，而是包含着丰富历史文化内容的生命现象。拉法格在他的《思想起源论》一书中曾经精辟地分析说：

上世纪的感觉论者把脑子看作“光板”，这是从根本上恢复笛卡尔的“清洗”，但却忽视了一件主要的事实，即文明人的脑子是经过许多世纪耕作过和经过几千代播下概念和思想种子的一块田地。照莱布尼兹的正确说法，脑子在个人经验之前已经“预先形成”。必须假定脑子具有这样的分子配列，它可以供大量的思想和概念产生之用……脑子不限于接受经过感觉而从外面来的印象。它本身还做分子的工作，英国的生理学家称之为无意识的脑的活动，帮助它补足自己的获得，并且甚至不靠经验的帮助也做出新的东西。

这就是说，现代文明人的大脑在生理机能上也是不同于原始人的大脑的，因为它已“是经过许多世纪耕作过和经过几千代播下概念和思想种子的一块田地”，是一种打下了文化烙印的生理现实。拉法格的说法无疑获得了现代人类学、心理学研究成果的支持。现代人类学、心理学研究认为，新生儿的心理绝不只是一张白纸，这张纸在婴儿出生前就已经被刻上了许多难以辨认的，由千百代人的心理活动凝结而成的遗传信息。马克思曾经把这种现象称为“精神的隔代遗传”。瑞士心理学家荣格认为：“就像人类的身体代表了各种器官的博物馆一样，每一种器官都有着长期进化的历史，因此，我们希望发现心灵也应以相同的方式来组织。心灵和它所存在的身体一样，都是有历史背景的产物。我所谓的‘历史’，并非指心灵参照过去的语言和其他的文化传统来建立自己。我指的是原始人类精神中生物的、史前的和潜意识的发展。那时，他们的心灵仍然接近动物……这种极古老的心灵构成了我们精神的基础。”[20]荣格认为，人们常常会做梦，这种精神形式似乎是人类心灵原始的、先天的遗传形式，不能以个人的生活来证明。荣格的这些说法对我们思考文化对儿童读者文学能力的潜在的隐性制约作用是有帮助的。在生理的、潜意识的水平上，儿童的文学能力已经先天地受到了来自文化遗传方面的隐性规定。这些隐性规定构成了儿童读者文学能力的普遍的、无须经验习得的方面。心理学家贝特尔海姆在研究中发现，民间童话故事几乎触及了儿童的全部幻想，囊括了儿童所有的情感体验。如《少年出门学害怕》中涉及了儿童的害怕、焦虑等情绪，《灰姑娘》《白雪公主》等女儿与继母对立的故事模式中隐含着小女孩的恋父情绪，《小红帽》中所触及的性（祖母与狼共寝）、吞并恐惧（狼吞食小红帽）、快乐原则（顺从狼的诱惑）与现实原则（拖延乐事以抵制自毁性诱惑）之间的冲突等情感体验。很显然，这些经过分析和概括的情感体验，儿童是无法在自觉的意识水平上去体验和把握的，而只能是在无意识的水平上去体验和把握它们。因此，贝特尔海姆认为，甚至连幼儿也能在无意识的水平上理解和掌握这些潜在的意蕴，并在阅读中使自己的原始欲望得到满足。[21] 尽管目前人们对儿童读者文学能力的隐性文化机制了解甚少，但随着一些相关学科研究的发展，这方面的课题一定会引起越来越多的注意。

其次，所谓显性的文化造型，意味着儿童读者文学能力的建构要受到一定的客观“文化先结构”的影响和塑造。在这里，“文化先结构”是指儿童读者文学能力模式发生和形成之前就已客观存在的特定的历史文化背景和某种特定的民族审美传统。它作为预先存在的文化心理环境，必然会在不同程度上参与、影响乃至规定儿童读者文学能力的形成和发展。这种文化造型过程有时候是外在的、强制性的，有时候则是十分深刻而隐蔽的，并且通过儿童读者文学能力的特殊而微妙的变更方式表现出来。具体的历史文化背景和民族审美传统既是相对稳定的，又是不断发展和变异的，因此，由不同的文化先结构所规定和塑造的儿童读者文学能力也会表现出明显的差异性。中国古代的儿童读者注定了要在子曰诗云、四书五经所构筑的文化环境中成长，或者就从民间文学、市民文学中培养阅读兴趣和能力。而当代少年儿童既未摆脱传统文化框架的约束，又从历史的发展和社会的变化中获得了新的阅读视野，培养了新的文学趣味和能力。如果把中西儿童的文学能力和阅读心理做一番比较的话，就更容易发现“文化先结构”对儿童读者文学能力的巨大造型功能。例如，中国传统文化和传统教育观是不承认儿童的独立天性的。鲁迅先生在《从孩子的照相说起》(见《且介亭杂文》)一文中曾经说：“中国和日本的小孩子，穿的如果都是洋服，普通实在是很难分辨的。但我们这里的有些人，都有一种错误的速断法：温文尔雅，不大言笑，不大动弹的，是中国孩子；健壮活泼，不怕生人，大叫大跳的，是日本孩子……中国一般的趋势，却只在向驯良之类——‘静’的一方面发展，低眉顺眼，唯唯诺诺，才算一个好孩子，名之曰‘有趣’。活泼，健康，顽强，挺胸仰面……凡是属于‘动’的，那就未免有人摇头了，甚至于称之为‘洋气’。”这种文化心理上的差异无疑也影响着中外儿童文学的品格，影响着中外儿童读者的文学能力及其心理特征。例如现代西方儿童读者除了看传统的民间童话外，更喜欢看航海记、探险记、太空旅行、星球大战一类题材的作品；而对中国的儿童读者来说，“历险记”“奇遇记”一类作品在很长的时间里主要还是一种“舶来品”，小白兔、布娃娃、狼外婆等传统形象培养了他们文学欣赏的接受定式。不言而喻，这种接受定式正随着近十余年来中国文化的流动和变迁而得到调整和改变。

文化造型在儿童读者文学能力建构过程中的作用是巨大的。这也是儿童发展研究中人类学、心理学等学科所达成的共识。

在西方，从 1850 年到 1920 年这一段时期，出现了大量的关于儿童和青春期发展的实验研究。[22]1904 年，美国心理学家斯坦利 · 霍尔根据他对西方社会的青少年研究，出版了两卷本的《青春期》一书，提出了著名的“青春期危机”的理论。其后，沿着霍尔的思路，斯普兰格把青春期称为“第二次诞生”，霍林沃思更是形象地喻之为“心理断乳”。但是这些有关青春期的理论都在重复着同一个主题：即遗传决定的生理因素引起了儿童的心理反应和变化。因此，青春期的特征具有生物学的普遍性。20 年代以后，这种生物学的单因决定论观点受到了怀疑和挑战。美国著名女人类学家玛格丽特 · 米德的第一部力作《萨摩亚人的成年》于 1928 年出版。该书的副标题是“为西方文明所作的原始人类的青年心理研究”。在这部著作中，米德并不否认生物学因素对青春期的影响，但她指出文化因素对儿童成长有着更重要的意义，并力图说明人类（野蛮而未经教化的原始人类）所赖以生存的丰富多彩的文化环境是如何塑造人格的。另一位女人类学家本尼迪克特通过比较文明社会与某些部落社会的儿童养育方式后也认为，从儿童到青春期的成长在不同文化中有不同的信条，而各自的文化信条在对方社会中常常是不适宜的，文化作为一种环境条件深刻地影响了儿童濡化[23]和社会化的进程。在儿童读者文学能力的发展和建构过程中，文化同样是以种种方式——隐伏的、显露的、精神的、物质的——加入这一过程，并最终实现对儿童读者文化能力的特定的文化造型的。

五　文学经验的累积

文学是语言的艺术，这已成为一种常识。但严格地说，文学应该是言语的艺术，即运用语言的艺术，其中包含着文学特定的语码规则和技巧效果。因此，儿童读者的文学能力说到底是对一种特定的文学语码系统和语言技巧规则的感知和破译能力。这种能力在一定程度上是文学训练和经验累积的结果。美国学者乔纳森·卡勒在其专著《结构主义诗学》中论及“文学能力”时曾引用过维特根斯坦的话：

懂得一个句子意味着懂得一种语言。

懂得一种语言意味着懂得一种技巧。

卡勒引用这两句话的意思是很明确的。在他看来，使用某种语言的人在听到一串连续的声音的时候，他就能调动令人惊异的意识到和没有意识到的知识，融会贯通，从而赋予这些声音以意义，因为语言及语法的结构和意义是语言的特性。同样，文学作品也具有一套特定的结构和意义，因而读者能够用一种特定的方式来阅读它，接受它。这种特定的接受和解码方式是在读者对文学特性的种种知识和文学阅读经验的累积的基础上获得的。卡勒认为，对于任何缺乏这种知识的人，任何对文学一窍不通和不熟悉小说阅读习惯的人，如将一首诗摆在他的面前，他就会感到困惑不解。他的语言知识能使他理解短语和句子，但是他简直不知道把这些短语奇怪地连在一起的是什么。他不可能把它作为文学来阅读，因为他缺乏复杂的“文学能力”，而这种能力可以使其他人这么去做。他还没有掌握文学的“语法”，这种“语法”可以让他把连续的语言变成文学的结构和意义。正是在这个意义上，卡勒把“文学能力”看成是阅读文学作品的一系列习惯。[24]当然，仅仅把文学能力看成是读者的一系列阅读习惯，而缺乏对这种习惯的生理、心理、文化背景和内在机制的了解和认识是远远不够的，只有更进一步揭示出阅读习惯的具体机制，我们对文学能力的认识才有可能比较深入。反过来，读者文学能力的建构也只有在具体的文学接受情境中才能得到不断的刺激和推动，并沿着自身的轨迹不断丰富和发展。

从文学经验的角度来考察，可以发现儿童读者文学能力的发展也就是他们对文学媒介特征的了解不断加深的过程。虽然儿童的文学接受是开放的，它可以向我们提供社会学、心理学、伦理学、教育学等方面的内容，但首先应该“是反映了他对文学媒介的潜力与局限性的充分了解”。[25]加登纳认为：“对某一媒介的不断实践，对符号系统的强化练习，这便是达到对该媒介的熟悉，使自己愈益了解该媒介的潜力与限制的最好途径。这种在媒介中的浸泡，一般来说，是自我促动的。将成为作家的个体迷恋于文学之中，而且他们爱在任何情境下把捉这些文字。作家们都谈到他们幼年时期对黄道十二宫的迷恋，谈到他们的难解的潦草字，以及他们像他们的孩子玩积木一样把捉文字的事情。”[26]正是在这种对文学语言特性的不断接触、体验、欣赏过程中，儿童培养起他们对文学语码和文学作品艺术风格的接受能力和阅读习惯。例如，文学作品常常利用语言、语义或语法方面的歧义制造独特的效果。低幼儿童一般较易把握语言方面的“曲释”或“谐解”。像儿歌《小朋友爱清洁》：

小鸭叫，呷呷呷，
叫我剪指甲；
小鸡叫，叽叽叽，

叫我擦鼻涕；

小狗叫，汪汪汪，

叫我换衣裳；

小猫叫，咪咪咪，

叫我把脸洗；

小朋友，爱清洁，

人人都欢喜。

这里把动物的叫声，根据作品的需要，故意做了歪曲的解释，如把“呷呷呷”解释为“剪指甲”等。因韵脚相同，声音上也有一定的联系，又因音变引起了义变，“东拉西扯”，皆成妙语，既奇又巧，颇有趣味。[27]国外学者也曾研究过儿童元语言觉知（即对语言形式本身的觉知）的发展状况。随着元语言觉知的发展，儿童开始思考、谈论以及“玩弄”词汇和语言形式。很显然，儿童对种种文学语言技巧和风格的接受能力，有许多是依赖于对语言歧义的理解能力，而且，这种能力是逐渐积累和发展的。例如，谜语和笑话中的幽默往往基于语音、语义、语法等不同种类的语言歧义。儿童最初（6岁或7岁）认为有趣的笑话和谜语依赖于语音的歧义。在特定的环境中，同样的语音能以不同的方式来解释：

Waiter,what's this？服务员，这是什么？

That's bean soup,Ma'am. 那是豆汤，太太。

I'm not interested in what it's been , I'm asking what it is now. 我对于它以前是什么不感兴趣，我问的是它现在是什么。（因为服务员回答的话听起来可以是 That's been soup，即“那曾经是汤”。）

对词汇（包括双义词）歧义的幽默的欣赏能力，此后发展得很快。

大多数7岁至8岁的儿童喜欢如下的笑话：

Order! Order is the court! 秩序！法庭秩序！

Ham and cheese on rye, please,Your Honor. 阁下，请用火腿奶酪面包。（因为上一句话也可以理解为“点菜！在庭院里点菜”，所以会出现下一句的回答。）

11岁至12岁左右的儿童才能理解基于语法结构歧义或不同语义解释的玩笑。例如：

Call me a cab. 替我叫一辆出租车。

You re a cab. 你是出租汽车。（因为上一句话可理解为“叫我出租汽车”。）[28]

从上述例子可以看出，儿童读者对语言艺术特征的感觉能力是随着他们文学经验的不断积累而逐渐增强的。如果一个儿童具备了一般的智能条件，甚至具备了相当的语言智能，然而他却缺乏一种文学氛围的熏陶，缺乏一种渐进的文学经验的累积的话，那么，他的文学能力就难以得到相应的培养和自觉的建构。毫无疑问，只有现实的文学接受实践，才有可能使儿童读者文学能力实现不断的建构和发展；只有从文学接受过程中获得的审美经验，才有可能成为文学能力结构的真正内容。

六 文学能力作为一个有机整体的建构

儿童读者的文学能力是一个有机整体，因而它的建构必然是一个由机体内部诸种要素依次生成、彼此作用、相互融合并不断向更高层次水平推进、发展的过程。前面为了阐述的方便，我分别从生理、心理、文化和文学经验这几个不同的层面和角度对儿童读者文学能力的动态建构过程做了描述。应该看到，这一切的实际发生和发展过程是连续的、统一的，而不是分离的、隔断的。

首先，儿童读者文学能力诸层面的建构是渐进的。一般说来，“生理—运动”层面总是最先与文学接受领域叠合。当婴儿开始在纯听觉和运动觉的意义上对文学信息的刺激做出生理应答时，文学能力辉煌的建构序幕就被奇妙地拉开了。“生理—运动”机能的发展逐渐转化为一种心理的机能和能量，伴随着语符能力的发展，儿童获得了初步的文学接受能力。最后，随着文化因素的不断加入和文学经验的不断累积，儿童的文学能力建构逐渐进入了特定的文化轨道。虽然与成人比较起来，儿童读者的文学能力和接受行为常常表现出对于特定审美传统和文化背景较为疏离的状况，但是，儿童读者文学能力和接受心理的发展从最本质的意义上说，是从生命的自然行为走向审美的文化实现的过程。这个过程在通常情况下是沿着“生理—心理—文化”的方向依次渐进、逐步展开和完善的，而不是预成的或轻易就能获得的。

其次，文学能力各层面在建构过程中是互动的，也就是说，它们作为一个有机整体的构成要素是相互作用、相互转化的。一方面，“生理—运动”机能的发展促进了“语符—心理”能量和文化经验的获得；另一方面，心理、文化经验的积累又可以促进生理组织和机能的变化。从宏观的种系发展演变的角度看，人的心理、文化（审美）活动，尤其是伴随着行为的心理、文化（审美）活动，可以影响生理功能。这种反作用不断出现，便可以使生理的器官和组织发生改变，并通过遗传一代一代地固定下来。于是，对于前代来说是属于后天习得的文化心理“习性”，对后代来说就可能转变为一种先天的“天性”。从微观个体的角度来看，心理机能和文化行为的发展也同样能促使大脑机能的变化，所以说，儿童读者文学接受行为所包含的文化心理因素很可能会改变儿童的生理（大脑）结构。心理学家卡拉威曾有过类似的看法：“很可能阅读包含着的智力活动已经转换成中枢神经系统的结构上的永久的改变了，其结果就使早年就爱阅读的人在智力上表现出和成年爱阅读的人的同样优越性。从理论上讲，很可能是阅读造成了优异的智慧，如同脑的改变是由早期教育而来。”[29]因此，文学能力的三个层面是在多向的互动过程中实现自身的整体建构的。

最后，儿童读者文学能力的整体建构过程是整合的，即文学能力在不断向更高水平的发展、演进的过程中，总是把较低级的文学能力因素和结构吸收、容纳、整合到新的结构之中。文学能力诸层面的依次递进并不意味着先前居于主要地位的生理层面的消失，而是生理能量的内化和转移，并以新的较为隐蔽的方式存在于整个文学能力结构之中，例如由直接的文学游戏活动转化为一种精神的静观和“内模仿”。而每一次文学能力的调整和建构，都标志着儿童读者与文学文本之间的对话达成了一个新的契约，预示着一个新的文学接受天地将呈现在儿童读者面前。

而文学文本也以一种开放的姿态对儿童读者发出了召唤。

注 释

[1] 杜·舒尔茨：《现代心理学史》，沈德灿等译，北京：人民教育出版社 1981 年版，第 308 页。

[2] 皮亚杰：《结构主义》，倪连生、王琳译，北京：商务印书馆 1984 年版，第 103 页。

[3] 参见 H · 加登纳：《智能的结构》，兰金仁译，北京：光明日报出版社 1990 年版，第 50—51 页。

[4] 仓石精一：《关于思维和语言的问题》，载赵璧如主编《现代心理学发展中的几个基本理论问题》，北京：中国社会科学出版社 1982 年版。

[5] E · 拉兹洛：《进化—广义综合理论》，北京，社会科学文献出版社 1988 年版，第 118 页。

[6]《马克思恩格斯选集》第 3 卷，中共中央马克思恩格斯列宁斯大林著作编译局译，北京：人民出版社 1972 年版，第 512 页。

[7] 坎特：《心理行为中的生物学因素》，《现代外国哲学社会科学文摘》1990 年第 2 期。

[8] 黑格尔：《美学》第一卷，朱光潜译，北京：商务印书馆 1979 年版，第 39 页。

[9] 朱狄：《艺术的起源》，北京：中国社会科学出版社 1982 年版第 129—130 页。

[10] 参见赵世开：《现代语言学》，北京：知识出版社 1983 年版，第 18—19 页 。

[11] 参见教育大辞典编纂委员会编《教育大辞典》第 5 卷，上海：上海教育出版社 1990 年版，第 185 页。

[12] 参见谢亚力：《早慧儿童的奥秘——我的超常教育》，成都：四川少年儿童出版社 1989 年版。

[13] 参见 H · 加登纳：《艺术与人的发展》，兰金仁译，北京：光明日报出版社 1988 年版，第 112—113 页。

[14] 参见 H · 加登纳：《艺术与人的发展》，兰金仁译，北京：光明日报出版社 1988 年版，第 165 页。

[15] 参见朱曼殊主编：《心理语言学》，上海：华东师范大学出版社 1990 年版，第 284 页。

[16] 参见 H · 加登纳：《智能的结构》，兰金仁译，北京：光明日报出版社 1990 年版，第 90 页。

[17] 参见史慧中：《中国儿童青少年语言发展与教育（一）——3—6 岁儿童语言发展与教育》，载朱智贤主编《中国儿童青少年心理发展与教育》，北京：中国卓越出版公司 1990 年版。

[18] H · 加登纳：《艺术与人的发展》，兰金仁译，北京：光明日报出版社 1988 年版，第 212 页。

[19] 参见李丹、缪小春、武进之：《学龄儿童理解寓言、比喻词的年龄特点》，《心理学报》1962 年第 2 期。

[20] 参见荣格著：《人类及其象征》，张举文、荣文库译，沈阳：辽宁教育出版社 1988 年版，第 48 页。

[21] 参见艾伦·温诺：《创造的世界——艺术心理学》陶东风等译，郑州：黄河文艺出版社 1988 年版，第 309 页。

[22] 参见约翰·拉斐尔·施陶德：《心理危机及成人心理学》，丁鉴夫译，北京：华夏出版社 1989 年版，第 2—3 页。

[23] 由于文化是创造的，是学习的，而不是通过生物性遗传得来的，因此，所有社会都必须设法确保文化完全从一代留传给下一代。这一留传过程即所谓的濡化。

[24] 参见乔纳森·卡勒：《文学能力》，载中国艺术研究院马克思主义文艺理论研究所外国文艺理论研究资料丛书编委会编《读者反应批评》，北京：文化艺术出版社 1989 年版。

[25] H·加登纳：《艺术与人的发展》，兰金仁译，北京：光明日报出版社 1988 年版，第 265 页。

[26] H·加登纳：《艺术与人的发展》，兰金仁译，北京：光明日报出版社 1988 年版，第 370 页。

[27] 参见陆稼祥：《修辞与语体》，《浙江师范大学学报》1986 年第 2 期。

[28] 参见 P. H. 墨森：《儿童发展和个性》，缪小春译，上海：上海教育出版社 1990 年版，第 212—213 页。

[29] 茅于燕：《在可耕耘的土地上的收获——推荐一本育儿好书（代序）》，转引自谢亚力《早慧儿童的奥秘——我的超常教育》，成都：四川少年儿童出版社 1989 年版。

第五章　文本及其存在方式

一　文本的两种传播形式

“文本”(text，一译“本文”)是现象学美学、解释学美学以及接受美学的核心概念。虽然这几家美学流派在具体解释、运用“文本”概念时不免略有差异，但他们对“文本”的基本看法是一致的，即它是作家创作的结果，同时又是需要读者的阅读、体验才能获得审美价值的文学实体。与传统的“作品”概念不同，后者是一个完成品，其总体形象、意义、价值都是自身固有的，是一成不变的要素，读者欣赏作品必须从这些要素出发。而文本则只是作家完成的一个半成品，只有通过读者在接受过程中参与文本中所叙述的事件，通过文本和读者之间的相互作用，文本的内容才能转化成形象、意义，获得相应的审美价值和艺术效果。一句话，文本强调了接受过程中读者的能动作用，因而也是我们在儿童文学接受研究中可以借用的一个概念。

从传播形式看，儿童文学文本有两种传播方式：口头的与书面的。口头传播方式即利用有声语言来传播；书面传播方式则是利用语言的记录符号——文字来传播。所以，这两种传播方式都是以语言为基本传播媒介的。

不过，在实际的传播过程中，儿童文学文本的语符系统总是伴随着语言以外的表达因素。这些因素与语符系统密切相关，却又不是语言本身所固有的，而是文本语符系统扩张、衍化的结果。例如，在有声语言传播方式中，文学文本总是添加了传播者本人的语调、表情、动作等非语言表达手段。或许，这些表达手段与文本的内容有着密切的联系，但是它们并非属于文学文本的语符本身，而是传播者理解、添加、再造的结果。

以书面语形式传播的文学文本，其可以调动的手段也远远超出了语符本身的内在特征所规定的范围。由于文本从口头形式转移成为书面形式，听觉形式转移成为视觉形式，因此文学文本往往超出常规的语符排列和表达方式。通过语符系统在排列、印刷上的变化，从而获得视觉上的超语言的接受效果。例如，在张天翼的童话《大林和小林》中，作者在第八章写大林听包包唱着《天使之歌》走远了，歌声越变越小时，用了这样的语符排列和印刷形式：

吃一块鸡蛋糕。

美丽的包包。

吃一块鸡蛋糕。

美丽的包包。

吃一块鸡蛋糕。

美丽的包包。

******

******

…………

在这里，作者运用语符印刷字号上的大小变化，以视觉形式模拟了歌声由近而远的听觉效果，这种书面传播形式中所出现的超常规语符系统的表达效果，是口语传播形式所不可能具有的。此外，书面传播形式还可以利用图表、图像等媒介形式制造出独特的“看”的效果。在周锐的童话《表情广播操》中，H 市荐送的 20 名演员在全国悲喜剧演员竞技大赛的初选中即被全部淘汰，原因是表情差，脸部肌肉缺乏锻炼。演员出身的 H 市市长痛下决心，要在全体市民中开展普及性表情训练，他挖空心思设计了一套表情广播操，并请一位业余画家绘制了一幅共有 108 节的表情广播操挂图。

把具体的人物画像纳入文本之中，成为文本构成的一个有机环节，这也不能不说是作为看的文学的一种有效的视觉表达手段。与文学插图不同，这种图像化的符号排列已经成为儿童文学文本语符系统内部的一个组成部分，而文学插图通常只是在语符系统之外对某个情节、场景做形象化的补充和说明。在某些情况下，这种图像化的符号能够获得语符本身所无法实现的接受效果。

但是，上述这些特殊的符号处理方式毕竟只能是儿童文学文本构成的一种辅助媒介。儿童文学作为语言艺术，要求我们在考察和研究时保持一种强烈的文体感觉，即应当重视语言在决定儿童文学文本存在方式方面的特殊作用。因此，对儿童文学文本存在方式的理解，应该建立在对文学语言特征的把握的基础之上。

二　文本的立体结构：语音、语象、意味

语言作为文学审美过程的物质中介和信息载体，它本身也

是由符号（文字）和语义两者构成的统一体。语言的这一特征同时也就决定了儿童文学文本的艺术织体不是单薄的平面展开，而是多层面的立体构造。对于文本结构的各个层面，曾有不少人做过分析，如波兰现象学美学家英加登就曾经通过本体论的研究来探讨艺术作品的结构即存在模式。他认为文学作品可以看作是由四个异质的特殊层次所组成，这四个层次是：1. 声音层；2. 意义单位层；3. 被表现的客体层；4. 图式化方面层。[1] 国内也有研究者将艺术品分为七个层次：1. 言；2. 象（言内之象）；3. 意（象内之意）；4. 言外之象（象外之象）；5. 象外之意；6. 道（意内之道）；7. 意外之道。[2] 前者对文本各层面的分析尚难尽如人意，如被表现的客体层与图式化方面层似乎就不一定要加以区分。后者分析得较为细致，但也显得烦琐。那么，应该如何把握文本结构呢？桑塔耶那曾经认为："在一切表现中，我们可以区别出两项：第一项是实际呈现出的事物，一个字，一个形象，或一件富于表现力的东西；第二项是所暗示的事物，更深远的思想、感情，或被唤起的形象、被表现的东西。"[3] 参照桑氏的说法，我以为可把儿童文学文本的艺术织体分为感知层和意味层这两个基本的层次，其中感知层又可分为语音层、语象层两个层面。因此，儿童文学的文本实际上是由语音、语象、意味三大层面构成的艺术结构系统。

儿童文学文本结构的第一个层面是语音层。语音层负载着语象层和意味层，同时又"构成了作品审美效果不可分割的一个部分"，[4] 具有相对独立的审美意义。这种审美意义并不是单个的物理性的声音实体所固有的，而是由作品本身固定的、典型的声音结构所造成的一种整体性的审美效应。一个"啊"字本身很难说表达了什么，只有将它放到具体文本的声音系列中去，它才可能表达出某种特定的情感，或赞美、或感叹、或痛苦、或绝望。我们不妨来分析一首山东传统儿歌《洗月亮》:

海水清，海水凉，
捧起海水洗月亮，
月亮不敢脱衣裳，
拉块云彩忙遮上。

羞羞羞，脏脏脏，
谁家洗澡穿衣裳？
羞得月亮低下头，
跳进海里乱晃荡。

当相互之间并无必然联系的一组语音以一定意义为关联构成特定的声音结构时，它们就获得了独特的审美效果，这种效果无疑来自声音的排列和相互作用所形成的节奏跌宕、抑扬起伏、韵律有致这些语音整体的结构效能。而韵母相同的“凉”“亮”“裳”“上”“荡”等文字的有规律的使用，既形成了规整、连通、谐和的效果，也构成了儿歌语音系统和诗节模式的骨架。很难想象脱离语音层的审美效果，这首儿歌还会是什么样子。

在不同的作品中，语音层的审美价值并不相等。以体裁而论，儿歌、儿童诗等作品更讲究音韵之美，语音层自然重要，而在许多小说和童话作品中，语音层的重要性就被削弱，变成了“透明的层面”（韦勒克、沃伦语），但作为文本结构中必不可少的层面，语音层仍然存在着。同时，有些小说、童话作品也十分重视语音层的审美意义。如老作家严文井就曾表示，他喜欢把童话当作诗歌来写。他的作品如《四季的风》《“下次开船”港》《小溪流的歌》等不仅有浓郁的诗情，而且有着诗一般讲究的节奏和韵律。如《“下次开船”港》写到老面人用热情的笛声感染、教育了孩子们并唤醒了真正的黄莺的时候，作家写道：“许多黄莺都唱起来了。黄莺们就像在唱：温暖的季节来了，明亮的夏天来了！孩子们，你们就生长吧，跳跃吧，奔跑吧，飞翔吧！地上最好的东西是你们的，水里最好的东西是你们的，天上最好的东西是你们的，时间同你们在一起，未来同你们在一起……开始，开始！马上就开始，不等那个‘下次’！”这里，语音层的高亢音调、快速节奏及其对应、复现和嬗递，无疑更有效地传达了作家对充满生长活力的孩子们的热望之情。

从语音层的声音组合产生了儿童文学文本的形象系列层面即语象层。文学文本以语言（文字）为艺术媒介，而语言本身只是一种具有一定概括性的人工符号系统，它并不提供或呈现可以直接诉诸感官的艺术形象。当我们打开文本，看到的是语言的符号形象——文字。印成文字的“喜鹊办喜事，老鹰当总管，乌鸦当厨师，小雀做客人”这首云南纳西族儿歌，对于不识字的幼儿来说并没有意义，因为他们还不具备把文字与其指称的对象联系起来的认读能力。但在这一组文字后面，却实实在在地隐含着一连串形象和热热闹闹的事件：一群飞禽聚到一起办喜事来啦！当我们向幼儿诵读这首儿歌时，文字的障碍便消失了，喜鹊、老鹰等就会通过幼儿尚不发达的再造想象机能飞到他们的眼前。同样，当我们读王尔德凄怆而美丽的《快乐王子》时，我们必然会在心际幻化出“满身贴着薄薄的纯金叶子，一双蓝宝石做成他的眼睛”的快乐王子的形象；我们会随着快乐王子和小燕子的目光看到那个城市的“一切丑恶和穷苦”。当我们读冰心脍炙人口的《寄小读者》时，我们就会循着作者赴美游学的行踪，跟着作者的描绘看到那变化万千的自然风光，结识那些金发碧眼的异国少年。这便是文学语言特有的不同于科学思维用语的语象造型功能，如德国美学家施莱尔马赫所说的：“思辨和诗尽管都使用语言，但两者的倾向是对立的：前者企图使语言靠近数学定理，后者却靠近形象。”[5] 当然，文本的语象层并非直接由实体形象所构成，而是由接受主体的心理机制在一系列文字符号的刺激下幻化、再造而成的。正如康拉德在谈到文学语言的语象感时所说的：“一切艺术基本上都要作用于感官，而且艺术目标，当用文字进行表达时，也须使之通过感官而起作用……我所试图完成的任务是通过文字的力量使你听得见，使你感觉得到，而最重要的，是使你看得见，如此而已，别无他求。”[6] 因此，文字、词组、句子的有序组合归根到底是为了展现作家的整体造型构思，营造出一个虚幻而又可感的相对自足的艺术世界。

意味层是儿童文学文本结构中最为内在的层次，它以语音层、语象层为依托，并深藏于其中，与之相融合。苏珊·朗格就认为，一件艺术品“并不把欣赏者带往超出了它自身之外的意义中去，如果它们表现的意味离开了表现这种意味的感性的或诗的形式，这种意味就无法被我们掌握”。[7] 作为潜在的可能审美空间，意味层有待欣赏者审美理解力的介入和参与。童话《小马过河》（彭文席作）的语象层展现的是一匹不会独立思考的小马在过河时遇到的困难，大水牛和小松鼠的不同答复使它感到困惑。这一巧妙的语象层构思中蕴涵了“不仅要听别人的意见，还要自己动脑筋仔细想一想，然后再试一试”的生活教训。而在罗大里的《洋葱头历险记》《假话国历险记》等作品中，幻想化了的语象层既透露着现实社会的沉重，又充满着呼唤和追求正义、自由、平等、友善的热情和力量。然而文本结构中的这种深层意蕴又需要读者接受过程中的品味和悟解。很显然，一种深刻的可品味性有可能使儿童文学文本超越语音层、语象层的限制而争取到比较博大的美学空间，获得比较持久的艺术生命力。当然，意味层不只是一种纯粹的理性之光从作品的深层透射出来，而更是作品所具有的那种对应着主体整个内在心理的精神冲击力，比如安徒生的《海的女儿》、亚米契斯的《爱的教育》中那种情理相融、弥漫全篇的内在意蕴。它使你浸淫其中，在不知不觉中影响、塑造着你的心灵。同时，“意味层也有好些不同等级、种类和秩序”。[8]对于儿童文学来说，不满足于低等级的意味择取，而力求设置既能对应和穿透少年儿童的心灵，又能指向人类精神深处的意味层，显然会使一个广阔的审美世界轰然打开。

另一方面，就语音层、语象层而言，它们也需要得到意味层的统摄。诚然，语音层，尤其是语象层有着独立的审美意义，强调它们对读者的特殊吸引力显然是有道理的。我们甚至可以说，语象层的独特、鲜明、生动、有趣，是文本吸引读者的第一位的因素。你看，安徒生的名篇《皇帝的新装》中所呈现的人物和事件，描绘之奇妙简直无以复加，生动有趣不能不令人捧腹。但是尽管如此，如果仅有语象层的热闹，那作品呈现的充其量只能是一场闹剧。安徒生之所以伟大，就在于他的童话作品不仅创造了一个独特的语象系列层，而且更灌注了一种温暖深沉的人道主义精神和辛辣深刻的社会批判力量。在《皇帝的新装》中，那力透纸背的社会讽刺和批判意味，显然大大加强了作品内在的审美力度。因此可以说，意味层是儿童文学文本摆脱审美上的低品位，实现审美超越的重要因素。

语音层、语象层、意味层共同组成了具有纵向联系的文本构造模式。孤立地看，文本结构的每一层面都具有自身的存在意义和审美价值，但是另一方面，它们作为不同结构层面又隶属于整个文本结构系统，相互依存，彼此融合，共同构成文本的有机整体，而不是彼此分离、互不相干的东西。“如果它们不同时起着审美价值的功能，那么它们之间的紧密的相互作用就不会产生艺术作品，而只会产生一种构造。一个艺术作品，就审美意义来看，显示出一种特有的不可捉摸的魅力，这是其构成因素汇合起来产生的。作为审美客体的艺术作品是‘各种具有审美价值的属性’产生的‘复音和声’效果。”[9] 除了批评家为了评论而进行条分缕析外，儿童文学文本自身应该是一个完整和谐、生气灌注的艺术整体结构。这种文本结构各层面的相互榫接和完美叠合，形成了文本整体化的综合审美潜能。

三　文本的空白和不确定性

既然作为客观艺术实体存在的儿童文学文本还不是现实的审美对象，而是作家一种永久的多层面结构的创造，经过审美过程中接受主体审美知觉的积极参与和介入，文本才超越它自己成为具有完整意义构成的审美对象，那么，从儿童文学文本自身的角度来考察，我们就应该把它看成是一个“未完成”的审美产品。这个产品充满了艺术的空白和不确定点，从而对读者发出了一种艺术的邀请和审美的召唤。

最早系统地提出文本空白理论的是英加登。他认为文本是“纲要性、图式性的创作”，它只提供一个所表现世界的图式结构，而留下很多模糊的、不确定的点或空白。后来，伊瑟尔吸收并发展了英加登的现象学理论，认为文本只提供给读者一个“图式化方面”的框架，这个框架无论在哪一个方向和层次上都有许多空白。所谓“空白”，就是指文本中未写出来的或未明确写出来的部分，它们是文本已写出部分向读者所暗示或提示的东西。伊瑟尔认为，这种“空白”存在于文学文本的各层结构中，最明显的是存在于情节结构层上。他说，“情节线索突然被打断，或者按照预料之外的方向发展。一般故事集中于某一个别人物上，紧接着就续上一段有关新的角色的唐突介绍。这些突变常常是以新章节为标记的，因此，它们被明显地区分开来”，这就造成情节上的中断或空白，但这种空白恰恰是“一种寻求缺失的连接的无言邀请”，即请读者自己把“空白”填上，把情节接上。此外，在人物性格、对话、生活场景、心理描述、细节等各个方面，文学文本都有、也应有许多“空白”。空白是吸引与激发读者来完成文本、形成作品的一种动力因素。除“空白”之外，伊瑟尔还提出了“空缺”“否定”等概念。这些概念共同构成了唤起读者填补空白、连接空缺、建立新视界的文本结构，伊瑟尔称之为“文本的召唤结构”。不过，伊瑟尔对不确定性和空白的理解还较为偏狭，在具体的作品分析时他并未从文本的整体结构上去分析空白和不确定性，因而并未真正把握住文本的召唤结构。事实上，文本的召唤性体现在文本结构的各个层面上，最终体现在这些层面结合成的整体结构上。[10]同样，我们也应从文本结构的各个层面上来具体把握分析儿童文学文本的空白点和不确定性。

这里试以蒋应武的《小熊过桥》为例，分析一下儿童文学文本结构的空白和不确定性特征。

小竹桥，摇摇摇，
有只小熊来过桥。
走不稳，站不牢，
走到桥上心乱跳。
头上乌鸦哇哇叫，
桥下流水哗哗笑。
“妈妈，妈妈，你来呀！
快来把我抱过桥。”
河里鲤鱼跳出水，
对着小熊大声叫：
“小熊，小熊，不要怕，
眼睛向着前面瞧！”
一二三，向前跑，
小熊过桥回头笑，
鲤鱼乐得尾巴摇。

从语音层看，任何语言在语音方面都有同音字词，汉语里不仅有同音字，还有四种声调的变化；任何语言又都有语调，同样的字词、短语、句子用不同声调读出来就会有不同的意义。在文学文本中，虽然精心选择语词与组合，但同音异字、异词的情况仍常常会遇到，这就会造成语词、句等基本语义单位意义的不确定。相反，同一字、词、句以不同的声调说出来，常常也可以具有不同的含义。[11] 例如《小熊过桥》的诗中，小熊喊“妈妈，妈妈，快来呀”，单就这一句话看，它可以是惊喜，要妈妈一起来看；可以是惊慌，要妈妈来救援；也可以是另外的含义。当然，这种语音方面的不确定性可以在整个文本的具体“语境”中被消解，从而获得相对确定的含义。在《小熊过桥》的具体语境中，上面这句话就是因惊慌而要妈妈来救援的意思。

从语象层看，首先是形象描绘方面的“空白”。文本虽然提供了“小竹桥”“小熊”“乌鸦”“鲤鱼”等语象，但“小竹桥”究竟有多长？“小熊”是什么颜色？“乌鸦”具体是什么模样？“鲤鱼”有多大？这些问题，在文本中都被省略了。其次，在语象所展示的故事情节、人物性格、场景描绘等方面，也有诸多的省略。小熊为什么要独自过桥？小熊妈妈是不是在岸边？小熊过桥的心理活动过程怎样？这些也都没有具体交代，由此形成了文本语象、叙事层面的空白。

从意味层看，小熊在鲤鱼的鼓励下战胜惊恐，似是文本的主要意旨，但对小读者来说，过小竹桥时应该“眼睛向着前面瞧”又未尝不是一种有益的生活经验；而对成人读者来说，文本所具有的天真、风趣的儿童情调也可能是极有意味的。当然，所有这一切在文本中并未直接道出，而是潜藏在语象层的背后。

总之，儿童文学文本各层面的空白和不确定性使它成为一个开放性的结构，这一结构为儿童读者的参与和创造提供了广阔的艺术空间。

四　文本价值的多元化

文本向读者开放，这意味着，未经阅读的诗歌文本还不是真正的审美对象，未被接受的小说也还不是真正的文学作品。很显然，从接受之维来看，儿童文学本体并不是一种物质本体，而是一种价值本体。当然，文学本体离不开一定的物质本体，但是只有与一定的接受主体构成一定的价值关系，文学本体才能真正地存在，才具有真正的意义。马克思指出："'价值'这个普遍的概念是从人们对待满足他们需要的外界物的关系中产生的。"[12]也就是说：⑴价值不是一个单独的实体范畴，而是一个关系范畴；⑵价值不是主体间或客体间的关系，而是对主体与客体之间一种关系的表述；⑶价值不直接是主客体间的认识关系或实践关系，而是主客体间需求与满足需求的一种特殊关系。客体对主体的某种需求能够发生满足与否的关系，就与主体形成了某种价值关系，产生特定的价值或负价值。换句话说，价值是客体对主体需求所具有的作用与意义。[13]

同样，文学价值也是在文本与读者所构成的特殊接受关系中才产生的。这种特殊性表现在：1. 文学价值由读者与客体之间特定的审美需要和满足关系而产生，不同于人对客体的生理需求或其他社会性需求所产生的价值关系。2. 文学价值也不同于其他艺术门类与欣赏者之间的价值关系，而是读者对语言艺术（文学文本）的审美需求的产物。正是在这个意义上，我们认定文学价值是人类及其对象所构成的价值系统中的一种独特的价值关系。

但是，文学价值的独特性并不意味着儿童文学文本是一个单一的、封闭的价值载体。作为人类精神活动的产物，儿童文学文本应该是以文学价值为中心的多元价值的化合物和承担者。

首先，儿童文学文本是作家创作过程的产物。儿童文学作家作为社会的人，其社会关系、文化心理是多向多维的网络结构，其中渗透融合了十分复杂的政治的、经济的、伦理的、宗教的、文艺的、历史的、民族的等多种社会文化心理构成要素。在作家的文学创作过程中，占据最突出地位的无疑是他的艺术经验和审美理想，但是，作家文化心理在创作过程中的辐射又是多向的、发散的。在其艺术经验和审美理想的引导、统摄下，创作者必然会将自己的人生体验和价值观念体系转化、投射、融合到文本的创作过程中。因此，儿童文学文本必然凝结了多种价值因素，并以审美价值为中心构成一个有机的价值系统。例如，一首传统儿歌不仅可以具有一定的审美价值，而且也可以具有一定的认识价值乃至历史价值、民俗价值，等等。

其次，从文本自身的存在方式看，其艺术织体不是一种平面的构造物，即不是一种单层面的横向展开，而是多层面的主体构造物。因此，文本作为载体就可能承担多元的价值因素。例如，语音层的节奏、韵律感不仅具有审美价值，而且往往也能够转化为一种游戏、娱乐价值。张天翼的童话《大林和小林》的语象层展现的是一对孪生兄弟的奇特经历，故事生动有趣，有着较高的审美价值，而意味层则揭示了当时中国社会最本质的矛盾关系，揭示了当时两个阶级的不同生活状态和历史命运，因而具有较高的思想认识价值。因此文本价值的多元化正是由于文本结构的立体化而获得承诺和保证的。

最后，从接受过程看，儿童文学文本呈现给读者的并不是一份结构解剖图，因为对文本结构的认识乃是分析的结果，而对于读者的接受心理来说，文本是作为具体的整体而存在的。同时，审美心理对文本的接受也不仅仅是一种平面的感知，而是调动整个审美心理因素（感知、情感、想象、理解等）参与其间的，由儿童文学文本结构表层进入深层的复杂的审美过程。由于个体读者文学能力和整个文化心理建构水平的差异，读者对作品的期待视野、审美译解能力也是不同的，因而文本的价值也就往往会在不同层面的水平上获得实现。就是说，具体读者文学接受的意向、范围、深度不同，必然导致文本价值的多元化效应。

总之，儿童文学文本的存在方式既是固定的，又是开放的。语音、语象、意味三大层面的叠合构成了儿童文学文本的一般结构规则，而在林林总总的儿童文学文本中，三大层面的组合形态又是千变万化的。这里体现了文本结构的一般构成法则与个别构成状态的统一，体现了儿童文学文本普遍审美规律与具体随机效应的统一。一首儿歌、一则寓言、一篇童话、一部小说，都拥有语音、语象、意味三大层面，但又都有各自特定的组合形态。文本结构的确定性在具体作品中表现出某种随机性，而具体作品的随机性展开又必然要受到文本结构确定性的制约。这种矛盾的对立统一既规定了儿童文学作为语言艺术的本体构成特征，又为儿童文学拓展了广阔的艺术创造天地。而文本的立体结构也为文学接受过程中的多元价值关系的构成提供了可能的艺术载体，从而也使接受过程本身变得更为丰富多彩和富有意义。

注 释

[1] 参见李幼蒸：《罗曼 · 茵格尔顿的现象学美学》，《美学》第 2 期。

[2] 参见王至元：《“言不尽意”与含蓄新探》，《美学》第 4 期。

[3] 桑塔耶纳：《美感》，缪灵珠译，北京：中国社会科学出版社 1982 年版，第 132 页。

[4] 韦勒克、沃伦：《文学原理》，刘象愚、邢培明、陈圣生、李哲明译，北京：生活 · 读书 · 新知三联书店 1984 年版，第 166 页。

[5] 克罗齐：《作为表现的科学和一般语言学的美学的历史》，王天清译，北京：中国社会科学出版社 1984 年版，第 162 页。

[6] H · 加登纳：《艺术与人的发展》，兰金仁译，北京：光明日报出版社 1988 年版，第 44—45 页。

[7] 苏珊 · 朗格：《艺术问题》，腾守尧、朱疆源译，北京：中国社会科学出版社 1983 年版，第 128 页。

[8] 参见李泽厚：《艺术杂谈》，《文艺理论研究》1986 年第 3 期。

[9] 安娜 - 特丽莎 · 提敏尼加：《从哲学角度看罗曼 · 茵加登的美学理论要旨》，载中国社会科学院哲学研究所美学研究室编《美学译文》第 3 期，北京：中国社会科学出版社 1984 年版，第 167—207 页。

[10][11] 参见朱立元：《接受美学》，上海：上海人民出版社 1989 年版，第 112—113 页。

[12]《马克思恩格斯全集》第 19 卷，中共中央马克思恩格斯列宁斯大林著作编译局译，北京：人民出版社 1963 年版，第 406 页。

[13] 参见朱立元：《接受美学》，上海：上海人民出版社 1989 年版，第 232 页 - 233 页。

第六章　文本与接受

一　接受：文本的再建

上一章关于儿童文学文本存在方式的论述表明，文本是一个多层面的立体构造物，其艺术织体包含着许多潜在的空白和未定点。很显然，这些空白和未定点需要由儿童读者通过文学接受过程来加以具体填充和再建。因此，接受不是单向的被动的接收过程，而是接收与再建互动互补的辩证运动过程。

儿童读者之所以能够再建文本，不仅是由于儿童已经具有并不断发展着的文本感知能力，而且还由于他们能够根据文本所提供的已知的图式或框架来破译、填补、丰富、完成那些空白和未定点。美国学者 J. R. 赛尔认为："即使被提供的信息不是明确地表述在故事里，人类（当然包括儿童——引者）也能够回答关于这个故事的问题，此乃人类理解故事能力之特点。"他举了一个例子，假设给你讲下面的故事："一男人走入餐馆，点了一份汉堡牛排。当牛排端上来时已被烧焦了，这人没有付账或留下小费就怒气冲冲地出了餐馆。"现在，如果问你："这人吃了牛排吗？"你大概会回答："不，他没有。"类似地，如果给你讲下面的故事："一男人走进餐馆，点了一份汉堡牛排。当牛排端上来时，他对之非常满意。离开餐馆时，他付账之前还给女侍者一大笔小费。"此时问你："这人吃了牛排吗？"你大概会回答："是的，他吃了牛排。”[1]从这个例子可以看出，读者能够根据自己的文学能力和经验对文本所提供的艺术信息进行相应的选择、填充、提炼和重组，从而使文本潜在的审美价值转化为一种现实的审美价值。当然，这种文本再建通常是以文本与儿童读者接受视野的同构或局部同构为条件的。如果文本与儿童读者文学能力之间完全不具备同构关系，则儿童读者的接受就会发生根本性的阻隔，文本的再建也就无从说起了。

从接受过程看，儿童读者对具体文本的接受有一个时间上的延续过程，这个过程是读者的阅读视点在文本所提供的语流场和艺术图景中不断移动、延伸的过程。因此，读者对文本图景的再建是随着阅读过程而逐渐展开、整合而成的。按照伊瑟尔的说法，在阅读过程中，“每一个个别的句子相关物都预示了一个特殊的视界，但是，由于下一个句子相关物以及必然由转化产生的不可或缺的修改，这个视界立刻就被转化成背景了。由于每一个句子相关物都指向即将出现的事物，因此被文本预示出来的视界就会给读者提供一种观点。这种观点（不管它有多么具体）必须包含不确定性，以便唤起读者对于解决这些不确定性的方式的期望（或者肯定的回答，或者否定的回答），同时唤起新的期望”；而“已经被读过的东西在读者的记忆中缩小成为一种经过压缩的背景，但是在新的语境中，这种背景又不断地被唤起，并且被新的句子相关物修改，这样就导致了读者对过去综合的重新建构”。[2]由此可见，在读者对文本的阅读和重建过程中，随着文本语符链的展开和变换，每个句子都是对前后相关的句子的“取景器”，而读者也正是在运用这种“取景器”的过程中发掘出文本各层面潜在的空白和各种复杂的联系，并通过自己的想象机能和理解机能重建文本的艺术世界。

二　接受水平的三位级差

再建文本是在儿童读者文学接受过程中与文本沟通、对话的过程中实现的；它已不是原初的文本，而是读者文学能力投射和激活的产物。对于个体儿童来说，再建文本的能力是与其文学能力相一致的。前文已经指出，个体儿童读者的文学能力不是预成的，而是逐渐建构起来的，因此，对于文学能力处于萌芽状态的儿童来说，再现文本的能力是极不完善，甚至是基本不存在的。印在书上的文学文本，如果没有成人的辅助和转达，对于婴幼儿来说也许毫无真正的文学意味。国外有人曾将自己的孩子对故事书的反应分成不同的阶段，其中 1 岁时的反应是：把书丢掉，或放在嘴里啃。[3]《早慧儿童的奥秘——我的超常教育》一书的作者谢亚力也在书中记载了她的儿子李小麦最初自由接触图书时的情形："满周岁的小麦坐在床上，总是喜欢摆弄一本我从不主动向他推荐的书——一本我随手从书摊上买下来的折叠小画页……平时，小家伙像只小笨熊一样在床上折腾，可是他却喜欢这本书，时而，他用一只手把扯开来成长带的画页甩来甩去；时而，他两手把画页长长地拉开，画面紧贴着小鼻子尖，睁大了眼睛仔仔细细地察看。一连许多天，不论这本书放在哪儿，小家伙总会有办法把它从玩具堆中拉拽出来，书也渐渐分成了几段。"[4]在这些情况下，婴幼儿与其说是在"接受"文本，还不如说他们是在摆弄玩具。显然，这并不能算是真正的文学接受。

文学接受是一个过程，是一个接受客体和接受主体双向展开、互渗互动的复杂过程。在这个活动过程中，接受客体和主体都不是僵死的、铁板一块的东西。如果把客体封闭为康德式的"自在之物”(A)，把主体抽象为一个无层次、无维度的空疏的“实体”(B)，那么，在文学接受过程中，就只有两个自身封闭的绝对抽象物：

A(审美客体)→B(审美主体)

事实上，我在前文已经论述过，儿童文学接受过程中，不但接受主体的文学能力可以作多层次、多维度的展开，而且作为接受客体的文学文本也是一个多层面的立体构造物。因此，在接受过程中主体文学能力的建构水平、方式和文本结构的构筑特征，决定了文学接受过程中主客体之间的具体对话层面和沟通范围。从接受主体的角度来看，儿童文学能力的建构有一个由生理到心理到文化的推进过程；从接受客体的角度来看，文本的构筑可分为语音、语象、意味三个层面。因此，主客体间的对话层面和沟通范围可在不同的水平上实现，儿童的文学接受也因此可以分为三级水平。

第一，初级的感官性接受水平

儿童文学文本最外在的层面是语音层。作为一种刺激物，儿童在初步掌握语言能力之前，就能对语音方面的刺激做出生理层面的感官性反应。儿童心理学研究证明，新生儿能够对各种声音做出不同的反应，如肌肉变化、呼吸紊乱、眨眼等。大的声音刺激能引起新生儿惊跳反应，声音强度加大，婴儿心率随之加快。即使在胎儿时期，也能以身体蠕动和心跳加快来对不同音调做出不同的反应。婴儿对强烈的音响刺激尽力避开，对柔和的音响刺激的反应则是嫣然一笑。由此可见，婴儿生来听觉器官就已基本形成，具有一定的分辨能力和定向能力，并表现出一定的选择意向。

有关儿童音乐能力的研究也表明，大多数儿童在一岁时都对音乐刺激很警觉。他们两岁时，一听到音乐就活跃起来。他们会前后摇晃，会踏着拍子行进，或专注地欣赏。恰当的歌词以及规则性强拍的简单主题都是最能激发他们的兴趣的。人们推断："这些孩子们反应了基本上属于遗传得来的那种节奏与旋律能力。"[5]这种对音乐的反应能力"基本上是少儿的动觉经验"，[6]是一种生理和运动层面上所实现的感觉性反应。

儿童对文本刺激的"接受"最初一般也是在语音层面上实现的。这是一种生理感官层面的应对，而没有进入到接受心理要素合成应对的水平上。婴幼儿对文学语言的节奏、韵律等的感受无疑是他们对文本结构整体应对的一种试探。而这种尝试显示了儿童的文学接受的潜能。谢亚力在对孩子的早期教育中就发现文学语音、语调刺激的巨大魔力：

> 自从我的"妈妈骑马……"逗起婴儿发笑，自从我的《小兔乖乖》以"ma"音的召唤把婴儿引进"符号韵律"的大门，他9个月时，我渐渐给他买来更多的书，朗读更多的故事给他听——《小蝌蚪找妈妈》《快乐王子》《丑小鸭》……
>
> 只见婴儿目光直视，紧紧追随着我书页的翻动。婴儿听得呆住了，仿佛坠入了音韵与色彩交织的世界，新生活、新屏幕已经足以把他吸引！下意识使我不断关注着婴儿的神采。我欣然自诩，我更加自信地装饰和调整我的语韵，我想用我的语调悄悄照料和调动起婴儿正在萌生着的语调敏感、快感和人生语言的全部储能。
>
> 一时间，我明白了。我突然悟出了婴儿学语的奥妙。我发觉，"语调"是第一重调动人婴学语情绪和感情的魔术，而情绪和感情又是人婴理解力、好奇心的发源。我第一次深切

大悟到人的发展，要真正开放心理空间的现实意义。

正因为文学语音、语调的刺激对几乎所有正常婴儿来说是如此神奇和重要，所以，作者进一步问道：“我们是否可能在普遍性中通过环境语调经验来密集婴儿期的语音信息？是否可能通过设计更丰富、更精致、更高级的文学化语调来充实、唤醒每一个婴儿深藏和沉睡着的人类语言感情（语感）?”[7] 的确，文学语言的优美、精致的节奏、韵律和语调，成为将儿童引向文学接受世界的第一份漂亮的“请柬”。在那些有趣而迷人的语音刺激和游戏中，儿童第一次感受到了文学语言的魅力。尽管这种初级的感官性接受与真正的文学接受还有着很大的不同，然而它却把儿童送上了文学接受的第一级台阶。

据说，奶牛听了柔和优美的旋律会产生生理反应，从而提高了产奶量，而儿童对文学语音刺激的生理反应却是与此迥然不同的，它是人类个体的文化生成的一个现实的起点，是指向审美世界的。

第二，二级的想象性接受水平

随着儿童读者文学能力的萌发和建构，儿童对文本的感受逐渐从语音层进一步扩展到语象层。对语象层的感受有赖于儿童符号能力的发展，即能够通过符号的“能指层”进入符号的“所指层”。这种超越纯生理感官式反应的语象接受是以儿童语符想象机能的发展为动力的。语符想象机能使儿童读者能够通过声音（听）或文字（读）符号进入文本的语象世界。加登纳认为：“随着儿童的发展，他可能继续既用感觉运动阶段所特有的直接方式，而又从符号经验的另外一个层面上去进行制作、感受，并对经验与对象做出反应……艺术的魅力正依赖于这样的事实：个体在感觉运动与符号这两个层面上与艺术进行了缠结。”[8]

想象性文本接受的特征在于，儿童已能在语象层面上与文本实现沟通和交流，并对细节和故事层面倾注了极大的兴趣，而对语象故事层所隐含、表达的意味层却无法感受。在一项关于儿童读者对寓言和比喻词理解方式和水平的研究[9]中，研究者将儿童理解文本的思维活动方式分为三种水平。其中第一级水平是，儿童理解文本时只停留在故事的具体情节或词的表面的了解上，生动的形象占主导地位，儿童还不能领悟寄寓于故事情节中的意味或转义。这一级水平最普遍的表现形式是复述所给予的材料。例如实验者讲完寓言故事后问儿童是否听懂故事的意思，绝大多数人都说听懂了或点头表示理解。可是进一步问“这故事告诉我们什么道理”时，他们总是一再地复述故事情节，或采取就事论事的实际态度。如《刻舟求剑》是讲一些人不顾事物的发展变化而墨守成规地处理问题的形而上学的思想方法。但一些中年级儿童无法从故事里人物的行为中抽出一般的教训，而是倾向于说明此人此时应该如何处理。他们建议说：“他应该立刻跳下去找。”或说：“他不应该在船上找记号，应该在水中插一根竹竿做记号。”这种接受中的实际态度我们常常可以在年幼的儿童身上看到，它使儿童容易忽视隐蔽在具体情节之后的本质意义。因此，处于这一接受水平的读者也就是处于我们这里所说的“二级的想象性接受水平”的阶段。

第三，三级的理解性接受水平

儿童读者对文本的更高的整体把握水平是以理解文本的意味层为特征的。根据前面对儿童文学文本结构的分析，我们可以认为，儿童文学文本并非天生就是只能表现和模拟“小猫叫、小狗跳”之类儿童生活和心理的原生状态，它同样可以拥有令人玩味不已的隽永深长的意味，拥有很高的美学品格。美国当代哲学家马修斯认为，幼儿的思维发展中包含了许多哲学的内容，但对幼儿哲学思维最敏感的不是发展心理学家，而是儿童文学作家。他分析了儿童故事《大熊，不对了》中所包含的哲学论题。当然，他也承认："我无意倡言《大熊，不对了》是一篇哲学论文，甚至是化了装的哲学论文。它不是一本哲学著作，是儿童故事。"而从儿童读者一方面来看，马修斯认为，"他们同样是有思想权利的人，儿童，他的精神粮食，包括情感特别丰富的故事，要是故事中没有智能探险是无益的"。[10] 对文本意味层的把握，即是儿童读者智能探险的结果。这种探险有赖于儿童读者对文本的审美理解能力。因此，三级的理解性接受水平的特征在于：儿童读者通过语音、语象层进入文本世界，同时他们又不会停留在文本的感知层面，而是进一步深入文本的意味层，达到对文本的更深刻的审美理解和感悟。

三级的理解性接受水平又可具体分为两种不同的情况。第一种情况，儿童读者已经能够理解文本的内在意味，但还无法脱离具体直观的语象故事层面。他们往往能够把握文本的关键情节，由此来把握文本内在的意味，但还不能超越情节结构来领悟这种意味。如有的儿童说，《刻舟求剑》这个故事说明"这个人是笨蛋，不用脑子，因为他只看到剑是从船边落下去，没想到船是会走的"。这一理解水平是初步的。第二种情况，是儿童读者开始能够通过具体的故事情节来体悟文本的意味层面，并能够摆脱特定的语象和情节限制而在更广泛的背景和意义上来接受文本的意味。例如他们能够理解《刻舟求剑》这一文本所传达的寓意。[11]

儿童文学接受过程中主体和客体结构的解析及其复杂的对应关系

告诉我们，文本能否被读者所接受，或读者能否接受某个文本，这是由主客体双方的构成状态所共同决定的，而且，接受可以在不同的层面和水平上获得实现，它本身便是一个丰富多彩的文学现实。

三　下位接受与上位接受

儿童读者文本接受水平的三位级差不仅是由接受主客体双方的构成状态所决定的，而且还与双方各自的发展和构筑水平以及这一水平的相互位置有关。在人们的接受实践中，文本的构筑方式、深度并非总是与读者的文学能力处于同一平面上。现实阅读的随意性使读者随时都有可能与各种各样的文本遭遇，并在这种“遭遇战”中仓促地进入一定的接受位置，甚至儿童读者与成人读者也可以交换文本，并以自己的接受能力和水平与文本进行相应的沟通——或是浅层的交流，或是深层的对话。事实上，“在艺术中，尤其是在文学艺术中，一篇作品可从不同的层次上去理解。即使连（也许尤其是那些）最小的儿童都能欣赏《无聊话》（*Jabberw-cry*），而最老练的成人则能从《爱丽丝游记》里发现嘲讽的或微妙的方面。一个人能在所有文学作品中碰到这样的作品：他能从语言上、修辞上、寓意上，或从所有这些层面上去理解之。当然，在所有这些层面上进行应对的能力会提高对文学的理解力，但文学理解力并不取决于它。一个不理解《哈克贝利 · 芬历险记》中的嘲讽的人，也许仍能欣赏其故事，能对该故事做出应对”。[12] 从这种文学接受能力与文本构筑水平之间高下不同的相互关系来看，读者的文学阅读可分为两种类型：下位接受和上位接受。

美国著名的认知教育心理学家奥苏伯尔在他的有意义言语学习理论中运用了两个术语：“下位学习”和“上位学习”。所谓“下位学习”，是指将概括程度较低或包容范围较窄的新概念或命题，归属于认识结构中概括程度较高或包容范围较广的适当观念中，从而获得新概念或新命题的意义的学习。而“上位学习”则是指概括程度较高的新的概念或命题包容了概括程度较低的概念或命题之后而获得意义的学习。如儿童先获得苹果、香蕉、梨子等下位概念，然后在此基础上形成水果的概念，便属于上位学习。借用奥苏伯尔的术语，我这里用了“下位接受”和“上位接受”的概念，并改造了其具体内涵。下位接受是指，在接受过程中，文本各层面的审美构成未超出特定读者的文学接受能力和经验，读者可以将该文本所提供的信息毫无困难地纳入自己既成的阅读视野和审美心理结构中。也就是说，文本构筑的深度水平处于读者文学能力建构水平的下位。上位接受则是指，文本构筑的深度水平超过了特定读者文学能力的建构水平（处于上位），因此在接受过程中，读者难以依靠已有的文学能力和阅读经验同化、接受文本各层面所提供的审美信息。当然，在儿童读者实际的文本接受过程中，下位接受和上位接受的具体情形是比较复杂的。下位接受虽然是文本处于下位，但这并不意味着读者就能真正完整地把握文本，因为儿童常常在接受过程中根据自己的兴趣重心对文本进行个性化的阅读处理，使处于下位的文本并未被完整地接受。上位接受中文本虽然处于上位，但儿童读者也有可能从那些看来是不适合于他们接受水平的文本中寻找自己的接受乐趣。

很显然，某个文本对不同的儿童读者来说，可能意味着不同的接受位置。阅读《大林和小林》对学龄中期儿童读者来说可能是一种下位接受，但对学龄前儿童就可能是一种上位接受。熟悉梅子涵小说叙述方式的少儿读者阅读他的近作《老丹行动》《我们没有表》时，可能是一种下位接受，而对于读惯了以传统少儿小说叙述方式写成的文本的读者来说，读梅子涵就可能是一种上位接受。在下位接受中，由于文本未超出读者文学能力的感知范围，因而接受是一桩易于实现的事，读者接受心理结构对文本信息的同化和接受是不需要努力下功夫就能实现的。而在"上位接受"中，文本的信息超出了读者已有的阅读经验和视界，因而接受成为一桩需要下功夫去做的事情。法国结构主义文学批评家罗兰·巴尔特在他的力作《S/Z》(1970年)中曾将文学分为两大类：一类是赋予读者一种角色，一种功能，让他去发挥，去做贡献；一类是使读者无事可做或成为多余物，"只剩下一点点自由，要么接受文本，要么拒绝文本"。巴尔特把前者称为作家的文学，它要求读者自觉地下功夫去阅读它，"参与"到文本之中并意识到写作和阅读的相互关系，因而也给予读者以合作、共同著述的乐趣。后者则被巴尔特称为读者的文学，是不需要真正下功夫去阅读的，一切都在预料之中。巴尔特的分类虽然与我们对下位接受和上位接受的区分不尽相同，但显然也有相通之处，即它们都提示了文本与接受者相互之间的不同关系和位置。

下位接受与上位接受之间是不断变更的。从儿童读者文学接受心理图式的发展来看，当文本处于下位时，接受图式具有过滤或改变输入的文本刺激的同化作用；而当文本处于上位时，读者的接受图式就必须适应客体，发挥改变原有图式的顺应作用。所谓顺应，就是主体内部图式的改变以适应现实。同化和顺应是儿童读者接受图式适应文学文本刺激的两种对立而又统一的机能。随着儿童读者文学接受领域的扩展，文本审美信息的刺激也越来越多样化，由此导致了儿童读者接受图式与文本信息刺激之间的矛盾，于是，接受图式就应该根据文本的改变而加以调整。这个过程既是儿童读者阅读视野和范围不断扩展，阅读经验不断积累的过程，也是儿童读者与文本的接受关系不断变化的过程。一个特定的文本在接受过程中逐渐由上位转移到下位的过程，正是儿童读者文学审美能力得到提高的一个最好的证明。从这个意义上说，在儿童早期就适当让他接触一些最优秀的作品，让他们在这种上位接受中获得真正的文学熏陶，让他们在较低的接受水平上窥探一下文学殿堂的真正的精华之所在，实在是一件很有意义的事情。现代阅读心理学中有一个概念，叫作“两重阅读效应”。意思是指那些在童年时代读过，并且在成年后又回过头来读的书能够真正深刻地对一个人起作用，并且被他所理解；也只有在这种情况下，才会产生两重阅读的效果，产生对毕生起作用的效果。因此，我们有必要更多地把儿童读者引进上位接受领域，以此来带动、扩大儿童的下位阅读范围，并在这阅读位置的交互更替中，推动儿童读者文学能力的良性发展和建构。

四　接受偏离与背叛

文本的空白和不确定性，为儿童读者的审美再造提供了客观依据。毋庸讳言，审美再造并不是读者随心所欲、自由自在的重制品，而必须受到文学文本的制约和牵引，但是，文本既然不是绝对的制成品，而读者又是有准备的，那么接受中出现对文本意义（常常是作者本人的意图）的偏离甚至背叛，就不是一件奇怪的事情了。同样，我们也同意这样的分析："作品之所以成为作品，并作为一部作品存在下去，其原因就在于作品需要解释，需要在多义中'工作'。"[13] 接受过程中由于儿童读者对文本的多义解释，产生了有异于文本的变异体，这便是儿童读者对文本的接受偏离和背叛。

克雷洛夫有一则寓言名为《特利施卡的外套》，说的是一个叫特利施卡的人，他的外套的两个肘弯都有了破孔，于是他就把两只袖管剪下了四分之一，并缝在了肘弯处。可是这样一来手臂又露了出来，大家都笑话他。特利施卡又拿起剪子，把后襟和下摆裁了下来，接成了新的袖管。最后，"我们的特利施卡高高兴兴，虽然他穿的外套不比坎肩长多少"。关于这篇寓言，19世纪俄国批评家沃多伏佐夫曾在他的《论克雷洛夫寓言的教育意义》一文中说："孩子们怎么也理解不了作者仿佛想在这篇寓言里刻画倒霉的地主和笨拙的主人，与此相反，孩子们认为特利施卡才是主人公，是童话式的机灵的裁缝，他碰到一件又一件的倒霉事儿，但每次都能用更机灵巧妙的办法摆脱窘境。"[14] 看，本来是充满讽喻意味的文本，在儿童读者的接受视野中竟变成了一个充满快乐的故事！在儿童读者的文学接受史上，这样的例子是很多的。例如班扬的《天路历程》、笛福的《鲁滨逊漂流记》、斯威夫特的《格列佛游记》等一些作品，都曾被儿童拿来阅读，并做了与文本原意大相径庭的接收和理解。这一切正是读者对文本"在多义中工作"的结果。

儿童读者对文本的接受偏离和背叛表现了他们独特的审美

眼光和接受兴趣。是的，他们对特利施卡的欣赏和喜爱简直妙不可言。不过，这种接受偏离和背叛又不是绝对脱离文本的任意偏离和背叛，应该说，它是对文本意味的一种创造性的发现，是对文本潜在含义的一次独到的发掘，一句话，它是以文本自身为依据的。我们不妨以克雷洛夫的另一篇寓言《蜻蜓和蚂蚁》为例。蜻蜓在整个夏天玩得很开心，入冬后只得求救于勤劳的蚂蚁。寓言的意味是不言而喻的。但是有趣的是，孩子们觉得这篇寓言中蚂蚁的道德说教很生硬，很乏味。他们都同情蜻蜓，虽然已到夏天，但它的日子过得逍遥自在；他们并不同情蚂蚁，觉得蚂蚁庸庸碌碌，令人讨厌。对此，维戈茨基认为，也许，孩子们对寓言做这样的评价并非那么不公正。的确，如果克雷洛夫认为寓言的力量是在蚂蚁的说教上，那为什么整篇寓言写的全是蜻蜓和它的生活，而只字不提蚂蚁的贤明的生活呢？也许，孩子们的感情在这里回答了寓言的构思。孩子们清楚地感到，这篇不大的故事的真正主人公是蜻蜓，而非蚂蚁。维戈茨基进一步指出，下面的情况也足以使人相信这一点：克雷洛夫几乎总是用抑扬格写诗，现在忽然用扬抑格写起诗来，这种扬抑格自然适合于描写蜻蜓，而不适合描写蚂蚁。正如格利戈里耶夫说的："由于这些扬抑格，诗句本身好像在跳跃，这样就把蹦蹦跳跳的蜻蜓写得活灵活现，栩栩如生了。"[15] 这就是说，寓言的语象层（全篇主要描写蜻蜓及其生活）、语音层（扬抑格使诗句本身好像在跳跃，生动地描写了蜻蜓的形象）都为儿童读者的独特接受提供了客观的文本依据。

关于文本意义与接受偏离之间的关系，各派文学批评之间一直存在着很大分歧。形式主义批评强调文本的自律性和客观性；现象学美学、阐释学美学、接受美学等则试图解决文本与读者之间的相互作用关系；

而新起的一些读者反应批评家，例如斯坦利 · E · 菲什，则完全否认文本的客观性，认为能使一本书具有意义或没有意义的地方，是读者的头脑，而不是一本书从封面到封底之间的印刷书页或空间。你瞧，文本与接受之间的复杂关系使得人们在理论观念上不惜兵戎相见。而我则想说：文本是客观的，又是开放的；接受是主体的接受，又离不开客体的制约和规定。

这就是我们从文本与接受之间的辩证关系所引出的基本认识。

注 释

[1] J.R. 赛尔：《心灵，大脑与程序》，《自然科学哲学问题》1989 年第 2 期。

[2] 伊瑟尔：《审美过程研究——阅读活动：审美响应理论》，霍桂恒、李宝彦等译，北京：中国人民大学出版社 1988 年版，第 148—149 页。

[3] 参见 H · 加登纳：《艺术与人的发展》，兰金仁译，北京：光明日报出版社 1988 年版，第 263 页。

[4] 参见谢亚力：《早慧儿童的奥秘——我的超常教育》，成都：四川少年儿童出版社 1989 年版，第 17 页。

[5] H · 加登纳:《艺术与人的发展》, 兰金仁译, 北京: 光明日报出版社 1988 年版, 第 244 页。

[6] H · 加登纳:《艺术与人的发展》, 兰金仁译, 北京: 光明日报出版社 1988 年版, 第 247 页。

[7] 参见谢亚力：《早慧儿童的奥秘——我的超常教育》，成都：四川少年儿童出版社 1989 年版，第 47—49 页。

[8] H · 加登纳:《艺术与人的发展》, 兰金仁译, 北京: 光明日报出版社 1988 年版, 第 169 页。

[9] 参见李丹等：《学龄儿童理解寓言、比喻词的年龄特点》，《心理学报》1962 年第 2 期。

[10] 马修斯：《哲学与幼童》，陈国容译，北京：生活 · 读书 · 新知三联书店 1989 年版，第 67—79 页，第 80—99 页。

[11] 参见李丹等：《学龄儿童理解寓言、比喻词的年龄特点》，《心理学报》1962 年第 2 期。

[12] H · 加登纳：《艺术与人的发展》，北京：光明日报出版社 1988 年版，第 277 页。

[13] 转 H.R. 姚斯、R.C. 霍拉勃：《接受美学与接受理论》，周宁、金元浦译，沈阳：辽宁人民出版社 1987 年版，第 19 页。

[14] 参见维戈茨基：《艺术心理学》，上海：上海文艺出版社 1985 年版，第 169 页。

[15] 参见维戈茨基：《艺术心理学》，上海：上海文艺出版社 1985 年版，第 163 页。

第七章　接受的现实分化

一　儿童读者文学能力的差异及其分化

相对于成人读者而言，儿童读者的文学能力表现出十分明显的特殊性。人们常常喜欢说，儿童的阅读能力表现出更多的共同性，他们的阅读兴趣往往超越具体时空情境的限制。从古到今，地球上各个角落的孩子们比成人读者表现出更多、更稳定的共同的文学兴趣。这种说法在特定的意义上是有一定道理的。相对于成人来说，孩子们之间更易沟通、有更多相似之处显然是一个事实。但是，这种相通绝不意味着儿童读者的文学能力就没有任何变化和差异了。事实上，“儿童读者”这个概念所指称的外延已经包含了众多的变量。例如，“儿童”一词便不止一种指称对象。当它与“成人”这一概念相参照时，指的是所有未成年者；当它与“婴儿”“幼儿”“少年”这些概念并列时，则特指长于幼年、未及少年的童年期（学龄初期）儿童。而我们不难发现，幼儿的文学接受能力与少年的阅读兴趣并不是一回事情。这就是年龄变量带来的儿童读者群文学能力的差异。因此，如果我们经常不加界定地用“儿童读者”这一概念去泛泛地提出并讨论诸如“儿童读者文学能力如何如何”“儿童文学应如何契合这种能力”这一类问题时，这种讨论本身所隐伏的危险是不言自明的。事实也是如此：当这位用“儿童读者”这一概念去讨论少年读者的甲乙丙丁时，那位就搬出幼儿读者心理特点的条条杠杠起而攻之；当那位用“儿童读者”这个概念去分析低幼读者的子丑寅卯时，这位也毫不客气地反其道而行之。此类讨论看似沸沸扬扬，实则意义全无。

当然，假如硬要说它有什么意义的话，那可能就是迫使人们在口干舌燥之余，对概念本身的可靠性发生怀疑。“儿童读者”的指称范围是如此宽泛，以致我们不加界定常常就无法讨论某些具体问题。这就是说，年龄变量的存在使儿童读者的文学能力在实际的读者群中形成了明显的差异，也使儿童读者群发生了现实的分化。因此，我们有必要进一步了解和认识儿童读者群内部的种种差异和分化。

除了年龄变量外，儿童读者的分化还表现在性别、智能、心理个性、文化等诸多方面。下面就这些方面分别进行一些分析。

二　年龄变量

儿童读者的文学能力由于年龄的不同而分化，这是一个最明显的事实。不过在心理学研究中，由于年龄特征问题本身的复杂性，人们对年龄特征的看法并不一致。有人肯定年龄特征的存在，有人则认为具体问题要具体分析，并非一切心理现象都有年龄特征；而另一些人则认为，既然年龄特征只能抽象地承认，一碰到具体情况就要予以否定，那么年龄特征其实已是名存实亡了，因此他们只承认对某一事物认知的发展阶段性，而不承认总的、概括的年龄特征。

其实，年龄特征是客观存在的。这首先是由儿童所处地位的基本一致性和生理基础的一致性所决定的。从总体上看，儿童所扮演的社会、家庭角色和所处的社会地位是基本一致的，其生理基础及其自然发展过程也是一致的。其次，从心理发展的角度看，儿童的各种心理过程和个性特征，都处于从量变到质变的过程中，若干主要方面已经完成了质变，但在某些方面仍然停留在量变过程中。各个方面的发展虽然是不同步的，对不同对象认知的发展也不是同步的，但其中总有一些变化是本质性的，在某个年龄阶段中是有代表性的，这些本质的、有代表性的变化，就是该年龄的年龄特征。因此，我们不能因为看到教育的影响、个别差异、各方面发展的不同步，或两个年龄阶段之间不一定存在不可逾越的界限等现象而否定年龄特征的存在；也不能因存在着年龄特点而否认各年龄阶段间存在一些交叉，存在一些共同性的只有量的差异的特征。当然，也不能否定有些心理现象是不一定看得出年龄差异的。[1]

从儿童读者文学接受的角度看，其文学能力结构在由初级水平向较高水平发展的过程中，都会画出一条相同的轨迹。虽然同一年龄阶段的儿童读者文学能力的建构速度和水平可能不尽相同，但是从整体上考察，它们总是呈现为一种正态分布状态，也就是说，大多数同龄儿童的文学能力发展具有同步性的特点，其接受能力的构成方式和功能深度会表现出共同的特征。因此，同一年龄阶段的儿童读者就有着相同或相似的接受能力和阅读心理特征，而不同年龄阶段的儿童读者之间则呈现出明显的接受能力和阅读心理差异。这种差异不仅表现为各个年龄阶段儿童读者的文学接受方式和水平互不相同，而且也直接对儿童文学文本的构成形态产生影响。

那么，儿童读者文学接受能力的发展究竟要经过哪几个发展阶段呢？现代社会很少举行“阶段仪式”，明确人生历程的各个阶段。一般说来，在文学阅读领域，儿童读者的每一次文学接受都可能是一次新的审美尝试，因此，儿童读者文学能力结构的同化机能（接受和吸收文本信息的刺激以从量上丰富结构自身）和顺应机能（在同化文本刺激的基础上顺应客体以从质的方面改变、扩展结构）是两种伴随着接受过程而不断交互进行的活动，不易进行量化处理。不过，参照儿童心理学关于儿童心理发展的阶段性理论，我们仍然可以把整个儿童读者文学能力建构过程加以离散化，划分为婴儿、幼儿、童年、少年几个建构阶段。而儿童文学文本构成也可以相应地划分为婴儿文学、幼儿文学、童年文学、少年文学这几种不同形态。换言之，儿童文学不仅是一个有别于成人文学的独立文学门类，而且还是适应儿童读者文学能力不同建构阶段的多种文本构成形态的集合体。因此，儿童文学文本与儿童读者文学能力结构之间是一种多态同态关系。

“婴儿文学”的概念近年来已经普遍为人们所接受。严格说来，婴儿还不具备语言能力，其文学接受也不具备通常的意义，而是处于一种“前接受状态”。这一状态的特征是，通过对语音层的感官性接受和生理应对，进行文学的“前接受”的尝试。幼儿阶段是儿童读者文学能力的现实生成阶段。语言和表象等符号能力的发展使他们正式进入文学接受者的行列。同时，由于婴儿、幼儿语言能力与其他生理、心理能力有着更密切的联系，所以婴儿文学、幼儿文学在文本构筑方面也表现出明显的综合性特点。婴幼儿文学总是伴以明显的音乐性、游戏性因素，并与美术有着天然的联系。童年期读者构成了儿童文学的一个基本的年龄群落，狭义的“儿童文学”概念即特指童年期儿童读者的文学。而少年期读者则表现出明显的过渡性特点。在一项关于初中生自我意识发展特点的研究中发现，初中学生成人感的发展十分迅速，而且，作为自我体验的成人感是进入中学后才急速发展起来的，是初中学生自我意识发展的一种全新的成分和突出的特征。[2]成人感的发展表现在文学阅读方面，则是少年读者阅读视野的不断开放，向成人文学索取成为他们文学阅读的一个必然的接受取向。1991 年，笔者曾与几位同事一起陆续在各地一些中学做过调查。通过调查发现，被调查的少年读者的课外读物很少是我们儿童文学工作者心目中的少儿文学作品。例如问卷中设计了这样一个题目："请写出您最近一个月中所读过的课外书名称。"通过问卷，我们获得了十来份极有研究价值的各地少年读者近期读过的书的书目。例如，1991 年 4 月的调查统计显示，杭州市学军中学初二年级一个班级的同学近期所读书籍有:《唐宋词鉴赏》《镜花缘》《水浒》《西游记》《封神演义》《红楼梦》《古文观止》《徐志摩诗选》《子夜》《围城》《红岩》《汪国真诗选》《西王妃洪宣娇》《姜子牙外传》《一帘幽梦》《庭院深深》《爱在深秋》《烟雨濛濛》《问别黄昏》《无怨》《燃烧吧，火鸟》《碧云天》《窗外》《侠骨丹心》《侠客行》《伊索寓言》《世界童话精选》《外国童话寓言选》《圣经故事》《少年维特之烦恼》《红与黑》《悲惨世界》《简·爱》《傲慢与偏见》《母亲》《钢铁是怎样炼成的》《丧钟为谁而鸣》《我与拿破仑》《巴顿将军》《宇宙奇观》《上下五千年》《十万个为什么》《世界军事博览》《半月谈》《故事会》《故事大王》《幽默大师》《海外星云》《读者文摘》《天南地北》《气功与体育》《数学奇观》《中学物理》《物理精编》《中学生数理化》《中学生作文指导》。

这份书目显示，少年读者的阅读选择对象开始向通常被标以"成人文学"的读物发生大规模的迁移。少年心理学研究也表明：“在少年期，个体进入崭新的社会位置，在这一时期他开始有意识地把自己看成是社会的一员……如果说，学龄前儿童在游戏时装扮成大人，低年级小学生是模仿大人，那么少年已把自己置于现实关系系统内的成人位置上。”[3] 这种过渡时期的少年读者的心理意识和文学阅读趣味与其他年龄阶段的儿童读者相比，显然有天壤之别。

年龄变量所带来的儿童读者文学能力和趣味的分化，使每一年龄阶段的小读者都在接受之维上找到了自己的艺术空间。按照荣格的看法，人生的每一季节都有它自己的特征、价值和发展任务。因此，不能简单地认为儿童随年龄递增而出现的文学能力建构是一个由低到高的发展过程。例如用一种消极的观点去描述低幼儿童的文学能力特点，指出他们情感不丰富，理解力弱，文学经验匮乏。这是不重视文学能力的建构过程本身，而是只看发展的结果。只有把每一年龄阶段儿童的接受特征都看成是一个有着独特价值的客观存在，我们才有可能洞悉其中的奥秘。还应该看到，各年龄阶段儿童读者的区分不是绝对的，就像你难以确定一个12岁的现实读者究竟是儿童还是少年一样。恩格斯在《自然辩证法》中曾经指出：“绝对分明的和固定不变的界限是和进化论不相容的……辩证法不知道什么绝对分明的和固定不变的界限，不知道什么无条件的普遍有效的‘非此即彼’。它使固定的形而上学的差异互相过渡，除了‘非此即彼’，又在适当的地方承认‘亦此亦彼’，并且使对立互为中介。”同样，不同年龄阶段儿童读者群之间也存在着一些“亦此亦彼”的“中间阶段”和身份“模糊”的个体。在这里，机械的阶段论是行不通的。

三　性别差异

到了一定的年龄阶段，儿童读者的文学能力和阅读兴趣会显示出性别差异。有关的调查提供了这方面的许多材料。据前些年在北京地区进行的一项调查来看，小学三年级学生阅读书目的类别，尚无男女的差别。例如，从他们的阅读书目看，阅读人次最多的几本书，都属于同一类型。男生阅读人次最多的几本书是：《木偶奇遇记》《小狒狒历险记》和《蛇岛的秘密》；女生阅读人次最多的几本书是：《小布头奇遇记》《格林童话选》和《大自然之谜》。但随着年龄增长，逐渐显露出阅读兴趣的性别差异和分化趋势。仍从阅读人次最多的几本书看，四年级男生：《我们爱科学》《少年科学》《说岳全传》《海洋的秘密》和《儿童文学》；四年级女生：《小布头奇遇记》《布克的奇遇》《少年文艺》《儿童文学》和《外国童话选》；五年级男生：《水浒》《三国演义》《岳飞传》；五年级女生：《格林童话选》《小布头奇遇记》《安徒生童话选》《小灵通漫游未来》和《儿童文学》。从题材类别看，四年级已有差异，到五年级时更明显：五年级男生的爱好明显集中在侦探、反特故事类（76%）和具有打斗情节的中国古典小说、历史故事（100%），而女生的爱好则集中在科学幻想故事类（75%）和侦探、反特故事类（69%），喜欢具有打斗情节的中国古典小说和历史故事的人极少（19%）。另外，从五年级起，少数女生开始喜欢读少年版的《红楼梦》，喜欢巴金的《家》《春》《秋》等；而五年级男生较多反映希望读的书是《岳飞传》《水浒》《三国演义》等，无一人提出希望读描写爱情题材一类的小说。[4]

笔者在调查中也发现了少儿读者阅读选择兴趣方面的性别

差异。这里仅把厦门市第九中学初二年级一个班级的24名男生和22名女生近期读过的图书目录分别列出（1991年4月调查）：

男生所读书刊有：《西游记》《历代散文选》《冰心散文选》《大唐游侠传》《倚天屠龙记》《剑荡群魔》《侠客行》《绝代双骄》《陆小凤》《消魂刀》《大金朋王》《无敌小子》《七剑下天山》《神雕侠侣》《蓝宝石》《黑三角之谜》《尸之谜》《007》《陷阱》《十个血指头》《三色猫智破连环案》《风流书生》《童话选》《格林童话》《海底两万里》《生活·创造》《美的聚焦》《成功的秘诀》《能言善辩五十法》《世界之最》《十万个为什么》《小说月报》《世界军事》《兵器知识》《坦克装甲车辆》《舰船知识》《航空知识》《间谍与反间谍》《海湾战争》《半月谈》《奥秘》《故事会》《故事大王》《上海故事》《初中英语精题选》《初级美国英浯》《初中英语复习手册》《初中数学课外手册》《初中几何辅导与练习》《初中物理解难手册》《物理世界的奇遇》《无线电》。

女生读的书刊有：《水浒》《西游记》《金瓶梅》《红楼梦》《家》《春》《秋》《白马王子》《爱情帖》《花花公主》《淘气红娘》《纸玫瑰》《绝代双骄》《神雕侠侣》《冷面魔》《金丝蛇》《荒山古墓》《东陵盗宝记》《尸之谜》《世界文学》《格林童话》《英国童话选》《世界童话精选》《麒麟山民间传说故事》《无怨的青春》《春天别走》《家庭生活》《家庭医生》《夫妻幽默与笑话》《中外幽默集锦》《老太子漫画精选》《故事会》《故事大王》《童话大王》《少年文艺》《儿童文学》《中外电视》《现代军事》《十万个为什么》《中学语文报》《中学生优秀作文选》《英语报》。

在上列书目中，男生选择的阅读材料相对较偏重于武侠、军事乃至《成功的秘诀》《能言善辩五十法》一类有关事业、社交方面的书籍，而女生的阅读内容中有关爱情、家庭等方面的书目则引人注目。

国外也有类似的调查。在美国，一项对 3000 名 10 岁至 15 岁儿童阅读兴趣的调查结果显示，男孩比女孩更喜欢科学、发明、运动和冒险等方面的故事，女孩喜欢家庭生活故事、浪漫文学作品、学校活动故事、童话和动物故事。

美国一位研究儿童兴趣的专家，把男孩和女孩的阅读兴趣按大小顺序依次排列，其顺序是：

男孩：疑案、冒险、侦探、历史、发明、科学、自然和动物、童话、传记、小说、家庭和学校故事、诗歌。

女孩：神秘故事、家庭和学校活动故事。

近年来，专家们在以往发现的基础上提出，文学阅读兴趣的性别差异大约在儿童 9 周岁时出现。女孩可以喜欢很多男孩的书，而男孩几乎不喜欢女孩的书。男孩对下列内容的书感兴趣：侦探故事、幽默、搏斗、历史、勇气与英雄主义、发明、科学。女孩喜欢的书有：家庭和学校故事、家畜和爱畜故事、感伤故事、神秘故事、怪异故事、童话。小学中年级时，男孩对下列书的兴趣很小：描述、说教、童话、浪漫主义爱情、感伤、文弱男孩、英雄子女；女孩对下列书不感兴趣：暴力行动、描述、说教、中学生的故事、凶猛的动物。小学五六年级男女生阅读的差别更为明显，选择神秘故事和儿童故事的孩子中，女孩是男孩的两倍，而更多的男孩喜欢读非小说性的文学作品。[5]

男孩和女孩到了一定年龄所逐渐形成的这种接受差异，首先无疑与他们的性发育情况，以及对性发育的体验和意识的差异有一定关系。在青春期出现之前，儿童要经历一个为期两年左右的发育时期，这个时期包含导致青春期一系列生理上的变化的因素。大脑的一部分（丘脑下部）控制脑垂体并开始产生性激素，女性产生黄体激素和雌激素，男性产生睾丸酮，第一性征、第二性征也开始发展。同时，这个发育时期对男孩和女孩来说并不是同步的，男孩的青春期一般要比女孩晚两年。这种生理发育的差异，在一定程度上导致了儿童在心理体验和性格方面的性别差异。例如，1985 年我国陈仲庚等使用艾森克的人格问卷（少年）测试了北京各区 370 名 7 岁至 15 岁的中小学生（男 183 名，女 187 名），发现男孩的外倾性和倔犟性高于女孩，而女孩的情绪性和掩饰性高于男孩。作者还对儿童各种性格倾向的性别做了具体比较分析：在外倾性方面，男孩比女孩更为外倾的表现有：喜欢到从未去过的“神秘”地方去玩，参加富有新奇经验的活动；女孩更多外倾的表现有：主动结识新朋友，愿意周围多有热闹的事情，喜欢做些引人注目的或吓人的事。在倔犟性方面，男孩更倔犟的表现有：愿意开过火的玩笑，要单独去冒险，觉得有人要对自己进行报复；女孩更为倔犟的表现有：对动物受折磨不觉难受……[6] 这种心理、性格方面的差异必然会影响到男女儿童在文学艺术领域里的心理和行为表现。男孩喜欢读武侠、军事、冒险类文学作品，显然就与他的心理外倾性方面的具体特征有关。

儿童读者文学接受方面的性别差异引起了一些作家的注意。例如，我国童话作家郑渊洁在自己的童话创作中有意纳入读者的性别意识，常常在人物、故事乃至封面设计等方面考虑到男女小读者的不同趣味和爱好。从文学接受的角度看，这些考虑是很有意义的。

四 智力因素

智力因素与儿童读者的文学阅读能力发展水平有着密切的关系。尽管智力发展并不等于文学能力的发展，但一般说来，智力的正常发展对文学阅读来说是一个必要的前提，智力落后可能导致阅读能力的落后甚至根本无法阅读。造成智力落后的原因既可能是生物性的，也可能是社会性的，例如染色体结构的异常，可能使智力落后。这些异常可以发生在常染色体中，也可以发生在性染色体中。前者的例子是唐氏综合症（先天愚型），是由于第21对常染色体多了一个染色体而造成的一种心理落后。患这种疾病的儿童生来有一种特殊的脸形，可能伴有眼、心脏和其他发育缺陷。虽然他们中有一些人的智商可达70，大约4%的人能够阅读，但大部分人的智商在25和45之间，难以正常阅读。[7] 另一方面，儿童如果缺乏正常的教育或社会交往，或由于其他种种社会性原因，也可能造成智力滞后，并进而影响其文学接受能力的正常建构。反之，儿童智力的超常发展，也有可能促进其文学能力的超常建构。

智力因素与年龄变量并不完全是一回事。智力虽然通常是随着年龄增加而发展的，但年龄增长并不意味着儿童智力水平的同步增长。根据大量的、未经筛选的人的智力测验的结果，其智力商数（IQ）的分布状况如下：

IQ等级 分布状况

70以下 1%（智力低下）

70—89 19%（智力偏低）

90—109 60%（智力中常）

110—129 19％（智力偏高）

130 以上 1％（智力超常）

这个智力分布模式表明，智力在儿童总人口中是表现为从低到高的正态分布状态。同样，由于智力因素的影响，同龄儿童读者的文学能力和兴趣也呈现了正态分布状态。根据国内十省市进行的关于课外阅读情况的调查，我国中学生的课外阅读可分为三级水平。第一级水平是不阅读或很少阅读课外材料，第二级水平是能够阅读课外书籍，但只是满足于书中的情节或自己感兴趣的部分，第三级水平是对课外材料有目的地深入阅读，并且能够钻研一些问题。研究中发现，各类学校中各年级学生课外阅读的总趋势大体相仿，即都是 60％左右的人次处于第二级水平，他们有的仅仅阅读教师所指定的课外读物；有的只喜欢阅读情节性强的作品，满足于了解其中的内容。但各类学校学生的课外阅读情况在总趋势大体相仿的情况下，也仍有某些差异，主要表现为：省市重点中小学的学生课外阅读兴趣达到第三级水平的人次，略高于其他学校；科技大学少年班学生达到第三级水平的人次为 55％，明显高于其他类型学校的学生；而工读学校学生课外阅读兴趣停留在第一级水平的人次竟达 60％以上。[8] 这种接受差异显然与智力因素有着密切的内在关系。

国外也有类似的研究结果，证明决定儿童读者文学接受能力的诸因素中，智力是一个重要因素。学者们对几千名儿童进行研究，按智力的上（IQ 约 123）、中、下（IQ 约 92）分为三组。上等智力组中儿童的接受能力和阅读兴趣与下等组中比自己大两岁的儿童甚为相近。同一班级儿童的阅读兴趣基本相同，只是智力较好的儿童比起智力次之的儿童，在所选择的领域方面表现出较多的成熟性。各组儿童的阅读类型差异很小，可是智力较低的儿童不喜欢读幽默故事。学习缓慢的儿童，也没有同龄儿童的阅读兴趣那样成熟。[9]

由于智力因素的影响，儿童读者的实际年龄与阅读年龄发生了分离。阅读年龄是根据儿童读者在特定年龄阶段所显示的一般文学阅读状况来确定的该年龄阶段的文学阅读特征，这一特征是在根据该年龄阶段儿童读者的文学接受“常模”确定的。由于同龄儿童智力发展（在一定程度上同时转化为文学能力发展）存在着差异，使部分儿童的阅读年龄与实际年龄之间发生了位移。例如，一个实际年龄为 7 岁的智力超常的儿童，其阅读能力可能会达到 12 岁，甚至是更大程度的早熟状态。而一个智力发展落后的 7 岁儿童，其阅读年龄可能会停留在 3 岁。由此可见，儿童的文学接受能力和趣味不仅仅因年龄、性别差异而有不同表现，还因智力因素而产生分化。

五　其他变量所导致的接受分化

导致儿童读者的文学接受产生分化的原因还可以来自其他方面，例如心理个性的差异造成了读者文学阅读动机、态度等方面的差异。个体的心理需要、气质类型、人格倾向等因素都可能转化为一种文学态度，从而影响儿童读者的文学能力和接受趣味的发展。有的儿童希望从文学阅读中获得知识，提高自己的写作能力；有的儿童把文学当作是寻找情感慰藉的途径；有的儿童则带着纯娱乐、消遣的目的进入文学接受领域；也有的儿童可能把阅读看作是一种可以向同伴炫耀的资本。从个性心理学的角度看待接受，那么读者就是千姿百态的。当然，千姿百态也是有迹可寻的。人们试图在读者心理类型的范围内确定不同的阅读类型和读者类型。例如基厄尔阐述了四种读者类型，即功能实用型、情感想象型、理智知识型、文学型。[10] 这种读者类型学的解释也不失为把握读者接受个性的一个有益的视角。

儿童读者接受分化的另一个重要的视角是文化差异的影响。什么是文化？克罗伯和克拉克洪通过对一百多位权威人士的著作的分析归纳，提出了下列定义："文化就是通过符号取得和传达的外露和内涵的行为方式，构成人类集团各不相同的成就；其中包括体现在创造物中的成就；文化的基本核心是传统（即来源于历史并经过历史选择的）观念，特别是依附于这些观念的价值标准；一方面可将文化系统看作是行动的产物，另一方面可将其视为采取进一步行动的条件因素。"可见，文化既包括了人类各种内在的观念结构和行为模式，也包括了人类所创造的各种精神的和物质的产品。同时，文化一词常常附有一个形容词，以表明某一群人具有共同的文化因素。"中国文化"这个词来表示文化上起源于中国的那批人所共有的行为、价值观念、符号系统和物质创造。[11] 也就是说，文化常常归属于特定的民族、阶层或集团，表现出各种各样的差异乃至对峙来。因此，在不同文化背景中成长、发展起来的儿童读者的文学能力和阅读趣味，也就会打上特定的文化烙印，具有一定的差异性。例如，西方儿童从小知道阿波罗神，他们往往把文学作品中描写的太阳想象成人的模样，而东方儿童一般不会有这样的联想。这种接受差异就是不同文化熏陶的结果。随着东西文化交流的日益频繁，东西方儿童读者在文学接受上的某些文化心理差异会逐步变小甚至消失。

总之，儿童文学接受之维是聚集着由不同年龄、性别、智力、个性、文化背景的孩子们共同组成的一个多元化的集合群。这个庞大的读者家族以其独特而又千变万化的接受视野不断地、全方位地接收着儿童文学的艺术信息。儿童文学只有努力丰富自身，才有可能满足来自读者方面的多样化的审美需求。

注释

[1] 参见沈家鲜：《青少年的年龄特征问题》，载全国高校儿童心理学教学研究会编《当前儿童心理学的进展》，北京：北京师范大学出版社 1984 年版。

[2] 参见杨善堂、程功等：《初中学生自我意识发展特点的研究》，《心理发展与教育》1990 年第 1 期。

[3] 参见费尔德施坦主编：《当代少年心理学》，巽芷译，北京：教育科学出版社 1990 年版，第一章。

[4] 参见吴凤岗：《孩子们的阅读兴趣》，《儿童文学研究》总第 9 辑。

[5] 参见埃塞尔 · M · 金：《谈谈儿童阅读文学作品》，载四川外语学院外国儿童文学研究所编《外国儿童文学研究》第 2 辑。

[6] 参见陈仲庚等:《北京地区儿童内外倾向人格特征的研究》,《心理学报》1985 年第 3 期。

[7] 参见 P.H. 墨森：《儿童发展和个性》，缪小春译，上海：上海教育出版社 1990 年版，第 51 页。

[8] 参见《国内十省市在校青少年理想、动机和兴趣的研究》,《心理学报》1982 年第 2 期。

[9] 参见埃塞尔 · M · 金：《谈谈儿童阅读文学作品》，载四川外语学院外国儿童文学研究所编《外国儿童文学研究》第 2 辑。

[10] 参见拉尔夫 · 朗格纳：《文学心理学——理论 · 方法 · 成果》，周建明译，郑州：黄河文艺出版社 1990 年版，第 129—130 页。

[11] 中央教育科学研究所比较教育研究室编：《简明国际教育百科全书 · 人的发展》，北京：教育科学出版社 1989 年版，第 381 页、第 382 页。

第八章　接受与社会文化场

一　“场”概念的引入

儿童读者文学能力的建构、儿童读者群的现实分化，都是通过儿童的具体文学接受行为表现出来的。而儿童的文学接受行为不仅同主体的文学能力结构和客体的文本结构特征有关，而且与接受行为所赖以发生和进行的具体社会文化环境有关。这种社会文化环境具体规定着儿童读者文学接受行为的现实展开方式和可能的空间。因此，我们还必须把儿童读者的文学接受行为放在具体的现实环境和社会背景上来考察。

在有关人的行为与环境之间的相互关系的研究中，德国心理学家K·勒温首创了“场”(field) 心理学（亦称拓扑心理学）理论。他用物理学中的场概念和几何学中的拓扑学图形来陈述人及其行为。勒温否定了刺激反应公式，提出了自己的行为公式：

$B=f(P \cdot E)$

在这个公式中，行为 (B) 等于人 (P) 和环境 (E) 的函数，意即行为是随人和环境的变化而变化的，不同的人对同一环境可以产生不同的行为，同一个人对不同的环境也可以产生不同的行为，甚至同一个人在不同的情况下，对同样的环境也可产生不同的行为。这里的环境不是纯客观环境，而是仅对行为发生影响的心理环境，亦称准环境。按照勒温自己的话说就是：“凡属科学的心理学都须讨论整个的情境，即人和环境的状态。这就是说，须设法以共同的名词将人和环境陈述为同一情境的部分。但是心理学尚没有一个包举此二者的名词，因为情境一词常指环境而言。下文拟采用‘心理的生活空间’一词来指一个人在某一时间内的行为所由决定的全部事实。”勒温的“心理的生活空间”这个概念综括着在人和环境方面足以影响行为的一切事实。他认为，“从动力学的观点来看，我们必须认为整个的情境是对于有关的个体所能发生影响的事物的全体”。同时，这些事实即环境是一种因人而异的心理环境。勒温说：“一个儿童和一个成人的环境，由物理学家看来，虽全相一致，或大致相同，但其相应的心理情境可根本相异……譬如母亲以警察恐吓她的儿子，而她的儿子因怕警察而服从。如果我们要陈述和解释这个儿童的行为，那么我们就不在于讨论警察对儿童的实际的法律权威或社会权威，而在于讨论儿童心目中的警察的权威。”[1] 勒温后来逐步侧重于从整个社会关系研究人类行为，认为个体就是一个场，而团体和它所处的环境形成社会场。根据场心理学理论，我们可以发现，儿童读者的文学接受与一定的社会文化场有着密切的关系，接受主体与客体的相遇就是在一种社会文化场或生活空间中发生的。

那么，社会文化场又是如何构成并对儿童读者的文学接受发生影响的呢？应该看到，社会文化场具有层级性，即根据它的范围及其与儿童读者发生联系的方式、程度，可将其分为微观社会文化场和宏观社会文化场。其中微观社会文化场主要包括家庭、学校、同辈群体等，宏观社会文化场是指整个社会文化环境，其中主要是一定的社会艺术文化环境和审美心理环境。这些不同层级的社会文化环境以各自的方式参与、影响乃至规定着儿童读者的文学接受心理和接受方式，给儿童的文学接受之维增加了新的社会文化变量。

二　家庭与学校

对儿童来说，家庭是一个有意义的世界，家庭包括了人生早期历程中最有意义的部分。“按照社会化的观点，家庭在整个社会形式与个人经验的具体形式中，均为重要的基本机构。几乎对每个人来说，家庭都是人生历程的始发港。临行前发生的事情将对日后的航程产生重要影响。”[2] 在西方，人们普遍认为，在组成社会的单位或公共机构——如教堂、学校、社区、政府机构、俱乐部和家庭——中间，家庭对儿童的发展影响最大，因为对儿童影响最早、最深刻的经历普遍地发生在家庭之中。很明显，随着儿童进入青春期和成年期，其他社会机构便日甚一日地与家庭的影响进行竞争，或补充家庭的影响。可是一个人最初的家庭仍然会对一个人的一生继续产生重大影响。[3]

从文学角度来看，儿童最初所接受的文学启蒙和熏陶普遍地发生在家庭之中。家庭中的经济状况、父母的文化素质、父母对子女的期望目标等因素，都会对儿童的早期文学启蒙和以后的文学接受产生不同程度的影响。例如，随着生活条件的改善和对早期教育重要性认识的提高，现在许多年轻的父母为孩子订阅了低幼读物。他们不仅代孩子选择读物，并且帮助孩子进入特定的接受情境。比较起来，学龄期儿童读者的文学选择虽然自由得多，但仍在一定程度上受到家庭因素的影响。我在中学的调查结果证实了这种影响。例如，在上海第四中学调查部分初中生平时阅读的文学书籍的主要来源时，约30%的学生表示自己的课外文学读物主要来自家庭，并有不少学生表示自己的课外文学阅读行为要受到父母的影响。国外也有研究证明，在不同社会阶层的家庭中，孩子的阅读情况往往是由父母对孩子阅读方式的直接影响所决定的。盖拉赫发现，在社会中层家庭中，家长往往禁止孩子读某些文学作品（所谓低级的文学作品），这就说明，家长有特殊的阅读准则，这种准则也在父母赠书给孩子时表现出来。社会下层家庭经常送孩子关于历险、童话、姑娘、动物之类的书籍，而在中上层家庭中，家长送给孩子的书大多是专业书、现代文学和长篇小说，而且，这些家长经常是孩子们谈论这些书的伙伴。这种情况在社会下层的家庭中就少得多。[4]麦耶尔通过对1080名学生的调查也发现，少年儿童的阅读频率、阅读强度与他们父母所受的教育以及父母的职业、社会地位有关。譬如父亲的社会地位越高，每天读书的学生的百分比就越大，从不阅读的学生的百分比就越小。[5]

由此可见，家庭构成了影响儿童读者文学接受行为的第一个微观的社会文化场，而一切宏观的社会文化背景最初也正是通过一定的家庭结构的吸收、传递才得以对儿童读者文学能力的建构和文学接受行为的展开施加现实的影响的。随着儿童的成长和社会化渠道的拓展，儿童必然要进入更广阔的社会文化场。黑格尔的《精神现象学》就蕴涵着这样一个思想：精神要走向成熟，必然要突破狭小的家庭范围而进入广阔的社会。而学校正是儿童走出家庭进入社会文化场的第一个重要的文化驿站。“学校是反映社会文化（学校是这种社会文化的一部分）的一种社会机构，是向年轻人传递社会精神、世界观及专门知识和技能的社会机构。”[6]毫无疑问，学校也是影响中小学生文学接受行为的一个重要文化场所。

法国文艺社会学家埃斯卡皮在他的《文学社会学》一书中谈到未来读者的阅读趋向时，首先对制约阅读趋向的社会原因做了独到的分析。他把专业文艺工作者的阅读、在教师指导下的学生的阅读和一般文艺消费者的阅读区分开来，并指出学生的阅读受到教师和教学大纲的强大影响，“特别在法国，解释课文时运用的教学方法——这一中学教学的支柱，目的是使所有的读者都成为内行”。而在德国，有研究者认为，人们在建立学校结构、安排教学内容时更多地想到了来自社会中层的孩子。学校的文学课设置在某种程度上也有这种情况。在一般情况下，文学课的设置是以社会中层家庭孩子的文化背景为依据的，而社会下层的孩子不愿看书这个潜在因素却被忽略了。所以，学校的文学课内容是“具有很高文学价值的文学”作品，那些作品几乎与学生的课外自由阅读无缘。这在初级中学里更是如此。[7] 这就是说，学校的文学教育带有某种规范性和强制性，其目的之一是试图通过对具有较高文学价值的作品的教学使儿童成为文学的内行读者。但这种规范性和强制性在某些情况下又是以牺牲部分儿童的阅读自由为代价的。

笔者曾在中学就学校的文学教育情况作过一些调查，发现了一些有意义的材料。我们知道，中学生的课内文学阅读主要是通过语文课进行的。那么，他们对语文课的态度如何呢？

对语文课的态度 \ 选择情况 \ 学校、班级	厦门九中初二		上海师大附中初二	
	选择人数	%	选择人数	%
很有兴趣	4	8.51	13	48.15
较有兴趣	10	21.28	13	48.15
一般	28	59.57	11	40.74
较枯燥	3	6.38	1	3.70
很乏味	2	4.26	0	0
合计	47	100	27	100

可以看出，被调查的中学生对语文课的态度以感觉“一般”和“较有兴趣”者居多，占80％以上。（在各地的调查情况都基本相似。）这就是说，目前语文课在中学生中既不是最受欢迎的，也不是不受欢迎的。那么，在语文课中，中学生对不同种类课文的态度又如何呢？

选入现行中学语文课本的文学作品大多是中外文学史上的名家名篇（或名著选段），其中也包含了部分少儿文学作品。调查中发现，文学性较强的课文普遍受到中学生欢迎。在“您最喜欢语文课本中的哪一类课文”的问卷调查中，得到了如下结果：

课文类别 \ 选择情况 \ 学校、班级	厦门九中初二		上海师大附中初二	
	选择人数	%	选择人数	%
小说	17	36.17	14	51.85
散文	16	34.04	9	33.33
诗歌	10	21.28	2	7.41
议论文	2	4.25	2	7.41
戏剧	1	2.13	0	0
说明文	1	2.13	0	0
合计	47	100	27	100

由上表可以看出，小说、散文、诗歌类课文很受中学生喜欢，它们在被调查的中学生中最受欢迎的人数相加都占了被调查学生总数的90%以上。可见，对形象生动、文学性强的小说、散文、诗歌类课文的喜爱，是中学生课内语文学习中的一个较为普遍的现象。

但是，课内的文学阅读不仅数量不多，而且内容也有很大的限定性。而学生对课内学习的文学作品做出怎样的阅读反应，这在很大程度上与教师的文学素养和教学水平有关。我在与一些中学生朋友座谈时，他们普遍表示喜欢鲁迅。一位同学说，鲁迅作品读第一遍时感到拗口，但老师讲起来很有趣，越读越喜欢。另一位同学则谈到，有些课文自己看时挺喜欢，但老师一分析起来，什么主题思想啦，段落大意啦，写作特点啦，千篇一律的分析方法，就觉得很乏味。由此看来，教师的文学教学水平如何会直接影响学生对具体文本的接受态度和行为。模式化的非文学的教学方式只会令学生反感。

与课内语文学习的限定性比较起来，中小学生课外文学阅读的领域就广阔得多，其选择的自由度也大得多。但是，在学校这个特定的文化圈内，学生的课外阅读不能不受到学校特定的运转规律的制约。于是，课外自由的文学接受在学校文化场内变得不自由起来。例如，受升学率压力的影响，一些学校严格控制学生阅读课外书。某市级重点中学的同学谈到，入学时，老师就宣布，棋、牌、课外书等一律不许带入学校。也有一些同学说，对阅读课外作品，不同老师的态度也不尽一样。例如，语文老师一般都不反对阅读课外文学作品，而其他任课老师大多都持反对意见，一旦发现“闲书”，或予以没收，或报告班主任。而一些学生由于功课繁重，也不得不进行自我约束，生怕课外阅读会影响学习。

当然，不同地区、不同类型的学校，学生的课外阅读情况不完全相同。但从总体上看，学校文化场对少年儿童读者文学接受行为的影响是十分明显的。

从内在的接受态度来看，学校文学教育对少年儿童读者的文学阅读态度和评价方式的影响、渗透或许更为明显。虽然每个人对具体作品的感受会很不相同，但他们对作品的评价尺度和评价语言却往往十分相似，即来自语文课的文学分析尺度和术语系统。只有少数具有相当文学经验的少儿读者，才有可能超越语文课的束缚，并进入到更具个性化色彩的文学接受空间中去。

家庭和学校构成了儿童读者文学接受的两个基本的文化功能圈。同时，家庭和学校又不是绝对封闭的，新的社会文化联系仍在建立，新的社会文化场又会形成。这种新的生活空间又造成了新的心理环境，并对儿童读者的接受行为产生新的影响。我这里所指的是少儿读者的同辈群体及青少年亚文化场的影响。

三 同辈群体和青少年亚文化

勒温在他的“场心理学”的理论基础上，提出了“群体动力学”的概念，旨在考察群体内部成员的相互作用，以及由此形成的群体心理对个体心理和行为所产生的影响。他把他的 B=f(P · E) 的公式推广到群体，把 P 看作是更多的人（群体意识、群体需求的交互作用），把 E 看作是准社会的事实，于是，群体行为也就成为群体成员的各种需求和对社会环境的种种认知而产生的引力或拒力相互作用的结果。

青少年与同龄人的交往是他们的一个极为重要的经验。同龄伙伴、同辈群体“虽然通常被看成是青春期的一种消极的影响，而实际上，它却是发展青少年关系和行为的必不可少的一个外部条件”。[8]心理学家汤姆森和威迪尔通过对中学生的研究发现，随着年龄的增长，学生越来越重视与伙伴建立良好的人际关系。初中阶段，是学生与家庭关系减少，而对于同伴关系逐渐看重的转换时期。学校为少年儿童提供了大量的同伴团体网络。这种同辈群体包括了各种正式群体和非正式群体，它以学校文化场为现实空间，同时又超越这个空间而与一定的社会环境因素发生种种联系，因而是一种介于学校文化场和宏观的社会文化场之间的一种中间文化场，我称之为青少年亚文化场。

所谓亚文化，是指在一个社会或一种文化内具有其特性的社会文化形式。关于青年亚文化，美国研究者加拉赫的观点是，遵奉与成人价值观念相反的友伴群体文化及其价值观念。这种亚文化主要存在于中学。青少年在那里组成一个小型社会，他们大多数的重要交往是在它的内部，与外部的成人社会只有很少一些联系。发生这种情况，是因为孩子们待在学校，并参加越来越多的课外活动。与成人世界的隔离，使他们发展了与成人不同的，具有自己的语言、方式和特别重要的价值体系的亚文化。作为生活在一个被隔离了的社会中的结果，是出现了能得到友伴认同但不为成人所同意的亚文化。[9]这种观点强调了青少年亚文化的独特性。的确，在美国社会，青少年生活的某些方面与美国成人文化是有区别的。因为在这些方面，青少年能够施行某些控制和做出他们自己的决定。这些方面，如服装的式样、音乐的口味、语言、流行的电影和演唱明星、使用的小汽车、约会的风俗和习惯、闲暇或体育活动的行为等，严格地说来都属于青少年亚文化范畴。因为在这些方面，青少年往往会表现出共同的选择意识和行为方式，有时候甚至可能与成人的选择背道而驰。当然，过分夸大青少年亚文化与社会主流文化的对峙和冲突也是不符合事实的。应当说，两者之间既有密切联系，又有着某些不同的文化特性。

同辈群体和青少年亚文化场对少儿读者的文学选择和阅读态度也有着深刻的影响。一项对美国南方某大城市里在校的 272 名 11 岁到 19 岁的男孩和女孩的研究表明，同辈群体之间对文学阅读行为的影响是明显的。调查中向这些青少年提了这样的问题：在阅读材料的选择上，是谁最可能对他们产生影响？父母、友伴还是最要好的朋友？从回答结果看，38.9％的学生回答是友伴，33.5％的学生回答是父母，27.6％的学生回答是最好的朋友。可见，友伴和最好的朋友的影响是显著的。我们的调查也显示了相似的结果。在对上海市第四中学的初中生的调查中，我们发现有大约 28％的学生平时阅读的文学作品主要来源于同伴之间的相互交流，这个比例分别与阅读材料主要来源于图书馆和家庭的学生比例数大致相当。应当说，这种情况是具有一定代表性的。

同辈群体之间在文学接受方面的相互影响更深刻地表现在少儿读者所选择的参照群体（reference group）上。参照群体是心理上与自己有关系的，常被个体作为自己的态度和行为参照标准的群体。个体一旦视某个群体为自己的参照标准，就会把该群体的目标、规范、趣味作为标准来塑造自己的思想和行为。同辈之间在接受心理和行为方面也会互为模仿对象，形成文学接受方面的同辈范型（preemodels）。

如果同伴都在读金庸、古龙，或都在读三毛、琼瑶，如果你没有读过，那么你就无法加入同伴之间的文学对话语境，你就显得孤单和掉价。为了与同伴取得协调，你得赶紧设法找那些作品来读。同时，同伴之间还会用相同或相似的文学趣味和标准来评价作品和人物。这些趣味和标准与文学课堂上所传授的东西可能并不合拍，而带有鲜明的青少年亚文化的特征。

与家庭、学校比较起来，同辈群体和青少年亚文化对少儿读者文学接受的影响带有更大的自发性特点。这种影响有时候是良性的，有时候是非良性的。因此，如何引导少儿读者文学接受中同辈群体内部的相互影响和规范，显然是一个值得重视的问题。

四　当代艺术文化场

从更大的范围上来考察的话，可以发现儿童读者的文学接受行为还将受到宏观的社会历史文化环境的制约。在这里，我们着重考察一下当代艺术文化环境的变化对儿童读者文学接受行为所带来的深刻影响。

按照罗伯特·威尔逊的说法，文化包容了艺术，广义地解释为包括小说、戏剧、诗歌、绘画、雕塑、舞蹈、音乐，以及诸如影视、广播、期刊、报纸等大众传播媒介。很显然，随着社会生活的发展，这些艺术文化的各个组成部分在社会文化总体构成中的位置和比重必然会不断地发生升降和变迁。当代美国著名的马克思主义学者弗·杰姆逊就认为，不同的社会历史阶段，“文化”的含义、作用和地位各不相同。按照戴维·莱恩的说法，19 世纪文化的样式是书籍，20 世纪的新型文化样式主要有电视、电影、唱片等。[10] 我以为，当我们考察当代艺术文化场的发展变化与儿童读者文学接受行为之间的关系时，这些说法对我们是有启发的。

众所周知，从世界范围来看，儿童文学是在 19 世纪开始获得空前发展的。工业时代的印刷机使大规模地印制文学作品成为可能，文学在当时的文化消费结构中占据了一个重要的位置。在当时的欧洲，一家老少围坐在壁炉旁朗读狄更斯的小说或者格林的童话，是经常可以见到的情景。但是，进入 20 世纪后，这种充满温馨、高雅气息的场面却是越来越少了。现代科学技术的发展不断改变着已有的文化面貌和格局。1919 年，荷兰业余广播电台开始广播；20 年代，广播电台大量出现，开始瓜分文学读者；到了二三十年代，电影业崛起，并以其现象的直观性和综合艺术的优势，把大批文学读者拉进了电影院。广播、电影事业的迅速发展，使艺术消费者对于文学相对单一的需求，转变为对多种艺术文化的多向需求。这同时也意味着，文学在人类文化生活和艺术消费结构中的显赫地位，开始受到了强烈的挑战和冲击。

但是，当电影艺术以它年轻的气势向文学的传统文化地位发起挑战的时候，它本身又与戏剧、文学等一起遇到了二次大战以后迅猛发展起来的电视文化的巨大冲击。自 1936 年在伦敦的亚历山大宫首次开始了高分辨率（即 405 行）的电视播出以来，电视的影响日益渗透、遍及当代文化生活之中。据介绍，1939 年 4 月，美国无线电公司首次成功地向纽约大都市地区的 700 来个拥有电视接收机的家庭转播了纽约万国博览会开幕式的场面。1940 年，美国只有 8000 个家庭拥有电视机，50 年间增加了 1 万倍。目前，美国 98％的家庭至少拥有一台电视机。以台数而言，1949 年，美国已有 100 万台电视机在使用，1951 年激增至 1000 万台，1959 年增至 5000 万台，10 年后增至 8300 万台。现在，美国到底有几亿台电视机在使用，已经很难统计了。[11] 电视艺术的包容性特征，使艺术和科学、艺术和知识、艺术和信息，在更广大的范围内和更深刻的程度上得以交汇、融合。显然，电视集新闻、文娱、教育、服务等社会功能于一身，成为当今世界最重要的传播媒介，并在当代艺术文化的消费结构中占据了最重要的位置。日本曾有人进行过“一个月不看电视”的试验，结果许多被试者在不看电视一周后即开始失眠，情绪急躁，家庭中口角增多；有的人在忍耐不住时，还是到酒吧或邻居家的电视机前去一解眼馋。美国的家庭平均每天开电视机 7 小时，其中成人每天看电视 3 小时，儿童看电视的时间则更长。在所有电视事业比较发达的国家，看电视已经成为人们（包括少年儿童）自由支配的生活中的重要组成部分。而据美国传播学家威廉·施拉姆的说法，这是以减少其他文化娱乐时间为代价的。其中自然也包括文学阅读时间的减少。[12] 美国亚利桑大学卢尼教授的调查报告指出，美国人一生中平均花 10 年时间在看电视上；美国儿童除睡觉时间外，平均每天花 64％的时间看电视。在这样的文化环境中，儿童接触文学作品的时间和机会，显然是无法与电视诞生以前的时代相比拟的。

近些年来，录像业又开始在各国和各地区发展起来，不少电视观众开始把目光转移到家庭录像的观赏上。有资料表明，现今美国社会及家庭的电视、录像机配套使用者，至少超过 5000 万户；而日本的电视、录像机配套观赏者，也至少占全日本家庭的 60％以上。[13] 与此相联系的是录像带租售生意的兴隆。例如，1987 年，统一前的联邦德国大大小小的录像租售点有 7800 个；香港现有出租电影录像带的商店 500 多家；日本 1987 年录像租售收入为 877 亿日元，1988 年则增至 1078 亿日元。目前，日本一部影片的全国收入中，影院收入和录像收入各占 45%，电视收入占 10%。由此可见，录像已与广播、电影、电视等现代视听传播媒介一起，在今天的艺术文化消费中占据了极为重要的地位，形成了一场规模巨大的"视听革命"。正如美国电影协会出版的《美国电影》中指出的那样："视听革命已通过有线电视系统的发展、付费电视频道、一系列令人眼花缭乱的盒式磁带录像机及其进入录像唱片市场而显示出来。"[14]

对于上述艺术文化及其消费结构的剧烈调整和变化，作家王蒙前些年曾经在访美归来后的一篇文章中写道："科学技术的发展对文学可能也产生了强烈的影响，这在中国体会不到，在国外就非常明显。如电视的空前发达成了文学的劲敌。在国外，小说的销售量越来越少，至少在美国是这样。因为人们每天下班时都筋疲力尽，哪里还有精力去读小说。欧美等国发达的电视事业把很多读者都抢了过去，不像我国目前有 200 多种文学刊物。"（见《王蒙谈创作》）其实，就在王蒙说这番话的前后数年间，我国艺术文化及消费结构的调整、转换，也已经悄悄地，然而又是迅速而坚决地在进行之中了。例如，我国城乡居民电视机拥有量从 20 世纪 70 年代末期开始迅速增加，1980 年为 1000 万台，1985 年增加到 3300 万台，如今更猛增至 1 亿 6 千万台以上。电视剧的生产也是如此：1978 年为 8 部（集）；1984 年为 1300 多部（集）；目前，全国年产电视剧已达 3000 部（集）。伴随着电视文化的迅猛涨潮，录像片也从沿海向内地悄悄渗入，把电视机前的观众一批又一批地吸引过去，由此又形成了一个与电影、电视三足鼎立的新的文化消费类型。从80年代中期起，全国录像放映点大量出现，1986年约有3万个，1989年上升到5万多个。1988年，我国花费了4亿美元进口了近100万台录像机。到1989年底，据不完全统计，已有600万台录像机率先在“小康之家”落户。有人预测，90年代我国家电消费市场上，录像机热不会减弱，只会上升。[15]所以，录像机进入我国艺术文化和消费领域虽然还只是近些年的事情，但它实际上也已经参加到当今艺术文化和消费结构的调整过程中来了。

于是，以电影，特别是电视、录像为代表的影像文化，就以一种不可抗拒的力量，改变、重塑了整整一代人的艺术消费方式、趣味和习惯。（当然，经济文化发展相对不发达的地区，情况又有所不同。）当今的少年儿童正沉湎于那个无所不包、更适合他们口味的“影子世界”。一些西方社会学家们统计，不少青少年流连于那个“影子世界”的时间，已经超过了上课、读书、与家庭成员交往的时间。这甚至被看成是一个社会问题。在中国，情况也同样如此。台湾女作家李昂在接受台湾《民众日报》记者的采访时就认为：“这时代不是文学的时代，这时代是电影、电视的时代，甚至恐怕也不是电影的时代，恐怕是录像带的时代与电视的时代。”（参见1988年4月14日《文学报》）很显然，这一当代艺术文化场不能不从宏观上对当代儿童读者的艺术接受行为产生巨大而深刻的影响。与他们前辈的同龄时期比较起来，他们的艺术消费机会和消费结构已大大地增加和改变了。电视、录像、音乐乃至电子游戏机、台球、卡拉OK、舞会、广告时装、体育竞赛等，都随时可能进入他们的文化消费领域。在与中学生的接触和交谈中，我也深感当代少年儿童艺术文化生活的内容和方式都不是过去时代的中学生所能比拟的。（当然，对这种艺术生活质量的评价又是另一个问题了。）为了获得这方面的比较具体的材料和认识，我在对中学生的问卷调查中设计了这样一个题目："您平时最经常参加的活动是哪三项？"

在福建省厦门市第九中学和陕西省宝鸡市烽火中学的调查中分别得到了如下结果：

学校、班级 / 回答情况 / 活动项目	厦门九中初二		宝鸡烽火中学高二	
	回答人次	%	回答人次	%
收看电视	25	17.73	24	18.18
体育锻炼	19	13.47	9	6.82
看录像	16	11.35	9	6.82
与同学聚会	15	10.64	20	15.15
学习或思考问题	15	10.64	4	3.03
阅读书刊	14	9.93	27	20.45
娱乐游戏	14	9.93	12	9.095
与家长在一起	7	4.96	8	6.06
艺术欣赏与创作	6	4.25	4	3.03
收听广播	5	3.55	6	4.545
看电影	3	2.13	3	2.275
美容、健美、时装	2	1.42	0	0
闲逛	0	0	6	4.545
合计	141	100	132	100

在这个所列项目并不完备的调查表中（例如尚未列出听音乐、玩电子游戏等热门项目），我们不难发现，除了阅读书刊外，收看电视、参加体育锻炼、看录像等，都在被调查的中学生的课余生活中占据了相当的比重。可见，当代中学生的文化艺术需求和消费已经呈现出普泛化的趋向。当谈起卡通片、流行音乐、体育竞赛时，他们都可以津津乐道，

如数家珍。在他们的文艺消费结构中，文学接受的位置已不那么显赫了。在各地中学所得到的调查结果，都向我们显示了这一情况。

应该肯定，以影视艺术为代表的当代艺术文化事业的发展，为现今的少年儿童接受艺术熏陶、了解各种信息提供了前所未有的良好而便利的条件。美国未来学家阿尔温·托夫勒就认为，在群体化传播工具出现以前，第一次浪潮时期（指农业阶段）的孩子们生活在变化缓慢的村落中，只能通过很有限的客观事物形象来建立他自己对现实的认识模式和关于世界的形象，这种认识往往狭隘得十分可怜。而第二次浪潮时期（指工业阶段）成倍地增加了各种为个人绘制现实形象的渠道。孩子们再也不仅仅通过自然界和人接受形象信息，他们还通过报纸、各种杂志、无线电接受信息，稍后，还从电视获得信息。而已经掀起的第三次浪潮，又将剧烈地改变这种状况，“非群体化的传播工具”（如有线电视、录像机等）的普及将使人们不只是被电视设备所左右，而是也可以按自己的兴趣来操纵设备、选择节目。（参见《第三次浪潮》）这种情况在我国大陆也已经经常可以见到，并且将迅速蔓延。很明显，人们常常说当今的少年儿童见多识广、思想活跃，这在相当程度上与现代影视传播工具的迅速普及是分不开的。

但是，当少年儿童在享受着当代艺术文化的发展所带来的乐趣和好处的同时，他们在不知不觉中也失去了另一些东西。例如前文已经指出的，他们阅读书报的时间大为减少，而阅读文学作品的时间就更少了。《上海家庭报》曾载文披露了当今少年儿童图书馆空荡冷清的情况。以某市级少儿图书馆为例，1990 年平均每天的小读者只有 50 余人次。作者分析原因认为主要有四个方面：首先是中、小学课程紧，课外作业多，学生自由支配的闲暇时间所剩无几；其次是各种大众娱乐形式的冲击，电视、游戏机、录像机、台球等吸引了众多少年儿童；再次，部分“望子成龙”心切的家长热衷于让孩子参加钢琴、外语、书画等各种夜校学习；第四，一些少儿读物本身的吸引力还不够大。这篇文章所分析的情况在许多地方都是有代表性的。今天，当许多中、小学生从繁重的学习任务中解脱出来时，他们选择的往往是更带有娱乐性的活动，而不是文学阅读。对这种情况，许多人表示了忧虑的心情。西方的一些社会学家就惊呼：“人类进入了铅字日落西山的时代。”有人甚至发出了这样的预见：“我预见了人们将不会读，不会写，而是过着动物一般生活的时候。”人们还预料“在大规模的交际中，形象最终排挤词句”，“从事记录的眼睛（形象）趋向于替代从事反射的眼睛（阅读）”。他们担心“失去传统形式书籍的世界”会成为“人类退化的世界”。[16] 据介绍，现在有不少美国儿童由于看电视的时间多于接受父母、老师的教育的时间，因而“只会说电视中的语言，不会进行正常的会话。他们发音不清，词语不准，说话颠三倒四，语无伦次，缺乏逻辑，甚至表达意思都有困难”。[17] 香港《明报》也曾载文指出，孩子爱看电视，容易造成孩子缺乏思考的习惯，也无法培养想象力和写作能力，因此应努力为孩子打开阅读之窗。可见，即使是在影像文化迅速普及的今天，少年儿童的文学接受仍然应当在他们的精神文化生活中占据一个应有的位置。

事实上，今天的少年儿童也并没有放弃对文学阅读的兴趣。根据几年前在武汉市中学生中进行的一项调查，在回答“以你喜欢的程度为序，为话剧、电视剧、电影、戏曲、文学、广播剧等文艺形式排队编号”这一问题时，文学受喜爱的程度仅次于电影而居第二位。（参见《当代文艺思潮》1985 年第 2 期）《中国图书评论》1991 年第 1 期刊登了五张关于大连市中学生读书情况的调查表，其中所反映的情况也是令人鼓舞的，绝大多数中学生是热爱读书的。在被调查的 128 人中，表示非常喜欢、喜欢和比较喜欢读书的中学生就占了 95.88％。在进一步的调查中我们还可以发现，文学类图书特别受到中学生读者的欢迎。

因此，我们有理由相信，即使在当代艺术文化场已经发生了剧烈变化的今天，文学也并没有失宠，它仍然是当代少年儿童读者精神文化生活的必要的消费品。而整个当代艺术文化场的不断丰富、调整和发展，也正意味着当代少年儿童的艺术接受可能已经从非此即彼的相对单一的选择向着多种多样的相对丰富的选择转化。这绝不是儿童文学的悲剧，而是当代艺术文化系统逐渐发达的一个标志！

注 释

[1] 杨清：《现代西方心理学主要派别》，沈阳：辽宁人民出版社 1980 年版，第 309—311 页。

[2] 彼得 · 伯杰等：《人生各阶段分析》，李中泽译，北京：光明日报出版社 1990 年版，第 46 页。

[3] 中央教育科学研究所比较教育研究室编：《简明国际教育百科全书 · 人的发展》，北京：教育科学出版社 1989 年版，第 361 页。

[4] 参见拉尔夫 · 朗格纳编著：《文学心理学——理论 · 方法 · 成果》，周建明译，郑州：黄河文艺出版社 1990 年版，第 134—135 页。

[5] 参见拉尔夫 · 朗格纳编著：《文学心理学——理论 · 方法 · 成果》，周建明译，郑州：黄河文艺出版社 1990 年版，第 128 页。

[6] 参见 P.H. 墨森：《儿童发展和个性》，缪小春译，上海：上海教育出版社 1990 年版，

第 446 页。

[7] 参见拉尔夫·朗格纳编著：《文学心理学——理论·方法·成果》，周建明译，郑州：黄河文艺出版社 1990 年版，第 135—136 页。

[8] 参见中央教育科学研究所比较教育研究室编：《简明国际教育百科全书·人的发展》，北京：教育科学出版社 1989 年版，第 486 页。

[9] 参见 F.P. 赖斯：《美国青年亚文化》，《青年研究》1991 年第 7 期。

[10] 参见周建军：《国外通俗文化研究述略》，《文艺研究》1989 年第 6 期。

[11] 参见陆文岳：《美国电视的五十年历程》，《大众电视》1989 年第 9 期。

[12] 参见杨文虎：《文学：面临电视时代的挑战》，《文学评论》1986 年第 6 期。

[13] 参见《美国与日本影视录像业的价值取向》，《大众电影》1990 年第 11 期。

[14] 转引自王明达：《现代视听传播工具会断送民间文学的前程吗》，载《民间文学论坛》1985 年第 1 期。

[15] 参见东之：《九十年代，录像的挑战》，《大众电视》1990 年第 6 期。

[16] 参见戚方：《影像文化与戏剧“危机”》，《当代文艺思潮》1985 年第 4 期。

[17] 参见李中子：《美国电视对少儿的影响》，《国际新闻世界》1982 年第 2 期。

第九章　接受与当代儿童文学艺术实践

一　当代儿童文学的接受疑难

尽管当代艺术文化场的剧烈变化给儿童文学的生存带来了诸多的困难和挑战，但有责任心和使命感的作家们仍然没有放弃与当代儿童读者进行新的文学对话的艰苦努力。事实上，一种对于新的儿童文学艺术可能的探寻，构成了20世纪80年代以来中国儿童文学界最值得人们玩味思索的文学动向。就在评论界几乎还没有作出任何像样的反应的时候，这一文学动向已经完成了它最初的探寻和实验。

一种新的艺术态度的萌发和出现，常常隐含着对某些现存艺术秩序和观念的怀疑或者是不满。在儿童文学界，一种捍卫自身艺术领地和疆域的企图导致了儿童文学艺术气度的逼仄和艺术才情的萎缩。应当说，这种企图的历史初衷是良好的。当儿童文学从自在走向自觉，从依附走向独立的时候，强调它与儿童读者艺术经验之间的密切对应、胶合，强调儿童文学艺术状态的独特性和某种收敛性，这无疑是一种历史的需要和必然。但是，历史的发展充满了辩证法，一旦这种起初是合理的企图在儿童文学的艺术发展进程中成为一种冠冕堂皇的障碍，并且在客观上限制了儿童文学的新的艺术发展可能的时候，那么，它招致怀疑乃至强硬的反抗也将是势所必然的了，剩下的只是一个时间问题。在80年代，中国儿童文学界终于孕育了新的创作企盼和冲动，一批新近进入儿童文学领域的青年作家带着各自的艺术准备和艺术愿望开始了他们的创作实践。毫无疑问，他们中的大多数人是熟悉并且尊重儿童文学的艺术传统的，然而他们对儿童文学已有的艺术状态却抱着深深的怀疑、批评态度。于是，默默的寻找开始了。耐人寻味的是，他们在各自的创作实践中所进行的显然不是有约在先的探求却显示出一种共同的文学对话姿态，那就是试图用更新颖、更厚重的作品与当代少儿读者进行更开放、更有意味的文学对话。

当然，中国儿童文学不是从未有过那样的对话姿态。六十多年前，冰心女士以她的《寄小读者》表达了“不绝如缕，一一欲抽”的爱的情思，显示了深浓、沉挚、博大的爱的情怀。这一作品的出现显示了处于诞生期的现代儿童文学的早熟状态，同时也为中国儿童文学的未来发展提示了一种艺术可能，这就是在深刻理解和充分尊重少年儿童读者接受趣味和能力的基础上尽可能地提升儿童文学文体的艺术状态，使之成为独特的具有很高艺术品位的作品。这种艺术可能无疑是极有意义、极值得探索的。但令人遗憾的是，在中国儿童文学后来的历史进程中，这种艺术可能却未能得到进一步的实现和扩展，而始终只不过是儿童文学未来发展的某种预兆和暗示，是一种有待应验的谶语。

80 年代新起的一部分作家响应了时代的要求。他们不满足于与已有的儿童文学艺术经验寻求认同，而是更自觉地尝试用自己的实践和探索去丰富、拓展乃至更新这种艺术经验。他们拿出的一批作品也着实令世人刮目相看。从艺术品位的角度看，这些作品在艺术内涵和文体构筑等方面已经显示了超越儿童文学传统艺术表现领域和表现形态的迹象。在班马的小说《鱼幻》中，对一种“江南”味道（作品中主要是江南的自然文化形态）的传达，以及感觉描写中表现的象征和暗示，意象的变幻不定所带来的神秘感，等等，都给人以强烈的新奇感。董宏猷的长篇小说《一百个中国孩子的梦》，则追求文体上的“魔方效应”。那一百个不同年龄孩子的梦幻仿佛构成魔方的那许多小小的色块，可以随心所欲地拧出各种不同的图案，而这些不同色块的组合也有其内在的规律，那是一种“最美丽的杂乱无章”，是一种“潜在的秩序”。金逸铭的童话《长河一少年》则尝试以宏大的视野表现对“人类生存环境和生活方式的担忧”。在这篇童话中，人与自然、人与人之间的矛盾和冲突被具象化了，历史和现实的时间流程被高度浓缩在同一空间，民族的命运与人类的命运牢牢地纠结在了一起。作品所透露出的那份沉甸甸的忧思、那种森森然的冷峻诗意、那股雄浑壮阔的浪漫情调，无疑都凝聚成一种以往儿童文学所罕见的磅礴气象。

这些作品所提供的艺术内涵和表现形态，是过去儿童文学中难以见到的，因此我们至少可以说它们以自己的出现丰富、发展了儿童文学的审美形态，甚至从一些重要的方面提高了儿童文学的艺术品位。

然而，儿童文学艺术现象的这种丰富和发展又必然是以一种“陌生化”的方式进行的：它试图以一种新的文体构成方式来更新人们对生活和经验乃至对文学本身的感觉。当习惯了传统形态的儿童文学作品的读者突然面对着这么一些陌生的玩意儿的时候，种种困惑、怀疑、诘难甚至拒绝的出现便是十分自然的了。而所有这些表示，最终又汇聚成一个共同的疑问：儿童能接受这些作品吗？因而，这些作品能算是儿童文学吗？有关《鱼幻》的种种讨论，十分典型地向我们传达了当代儿童文学艺术实践中的这种接受疑难。

《鱼幻》缺乏传统儿童小说所具有的那种审美上的明晰性。对于习惯于用一两句话拎出作品主题思想的读者来说，它所传达的“江南味道的意境”可能反而容易被轻易地忽视掉。班马曾经表示说：“写《鱼幻》的动机，便是想让小读者得到一点江南味道的意境，也就是在心中增添那么一点中国的文化背景。这种文化背景对他们已成为陌生的了，而‘陌生’，却正是我所要表现的。”[1] 陌生的文化背景加上陌生的传达方式，这就不可避免地要使传统的视读经验感到加倍陌生了。

当然，那些有着良好文学素养的大读者还是喜欢《鱼幻》的，他们担心的是少年朋友们能否接受这篇作品。余衡认为《鱼幻》“是一篇精致的小说，是一件小小的艺术品，耐读，耐咀嚼”，但“这小说太精致了！精致到只配由你们大人来读”。他补充说：“少年人不是不能接受比较精致、比较新颖独特的作品，而是目前在素质基础上仍有距离。”[2] 郑晓河承认“《鱼幻》一扫故事、情节、人物似曾相识之通病，给人一种全新的感受，引起读者读后的思索”，同时又以他自己和“周围几位读过这篇作品的大读者”看不懂为依据，推测“小读者恐怕就更不在话下了”，并得出了如下结论：《鱼幻》的探索是失败了。[3]

于是，“接受”成了当代儿童文学发展进程中最令人困惑也最使人感兴趣的理论话题。在许多作品的讨论中，最强有力的诘难都是从接受的角度提出的。比如我们不时听到这样的说法：少年儿童无法理解和欣赏如此高深莫测的作品。

那么，究竟应该如何看待这种接受疑难呢？

二　寻求新的视野融合

对当代少年儿童实际接受能力的隔膜和缺乏了解，是现今儿童文学研究的一个重要疏忽。由于这一疏忽，在考察和探讨儿童文学的最新发展时，人们面对新的艺术现象，手中却操着既定的评判尺度，这一尺度是以对儿童接受能力的固定的、单一化的理解为依据而刻定的。因此，我们有理由怀疑，这一尺度可靠吗？

很显然，当人们用一种固定单一的尺度去衡量测度少年儿童的接受能力时，人们显然没有认识到社会文化的发展演变对少儿具体接受行为的塑造和潜在的制约作用。前文已经说过，与成人比较起来，少年儿童的接受行为常常表现出对于特定审美传统和文化背景较为疏离的状况，但是，儿童审美心理的发展从最本质的意义上说，是从生命的自然行为走向审美的文化实现的过程，因此，当我们看到儿童审美接受过程中童年生命的自然冲动的一面时，还应意识到特定社会文化现实对这种自然行为的影响。正是在这种意义上，我们有必要充分认识当代少年儿童接受心理和行为的某些深刻的变化。从生理层面看，由于社会经济、文化的高度发展，世界各国的青少年普遍出现了性发育早熟的趋势。据世界卫生组织调查，欧洲女孩子月经初潮在 19 世纪中叶出现在十六七岁，在 20 世纪中叶提前到十二三岁。中国科学院遗传研究所 20 世纪 80 年代初期的调查表明：我国大城市女孩初潮平均年龄为 12.8 岁，80％的城市男孩十五岁左右出现遗精。这种性成熟期的提前必然会对当代青少年的心理行为模式和文化消费需求产生相应的影响。“从整个世界来看，青年期到来越发提前，持续越来越长。数年前大学生的生活方式和行为模式，现在则影响到高中，甚至更小的学生。”[4]未来学家托夫勒曾提出了“未来冲击”(future shock)一词，用以说明由于社会结构或组织的高速变化，而导致社会价值观念及消费者产品的锐变，使社会成员的心理承受能力因超负荷负担而产生惊异、紧张的现象。托夫勒借助这个术语解释当代西方社会的某些奇特情况，如十一二岁的孩子不再像孩子样。当代美国人类学家玛格丽特·米德认为，随着社会的发展变化，社会规范、价值观以及知识结构和内容的更替，成人和儿童会产生不同的态度、观念和知识体系等，长辈同晚辈之间的这种代沟需要通过相互学习和沟通加以弥补。同样，由于生活环境和经历的不同，成人与成人、儿童与儿童之间，也存在着不言而喻的差别。不断的成长和发展，要求他们从同辈处学习新的内容。与此相联系，在对文化传播方式的研究中，米德发现，有的文化变化十分缓慢，似乎这种文化一出现就可以断定它不过是一种幼稚的文化；有的文化则变化很快，以致年轻人乃至成年人不是向老一辈学习，而是向同辈人学习。在《代沟》一书中，米德认为：“现代我们已进入了一个新阶段，即全世界的成年人都认识到，所有孩子们的经验与他们自己的经验已经不同了。为了区分这三种文化类型，我使用三个词：当论及‘未来重复过去’型时，我用‘后象征’(postfigurative)这个词；论及‘现在是未来的指导’型时，我用‘互象征’(cofigurative)这个词；在论及年长者不得不向孩子学习他们未曾有过的经验这种文化类型时，我就用‘前象征’(pretfigurative)这个词。”[5]这就是说，现代社会已进入前象征文化阶段，“年长者不得不向孩子学习他们未曾有过的经验”。很显然，在一个“前象征”文化占重要地位的时代，少年儿童的文学接受行为也必然会表现出更多的自主性和变化性。对20世纪的少年儿童读者来说，他们的文学趣味和能力与以往时代的同龄人相比，都大大地发展变化了。德国作家柏吉尔很早就谈到了20世纪少年儿童接受趣味的变化——古代传奇性的童话已很难激发儿童的喜爱之情，很难使他们迷恋了。“20世纪的孩子，已经养成一种强烈的现实意识和一种对日常生活密切接触的技术产品的爱好……他宁愿玩机械的火车，而不愿玩我们少年时代所喜欢的滑稽木偶；他对于那些穿插着近代技术伟绩与紧张冒险的故事，比之《狼与小红帽》的童话更感兴趣。”[6]这种接受行为无疑是一种新的社会文化造型的结果。

同样，中国当代社会生活和当代艺术文化的发展也在不断地塑造着这一代少年儿童，同时无疑也在不断地塑造着他们的文学接受能力和接受行为。因此，人们完全应该认真地思考一下当代少年儿童读者文学接受心理和行为的那些新的超出成年人想象的变异和发展。从我们在各地中学实地调查的结果看，当代少儿读者（主要是中学生读者）的阅读内容中，中外文学名著和通俗小说占据了主要的位置，而当代少儿文学作品却很少进入他们的阅读视野。因此，是否可以说，传统艺术规范在一定程度上造成了儿童文学文本与少年儿童读者期待视野的脱钩？由此看来，儿童文学必须寻求与少年儿童读者的新的对话可能和对话方式，借用接受美学的说法，也就是要寻求儿童文学文本结构与少年儿童读者期待视野的新的融合。正是在这样的文化背景上，我们看到了当代儿童文学作家寻求与当代少儿读者建立新的艺术对话和审美联系的艰苦的文学探索和努力。

三　探索性作品所表达的接受观念

毫无疑问，当代一部分儿童文学作家以他们的探索性作品表达了他们对当代儿童读者和儿童文学接受问题的独特观念和认识。班马曾经在他的长篇论文《你们正悄悄地超越》中，就这一代儿童文学作者群中对儿童文学读者的态度和观念问题做了考察。他认为这种态度和观念有以下几种类型：

第一种，是提高了对当代少年儿童本身文学水平的评价，对20世纪80年代孩子的接受能力持增长的估价，这是他们最希望发生的现实，但也有可能犯过高评价的失误。

第二种，是认为目前的状况基本上是低状态的，并相当不满地直接指出这种低下的审美状态正是过去儿童文学所造成的。正因为状况如此，他们便追求积极启蒙，明确地具有一种训练的意图，主动去培养出儿童读者较高的审美能力，甚至清醒地表现出“超前”的意识。显然，问题的复杂和难度也就在“超前”的分寸把握上。

第三种，是觉得儿童文学某些作品可以明确提出就是为少年儿童读者中一部分层次高的而写，就为几亿人中的几万个而写，能对这些高品位的文学少年产生影响就是极大收效。

第四种，是相当看轻儿童读者，不认为儿童文学有必要追求高层次的审美价值，而认为儿童文学就是开开心，甚至有对小读者可作“耍弄”的观念。这也有一批自信于此的作者。

这四种类型的划分当然不是绝对的，其中也有某些重叠的现象。仅就这四种类型的读者观念而言，除第四种态度外，前面三种无疑都将导致作家在创作中努力寻求一种新的对话姿态和接受可能。因此，当代儿童文学领域中出现的探索性作品不仅表现出作家对儿童文学艺术境界和艺术品位本身的一种理想，而且也显示了他们对当代少年儿童接受行为的一种新的理解，表现了作家同少儿读者实现新的艺术对话的愿望。

首先，探索性作品的出现表明：一些作家调整了对于当代少儿读者文学阅读需要和接受能力的认识。他们不满足于充当一个传统文学对话关系的继承人，而尝试与新一代少儿读者签订一份新的文学契约。他们认为，传统的儿童文学艺术规范已无法满足当代少儿读者的接受需求，因而有必要在新的文学语境中进行新的艺术探索。不难发现，探索性作品所提供的艺术表现方式和表现形态是过去儿童文学中所难以见到的。这种艺术方式和形态上的变化，当然并不预示着传统儿童文学艺术形态将完全失去其存在价值，相反，它带来的是儿童文学审美形态和对话姿态的丰富。我们可以说新的艺术追求更多地暗示了这个时代接受趣味和侧重点的转换，却不能武断地说传统的艺术方式和形态必然与这种转换相悖、相排斥。

其次，探索性作品不是从一般少儿读者已有的审美感受力出发，而是更着眼于如何拓宽少儿读者的审美感受阈，因此在表现出作家对当代少儿读者接受行为的一种新的理解的同时，又体现了一种审美上的启蒙意图和超前意识。曾经写过《蓝鸟》《双人茶座》《老丹行动》《我们没有表》等作品，近年来着意于寻求新的少年小说叙述形式的梅子涵在一次会议上与笔者谈到，他的意图之一即在于训练少儿读者的接受能力，“你不会读，作品教你读”。从这个意义上说，探索性作品不是放弃与当代少儿读者的艺术对话，而正是为了加强和扩大这种对话。

第三，探索性作品意识到少儿读者并不是没有内部差异的统一体，而是一个包含着各种差异的读者群。由于这种内部差异，少儿读者的文学接受能力和趣味也呈现出种种分化趋势。而在传统的儿童文学读者观念中，读者是一种高度抽象化了的观念，这种抽象依据的是少年儿童的中常个体，即从所有少年儿童中抽象出的最一般的平均数、最小公分母，由此确定少年儿童的阅读视界，并将其人格化为少儿文学的隐含读者。所有的少儿文学作品都向这个唯一的隐含读者说话。近年来少儿文学读者观念的最大变化就是在挣脱、否定平均数，从中常个体设计少儿文学隐含读者观念的背后，看到文学不是和抽象的、单一的中常个体对话而是和具体的、有个性的隐含读者对话，转而设计、创造有包容性又有自己个性的隐含读者形象。[7] 而部分探索性作品的意图也很明显，它们试图以较高层次的那一部分少儿读者作为自己的接受对象，并在这种文学接受关系中来确立自己的生存价值。

毋庸讳言，对于当今大多数少儿读者来说，探索性作品强烈的“陌生感”使得作家寻求新的接受可能的努力在他们那里的收效究竟如何尚需打一个问号，但同样显而易见的是，这些作品的开拓意义是不容忽视的。我曾经在《走向新的艺术常态》（载《儿童文学选刊》1991 年第 1 期）一文中谈到过部分探索性作品的独特价值。这些作品的特征之一，是试图对当代少年儿童的精神现象进行深层的艺术把握和再现。例如，班马尝试沟通当代少年儿童与一种历史文化背景的联系，尝试发掘当代少年精神深处的“幽古意识”和“人的根”。不过，在《鱼幻》《迷失在深夏古镇中》等作品里，当代少年儿童的心灵世界与外在的文化现实和文化精神之间的沟通、联系还表现出某种不无生硬的牵制和规范，其文学语码呈现出幅度过大的解读困难。我这里丝毫没有否定这些作品的意思，相反，我曾经毫无保留地肯定了这些作品的审美实验功能。在我看来，这些作品的文化品位和美学品位是高档的。只是作为少儿文学作品，它们在由一种文化精神向少儿文学的艺术转化过程中，尚未找到一条合适的艺术途径。于是，它们的意义更多地存在于儿童文学艺术发展的环链之中，也就是说，它们更主要的是具备了一种文学史的意义。因此，已有的实践为我们提供了具有探索意义的儿童文学实验性文体，而来自各方面的疑惑和批评也将有利于作家对儿童文学文体可能和接受可能的进一步思考和探索。我以为，在寻求建立新的艺术对话关系时，如何将儿童文学文本形态的“超前性”与“可接受性”特点结合起来，或许是一个值得重视的问题。

维果斯基曾经创立了一个极有价值的新概念：“最近发展区”。他指出，教学当然必须考虑儿童已达到的发展水平，但是当我们试图确定发展过程与教学的可能性的实际关系时，无论何时都不能只限于确定儿童的一种发展水平，而至少要确定儿童的两种发展水平。第一种水平可称为儿童的现有发展水平，这就是“一定的、作为儿童业已实现了的发展周期的结果形成起来的儿童心理机能的发展水平”。例如，智力测验测量的心理年龄就是“现有发展水平”。而第二种水平是指儿童靠自己独立活动解决不了，在成人的帮助下可以达到的发展水平。由此可见，第一种水平是儿童的现实的发展水平，第二种水平则是儿童潜在的发展水平。这两种发展水平之间的差异幅度，构成了所谓的“最近发展区”。维果斯基认为，如果把教学要符合儿童的发展水平仅仅归结为符合儿童的“现有发展水平”，从儿童的发展观点来说，这种教学是无效的。因为这种教学不是引导发展，而是追随发展。他认为，教学的真正作用不在于“训练”业已形成的内部心理机能，他指出，“只有走在发展前面的教学才是好的教学……正确组织的教学应当是儿童智力发展的先导，使之发生除了教学之外一般不可能发生的大量发展过程……发展的过程是沿着创造最近发展区的教学过程的轨迹前进的”。[8]

维果斯基所讲的“最近发展区”虽然是从儿童心理或智力发展与教学过程的关系的角度提出的，但它对我们思考儿童文学与儿童读者接受能力的建构和发展之间的相互关系问题同样具有启发借鉴作用。首先，儿童文学从总体上说不能仅仅具有一种“可接受性”，而且还必须具有一种审美方面的“超前性”。“最近发展区”的思想使我们看到了儿童读者文学接受能力发展的潜在的可能性。儿童文学作品不能仅仅考虑如何适应儿童读者接受能力已有的发展程度，还应考虑如何推动那些目前仍处于形成状态的、具有发展潜能的审美接受能力的“最近发展区”。从这一点上看，探索性作品所带来的新的文学语码规则和艺术形态，正是为了超越儿童读者文学接受能力的已有水平，而试图把握和通过其文学能力和审美潜能的“最近发展区”。

其次，所谓“最近发展区”毕竟应该是儿童读者文学能力的一种可能的潜在发展水平，因此不能毫无节制地一味“超前”。单纯追求“超前性”，忽视相应程度的“可接受性”，就会使儿童读者的接受通道发生阻断，最终导致接受的全盘落空。有人做过很多这样的提示，一般情况下，一个人偏爱具有中等活化潜力的作品，而不喜欢太高或太低活化潜力的作品。[9] 心理学家舒帕尔·卡格安在观察儿童的行为时也发现，在那些十分熟悉的事物面前，儿童们总是表现得心灰意懒，毫无兴趣；而当把那些他完全不熟悉的事物放在面前时，他们便显得无动于衷；只有那些与他们熟悉的事物有所不同，但又可以看得出与它们有一定联系的事物，才能真正吸引他们。[10] 这就是心理学中揭示的“差异原理”，即只有那些不是与主体心中原有的图式完全雷同和完全无关的形式，而是与内在图式具有一定差异性的图式，才能引起人的敏锐的知觉。这一“差异原理”同样适用于儿童读者的文学审美知觉。因此，探索性作品如何把握好文学的“超前性”与“可接受性”之间的关系，仍是一个有待在今后的创作实践中不断继续探索的问题。

四　结束语：走向新的接受时代

当代儿童文学作家以自己艰苦而不懈的艺术探索为儿童文学开拓了新的艺术空间和接受空间。很显然，当代儿童文学作家艺术理想与当代少儿读者接受行为之间的良好美学联系的建立将永远是一个不断探索、调整和相互适应的过程，而当代乃至未来儿童文学的一切魅力也将在这一过程中得到实现；或许，那个迟迟未能兑现的谶语也将在不知不觉中得到真正的应验！

而这一切，将会把儿童文学带入一个新的艺术时代，伴随着这一进程，我们的少年儿童读者也将走向新的接受时代！

（《儿童文学接受之维》，湖北少年儿童出版社 1995 年 5 月出版）

注释

[1] 班马：《关于〈鱼幻〉的通信》，《儿童文学选刊》1987 年第 4 期。

[2] 余衡：《〈鱼幻〉太精致了》，《儿童文学选刊》1987 年第 2 期。

[3] 郑晓河：《不要离开自己的读者——评〈鱼幻〉》，《儿童文学选刊》1987 年第 2 期。

[4] 彼得 · 伯杰等：《人生各阶段分析》，李中泽译，北京：光明日报出版社 1990 年版，第 129 页。

[5] 玛格丽特 · 米德：《代沟》，曾胡译，北京：光明日报出版社 1988 年版，第 20 页。

[6] 韦苇：《世界儿童文学史概述》，杭州：浙江少年儿童出版社 1986 年版，第 422 页。

[7] 参见吴其南:《近年少年儿童文学中的隐含读者》,《浙江师范大学学报》1990 年第 4 期。

[8] 参见钟启泉编译:《现代教学论发展》, 北京: 教育科学出版社 1988 年版, 第 313—315 页。

[9] 参见拉尔夫 · 朗格纳：《文学心理学——理论 · 方法 · 成果》，周建明译，郑州：黄河文艺出版社 1990 年版，第 178 页。

[10] 参见滕守尧：《审美心理描述》，北京：中国社会科学出版社 1985 年版，第 60 页。